Johann Heinrich Mädler

Geschichte der Himmelskunde

Johann Heinrich Mädler

Geschichte der Himmelskunde

ISBN/EAN: 9783741125386

Hergestellt in Europa, USA, Kanada, Australien, Japan

Cover: Foto ©Andreas Hilbeck / pixelio.de

Manufactured and distributed by brebook publishing software
(www.brebook.com)

Johann Heinrich Mädler

Geschichte der Himmelskunde

GESCHICHTE

der

HIMMELSKUNDE

von den

ältesten bis auf die neueste Zeit

GESCHICHTE

DER

HIMMELSKUNDE

VON DER

ÄLTESTEN BIS AUF DIE NEUESTE ZEIT.

VON

Dr. J. H. v. MÄDLER.

Kaiserlich russischer wirklicher Staatsrath, Professor emeritus der kaiserlichen Universität und Director a. D. der kaiserwarte Dorpat, ordentlicher Commandeur des Ordens Karls III. von Spanien und dem Mars, Commandeur und Ritter der Orden des St. Wladimir III., der heiligen Anna II. und des königlich preussischen Rothen Adlerordens III. Classe; Mitglied der Royal Astronomical Society zu London und der Akademieen zu Wien, Härlem und Madrid, sowie der Leopoldinischen Carolinischen Deutschen Akademie, der kaiserlichen Astronomischen Gesellschaft etc. etc. etc.

ZWEITER BAND.

—

BRAUNSCHWEIG,

DRUCK UND VERLAG VON GEORGE WESTERMANN.

1873.

DRITTER ABSCHNITT.

DIE HIMMELSKUNDE IN NEUERER ZEIT.

I. HERSCHEL'S UND SEINER ZEITGENOSSEN WIRKSAMKEIT BIS ZUM SCHLUSSE DES 18. JAHRHUNDERTS.

§ 140.

Wir stehen hier auf dem Punkte, wo ein in der Himmelskunde hochberühmter Name zum ersten Mal in dieser verlautet, und auch hier drängt sich uns die Bemerkung auf, dass nur sehr wenige dieser Koryphäen gleich anfangs die Astronomie zu ihrem Studium machten, sondern erst später, oft durch eigenthümliche Umstände, zu ihr geführt wurden.

Zu den eigentlichen „Brodstudien" gehörte die Astronomie noch nicht, und ein nur mässig bemittelter Familienvater, wollte er seinen Sohn studiren lassen, hielt sich verpflichtet, ein solches für ihn zu erwählen. Spät erst, und meistens nur unter der Ägide anderer Wissenszweige, gelangte die Himmelsforschung dahin, dass ihr auf den Universitäten ein Lehrstuhl eingeräumt ward, und dieser erfreute sich noch nirgend einer verhältnissmässig bedeutenden Zahl von Zuhörern. Auf nicht wenigen Hochschulen liest der Professor der Mathematik dann und wann auch ein astronomisches Collegium; auf anderen wird noch heut die Himmelsforschung ganz vermisst.

In der Zeit, wo William Herschel's Name zuerst auftritt, waren Frankreich und England noch immer, was sie zu Cassini's und Newton's Zeit geworden waren: die Hauptländer für Himmelswissenschaft. Der Herkunft nach ist zwar der erstere ein Italiener. wie Herschel ein Deutscher, aber das alle *ubi bene, ibi patria* gilt allgemein, warum also nicht auch in der Himmelskunde? Wenn Frankreich eine längere Zeit hindurch mehr die theoretische, England mehr die praktische Astronomie cultivirte, so ist dies nicht so zu verstehen. als ob dort die Praxis, hier die Theorie jemals leer ausgegangen wäre. Doch nahte schon die Zeit, wo auch das räumliche Gebiet der Astronomie sich erweitern sollte; Deutschland und Italien erinnerten sich der Tage ihres Regiomontanus und Galilei, und auch Polen und Russland, die skandinavischen und die pyrenäischen Länder, kurz ganz Europa mit Ausnahme des türkischen Reichs treten auf den Schauplatz.

Der Vater William's: Jacob Herschel, Musikus in Hannover. fand für seine zahlreicher werdende Familie im Vaterlande nicht mehr die genügenden Subsistenzmittel. Er ging 1750 mit seinem damals zwölfjährigen Sohne William nach England, wo Beide die Ausübung ihrer Kunst fortsetzten und der Sohn sich aus Neigung mit Schleifen von Gläsern beschäftigte. Er vermochte dies besser, als er eine wenig einträgliche Organistenstelle mit einer anderen am Octagon zu Bath vertauschen konnte. Doch ein Instrument sich anzukaufen, welches ihm die Wunder des Himmels erschlossen hätte, war er auch jetzt noch nicht im Stande; er ging also daran, sich selbst ein solches zu verfertigen.

Er übte sich im Schleifen von Teleskopspiegeln, was eine lange Arbeit erforderte und endlich gelang. so dass er um 1777 den ersten Anfang mit seinen, später welthistorisch gewordenen Beobachtungen machen konnte. Seine Mittheilungen in den *Transactions* beginnen im Jahrgange 1780. Es sind Beobachtungen über den Lichtwechsel von Mira Ceti von 1779, sowie Abstände von benachbarten Sternen, mit deren Glanz er diesen veränderlichen Stern verglich. Bald folgten Beobachtungen der Mondoberfläche, worin er jedoch nicht besonders glücklich war. Er bestimmt die Höhen einiger Mondberge, findet sie ½ bis 1½ englische Meilen hoch, giebt jedoch die Lokalität nicht bestimmt genug an, so dass sie jetzt nicht mehr identificirt werden können, und auf Grund dieser wenigen Messungen hält er Galiläi's und Hevel's Bestimmungen für übertrieben und ihre Methoden für zu unsicher. Später hat er sich nie wieder mit Mondbeobachtungen beschäftigt.

Im Jahrgang von 1781 findet sich ein Aufsatz, worin er die

Frage untersucht: ob die Rotationen der Erde und der anderen Planeten sich in allen Zeiten gleich blieben? Er hat Beobachtungen des Jupiter und Mars gemacht, um einen Beitrag zur Beantwortung dieser Frage zu liefern, giebt auch Zeichnungen der Flecke obiger Planeten.

Alles dieses fand zwar Aufnahme in dem bezeichneten Organ, sonst aber wenig allgemeinere Beachtung, und der Organist des Octogons zu Bath wäre in England, und vollends ausserhalb England, wohl noch lange unbekannt geblieben, wenn ihm nicht unverhofft eine Entdeckung geglückt wäre, wie sie die Welt noch nie gesehen.

§ 141.

Mit einem siebenfüssigen Teleskop eigner Fabrik die Sternbilder des Stiers und der Zwillinge durchmusternd (13. März 1781), fiel ihm ein Stern auf, der einen merklichen Durchmesser zeigte. Sofort vermuthend, dass es kein Fixstern sein möge, beobachtete er ihn einige Nächte hindurch und gewahrte bald seine Bewegung. Also war es ein Wandelstern, dem Sonnensystem angehörig. Noch konnte es ein Komet sein; allein erstens war sein Ansehen ganz und gar nicht kometenartig, und zweitens liessen sich die Beobachtungen nicht wohl mit einer Kometenbahn vereinigen. So entstand sehr bald die Vermuthung, dass wirklich das Unerhörte geschehen und ein neuer Planet entdeckt sei, und nicht lange, so war die Vermuthung zur Gewissheit geworden.

Dies war der Wendepunkt in William Herschel's Leben. Georg III., ein warmer Freund der Himmelskunde, der in Richmond eine schöne Privatsternwarte besass, machte ihm wahrhaft königliche Anerbietungen. Eine schöne Wohnung in Slough, 300 Guineen Jahrgehalt, und jede von ihm gewünschte Unterstützung zur Ausführung grösserer Instrumente und Anstellung von Beobachtungen mit ihnen. Selbstverständlich nahm er an, übersiedelte sofort nach Slough und liess seine damals 31jährige unvermählte Schwester Caroline als seine Gehülfin nach England kommen.

Der neue Planet bedurfte eines Namens. Wir setzen das darauf bezügliche Schreiben W. Herschel's an Joseph Banks, damaligen Präsidenten der Royal Society, hierher:

„By the observations of the most eminent Astronomers in Europe, it appears that the new star, which I have the honour of point out in March 1781, is a primary planet of our Solar

System .... In the fabulous ages of ancient times the appellations of Mercury &c. were given to the planets, as being the names of their principal heroes and divinities. In the present more philosophical aera, it would hardly be allowable to have recourse to the same method." — Nun schlägt er vor, ihn Georgium Sidus zu benennen und führt aus Virgil's Georgica die Stelle an: *Georginm Sidus — jam nunc assuesce vocari.*

William Herschel's Name war nun plötzlich in Aller Munde; der 13. März 1781 den schönsten Tagen unserer Geschichte ebenbürtig. Zwar die allgemeine Anerkennung zögerte noch, und die Franzosen, wie gewöhnlich bei englischen Entdeckungen, am längsten. Noch Pingré in seiner Kometographie von 1783 ist nicht sicher, ob er in dem neuen Wandelstern einen Kometen oder einen Planeten sehen solle. Aber auch als alle astronomischen Zweifel beseitigt waren, vermochten die sich noch nicht zufrieden zu geben, die es für Frevel hielten an der heiligen Sieben zu rütteln und die schöne Harmonie, mit der die sieben Planeten (nämlich mit Sonne und Mond, aber ohne die Erde), die sieben Wochentage, sieben Metalle, sieben Regenbogenfarben, sieben Künste, sieben Weisen und sieben Todsünden (der sieben Weltwunder zu geschweigen) auf einander passten, in solche Gefahr zu bringen. Die Astrologie vollends, die damals immer noch nicht gänzlich todt war, wusste gar nichts mit dem neuen Planeten anzufangen; ja einer ihrer Anhänger machte noch im Anfange des 19. Jahrhunderts in seiner Verzweiflung aus ihm — die Hölle. Jetzt freilich ist es vorbei mit allen jenen Siebenzahlen und die ganze Heptomanie ist bankerott. Wenden wir uns wieder zur Wissenschaft.

Die Namen Georgsplanet (vom Entdecker selbst), Herschel (von den Franzosen), Cybele (in Güthe's Gedicht: Planetentanz), Rhea, Neptun und noch einige andere haben sich nicht erhalten; nur der von Bode vorgeschlagene, Uranus, ist geblieben und jetzt wohl allgemein anerkannt.

War die Entdeckung unbestritten eine britische, so war die Bahnberechnung zunächst das Werk zweier Franzosen: Lalande und Laplace. Ersterer wandte die Methode der successiven Näherungen, die auch bei Kometenbahnen damals fast allein üblich war (eine Art *regula falsi*), nicht ohne Erfolg an; Laplace hingegen, durch seine analytischen Forschungen zu einem strengeren und mehr directen Calcul geführt, gelangte zu genaueren Resultaten; beide Astronomen erkannten, dass hier eine wenig vom Kreise abweichende Bahn, eine wahre Planetenbahn, vorliege. Auf diese Berechnungen gründete Nouet die ersten Uranustafeln.

Doch nicht lange, so zeigten sich diese Tafeln schon ungenügend, und man sah die Nothwendigkeit ein, auch die Störungen, welche Jupiter und Saturn auf Uranus ausüben, mit in Rechnung zu nehmen. Dies that Delambre, dem ein glücklicher Fund Bode's hier sehr zu Statten kam. Bode hatte nämlich ermittelt, dass ein am 25. September 1756 von Tobias Mayer als Fixstern beobachteter und seitdem an dieser Stelle nicht wiedergefundener Himmelskörper (der 964. seines Katalogs) wahrscheinlich kein Fixstern, sondern Uranus gewesen sei. Bald folgten dieser willkommenen Entdeckung mehrere ähnliche, und so sind 17 vorherschel'sche Uranuspositionen in den Beobachtungen Flamsteed's, Mayer's, Lemonnier's und Bradley's, bis 1690 hinauf reichend, aufgefunden worden; auch noch Bessel war eine solche Entdeckung vorbehalten.

Ohne ein schon ziemlich genügendes System von Bahnelementen des Uranus hätten diese interessanten Rückwärtsentdeckungen nicht gemacht, und ohne diese ihrerseits die genauere Darstellung der Bahn nicht so bald gelingen können. So mussten Theorie und Praxis sich gegenseitig und wechselweise zu Hülfe kommen; — das glücklichste Verhältniss zwischen beiden Factoren und das erspriesslichste für den allgemeinen Fortschritt der Wissenschaft.

Indess benutzte der umsichtige Delambre diese alten, erst noch näher zu beprüfenden Entdeckungen nicht eher, bis er die neueren von Herschel, Maskelyne, Hornsby und ihm selbst angestellten, genau und erschöpfend discutirt hatte; was damals bei weitem mehr Zeit erforderte als gegenwärtig. So waren, als Delambre fertig war, bereits Uranustafeln von Caluso in Turin 1788 erschienen, die auch schon merklich besser als die von Nouet waren und Delambre bei seiner Arbeit sehr zu Statten kamen. Die letztere erschien 1790, und hat fast dreissig Jahre hindurch ausschliesslich zur Berechnung der Uranusephemeride gedient.

Warum aber, wird Mancher fragen, erkannten denn jene alten Beobachter den Stern nicht sofort als Planeten? Warum mussten 91 Jahre vergehen und erst dem viel späteren Herschel die wichtige Entdeckung zufallen? Ist ja doch Uranus hell genug, um selbst einem scharfen unbewaffneten Auge nicht verborgen zu bleiben? So kann nur der fragen, der den unvollkommenen Zustand und die geringe optische Kraft der alten Meridianfernröhre übersieht. Sie waren allerdings genügend, um an der betreffenden Stelle einen Stern zu zeigen, aber sie reichten nicht aus für Erkennung eines so kleinen scheinbaren Durchmessers. Herschel konnte mit 227facher Vergrösserung seines siebenfüssigen Teleskops diesen Durchmesser wahrnehmen; er sah ein Scheibchen, was seine Vorgänger, die mit 20- bis 30facher Vergrösserung ihrer meist noch nicht achromatischen Fernröhre arbeiteten, nicht sehen konnten. Sie erblickten einen leuchtenden Punkt, wie sie alle Fixsterne darbieten. Hätte freilich Lemonnier,[*] der ihn an mehreren aufeinander folgenden Abenden beobachtete, seine Örter sofort reducirt und genau verglichen, so wäre er wahrscheinlich

---

[*] *Pierre Charles LEMONNIER, geb.* 1715 *am* 23. *November, gest.* 1799 *am* 2. *April.* Lemonnier hat sich sowohl durch eigene Beobachtungen, als auch durch Herausgabe und Übersetzung anderer wissenschaftlicher Werke um die Himmelskunde 53 Jahre lang verdient gemacht. Am Gnomon der Kirche S. Sulpice in Paris machte er 1765 dieselbe Bemerkung, die früher an den italienischen gemacht worden war: dass nämlich die Schiefe der Ekliptik eine Verminderung erfahren habe. Delambre kritisirt ihn sehr streng; aber wie es uns scheinen will, zuweilen ungerecht. Ein fleissiger Beobachter, der allerdings in seinen Vorschlägen, z. B. zur Auffindung der Parallaxen der Sonne und des Mondes, nicht immer glücklich war, aber gleichwohl unbestreitbar grosse Verdienste hat. Dahin gehört die Einführung der Logarithmen in die nautische Astronomie, seine Methode der Refractionsbestimmung durch Circumpolarsterne und andere in seinen *Mémoires d'Astronomie et de Physique* enthaltenen Methoden und Vorschläge. Seine Beobachtungen stuhen allerdings, wie Delambre bemerkt, den Bradley'schen an Genauigkeit nach; aber wo wäre der Astronom in jener Zeit zu finden, dessen Beobachtungen den Bradley'schen gleich kämen? — Später hat man entdeckt, dass zwölf Lemonnier'sche Beobachtungen dem Uranus angehören, dessen planetarische Natur er ebenso wenig wie andere Zeitgenossen erkannte. Auch die Beschleunigung der Geschwindigkeit des Mondes hat er erkannt, wenn gleich die Erklärung dieser Thatsache Laplace vorbehalten blieb.

Entdecker des Uranus geworden. Denn schliesslich ist es doch in allen solchen Fällen die Bewegung allein, die eine sichere Entscheidung gewähren kann, und Herschel gewann erst am dritten Abende, den 15. März, die vollkommene Gewissheit, eine neue Entdeckung gemacht zu haben. Aber man dachte früher überhaupt nicht leicht an die Möglichkeit, noch neue Planeten aufzufinden; die Messier und Méchain spähten ausschliesslich nach Kometen, dem einzigen Felde, worauf man damals noch Neues finden zu können glaubte. — Die Geschichte der Wissenschaften führt mehrere Fälle auf, wo ein Forscher einer neuen Wahrheit sehr nahe stand und sie gleichwohl nicht erreichte, wie beispielsweise Baco dem Fernrohr.

Lemonnier war Schwiegervater des berühmten Analytikers Grafen Lagrange. Er beobachtete nicht auf dem Grand Observatoire, sondern auf dem vom Cardinal Noailles in der Strasse S. Honoré gegründeten.

Wir zählen die wichtigsten seiner Werke hier auf:

1736. Beitrag zu Maupertuis figure de la Terre.
1740. Nahm er Theil an der Messung des Meridianbogens zwischen Paris und Amiens, die Picard ausführte. — 1742 erschien dies Werk auch in Zürich.
1741. Histoire céleste, die seine ersten Beobachtungen enthält, deren Fortsetzung von 1751 bis 1773 erschien, unter dem Titel: Observations de la Lune, du Soleil et des étoiles fixes.
1743. La théorie des Comètes. Paris.
1746. Institutions astronomiques. Anonym erschienen.
1772. Exposition des moyens de resoudre plusieurs questions de la navigation. Paris.
1781. 84. 85. Mémoires concernant diverses questions d'astronomie et de physique. 3 Vol.

Seine kleineren Schriften sind zu zahlreich, um hier einzeln angeführt werden zu können. Mehrere von ihnen betreffen die Schiefe der Ekliptik, die Eigenbewegung Arcturs, auf welche Halley zuerst aufmerksam gemacht, die Meteore, den neuen Planeten Uranus und die magnetischen Beobachtungen. — Er schrieb auch über Geschichte der Astronomie und verwandte Wissenschaften und war fast bis an sein Lebensende thätig.

1791. Lettre au sujet d'une éclipse observée en Chine 17. Nov. 1788 ist seine letzte veröffentlichte Arbeit.

Herschel begnügte sich nicht damit, den neuen Bürger des Sonnensystems aus der Nacht des Universums an das Licht der Wissenschaft gezogen zu haben; er durchforschte auch die Umgebung des Planeten und veröffentlichte eine Reihe interessanter Entdeckungen, die ihn begleitenden Trabanten betreffend, von denen jedoch einige, wie er selbst einräumt, möglicherweise nicht Trabanten, sondern kleine Fixsterne gewesen sein können. Ebenso das Ringsystem, was er um Uranus zu sehen glaubte, und wovon weder er selbst noch ein anderer Beobachter etwas wieder gewahren konnte. Es war wohl unvermeidlich, dass bei so gänzlich neuen Gegenständen Täuschungen mit unterliefen. — Durch Vergleichung mit künstlichen Scheiben bestimmte Herschel auch den scheinbaren Durchmesser des Uranus und fand ihn 4,454″.

§ 142.

Bald folgte eine neue Entdeckung Herschel's von ganz anderer Natur: die Eigenbewegung unserer Sonne, richtiger des ganzen Sonnensystems. Man findet seine Mittheilung in den *Transactions* von 1783 p. 247—283. Er hatte durch paarweise Combinationen der Fixsternbewegungen, im grössten Kreise rückwärts verlängert, die Durchschnittspunkte gemacht, und diejenige Himmelsgegend, wo das Maximum dieser Durchschnitte sich zeigte, für die genommen, wohin unsere Sonne sich bewege.

Im Jahrgang 1784 folgt eine Abhandlung über Marspolarflecke, seine Axenstellung und seine Abplattung, für welche er $\frac{1}{16}$ findet. — Ebenso ein Aufsatz: „*Some observations tending to investigate the construction of heavens.*"

Schon 1782 hatte er ein Verzeichniss von Doppelsternen gegeben, das mit ε Bootis beginnt. Er liess 1785 ein zweites folgen. Die Neuheit des Gegenstandes veranlasste ihn, eine erklärende Abhandlung beizufügen. Die Sache erschien jetzt in einem anderen Lichte als zu der Zeit, wo Chr. Mayer seine „Fixsterntrabanten" beobachtete und vertheidigte. Im Anfang hielt auch Herschel diese Sternenpaare für blos optisch und schlug vor, sie zur Entdeckung der Fixsternparallaxen zu benutzen; später, als er die unerwartet grosse Zahl dieser Binärsysteme kennen lernte, mussten diese früheren Ansichten sich nothwendig modificiren.

1786 gab er das erste Tausend der von ihm entdeckten Nebelflecke. Hundert Jahre früher war ihre Zahl 6, etwas später 11.

Messier's sehr fleissige Beobachtungen hatten doch nur 102 ergeben. Herschel machte in diesem Jahr eine Reise nach Deutschland und ward bei der Rückkehr durch die Nachricht überrascht, dass seine Schwester Caroline* inzwischen (am 1. August 1786) einen Kometen entdeckt habe. Sie hatte ihn sogleich mit Sternen verglichen und so den Ort erhalten. Er untersuchte die Himmelsgegend der Entdeckung genauer, um die Vergleichsterne zu identificiren, und setzte die Beobachtungen fort.

1787 entdeckt er am 11. Januar die zwei ersten Uranusmonde. Er bestimmt ihre Umlaufszeiten auf $8^t 17^h 1' 19,3''$ und $13^t 11^h 5' 1,5''$. Von diesem letzteren bestimmte er auch die Distanz vom Hauptplaneten $= 44,23''$, woraus er weiter die Masse des Uranus ableitet und 17,74 Erdmassen für ihn findet. Da er sein Volumen $= 80,49$ bestimmt, so findet er für seine Dichtigkeit 0,2204. Wir finden im Jahrgang 1788 p. 364 auch noch Bemerkungen über die Bahnelemente des Hauptplaneten wie über die seiner Trabanten.

1789 berichtet er über die Beobachtungen des Kometen, den seine Schwester am 21. Dec. 1788 nahe bei β Lyrae entdeckt hat; und in demselben Jahre erscheint ein zweiter Catalog von Nebelflecken, wie der erste, 1000 dieser Gebilde enthaltend.

1790 berichtet er über zwei neue Saturnssatelliten, die zunächst dem Hauptplaneten stehen. Den einen hat er am 19. Aug.

———

* Caroline Lucretia HERSCHEL, geb. 1750 am 14. März, gest. 1848 am 9. Januar. Die um 11½ Jahr jüngere Schwester William Herschel's hat ihn am 25½ Jahr überlebt. 1772 ging sie zu ihrem Bruder nach Bath, unterstützte ihn in seinen Arbeiten, wie in seinem Hauswesen, und ging mit ihm später nach Slough. Hier hat sie beharrlich mitgeholfen und bald auch selbstständig Beobachtungen angestellt. Der Verfasser dieses Werks, der die seltene Greisin in Hannover mehrmals sah und sprach, musste die Bescheidenheit bewundern, mit der sie von ihren Arbeiten sprach: „Mein Bruder wünschte, dass ich ihm die Sternörter bestimmen sollte, die er gebrauchte. Da es aber damit nicht recht gehen wollte, liess er mich Kometen suchen. Nun, so einen Kometen findet man schon." Hier fühle ich mich gedrungen hinzuzufügen, dass sie recht gut Sterne bestimmte. Sie hat zwischen 1786 und 1797 neun Kometen entdeckt; bei fünf derselben ist ihr die Priorität verblieben. Auch mehrere Nebelflecke zählen zu

1787, den anderen am 18. Oct. 1789 entdeckt. Ferner hat er
die Streifen des Saturn beobachtet und in seinem grossen 40füssi-
gen Teleskop den Ring beim Durchgang der Erde durch seine
Ebene nicht ganz verschwinden sehen. Er glaubt, diese fortdauernde Sichtbarkeit könne auch wohl von reflectirtem Saturns-
lichte kommen, das allerdings sehr schwach sein muss, in seinem
lichtstarken Teleskop jedoch noch bemerkbar sei. Wahrscheinlicher jedoch sah er die äusserst schmale Kante des Ringes und
etwas vom Profil seiner Unebenheiten. — In einem zweiten Aufsatze desselben Jahrgangs giebt er das Detail seiner Beobachtungen des Saturnsringes vom 18. Juli bis 25. December 1789; wobei
auch Beobachtungen des äussersten Satelliten (Japetus) vorkommen.
1791 p. 71 ff. ein Aufsatz: „On nebulous stars, properly so
called." Er unterscheidet die eigentlichen Nebelflecke von den
Sternhaufen und den Nebelsternen.

1792 Fortsetzung seiner Beobachtungen Saturns und seines
Ringes. Die früher auf der Nordseite wahrgenommene Theilung
in zwei Ringe zeigt sich jetzt auf der Südseite; sie ist also eine
durchgehende. Er giebt die Maasse des Ringes an, die indess darthun, dass sein Instrument nicht frei war von Irradiation.

---

ihren Entdeckungen. Nach ihres Bruders Tode kehrte sie nach
Hannover zurück, wo sie von England eine kleine Pension genoss.
Wir gedenken aus ihren letzten Jahren eines Zuges, der die
hohe Achtung kennzeichnet, deren sie sich erfreute. Sie stand im
96. Jahre, als der Kronprinz von Hannover geboren ward, und
äusserte ihr Bedauern, dass sie, die alle gleichzeitig lebenden Glieder des britisch-hannöverischen Königshauses gesehen, diesen jungen
Prinzen nicht mehr schon werde, da sie zu schwach sei, ihre Wohnung zu verlassen. Der König Ernst August, der davon hörte,
gab sogleich Befehl, seinen Enkel zu ihr ins Haus zu bringen, damit
auch dieser letzte Wunsch der verehrten Greisin in Erfüllung gehe.

Ausser einigen Beiträgen für die *Philosophical Transactions*
verdanken wir ihr die folgenden Werke:

1. A Catalogue of 561 Stars observed by Flamsteed, but which having
   escaped the notice of those who framed the British Catalogue.
2. A general index of reference to every observation of every star inserted
   in the British Catalogue.
3. Zone-Catalogue of all the nebulae and clusters of stars, observed by
   her brother.

Er hat ferner auf die Lichtveränderung des äussersten Trabanten sein Augenmerk gerichtet, den er am hellsten auf der Westseite Saturns, und im Maximo dem Titan gleich findet. Aber auf der Ostseite stehend, ist er schwer zu erkennen; er ist nur der Tethys (drittem Monde) oder höchstens der Dione (viertem) gleich, und der Unterschied des Glanzes geht auf drei Grössenklassen. Doch kommen auch regellose Veränderungen vor; aber diese sind nur von kurzer Dauer.

Am 15. Dec. 1791 entdeckt Caroline Herschel abermals einen Kometen. — Es folgen nun Beobachtungen über veränderliche Sterne, o Ceti und 55 Herculis. Letzterer wird noch am 11. April gesehen und erscheint roth; am 4. Mai ist er verschwunden.

1793 p. 201 ff. recapitulirt er seine Beobachtungen über Venus, die schon von 1777 an beginnen. Er erklärt sich gegen die 5—6 Meilen hohen Venusberge, da er nie Spuren derselben gesehen. Nach langer Bemühung erblickt er endlich 1780 einige höchst schwache Flecke, eine *appearance of optical deception*. Im Mai 1783 sieht er wieder einige. Die Rotation wagt er nicht abzuleiten, erklärt sich indess gegen Bianchini's Resultat.

1794 folgen seine Beobachtungen über Saturns Rotation. Er hat ausser dem Schatten des Ringes noch drei Streifen bemerkt, und ihre Ungleichheiten dienen zur Rotationsbestimmung. Eine Reihe vom 11. Nov. bis 19. Dec. 1793 und eine andere vom 4. Dec. 1793 bis 7. Jan. 1794 geben durchschnittlich $10^h 16' 51''$.

1795 giebt er, auf Grund seiner zahlreichen Beobachtungen der Sonnenflecke, eine Abhandlung *On the nature and construction of the sun and fixed stars*. Ferner beschreibt er sein 40füssiges Teleskop und giebt die Abbildung, die durch sehr vielfache Reproductionen hinreichend bekannt ist.

1796. Abermals eine Kometen-Entdeckung durch Caroline Herschel. Die weitere Beobachtung übernahm, wie gewöhnlich, der Bruder. Weiter findet man eine Auseinandersetzung über seine Methode veränderliche Sterne zu messen, und Beobachtungen über die Veränderlichkeit von α Herculis.

1797 finden wir die Zusammenstellung der Beobachtungen, durch welche er zu dem Schlusse gelangt, dass die Rotations- und Revolutionsperiode der Jupiterssatelliten, ganz wie bei unserem Monde, identisch sei. Für den ersten Mond hält er es für *evidently proved*. Der Lichtwechsel des zweiten ist zwar geringer, doch macht er denselben Schluss. Beim dritten, dem grössten, ist die Sache ungewiss, aber wahrscheinlich. Die Beobachtungen gehen vom Juli 1794 bis November 1796. Ferner theilt er einen neuen (den dritten) Catalog von veränderlichen Fixsternen mit.

1798 die Entdeckung von vier neuen Uranustrabanten. Nur einer von ihnen ist von Lassell wiedergesehen. Die Frage, ob es nicht kleine Fixsterne gewesen, legte Herschel sich selbst vor und untersuchte zu diesem Zwecke alle in der Nähe befindlichen Sterne. Er erklärt die Ursache, weshalb die Uranustrabanten in der Nähe des Planeten verschwinden.

1799. Fortsetzung der Untersuchung über veränderliche Sterne, und ein vierter Katalog.

1800. Optische Untersuchungen, namentlich über das Prismenbild. Er entdeckt die „nicht sichtbaren“ Sonnenstrahlen (die jetzt sogenannten übervioletten) durch Wärmemessung der einzelnen Theile des Bildes. Das Braun an der Grenze des Rothen erwähnt er nirgend.

1801. Allgemeines über Sonnenflecke. In wiefern sind sie geeignet, uns Aufschluss über die Natur des Sonnenkörpers zu geben?

Über die von ihm angewandten Mittel, sehr kleine Winkel zu messen, spricht er sich an verschiedenen Orten aus. Sie beruhen wesentlich darauf, dass die im Teleskop mit dem rechten Auge gesehenen astronomischen Objecte mit künstlichen Lichtpunkten und Scheibchen, mit dem freien linken Auge gesehen, verglichen werden.

Abgesehen von dem Umstande, dass hier alles von der Individualität der Sehkraft jedes Beobachters abhängt, stehen dem Verfahren noch manche andere Bedenken entgegen. Sofern es nicht gelingt, die Irradiation entweder ganz wegzuschaffen oder sie für jeden Einzelfall sicher zu bestimmen, werden alle Durchmesser der Planeten damit behaftet bleiben.

Ebenso finden sich die Aufsätze über Nebelflecke und die damit zusammenhängenden über den Bau der Himmel in verschiedenen Bänden zerstreut, und vergleicht man sie einzeln, so ergiebt sich, dass seine Ansichten im Laufe der Zeit mehrfache Modificationen erlitten. Unzweifelhaft ist alles, was aus einer solchen Feder stammt, der höchsten Beachtung würdig. Aber andererseits kannte William Herschel den südlichen, in Slough nicht mehr oder doch nicht mehr deutlich sichtbaren Theil des Himmels nicht, (und wer konnte ihn damals?), und so bleiben auch die genialsten Schlüsse einseitige. Und ferner: Wenn Herschel der erste ist, der so weit in die Tiefen des Himmels eindrang und uns zeigte, welche Arbeit hier vorliegt: wer wird es sein und in welchem Jahrtausend wird er erscheinen, der uns die Auflösung des letzten der Räthsel giebt, welche im Universum zu lösen sind?

Wir haben, wie es bei einer so reichen und vielseitigen Thätigkeit am angemessensten ist, bei den Einzelheiten die chronologische Folge der Veröffentlichung inne gehalten. W. Herschel befand sich in einer glücklichen Lage, wie sie sehr Wenigen zu Theil ward. Sein König sorgte freigebig für Alles; ungetheilt konnte er sich seit der Uranusentdeckung seinen frei gewählten Forschungen widmen. Selbst von der Verpflichtung, Jahrbücher zu publiciren, Ephemeriden zu berechnen, Vorlesungen zu halten und anderen von der Direction einer öffentlichen Sternwarte meist unzertrennlichen Obliegenheiten war er befreit; sein leibliches wie sein geistiges Auge blieb ungeschwächt bis er vom Leben schied. So konnte er wirken und so hat er gewirkt.

Wir behalten uns vor, über die spätesten seiner Arbeiten am Schlusse noch besonders zu berichten, und stellen hier die drei wichtigsten Objecte, die er unausgesetzt untersuchte, zusammen. Es sind dies

    1. die Eigenbewegung unseres Sonnensystems,
    2. die Doppelsterne,
    3. die Nebelflecke.

Den ersteren Gegenstand betreffend, so datirt seine früheste Veröffentlichung von 1782. Er hatte Maskelyne's Eigenbewegungen, so wie die von anderen Astronomen ermittelten, zusammengestellt. Die Zahl war damals noch sehr gering, etwa 40. Maskelyne widersprach dem Resultat; nicht als ob ein absoluter Stillstand des Sonnensystems anzunehmen sei, sondern er hielt die Zeit noch nicht für gekommen, darüber etwas zu entscheiden, und in ähnlicher Weise sprachen sich später Laplace, Gauss und Bessel aus. Ihnen allen erschien die Beantwortung einer so wichtigen Frage als verfrüht, wogegen Klügel und Prevost nach eigenen Untersuchungen und Combinationen sich für Herschel's Resultat aussprachen. Herschel selbst, stets geneigt, Einwendungen und gegentheilige Meinungen zu beachten, und fern von aller Streitsucht und Rechthaberei, nahm die Untersuchung aufs Neue vor, änderte den zuerst bestimmten Punkt ($\alpha = 245° 32,5'$ und

$\delta = + 40^\circ\ 22'$) etwas ab, indem er 270° und 35° dafür annahm, in welchem Falle Maskelyne's Bestimmungen besser harmonirten, und 1805 publicirte er einen neuen und ausführlichen Aufsatz über diesen Gegenstand, in welchem er folgende Kapitel giebt: Reasons for admitting a Solar Motion. — Theoretical considerations. — Symptoms of parallactic motion. — Incongruity of proper motion. — Sidereal occultation of a small star. — Direction of the Solar motion.

Mit diesem Aufsatze schliesst er seine Untersuchungen über Sonnenbewegung. — Die späteren Arbeiten Anderer auf dem von William Herschel eröffneten Wege werden im Folgenden erwähnt werden.

Wir wenden uns zu den Nebelflecken. Mit Zuziehung der wenigen, die schon vor Herschel entdeckt und bekannt waren, finden sich bei ihm im Ganzen 2500 dieser Objecte, nämlich 2303 eigentliche Nebelflecke und 197 Sternhaufen, die er in folgende acht Classen gruppirt:

> 289 glänzende Nebelflecke,
> 907 schwache,
> 978 sehr schwache,
> 78 planetarische,
> 52 sehr grosse,
> 42 sehr gedrängte und reiche Sternhaufen,
> 67 dichte,
> 88 grob zerstreute.

Man sieht, die drei ersten Classen zeigen bloss relative Unterschiede, eben so wie die drei letzten; allgemeinere Schlüsse auf solche Kategorien zu gründen, wäre unthunlich. Aber es ist auch wohl noch nicht an der Zeit, dieser bloss äusserlichen Classification eine mehr logische, sachlich begründete, zu substituiren. Wir werden noch manches Jahrhundert hindurch forschen müssen, bis wir ein System der Nebelflecke besitzen, und bis dahin wird W. Herschel's Classification eben so gut sein wie jede andere.

Selbst die allgemeinere Unterscheidung zwischen Nebelfleck und Sternhaufen ist nicht durchgreifend. Vieles, was bei Herschel noch Nebelfleck ist, erscheint bei Ross als Sternhaufen, und sind nicht möglicherweise alle Nebelflecke in Wirklichkeit Sternhaufen? Ross wenigstens glaubt die Frage mit Ja beantworten zu müssen; die Spectralanalyse Kirchhoff's aber kommt zu dem entgegengesetzten Resultat.

Etwas schärfer hervorgehoben sind eigentlich nur die planetarischen Nebel, die wir zuerst durch Herschel kennen lernen. Das Kennzeichen ist die bestimmtere Begrenzung, die indess in keinem Falle einen so scharfen Umriss darbietet wie etwa eine Planetenscheibe. Die meisten gehören zu den schwer sichtbaren Objecten.

Auch auf die Gruppirung, wie auf die allgemeine Vertheilung der Nebel, hat W. Herschel geachtet und sein Sohn diese Arbeiten mit grossem Erfolge fortgesetzt; wir werden später, wenn von John Herschel's Arbeiten die Rede ist, darauf zurückkommen. Dann wird sich das, was W. Herschel 1814 in einem Aufsatze: *Astronomical observations of the sidereal part of the heaven and its connexion with the nebular part*, über die allmälige Umwandlung der Nebelflecke in Fixsterne sagt, im bessern Zusammenhange darstellen und beurtheilen lassen.

Zu den Doppelsternen übergehend, bemerken wir zuerst, dass uns Herschel auch hier ein neues und ungemein reichhaltiges Feld der Himmelsforschung eröffnet hat, das vor ihm so gut als ganz brach gelegen. Man wusste, dass Castor, γ Virginis, 61 Cygni und einige wenige andere Sterne im Fernrohr als ein Sternenpaar erschienen; allein besondere Beachtung fand dies nicht. Es erschien selbstverständlich, dass unter den vielen Tausenden, in der verschiedensten Weise am Himmel zerstreuten Sternen, auch der Fall einigemale vorkommen müsse, dass zwei Sterne, von unserm Standpunkt aus gesehen, ganz oder doch so nahe in gleicher Richtung hinter einander zu stehen kämen, um von uns dicht neben einander gesehen zu werden. Christian Mayer, der weiter zu argumentiren versuchte, eigentlich aber sich selbst nicht ganz verstand, war auf einen so allgemeinen Widerstand gestossen, dass er schliesslich entmuthigt werden musste. William Herschel dagegen wandte die kräftigen, ihm zu Gebote stehenden Mittel diesen bisher vernachlässigten Gegenständen zu und arbeitete mit einer Unverdrossenheit und Ausdauer, die unsere Bewunderung erregt, unbekümmert, ob jenseits des Kanals man an seine Binarsysteme glaubte oder nicht.

Anfangs war er selbst der Meinung, die Doppelsterne seien blos optisch doppelt, und er schlug deshalb vor, sie zur Bestimmung der Parallaxe zu benutzen. Doch überzeugte er sich, als er bei seinen Durchmusterungen die unerwartet grosse Zahl dieser Sternenpaare gewahrte, und gleichzeitig fand, dass in vielen Fällen

die beiden Glieder des Paares einander so äusserst nahe standen,
und selbst seine mächtigen Teleskope kaum im Stande waren, sie
zu trennen, dass hier, wenigstens in der Mehrzahl der Fälle, ein
anderes und nicht blos optisches Phänomen vorliege. Freilich
war er, so gut wie Newton und Halley, ein Engländer, und die
Franzosen haben erfahrungsgemäss sich stets sehr lange besonnen,
bevor sie ein britisches Verdienst anerkannten. Lalande erklärte
kurzweg: „Wir glauben nicht an diese Dinge," und Voiron in seiner
Histoire, so hoch er sonst Herschel stellt, und so ausführlich
er über ihn ist, gedenkt der Doppelsterne nicht mit einem einzigen Worte. Doch einen echten Forscher beirren solche Erfahrungen nie, und wir sehen, wie er ein Sternbild nach dem andern
auf Doppelsterne durchmustert, hier eine reichere, dort eine weniger ergiebige Ernte hält und sich nie begnügt, blos zu entdecken, sondern sofort Farbe, Glanz, Positionswinkel und Distanz
untersucht und diese Untersuchungen mehrfach wiederholt.

Bei diesen Durchmusterungen nahm Herschel auch solche
Sterne auf, deren Distanz die jetzt angenommenen Grenzen, innerhalb welcher die physische Zusammengehörigkeit wahrscheinlicher als die blos optische ist, weit überschreitet. Bei ihm
kommen Sternenpaare von mehreren Minuten Distanz vor. Doch
sind auch diese Bestimmungen sehr werthvoll; denn abgesehen
davon, dass selbst bei grösseren Distanzen noch immer manche
physisch verbundene Paare vorkommen, ist auch selbst im gegentheiligen Falle eine solche Bestimmung demjenigen sehr willkommen,
der später die Eigenbewegungen dieser Sterne untersucht.

Die Bestätigung seiner genialen Folgerungen blieb nicht aus.
Als er seine meist in den achtziger Jahren des vorigen Jahrhunderts gemachten Beobachtungen später (1802 · 1804) wiederholte, wobei er auch mehrere neue Doppelsterne fand, zeigte sich
für etwa 20 derselben eine nicht zu verkennende Stellungsveränderung gegen früher; und die weitere Folgezeit hat dies, mit
einigen wenigen Ausnahmen, bestätigt.

Zu eigentlichen Bahnberechnungen der Doppelsterne, dies
gewahrte er bald, war die Zeit noch nicht gekommen. Aber die
allgemeine Theorie dieser Binärsysteme hat er keineswegs vernachlässigt. Er unterscheidet die hier möglichen Fälle: entweder
ruht der Hauptstern und der Begleiter bewegt sich um ihn, oder
beide bewegen sich um einen gemeinschaftlichen Schwerpunkt,
oder beide haben eine gemeinschaftliche allgemeine Bewegung

und gleichzeitig eine des Begleiters um seinen Hauptstern. Alles dieses bildet keine Berechnungstheorie, die erst später gegeben werden konnte, wohl aber sind es Winke und Fingerzeige für künftige Bearbeiter, die auch nicht unbeachtet geblieben sind.

Könnten die Herschel'schen Beobachtungen nicht benutzt werden, fände man vielmehr Ursach, sie zu verwerfen, so würden wir noch bei keinem einzigen Doppelstern im Stande sein, die Umlaufszeit, so wie die übrigen Bahnelemente, selbst nur in roher Annäherung, abzuleiten. Noch manches Jahrzehend wird verfliessen müssen, bevor die Beobachtungen nach Herschel einen hinreichend grossen Zeitraum umfassen und gleichzeitig zahlreich und genau genug sind, um bei solchen Bearbeitungen der Herschel'schen Bestimmung entbehren und gleichzeitig ihren vollen Werth kennen lernen zu können.

Wir wollen noch mit einigen Worten seine Stern-Aichungen (*gauges*) erwähnen, durch die er die Sterndichtigkeit* der einzelnen Regionen untersucht. Er zählte, wieviel Sterne innerhalb einer bestimmten Zeit durch das Feld seines Fernrohrs gingen, oder wo dies (wie in der Milchstrasse) nicht thunlich erschien, schätzte er die gleichzeitig im Felde des Rohres sichtbaren. Indem er diese Operation in sehr verschiedenen Gegenden des Himmels ausführte und mehrfach wiederholte, gelangte er zu der Überzeugung, dass mindestens 20 Millionen in seinem Teleskop sichtbar waren, von denen gegen 18 Millionen der Milchstrasse angehören. Diese Aichungen hat sein Sohn, wie wir später ausführlicher erwähnen werden, am südlichen Himmel fortgeführt, und wir sind durch diese Arbeiten in den Stand gesetzt, über die Sternenfülle unsers Firmaments sicherer urtheilen zu können, als dies früher möglich war.

Wie bei Dominique Cassini, so war man auch bei Herschel in dem Falle, das Meiste auf Treu und Glauben von ihm anzunehmen, denn niemand besass damals die Mittel zu einer Controle darüber. Doch auch später, als man nach und nach dahin gelangte, hat sich nur Weniges gefunden, was wir als verfehlt oder irrthümlich zu bezeichnen hätten. Ein dahin gehö-

---

* Hier ist nicht von der Dichtigkeit einzelner Fixsterne die Rede, die wir nicht direct ermitteln können, sondern von der grössern oder geringern Frequenz des Vorkommens der Sterne in den einzelnen Partien des Himmelsgewölbes.

rendes Beispiel ist seine Saturnsfigur, für die er (*Philos. Transactions* 1805, *p.* 273 „*on the irregular figure of the planet Saturn*“)
eine doppelte Abplattung sowohl der Pole als des Äquators zu
finden glaubte. Die drei Durchmesser sollten im Verhältniss
32 : 36 : 35 stehen, ersterer als Polardurchmesser, der zweite für
die Breite 43° 20′, der dritte für den Äquator. Er hatte dies zu
einer Zeit bestimmt, wo der Ring geöffnet war; Bessel wiederholte die Messung, als der Ring verschwunden war und fand
Saturn einfach elliptisch. Da die Messung in letzterer Lage bei
weitem leichter und sicherer ist als in ersterer, so hält Bessel
die Frage für entschieden.

Ein zweites Beispiel können die Mondvulkane abgeben. Im
Jahre 1787 bezeichnete Herschel drei Punkte, die er im Erdenlichte wie „eine unter der Asche glimmende Kohle“ schon 1783
und später öfter wahrgenommen habe, und die er, da man ja
doch ein Wort zur Bezeichnung brauche, „*volcanoes*“ nennt.
Hätte er den Mond fleissiger beobachtet, so hätte er die drei
Punkte Copernicus, Kepler und Aristarch, die Centra zahlreicher
Lichtstreifen, auch in voller Beleuchtung stark glänzen sehen,
aber mit einem ruhigen, sich stets gleich bleibenden Glanze, ohne
die geringste Spur eines stattfindenden oder auch stattgehabten
vulkanischen Ausbruchs, der höchstens angenommen werden kann
bei der ersten Bildung der Mondkugel.

Seine Durchmesser für Ceres (18 Meilen) und Pallas (14 Meilen)
scheinen wenig von der Wahrheit abzuweichen, obgleich die Methode, welche Herschel anwandte, keine Empfehlung verdient.
Er forschte auch nach möglicherweise vorhandenen Satelliten
dieser beiden Planetoiden.

1807 p. 260 spricht er über die neuentdeckte Vesta, die er
einem Fixsterne von 5½ᵐ gleich setzt, und über den Kometen
dieses Jahres. Den Kern findet er am 5. Oct. 3,97″, am 6. nicht
ganz doppelt dem 3. Jupitersmonde gleich, am 19. 2,47″. Es ist
der erste Komet, in dem Herschel einen bestimmter begrenzten
Kern erblickte. Er erschien rund, hell, gleichmässig, von röthlicher Farbe. Den ganzen Durchmesser des Kometenkopfs fand
er am 19. Oct. 6′, am 6. Dec. 4′ 45″; den Schweif am 18. Oct.
7ᵇ = 3¼, Grad lang; am 6. Dec. nur noch 23′. Er giebt sehr
genaue und ausführliche physische Beschreibungen dieses Kometen.

1812. Den grossen Kometen von 1811 hat Herschel genau

beobachtet. Er findet den Kern kleiner als bei dem von
1807. Am 19. October 1,39″, später immer mehr abnehmend.
Am 15. October, dem Tage seiner Erdnähe, fand er für den
wahren Durchmesser 428 englische = 93 deutsche Meilen. Ganz
anders der zweite Komet dieses Jahres, der weit weniger glänzte.
Herschel fand für den Kern 2637 englische = 573 deutsche
Meilen.

1817 p. 303 ff. finden wir seine letzte in den *Transact.* vor-
kommende Arbeit; er stand bereits im 74. Jahre: *On arrangement
of celestial bodies, with observations on the milky-way.* — Noch 1815
hatte er die Uranustrabanten, die er selbst die feinsten aller
Lichtpunkte des Himmels nennt, und besonders den ersten, beobachtet; gewiss ein erfreulicher Beweis von grosser Schärfe des
Auges im vorgerückten Greisenalter.

Wir kennen nicht die Summen, welche Georg III. für diese
Arbeiten hergab; wahrscheinlich kennt sie niemand, da die Rechnungen auf seinen Befehl verbrannt wurden, — das aber wissen
wir, dass nie und nirgend die Munificenz eines Monarchen mehr
und schönere Früchte getragen hat als in Slough.

Von den drei grossen Teleskopen, die Herschel verfertigte,
erhielt sich das 25füssige nur wenige Jahre, auch das so berühmt
gewordene 40füssige fungirte nur von 1789 bis 1799, wo der
Spiegel in einer feuchten Nacht mit Thau beschlug und nicht
wieder herzustellen war. Die besten und dauerndsten Dienste hat
das 20füssige geleistet, was nicht allein W. Herschel selbst gegen
30 Jahre lang fleissig benutzte, sondern auch noch lange nachher
vollkommen im Stande war, von 1833 bis 1837 am Cap von
seinem Sohne gebraucht zu werden.

Für Bestimmung von Sternörtern durch Meridianbeobachtungen
war Slough nicht eingerichtet, — diese konnten in Greenwich genauer erhalten werden —, und wenn Ortsbestimmungen (z. B. der
Nebelflecke) in Slough vorkommen, so sind sie durch Vergleichung
mit bekannten Fixsternen erhalten; eben so wie die Kometenörter,
wenn ein solcher Himmelskörper von seiner Schwester entdeckt
wurde. Dies geschah neun Mal, und in fünf Fällen blieb ihr die
Priorität. Sie war auch sonst in der Himmelskunde nicht unerfahren, und die *References* in ihrem Fixsternkatalog zeugen von
einem guten Scharfblick, wie von grosser Sorgfalt. Sie war nach
dem Tode ihres Bruders nach Hannover zurückgekehrt, wo sie im
Januar 1848 in dem seltenen Alter von 98 Jahren starb. —

2*

Ramage* versuchte sich an ähnlichen grossen Teleskopen, und nicht ohne Erfolg.

Wenn in früheren Jahrhunderten ein grosser Forscher, ein Baco, Torricelli, Regiomontanus auftrat, so standen sie einsam, gekannt von Wenigen, unverstanden vom grossen Haufen, der Zauberer in ihnen sah und alberne Fabeleien von ihnen erzählte. Auf ihre Zeit im Ganzen und Grossen zu wirken, war ihnen versagt; glücklich genug, wenn sie nicht die bitteren Erfahrungen Galiläi's und Kepler's zu machen hatten, mussten sie ins Grab sinken ohne den Trost, Nacheiferer und Nachfolger zu hinterlassen. Es war eben finstere Nacht, Blitze fuhren hindurch und erhellten sie momentan, aber der Anbruch des Tages wollte ihnen nicht folgen.

Anders in den Tagen eines Cassini, eines Newton, eines Herschel. Freilich wurden auch sie von der grossen Masse nicht verstanden, aber diejenigen, welche nicht zu dieser zählten, fühlten sich mächtig angeregt und geistig gehoben. Die Feinde der Wissenschaft fürchtete man jetzt nicht mehr; frei und offen durfte jeder, der die Befähigung dazu in sich fühlte, hinaustreten auf den Markt der Literatur, und dass auch Unberufene und Unbefähigte sich dieselbe Freiheit nahmen, schadete im Ganzen weniger, als man gewöhnlich glaubt.

§ 143.

Wir wollen jetzt eine Überschau der Zeit halten, die zwischen der Entdeckung des Uranus und der der Ceres liegt; also vom 13. März 1781 bis zum Schlusse des 18. Jahrhunderts. Um Herschel's Wirken im Zusammenhange zu geben, musste freilich der Anfang des 19. überschritten werden.

---

* *John RAMAGE, geb. 1784, gest. 1835 am 26. December.* Zu Aberdeen ein kaufmännisches Geschäft betreibend, wandte er sich schon früh den optischen Wissenschaften zu, denen er sich bald ganz widmete. Er versuchte sich zuerst in Teleskopen Gregorianischer Einrichtung, doch verliess er dieses Princip und wandte das Herschel'sche an. 1817 verfertigte er ein 20füssiges Teleskop mit einem 13½zölligen Spiegel; bald darauf ein anderes mit 15zölligem und 25 Fuss Focallänge. Mehr als 100 Spiegel

Pigott beschäftigte sich vorzugsweise mit veränderlichen Sternen. Im Jahre 1781 gab er eine kurze Notiz über den Nebelfleck der Coma Berenices; 1783 am 19. Nov. entdeckte er einen Kometen, dessen Örter er durch fortgesetzte Beobachtungen ermittelte; 1785 findet er η Antinoi als veränderlich, und 1786 giebt er uns den ersten Katalog veränderlicher Sterne mit Bemerkungen über jeden einzelnen derselben. Später findet er noch mehrere auf. Seine letzte Mittheilung ist von 1795, wo er einen veränderlichen Stern in der Krone und einen andern im Schilde Sobiesky's bezeichnet.

Auf dem gleichen Felde machte sich R. Goodrike verdient, und hier war in der That noch sehr wenig geschehen; denn ausser Mira Ceti (entdeckt von Holwarda 1639), Algol (Montanari 1669), χ Cygni (Kirch 1687) und R Hydrae (Maraldi 1704), sämmtlich von sehr auffallender Veränderlichkeit, war nichts weiter bekannt, und gegenwärtig hat die Zahl der als veränderlich erkannten Sterne schon 100 weit überstiegen. Goodrike kündigte 1783 Algol als veränderlich an, er scheint von Montanari's 114 Jahr früher gemachten Entdeckung nichts gewusst zu haben. Er setzte die Beobachtungen weiter fort und fand 1784 β Lyrae und 1785 δ Cephei als variabel. Von andern Beobachtern solcher Sterne treffen wir in dieser Zeit nur noch Koch, der 1782 die Veränderlichkeit von R. Leonis findet.

Wilson, Assistent der Sternwarte Glasgow, tritt 1782 gegen Lalande auf. Der Gegenstand des Streits betraf die Sonnenflecke, die Wilson als Vertiefungen in der Photosphäre der Sonne erkannte, was Lalande bestritt. In demselben Jahre schlägt er vor, durch Aberrationsbeobachtungen zu untersuchen, ob die ver-

ähnlicher Dimension hatte er polirt und gefasst, bevor er sich für befähigt hielt, ein Teleskop wirklich auszuführen. Er versuchte auch ein 54füssiges mit 21zölligem Spiegel, was 1823 zu Stande kam. Auch hat er den Aufstellungs- und Bewegungsmechanismus der Teleskope wesentlich vervollkommnet, sich auch um die Äquatorial-Instrumente verdient gemacht.

Doch hat er fast nur gelegentliche Phänomene beobachtet, nicht jedoch umfassende Arbeiten, wie die beiden Herschel, unternommen. Er war Mitglied der Royal Astronomical Society.

änderliche Luftdichtigkeit oder auch andere Media Einfluss auf
die Lichtgeschwindigkeit haben oder nicht?

Ramsden[*] kündigt Oculare neuer Construction an (1783).

Hamilton zu Cooks-Town (Irland) hat den Merkurs-Durchgang am 22. Nov. 1782 beobachtet, schildert den Vorgang genau
und giebt zahlreiche Grössenbestimmungen der schwarzen Merkurs-
scheibe. Auch der uns schon bekannte Palitzsch schickt 1783
an die Royal Society seine Beobachtungen über Algols Lichtveränderung ein; eben so in demselben Jahre Englefield.

Michell will durch Beobachtung der Lichtgeschwindigkeit,
die er bei grösserer Entfernung als abnehmend vermuthet, einen
Schluss auf die Entfernung der Fixsterne machen.

Wollaston hielt die Doppelsterne sämmtlich für blos optisch,
und schlägt vor, durch Positions- und Distanzmessungen die Parallaxe des grössern Sterns zu bestimmen, oder mindestens doch
den Unterschied der Parallaxen beider Sterne (1783), und giebt
ausführliche Nachricht über ein neues Passagen-Instrument (1792).

Auch von Zach, den wir später kennen lernen werden,
schickt die Erstlinge seiner astronomischen Thätigkeit an die
Royal Society.

Maskelyne erwartet die Wiederkehr des 1532 und 1661 erschienenen Kometen, deren Identität er annimmt, auf 1788, und
hat die Störungen der Planeten auf seinen Lauf berechnet. Er
giebt auch eine Ephemeride für diese Wiederkehr in den *Transactions* von 1786. Die Wiederkehr ist nicht erfolgt; die Identität

---

[*] *Jesse RAMSDEN*, geb. 1730, gest. 1800. Als Schüler
John Dollond's, dessen Schwiegersohn er ward, gründete er
um 1775 eine eigene optische Anstalt. Wir besitzen von ihm:

Description of an engine for dividing mathematical instruments. London 1777.
Über neue Mikrometer. London 1779.
Sur les oculaires des lunettes pour les Instruments. London 1783.
Description de l'équatorial universel et de Mr. Makenzie's nouvel appareil
de refraction, perfectionné par Ramsden. 1792.

Noch bemerken wir, dass Piazzi 1788 ein *Lettre sur les
ouvrages de Ramsden* veröffentlicht hat, und dass im *Journal des
Savans*, p. 572 vom Jahre 1789 eines Vollkreises von Ramsden
ausführlich gedacht wird.

also dadurch zweifelhaft geworden und durch spätere Untersuchungen ganz widerlegt.

Im Jahrgange 1789 finden wir auch bereits eine Piazzi'sche
Beobachtung. Sie betrifft die Sonnenfinsterniss vom 3. Juni 1788
und die daraus hergeleiteten Längenunterschiede, so wie Fehler
der Sonnentafeln, die sich bei dieser Gelegenheit herausgestellt
hatten.

1794 am 17. März sehen William Wilkins und Thomas
Stretton ein „Licht“ im dunkeln Theile der Mondscheibe. Wir
führen sie an mit der Bemerkung, dass der Beschreibung zufolge
man annehmen kann, es sei dies der Mondfleck Aristarch gewesen, den man bei günstiger Erdatmosphäre im Erdenlichte des
Mondes niemals vermissen wird.

1795 giebt Schröter in Lilienthal bei Bremen einen sehr
ausführlichen Aufsatz über die Berge, die Dämmerung und die
Atmosphäre des Planeten Venus. — Wir kommen auf diesen Beobachter später zurück.

1797 giebt der Spanier Mendoza y Rios eine Abhandlung:
Recherches sur les principaux problèmes de l'Astronomie nautique.
Das Eigenthümliche dieser Abhandlung besteht in der Einführung
neuer trigonometrischer Benennungen, indem er

$$m \cdot \text{sin vers } A = 1 + \cos A$$
$$m \cdot \cos vers A = 1 + \sin A$$

setzt, welche neue Functionen also den sin. vers. und cos. vers.
zum Durchmesser ergänzen. Er macht von dieser Neuerung einen
angemessenen Gebrauch; allgemeinen Beifall hat sie jedoch nicht
gefunden. Auch gab er einen neuen Reflexionskreis an.

Die *Transact.* von 1798 geben uns ausführliche Nachrichten
über die Arbeiten von Cavendish über die mit grossen Kosten
ausgeführten Beobachtungen an seiner Drehwaage zur Bestimmung
der mittleren Erddichtigkeit. Der grosse Apparat, im Freien aufgestellt und mit einer Glaswand umschlossen, um jeden Luftzug
abzuhalten, ward aus angemessener Entfernung mit einem Fernrohr beobachtet, um auch die Anziehung, welche die Person des
Beobachters ausüben könnte, möglichst auf Null zu bringen. Die
Methode selbst hatte Michell schon lange Zeit vorher in Vorschlag gebracht, doch Cavendish ist der erste, der sie praktisch
ausführte. Bei den ersten Versuchen war die Schwingungszeit
seines horizontalen Pendels 10—11 Stunden; später bei beträcht-

licher Vergrösserung der anziehenden Massen gelang es ihm, sie
bis auf 14' 5" in Zeit zu vermindern. 29 Resultate (wenn die doppelt angestellten auch doppelt in Rechnung kommen) ergaben
Werthe zwischen 4,88 und 5,85; das Mittel war 5,48; oder nach
einer späteren etwas modificirten Berechnung von Reich in Frei-
berg 5,44; also nicht unerheblich mehr, als Maskelyne am
Shehallion gefunden hatte. Hutton trat später gegen das Resultat von Cavendish und gegen das ganze Verfahren auf und
suchte es als trügerisch und nichts beweisend darzustellen. Nur
bei einer homogenen Erddichtigkeit genüge es. Aber er führt
keine überzeugenden Gegengründe auf. Wir können dem, was
Baily (Memoirs XIV., 92 ff.) über die Einwendungen Hutton's
beibringt, unseren Beifall nicht versagen. In der That scheint
verletzte Eitelkeit das Hauptmotiv derselben gewesen zu sein: es
verdross ihn, dass Maskelyne und nicht ihm das Hauptverdienst
bei der Shehallion-Messung zugeschrieben wurde, und nun sollte
er seinen Ruhm gar noch mit einem Dritten theilen. Er spricht
von enormen Ungewissheiten bei Cavendish' Experimenten, bringt
jedoch nichts bei, was diesen Ausspruch rechtfertigt, denn die
Fehler, welche er entdeckt zu haben glaubt, würden, auch wenn
sie alle zugegeben werden müssten, das Resultat doch nur höchst
unbedeutend ändern. Hutton urgirt die Kleinheit der anziehenden Massen bei Cavendish verglichen mit der eines Berges,
vergisst aber gänzlich, dass die Masse eines Berges sich numerisch
nur sehr schwer und nie genau bestimmen lässt, abgesehen davon,
dass wohl kein Berg ganz isolirt steht und dass er im Innern der
Erde wurzelt. — Man hat ähnliche Versuche wie am Shehallion
am Mont Cenis, sowie schon früher bei der peruanischen Gradmessung am Chimborasso gemacht, allein die grosse Disharmonie
der erlangten Resultate zeigt, dass eine verhältnissmässig genaue
Bestimmung auf diesem Wege nicht zu erwarten ist.

John Hellins gab 1799 und 1800 Mehreres über Perturba-
tions-Berechnungen, durch die er sich als kundigen Analysten do-
cumentirt; und Lowndes, Professor der Astronomie zu Cambridge,
behandelte die Aufgabe, aus zwei Sonnenhöhen und deren Zwischenzeit die Breite eines Orts zu finden.

Die Notizen dieses Paragraphen, sämmtlich den *Phil. Transact.*
entnommen, zeigen uns nicht wenige Ausländer (wir könnten auch
Köhler, Rumowsky u. m. hinzufügen), die dies Jahrbuch für
ihre Mittheilungen wählen. Es fehlte in der That in anderen

Ländern sehr an Zeitschriften für Himmelskunde; man benutzte die Bode'schen und andere Ephemeriden dazu; und erst dem 19. Jahrhundert war es vorbehalten, in geeigneterer Weise für das schon lange empfundene Bedürfniss zu sorgen.

§ 144.

In Frankreich gebrach es an der äusseren Ruhe, welche die Himmelsforschung zu ihrem gedeihlichen Wirken in Anspruch nehmen muss. Das *Journal des Savans*, das so lange der Wissenschaft gedient, musste eingehen, und nur mit Mühe gelang es, die *Connoissance des temps* vor ähnlichem Schicksal zu bewahren. Die von der Nationalversammlung decretirten Neuerungen: eine durchgreifende Zehntheilung, auch für die Tageszeit und den Kreisbogen, die Einführung des Mètre statt der Toise, der neufranzösische Kalender und Ähnliches, — wenngleich Manches als gut und empfehlenswerth sich darstellte und Lalande sich auf dem Gothaer Congress alle Mühe gab, seine Einführung allgemein zu machen, — konnte keinen Ersatz bieten für wesentlichere Verluste. Cassini IV. sollte — so forderten es die Machthaber — sein bisher allein und persönlich geführtes Directorat fortan mit Ruelle, Nouet und Perny theilen. Seine Weigerung endete damit, dass man ihn ins Gefängniss warf. Endlich daraus befreit, lehnte er die abermalige Übernahme des Directorats entschieden ab. Durch Lalande's und besonders durch Méchain's Bemühungen ward das Fortbestehen des Observatoriums gesichert, aber die „Dynastie" der Cassini's hatte nach 124jähriger Dauer aufgehört, denn so viel Mühe auch Mad. Lepaute mit Cassini's Sohne gab, und so gut er sich anliess, er verliess bald die Himmelskunde und wandte sich der Jurisprudenz zu. Mit seinem Tode als Pair von Frankreich 1833 und dem seines hochbejahrten Vaters 1848 ist das berühmte Geschlecht erloschen.

Dazu gesellten sich andere bedauerliche Verluste. Lepaute d'Agelet,* ein junger sehr kundiger und thätiger Astronom, dessen

---

* *Joseph Lepaute d'AGELET*, geb. 1751 am 25. Nov., gest. 1788 ? Eine Neffe des Uhrmachers Lepaute, ward er von dessen berühmter Frau zur Mathematik und Astronomie angeleitet und bekleidete schon früh die Professur der Mathematik an der Pari-

Beobachtungen endlich ganz vor Kurzem B. A. Gould der Öffentlichkeit übergeben hat, machte die Erdumsegelung Lapeyrouse's mit und theilte das erst spät und unvollkommen bekannt gewordene Schicksal derselben, bei dem nur der eine Umstand gewiss ist, dass Niemand zurückkehrte. Und seine Meisterin, die Gattin Lepaute's, erkrankte bei der Pflege ihres körperlich und geistig erkrankten Mannes 1789 selbst an einem bösartigen Fieber und starb vier Monate vor ihm.

Um so rühmlicher ist es, dass Jerome François de Lalande, obgleich schon in vorgerückten Jahren, den Muth nicht verlor und mitten in den Schreckensscenen, die Paris tagtäglich sehen musste und denen auch Naturforscher zum Opfer fielen,[*] die Beobachtungen für seine *Histoire céleste* fortsetzte. — Lalande, dessen jugendliche Energie es schon 1748 (in seinem 16. Lebensjahre) durchgesetzt hatte, sich der Himmelsforschung unter Bo-

ser Militärschule, auch war er Mitglied der Akademie der Wissenschaften. Schon im 17. Jahre begann er seine Beobachtungen unter Lalande's Direction, und sowohl dieser als Delambre bestätigen, dass seine Beobachtungen die genauesten und brauchbarsten gewesen, die zu finden waren. Die erste datirt vom 4. Mai 1768.

Fünf Jahre später sehen wir ihn die Expedition unter Kerguelen als Astronom begleiten. Mit grossem Eifer widmete er sich sowohl den astronomischen als auch anderen Beobachtungen, und hätte noch mehr geleistet, wenn der misanthropische, unfreundliche Kerguelen ihn nicht beständig gehindert, zuletzt ihm sogar die Instrumente verweigert hätte; ein Benehmen, wofür dieser auch bei der Rückkehr bestraft wurde. Nach seiner Zurückkunft 1774 setzte er seine früheren Beobachtungen fort; sie erschienen im *Journal des Savans* und später in den *Mémoires de l'Académie*. „Wenn er," sagt Lalande, „sieben Stunden des Tages im Collége unterrichtet habe, brachte er sieben bis acht

---

[*] „Die Republik bedarf keiner Gelehrten" war die Antwort, die der verurtheilte Lavoisier auf seine Bitte, um einige Tage Aufschub, zur Vollendung eines wichtigen Versuches, von seinen Richtern erhielt. Noch am nämlichen Tage erlitt er den Henkertod. Sein einziges Verbrechen war sein Reichthum.

raud's Anleitung widmen zu dürfen, obgleich seine Eltern alles
daran gesetzt hatten, ihn für einen anderen Lebensberuf zu bestimmen. Zu seinen frühesten Arbeiten gehören die Beobachtungen
in Berlin, nach Verabredung mit de Lacaille, der am Cap der
guten Hoffnung beobachtete, um durch gleichzeitige Observationen
die Parallaxe der Sonne zu bestimmen. Später redigirte er in
Paris längere Zeit hindurch die *Connoissance des temps*, schrieb
seine *Astronomie*, das Hauptwerk für jene Zeiten, und anderes.
Er hatte sich anfangs gegen die von der Nationalversammlung beabsichtigte Umgestaltung des Kalenders erklärt, als sie jedoch zum
Beschluss erhoben war, liess er den Widerstand und arbeitete
selbst für sie. Nach d'Agelet's Abgang (1780) übernahm Lalande die Direction der seit 1768 bestehenden Sternwarte, die
unter ihm zum thätigsten aller ähnlichen Pariser Institute, das
grosse Observatoire Royal nicht ausgenommen, erhoben wurde.

Stunden am Fernrohr zu, wo er oft in einer Nacht mehr als 100
Sterne bestimmte." Die Vertrautheit, die er sich dadurch mit den
Einzelheiten des Sternenhimmels erworben hatte, ward Ursache,
dass er häufig von älteren Astronomen consultirt wurde, wenn es
sich um schwer sichtbare Sterne handelte.

Ludwig XVI. ordnete persönlich eine Reise um die Welt an,
zu deren Chef Lapeyrouse bestimmt war, welche d'Agelet als
Astronom begleitete.

In der *Histoire*, die Lalande seiner *Bibliographie astronomique* angehängt hat, findet man ausführliche Nachricht über
die Correspondenz, welche d'Agelet nach Europa sandte. Aber
mit 1788 verstummte sie, und bald wurden die Befürch-
tungen laut, die sich nur zu sehr bestätigt haben. Nichts
ward gerettet, Niemand ist zurückgekehrt. Ein tragisch dunkles
Geschick hat einen strebsamen jungen Mann, der in den wenigen
ihm vergönnten Jahren mehr und Besseres geleistet als mancher
Andere in einem langen Leben, der Wissenschaft entrissen, die an
seinem unbekannt gebliebenen Grabe trauert. Nur das muth-
maassliche Jahr seines Unterganges haben wir oben angeben können. — In neuester Zeit sind seine Pariser Beobachtungen vollständig und genau reducirt von Gould herausgegeben worden. —
Ausführliche Nachrichten über ihn hat Lalande in der *Bibliographie astronomique* p. 708 publicirt.

Mit seinem Neffen Michel de Lalande und der Gattin des letzteren, Marie Jeanne, geb. Harlay, führte er die grosse Arbeit aus. Die *Histoire céleste* giebt die Originalbeobachtungen nebst den Reductionstafeln; die Reduction ist erst 40 Jahre nach seinem Tode von der *British Association* ausgeführt und veröffentlicht worden. Die Erhaltung seiner *Bibliothèque astronomique* hoffte er von ihrem voluminösen Umfange; wir hoffen sie von der hohen Wichtigkeit ihres Inhalts, der von echten Himmelsforschern zu keiner Zeit verkannt werden kann und wird.

War Lalande's und anderer, bereits im Vorstehenden erwähnter Astronomen Thätigkeit überwiegend praktisch, so waren die d'Alembert, Lagrange, Legendre es auf theoretischem Felde. Sie haben die Theorie der Präcession und vieler anderen Gegenstände erheblich gefördert, obwohl keiner derselben seine Aufgaben ausschliesslich der Himmelsforschung entnahm, sondern das Gesammtgebiet der höheren Mathematik umfasste, und dieses Gebiet um neugewonnene Provinzen durch sie bereichert wurde. Insbesondere ist es Legendre, der die erste Idee der Wahrscheinlichkeitsrechnung, bestimmter die Methode der kleinsten Quadrate, fasste und durchführte. Sie untersuchten auch Fälle, die der Himmelskunde in Wirklichkeit fremd sind; allerdings in der Voraussetzung, dass sie möglicherweise diess nicht seien, z. B. den, wo die Bewegung eines Planeten von zwei Sonnen, beide selbst als stillstehend gedacht, abhängig gemacht wird, wenn eine der Sonnen mit anziehender, die andere mit abstossender Kraft wirkt. Immer mehr, immer schärfer vollzog sich in Frankreich durch alles dieses die Theilung in Beobachter und Theoretiker. Lagrange verliess einst eine Sitzung der Pariser Akademie etwas verstimmt mit den Worten: „Diese Astronomen sind sonderbar, sie wollen keine Folgerung gelten lassen, die nicht mit ihren Beobachtungen stimmt." — Was sollte aus der Wissenschaft werden, wenn die Astronomen solche Folgerungen gelten lassen wollten?

Laplace's Arbeiten, obwohl ein bedeutender Theil derselben noch in das 18. Jahrhundert fällt, versparen wir bis in den Beginn des 19.

Noël Simon Carrochez in Paris (1744—1812), als Mechaniker und Optiker ausgezeichnet, Mitglied des Bureau des Longitudes seit dessen Gründung 1795. Er verfertigte ein Teleskop von 22 Fuss Brennweite, welches dem Herschel'schen an die Seite gestellt werden konnte; es ist das einzige, welches damals ausserhalb Slough die Uranusmonde zeigte. Ein anderes von 7 Fuss Brennweite, dessen Spiegel von Platin ist, brachte er gleichfalls zu Stande.

Bertrand Augustin Caronge, geb. 1741, gest. 1798 in Paris, Général-Administrateur des Postes, hat in der Zeit, wo Lalande die Connoissance des temps redigirte, mehrere Aufsätze für diese gearbeitet, namentlich eine Vorausberechnung der Phasen des Mondes auf 60 Jahre und praktische Formeln zur Berechnung der Parallaxe.

François Philippe Antoine Garipuy baute sich aus eigenen Mitteln in Toulouse eine Sternwarte, auf der er fleissig beobachtete. Seine Publicationen betreffen die Parallaxe des Mondes, so wie die des Mars und der Venus; also indirect die Sonnenparallaxe.

Nicolaus Halma (1755—1828), Professor der Mathematik in Paris und Fontainebleau, später Bibliothekar der Kaiserin Josephine, auch Canonicus zu Notre-Dame. Er gab: *Composition mathématique de Claude Ptolemée, traduit en Français.* — *Commentaire de Théon.* — *Science et explication du Zodiaque.*

Louis Robert Joseph Lémery (1728—1802), ein Assistent Lalande's, namentlich für Berechnungen. Er gab Mondtafeln, rechnete viel für die Connoissance des temps und gab auch selbstständig Ephemeriden heraus.

Jacques André Mallet-Favre (1740—1790), ein um seine Vaterstadt hochverdienter Genfer. Er hatte 1769 zu Ponoi im russischen Lappland den Venus-Durchgang beobachtet und stiftete an der Universität zu Genf eine besondere Professur der Astronomie, die er bis zu seinem Tode selbst bekleidete. Im Verein mit Trembley und Pictet erbaute er eben daselbst eine Sternwarte, auf welcher die drei Genannten fleissig beobachtet haben.

François Marie Quenot, geb. 1761 in L'Orient, begleitete die französische Expedition des General Buonaparte als Astronom nach Ägypten, wo er, so viel die Umstände zuliessen, für Himmelskunde thätig war. Am meisten hat er Jupiter und Mercur beobachtet und seine Resultate in der Connoissance des temps mitgetheilt.

Dominique Ricard (1741—1805) entsagte dem Jesuitenorden, in den er eingetreten, und lebte fortan in Paris als Privatlehrer und Literat. Er ist Verfasser eines astronomischen Gedichts:

La sphère, poème. Lalande hat es sehr gelobt, und in einem Anhange von 160 Seiten finden sich noch andere astronomische Gedichte aus der Griechenzeit.

Jean Guillaume Wallot, ein geborener Oppenheimer, war Astronom beim Grafen Mercy d'Argenteau und beobachtete als solcher den Merkurs-Durchgang am 12. Nov. 1782. Auch schrieb er über Gnomone und die Bestimmung der Schiefe der Ekliptik durch dieselbe. Während der Schreckensregierung fiel er 1794 in Paris unter der Guillotine.

§ 143.

Wenn wir nach dieser Überschau der englischen und französischen Himmelsforschung in den beiden letzten Decennien des 18. Jahrhunderts zu der deutschen übergehen, so geschieht dies mit dem freudigen Gefühl, dass die untergeordnete Stellung, die Deutschland, seit Kepler ins Grab sank, in der Astronomie eingenommen, jetzt einer würdigeren und rühmlicheren Platz macht.

Wir beginnen mit Johann Elert Bode, über dessen Wirken und Arbeiten wir bereits im ersten Bande pag. 479 ff. ausführlich berichtet haben, den wir aber an dieser Stelle nicht unberührt lassen wollen, da seine 60jährige Thätigkeit, die freilich mehr literarisch als praktisch war, eine wichtige Übergangszeit bezeichnet.

In dem von ihm ins Leben gerufenen Berliner Jahrbuche, dessen 54. Jahrgang er bei seinem Tode schon fertig ausgearbeitet hinterliess, erstattete er zugleich Bericht über die Thätigkeit der Sternwarte. Encke trat als Redacteur dieses der Himmelskunde ausschliesslich gewidmeten Journals ein, das einem fühlbaren Mangel abgeholfen und dessen 50jähriges Jubiläum Bode noch erlebt hatte. Es ward von der gesammten Gelehrtenwelt Berlins festlich begangen.

Aber wenn Bode gleich eine ausgebreitete praktisch-astronomische Thätigkeit durch unabwendbare Umstände, versagt blieb (Friedrich II. hat diesen Wissenszweig nie besonders begünstigt), hat er doch gethan, was er vermochte, und den Mängeln seiner Sternwarte nach Möglichkeit abgeholfen. So konnte er in jedem Jahrgange Beobachtungen von Sternbedeckungen, Finsternissen und üblichen Begebenheiten mittheilen, was mehrfach Anwen-

duug fand und ihm eine ehrenvolle Stellung unter den Männern
der Wissenschaft erwarb.

Das edle Fürstenpaar, welches in Gotha herrschte, Herzog
Ernst II. und seine Gemahlin Luise, gründete 1788 die Sternwarte Seeberg bei Gotha, die längere Zeit hindurch gewisser-
massen der Centralpunkt deutscher Himmelsforschung blieb. Franz
Xaver v. Zach, ihr erster Director, begann sogleich die Beobachtungen zu einem Sternkatalog, der jetzt allerdings antiquirt ist,
damals jedoch sehr fördernd wirkte. Durch seine „Monatliche Correspondenz" sammelte und verbreitete er die Nachrichten aus allen
Gegenden, und zahlreiche Aufsätze darin rühren von ihm selbst
her. Bei den von ihm geleiteten Vermessungen in Thüringen
brachte er auch Blickfeuer und andere Signale in Anwendung,
wobei sorgfältig auf die persönliche Differenz geachtet wurde.
Er machte den Spiegelsextanten nach der neuen Construction in
Deutschland bekannter und zeigte, wie dieses Instrument mit
grosser Leichtigkeit namentlich bei Beobachtungen auf Reisen anzuwenden sei (er nannte es eine tragbare Sternwarte), und erwarb
sich namentlich um die astronomische Geographie Verdienste. Mit
seinem Herzoge führte er eine Reise in das südliche Frankreich
und namentlich nach dem Städtchen Hyeres an der Küste des
Mittelländischen Meeres aus; hier und an einigen anderen Orten
wurden kleine Sternwarten eingerichtet, um Längen und Breiten
in diesen Gegenden zu bestimmen.

1796 fand in Gotha ein astronomischer Congress Statt; das
herzogliche Paar nahm selbst daran Theil, und die Astronomen,
welche ihn besuchten, hatten sich der wohlwollendsten Aufnahme
zu erfreuen. Von Frankreich erschien Lalande, der einen Beschluss herbeizuführen wünschte, dass die französische Decimaltheilung für Maasse, Münzen, Gewichte, Kreisbögen und Zeit auch
in Deutschland eingeführt werden möchte. Dieser Zweck ward
nicht erreicht, wohl aber wurden andere wichtige Verabredungen
getroffen; auch eine Durchmusterung des Himmels zum Behuf der
Auffindung des zwischen Mars und Jupiter vermutheten Planeten.
Nur Österreichs Astronomen durften nicht nach Gotha gehen, ein
bestimmter Regierungserlass untersagte es ihnen; ja man ging
noch weiter, man richtete eine ernste Warnung an den Gothaischen
Hof, da bei Lalande's Anwesenheit „il pourroit bien s'agir d'autres révolutions que des révolutions célestes." Glücklicherweise blieb
die Warnung ohne Beachtung.

Obiger Congress beschloss, sich nach einigen Jahren an einem anderen Orte wieder zu versammeln, was aber nicht zu Stande kam. Es gab damals kein zweites Gotha.

Doch, wenn gleich ein förmlicher deutscher Astronomen-Congress erst nach 67 Jahren in Heidelberg stattfand, so wiederholten sich von jetzt ab kleinere Zusammenkünfte sowohl in Gotha als an anderen Orten, namentlich auch in Lilienthal bei dem dortigen Oberamtmann Schröter. Mit gespannten Erwartungen und grossen Hoffnungen sah man den Einrichtungen zu, welche dieser eifrige und unermüdete Forscher traf, um mit Herschel zu wetteifern. Er hatte 1779, schon im 46. Lebensjahre stehend, anfangs mit mittelmässigen, später mit grösseren Teleskopen die Himmelskörper zu beobachten unternommen. Dass sie in dieser äusserlichen Beziehung der Herschel'schen etwas nachstanden, kam wohl wenig in Betracht, aber dass sie an Sorgfalt der Ausführung wie an Zweckmässigkeit der Aufstellung vieles zu wünschen übrig liessen, fiel mehr ins Gewicht. Auch in geistiger Beziehung war Herschel der Überlegene; dem Eifer für Himmels-forschung, der unverkennbar bei Schröter sich manifestirte, standen weder die Kenntnisse noch die Umsicht zur Seite, durch welche Herschel's Arbeiten sich auszeichnen.

Die Mondoberfläche war ein Hauptgegenstand seiner Beschäf-tigungen. In der That ein grosses und reiches Feld, auf dem die ganze Ernte noch zu gewinnen war. Man hatte zwar Mondkarten, aber sehr unvollkommene; die kleinste von ihnen, die Tobias Mayor gegeben, war noch die beste. Die Aufgabe lag klar vor: zuerst eine bessere, namentlich detaillirte Generalkarte, und wenn diess zu Stande gekommen war, die specielle Untersuchung einzel-ner Gegenden. Wurden diese letzteren dann von Zeit zu Zeit in der gleichen Örtlichkeit wiederholt, so konnten möglicherweise auch die Veränderungen auf der Mondfläche wahrgenommen oder ihr Nichtvorhandensein constatirt werden. — Schröter aber be-gann mit dem, was das Allerletzte sein musste; eine allgemeine Mondkarte hielt er sogar für überflüssig, ebenso eine genaue und richtige Orientirung. Er lieferte zahlreiche Zeichnungen einzelner Gegenden; doch wie vergeblich alle Mühe sei, aus diesen Zeich-nungen ein nur einigermaassen genügendes Ganze zusammenzu-setzen, davon hat Verfasser dieses Werks sich zu seinem Bedauern überzeugt.

Doch übergehen wir jene der Hauptsache nach verfehlten

Bemühungen und begnügen uns, anzuführen, dass nur sehr wenig von dem, was er uns gegeben, die spätere Probe bestanden hat. Seine Durchmesser der kleinen Planeten mussten gestrichen, seine Nebelhüllen um Ceres und Pallas entfernt werden. Seine Behauptung, dass der Saturnsring gar nicht rotire, die er mit äusserster Heftigkeit vertheidigte, widersprach aller und jeder Theorie zu sehr, um angenommen werden zu können. Die meisten seiner Schriften (einige noch ungedruckt) führen den Titel Fragmente: selenographische, kronographische, aphroditographische u. s. w., und in der That sind sie höchst fragmentarisch.

Eine Entdeckung Schröter's, die sich bewährt hat, sind die Rillen (schmale tiefe Furchen) auf der Oberfläche des Mondes. Er sah zwei derselben, beschreibt sie und bestimmt ihren Ort durch Vergleichung mit anderen Flecken: so sind sie wiedergefunden worden. Es sind die beiden, die auf der Mittelgegend des Mondes eine beträchtliche Strecke hinziehen; eine durch Hyginus, die andere an Ariadaeus vorüber.

Wenden wir uns zu einem wahren und wesentlichen, wenn gleich indirecten Verdienst Schröter's um Himmelskunde. Durch ihn sind Harding und Bessel der praktischen Astronomie zugeführt und in Lagen versetzt worden, in denen sie frei von andern Berufsgeschäften nur der Himmelsforschung leben konnten. Dafür gebührt ihm aufrichtiger Dank und Anerkennung.

Seine Instrumente kamen nach Göttingen. Der Zustand, in dem sie sich befanden, rechtfertigt ihren dortigen Nichtgebrauch, und um nicht länger den Raum der Sternwarte durch sie beengen zu lassen, hat man die langen Holzröhre entfernt und die Spiegel dem physikalischen Cabinet übergeben.

Bei weitem förderlicher für Himmelskunde war das, was uns Olbers in Bremen dargeboten.

Wilhelm Olbers, 1758 geboren in Arzbergen bei Bremen, Sohn eines Landpredigers, hatte sich der Arzneiwissenschaft gewidmet, 1780 als Doctor der Medicin promovirt und durch kundige und geschickte Anwendung der Heilkunde sich allgemeine Achtung erworben und zum Wohlstande emporgearbeitet. Zu seinem Vergnügen trieb er Astronomie, sie war seine Erholung nach den Mühen des Tages. „Hätten wir doch Viele, die so arbeiteten, wie Olbers sich erholte," sagt Lichtenstein, und mit vollem Rechte. Ihm standen keine Riesenteleskope zu Gebot, und seine Sternwarte war der Dachboden seines Hauses in der

Sandgasse zu Bremen. Aber er war ein gründlicher Kenner der Mathematik, und er unternahm nichts, was seine Kräfte überstieg. Wir werden hier nur das zusammenstellen, was von seinen Arbeiten dem 18. Jahrhundert angehört und einem folgenden Abschnitte das Weitere vorbehalten.

Er hatte die Kometen, diese noch so wenig gekannten Weltkörper, zu seiner astronomischen Hauptaufgabe gemacht und bereits Beobachtungen und Berechnungen des Kometen von 1779 in Bode's Jahrbuch veröffentlicht. Die damaligen Berechnungsmethoden waren sehr wenig dem praktischen Bedürfniss der Astronomen entsprechend. Man hatte sich alle Mühe gegeben, die weitläufigen Näherungsmethoden durch directe Auflösungen zu ersetzen und man war nicht zum Ziele gelangt. Die Entwickelung der Gleichungen, welche die parabolische Bewegung an die Hand gab, führte zu so hohen Graden, dass auf diesem Wege nicht weiter zu kommen war. Was half es, dass man durch sinnreiche Umformungen nicht mehr auf den zehnten oder zwölften, sondern nur auf den siebenten Grad der Gleichung kam; die letztere war eben so wenig als die erstere direct, sondern einzig durch Versuche aufzulösen, und gerade dies sollte vermieden werden.

Der geniale Lambert hatte in seinem Werke: *Insigniores cometarum proprietates*, eine Gleichung gegeben, die nicht die Schlussgleichung bildete und auch nicht direct zum Ziele führte, der aber jedenfalls in einer parabolischen Bahn entsprechen werden musste. Warum, fragte sich Olbers, erst das mühsame Durcharbeiten zu so hohen Graden, wenn wir sie schliesslich doch durch Versuche auflösen müssen? Wollen wir diese nicht zu ungehenden successiven Annäherungen doch lieber gleich auf die Lambert'sche Gleichung an.

Er entwickelte nun ein System von Formeln, die in jedem möglicherweise gegebenen Falle auf die Lambert'sche Gleichung führen und zeigte die sichersten und zugleich leichtesten Methoden, diese durch Versuche aufzulösen und so die Elemente der Kometenbahn zu erhalten. Die Methode gilt zunächst nur für parabolische Bahnen. Aber nicht allein giebt sie ein einfaches und deutliches Kriterium, ob und wie weit die Parabel genüge oder nicht, sondern sie erleichtert auch in dem Falle, dass man zur Ellipse übergehen muss, die weitere Arbeit bedeutend.

Olbers, die Verdienste Anderer stets höher als die seinigen schätzend und sich nur für einen Volontär der Astronomie betrachtend, hatte noch nie ein selbständiges Werk über Himmelskunde veröffentlicht und dachte auch bei dieser Arbeit nicht daran. Indess wünschte er, dass ein kundiger Astronom sie prüfe und wandte sie an den Freiherrn v. Zach nach Gotha mit der Bitte um Beurtheilung. Dieser sah sie durch, und mit jeder Seite wuchs sein freudiges Erstaunen über eine solche Arbeit. Mit möglichster Beschleunigung liess er sie drucken und wandte das Werk an Olbers mit der Bemerkung: „Hier mein Urtheil. Ein solches Werk der Welt vorzuenthalten, wäre ein Frevel an der Wissenschaft. Ich habe es auf meine Verantwortung drucken lassen."

So ist sein einziges selbständiges Buch in die Öffentlichkeit getreten unter dem Titel: Abhandlung über die leichteste und bequemste Art, die Bahn eines Kometen aus einigen Beobachtungen zu berechnen. Weimar 1797. Alles Übrige sind einzelne Abhandlungen und kürzere Mittheilungen in wissenschaftlichen Zeitschriften.

Olbers bedingt drei Beobachtungen, und seine Methode führt dahin, der ersten und dritten dieser Beobachtung völlig zu entsprechen, und der zweiten so, dass der berechnete Ort dem grössten Kreise angehört, welcher durch die Sonne und den Ort der zweiten Beobachtung gezogen werden kann. Delambre verstand dies so, als wolle Olbers aus nur zwei Beobachtungen die Parabel finden, was er für misslich und ungenügend erklärte, er hätte sagen können, für unmöglich. Olbers in seiner Entgegnung schreibt es der Humanität Delambre's zu, dass er dieses „unmöglich" nicht gebraucht. Wir wollen einem Olbers nicht widersprechen, sind jedoch überzeugt, dass die grössere Humanität hierin auf seiner Seite war.

Aber diese liebenswürdige Milde war der Grundzug seines Charakters, wie alle bezeugen werden, denen noch das Glück zu Theil ward, ihn persönlich kennen zu lernen. Er ward nicht müde, seinem Freunde Schröter mit Rath und Beistand zur Hand zu gehen, wie oft auch dieser sich dem bewährten Rathe unzugänglich zeigte. Die sehr einfache und deutliche Erklärung, welche Olbers von den Erscheinungen gab, aus denen Schröter auf Nichtrotation des Ringes geschlossen, wies dieser schroff zurück.

Die Jahre, in welche die hauptsächlichsten Leistungen des Bremer Astronomen fallen, sind die traurigsten in der Geschichte unseres Vaterlandes, und wir sahen damals „Deutschland in seiner

3*

tiefsten Erniedrigung." Aber die geräuschlose, allem politischen Treiben fern stehende Thätigkeit des allgemein verehrten Mannes hatte darunter doch nur indirect zu leiden. Wir werden später die Zeiten kennen lernen, in denen seine wichtigsten Entdeckungen und Untersuchungen gemacht wurden.

Julius August Koch, ein praktischer Arzt, der aber sowohl als Rechner, wie auch als praktischer Beobachter, hier zu erwähnen ist, trat zuerst mit „astronomischen Tafeln zur Zeitbestimmung" auf, dann mit einem Werke über veränderliche oder verschwundene Sterne; unter ersteren kommt ein von ihm selbst entdeckter vor, R Leonis, der 312½ Tage Umlauf giebt. Ausserdem hat er viele Vorausberechnungen gemacht.

Elisabeth Baronin v. Matt in Wien, die sich dort eine kleine Sternwarte erbaute und ihre Beobachtungen und Berechnungen in Bode's und Zach's Zeitschriften mittheilte. Anfangs anonym auftretend, gab sie später dies auf. Kurz nachdem sie ein schönes Instrument, womit der Künstler sie sieben Jahr hatte warten lassen, endlich erhalten und aufgestellt hatte, starb sie plötzlich 1814.

August Gottlieb Meissner (1747—1815), Gehülfe an der (alten) Sternwarte Leipzig. Zu Rüdiger's Anleitung zur Kenntniss des Himmels gab er einen Atlas von 75 Stern- und anderen astronomischen Karten, beobachtete auch die beiden Kometen von 1797 und 1807.

Anton Pilgram (1730—1798) trat 1753 in den Jesuitenorden, ward Adjunct der Wiener Sternwarte und redigirte die Wiener Ephemeriden schon seit 1769, anfangs allein, später mit Hell in Gemeinschaft. Ausserdem untersuchte er die Sonnenparallaxe aus den Venusdurchgängen, gab verschiedene astronomische Tafeln zur Aberration und Nutation, zur Verwandlung der Coordinaten α und δ in λ und β, und bestimmte die Grösse der Jupitersmonde aus ihrer Verweilung am Rande des Planeten bei Bedeckungen.

Gotthilf Christian Reccard (1735—1799) war Doctor der Theologie und Consistorialrath; dabei aber eifriger und kundiger Freund der Astronomie. In Königsberg, wo er auch Beobachtungen anstellte, berechnete er die Verfinsterungen der Jupiterstrabanten und eben so die Sonnenfinsternisse; letztere bis zu Ende des Jahrhunderts. Eine eigentliche Sternwarte bestand damals in Königsberg noch nicht.

Georg v. Reichenbach (1772 — 1826) gründete das berühmte Münchener Institut, aus welchem die trefflichen Meridiankreise hervorgingen, die nach und nach fast auf allen Sternwarten eingeführt wurden, theils von ihm selbst, theils nach seinem Princip von anderen Künstlern verfertigt. An Stelle der Quadranten und anderer Bogentheile setzte er den Vollkreis, der nicht allein eine besser controlirte Theilung gestattet, sondern auch grössere Festigkeit und andere, dem Beobachter sehr willkommene Vortheile gewährt. Auch eine neue und vollkommenere Kreistheilmaschine verdanken wir ihm.

Adam Ehregott Schön (1725 — 1805), Prediger in Meffersdorf. Wir besitzen von ihm Beobachtungen über das (damals noch sehr wenig beachtete) Zodiakallicht, über mehrere veränderliche Sterne, den Uranus u. s. w. Seine Mittheilungen finden sich in Bode's Jahrbuch und dem Leipziger Magazin.

Peter Ungeschick (1760 — 1790), ein guter Astronom und besonders kundiger Rechner, unter Lalande für Himmelsforschung gebildet und eine Zeitlang bei ihm arbeitend, dann Astronom an der Sternwarte Mannheim. Er starb schon im 30. Lebensjahre in Luxemburg.

Georg Freiherr v. Vega (1756 — 1802), bekannter durch seine Logarithmentafeln, auf die er sehr grosse Sorgfalt verwandte. Aber auch als astronomischer Schriftsteller ist er aufgetreten; er schrieb eine Anleitung zur Zeitbestimmung; eine andere, die Massen der Himmelskörper zu finden und „die Geheimnisse der Gravitation." Man fand seinen Leichnam 1802 in der Donau und hielt ihn für verunglückt; dreissig Jahr später legte ein Müller auf seinem Sterbebett das reuige Geständniss ab, er sei der Mörder Vega's.

Anton Freiherr v. Zach, Bruder des oben erwähnten Directors der Sternwarte Seeberg. Als österreichischer Offizier lehrte er in der dortigen Militär-Akademie. Er führte Vermessungen in Galizien und dem venetianischen Gebiet aus, gab auch astronomische Beobachtungen und publicirte mehrere dahin gehörende Abhandlungen.

Nathanael v. Wolf (1724 — 1784), ein Arzt in Danzig, wo er sich eine Privatsternwarte erbaute. Seine dort angestellten Beobachtungen sind von Bernouilli in Berlin herausgegeben, theilweis auch durch Bode's Jahrbuch veröffentlicht. Auch schrieb er über parabolische Spiegel.

Wurm, ein sehr beharrlicher und gewandter Berechner von

Längendifferenzen aus Sternbedeckungen, die er in Bode's Jahrbuch und später in den astronomischen Nachrichten veröffentlichte. Sein Vorschlag, die alten Sternbilder abzuschaffen, hat keine Billigung gefunden.

Abraham Gotthelf Kästner* (1719 — 1800). Seit 1746 Professor der Mathematik und Physik in Göttingen, ein sehr vielseitiger Gelehrter, bearbeitete die Theorie der optischen Gläser, gab Formeln für die Mittagsverbesserung, so wie andere für die Beobachtungen am Kreismikrometer. Zahlreiche Aufsätze in verschiedenen Wissenszweigen verdanken wir ihm.

---

* *Abraham Gotthelf KÄSTNER, geb.* 1719, *gest.* 1800. Der Universität Göttingen, an der er schon 1737 als Magister promovirte und 1746 Professor ward, hat er über ein halbes Jahrhundert gedient und die Professur der Mathematik bekleidet. Er ist einer der fruchtbarsten Schriftsteller in fast allen Zweigen der Mathematik.

1751 besorgte er die Herausgabe von J. H. v. Rohr's physikalischer Bibliothek. Leipzig.

1755. Vollständiger Lehrbegriff der Optik nach Robert Smith. Altenburg.

1759. Vorrede zu M. Hube's Werk über Kegelschnitte.

1766—1792. Anfangsgründe der Mathematik. 10 Bände. Göttingen.

1768—83. Deutsche Übersetzung der Abhandlungen der Königl. Schwedischen Akademie der Wissenschaften. 21 Octavbände. Leipzig.

1771. Dissertationes mathematicae et physicae. Altenburg 1771.

1772—74. Astronomische Abhandlungen zur weiteren Ausführung der astronomischen Anfangsgründe. Göttingen. (Man findet hier auch optische Abhandlungen über verschiedene Gläser, so wie über Fernröhre und Mikrometer.)

1775. Anmerkungen über die Markscheidekunst, nebst einer Abhandlung von Höhenmessungen durch das Barometer. Göttingen.

1795. Weitere Ausführung der mathematischen Geographie, besonders in Absicht auf die sphäroidische Gestalt der Erde. Göttingen.

1799. Anfangsgründe der Analysis des Unendlichen. Göttingen. (3. Auflage.)

1800. Mathematische Anfangsgründe. 6. Auflage. Göttingen. Mit diesem Werke, von dem er den ersten Theil noch bearbeitete, hat er seine Laufbahn beschlossen.

Ausserdem über 60 kleinere Schriften über Mathematik im Allgemeinen, Geometrie, endliche und unendliche Analysis, Wahrscheinlichkeitsrechnung, sphärische, theoretische und praktische Astronomie, Geodäsie, Kartenentwurf, Sonne und ihre Flecken, Mond und seine Finsternisse, Teleskope, Mikrometer, geodätische

Auch Immanuel Kant, der grosse Königsberger Philosoph, schrieb „über den Bau der Himmel," ein Werk voll scharfsinniger Ansichten, die jetzt allerdings als veraltet zu bezeichnen sind. Unter andern hielt er den Sirius für die Centralsonne des Fixsternsystems.

Joh. Daniel Titius, Professor in Wittenberg, wo er 1796 starb, ist eigentlicher Urheber der bekannten Reihe, durch welche man die Planeten-Abstände ausdrücken wollte, nämlich:

$$4;\quad 4+3;\quad 4+2.3;\quad 4+2^2.3;\quad 4+2^3.3;\quad 4+2^4.3;\quad 4+2^5.3;\quad 4+2^6.3.$$

Merkur   Venus   Erde   Mars   (Ceres &c.)   Jupiter   Saturn   Uranus

Er gab dies in seiner Übersetzung von Bonnet's *Considérations*. Mit Unrecht ist diese Reihe bald als Wurm'sche, bald als Bode'sche bezeichnet worden. Da sich Neptun gar nicht, die kleinen Planeten nur gezwungen dieser Reihe fügen und auch die übrigen Planeten nur beiläufig stimmen (dreien derselben, beliebig ausgewählt, könnte durch Modification der drei Constanten entsprochen werden, was jedoch nichts bewiese), so ist sie wenigstens nicht als ursprüngliches Naturgesetz annehmbar.

§ 146.

Italien, vor fast einem halben Jahrtausend die Wiege europäischer Naturforschung, hatte zwar anfangs eifrig an ihrer Fortbildung Theil genommen, später war es jedoch zurückgeblieben. Seine Cassini und Maraldi suchten und fanden die Anerkennung, die das Vaterland ihnen nicht entgegenbrachte, im Auslande. Man hielt sich an die alten Formen; durch Gnomone wollte man die Schiefe der Ekliptik, wie durch Metallstreifen auf den Fussböden der Kirchen den Meridian bestimmen und Ähn-

Instrumente, Theilung, Uhren, Globen, Gnomonik, Mechanik, Physik und verschiedene einzelne Gegenstände. Auch als Biograph hat er sich verdient gemacht; er schrieb über Kepler (1783), wie über seinen 1799 verstorbenen langjährigen Collegen Lichtenberg. Ihm selbst haben Heyne und v. Zach ehrende Denkmäler gesetzt, nachdem schon während seines Lebens Hindenburg, Scheibel und Stäudlin biographische Notizen über ihn gegeben hatten.

liches. In keinem Lande stand die Sonnenuhrkunst, noch von der
alten Römerzeit her, in solcher Blüthe als in Italien. Allerdings
bedarf sie der Astronomie, nicht aber umgekehrt, wenigstens nicht
in unseren Tagen, wo man genauere Mittel kennt.

Dem ersten Director der Sternwarte Rom, dem Jesuiten As-
clepi, gebührt ehrenvolle Anerkennung wegen mancher von ihm
eingeführten Verbesserung der Beobachtungs- wie der Berechnungsmethoden. Der Venusdurchgang von 1769 konnte dort bereits auf drei Punkten beobachtet werden,' denn auch das Kloster
der Dominicaner und der Herzog von Sarmento besassen Sternwarten; auch Bologna erhielt in demselben Jahr eine solche, indem der Schreckensthurm Ezzelino's zur Sternwarte umge-
schaffen ward. So wurde hier das alte *mitescent saecula* zur
Wahrheit.

Für Landvermessung geschah Manches, und eine Zeit lang
glaubte man in ihnen auch Gradmessungen zu besitzen. Eine
Längengradmessung im Thale des Po, vielleicht durch Südfrank-
reich fortgesetzt, wäre sehr zu wünschen, jetzt auch leichter auszuführen als vor 50 und 100 Jahren.

Graf Tommaso Valperga di Caluso (1737—1815), Director der Turiner Sternwarte, ist als einer der ersten zu bezeichnen, welche sich um Bestimmung der Uranusbahn verdient
machten. Auch über Kometenbahnen und die Projectionsmethoden,
um Kugeloberflächen auf Planbildern darzustellen, besitzen wir
Manches von ihm. Er war ein sehr gründlicher Mathematiker.

Die pyrenäische Halbinsel, die von der neuen Kunst,
nach den Sternen zu schiffen, wie von Regiomontanus'
Arbeiten überhaupt, so grosse und dauernde Vortheile gezogen, liess
geraume Zeit hindurch die bedeutenden Fortschritte der Himmelskunde, die in anderen Ländern gemacht wurden, theilnahmlos
und unbeachtet an sich vorübergehen; was allerdings in den dortigen politischen Zuständen seine genügende Erklärung findet.

In der Zeit der Philippe und der ersten bourbonischen Kö-
nige überhaupt treffen wir in Spanien nur die einzige Navigationsschule in Cadix an, wo die Traditionen aus der Zeit des
Columbus und Magellan noch einigermaassen fortleben, und
wo Godin lehrte, als man ihn in Paris vergessen hatte. Doch
nur sehr spärliche Publicationen sind aus dieser Zeit von dorther
an die Öffentlichkeit gelangt.

Erst Karl IV., den später Napoleon zur Abdankung zwang,

gründete 1790 zwei Sternwarten: die zu Madrid durch den Grafen
Florida Blanca, und die zu S. Fernando auf der Insel Leon
bei Cadiz, welche auch ihre Thätigkeit sofort begannen. Ihre bessere
Ausrüstung indess gehört erst dem 19. Jahrhundert an.

José Joaquin de Ferrer, ein Offizier der spanischen Marine, der 1818 in Bilbao starb, hat im spanischen Amerika, so wie
in Westindien, viele geographische Ortsbestimmungen ausgeführt
und die Sternbedeckungen nicht zu diesem Zweck allein, sondern
auch zur Herleitung des Monddurchmessers (aus der Zeitdauer
der Bedeckung) angewandt. Die Sonnenparallaxe hat er gleichfalls untersucht und zu diesem Zweck die Beobachtungen des
Venusdurchganges in Rechnung gezogen.

Auf Portugal übergehend, finden wir dort ähnliche Zustände.
Wohl wurden einzelne Himmelsbegebenheiten, wie Totalfinsternisse
der Sonne, langgeschweifte Kometen und Ähnliches in Portugal
und seinen Kolonieländern, wie Brasilien und Goa, von Einigen,
so gut sie es vermochten, beobachtet, auch wohl Veröffentlichungen
dieser Wahrnehmungen bewirkt. — Noch bis tief ins 19. Jahrhundert hinein erschien in Lissabon eine Art Seekalender, in dem
wir jedoch nur über Venus, Mars, Jupiter und Saturn einige Notizen finden, „weil andere Planeten von den Seefahrern nicht beobachtet werden." Wo es keine Astronomen giebt, braucht freilich
der Kalender auf sie keine Rücksicht zu nehmen.

Im Jahre 1792 liess der Graf v. Resindo, Rector der Universität Coimbra, auf den sehr festen Grundmauern eines alten
abgetragenen Gebäudes eine Sternwarte errichten von 192 Fuss
Länge, 30 Breite und 27 Höhe. Sie besteht nur aus einem
Stockwerk und wird von 3 Beobachtungsthürmen überragt. Mit
ihr ist auch ein grosser Hörsaal (Gymnasium astronomicum) vorhanden.

Noch erwähnen wir hier

Bento Sanchez Dorta, geb. 1739 zu Coimbra, gest. 1795
zu Rio Janeiro, königlich portugiesischer Astronom und Geograph,
Mitglied der Akademie zu Lissabon. Seit 1781 hielt er sich, zum
Zwecke von Vermessungen, in Brasilien auf, und hier veröffentlichte er:

Observações astronomicas junto as Castello da Cidade do Rio. 1794.
Observações do eclipse en Lua no dia 10. Sept. 1753.
Observações de 4 satellite de Giove.

und noch Verschiedenes.

Eusebio da Veiga, Jesuit, geb. 1718 zu Revelles bei Coimbra, gest. 1798 in Rom, war Professor der Mathematik in Lissabon und später Rector des portugiesischen Hospitals in Rom. Von ihm:

Planetario Lusitano explicado com problemas &c. (enthaltend eine Anleitung für Seefahrer zum Gebrauch der Ephemeriden).

In Rom publicirte er acht Bände Ephemeriden (von 1786 bis 1793).

Wenden wir uns nach Norden, so finden wir hier eine erfreuliche Thätigkeit, namentlich in Schweden, so sehr auch die Russenkriege und die Ermordung des dritten Gustav geeignet erschienen, die Theilnahme an wissenschaftlichen Bestrebungen in den Schatten zu stellen. Stockholm, Upsala und das finnische Abo waren dort die Centralpunkte für Naturwissenschaft, weniger die schwach besuchte Universität Greifswald im damaligen Schwedisch-Pommern. Der thätige Wargentin, der früher als die meisten anderen Astronomen die achromatischen Fernröhre eingeführt und gebraucht hatte, war 1783 gestorben. — Svanberg und später Rosenberg wiederholten die lappländische Gradmessung; bestätigten, was man immer vermuthet hatte, dass der von Maupertuis gemessene Bogen sehr fehlerhaft bestimmt worden, und lieferten ein Datum, das sich weit besser als die alte Messung den in anderen Erdgegenden erhaltenen anschloss.

Zacharias Nordmark (geb. 1751 in Luleå, gest. 1828 in Upsala), Professor der Physik, anfangs in Greifswald, hernach in Upsala, schrieb über Ableitung heliocentrischer Örter aus geocentrischen und umgekehrt, bearbeitete auch das Kepler'sche Problem, indem er eine approximative Lösung durch unendliche Reihen gab.

Anders Planmaun (geb. 1724 zu Hattula Sotan, gest. 1803 zu Pemar in Finnland) war bis 1763 Docent der Astronomie zu Upsala, dann Professor derselben in Abo bis 1801, daneben auch von 1774 an Pfarrer zu Pemar. Zur Beobachtung der beiden Venusdurchgänge ging er sowohl 1761 als 1769 nach Cajaneborg, erhielt beide Male Resultate (nur dass 1769 eines der Momente durch Wolken verloren ging) und leitete aus seinen eigenen und Anderer Beobachtungen die Sonnenparallaxe ab.

In Dänemark war es hauptsächlich Bugge,[*] der die seit

_____

* Siehe Bd. I, pag. 466.

Römer's und Horrebow's l. Tode in Abnahme gekommene astronomische Thätigkeit wieder auffrischte. 1740 in Kopenhagen geboren, war er bereits 1762 als geographischer Landmesser beschäftigt, und sein rastloser Eifer wie seine Geschicklichkeit rich-
teten die Aufmerksamkeit der Regierung auf ihn; auch ward er
Mitglied der Dänischen Gesellschaft der Wissenschaften. Er ist
Verfasser zahlreicher Schriften über Himmelskunde, theils streng-
wissenschaftlicher, theils populär gehaltener; die Zeitschriften von
Dode und Zach enthalten von ihm mehrere Mittheilungen. Der
Impuls, den Bugge der dänischen Himmelskunde gab, war ein
dauernder, und in der Geschichte des nächsten Jahrhunderts
werden sich die Belege dazu finden.

Es fehlte in Russland nicht an Männern, die, mit der Himmelskunde wohl bekannt, ihr nach Kräften zu dienen fähig und
bereit waren; wohl aber fehlte es meist an Gelegenheit, ihre Thätigkeit erfolgreich zu machen.   Für Landvermessung, wie für
astronomische Bestimmung naher und entfernterer Punkte des ausgedehnten Reiches geschah viel, auch nachdem Lowitz,* zu Vermessungen nach Russland berufen, durch die rohe Grausamkeit
des Rebellen Pugatschew ein unglückliches Ende gefunden hatte;
die Wilnaer Sternwarte, in polnischer Zeit gestiftet, bestand unter
russischer Herrschaft fort, und ihre Mittheilungen in Dode's

---

*Georg Morit: LOWITZ, geb. 1722 am 17. Febr., gest. 1774
am 24. Aug. In Fürth geboren, trat er früh in die Homann'sche
Buch- und Landkartenhandlung als Associé und Kartenzeichner
ein und ward Mitglied der Nürnberger kosmographischen Gesellschaft. Diese Verbindungen dauerten fort, auch nachdem er 1751
Professor der Mathematik am Aegidion-Gymnasium zu Nürnberg geworden war. 1754 ward er als Professor der Mathematik nach Göttingen berufen, wo er neben Mayer auch an der Sternwarte arbeitete. Verdriesslichkeiten mancher Art verleideten ihm seine Stellung;
die Verbindlichkeiten, die er gegen die kosmographische Gesellschaft eingegangen, waren drückend für ihn, und so folgte er
1767 einem Rufe nach Petersburg als Professor der Mathematik
und Mitglied der Akademie der Wissenschaften. In Gurief beobachtete er den Venusdurchgang am 4. Juni 1769 und war in den
folgenden Jahren mit Vermessungen im südöstlichen Russland beschäftigt. Hier jedoch ereilte ihn ein tragisches Schicksal. Er

Jahrbuch zeugen von ihrer Thätigkeit; auch die Petersburger, die nach dem Brande 1747 wiederhergestellt war, nur leider in derselben unzweckmässigen Localität wie früher, arbeitete fort, so gut es anging. Rumowsky und Inochodzoff liessen es nicht an Bemühnngen fehlen, einen bessern Zustand herbeizuführen, doch erst das 19. Jahrhundert sollte diesen erblicken. Euler's und Lexell's ist bereits im Vorstehenden gedacht worden.

Joh. David Sand, geb. 1748, Lehrer der Mathematik am Riga'schen Gymnasium, hat einige Beobachtungen angestellt und seit 1794 in Bode's Jahrbuch darüber Mittheilungen gemacht.

Magnus Georg Paucker arbeitete auf der noch aus der herzoglichen Zeit herrührenden Mitauer Sternwarte, die aus einigen Instrumenten, placirt in einem Dachzimmer des Gymnasiums, bestand, schliesslich aber so verfiel, dass sie nicht mehr benutzt werden konnte.

Das 19. Jahrhundert wird mehr und erfreulichere Veranlassung bieten, der Himmelskunde in Russland zu gedenken.

In Ungarn treffen wir auf wohlgemeinte Versuche. Ignaz Graf v. Batthyany (1741—1798), Bischof von Siebenbürgen, erbaute zu Weissenburg auf eigene Kosten eine Sternwarte. Weiss (1717—1785), schon 1759 in Tyrnau thätig, war es auch bei seiner Versetzung nach Ofen 1777; leider konnte sein und seiner

ward in der Nähe von Howla an der untern Wolga mitten in seinen geodätischen Arbeiten von den Rebellenhorden Pugatschew's überfallen und auf Befehl dieses rohen Barbaren erst gespiesst und darauf gehängt.

Sein 1757 in Göttingen geborener Sohn, der sich der Pharmacie gewidmet hatte, und gleichfalls 1793 Mitglied der Akademie der Wissenschaften wurde, ist 1804 in Petersburg gestorben.

Manches von G. M. Lowitz unternommene kam nicht zu Stande; wir wählen hier nur das aus, was wirklich erschienen ist.

1748. Explicatio duarum chartarum pro Intelligenda projectione eclipsis terrae 23. Julii 1748. Nurnberg.
1751. Programma de quadrante astronomicis et geographicis usibus aptata.
1770. Beobachtung des Venusdurchganges in Guriew.
1773. Observationes in urbe Saratow habitae. Petersburg.

Bernouilli hat uns 1776 eine *Eloge de Lowitz* gegeben.

Gehülfen Sainoviez, Bruno und Bogdanich Eifer wenig Früchte trugen, da weder die Locale noch die Instrumente dem Bedürfniss der vorgeschrittenen Wissenschaft entsprachen. Die beste ungarische Sternwarte in jener Zeit scheint Erlau gewesen zu sein, welche Graf Carl v. Esterhazy 1776 erbaut und reich ausgestattet hatte, und wo Madarassy, ein Zögling Hell's, die Direction führte. Die Wiener Jahrbücher enthalten zahlreiche Mittheilungen aus der Zeit bis 1785. Von da ab hat ihre Thätigkeit aufgehört, da Madarassy ein Pfarramt erhielt, und dieses ihn ganz in Anspruch nahm. Die Himmelskunde ruhete hier eine Zeitlaug.

Auch das benachbarte Galizien besass eine Sternwarte in Lemberg, d. h. einen achteckigen Thurm, dem Jesuitencollegium gehörend und mit einigen Instrumenten versehen, die aber schon seit 1773 verwaiset war und von der, ausser der Sonnenfinsterniss am 1. April 1763, nie etwas Weiteres verlautete. Liesganig's Bemühungen, hier etwas Besseres zu gründen, hatten keinen Erfolg.

Die Stadt, in der einst Copernicus den Grund zu seiner Bildung gelegt und mit gleichstrebenden Jünglingen einen Bund für Himmelskunde schloss, Krakau, wird gleichfalls als Sternwarte aufgeführt, scheint aber dieses Namens wenig würdig gewesen zu sein. Sniadecki, ihr Director von 1781—1807, hat hier Notizen über Coperniens, sonst aber nichts veröffentlicht.

Die nordamerikanische Union, noch mit ihrer Constituirung beschäftigt und von irdischen Angelegenheiten ganz in Anspruch genommen, konnte damals noch nichts für Himmelskunde thun. Dennoch fanden sich Einzelne, die wenigstens ihren guten Willen, der Wissenschaft nützlich zu sein, bekundet haben.

Andrew Ellicott, geb. 1753, gest. 1820, war Professor der Mathematik an der Militär-Akademie zu Westpoint, und von ihm besitzen wir aus dem Jahre 1799 zwei Schriften:

On aberration of the fixed stars, nutation of earths axis and semi-annual equation.

A method of calculating the eccentric anomaly of the planets.

Samuel Williams (1743—1817), der bereits den Venusdurchgang von 1769 beobachtet und einen „Account" über denselben veröffentlicht hatte, gab später noch einige andere Beobachtungen in britischen Jahrbüchern. Wenn wir aus jener Periode einzelne Beobachtungen antreffen, die in aussereuropäischen Regionen angestellt wurden, waren es fast stets Europäer, von

denen sie ausgingen, und bei denen das Land als solches unbe-
theiligt blieb. So beispielsweise die Beobachtungen, welche Nouet
während Bonaparte's ägyptischer Expedition ausführte. Denn
was Nordindien, Persien, die Euphratländer und Ägypten einst
besessen und geleistet, war seit Jahrhunderten untergegangen;
wir treffen keinen Ulugh Beigh, keinen Nasir-Eddin wieder
an. China besass keine Jesuiten mehr und konnte trotz seines
gelehrten Kaisers Kien-long sich aus eigener Kraft nicht wieder
zur Himmelsforschung aufschwingen. Zwar hatte Macartney
1792 unter den Geschenken, die er herkömmlich überreichte und
die der dortige officielle Sprachgebrauch als „Tribut" bezeichnete,
auch ein grosses und sehr gutes Herschel'sches Teleskop mit-
gebracht, aber es ruhte ungebraucht in Yuen-min-yuen, der Som-
merresidenz des Himmelssohnes. — Die provisorischen Observatorien in Sibirien (Tobolsk, Irkutsk etc.), für Sonnenfinsternisse
und Venusdurchgänge einst errichtet, lagen in Trümmern und
waren vergessen.

Doch verdient Erwähnung, dass Ludwig XVI. durch den
Bernhardinermönch Joseph de Beauchamp, französischen Consul
in Arabien, das alte Bagdad, wo die Khalifen geherrscht und die
Wissenschaft kräftig gefördert hatten, 1785 und 1786 so weit
wiederherstellen und ausrüsten liess, dass Orte astronomisch bestimmt und Karten berichtigt werden konnten. Abdul Hamid,
in Konstantinopel herrschend, erfuhr durch Beauchamp, dass
sein Reich gegen 800 Quadratmeilen grösser sei, als man bisher
geglaubt, denn die Orte an der natolischen Nordküste mussten
auf der Karte beträchtlich weiter nach Norden gerückt und das
schwarze Meer ansehnlich verkleinert werden. Beauchamp ward
später von Bonaparte nach Ägypten berufen und mit einer
Mission nach Konstantinopel beauftragt, aber von den englischen
Kreuzern gefangen, den Türken ausgeliefert und dort drei Jahr
lang gefangen gehalten. Endlich frei gelassen, aber mit zerrüt-
teter Gesundheit, ging er nach Nizza, wo er 1801 im 49. Jahre
starb.

In dieser Weise nahte der Schluss des Jahrhunderts, wenigstens für alle Länder, in denen der gregorianische Kalender
eingeführt war; also jetzt nur noch mit Ausnahme Russlands.
Zwar hatte man in Frankreich den Versuch gemacht, den früheren
Kalender ganz zu beseitigen, eine Zählung nach Jahren der Republik, andere Monatsnamen, eine andere Eintheilung derselben

(in drei Decaden statt der Wochen) einzuführen; aber ein wahres
Leben hat dieser Kalender in den vierzehn Jahren seines officiellen
Bestehens nie gehabt. Das Volk konnte sich nicht an die Neuerung gewöhnen, so wenig als an die zehntheilige Uhr des Palais
des Tuilleries, und auch die Männer der Wissenschaft fanden es
bequemer und angemessener, beim Alten zu bleiben, wie man
dies an Lalande's *Bibliographie astronomique* und anderen Werken
jener Zeit sehen kann. Der 1. Januar 1806 machte, auf Befehl
des Kaisers Napoleon, dem Scheinleben des Revolutionskalenders
ein Ende.

Dem schon bei früheren Säcularwechseln aufgetauchten Streite
über das Anfangsjahr begegnen wir auch diesmal. Soll das neue
Jahrhundert mit 1800 oder 1801 anfangen? Diese wunderliche
Frage diente sogar zum Thema eines Theaterstücks. Lalande
entschied sie kurzweg durch die Bemerkung, dass man im ersten
Anfange nicht mit dem 0ten, sondern dem 1. Jahre das Säculum
begonnen, folglich auch diesmal 1801, und nicht 1800, das neue
Säculum beginnen müsse.

II. DIE HIMMELSKUNDE IM 19. JAHRHUNDERT.

§ 147.

So war der Donnerstag herbeigekommen, der als 1. Januar
1801 den denkwürdigen Zeitabschnitt bezeichnen sollte. Denk-
würdig ganz besonders für Himmelskunde, wie wir bald sehen
werden.

Wir laden unsere Leser nicht ein, mit uns den Berg zu be-
steigen, auf dem die Sternwarte Greenwich seit 1675 errichtet ist,
und jetzt ihr fünfter Director Maskelyne seine langgewohnte
Thätigkeit fortsetzt. Auch wollen wir sie nicht durch die langen
und fast öden Säle des Observatoire de Paris führen, wo Méchain
Ordnung zu stiften und die Spuren der Revolutionszeit vergessen
zu machen bemüht ist. Wir fordern sie vielmehr auf, mit uns
einen Ort zu besuchen, der bisher in der Himmelskunde wenig
genannt ward, und wo sich heut wirklich etwas Neues bewegt.

Es ist Palermo, die Hauptstadt Siciliens, wo zehn Jahr vorher
der Vicekönig Principe Caramanico eine schöne Sternwarte
errichtet, und Joseph Piazzi, ein Theatinermönch, zum Director
derselben ernannt hat. In seinem Arbeitszimmer sehen wir den

55jährigen Astronomen in ernstem Nachsinnen. Auf dem Tische vor ihm liegen Sternkataloge, mit denen er eifrig beschäftigt ist. Er hat eben eine unerfreuliche Bemerkung gemacht. Wollaston's Sternverzeichniss und Mayer's Zodiakalkatalog sind an einer Stelle (im Sternbilde der Zwillinge) nicht in Übereinstimmung zu bringen, und er hat beide in unmittelbarer Benutzung bei den Beobachtungen, die zur Anfertigung seines Fixsternkatalogs dienen sollen. „Das muss genau untersucht werden. Noch heut Abend, wenn der Himmel es begünstigt, will ich alle in meinem Fernrohr bestimmbaren Sterne dieser Gegend aufzeichnen, und damit fortfahren, bis der Dissens aufgehellt ist."

Es wird heiter. Am Abend des Neujahrhundertstages beobachtet Piazzi einige Sterne dieser Gegend und trägt alle übrigen in ihrer Nähe sichtbaren in eine Zeichnung ein. Er wiederholt dies am 2. Januar und findet einen der kleinen Sterne am gestrigen Orte nicht wieder, sondern statt seiner einen ähnlichen an einem andern Orte. Da auch am 3. dasselbe sich wiederholte, und weder der Ort vom 1., noch der vom 2. Januar durch einen Stern bezeichnet war, sondern ein Ort, wo er früher keinen gesehen, so ahnte er gleich, dass er nicht, wie anfangs vermuthet, einen Irrthum begangen, sondern ein ganz anderer Umstand hier vorliegen musste. Die Beobachtung am 4. und die darauf vorgenommene Untersuchung dessen, was an diesen vier Abenden erhalten worden, überzeugten ihn, dass er einen neuen Wandelstern gefunden habe.

Zuerst fiel seine Vermuthung auf einen Kometen. Schweiflose Kometen, auch solche mit schwacher Nebelhülle, waren bereits mehrere erschienen; grössere auch ausser dem Meridian zu gebrauchende Instrumente besass er damals nicht, und so meldete er brieflich die gemachte Entdeckung nach Paris und an mehrere andere Orte, unter andern auch an Bode nach Berlin. Er selbst beobachtete fleissig fort bis zum 11. Februar, wo trübes Wetter eintrat, und bald darauf erkrankte er sehr schwer, und es währte lange Zeit, bis er sich kräftig genug fühlte, wieder zu beobachten. Inzwischen aber culminirte die Himmelsgegend, wo der neue Wandelstern sich gezeigt, am hellen Tage, und ihm selbst war es also nicht möglich, den Findling wieder aufzusuchen. Er beruhigte sich in der Erwartung, dass dies an anderen Orten geschehen sein werde.

Trügerische Hoffnung!

Die Briefe Piazzi's mussten sich auf den schwerfälligen, langsamen Posten jener Zeit Bahn brechen durch feindliche Heere, die einander gegenüberstanden im erbitterten Kampfe. Einige gelangten gar nicht an ihre Adresse, die übrigen so spät, dass die betreffende Himmelsgegend schon in heller Abenddämmerung stand und keinem einzigen Astronomen die Wiederauffindung des Sternes gelang.

Indess hatte der Reconvalescent seine bis zum 11. Februar 1801 reichenden Beobachtungen nachgesandt, und sie langten an: in Berlin am 6. März als „Örter des Kometen."

Bode verglich die Beobachtungen und fand, dass nur unter sehr gezwungenen und unwahrscheinlichen Annahmen eine Kometenbahn herauskomme, dass dagegen eine planetarische Bahn den Örtern viel besser entspreche. Da nun auch von einem kometenartigen Ansehen nichts gemeldet war, so war er der Meinung, dass hier nicht ein Komet, sondern der zwischen Mars und Jupiter längst vermuthete Planet beobachtet worden sei. Er schrieb dieses an Piazzi, der nach einigen Zweifeln der Meinung Bode's beitrat und erwiederte: „Ich umarme Sie aufs herzlichste, dass Sie meinen Planeten zuerst als solchen verkündigt haben." Als Entdecker übte er sein Recht der Namengebung und wählte den der alten Schutzgöttin Siciliens, Ceres.

Der polnische Astronom Poczobut ist Verfasser des folgenden Distichons:

> Quae segetum culmos docuisti falce secare,
> Falx dentata sacrum sit tibi stemma, Ceres;

und in der That führt Ceres das Zeichen ⚲.

Aber der neue Bürger des Planetensystems ist nur teleskopisch; der Entdecker giebt ihm die achte Grösse. Kein unbewaffnetes Auge ist scharf genug; ihn zu erblicken, das Fernrohr also soll ihn herausfinden unter den Hunderttausenden von Sternen ähnlichen Glanzes.

Unter solchen Umständen war ein Gelingen nicht zu hoffen, ausser wenn man den Ort, wo er stehen muss, im Allgemeinen kannt. Vor dem Spätherbst 1801 können die Beobachter überhaupt nichts thun, denn erst dann wird die betreffende Gegend früh genug in den Morgenstunden untersucht werden können. Die Theoretiker haben folglich Zeit, sich ihrerseits an der Aufgabe zu versuchen.

§ 148.

Mit Recht können die Entdeckung der Ceres und die in den nächsten 6½ Jahren ihr folgenden ähnlichen Entdeckungen als welthistorische Ereignisse bezeichnet werden. Auch ohne den Umstand, dass der Beginn derselben mit dem Anfange des Jahrhunderts genau zusammenfiel, würde durch sie eine neue Epoche in der Himmelskunde bezeichnet werden. Denn wie jede grosse Entdeckung oder Erfindung hat auch diese die Wissenschaft gefördert; nicht allein durch das, was sie uns unmittelbar darbot, sondern mehr noch durch das, was sie veranlasste. Wir besassen bis dahin in der That keine praktisch anwendbare Anweisung zur Berechnung sämmtlicher Elemente einer noch ganz unbekannten Planetenbahn aus Beobachtungen, und es hatte sich auch noch keine Veranlassung zu einer solchen dargeboten. Für die alten Planeten hatte man lange Reihen von Oppositionen, aus denen sich ohne alle Theorie die synodische, und aus dieser die periodische Umlaufszeit ergab. Durch diese erhielt man nach dem Kepler'schen Gesetz die halbe grosse Axe und damit eine sichere Grundlage, um aus den Beobachtungen auch die übrigen Elemente abzuleiten; eine Arbeit, die schon im 17. Jahrhundert so weit gefördert war, dass man nur noch diejenigen Verbesserungen anzubringen hatte, welche durch die neuern Beobachtungen sowohl ermöglicht als gefordert wurden: Verbesserungen, die man successiv vornahm, nicht wie wir jetzt unter Anwendung der neueren Methoden zu thun pflegen, alle auf einmal. Die Arbeit drängte nicht, man konnte ruhig die günstigen Gelegenheiten abwarten, und die höhere Analysis kam dabei nicht in erster Linie in Gebrauch.

Wenig wurde in diesem Verhältniss durch die Entdeckung des Uranus geändert. Die grosse Langsamkeit der heliocentrischen wie der geocentrischen Bewegung, und seine leichtere Erkennbarkeit, sicherte vor dem Verlorengehen; überdies machte die nahezu kreisförmige Bahn und sehr geringe Neigung hier alles so leicht, dass seine planetarische Natur bald erkannt und die Bahnelemente bestimmt waren, ohne dass die Nothwendigkeit vorlag, neue theoretische Wege einzuschlagen.

Man hatte gleichwohl nicht unterlassen, eine allgemeine Lösung des Problems durch die Hülfsmittel der höheren Analysis zu suchen. Aber indem man eine völlig directe und für alle Fälle gleichmässig zum Ziele führende Lösung haben wollte, gelangte man zu Gleichungen von sehr hohen Graden, und die Schlussformeln, bei denen die theoretische Untersuchung stehen bleiben musste, waren praktisch nicht verwendbar. Dies gilt von den Lösungen, welche Halley (in seiner frühern Zeit), Lahire, Lagrange und Andere gegeben haben. Nicolic, Prosperin und Euler schlugen andere Wege, aber mit nicht wesentlich besserem Erfolge, ein; und einige der Genannten waren auch nicht hinreichend vertraut mit dem, was die Himmelsforschung bedarf und bedingen muss.

Das Ungenügende dieses Zustandes machte sich zuerst praktisch fühlbar, als die Entdeckung der Ceres verlautete. Sechs Wochen Beobachtungen, sämmtlich nur von einem einzigen Orte, waren alles, was vorlag; sie schlossen nicht einmal eine Opposition ein, und aus ihnen sollte, je schneller desto besser, eine Bahn bestimmt und daraus eine Ephemeride abgeleitet werden, hinreichend genau, um den Planeten wiederzufinden. Dazu genügten nicht jene äusserst künstlichen und vom Scharfsinn ihrer Urheber zeugenden Theorien; dazu führten nicht Kreishypothesen und andere willkürliche Annahmen über die Bahnform; und der Zufall, der Piazzi diese Entdeckung machen liess, hätte sich ein zweites Mal sicher so nicht wiederholt.

Ein guter Genius war es, der den grössten Mathematiker seiner Zeit, gerade im richtigen Moment, der Astronomie sich zuwenden liess. Karl Friedrich Gauss (geb. 1777, gest. 1855) hatte sich bis dahin nur mit Gegenständen der theoretischen, oder — wie man sie noch häufig bezeichnet — reinen Mathematik beschäftigt. Seine *Disquisitiones arithmeticae*, seine Anleitung zum Zerlegen in Factoren enthalten nichts von einer Anwendung weder auf Astronomie, noch auf irgend einen andern praktischen Wissenszweig. Mit ähnlichen Untersuchungen war er beschäftigt, als die Kunde von jener Entdeckung und gleichzeitig von der durch sie veranlassten astronomischen Verlegenheit zu ihm gelangte. Sein Scharfblick zeigte ihm in den Erörterungen, mit denen er gerade beschäftigt war, das Mittel zur Lösung des neuen Problems auf einem eigenthümlichen, noch nicht betretenen Wege. Von jeder Hypothese Abstand nehmend, setzte er sich die Aufgabe: die numerische Gleichung des Kegelschnittes zu finden, in welchem sich Ceres bewegen muss, um den Piazzi'schen Beobachtungen zu entsprechen. Die streng directen Lösungsversuche hatten sich,

4*

wie wir oben erwähnt, als ungenügend erwiesen; er verzichtete
auf sie und suchte, was zu bestimmen war, durch Näherungen,
die nach einem sicher leitenden Prinzip zum Ziele führen mussten.
So hatte der 24jährige, noch Wenigen bekannte Mathematiker,
der jetzt zum ersten Male ein astronomisches Problem behandelte,
die Genugthuung, dass seine Lösung als die einzige unter allen
zur Wiederauffindung führte; denn Zach wie Olbers fanden den
Planeten an dem Orte des Himmels, den Gauss bezeichnet hatte,
aber weit entfernt von den Orten, welche andere Berechner gegeben hatten.

Zach sah den Planeten am 7. Dec. 1801, doch ohne ihn als
solchen zu erkennen; Olbers dagegen, der durch genauere Einsicht in die Gauss'schen Rechnungen ein grosses Vertrauen zu
denselben gefasst hatte, fand Ceres am Jahrestage der Entdeckung,
1. Januar 1802, wieder und erkannte sogleich die Natur des Fundes.

Ein so glänzender Erfolg musste naturgemäss dahin führen,
bei den weiterhin folgenden Entdeckungen ähnlicher Art sich
stets nach Göttingen an Dr. Gauss zu wenden. Sein Arbeitszimmer wurde so zu sagen das Atelier, aus dem die neuen Bahnen
hervorgingen, oder, wenn man lieber will, das Orakel, das Wahrheit verkündigte, nicht zweideutig, wie die der Alten, sondern
fest bestimmt, sicher leitend, nie irre führend.

So ist, die ursprüngliche Ceresentdeckung allein ausgenommen,
die Asteroidenwelt der ersten Periode ausschliesslich eine geistige
Errungenschaft deutscher Forscher: Bode's, der zuerst die planetarische Natur des räthselhaften Findlings erkannte, Gauss', der
die Bahnen berechnete, wie er allein es damals verstand, Olbers'
und Harding's, welche, die Fingerzeige benutzend, die drei
übrigen Entdeckungen machten. Was Franzosen, Briten, Amerikaner und Italiener in dieser Beziehung leisteten, ist von spä-
terem Datum.

Bei diesen mehrfachen Wiederholungen des Problems musste
sich unter den Händen eines Gauss die Methode ausbilden, läu-
tern, vervollständigen. Und so entstand sein unsterbliches Werk:
die *Theoria motus*; ein Werk, das weder blos theoretisch noch
blos praktisch ist, sondern beides, und beides in schönster Vereinigung. Denn mit strengster Consequenz und in meisterhafter
Durchführung gelangt er zu seinen Schlüssen, und nie bleibt er
auf halbem Wege stehen, sondern das System von Formeln, mit
dem seine Erörterung schliesst, kann der Berechner sofort an-

wenden, wenn er anders sie richtig versteht. Klassisch, wie alles
an diesem Werke, ist auch die Bezeichnung: so die Constante k,
die hier zum ersten Male in die Theorie eingeführt ist.

Von Störungen ist in diesem Werke noch nicht die Rede.
Die Körper werden als Punkte betrachtet, die sich um andere
Punkte in reinen Kegelschnitten bewegen. Das Ganze ist ein in
sich abgeschlossener Kreis von Untersuchungen, ohne alle Ein-
mischung des Fremdartigen.

Doch noch ein zweites Werk von hoher Wichtigkeit, gleichfalls durch die Asteroiden-Entdeckung unmittelbar veranlasst,
haben wir anzuzeigen: Harding's [*] *Atlas novus coelestis*. Bis
dahin hatte man sich mit Flamsteed's, Bode's und einigen anderen Kartenwerken beholfen, die sämmtlich wenig mehr als die
mit scharfen unbewaffneten Augen erkennbaren Sterne enthielten.
Im 18. Jahrhundert mochte dies hinreichen; der Astronom liess
sich an seinen Katalogen genügen und brauchte die Karten weniger; sie hatten überhaupt einen vorherrschend populären Zweck:
allgemeine Übersicht des Himmels und Erleichterung der Stern-
bilderkenntniss. Jetzt ward dies anders: es galt nunmehr, teleskopische Planeten, welche die frühere Zeit gar nicht gekannt
hatte, aus den fast unzähligen kleinen Sternen, von denen sie
sich äusserlich gar nicht unterschieden, herauszufinden. Harding
begann diesen Atlas in Lilienthal, wo er bis 1805 Schröter als

------

[*] *Karl Ludwig HARDING*, geb. 1765 am 29. Sept., gest. 1834
am 31. Aug. Er war in Lauenburg geboren, und seine Eltern
hatten ihn für den geistlichen Stand bestimmt. Als er jedoch als
Hauslehrer des Sohns des Oberamtmanns Schröter fungirte, gewann er Liebe zur Himmelskunde, der er sich fortan mit grossem
Erfolge widmete. Von 1800 bis 1805 arbeitete er als Inspector
auf Schröter's Sternwarte in Lilienthal bei Bremen. Nachdem
er 1804 am 1. Sept. einen neuen Planeten, die Juno, entdeckt
hatte, und diese Entdeckung durch Gauss' Bahnberechnung bestätigt war, ward er 1805 nach Göttingen als Professor der
Astronomie berufen. Schon 1801 hatte er Herschel's Untersuchungen über die Natur der Sonnenstrahlen ins Deutsche übersetzt; 1822 vollendete er sein Hauptwerk: *Atlas novus coelestis*,
welches Jahn 1856 neu herausgab. Es waren dies weitaus die
vollständigsten Himmelskarten, welche den ganzen in Europa

Inspector zur Seite stand und an manchen Beobachtungen des Letzteren Antheil hat.

Harding trug alle Sterne, welche in irgend einem der damals veröffentlichten Kataloge zu finden waren, in seine 26 grossen Blätter ein. Die Sternbildfiguren einzuzeichnen unterliess er ganz, und mit Recht. Er giebt nur in seiner Punktirung die Grenzen des Himmelsraumes, der einem solchen Bilde zugetheilt ist, an und gleichzeitig den Namen desselben. So finden sich auf seinen Karten die Sterne nicht, wie auf so vielen anderen, durch eine malerische Ausführung der Bildfiguren zurückgedrängt und ihre Überschau erschwert. Man hat Harding's Verfahren vielfach nachgeahmt, ja die neuen Berliner Sternkarten sind noch weiter gegangen und haben auch die Grenzen und Namen fortgelassen, so dass für diese letzteren die Sternbilder gar nicht existiren. Da Harding sich nicht auf das Zusammentragen allein beschränkte, sondern alles Einzutragende mit dem Himmel selbst verglich, ward er bei dieser Arbeit selbst zu einem Entdecker: — er fand am 1. Sept. 1804 die Juno. In dieser Weise diente seine, durch die Planetoiden veranlasste Arbeit selbst wieder ihrerseits zum Auffinden eines neuen Planeten.

Aber wir sind hier der Zeitfolge vorausgeeilt, denn schon am 28. März 1802 hatte Olbers in Bremen einen zweiten Planetoiden entdeckt, den er Pallas nannte. War die Ceres Jahrhunderte lang (seit Kepler 1596) erwartet worden, so glaubte nun

sichtbaren Himmel umfassen, und erst in neuester Zeit sind sie durch Argelander's Atlas überboten worden. Neben dieser Hauptarbeit veröffentlichte er noch viele andere: ein Sternverzeichniss (in Zach's M. C.); eine Beobachtung der Venus-Nachtseite (in Bode), so wie des Saturnusringes um die Zeit seiner Verschwindung 1833; er gab Aufsätze über veränderliche Sterne, fand acht neue Nebelflecke, schrieb über Reduction der Längen auf die Ekliptik, über Göttingens neue Sternwarte u. a. m. Von 1830 bis 1835 erschien von ihm und Wiesen: Kleine astronomische Ephemeriden, in denen manche Aufsätze von ihm enthalten sind. Harding vertrat in Göttingen vorzugsweise die praktische Astronomie, wie Gauss die theoretische.

Über Harding's letzte Tage hat uns Piper Nachricht gegeben.

nach ihrer Entdeckung Jeder, die Lücke sei ausgefüllt und hier (falls nicht etwa Ceres einen Trabanten habe) nichts Planetarisches weiter vorhanden. Dazu kam, dass Pallas eine stärkere Neigung und Excentricität hatte, als irgend ein anderer Planet, dass für ihn fast ganz dieselbe mittlere Entfernung (und folglich auch Umlaufszeit), wie für Ceres, gefunden ward, und dass Schröter eine Nebelhülle von 146 Meilen Höhe um ihn beobachtet hatte. „Das ist gar kein Planet," hiess es fast allgemein. „Es ist ein Komet von kurzer Umlaufszeit." Indess die Nebelhüllen erwiesen sich als eine Täuschung, veranlasst durch die Unvollkommenheit der Lilienthaler Teleskopspiegel; das ganze Verhalten des neuen Weltkörpers zeigte so gar nichts Kometenartiges, und auch nach Form und Lage der Bahn stand er den übrigen Planeten doch noch näher als den Kometen. — Indess, der sonderbare Umstand, dass zwei Planeten in fast ganz gleichem Abstande ihre Bahn beschreiben sollen (im Anfange war es sogar zweifelhaft, welcher von Beiden der entferntere sei), erzeugte einen andern Gedanken. Sollte hier nicht ursprünglich ein Planet vorhanden gewesen und sich in zwei getheilt haben? Olbers hatte gezeigt, dass es eine Gegend des Himmelsraumes gebe, in welcher beide Planeten, wenn sie gleichzeitig hindurchgehen, einander ungewöhnlich nahe stehen. So nahmen Viele als ausgemacht an, dass hier die Katastrophe erfolgt und der alte Planet zersprungen sei. Und als Gauss die Elemente der von Harding berechneten Juno in so kurzer Zeit entdeckt hatte, dass an vielen Orten die Nachricht von der Entdeckung und die Gauss'schen Bahnelemente gleichzeitig eintrafen, und sich herausstellte, dass auch Juno dieselbe Region passire und der mittlere Abstand nur wenig geringer als bei Ceres und Pallas sei, da schien der letzte Zweifel gehoben und Olbers selbst trat, allerdings vorsichtig und unter Modificationen, dieser Meinung bei.

Wir werden dies am besten beurtheilen können, wenn wir den denkwürdigen Brief, den Bode im April 1807 von Olbers erhielt, wörtlich getreu im Auszuge hier folgen lassen.

Bremen, den 3. April 1807.

„Mit dem grössten Vergnügen eile ich, Ihnen, theuerster Freund, anzuzeigen, dass ich so glücklich gewesen bin, am 29. März abermals einen neuen Planeten, von der Familie der Asteroiden, zu entdecken. Diesmal war die Entdeckung eigentlich kein Zufall, und hätten Witterung und Mondschein es nicht verhindert, so würde ich diesen Mitbürger unseres Sonnensystems wenigstens schon 14 Tage früher aufgefunden haben. Nach meiner Hypothese über diese Asteroiden nämlich, deren Wahrheit oder Falschheit ich übrigens dahingestellt sein lasse, und die ich nur benutze, wozu Hypothesen überhaupt nur nützlich sein können, nämlich: uns bei Beobachtungen zu leiten — habe ich, wie Ihnen bekannt ist, gefolgert, dass alle Asteroiden, deren es noch sehr viele geben mag, den nordwestlichen Theil des Gestirns der Jungfrau und den westlichen des Wallfisches passiren müssen. Regelmässig durchmustere ich also jeden Monat einmal einen mir mit allen seinen Sternen sehr bekannt gewordenen Theil desjenigen dieser beiden Gestirne, der gerade seiner Opposition am nächsten ist."

Für den neuen Planeten wählte er den Namen Vesta. Man hatte ihnen auch Zeichen, ähnlich den alten, gegeben; Ceres ⚳, Pallas ⚴, Juno ⚵, Vesta ⚶; und auch für die später zu erwähnenden Entdeckungen damit fortgefahren. Da jedoch die Zahl sich so unerwartet vermehrte, ist vorgezogen worden, ihnen blos eine Ordnungsnummer nach der Zeitfolge der Entdeckung hinzuzufügen und die Zeichen nur für die längst bekannten alten Planeten beizubehalten. So hat nun Ceres (1), Pallas (2), Juno (3), Vesta (4) erhalten.

Was die erwähnte Hypothese betrifft, so ist es nicht Olbers' Schuld, dass man von einem zersprungenen, zertrümmerten Planeten sprach, der früher in der oben bezeichneten Region gestanden. Eine zersprungene Kugel giebt keine Kugeln, sondern kantige Stücke, und wenigstens für einige dieser Planetoiden lässt sich die Kreisform in starken Vergrösserungen gut erkennen; namentlich für den grössten von ihnen, Vesta.

Wenn wir die Darstellung Laplace's in seiner *Exposition* (nur an dieser einen Stelle behandelt er den Gegenstand) gelten lassen, so hatte die eine ursprüngliche Nebelmasse, die den Keim des Planetensystems unserer Sonne enthielt, bei der von aussen nach innen fortschreitenden Abkühlung sich in concentrische Ringe gesondert, die sich einzeln weiter condensirten um denjenigen Punkt, der dynamisch die andern Theile überwog: so dass sich schliesslich der Ring in eine Kugel ballte, die bei weiterer Condensation den Planetenkörper, mit oder auch ohne Trabantengefolge, bildete. Es ist nun sehr wohl möglich, dass in einem dieser Ringe sich kein solcher dynamisch überwiegender Punkt fand, und die Concentration in Folge dieses Umstandes um mehrere Punkte statt hatte. So ist kein Planet zersprungen, sondern er hat sich gar nicht erst gebildet, indem das, was sich in den übrigen Ringen auf einen Punkt concentrirte, hier gleichsam nothgedrungen um mehrere, aber demselben Ringe angehörende, sich vollzog. Doch genug von einem Gegenstande, der so entfernten Zeiträumen angehört, und bei dem das Menschengeschlecht wahrscheinlich nie über Vermuthung hinauskommen wird.

Olbers hat seine Nachsuchungen noch zehn Jahr länger fortgesetzt, und sie erst beendet, als zunehmendes Alter und damit verbundene Augenschwäche dies räthlich erscheinen liessen. Er fand keinen weiteren Planeten, und auch Andere nicht, von denen wohl Mancher gern wenigstens das Dutzend complet gesehen hätte. Von der mit dem 8. December 1845 beginnenden neuen Entdeckungsperiode später.

Wir haben vorstehend nur zwei der wichtigsten Arbeiten herausgehoben, die am directesten darthun, welchem Ereigniss sie ihre Entstehung verdanken; wir hätten jedoch noch manche andere und darunter sehr interessante namhaft machen können, zu deren Abfassung ohne diese Entdeckungen sich keine Veranlassung geboten hätte. Man hat von der Kleinheit und Unscheinbarkeit dieser Körper gesprochen, und Unkundige haben wohl gewähnt, daraus auf ihre geringere Wichtigkeit schliessen zu können. Aber fragen wir uns, ob der Aufschwung, den die Himmelskunde im ersten Decennium unsers Jahrhunderts fast plötzlich nahm, und zwar in einer Zeit, die äusserlich nicht dazu angethan war, die Gemüther der Menschen auf friedliche Wissenschaften zu lenken, ob dieser so erfreuliche Aufschwung, der sich in steigender Progression fortsetzte, erfolgt wäre ohne jene Entdeckungen? Wir haben durch sie, trotz ihrer Kleinheit, die Gesammtconstitution unsers Sonnensystems besser kennen gelernt, als dies je auf anderm Wege möglich gewesen wäre. Sie haben schlummernde Kräfte in Thätigkeit versetzt, sie haben der Himmelskunde zahlreiche Freunde und Beförderer gewonnen; sie gaben Anregung zu weiteren Forschungen, und durch sie erhielt mittelbar die gesammte Wissenschaft eine neue und würdige Gestalt. Sie zeigten uns eine bei weitem grössere Mannigfaltigkeit der Schöpfung, als man bisher geahnt; sie thaten dar, dass die Weltkörper nicht Exemplare nach einem und demselben Modell, sondern Individuen sind, und haben die Nichtigkeit aller, nicht auf Beobachtung, son-

dern auf blosser Speculation beruhenden Schlüsse an einem schla-
genden Beispiel klar gemacht.

Hegel hatte philosophisch bewiesen, dass es nur sieben Planeten geben könne, und Diejenigen, welche in der speculativen
Philosophie die Quelle alles Wissens erblicken, so wie andererseits
die, welche von der alten Heptomanie nicht lassen konnten, hatten
freudig das Orakel vernommen. Doch kaum hatte Hegel's Beweis
die Presse verlassen, als Piazzi's Entdeckung verlautete. Anfangs
zwar wollten sich die Hegelianer nicht gefangen geben; Ceres war
kein rechter Planet; auch die anderen gehörten in eine ganz verschiedene Kategorie u. s. w. Genug davon!

Der auch von Olbers getheilten Hypothese haben wir oben
gedacht; doch eine Menge anderer tauchten auf, die eine ernste
Widerlegung eigentlich gar nicht verdienen. Sie sollten „neu
entstanden sein," obgleich jeder mit dem Stande der Astronomie
Vertraute nichts Befremdendes darin finden konnte, dass man sie
jetzt erst erblickte und als Planeten erkannte. Sie sollten in irgend einer Vorzeit von anderen Planeten, vielleicht von unserer
Erde selbst, sich losgelöst haben (v. Bieberstein) und Ähnliches
mehr. Man wird sich schon darein finden müssen, dass, wenn in
irgend einem Zweige des Naturwissens Ungewöhnliches und Unerwartetes zu Tage tritt, noch Unberufene hinzustreten auf den
Markt der Literatur, eine kurze Zeit hindurch Aufsehen erregen
und in gewissen Kreisen Beifall finden: den Gang der Wissenschaft
vermag so etwas heut zu Tage nicht zu beeinflussen. Noch immer
verlangen Viele nur das Verwunderliche, ja Ungeheuerliche; sie
können sich nicht gewöhnen an den Gedanken, dass ewige, feste,
unerschütterliche Gesetze Alles beherrschen, und haschen be-
gierig nach Allem, was diesen Gesetzen scheinbar sich nicht
fügen will.

Man hat auch von einer Rückwärtsrechnung gesprochen, um
zu dem Zeitpunkte zu gelangen, wo alle diese Planetoiden in
einer Masse vereinigt waren. Wir müssen es dahin gestellt sein
lassen, ob irgend eins der kommenden Jahrhunderte Zeit und
Mittel zu solch einer kolossalen Störungsrechnung finden wird;
gegenwärtig haben alle unsere so rüstig und unermüdlich thätigen
Berechner alle Hände voll zu thun, um dem unmittelbaren Bedürfniss der Jetztzeit zu genügen und keinen der bereits aufgefundenen Planetoiden wieder zu verlieren; und gewiss wird niemand, der den gegenwärtigen Standpunkt der rechnenden Praxis,

bezüglich auf die Planetenwelt, nur einigermassen kennt, an das 19. Jahrhundert eine solche Forderung stellen.

Und diese vier Planetoiden, deren Entdeckung, und was durch sie veranlasst worden, wir in § 147 geschildert haben — bildeten sie alles, was aus dieser Zeit von Himmelskunde verlautet? Keineswegs.

Fast genau zu derselben Zeit, wo Ceres entdeckt ward, trat ein Dr. Chladni mit einer Ansicht auf, die damals allgemeines Achselzucken erregte, die sich aber gleichwohl bestätigt hat und durch welche wir eine ganz neue Kategorie von kosmischen Körpern kennen gelernt haben.

Die Meteorsteine, obgleich über einen der grössten und merkwürdigsten derselben (den bei Aegos Potamos gefallenen) schon das hellenische Alterthum berichtet, und obgleich einzelne dieser Steine in Kirchen an Ketten aufgehängt worden waren, hielt man dennoch fast allgemein für eine Fabel und verwies sie in das Reich des Aberglaubens. Als die baare Existenz nicht länger in Abrede zu stellen war, sollten sie Auswürflinge der Vulkane sein, obwohl sich nirgend ein Vulkan fand, der auf mehrere hundert Meilen Weite Auswürflinge zu senden im Stande gewesen wäre, oder Producte der Hochöfen, von denen nur freilich nicht wohl anzunehmen war, dass sie in der Luft zu schweren Steinmassen sich condensiren konnten; — kurz in irgend einer Weise mussten sie aus unserer Erde oder deren atmosphärischer Umhüllung herstammen.

Als auch das nicht länger haltbar war, wurde der Mond herbeigezogen. Er sollte aus seinen Vulkanen — und Herschel hatte sie ja gesehen — Steine ausschleudern, die ihren Weg zur Erde nähmen. Dieser Gedanke verdiente nicht belacht zu werden, wie Viele gethan, wohl aber erforderte er eine strenge Untersuchung. Konnten diese Steine den Punkt des Raumes, wo die Anziehung der Erde der des Mondes das Gleichgewicht hält, und der etwa 6000 Meilen vom Monde entfernt ist auf der Linie, welche die Mittelpunkte beider Weltkörper verbindet, erreichen, so musste die kleinste Überschreitung desselben ihn unaufhaltsam der Erde zuführen, und nach etwa vier Tagen musste er sich an der Erde niederschlagen. Und Olbers berechnete, dass eine Geschwindigkeit von mehr als 8000 Fuss in der Secunde dazu gehöre, den gedachten Punkt früher zu erreichen, ehe der Mond so viel Kraft erlange, ihn zurückfallen zu machen.

Das war bei weitem mehr, als ein Erdvulkan erfahrungsgemäss vermochte, und die Mondvulkano (selbst wenn ihre Existenz
zugegeben wurde), die doch noch nie etwas gezeigt hatten, was
auf eine noch fortdauernde eruptive Thätigkeit gedeutet werden
konnte, sollten so gewaltiger Wirkungen fähig sein? Gab gleich
Benzenberg in Düsseldorf noch 1806 eine Schrift heraus unter
dem Titel: „Die Sternschnuppen sind Steine aus den Mondvul-
kanen," so glauben wir doch, dass er damals mit dieser Meinung
ganz allein stand.

Nun trat Chladni, ein kenntnissreicher Mann,, der nie eine
Professur oder ein ähnliches Amt suchte, sondern sich genügen
liess am Ertrage seiner Schriften und privaten Vorlesungen, um
desto ungehinderter seine grossen Reisen ausführen zu können,
mit der Behauptung auf: die Meteorsteine seien weder terrestrischen noch selenitischen, sondern kosmischen Ursprungs, und sie
beschrieben ihre Bahnen in denselben Räumen, welche von den
Planeten und Kometen durchstrichen werden. Der Ursprung in
unserm Trabanten erschien Vielen schon als zu weit hergeholt,
und nun gar erst der kosmische! Die 50000 Meilen sollten beseitigt werden, aber nur, um an ihre Stelle Millionen von Meilen zu
setzen! In jener Zeit hatte Chladni kein anderes Argument für
seine Schlüsse, als die ausserordentliche Geschwindigkeit der Bewegung, und diese allein schien Manchem noch eine andere Erklärung zuzulassen. Aber was so unbegreiflich erschien und so
wenig Glauben fand — heut zu Tage lässt es keinen Zweifel
mehr zu, und wir sammeln in unseren Kabinetten kleine Weltkörper, die wahrscheinlich seit unvordenklichen Zeiten ihre Bahn
um die Sonne beschrieben, bis sie ihr Endziel an der Oberfläche
unseres Planeten fanden.

Chladni war es nicht vergönnt, diesen endlichen Triumph
seiner kühnen Hypothese zu erleben; er starb 1827 in Breslau,
71 Jahr alt. — Greville in England gab 1803 gleichfalls eine
Abhandlung über Meteoriten, die jedoch nur die Beweise für ihre
wirkliche Existenz resumirt, ohne wesentlich Neues über sie zu
geben.

Maskelyne's langjährige Thätigkeit endete nur mit seinem
Leben 1811, aber John Bond, sein Nachfolger, beobachtete und
berechnete schon in den ersten Jahren des Jahrhunderts Fixstern-
Declinationen und veröffentlichte sie im Jahrgang 1806 der *Transactions*.

Wollaston setzte seine schon früher begonnenen Untersuchungen über Refraction, Dispersion und andere Optics fort und veröffentlichte bis 1803 zahlreiche Aufsätze darüber.

Pigott, der hauptsächlich mit veränderlichen Sternen beschäftigt war, entdeckte am 28. Sept. 1807 den grossen Kometen, über den Bessel einen klassischen Aufsatz lieferte.

Aus Ostindien (Madras) erhielten wir von Goldingham ein reichhaltiges Verzeichniss von Verfinsterungen der Jupiterstrabanten, beobachtet in den Jahren 1794—1802.

Die Vervollkommnung der Instrumente war die Tendenz mehrerer Aufsätze im Jahrgange 1809:

Troughton: Über Construction astronomischer und terrestrischer Instrumente.

Cavendish: Über Verbesserung der Theilungsmethoden für Instrumente.

William Lex, Professor der Astronomie zu Cambridge: Über Prüfung der Theilungen.

Stephen Groombridge begann 1806 die Beobachtungen, die er aufs eifrigste bis 1814 fortsetzte, und die später von Airy herausgegeben wurden. Der Katalog enthält über 4000 Sterne zwischen dem Pol und 40 Grad Declination. Diese Grenzen überschritt er noch an einigen Stellen, und dies hat ihn zum Entdecker des Sterns gemacht, welchen später Argelander als den erkannte, der unter allen Fixsternen die schnellste Eigenbewegung hat (Nr. 1830 des Katalogs). 1810 theilte er Beobachtungen über Strahlenbrechung mit und fuhr später in diesen Mittheilungen fort.

§ 149.

Über Herschel's vielseitige Thätigkeit ist bereits im vorigen Abschnitt berichtet.

Zwei astronomische Rechner gleiches Namens sind

Henry Andrews, Schullehrer und Buchhändler, erst in Cambridge, dann in Royston, berechnete 40 Jahre hindurch die *Nautical Ephemeris* und Moore's *Almanac*. Er starb 1820, 76 Jahr alt.

James Andrews, ein aus Schottland gebürtiger Geistlicher, Director der Gemeinschule der Ostindischen Compagnie, berechnete *Astronomical and Nautical Tables*. London 1810.

Dominique François Jacques Arago, geb. 1786 am 26. Februar, gest. 1853 am 2. October, Director der Sternwarte Paris,

zu welchem Amte er von dem eines Secretärs des Längenbüreaus,
das er 1805 inne hatte, emporgestiegen war. Sein Vater, ein
Jurist, besass in Estagel am Nordabhang der Pyrenäen ein kleines
Gut, von dessen Ertrage eine zahlreiche Familie erhalten werden
musste. In früher Jugend schon zeigte sich bei ihm das rege
Verlangen nach der militärischen Laufbahn, und als er in Perpignan, wohin sein Vater als Münzmeister versetzt worden war,
einen sehr jungen Offizier auf den Wällen arbeiten sah, erkundigte
er sich näher und erfuhr, dass er den Cursus der polytechnischen
Schule absolvirt habe, und nun war Vorbereitung auf diese Schule
sein eifrigstes Studium. In Estagel hatte er die Ortsschule, in
Perpignan das Collège besucht, wo hauptsächlich literarische Studien betrieben wurden; jetzt wurden Mathematik und Physik seine
Lieblingsbeschäftigung.

Mit 16 Jahren glaubte er sich stark genug, um in Montpellier das Aufnahme-Examen zu bestehen. Aber Monge's, des
Examinators, Krankheit verzögerte dies noch. 1803 erfolgte, nach
einem sehr strengen Examen, seine Aufnahme. Doch hatte er
sich schon früher als populärer Schriftsteller Ruf erworben. Diese
echte Popularität, deren nur der wahre und gründliche Gelehrte
fähig ist, kennzeichnet alles, was wir von seiner Feder besitzen,
und so ist es erklärlich, dass man sich in wissenschaftlichen
Fragen an ihn wandte und seine Entscheidung fast immer gelten
liess. In seiner *Histoire de ma jeunesse* giebt Arago selbst ausführliche Nachricht über seinen Aufenthalt in obiger Schule.

Méchain, mit der Gradmessung in Spanien beschäftigt, war
in Castellon gestorben: man wünschte, seine Stelle zu besetzen,
und trug Arago die Adjunctenstelle bei der Sternwarte an, die
er nach einigem Zögern annahm. 1806 ging er mit dem Auftrage,
die Gradmessung zu vollenden, nach dem östlichen Spanien ab.
Diese Expedition war mit Gefahren aller Art verknüpft: Räuber
lauerten ihm auf, denen er mehrmals auf fast wunderbare Art
entging; die politischen Conflicte, die zu den bekannten Bayonner
Ereignissen führten, machten schon damals die Spanier zu erbitterten Feinden der Franzosen. Seine Messungen erregten überdies den Verdacht der Inquisition, wodurch sein Leben ernstlich
bedroht war, — dem Gefängnisse entging er nicht; — schliesslich,
schon im Angesicht der französischen Küste, fiel er noch See-
räubern in die Hände. Allen Gefahren glücklich entronnen, kehrte
er zurück: er hatte die Gradmessung über Barcelona hinaus bis

zur Insel Formentera fortgeführt. Nach seiner Rückkehr beschäftigte ihn der Plan einer Reise ins Innere Asiens, in Gesellschaft Humboldt's. Dies zerschlug sich, und 1809 ward er, mit Beibehaltung seiner Stelle am Observatorium, zum Nachfolger Monge's am Polytechnikum ernannt und gleichzeitig zum Mitgliede der Akademie aufgenommen, als deren beständiger Secretär er bis an seinen Tod fungirte.

An der Julirevolution 1830 nahm er lebhaften Antheil, ward bei diesen Kämpfen am Fusse verwundet und in die provisorische Regierung gewählt; letzteres wiederholte sich bei der Revolution von 1848. Auch wollte er lieber sein Amt niederlegen, als der neuen kaiserlichen Regierung den Eid leisten; man fand für gut, ihm den Eid zu erlassen.

Eine schmerzhafte Krankheit, die sich seit 1851 zeigte, und gegen welche der Gebrauch der Pyrenäenbäder sich unwirksam erwies, machte seinem thätigen und vielbewegten Leben im 68. Jahr ein Ende.

In wissenschaftlicher Beziehung ist er eben so sehr, wo nicht noch mehr, Physiker als Astronom. Aber indem er diejenigen Theile der Physik, die uns in astronomischer Hinsicht die wichtigsten Aufschlüsse gewähren, vorzugsweise behandelte, wird man ihn am richtigsten den astronomischen Physiker nennen, denn er förderte gleichzeitig, und zwar durch dieselben Untersuchungen, Physik und Astronomie.

Seine gesammten Werke hat Barral in 16 starken Bänden herausgegeben.

Wir bemerken noch besonders:

Astronomie populaire, ins Deutsche übersetzt von Hankel, 4 Bände; ins Englische von Kelly.

L'éclipse totale du Soleil, observée le 8. Aout 1850 à Honolulu.

Sur les instrumens astronomiques des Arabes. Rapport sur Sédillot.

Sur les comètes qui sont maintenant visibles (1846).

Histoire de ma jeunesse; précédée d'une préface par Alex. de Humboldt.

Johann Martin Christian Bartels, ein Braunschweiger, Professor der Mathematik zuerst im Collegium zu Reichenau (Schweiz), dann in Kasan, zuletzt in Dorpat, ist hier anzuführen als Übersetzer von Bailly's *Histoire de l'astronomie* ins Deutsche.

Wilhelm Gottlieb Friedrich v. Beitler, der 1811, 66 Jahr alt, in Mitau starb, war schon zu herzoglicher Zeit Professor der Mathematik am Gymnasium illustre zu Mitau und Astronom der

Petrinischen Akademie daselbst, und hat sich um Förderung der
Himmelskunde in jenen Gegenden sehr verdient gemacht. Seine
Beobachtungen finden sich in Bode's Jahrbuch und in Zach's
monatlicher Correspondenz.

Johann Friedrich Benzenberg, gest. 1846 im 69. Jahre,
war von 1805—1810 Professor der Physik in Düsseldorf und
machte an verschiedenen Orten Fallversuche, um durch die Abweichung von der Lothlinie die Axendrehung der Erde direct zu
beweisen.* Mit Brandes verabredete er gleichzeitige Stern-
schnuppenbeobachtungen, um ihre Höhe und die Geschwindigkeit
der Bewegung zu bestimmen. In Bilk bei Düsseldorf baute er
sich eine Sternwarte Charlottenruhe, die er testamentarisch der
Stadt Düsseldorf, nebst allen Instrumenten, vermachte.

Friedrich Wilhelm Bessel's erste astronomische Arbeit
datirt von 1804. Er hatte sich dem Kaufmannsstande gewidmet
und fungirte als Comptoirgehülfe im Handlungshause Kulenkamp
in Bremen. Hier hatte er sich ohne Anleitung durch eigenes Studium
mit Mathematik und nautischer Astronomie vertraut gemacht, um
sich zum Amte eines Supercargo auf Seeschiffen auszubilden.
Zwanzig Jahre alt, berechnete er die Bahn eines Kometen, den
200 Jahre früher Torporley in England beobachtet hatte, und
sandte die Berechnung an Olbers, der, freudig erstaunt, ein solches Talent kennen zu lernen, sich des jungen Mannes mit Rath
und That annahm und, als Harding von Lilienthal nach Göttingen ging, ihn Schröter empfahl. Von 1806—1809 arbeitete
er bei Schröter und ward dann als Professor der Astronomie
und Director einer (fast nur nominellen) Sternwarte nach Königsberg berufen. Alles Weitere über ihn später.

John Brinkley, 1763 in Woodbridge geboren, und am
14. Sept. 1835 gestorben, ward, nachdem er mit Auszeichnung in
Cambridge studirt, und es bald zum Lehrer desselben Collegs, wo
er Schüler gewesen war, gebracht hatte, 1790 der Nachfolger
Ussher's im Directorat der Sternwarte Dublin, welche die
Irish Academy gegründet und mit guten Instrumenten versehen
hatte. Seine 35jährige Wirksamkeit ist am meisten gekenn-

---

* Wir verkennen die Wichtigkeit solcher Versuche ganz und gar nicht,
glauben jedoch, dass diese Axendrehung längst bewiesen ist und dass es für
die, welche jetzt noch daran zweifeln, nie einen Beweis geben wird, der sie
überzeugt.

zeichnet durch die beharrliche Bemühung, die Fixsternparallaxen
zu finden. Dabei erhielt er zwar sehr gute Sternpositionen und
anderweitige Data; seinen Hauptzweck aber hat er gleichwohl
nicht erreicht. Er hat α Lyrae, α Aquilae, α Bootis und andere
zweckmässig ausgewählte Sterne auf Parallaxe untersucht, anfangs
mehrere Secunden, zuletzt geringere Werthe gefunden, die er namentlich gegen Pond zu vertheidigen bemüht war. Pond hatte
in Greenwich mehrere grosse Instrumente mauerfest auf einzelne
Sterne gerichtet und die Örter der Sterne durch scharfe mikrometrische Vorrichtungen gemessen, und war zu dem Schlusse gelangt, dass die Parallaxe von α Lyrae (er hatte durch ein Instrument 0,2″, durch ein anderes — 0,1″ im Mittel aus zahlreichen
Beobachtungen erhalten) noch unfindbar sei. Brinkley repli-
cirte, unter beständiger Fortsetzung seiner Observationen, allein
die erfahrensten Astronomen haben Pond's Resultate für entscheidender erklärt. Müssen nun gleichfalls die heutigen Astronomen in diesem Dissens auf Pond's Seite treten, so kann
doch nicht geleugnet werden, dass die scharfen und genau dis-
cutirten Fixsternörter, die wir Brinkley verdanken, eine schöne
Frucht dieser Bemühungen waren, und dass die in den *Philosophical Transactions* uns aufbewahrte Discussion, von beiden Seiten
in würdigster Weise geführt, mit Veranlassung war, dass andere
Astronomen diese Parallaxen auf einem neuen Wege suchten —
und fanden.

Die britische Regierung ernannte Brinkley 1827 zum Bischof von
Cloyne, um durch diese reiche Pfründe seine Verdienste zu belohnen.

Die Geschichte kennt manchen Theologen, der sich der
Astronomie zuwandte, theils mit, theils ohne Beibehaltung ihres
geistlichen Amtes. Brinkley bietet das vielleicht einzige Beispiel des Gegentheils. „*Il divorça entièrement avec l'astronomie*,"
sagt Arago. Ganz den Pflichten seines bischöflichen Amtes sich
weihend, gab er die Himmelskunde nicht nur als Beobachter, sondern ganz und gar auf. In seinem Palaste zu Dublin sah man
sich auch nach dem kleinsten Fernrohr vergebens um.

Sein echt humaner, liebenswürdiger Charakter hatte ihm die
allgemeinste Verehrung erworben, und gross war die Trauer bei
seinem Ableben. Die irische Akademie hatte ihn zu ihrem lebens-
länglichen Präsidenten ernannt, und seine zahlreichen Schriften
finden sich in ihren Publicationen und den *Philosophical Transactions*, so wie in den *Actis* der Sternwarte.

Brinkley's *Elements of Astronomy*, Dublin, haben eine grosse Verbreitung gefunden und mehrere Auflagen erlebt.

Mit Andrews gab er heraus: *The quantity of solar nutation*. Dublin 1822.

Nachdem Brinkley 1827 zum Lord-Bischof von Cluyne ernannt worden war, ist nichts mehr über Himmelskunde von ihm geleistet worden.

Wenn Brinkley's genaue und im Übrigen sehr werthvolle Bestimmungen zur Auffindung der Parallaxe erfolglos blieben, also noch immer nicht genau genug waren, so wird man von anderen gleichzeitigen Bemühungen sich noch weniger befriedigt fühlen. So giebt Calandrelli für die Parallaxe von α Lyrae 5,8"; er hätte sich sagen können, dass eine so grosse Parallaxe schwerlich auf ihn gewartet hätte. Piazzi glaubte für diesen Stern 3" zu finden; Arago und Mattbieu hatten für den Stern 61 Cygni 0,5" zu finden geglaubt; eine schärfere Reduction mit verbesserten Constanten, die Arago unternahm, zeigte das Resultat Null.

Der beständige Misserfolg entmuthigte die Astronomen nicht, veranlasste sie jedoch, nicht ferner die Parallaxe durch absolute Ortsbestimmungen einzelner Sterne, sondern ihre Summen oder Differenzen, wie sie sich durch Vergleichung zweier Sterne ergaben, in Betracht zu ziehen, auch die thermometrischen und anderen Correctionen, namentlich solche, die wie die Parallaxe von der Jahreszeit abhängen, oder doch abhängen können, schärfer als bisher ins Auge zu fassen. Doch davon später.

Am thätigsten waren, wie man schon aus dem bisherigen abnehmen kann, in dieser Zeit die Briten, die auf ihrer Insel von den Kriegswirren direct verschont blieben. Aber unthätig blieb der Continent keineswegs, obwohl Süddeutschland von Norddeutschland sehr in den Schatten gestellt ward und die vielversprechenden Anfänge in den östlichen Ländern eben Anfänge blieben. Der schon alternde Lalande hatte in den ersten Jahren des neuen Jahrhunderts die Beobachtung der *Histoire céleste* beendet; aber nur zwei Jahre vor seinem 1807 erfolgten Tode gab er uns seine *Bibliographie astronomique*, von deren grossem Umfange er hofft, sie werde dadurch um so sicherer auf die Nachwelt kommen; wir hegen die gleiche Hoffnung, aber aus inneren, wesentlicheren Gründen.

Laplace, „le Newton français," wie ihn seine Landsleute nannten, arbeitete seine grossen Werke, die *Mécanique céleste*, den

Calcul des probabilités und Anderes, was auch den Astronomen
sehr zu statten kam.

Die vielbesprochene Antwort Laplace's an Napoleon, der
ihn fragte, ob er an Gott glaube: „Ich habe bei meinen Untersuchungen dieser Hypothese noch nie bedurft," hätte vielleicht in
den Worten anders und besser lauten können; in der Sache ist
sie richtig. Auch wir hoffen, mit allen Astronomen und allen
Naturforschern, den Gott nie zu bedürfen, der einem Clavius
zu Gefallen den Mond rückwärts schiebt (und zwar nur für Jeru-
salem, da andere gleichzeitige Beobachter nichts davon wahr-
nahmen) und ähnliche Mirakel bei anderen Gelegenheiten ver-
richtete. Unser Gott ist ein Gott der ewigen Ordnung und
der unerschütterlichen Gesetze, in die er weder selbst störend
eingreift, noch irgend einem andern Wesen einzugreifen gestattet.
Diesen Gott verehren wir, und diesen verehrte auch Laplace;
denn gerade er ist einer der Koryphäen, die uns diese Ordnung
und Gesetze durch ihre scharfsinnigen Untersuchungen näher
kennen gelehrt haben. Unser Gott braucht nie einer Unordnung
abzuhelfen, denn in seiner Schöpfung entsteht eine solche nie.

In der *Mécanique céleste*, die unter allen seinen Werken den
directesten Bezug auf Astronomie hat, untersucht er hauptsächlich
die Bedingungen des Gleichgewichts, zu dem im Kosmos Alles
streben muss und durch welches allein eine dauernde Erhaltung
gesichert ist. Es ist ins Deutsche (von Crelle) und in mehrere
andere Sprachen übersetzt worden. Einige Punkte in demselben
lassen Zweifel zu; dahin gehört beispielsweise die Behauptung,
dass der Saturnsring deshalb nicht auf Saturn herabstürze, weil
sich Ungleichheiten in seinen einzelnen Theilen vorfinden. Man
sieht nicht ein, wie Ungleichheiten in der Form eines festen Körpers im Stande sein sollen, an jedem Punkte des gesammten
Umfangs das Gleichgewicht herzustellen, wenn es gestört ist,
oder zu werden droht. Besser scheint ein neuerer amerikanischer Astronom das Richtige zu treffen, der die Ringe für
flüssig hält.

Legendre, schon durch mehrere sehr gründliche theoretische
wie praktische Arbeiten bekannt, begann 1806 seine Untersuchungen über die Methode der kleinsten Quadrate, die Gauss
weiter ausbildete. Der stets zum Tadel geneigte Delambre hielt
zwar dafür, dass man einer so weitläufigen Arbeit nicht bedürfe,
da man auf andere und leichtere Weise zum Ziel gelange, allein

5*

er ward von Legendre gründlich und erfolgreich widerlegt. Er und Gauss sind von der gelehrten Welt als Erfinder dieser nicht genug zu schätzenden Methode anerkannt.

Piazzi fuhr nach seiner Ceresentdeckung eben so unermüdet, wie vor derselben, fort, die Örter der Fixsterne zu beobachten. Die Originaltagebücher, die im Besitz von Ragona Scina, seinem Nachfolger im Directorat von Palermo waren, hat Littrow in Wien jetzt vollständig herausgegeben; ohne Zweifel wird eine neue Reduction, mit den gegenwärtig berichtigten Constanten, dieser Veröffentlichung folgen.

Jean Baptiste Joseph Fourier, geb. 1768 als Sohn eines Schneidermeisters in Auxerre, einer der eminentesten Mathematiker, seit 1796 Professor an der Ecole militaire und bald darauf an der Ecole polytechnique, hatte die ägyptische Expedition Bonaparte's mitgemacht und bekleidete später hohe Ämter, auch das eines Präfecten des Isère-Departements. Seine tiefgehenden Untersuchungen über Wärmeverbreitung dehnte er aus auf solche über die Wärme des Weltraumes. Auch Svanberg in Stockholm war mit ähnlichen kosmischen Untersuchungen beschäftigt, und er gelangt zu den gleichen Resultaten wie Fourier.

Philippo Henri v. Girard (1775—1845), der nach manchen wechselvollen Lebensschicksalen zuletzt Chef des Bergwesens war, erfand ein achromatisches Fernrohr, in welchem das Flintglas durch eine Flüssigkeit ersetzt war. 1806 gab er ein solches zur damaligen Pariser Ausstellung.

Pierre Louis Guinand, ein Neuchateller, arbeitete um diese Zeit in Utzschneider's Anstalt in München, von der er sich 1814 trennte, um eine eigene zu gründen. Seine Ideen, gute Flintglasgläser von bedeutender Dimension zu verfertigen, hat Fraunhofer ausgeführt; ihm selbst war dies nicht nach Wunsch gelungen.

James Archibald Hamilton, der 1816 als Director der Sternwarte Armagh starb, hat verschiedene Werke verfasst:

Method on determining longitude.
On comparative micrometrical measures.
On the present state of astronomical certainty,

und mehreres Andere.

Conrad v. Heiligenstein (1774—1849), Hofgerichtsrath in Mannheim, war als rechnender Astronom sehr thätig und gab:

Tafeln für die Mittagsverbesserung aus corrospondirenden Sonnenhöhen. Verfahren, Aberration und Nutation für entfernte Epochen zu bestimmen. Beobachtungen von Kometen.

Auch nahm er Theil an Bode's und später an Encke's Jahrbuch.

Maurice Henry, aus Sauvigny bei Toul 1763 gebürtig, ward 1790 Adjunct in Mannheim und fungirte als Astronom an der Petersburger Sternwarte 1795 — 1801. Seine unvollkommenen Instrumente trugen wohl die Schuld an seiner um acht Secunden verfehlten Polhöhenbestimmung von Petersburg. Er schrieb über Parallaxenformeln und über Berichtigung des Mittagsfernrohrs.

William Lambton, einem Offizier der britischen Armee (1748 — 1823), verdanken wir die grosse Gradmessung in Ostindien, mit der er über 20 Jahr lang beschäftigt war. Sie ging von Süden aus, und am nördlichsten Punkte (Kallianpoor) knüpfte Everest an, der in neuerer Zeit die Gradmessung bis an den Fuss des Himalaya fortsetzte. Lambton verband die Meridianbestimmung zugleich mit einer ausgedehnten Landmessung durch Triangulation, die, von Anderen fortgesetzt, uns eine schöne und sehr detaillirte Karte von Vorder-Indien geliefert hat. Keine einzige Gegend Asiens ist so gründlich vermessen als diese.

Henry Lawson, 1774 am 23. März in Greenwich geboren und am 22. August 1855 in Bath gestorben, ein begüterter Privatmann und grosser Freund und Beförderer der Himmelskunde. Der Verlust sämmtlicher Familienpapiere ist Schuld, dass über sein früheres Leben nur wenig bekannt ist. Er ist ein Abkömmling von Katharina Parr, und Reliquien aus jener Zeit waren in seinem Besitze; unter andern ein goldener Ring mit dem Haar jener Königin. — Nach seines Vaters, Johnson Lawson, Tode vermählte sich die Wittwe mit dem bekannten Optiker Edward Nairne. — Erst mit 50 Jahren heirathete er und nahm einen festen Wohnsitz in Herefort und seit 1841 in Bath.

Dort stellte er die von Dollond erhaltenen Instrumente (drei achromatische Fernrohre von 2½, 5 und 11 Fuss Brennweite), nebst mehrerem Andern, in einem Privat-Observatorium auf, zu dessen würdiger und angemessener Ausstattung er keine Kosten sparte. Wöchentlich versammelte sich bei ihm ein wissenschaftlicher Kreis, wobei dann namentlich das grosse Fernrohr in fleissige Anwendung kam. Seine astronomischen Tagebücher sind leider nicht im Besitz der Familie geblieben, sondern zerstreut worden.

Seit dem Jahre 1833 war er Mitglied der Astronomical Society und mehrerer anderer wissenschaftlichen Gesellschaften, die er bei seinen reichen Mitteln auch mit ansehnlichen Summen unterstützte. Allein schon 1796 hatte er im Verein mit anderen jungen strebsamen Männern (unter ihnen Allen, Babington, Tilloch, Woods) eine „Askesian Society" gestiftet, zu dem Zwecke, interessante wissenschaftliche Facta, namentlich neue Entdeckungen, experimentell zu prüfen; ein Verein, aus dem später die Geological Society hervorging. — Vom August 1831 bis August 1832 hat er die Sonnenflecke regelmässig beobachtet und die Ergebnisse der Astronomical Society mitgetheilt. — 1846 gab er eine detaillirte Beschreibung seiner Sternwarte unter dem Titel: *The arrangement of an Observatory for practical Astronomy and Meteorology* heraus, in welcher Schrift noch mehrere seiner Beobachtungen enthalten sind. Auch schrieb er: *Brief history of new planets.* Bath 1820.

Kurz vor seinem im 82. Jahre erfolgten Tode schenkte er seinen 11füssigen Dollond an die Marineschule zu Greenwich; die übrigen Instrumente theils an E. J. Lowe (der sie in einem Privat-Observatorium zu Beeston bei Nottingham aufstellte), theils an G. W. Lettsom.

Sein ansehnliches Vermögen vertheilte er testamentarisch an 139 Erben. Unter ihnen finden wir das allgemeine Hospital zu Bath mit 200 L., das United Hospital eben daselbst 200 L., die Bäder zu Bath 300 L., das Walcot Dispensary 200 L., die Taubstummen- und Blinden-Anstalt 100 L. Seine geistigen Fähigkeiten und sein scharfes Auge blieben ungeschwächt bis zu seinem Todestage.

Noel Jean Lerebours (1761—1840), Optikus der französischen Marine und des Observatoire Royal, gründete das berühmteste optische Institut in Paris, veranlasste die Construction des achromatischen Mikroskops und gab in den Astronomischen Nachrichten Bd. IV. 229 eine Nachricht darüber, insbesondere über seinen grossen Refractor. Nachdem er lange Jahre hindurch an der Spitze des Instituts gestanden, vermachte er es seinem Sohne Nicolas Marie Paymal Lerebours, der es bis 1853 in Gemeinschaft mit Secretan, dann allein fortsetzte. Er brachte ein Objectiv zu Stande, dessen chemischer Brennpunkt mit dem

optischen genau zusammenfällt. In neuester Zeit lieferte er sehr
gute photographische Apparate.

Johann Georg Repsold, 1771 geboren, dessen mechanisches
Institut in Hamburg bald das berühmteste in Deutschland wurde
und auch den Sternwarten des Auslandes, namentlich Russlands,
treffliche Instrumente geliefert hat. Der sehr thätige Mann war
zugleich Brandmeister in Hamburg, und in Ausübung dieses Amtes
ward er am 14. Januar 1830 bei einem grossen Feuer von ein-
stürzendem Gemäuer erschlagen. — Seine Söhne Adolph (geboren 1804) und Georg (1806) haben das Geschäft des Vaters,
in dem sie längst heimisch waren, erfolgreich fortgesetzt.

Edward Troughton, ein berühmtes mechanisches Institut
in London gründend, arbeitete astronomische und geodätische
Instrumente aller Art, die grosse Verbreitung fanden.

Jacob Maurits Carel van Utenhove van Heumstede,
geb. 1773 in Utrecht, gest. 1836 in Lienden, ein wohlhabender
Privatmann und Freund der Astronomie, berechnete die Bahnen
der Kometen von 1799 und 1811, und die Bode'schen Jahrbücher
enthalten manche Mittheilungen von ihm aus jener Zeit. Auch
schrieb er: *Verhandeling over de bestendigheid der middelpunctslie-
dende krachten.*

Schliesslich noch die Bemerkung, dass in dieser Zeit auch in
Dorpat die Himmelskunde in Aufnahme kam. Bereits gegen Ende
des vorigen Jahrhunderts besass v. Lamberti, geb. 1771 in
Brüssel, dort eine kleine Privatsternwarte, deren Instrumente
theilweis an die Universität übergingen; und Knorre (Vater des
Nicolajewer Astronomen), hatte schon 1794 einen Versuch gemacht,
die Polhöhe ohne Instrument, durch senkrecht über einander an-
gebrachte Löcher, an Zenithsternen zu bestimmen, was ein um
acht Minuten fehlerhaftes Resultat ergab. Später, von 1802 an,
war er in den Besitz mehrerer Instrumente, insbesondere eines
Sextanten, gelangt, mit dem er den Fehler zuletzt auf einige Secunden herabbrachte. Bei Errichtung der Universität 1802 war
der Professor der Mathematik (seit 1808 Huth, früher in Frankfurt und Charkow lehrend,) zugleich zum Conservator der astronomischen Instrumente ernannt worden, und eine Sternwarte ward
in Aussicht genommen, deren Observator Knorre werden sollte.
Aber Knorre starb plötzlich (am 1. Dec. 1810), ohne auch nur
den Anfang des Baues gesehen zu haben. Sie ward 1811 und
1812 erbaut unter Leitung Parrot's.

Überschauen wir das bisher Mitgetheilte, so erblicken wir eine höchst erfreuliche und sich immer weiter ausbreitende astronomische Thätigkeit gerade in dem Jahrzehend, wo die Napoleonischen Kriege am verheerendsten wütheten, und auch da, wo sie nicht unmittelbar empfunden wurden, alle Gemüther zu beschäftigen, wie alle geistigen und materiellen Kräfte in Anspruch zu nehmen schienen. Wenn nun gleichwohl in diesem Decennium mehr und Besseres als je in einem früheren für praktische Ausübung und Förderung der Himmelskunde, wie nicht minder in ihrer theoretischen Fortentwickelung geschah, so kann dies nur dem Umstande zugeschrieben werden, dass dieser Wissenschaft eine innere Kraft eigen ist, die sie über alles Missgeschick erhebt. Wer sie einmal kennen und lieben gelernt, wird bis zum Tode nicht von ihr lassen, mögen seine äusseren Lebensschicksale sich gestalten wie sie wollen. Sie erhebt sich über den Erdenjammer, denn sie stammt vom Himmel und sie führt zum Himmel.

Wir leben der Hoffnung, dass ein Jahrzehend, wie es die Völker im Beginn dieses Säculums sehen mussten, nie wiederkehren wird. Sollte aber selbst diese Hoffnung trügen, sollten neue Weltstürmer auftreten und ihre Vernichtungskämpfe auf unsere Fluren tragen, so dürfen wir auch dann erwarten, dass die Himmelskunde sich erhalten und fortentwickelt werden wird. Sie hat die schwerste Feuerprobe siegreich bestanden, sie ist nicht gesunken vor dem Donner der Kanonen, wie sie nicht ertödtet werden konnte durch die Flammen der Scheiterhaufen und durch die Folterkammern der Inquisition. Darum Muth gefasst: ewig wie der Himmel ist auch die Himmelskunde, sie wird ihre Aufgaben eine nach der andern lösen, wenn auch erst in späten Jahrtausenden; denn sie fordern Jahrtausende, um zu einer befriedigenden Antwort zu gelangen.

§ 150.

Eintretend in das zweite Decennium, treffen wir zuerst auf die Entdeckung des grossen Kometen, welche Flaugergues in Viviers am 26. März 1811 machte. Damals nur noch teleskopisch, zeigte sich bald, dass er hinter die Sonne treten, bei seiner weitläufigen Bahn jedoch nicht lange durch dieselbe für uns unsichtbar sein werde. Man beobachtete ihn bis zum 2. Juni und konnte so eine vorläufige Bahn berechnen. Am 20. August trat er aus

den Sonnenstrahlen heraus, und nun erst entfaltete sich die
Pracht, die ganz geeignet war, die Aufmerksamkeit auch des
Gleichgültigsten zu erregen. Der Verfasser dieses Werkes hat ihn
zu bezeichnen als den Weltkörper, der zuerst seine Liebe zur
Himmelskunde rege machte. — Am 15. October erreichte er seine
Erdnähe (die Sonnennähe hatte schon im September stattgefunden),
und obgleich auch in dieser noch 25½ Million Meilen entfernt,
war doch alles in ihm mit grosser Deutlichkeit erkennbar. Der
12 bis 15 Millionen Meilen lange Schweif ging nicht vom Kopfe
aus, sondern umgab diesen mantelartig in Form eines Konoiden,
in dessen Brennpunkt der Kopf stand, in welchem Kern und Nebelhülle zu unterscheiden waren. Der Kern sehr klein und stern-
punktartig, nach Herschel am 15. October 93 geogr. Meilen im
Durchmesser. Am 1. December bedeckte der Komet den Stern
α Aquilae so central, dass dieser einige Stunden hindurch seinen
Kern zu bilden schien, was zur Erhöhung des Glanzes diente.
Noch im Januar 1812 war er deutlich zu sehen, dann verschwand
er in den Sonnenstrahlen und entfernte sich nun beträchtlich von
Erde und Sonne.

Bessel hatte aus den vorläufigen Bahnberechnungen gefolgert, dass er, obgleich nach seinem zweiten Heraustreten aus den
Sonnenstrahlen, schon über 60 Millionen Meilen entfernt, doch
möglicherweise noch mit Fernröhren wahrgenommen werden
könnte. Fast alle Astronomen bezweifelten, ja belächelten diese
Idee Bessel's — und gleichwohl hat sie sich bewahrheitet, und
zwar an einem Orte, wo man es nicht erwartete. Herr v. Wisniewsky in Neu-Tscherkask am schwarzen Meere fand ihn am
31. Juli auf und konnte ihn noch bis zum 17. August, zuletzt in
einer Entfernung von fast 80 Millionen Meilen beobachten. Ein
scharfes Auge und ein sehr durchsichtiger Himmel müssen ihn
begünstigt haben, denn auf anderen Warten hat man nichts gesehen, und das Fernrohr, dessen er sich bediente, war ein guter
Achromat von nur 3½ Fuss Brennweite. — 511 Tage ist er —
die beiden Unterbrechungen mitgerechnet, den Erdbewohnern
sichtbar gewesen; beträchtlich länger als jemals ein anderer
Komet.

Argelander hat es unter Bessel's Leitung und Mithülfe
unternommen, die Bahn, trotz der grossen Umlaufszeit, elliptisch
zu berechnen, und es ist gelungen; noch um vieles vollständiger
würde das Gelingen gewesen sein, wenn ihm bessere Beobach-

tungen zu Gebot gestanden hätten. Aber wenn jetzt Abweichungen
von zehn Secunden in den Beobachtungen einen Rechner zum Verwerfen berechtigen, so musste Argelander, wollte er überhaupt
Berechnungsmaterial zusammenbringen, sich Abweichungen von
zwei Minuten gefallen lassen. Die Beobachtungskunst war noch
nicht so fortgeschritten wie jetzt, es mangelte sehr an gut bestimmten Sternen; denn Bessel war noch mit Reduction der
Bradley'schen Beobachtungen, wie Piazzi noch mit diesen selbst
beschäftigt, und zudem erschien der Kopf des Kometen stark verwaschen; kurz, Argelander musste nehmen, was er vorfand, ob
gut oder schlecht.

Doch noch in einer andern Beziehung bot dieser Komet eine
Schwierigkeit eigener Art, wodurch allerdings auch die Arbeit
einen eigenthümlichen Werth erhielt. Wenn ein Komet nur in
einer Erscheinung Wochen oder selbst Monate lang beobachtet
ist und dies berechnet werden soll, so kann man sich meist er-
lauben, die Störungen zu vernachlässigen. Man erhält dann Elemente, streng gültig für die Zeit des Perihels, und hinreichend
genähert für die Zeit vorher und nachher. Nur in dem Falle,
wo die Parabel nicht befriedigt und eine Ellipse oder Hyperbel
angedeutet ist, wird der Rechner wohl thun, etwas weiter zu
gehen. — Hier lag allerdings auch nur eine Erscheinung, aber
getrennt in drei sehr bestimmte, durch grosse Zwischenräume getheilte Perioden vor. Der Beginn sechs Monat vor dem Perihel,
der Schluss elf Monate nach demselben. Ein solcher Fall war
noch nie vorgekommen, und die Hoffnung, hier eine elliptische
Bahn zu erhalten, war zwar sehr begründet, aber eben dies
zeigte die Nothwendigkeit, die Störungen in aller Strenge zu
berechnen.

Sehr bald erwies sich, dass an die Identität mit 1301 nicht
zu denken sei und dass ferner kein früher gesehener Komet auf
diesen bezogen werden könne. Eine ganz vorläufige Berechnung
ergab 3300 Jahre Umlaufszeit, und schon dieser Umstand zeigte
die Vergeblichkeit jeder Bemühung, in den Kometenverzeichnissen
nachzusuchen. Argelander gelang es nicht, eine völlig befriedigende Übereinstimmung zwischen den drei Perioden hervorzubringen; allein die Beschaffenheit des vorliegenden Beobachtungs-
materials liess dies auch nicht anders erwarten. Seinen Schluss,
dass sie nicht der gleichen Kepler'schen Ellipse angehören, hat
er später selbst nicht weiter angenommen.

Die streng berechneten Elemente sind

Durchgang durch das Perihel, mittlere Pariser Zeit 1811 Sept. 12, 6ʰ 19′ 53″
$$\pm\ 82,77''\ \text{Zeit}$$

Länge des Perihels	73° 0′ 33,926″	± 3,941″ Bogen
Aufsteigender Knoten	140° 24′ 43,952″	± 1,610″
Neigung der Bahn	73° 2′ 21,235″	± 1,270″
Kleinster Abstand	1,03542283	± 0,00000526
Excentricität	0,99509330	± 0,00001276
Umlaufszeit	3065,56 Jahre	± 42,87 Jahre.

Die vorletzte Erscheinung dürfte also beiläufig in die Zeit des trojanischen Krieges zu setzen sein, und wir finden in der That die Erzählung, dass eine der Plejaden, aus Schmerz über den Untergang der herrlichen Priamusstadt, die Gesellschaft ihrer Schwestern verlassen und mit aufgelösten, lang „herabhängenden Haaren sich nach dem Polarkreise zu gewendet habe. Höchst wahrscheinlich also ein grosser Komet, aber sicher nicht der Argelander'sche. Der blosse Anblick der obigen Elemente wird auch ohne Rechnung Jeden überzeugen, dass dieser nie in der Plejadengegend uns erscheinen kann. Sollte man nun alle Störungen für die ganze Zeit von Agamemnon bis Napoleon rückwärts rechnen, ja war diese Riesenarbeit auch nur möglich? Man bedenke, dass der Komet 21 Uranusweiten (420 Erdweiten) im Aphelio von der Sonne sich entfernt, und was wissen wir, was wusste man vor 50 Jahren von dem, was sich in diesen Räumen befindet? Ist es nicht vielmehr höchst wahrscheinlich, dass die nächsten Fixsterne, und namentlich α Lyrae an den Störungen dieses Kometen auch ihren Theil haben?

Deshalb hat es Argelander auch unterlassen, die Störungen bis zur nächsten Wiederkehr scharf zu berechnen. Es hat für die Gegenwart ein zu geringes Interesse, so entfernten Zeiten eine mehrere Jahre in Anspruch nehmende Arbeit zu widmen, während noch so viele weit drängendere Fragen der Erörterung harren. Nur für die Störungen von $\frac{1}{3}$, also der Umlaufszeit, hat er uns ein Resultat gegeben, wonach diese bis zum Jahre 4700 n. Chr. die Summe von 177 Jahr, und zwar beschleunigend, erreichen. — Argelander's Arbeit erschien 1822.

Überhaupt aber kam die Kometen-Astronomie auch dadurch sehr in Aufnahme, dass sich im neunzehnten Jahrhundert die Kometen häufiger zeigten als im achtzehnten, und dass dies auch rücksichtlich derer, die dem blossen Auge sichtbar wurden, der

Fall war. Schon der von 1807 hatte alle seit 1769 gesehenen an Glanz übertroffen, obgleich er dem von 1811 nicht entfernt gleich kam. Bessel hat über ihn eine classische Arbeit geliefert. Er findet für ihn 1713,5 Jahre Umlaufszeit, die jedoch bis zum nächsten Umlaufe durch die Störungen auf 1543,1 Jahre vermindert wird. Eigentlich ist die Verminderung noch etwas grösser anzunehmen. Bessel rechnete mit einer Jupitersmasse, wie sie damals nach Laplace zu ﹖﹖﹖ angenommen ward. Allein aus Bessel's eigenen, sehr genauen Untersuchungen ergiebt sich diese Masse zu ﹖﹖﹖; und die Laplace'sche Angabe liegt weit ausserhalb der Fehlergrenzen, die bei Bessel noch annehmbar erscheinen; sie ist also antiquirt und beseitigt. Dann aber beträgt die Beschleunigung noch gegen drei Jahre mehr; Näheres müsste eine genauere Untersuchung geben, welche auch die seit 1810 bekannt gewordenen Änderungen der übrigen Planetenmassen, so wie den Neptun, in Betracht zöge. Bessel's Arbeit geht jedoch über ihren nächsten Zweck noch hinaus; sie giebt allgemeine höchst wichtige Andeutungen über Erkennung der elliptischen Bahnformen und Anderes, was den Berechnern sehr zu Statten kam.

Argolander's oben erwähnte Arbeit erregte die Aufmerksamkeit der russischen Regierung; er ward an Stelle des unglücklichen Walbeck, der 1822 in einem Anfalle von Schwermuth seinem Leben im 29. Jahre ein freiwilliges Ende gemacht, zum Director der Sternwarte Abo berufen. Walbeck's Andenken wird sich durch mehrere wichtige Schriften, wie wir hoffen, erhalten:

De forma telluris. (1819.)
Über die Genauigkeit der Beobachtungen am Dorpater Mittagsfernrohr,
und verschiedene andere.

Das Jahr 1811 brachte noch einen zweiten periodischen Kometen, am 15. November von Pons entdeckt und drei Monat hindurch, zuletzt am 15. Februar 1812 von Olbers, beobachtet. Nicolai berechnete ihn und fand 763½ Jahre Umlaufszeit. Das würde etwa auf 1066 rückwärts führen; aber eine Identität mit dem Kometen von 1066 ist deshalb nicht möglich, weil die Periheldistanz zu grosse Verschiedenheit zeigt, und auch aus anderen Ursachen.

Und am 20. Juli 1812 entdeckte Pons abermals einen Kometen, der sich periodisch zeigte, da Encke für ihn eine Umlaufszeit von 70,684 Jahren fand.

So waren zu dem Halley'schen, den man bisher als einzigen

periodischen Kometen kannte, in kurzer Zeit vier neue hinzu-
getreten, die allerdings auf eine bestätigende Wiederkehr lange
warten lassen werden, wogegen aber die Sorgfalt wie die gründliche Einsicht bewährter Berechner eine gute vollwichtige Bürg-
schaft giebt. Es ging nicht mehr, wie früher häufig vorkam: der
Komet wurde so schnell als möglich aus einigen Beobachtungen
parabolisch berechnet und dann seinem Schicksal überlassen.
Jetzt dagegen übereilte man sich nicht; eine provisorische Bahn,
nur um eine Ephemeride bei den Beobachtungen zu besitzen, ergab
sich nach Olbers' Methode sehr schnell; für die schärfere und
definitive Bestimmung der Elemente wartete man die Zeit ab, wo
alle an den verschiedensten Orten gemachten Beobachtungen, genau
reducirt, vorlagen: freilich hatte dies zur Folge, dass die definiti-
tiven Elemente erst dann an die Öffentlichkeit traten, wenn im
grossen Publicum längst alles Interesse an dem betreffenden Weltkörper geschwunden war. Aber dieser Nachtheil (wenn es ein
solcher ist) wird reichlich aufgewogen durch den Gewinn, dass die
Wissenschaft jetzt solidere und zuverlässigere Data statt der früheren wenig brauchbaren erhielt.

Doch die Zahl der denkwürdigen elliptischen Kometen sollte
sich noch mehr häufen.   Am 6. März 1815 entdeckte Olbers
einen Kometen, den man, obgleich er dem blossen Auge nicht
sichtbar war, fast ein halbes Jahr hindurch beobachten konnte;
denn die Gauss'schen Örter schliessen erst mit dem 26. August
ab. Er fand vier Berechner: Nicolai in Mannheim, Gauss,
Nicollet in Paris und Bessel, die sämmtlich nahe übereinstimmen. Bessel findet eine Umlaufszeit von 74 Jahren 13 Tagen
(74,04913). Da jedoch die planetaren Störungen bis zur nächsten
Wiederkehr ihn um 824 ½ Tag verfrühen, so setzt Bessel seine
nächste Wiederkehr auf 1887 9. Februar, Abends 10 Uhr, mittlere
Pariser Zeit; wobei er der Erde besser zu Gesicht kommen wird,
als es 1815 der Fall war.

Von den vier teleskopischen Kometen der Jahre 1817 und
1818 gestattete nur einer eine Bahnberechnung; aber 1819 ward
ein Komet, der vorher in den Sonnenstrahlen unsichtbar gewesen,
in der Nacht vom 30. Juni zum 1. Juli plötzlich mit blossem
Auge gross und langgeschweift gesehen, so dass es unbestimmt
und im Grunde auch ganz einerlei ist, wer ihn zuerst entdeckte.
Unter andern machte ein Berliner Nachtwächter darauf Anspruch.
Bald aber war er nur noch teleskopisch, und im October ver-

schwand er auch dem Fernrohr. Sehr zu bedauern ist, dass man am 26. Juni noch keine Kenntniss von ihm hatte; denn an diesem Tage muss er auf der geraden Linie zwischen Sonne und Erde, und dieser letzteren so nahe gestanden haben, dass sie von seinem Schweife umhüllt war. Es hätte sich dann herausgestellt, ob ein gerade vor der Sonnenscheibe stehender Komet auf dieser wahrnehmbar ist oder nicht. Der Tag jener Zusammenkunft war übrigens ein sehr gewöhnlicher, schöner warmer Sommertag, wie die meisten des Jahres 1819.

Für einen zweiten, in Mailand und Marseille gesehenen Kometen (12. Juni bis 19. Juli 1819) findet Encke eine Umlaufszeit von 5 Jahren 225 Tagen, und ein dritter Komet des Jahres 1819, von Blanpain am 28. November entdeckt, zeigte abermals nach de Vico's Berechnung eine Umlaufszeit von $5\frac{1}{2}$ Jahren. Doch kann er der Erde nur bei sehr günstiger Stellung sichtbar werden, und in der That müssen sechs Perihele unbemerkt vorübergegangen sein. — Winnecke sah ihn in Bonn am 8. März 1858 wieder.

So wurde, in verhältnissmässig kurzer Zeit, nicht allein die Kenntniss der Kometenbahnen überhaupt, und der elliptischen insbesondere, erheblich erweitert, sondern auch der Grund gelegt zur Kenntniss zweier besonderen Gruppen von Kometen. Die eine, jetzt neun Glieder zählend, enthält die sogenannten inneren Kometen mit kurzen Umlaufszeiten (von $3\frac{1}{2}$ bis 7 Jahren), sämmtlich rechtläufig und meist von nur mässigen Neigungen, den Planetoiden in vielen Beziehungen nahe stehend. Die andere von 60 — 77 Jahren Umlaufszeit, gleichfalls rechtläufig mit einer einzigen Ausnahme (dem Halley'schen), bis jetzt fünf. Der Wiederkehr, namentlich des am genauesten berechneten Olbers'schen, sieht man mit Spannung entgegen.

§ 151.

Bessel hatte nun die bereits in Lilienthal begonnene Arbeit, die Reduction der Bradley'schen Beobachtungen, beendet. Bald gewahrend, welch treffliches Material er jetzt unter Händen habe, beschloss er, den möglichsten Vortheil für die Wissenschaft daraus zu ziehen und keine noch so grosse Mühe zu scheuen. Er begnügte sich nicht, die bereits bekannten Reductionselemente anderer Forscher darauf anzuwenden, sondern alles dahin Gehörige

aus den Beobachtungen selbst zu entwickeln: Refraction, Präcession, Aberration, Nutation; und wo sich irgend Ungenügendes
fand, mit Zuziehung eigener Beobachtungen dies zu ergänzen.
Viele Sterne hatte Bradley nur in einer Coordinate beobachten
können; bei einigen anderen nur einmal beobachteten entstanden
andere Zweifel. Um ganz sicher zu gehen, suchte er jeden
Bradley'schen Stern in Piazzi's Katalog auf, und wenn er sich
in diesem nicht fand, am Himmel selbst; nicht um seine Örter
mit den Bradley'schen zu verbinden, oder sie diesen zu substituiren, sondern nur um der reellen Existenz des Objects am Himmel
gewiss zu sein. Dies ist im Katalog durch *Regiomonti observata*
bezeichnet. Nur bei einigen 20 Sternen (unter mehr als 3000)
gelang dies nicht; er bildete aus diesen einen besonderen Anhang
als zweiten Katalog, mit Hinzufügung derjenigen Angaben, die
möglicherweise in Zukunft zur Identificirung führen konnten. Da
vielleicht ein solcher am Himmel noch nicht aufgefundener Stern
ein damals unerkannt gebliebener Planet gewesen sein konnte,
so rechnete er deren Örter rückwärts für die von Bradley notirte Zeit und fand so einen Uranusort auf.

Jeder Bradley'sche Stern ward mit Piazzi's Katalog verglichen und der bemerkte Unterschied angegeben. Diese Unterschiede, sofern sie nicht ihren Grund in Beobachtungs- oder Re-
ductionsdifferenzen haben, sind auf Eigenbewegung zu beziehen;
und namentlich bei den stärkeren Unterschieden nahm er diese
als erwiesen an. So fand er die starke Eigenbewegung des Sterns
61 Cygni, von der Einige Veranlassung nahmen, ihn den „flie-
genden Stern" zu nennen.

Noch immer fiel es Manchen schwer, sich an den Gedanken
zu gewöhnen, dass Fixsterne eine Eigenbewegung haben sollten,
und sie betrachten die nicht abzuweisenden Data als besondere
Ausnahmefälle, die einer eigenen Classe von Weltkörpern angehören. — Bessel nahm nur dann alle Bradley'schen Beobachtungen mit, wenn ihre Zahl nicht fünf überstieg, oder sie zu
den Hauptsternen gehörten. Waren mehr Beobachtungen gegeben,
so nahm er die fünf ersten und liess die in Bradley's höherem
Alter angestellten weg. „Er scheint," sagt Bessel an einer Stelle,
„mit seinen Instrumenten gleichzeitig alt geworden zu sein."
Jedes der angewandten Instrumente wurde besonders untersucht
und seine Fehler aus den Beobachtungen ermittelt.

Der Bestimmung der Hauptsterne liegen die Sonnen-Decli-

nationen zu Grunde, aus denen die Sonnen-Rectascensionen durch
Berechnung aus zuverlässigen Elementen der Sonnenbahn erhalten
werden können. Um diese Grundlage mit aller Sicherheit zu erhalten, machte er die Sonnenörter zu einem Hauptgegenstande
seiner beobachtenden Thätigkeit, und er erklärt diese Elemente
für die wichtigsten aller astronomischen Grundlagen. Den Zusatz
„gewiss mit Recht" halten wir bei Bessel für einen Pleonasmus
und lassen ihn weg.

Ein sehr inhaltreicher Anhang beschliesst das Werk, und in
diesem kommen noch manche wichtige Anmerkungen und Untersuchungen vor, wie über die Polhöhe von Greenwich und über
die Masse der Venus. Jedem Sternort ist der Betrag der Präcession für die beiden Epochen 1755 und 1800 hinzugefügt.

Dass es für ein solches Werk schwer hielt, einen Verleger
zu finden, führen wir als ein Zeichen jener Zeit an, deren nähere
Charakterisirung wir der Weltgeschichte überlassen. Nur indem
Bessel fast auf alles Honorar verzichtete, entschloss sich die
Handlung Gebrüder Bornträger in Königsberg, den Druck zu
unternehmen. Es erschien unter dem Titel: *Fundamenta Astronomiae, deducta ex observationibus viri incomparabilis James Bradley,
auctore Friederico Guilielmo Bessel.*

Dass die Arbeit in einer so classisch vollendeten Gestalt erscheinen konnte, war dem umsichtigen Verfahren Bradley's zu
verdanken, der die Nivellements und alles, was die Berichtigung
seiner Instrumente betraf, stets sorgfältig notirt hatte. Denn
nicht Alles ist so angethan, dass ein später hinzukommender
Bearbeiter es den Beobachtungen allein abgewinnen kann, und
dass bei den 90000 Observationen Maskelyne's dies nicht genügend geschehen ist, bedauert Bessel sehr, da die grosse Mühe,
die er sich mit diesen letzten Beobachtungen gegeben hat, in der
Hauptsache eine vergebliche geblieben ist. — Bessel selbst hat
alle Instrumente, mit denen er arbeitete, mit einer mustergültigen
Sorgfalt untersucht und nichts, mochte es auch noch so zeitraubend und schwierig sein, unterlassen, um alles in höchster
Vollständigkeit und Vollendung zu geben. Ein Benutzer Bessel'scher Beobachtungen, auch wenn inzwischen Jahrhunderte
verstrichen sein sollten, wird die Klage nicht zu erheben haben,
die dieser über Maskelyne führt.

Kein Menschenwerk ist so gut, dass es nicht noch besser
werden könne; und dies gilt insbesondere in einem Falle, wo der

Autor selbst die Mittel bezeichnet, ja zum Theil selbst dargeboten
hat, durch die es besser werden kann und muss. Die Reductionselemente machte Bessel sofort, und nachdem er in den Stand
gesetzt war, kräftigere und überhaupt bessere Instrumente in Anwendung zu bringen, zu einem Hauptgegenstande seiner eigenen
Untersuchung. Er fand eine nicht unerhebliche Correction für
die Präcessionsconstante, er bestimmte genau die Änderungen,
denen sie im Verlaufe der Zeit unterliegt; Änderungen für die
übrigen Reductionselemente waren damit nothwendig verbunden.
Die besonders zu bestimmende Refraction ermittelte er aufs
sorgfältigste. Er beobachtete selbst und mit seinem Gehülfen A r-
gelander die Refraction am Horizonte, wobei sich herausstellte,
dass kein einziger Fixstern bis zum wirklichen Horizont hin
sichtbar blieb; er entwickelte die Formeln für die Reduction in
extremen Lagen, insbesondere für die dem Pol nahen Sterne, untersuchte in aller Schärfe die Theilungsfehler seines Instruments
durch eine eigenthümliche Vorrichtung, was nur für den hauptsächlichsten Theil der Arbeit ein Werk von 42 Tagen war, beobachtete in häufiger Wiederholung die Örter der Hauptsterne u. s. w.

Alle diese Untersuchungen finden sich zusammengestellt in
den *Tabulis Regiomontanis*, von denen Encke bemerkt, dass nicht
eine einzige Zahl darin vorkomme, die nicht aufs genaueste geprüft worden.

Diese Tafeln haben der Willkür ein Ende gemacht, mit der
bis dahin Jeder nach seiner Weise, und mit den Formeln und
Constanten, die nach seiner individuellen Ansicht die besten waren,
reducirt hatte. Sie empfahlen sich zu diesem Zwecke nicht allein
durch die grosse Sicherheit der Grundbestimmungen, sondern auch
durch die geschmeidige und bequeme Form, welche er den Reductionen gab. Mit Ausnahme der Refraction, die stets gesondert
bestimmt werden muss, ist alles Andere in vier Functionen der
Zeit, durch A, B, C, D bezeichnet, und vier Functionen des
Ortes, für die Rectascension durch a, b, c, d, und für Declination
a', b', c', d' gegeben. Die ersten vier enthalten die Ephemeriden,
die übrigen finden sich in den Sternkatalogen, und so weit sie sich
hier nicht finden, können sie leicht nach Bessel's Formeln berechnet werden. Ihre allgemeine Annahme konnte so keinem
Zweifel unterliegen, und alle späteren Verbesserungen der Constanten lassen sich leicht und bequem in diese Formeln substituiren.

Zu einer von Grund aus neuen Umarbeitung der **B r a d l e y'**-

schen Örter auf Grundlage dieser Verbesserungen fand Bessel selbst keine Zeit. Andere wichtige Arbeiten beschäftigten ihn und seine Gehülfen in solchem Maasse, dass er an eine so umfassende Arbeit nicht zum zweiten Male gehen konnte. Es kam aber noch Folgendes hinzu:

1) ist sehr zu wünschen, dass nicht blos fünf, sondern alle sich bei Bradley vorfindenden Bestimmungen in Rechnung gezogen werden. Beispielsweise sei hier angeführt, dass die *Fundamenta* bei η Tauri die Rectascension aus 10 Bradley'schen Beobachtungen angeben, während 27 derselben vorliegen.

2) es haben sich später in Greenwich nicht wenige Beobachtungen Bradley's vorgefunden, welche Hornsby und Robertson nicht veröffentlicht haben, da sie dieselben wahrscheinlich nicht kannten.

3) sind die Beobachtungen von Charles Grant, der unter der Direction von Bliss die Bradley'schen Beobachtungen ganz in früherer Weise fortsetzte, so wie andere mit den noch ungeänderten Instrumenten Bradley's angestellte, zu untersuchen und, falls sie sich in der Prüfung hinreichend bewähren, eben so wie die Bradley'schen selbst zu bearbeiten.

4) die späteren weiteren Verbesserungen und Vervollständigungen der Constanten, die wir Peters und Anderen verdanken, in gehöriger Weise mit zu benutzen.

Wenn daher gegenwärtig Arthur Auwers, ein bewährter astronomischer Rechner, die ganze Arbeit von Grund aus aufs neue vornimmt (wozu die russische Regierung den Impuls gegeben hat und die Kosten bestreitet), so wird dadurch nur Bessel's eigener, mehrfach ausgesprochener Wunsch erfüllt, wie seinen Manen die verdiente Anerkennung gezollt. Wir fügen hinzu, dass noch manche andere Beobachtungen einer solchen wiederholten Reduction warten, namentlich die Pond'schen, von denen Bessel an einer Stelle äussert: „Ich habe vergebens gewünscht, dass einer unserer jüngeren gewandten Rechner diese schönen Beobachtungen neu und gründlich bearbeite." Und in der That eignen sich so umfangreiche Arbeiten am meisten für jüngere, aber kundige Kräfte, wie denn Bessel selbst die *Fundamenta* in seinem 28. Jahre begann.

Nahe gleichzeitig erschien auch der Piazzi'sche Katalog, der den Namen des zweiten führt, da ihm ein erster bereits seit längerer Zeit vorangegangen. Von ihm gilt das oben Gesagte im

vollen Maasse, und der wahre Werth dieser fleissigen, von einem
herrlichen Klima begünstigten Arbeiten wird sich erst herausstellen, wenn sie in einer Bearbeitung, wie die der *Fundamenta*,
vorliegen werden. — Unkundige hört man oft sich dahin äussern,
die Arbeit der Astronomen sei nun gethan, und man könne dabei
stehen bleiben. Wir dagegen wissen sehr wohl, dass die Bewälti-
gung unserer Arbeiten im Unendlichen liegt; wir wissen es, und
wir freuen uns dessen.

Die Frage, welche sich seit Copernicus durch die Jahrhunderte hingezogen hat: die Parallaxe der Fixsterne, hat Bessel
schon in dieser frühen Periode eingehend beschäftigt. Er hoffte,
der Beantwortung dadurch näher zu rücken, dass er Sterne, die
in Declination nur wenig, in Rectascension jedoch nahezu 12^h von
einander verschieden waren, durch geeignete Beobachtungen so
combinirte, dass er die Summen ihrer Parallaxen erhielt, unter
gleichzeitiger Elimination der etwaigen instrumentalen Abweichungen. Das Ungenügende der erhaltenen Resultate überzeugte
ihn, dass dieser Weg nicht zum Gesuchten führe, und wir werden
sehen, dass er später einen ganz verschiedenen einschlug, dessen
Resultat besser befriedigte.

Wir haben die Gründung der Sternwarte Dorpat erwähnt,
jetzt haben wir über die ersten dort ausgeführten Arbeiten zu
berichten. Professor Huth hatte, noch vor Errichtung der Sternwarte, den Kometen von 1811 beobachtet; seine Beobachtungen,
so wie die von ihm daraus gezogenen Folgerungen über die physische Natur des Kometen, sind jedoch Manuscript geblieben und
nie veröffentlicht worden. Zum Beobachter an der neuen Sternwarte war Dr. G. W. Struve, der sich bis dahin der Philologie
gewidmet hatte, designirt, und er machte seine erste Beobachtung
am 20. Januar 1814. Auch er richtete sein Augenmerk, nachdem
die Stellung der Instrumente und die weiteren Berichtigungen genügend untersucht und befriedigend festgestellt waren, zunächst
auf die bisher noch immer unfindbaren Parallaxen. Er suchte sie
durch Combination der Rectascension von Circumpolarsternen, so
dass er immer die Summe der Parallaxen je zweier derselben erhielt. Absolute Parallaxen hätten also hier nur erhalten werden
können, wenn anderweitig entweder die Parallaxe eines dieser
Sterne, oder die Versicherung, dass sie gleich Null zu setzen sei,
erlangt wurde. Da dies nicht möglich war, so erhielt Struve wie
Bessel nur die Überzeugung:

6*

1) die Parallaxen der Fixsterne sind zu klein, um durch die bisher angewandten Mittel gefunden werden zu können;

2) sie stehen gleichwohl der Null nicht so nahe, dass jede Hoffnung zu ihrer Auffindung verschwinden müsste.

Mehr konnte durch eine Fortsetzung dieser Beobachtungen nicht erlangt werden, und da beide Astronomen dies erkannten, so setzten sie die Arbeit auch nicht weiter fort und warteten die Zeit ab, wo geeignetere Mittel ihre Wiederaufnahme gestatten würden.

§ 152.

Diese Mittel sollten in einem Institut gefunden werden, das wir bereits erwähnten, das jedoch eine genauere Beachtung an dieser Stelle erfordert.

Joseph Fraunhofer war als Sohn unbemittelter Eltern am 6. März 1787 in Straubing geboren und einem Glasermeister in München, Weichselberger, als Lehrling übergeben worden. Da seine Eltern nichts für ihn bezahlen konnten, so musste er sich zu einer Lehrzeit von sechs Jahren verpflichten. Im Hause seines Lehrherrn entstand ein Brand, der es grösstentheils zerstörte, und bei welchem durch Einsturz von Decken und Wänden er in Gefahr kam, durch Verschüttung ums Leben zu kommen. Indess ward er, obwohl erheblich verletzt, gerettet, und König Maximilian I., der an den Ort der Gefahr geeilt war, und dem die Antworten des Knaben gefielen, machte ihm ein ansehnliches Geldgeschenk. Er verwandte einen Theil davon zur Anschaffung von Büchern, durch deren Studium er den höchst mangelhaften Schulunterricht, der ihm zu Theil geworden, ergänzte, namentlich auch an der Mathematik Geschmack gewann. Die Sonntage und die Nächte bildeten seine Studienzeit, von deren Gegenstand er vorsichtig nicht viel verlauten liess. Die Glaserarbeit führte ihn auf das Schleifen der Linsengläser, worin er sich heimlich übte. Er ward mit Herrn v. Utzschneider bekannt, und da die bedungenen sechs Jahre noch nicht abgelaufen waren, so verwandte er den Rest des Königsgeschenkes, um sich frei zu kaufen.

Nun trat er als Gehülfe in die Anstalt, die v. Utzschneider und Reichenbach leiteten. Letzterer schied aus, um ein eigenes mechanisches Institut zu gründen, und Fraunhofer so wie Guinand arbeiteten nun hauptsächlich an Versuchen zur Hervorbringung reinen Flintglases in grossen Stücken. Nachdem Gui-

nand 1814 abgegangen war, blieb Fraunhofer einziger Haupt-
arbeiter im Institut. Nach langen vergeblichen Bemühungen gelang es ihm am 12. December 1817, die Flintglaslinse zu Stande
zu bringen, die gegenwärtig im Dorpater Refractor das Objectiv
bildet. Das Fernrohr zu diesem Objectiv ist mit grosser Meisterschaft ausgeführt und das Ganze von der russischen Regierung
für die neue Sternwarte Dorpat erworben. Es ist das einzige
grössere von Fraunhofer's Hand, da er bald nach dessen Vollendung mit Tode abging (nur 39 Jahr alt).

Er trat jetzt als Theilnehmer in das Institut und ward bald
darauf in den Freiherrnstand des Königreichs erhoben. Seine in
das Gebiet der Physik und Chemie gehörenden Arbeiten überlassen wir Denen zu schildern, welche die Geschichte dieser Wissenschaft schreiben; ihre hohe Wichtigkeit wird niemand in
Zweifel ziehen. Er war die eigentliche Seele des Instituts, und
dessen welthistorischer Ruf ist sein Werk. Sofort ward das Instrument, dem diese Linse als Objectiv dienen sollte, in allen
Theilen mit einer Meisterschaft vollendet, wie man ein ähnliches
zuvor nie gesehen. Struve, der es in München sah und prüfte,
vermittelte dessen Ankauf durch die russische Regierung.

Es kam im November 1824 in Dorpat an und wurde im folgenden Jahre in dem neuerbauten Drehthurm der Dorpater Sternwarte aufgestellt. — Struve hat es bis 1840, der Verfasser
dieses bis 1865 benutzt, und es hat sich in diesen 40 Jahren
aufs trefflichste bewährt. Aber auch das Heliometer, das in seiner
früheren Form nur wenig Nutzen gewährte, ward durch Fraunhofer zu einem der wichtigsten Instrumente. Er setzte an die
Stelle von zwei vollen Objectiven zwei Objectivhälften, indem er
ein achromatisches Objectiv so spaltete, dass der durch das Centrum gehende Schnitt vollkommen rein und scharf erschien. Durch
die geeignete mechanische Vorrichtung werden diese Hälften längs
des Spaltes verschoben, wodurch die Distanzen der Objecte erhalten werden, und eben so um ihre Axe gedreht, was zur De-
stimmung der Positionswinkel führt. Ein wichtiger Vortheil ist
hierbei der Wegfall jeder künstlichen Beleuchtung, da das Feld
vollkommen dunkel bleibt und Lampen nur als Handlampen zum
Ablesen der Einstellungen erforderlich sind. Mehrere grössere
Sternwarten (wir nennen darunter Königsberg und Bonn) besitzen
gar keine grösseren Refractoren, sondern satt dessen ein grosses
Heliometer nach Fraunhofer'scher Construction.

Fraunhofer beabsichtigte, nachdem er die Theorie der achromatischen Fernröhre erschöpfend dargestellt und praktisch bewährt hatte, auch die Teleskope in ähnlicher Weise zu bearbeiten; seine wankende Gesundheit — noch eine Folge des oben erzählten Unglücksfalles — sollte durch eine Reise nach Italien gekräftigt werden; doch ein früher Tod (im Mai 1826) machte allen diesen Plänen ein Ende.

Auf dem schönen Friedhofe in München liest man in einer Nische:

Joseph von Fraunhofer.

(Darunter in Miniatur, in Relief-Darstellung, den für Dorpat gelieferten Refractor, und weiter):

Approximavit sidera.

Es genügt wahrlich an diesen zwei inhaltschweren Worten: denn so lange es auf Erden eine Wissenschaft giebt, wird Fraunhofer's Name nicht erlöschen.

Hier dürfte der Ort sein, die Liste der grössern aus der Münchener Werkstatt hervorgegangenen Fernröhre (Refractoren und Heliometer) folgen zu lassen.

I. Fraunhofer (bis 1826).

	Zoll Par. Objectivöffnung.
Refractor für Dorpat	9½
Refractor für Neapel	7

II. G. Merz (bis 1839 allein).

	Zoll Par. Objectivöffnung.
Refractor für Berlin	9½
Refractor für Kasan (beim Brande der Sternwarte 1842 gerettet)	9½
Refractor für Bogenhausen	10½
Heliometer für Königsberg	6

III. Merz & Mahler (bis 1845).

	Zoll Par. Objectivöffnung.
Refractor für Pulkowa	14
Refractor für Kiew	9
Refractor für Washington	9
Refractor für Cincinnati	10½
Heliometer für Pulkowa	7
Heliometer für Bonn	6

IV. Merz & Sohn (von 1847 bis 1858 Merz & Söhne).

	Zoll Par. Objectivöffnung.
Refractor für Cambridge (Massachusets)	14
Refractor für die Capstadt	6½

	Zoll Par. Objectivöffnung.
Objectiv für Airy in Greenwich	12
Fernrohr für den Optiker Ross in London	8
Refractor in Moskau (im W. der Stadt)	10
Refractor für Madrid	10
Refractor für Rom (Collegio Romano)	9
Refractor für Shelbyville (Amerika)	7
Refractor für Christiania	7
Objectiv zum Heliometer für Oxford	7
Refractor für Palermo	9
Refractor für Kopenhagen	10½
Refractor für Lissabon	14
Refractor für Leyden (neue Warte)	7
Refractor für Baron Dembowsky in Florenz	7
Refractor für Sidney	7

Ein 16zölliges Objectiv liegt noch vorräthig.

§ 153.

Auf Seeberg waren inzwischen Veränderungen vorgegangen. Der astronomische Mäcen, Herzog Ernst II. von Gotha, war gestorben, von Zach legte die Direction des Seeberg 1808 nieder und übergab sie an Bernhard Freiherrn von Lindenau. Wir verdanken diesem während seines zehnjährigen Directorats neue Tafeln der Planeten Merkur und Mars, und eine sehr umfangreiche Berechnung der Polarsternbeobachtungen in Greenwich und andern Orten. Er entwickelte daraus Werthe für den Ort und die Eigenbewegung des Polaris sehr scharf, und ausserdem seine Parallaxe (0,″144) so wie neue Bestimmungen für Aberration und Nutation. In den letzten Jahren war Encke sein Adjunct und dieser übernahm 1818 das Directorat. v. Lindenau trat in altenburgischen und später in königlich sächsischen Staatsdienst, und war längere Zeit Premierminister in Dresden. Sein lebhaftes Interesse au dem Gedeihen der Astronomie blieb stets ungeschwächt, und fortwährend finden wir von ihm Mittheilungen in den Astronomischen Nachrichten.

Encke hatte als Artillerieofficier die Befreiungskriege 1813 bis 1815 mitgemacht, darauf seinen Abschied genommen und ward bald darauf Lindenau's Gehülfe. Durch eine höchst wichtige Entdeckung sind die sieben Jahre seines dortigen Directorats bezeichnet, über die wir ausführlicher zu berichten haben.

Im Jahre 1786 im Januar entdeckte Méchain einen teleskopischen Kometen, allein ungünstiges Wetter war die Ursache, dass er nicht mehr als zwei Beobachtungen erhalten konnte. Unter diesen Umständen war selbstverständlich eine Bahnberechnung unmöglich.

Im Jahre 1795 entdeckte Caroline Herschel im Sternbilde der Leyer einen teleskopischen Kometen, und es gelang, eine hinreichende Zahl von Beobachtungen zur Berechnung einer parabolischen Bahn zu erhalten. Eine ähnliche Entdeckung machte Bouvard* 1805 und Pons (so wie Huth) 1819. Die drei zuletzt erwähnten Entdeckungen hatten parabolische Elemente geliefert, die Ähnlichkeit mit einander hatten. Encke untersuchte die Sache näher und fand, dass die vier Kometen von 1786, 1796, 1805 und 1819 einer und derselbe sei, der zwischen 1780 und 1796 drei, zwischen 1796 und 1805 abermals drei, und von da bis 1819 vier Umläufe gemacht habe, und in der erwähnten Zeit sieben Mal, ungesehen von der Erde, durch sein Perihel gegangen sei. Die Umlaufszeit war 1208 Tage.

––––––––––––

* Alexis BOUVARD, geb. 1767 am 27. Juli, gest. 1843 am 7. Juni. In einer Sennhütte am Montblanc erblickte er das Licht der Welt; ein armer Bauerknabe, hatte er nur die Aussicht auf das Hifthorn, um das Vieh von der Weide zu rufen, oder auf die Flinte des sardinischen Soldaten. 18 Jahr alt, trieb es ihn, nach Paris zu gehen. Ohne Bekanntschaft, ohne Empfehlung, ohne Mittel, ohne zu wissen was beginnen, langte er in der Hauptstadt an, einen Sack auf dem Rücken, einige Francs in der Tasche. Aber ob auch manchen Mittag für ihn kein Tisch sich deckte, die öffentlichen unentgeltlichen Vorlesungen im Collège de France versäumte er nie. Er gewann Geschmack an der Mathematik, und nicht lange, so war er selbst im Stande, Privatunterricht zu ertheilen.

Ein Zufall machte ihn einst zum Zeugen bei den Arbeiten der Sternwarte, und augenblicklich erwachte in ihm die glühendste Leidenschaft für die Astronomie.

Die immensen Rechnungen, welche Laplace für seine *Mécanique céleste* bedurfte, machte es ihm nothwendig, sich nach einem Hülfsrechner umzusehen; man nannte ihm Bouvard, und der rechte Mann war gefunden. Ihn schreckten nicht die unübersehlichen Ziffernmassen; er wich nicht zurück vor der Aussicht, Wochen, ja Monate zu einer einzigen Rechnung zu bedürfen.

Aber noch mehr. Wenn die Störungen des Kometen durch diejenigen Körper, die hier in Betracht kommen (alle Planeten bis auf Saturn, so dass nur Uranus und Neptun ausgeschlossen werden konnten) scharf berechnet wurden, so fand sich, dass der Komet jedesmal 2½ Stunden früher gekommen war, als die Rechnung ergeben hatte.

Die Thatsache blieb bestehen, auch wenn man die Planetenmassen so weit abänderte, als dies zulässig erschien, und somit lag die Nothwendigkeit vor, sie zu erklären.

Encke's Erklärung, an der er trotz alles Widerspruchs lebenslang festgehalten, ist die folgende:

Die Bewegung des Kometen erfolgt nicht im absolut looren Raume, sondern in einem mit einer höchst verdünnten, direct nicht wahrnehmbaren Materie (dem Äther) erfüllten. Diese Materie leistet der Bewegung des Kometen einen Widerstand, da jedoch dieser Widerstand nur in der Richtung der Tangente der Bewegung, nicht aber auf den Radius vector wirkt, so vermindert

---

Laplace erkannte seinen Werth, und auf seine Empfehlung ward er Mitglied des Bureau des longitudes, so wie der Akademie der Wissenschaften; auf der Sternwarte hatte er bereits seit 1793 mitgearbeitet. Eine Preisaufgabe der Akademie, die Mondstheorie betreffend, hatte er 1800 gelöst; eine andere Lösung war von Bürg eingegangen; man erkannte diesem zwei Drittel und Bouvard ein Drittel des Preises zu; der erste Consul Bonaparte erhöhte aber die Belohnung des Letztern auf 6000 Franken.

Der Eifer, mit dem er den Beobachtungen und Berechnungen oblag, liess ihn an allem Übrigen wenig Antheil nehmen. Er ward Entdecker mehrerer Kometen; er lieferte Tafeln des Jupiter, Saturn und Uranus; er erkannte zuerst die Unvereinbarkeit der alten und neuen Beobachtungen dieses Planeten, eine Bemerkung, die den ersten Anstoss zu den Verhandlungen gab, die schliesslich zur Neptunserechnung führten. Auch die meteorologischen Beobachtungen discutirte er, um die Frage über den Mondseinfluss zu untersuchen. Rechnen war ihm zum unabweisbaren Bedürfniss geworden; noch am Vorabend seines Todes sah man ihn mit sterbender Hand Zahlen auf den Tisch zeichnen.

Ein solcher war Alexis Bouvard, der Hirtensohn von der Hochalpe.

er auch nur die erstere, nicht jedoch die Attraction, was zur
Folge haben muss, dass sich die Bahn verengert, mithin ein
kleineres Areal umfasst und in kürzerer Zeit durchlaufen wird.

Nicht allein sind verschiedene Einwürfe gegen diese Erklärung
an sich gemacht worden; man hat auch die Thatsache der Ver-
frühung des Perihels theils zu bestreiten, theils anderweitig zu
erklären versucht.

Was die Thatsache selbst betrifft, so hat Encke diese in
mehreren Schriften, zuletzt in einem besonderen Anhange zum
Berliner Jahrbuch, mit so entscheidenden Gründen aufrecht erhalten und vertheidigt, dass er hier wohl nicht widerlegt werden
kann. Auf den ersten Anblick scheint es allerdings gewagt, ein
Kometenperihel auf Stunden zu verbürgen; in gegenwärtigem Falle
aber haben wir es mit einer sehr kurzen Umlaufszeit und zwar
der kürzesten, die bei Kometen vorkommt, zu thun, andererseits
liegen hier nicht zwei oder drei, sondern jetzt schon 18 Erscheinungen vor, unter denen mehrere so gute und zahlreiche Beobachtungen es gestatteten, dass selbst noch Bruchtheile der Stunde
zu verbürgen waren.

Was jedoch die Erklärung betrifft, so giebt Encke selbst
zu, dass sein Beweis ganz isolirt steht, und dass, wenn eine andere
und noch besser zutreffende gegeben werden könne, er die seinige
zu unterdrücken habe. Dies ist aber bis jetzt von keiner Seite
geschehen. Freilich äusserte Bessel: „Es sind hundert Ursachen
möglich, durch welche die Thatsache erklärt wird," allein wir
können Encke nicht Unrecht geben, wenn er entgegnete, die
blosse Erwähnung von hundert Ursachen, auch selbst aus Bessel's Munde, könne ihn nicht bestimmen, seine These aufzugeben.

Encke selbst, der inzwischen 1825 an die Stelle des emeri-
tirten Bode als Director der Sternwarte nach Berlin abgegangen
war, hat einige dieser Möglichkeiten untersucht. Bei allen aber
ergaben sich Änderungen, nicht des Bahnhalbmessers, resp. der
Geschwindigkeit allein, sondern gleichzeitig auch der übrigen Elemente. Nun aber kommen, nach Ausweis der Beobachtungen, solche
Änderungen, die nicht anderweitig vollständig genetisch nachweisbar wären, bei diesem Kometen gar nicht vor, mit Ausnahme einer
höchst geringen der Excentricität, die bei einem solchen Wider-
stande des Äthers nothwendig ist. Somit bleibt der Nachweis
einer andern eben so vollständig erklärenden Ursache eine wissenschaftliche Forderung, die der Gegner erfüllen muss. Mit blossem

Zweifeln und Erheben von Schwierigkeiten ist es hier nicht gethan.

An noch unbekannt gebliebene Massen im Planetenraume, die gerade nur diese eine Wirkung, und keine andere weder auf diesen noch auf andere Weltkörper hätten, ist nicht zu denken.

Indess zeigen sich zwei Schwierigkeiten, welche eine nähere Erörterung zu verdienen scheinen:

1) Warum zeigen weder die Planeten, noch auch die übrigen Kometen, etwas von dieser Wirkung auf?

Was die Planeten betrifft, so sind diese vielemillionenmal dichter als ein Komet; es würde also eine solche Wirkung auch um eben so vielmal geringer sich zeigen, die Veränderung der Umlaufszeit also erst in den Zehntausendtheilen der Secunde, d. h. gar nicht merklich sein. Wichtiger scheint, dass auch die Kometen, mit Ausnahme dieses einen, von einer solchen Wirkung nichts verrathen. Allein wie wenig Kometen sind in der Lage, scharf geprüft werden zu können? Um eine Verkürzung der Umlaufszeit darzuthun, müsste man mindestens zwei Umläufe zusammenstellen, also drei Erscheinungen oder mehr beobachtet haben. Wir haben nun ausser dem hier in Rede stehenden nur den Halley'schen, Biela'schen und Faye'schen Kometen; bei letzterem ist eine Vergleichung, bei den beiden anderen sind mehrere ausführbar.

Beim Halley'schen haben die früheren Rechnungen eine Frage, wie sie hier vorliegt, nicht entscheiden können; Clairaut's Rechnungen wichen um einen Monat, Rosenberger's um 2½ Tag von dem Erfolge ab; und wenn einerseits die grössere Umlaufszeit auch eine grössere Gesammtwirkung innerhalb einer Umlaufsperiode erwarten lässt, so muss andererseits erwogen werden, dass der Halley'sche Komet während ⁹⁄₁₀ seines 76jährigen Umlaufs Fernen durchläuft, in die der Komet von 1208 Tagen nie gelangt. Es fehlt uns jeder Anhaltpunkt das Gesetz der Dichtigkeitsabnahme als Function des Abstandes darzustellen; im Allgemeinen jedoch ist es sehr wahrscheinlich, dass eine Abnahme, und nach allem Anschein eine sehr bedeutende, stattfinde. Ferner ist Halley's Komet rückläufig, und wie man sich auch den Widerstand denken möge, er muss unter solchen Umständen sich in ganz anderer Art äussern.

Westphalen, ein frühverstorbener, zu grossen Hoffnungen berechtigender Schüler Dessol's, hat uns unter Anleitung seines,

gleich ihm schon erkrankten Lehrers aus der letzten Erscheinung Resultate gezogen, die zu dem Schlusse führen, dass nur
die allgemeine Gravitation, und sonst keine von ihr verschiedene
Kraft auf die Bewegung dieses Kometen in erkennbarer Weise
gewirkt habe. So wichtig nun auch diese Bearbeitung ist, und
so sehr sie von dem Talent und der Einsicht ihres Verfassers
Kunde giebt, so kann sie gleichwohl weder für noch gegen
Encke's Annahme urgirt werden.

Der Biela'sche Komet hat ungeachtet aller Preisfragen noch
keine Arbeit an die Öffentlichkeit gefördert, die sämmtliche Erscheinungen so gründlich untersucht und so verglichen hätte, als
hier erforderlich ist; und die Räthsel, die er uns 1845 und 1866
darguboten, welche gleichfalls noch ungelöst sind, scheinen wenig
Aussicht zu bieten, neben und mit ihnen eine Frage zu discutiren,
die nicht nur die feinsten Beobachtungsdata, sondern auch eine
vorhergegangene gründliche Ermittelung aller anderweitig störenden
Ursachen zu ihrer Lösung bedingt.

Beim Faye'schen Kometen endlich hatte Axel Möller in
Lund aus Vergleichung der beiden jetzt vorliegenden Zwischenzeiten eine Einwirkung der fraglichen Art zu erkennen geglaubt,
die sogar noch stärker hervortreten sollte als bei dem oben dis-
cutirten. Encke hatte davon Veranlassung genommen, in seinem
Berliner Jahrbuch einen Aufsatz „Über den Faye-Möller'schen
Kometen" zu veröffentlichen. Allein die neueste Veröffentlichung
Möller's nimmt alles wieder zurück. Er hat in seinen Störungsrechnungen bei abermaliger Durchsicht einen früher nicht gehörig
beachteten Umstand entdeckt, den er mit aller Offenheit, wie es
dem Forscher geziemt, darlegt, und die drei Erscheinungen vereinigt, ohne irgend eine andere der Gravitation fremde Kraft
anzunehmen.

So haben also die drei Kometen, auf die allein jetzt recurrirt
werden kann, keinen Beweis für Encke's These, aber eben so
wenig einen entscheidenden gegen dieselbe geliefert, und bei dem
Kometen, dem die allgemeine Stimme den Namen des Encke'schen
gegeben hat,[*] vereinigen sich alle Umstände zur Erkennung einer

---

* Nur Encke selbst that dies nicht und bezeichnete ihn beharrlich als
„ihs Kometen von Pons." Da aber Pons Entdecker mehrerer Kometen ist,
so genügt diese Bezeichnung nicht, und wir würden die Benennung der Franzosen: comète à courte période, immer noch passender als diese finden.

kleinen Einwirkung so sehr, dass wir uns nicht wundern dürfen,
eine anderweitige Bestätigung bis jetzt noch nicht gefunden zu
haben. Denn:

a) der Encke'sche Komet hat unter allen uns bekannten die
kürzeste Umlaufszeit und gestattet eine Reihe von Vergleichungen,
wie sie bei keinem andern stattfindet, noch jemals zu erwarten ist;

b) der Encke'sche Komet verlässt nie die sonnennahen Gegenden. Er überschreitet nur wenig, und nur in seinem Aphelio,
die Ceresbahn; alle anderen erreichen oder überschreiten die des
Jupiter und halten sich nur eine verhältnissmässig kurze Zeit in
den Gegenden auf, die der Encke'sche nie verlässt;

c) endlich gehört der Encke'sche Komet zu den am aller-
wenigsten verdichteten. Er zeigt nur eine nicht sehr bedeutende,
allmälige Verdichtung nach einem Punkte im Innern hin, keinen
nur einigermassen messbaren Kern, wie ihn die drei übrigen
mehr oder weniger darbieten. Nun aber hängt, wie dies auch
Encke hervorhebt, die Quantität der Wirkung ab von dem Verhältniss der Dichtigkeit des Widerstand leistenden Mittels zu der
des Kometen, die Encke 1 : 880 fand.

Hansen hatte wahrgenommen, dass der Umfang des Kometen abnehme, wenn er sich der Sonne nähere. Wiewohl dies
nun auch dem Umstande zugeschrieben werden kann, dass in
sonnennahen, also auch helleren Räumen die dünneren, äusseren
Theile für uns nicht mehr sichtbar bleiben, so hoffte er gleichwohl, ein bestimmtes Gesetz der Dichtigkeitsabnahme des widerstehenden Mittels daraus ableiten zu können. Aber nach seinem
eigenen Urtheil ist ihm dies nicht gelungen, denn die wenigen
und ziemlich unsicheren Data, die er zum Grunde legen konnte,
vertrugen sich ungefähr gleich gut mit jeder Form des fraglichen
Gesetzes, ja selbst noch mit einer constanten Dichtigkeit. Auch
bemerkt Humboldt, dass es seine Schwierigkeit habe, sich den
Kometen als impermeabel für das allseitig umgebende Medium,
also gleichsam blasenartig vorzustellen.

2) Aber noch eine zweite Frage erhebt sich: Wird der Komet
bei dieser beständig fortschreitenden Verkürzung seiner Bahn
nicht schliesslich, wenn auch vielleicht erst nach Jahrmillionen,
in die Sonne stürzen, ja wird nicht dies, früher oder später, das
einstige Schicksal aller in demselben Medium um die Sonne krei-
senden Körper sein?

Wäre freilich das Universum, *in specie* der Encke'sche Komet, von Ewigkeit her, so würde diese Frage gar nicht erhoben werden können. Aber gerade die Thatsache der Umlaufsverkürzung zeigt, dass diese Annahme unstatthaft ist.

Indess, bevor wir diesen allgemeinen Herabsturz, diesen Endklumpen, wie man es genannt, als unentrinnbares Endziel alles Existirenden uns vor Augen stellen, wollen wir abwarten, wie der weitere Fortgang dieser Verkürzung sich gestaltet, und uns im Planetensystem etwas umsehen, ob nicht ein Gegengewicht aufzufinden sei, das hier modificirend wirkt? und wir ersuchen unsere Leser, noch einige Zeit verweilen zu dürfen bei einer Frage, deren Wichtigkeit nicht in Abrede gestellt werden kann.

Wenn sich ein Weltkörper in solcher Entfernung befindet, dass alle übrigen zum Sonnensystem gehörenden Körper von ihm aus nach derselben Gegend hin erblickt werden, so wird auch die Wirkung aller dieser Körper gedacht werden können als eine vom gemeinschaftlichen Schwerpunkte ausgehende. Die Sonnenmasse erscheint also in diesem Falle vergrössert um die Masse aller übrigen secundären Körper ihres Systems.

Nähert sich der gedachte Körper der Sonne, so werden die anderen Planeten, zuerst die entferntesten, nach und nach auch die übrigen, aus dieser Gemeinschaft heraustreten; man wird, analytisch ausgedrückt, die Reduction auf den allgemeinen Schwerpunkt aufgeben müssen und nur noch einen particulären beibehalten können, während die Wirkung der ausgeschiedenen Massen besonders berechnet werden muss, und sie sich nicht mehr einfach zur Sonnenmasse summirt, sondern oft auch dieser entgegengesetzt ist.

Bei immer weiter fortschreitender Annäherung zur Sonne wird diese Sonderung immer weiter fortgehen, und man muss, wie jetzt schon beim Encke'schen Kometen, jeden einzelnen Körper, rücksichtlich seiner Einwirkung, gesondert in Rechnung ziehen. Das geschlossene Integral, wie Lehmann es nannte, findet hier nicht mehr statt, die Sonnenmasse ist jetzt einfach die dieses Körpers allein; und es lässt sich eine allgemeine Formel, wie die übrigen Massen sich rücksichtlich ihrer Wirkung gestalten, nicht mehr aufstellen.

Aber erinnern wir uns, dass die Sonne, auf die Bahn des Mondes um die Erde als störender Körper wirkend, die Bahn des Mondes bald vergrössert (in den Stellungen 0° und 180°), bald verkleinert (in den Stellungen 90° und 270°), im allgemeinen

Durchschnitt jedoch mehr und öfter vergrössert als verkleinert; also auch die Bewegung des Mondes mehr verlangsamt als beschleunigt. Bei unserm Monde ist die Wirkung nahezu gleich einer Constante, und nur die Säculargleichung enthält denjenigen geringen Theil dieser Wirkung, der nicht constant, sondern periodisch ist.

Bei einem Kometen, der sich schon in den sonnennahen Gegenden aufhält, also Planetenmassen nach allen Seiten und in den verschiedensten Entfernungen um sich herum hat, wird nun Ähnliches eintreten. Die störenden Massen werden, im Ganzen und durchschnittlich genommen, den Lauf des Kometen mehr verzögern und seine Entfernung von der Sonne vergrössern, als umgekehrt, und diese Differenz nimmt zu, je mehr der Komet der Sonne sich nähert, d. h. je mehr seine Bahn sich anderweitig verengert.

Es wird, beziehentlich es kann also ein Zeitpunkt eintreten, wo die bahnerweiternde Tendenz der störenden Massen der bahnverengenden des widerstehenden Mittels das Gleichgewicht hält, und in diesem Punkte wird die Bahn aufhören, sich constant zu vermindern. Dieser Zeitpunkt scheint beim Encke'schen Kometen, wenn nicht schon eingetreten, doch ziemlich nahe bevorstehend zu sein. Denn vergleicht man die Zwischenzeiten ganz einfach, ohne weder die Störungen noch das widerstehende Mittel zu berücksichtigen, so ergiebt sich keine deutlich fortschreitende Zu- oder Abnahme, sondern nur Schwankungen um ein Mittel. Doch greifen wir dem weiteren Fortgange nicht voraus; warnende Beispiele liegen vor, dass den Kometen Manches widerfährt, was der Calcul noch unberührt lassen muss. Auch nachdem Encke ins Grab gestiegen, wird der Komet, der seinen Namen trägt und verewigt, nicht unbeachtet bleiben, und gewiss die Zeit herbeikommen, wo er keine ähnliche Fragestellung mehr veranlasst.

In der Pariser Akademie veranlasste dieser Komet eine eingehende Discussion, namentlich zwischen Leverrier und Faye. Beide stimmen darin überein, dass die Thatsache der Umlaufsverkürzung anerkannt werden müsse, aber in der Erklärung derselben weichen sie von einander ab. Während Leverrier der Erklärung Encke's in der Hauptsache beistimmt, bemerkt Faye, dass der allgemeine imponderable Lichtäther nicht das Medium des Widerstandes sein könne. Man müsse vielmehr ein wenngleich äusserst dünnes, doch aber nicht gänzlich masseloses Etwas denken, was sich innerhalb der Planetenräume befinde und das

dem Zodiakallicht verwandt sein könne. Es müsse sich ferner in
Ruhe befinden, weil ausserdem die übrigen Elemente der Kometenbahn gleichfalls geändert werden müssten, und er glaubt, dass
ein solches Medium, wenn es materiell existirte, auch von uns
gesehen werden müsste.

Das Letztere können wir nicht für nothwendig erachten,
noch in dem, was Faye weiter beibringt, eine genügende Erklärung der Thatsache finden, um die es sich hier handelt. Er recurrirt auf eine Untersuchung Roche's, der durch eine Formel
den Grenzwerth für die Ausdehnung des Kopfes eines Kometen
festzusetzen sucht, und Faye kehrt die Formel um und bestimmt
aus der beobachteten Grösse des Kernes seine Masse. Auf
den Donati'schen Kometen angewandt, findet er seine Masse
= 0,0000000043 der Erdmasse, was etwa 60000 Billionen Pfund
gleichkommen würde. Er untersucht weiter die Dichtigkeit des
Schweifes und Ähnliches: wir geben die Wichtigkeit dieser Untersuchungen gern zu, können aber in allen diesen keine Erklärung
finden, die besser als Encke's Annahme die unleugbare Thatsache erklärt. — Dessel erinnerte daran, dass die Abstossung
der den Schweif bildenden Materie einen Rückstoss des Kometen-
kopfes zur Folge haben könne, ähnlich wie eine Kanone in dem
Augenblick, wo die Kugel herausfliegt, etwas zurückläuft. Dann
aber müsste bei Wiedereinziehung des Schweifs das Gegentheil
erfolgen.

§ 154.

Wenden wir uns zum Planetensystem, so finden wir, dass
Uranus Veranlassung giebt, eine wichtige Frage anzuregen. Man
hatte anfangs die Bahnbestimmung dadurch wesentlich gefördert,
dass eine Reihe älterer, mehr als einen vollen Umlauf des Planeten umfassender Beobachtungen aufgefunden worden war. Denn
die langsame Bewegung in einer 84 Jahr Umlaufszeit erfordernden
Bahn hätte aus den mit der Entdeckung beginnenden nicht so
schnell zu Bahnelementen geführt, wenn diese älteren nicht hätten
mitgenommen werden können. Nun jedoch zeigte sich, je länger
desto mehr, eine nicht unerhebliche Abweichung der Beobachtungen von der nach der ersten Bahn berechneten Ephemeride,
dass Bouvard sich zu einer gründlichen Untersuchung der Sache
entschloss. Nahezu ein halber Umlauf war jetzt seit Herschel's
Entdeckung verflossen, und der Berechner konnte es also wagen,

die Beobachtungen dieser Periode selbständig und ausschliesslich einer Bahnbestimmung zum Grunde zu legen. Wurden in ähnlicher Weise die älteren vorherrschenden Beobachtungen allein behandelt, so ergaben diese ein nicht unwesentlich abweichendes Elementarsystem, und der Versuch, beide in eine und dieselbe Bahn zu vereinigen, gelang nicht so, dass Bouvard sich dabei befriedigt fühlen konnte. Gleichwohl blieb unter den gedachten Umständen kaum etwas Anderes übrig. Bouvard gab eine auf beide Reihen basirte Bahn; indess hatte er den älteren Beobachtungen, wobei der Planet noch nicht als solcher erkannt worden war, ein geringeres Gewicht als den späteren beigelegt. Jedoch fügte er eine Bemerkung hinzu, die die Vermuthung aussprach, dass vielleicht ein jenseit des Uranus kreisender, noch unbekannter Planet auf diesen störend einwirke; eine Vermuthung, die sofort von Mehreren getheilt ward. Der Gedanke brach sich Bahn, dass es vielleicht möglich sein möchte, nur mit Zugrundelegung dieser Störungen die Elemente des unbekannten Planeten zu finden. Indess sollte eine geraume Zeit verstreichen, bevor der kühne Gedanke zur That ward. Lindenau in seinem gehaltreichen Aufsatz „Zur Geschichte der Neptuns-Entdeckung" giebt uns die vollständigste Nachricht über die Verhandlungen, welche der berühmten Entdeckung vorangingen, und über die wir später berichten werden. Denn damals machten sich die Astronomen weit mehr mit den Räumen zu schaffen, in denen statt des einen erwarteten, vier kleine Weltkörper kreiseten. Hatte gleich Olbers, der bis 1817 seine Nachsuchungen eifrig fortsetzte, nichts weiter in den oben bezeichneten Räumen finden können, so hätte man doch gar zu gern das Dutzend voll gesehen. Stark in Augsburg hatte 1820 einen Sonnenfleck beobachtet, aus dessen eigenthümlichem Verhalten und raschem Verschwinden er auf einen vorübergehenden Planeten schloss; und um dieselbe Zeit hatte ein österreichischer Militär, v. Steinheibel, auf einer Fahrt von Wien nach Nussdorf einen Sonnenfleck gesehen, der eine ähnliche Vermuthung erregte. Allein weder über die eine noch die andere dieser Wahrnehmungen verlautete Weiteres, und eben so wenig wollten sich Cacciatores' und Wartmann's Wandelsterne wiederfinden. Sie hatten Ähnliches, wie Piazzi bei der Ceres-Entdeckung, wahrzunehmen geglaubt; ungünstiges Wetter hatte dann längere Zeit die Beobachtung verhindert, und nachher wollte der Himmel nichts weiter darbieten.

Übrigens boten die bereits entdeckten Planetoiden den Berechnern Arbeit genug. Die bei den älteren grösseren Planeten anzubringenden Störungen waren so gering, dass man von der durch sie bewirkten Veränderung der Elemente auf längere Zeit, ja auf Jahrhunderte, Abstand nehmen konnte. Man berechnete einfach den mittleren Ort aus den Tafeln, brachte an diese die Störungen, wie die Tafeln sie ergaben, an; die Veränderungen des Knotens, der Neigung u. s. w. nahm man als gleichförmig, und so erhielt man den heliocentrischen und durch die bekannten Berechnungsarten den geocentrischen Ort, in beliebigen Polarcoordinaten ausgedrückt. Bald jedoch gewahrte man, dass dies Verfahren bei den neuen Planeten unthunlich sei. Zu schnell, zu bedeutend, zu ungleichmässig änderten sich die Elemente selbst; in jeder Opposition zeigten sie sich anders: es gestaltete sich der Begriff „osculirende Elemente," und diese galten dann immer zunächst nur für ein'e Opposition. Wenn dies neue Verfahren sich bei Ceres und Vesta noch verhältnissmässig leicht gestaltete, so gar Pallas bei seiner starken Neigung und Excentricität, Juno bei der noch stärkeren letzteren, nicht so leicht in zuverlässige Ephemeriden zu bringen und die französische Akademie machte die Störungen, welche Pallas erleidet, zu einer besonderen Preisaufgabe. Anfangs glaubte man nur die Jupiterstörungen schärfer, die übrigen mehr generell behandeln zu können; auch dies zeigte sich ungenügend.

So kam man dahin, die Ephemeriden in ganz anderer Form für die neuen Planeten als für die älteren zu geben. Bei den letzteren berechnete man den ganzen Umlauf nach einem für denselben Weltkörper gleichbleibenden Zeitintervall, sowohl heliocentrisch, als geocentrisch, wie dies längst herkömmlich war. Bei den neuen Planeten hätte dies zu unabsehbaren Rechnungen geführt, die zudem praktischen Beobachtern nichts genützt hätten, da diese kleinen und lichtschwachen Körper nur um die Zeit der Opposition sichtbar waren. Man entwickelte also die Störungen in einer solchen Form, dass aus ihnen die für die jedesmalige Opposition geltenden Bahnelemente möglichst direct und zugleich möglichst scharf erhalten wurden, und daraus eine genaue Ephemeride für die Zeit, welche zunächst um die Opposition herum lag, und zwar, wie im Berliner Jahrbuch, von Tag zu Tag. (Wir haben hier die Form vor Augen, die ihnen Encke gab, denn vorher waren die Planetoiden nur sehr ungenügend bedacht

worden.) Der übrige Theil des Umlaufs war nur zum etwaigen
Auffinden, nicht zur scharfen Vergleichung bestimmt; die Angaben
enthielten nur Minuten und etwa deren Zehntheile, das Intervall
ward viel grösser genommen und das Ganze nicht schärfer berechnet.

Auf eigentliche Tafeln verzichtete man anfangs ganz; die Erwägung, dass sie doch nur höchstens einige Jahrzehende unmittelbar brauchbar sein würden, schien mit der grossen Mühe ihrer
Anfertigung nicht im Einklang zu stehen. ·

Wenn jedoch einerseits die stärkeren und so sehr veränderlichen Störungen, man mochte eine Berechnungsmethode wählen,
welche man wollte, die Arbeit des Astronomen sehr vermehrten,
so boten sie andererseits ein willkommenes Mittel, die Massen der
Planeten, und namentlich Jupiters, schärfer zu bestimmen. Encke
entwickelte sie aus den Störungen der Vesta, die sich in der Erdnähe sehr scharf beobachten liess, Nicolai aus denen der Juno.
Es zeigte sich, dass die Laplace'sche Masse Jupiters um wenigstens den vierzigsten Theil vergrössert werden müsse. Man wird
fragen: weshalb denn dieser weitläufige Weg? Kann man sie
denn nicht aus den Jupiters-Trabanten viel leichter nach der
Kepler'schen Regel bestimmen? Allerdings, wenn man sehr genaue Messungen ihres Abstandes besitzt und überdies ihre Theorie
erschöpfend dargestellt ist. Aber im zweiten Decennium dieses
Säculums hatte man noch keine Fraunhofer'schen Mikrometer,
und die Brander'schen und andere ähnliche Vorrichtungen ge-
währten keine auf Bruchtheile der Secunde zu verbürgenden
Abstände, wie sie hier erforderlich waren, wo die bezügliche
Formel Erhebung der Distanzen in den Cubus bedingte. Bei der
Saturnsmasse war es derselbe Fall, oder besser gesagt, es war
hier noch viel weniger möglich, aus den Distanzen auf die Masse
zu schliessen, als bei Jupiter.

Dazu kam noch ein anderer Umstand. War es so ganz gewiss, dass Jupiter dieselbe Masse habe für seine Trabanten und
für die Störungen fremder Planeten? Oder deutlicher, konnte
nicht eine chemische Affinität, oder wie man es sonst nennen will,
bestehen zwischen Jupiter und seinen ihm eigenen Trabanten, die
anderen Weltkörpern gegenüber nicht besteht? Dies und manches
Andere war damals noch mehr oder weniger zweifelhaft. Glaubte
doch noch viel später Bessel, es nicht ohne Weiteres annehmen
zu dürfen, dass Meteormassen, also solche Producte, die der Erde

ursprünglich und bis zu ihrem Herabsturz nicht angehörten, dem
gleichen Fallgesetz, wie irdische Körper, unterliegen, und erst
seine Pendelversuche, in denen er absichtlich auch Meteorstein
und Meteoreisen mit aufnahm, überzeugten ihn, dass ein solcher
Unterschied nicht bestehe.

Alle diese Bedenken fielen weg, wenn man die Massen der
mondenbegleiteten Planeten ganz eben so bestimmte, wie die
mondlosen, nämlich aus den Störungen selbst, für die man sie ja
zunächst auch brauchen wollte. Konnten sie später ebenfalls auf
die andere Weise, durch die gemessenen Abstände und die Umlaufszeiten, bestimmt werden, und zeigten beide Methoden dasselbe
Resultat, so war man dessen nur um so sicherer.

Encke gebührt das Verdienst, nicht allein die durch die
Planetoiden erheblich vermehrte Arbeit am erschöpfendsten theils
selbst, theils durch seine Mitarbeiter durchgeführt, sondern auch
die Ableitung und Entwickelung der Störungsformeln am ein-
gehendsten behandelt zu haben; aber auch andere Analysten
nahmen den wichtigen Gegenstand in die Hand, und diese Bemühungen trugen viel bessere und namentlich praktisch verworth-
barere Früchte als die Speculationen der französischen in den sieb-
ziger und achtziger Jahren des vorigen Säculums. Denn die,
welche die Planetoidentheorie bearbeiteten, waren zugleich praktische Beobachter, was die Lagrange und Andere nicht waren.
Für unsere deutschen Forscher bildeten diese Aufgaben nicht
blosse *exercitia ingenii*, sondern das praktische Bedürfniss, das sich
ihnen selbst fühlbar gemacht, war die Veranlassung derselben,
und so wurden sie nicht für blos mögliche, resp. unmögliche Verhältnisse gelöst, sondern für den unmittelbaren Gebrauch.

So haben diese Minima des Sonnensystems, von denen wir
ohne Fernrohr gar nichts wissen würden, uns die wichtigsten
Aufschlüsse gegeben über die Gesammtconstitution des Sonnensystems sowohl, als über dessen einzelne Glieder. Sie selbst
kennen wir, individuell betrachtet, sehr wenig, und werden sie
wahrscheinlich nie viel besser kennen lernen, wir wissen nichts von
ihrer Axendrehung, ihrem Äquator und ähnlichen Dingen; sie
haben eine bestimmbare Masse noch durch nichts verrathen, und
über ihre Durchmesser wagen wir nur unter Voraussetzungen und
Vorbehalten zu schliessen. Aber den inneren Haushalt des Systems,
von dem auch unser Wohnort einen Theil ausmacht, und den
wir früher so wenig und nur fragmentarisch kannten, haben sie

wesentlich besser zu unserer Kenntniss gebracht und werden dies
in Zukunft gewiss noch mehr. Auch das betrachten wir als eine
nicht geringe Förderung der Wissenschaft, dass diese Planetoiden
Veranlassung zur beträchtlichen Vermehrung der Kräfte geworden
sind, die sich der Himmelskunde widmen, und dass Gaussens
Arbeitszimmer in Göttingen nicht mehr die einzige Planetenbahn-
fabrik ist, sondern zahlreiche und kundige Rechner an vielen
Orten und mit gleichem Erfolge sich diesen Aufgaben widmen.

1816 am 19. November trat eine Totalfinsterniss der Sonne
ein, deren Zone nahe an Berlin nördlich vorüberzog und hier
nur $\frac{1}{14}$ der Sonne unbedeckt liess. Die Beobachtung wurde, wie
die Jahreszeit es allerdings erwarten liess, an den meisten Orten
durch Bewölkung vereitelt, aber auch wo sie sichtbar war, finden
wir fast nur sorgfältig beobachtete Zeitmomente, die wir sehr willkommen heissen, und ausserdem höchstens noch Bemerkungen über
den Grad der Dunkelheit und die sichtbaren helleren Sterne. Die
eigenthümlichen Erscheinungen, obgleich schon von Stannyan
1706, Vassenius 1733 und Ulloa 1776 wahrgenommen, blieben
unbeachtet. Die Zeit war noch nicht gekommen, wo man bei
solchen Veranlassungen dem physischen Verhalten der Weltkörper
eine mehr als bloss beiläufige Beachtung schenkte, und Violen
galten sie nur wegen Berichtigung der geographischen Meridian-
differenzen der Aufmerksamkeit werth. In Berlin hatte sich die
gesammte königliche Familie bei Bode auf der Sternwarte eingefunden, um sich das seltene Schauspiel mit anzusehen. — Nach
vier Jahren, im August 1820, trat für nahezu dieselben Orte eine
ringförmige Finsterniss ein.

Man konnte die Vorausberechnungen solcher und ähnlicher
Phänomene jetzt genauer und sicherer ausführen, da treffliche
Tafeln des Mondes (Burckhardt) und der Sonne (Carlini)
vorlagen. Die ersteren, rücksichtlich der Schwierigkeit die bedeutenderen, hatten schon seit längerer Zeit die astronomischen
Rechner beschäftigt. Mayer's und Mason's Tafeln, wie gross
auch ihr Nutzen im abgewichenen Jahrhundert gewesen — jetzt
genügten sie nicht mehr; Bürg in Wien hatte bessere gegeben,
aber noch immer konnten sie nicht befriedigen. Da unternahm
Burckhardt, den die Herzogin Louise von Gotha an Lalande
empfohlen und der sich schon durch Kometenbahnen und andere
Berechnungen als sehr tüchtig bewährt hatte, die Berechnung
neuer Mondtafeln auf Grund sehr zahlreicher Beobachtungen.

Eine Commission unternahm die Vergleichung mit Bürg's Tafeln
durch die in Greenwich und auf der Sternwarte Ecole militaire
in Paris angestellten Beobachtungen. Sie fiel entschieden zu
Gunsten der Burckhardt'schen aus; auch war die Einrichtung
der Tafeln sehr bequem. Durch mehrere Anhänge wurde für besondere Fälle, wie zur Berechnung der Syzygien und der für sehr
entfernte Epochen, das Nöthige gegeben. Encke führte sie, als
er die Berechnung des Berliner Jahrbuchs in die Hand nahm, als
Grundlage der Berechnung ein, und länger als 30 Jahr ist es
dabei geblieben; allein schon überstiegen einzelne Abweichungen
eine halbe Minute, und es war vorauszusehen, dass dies in Zukunft noch zunehmen werde. So wurden Hansen's neue Mondtafeln an ihre Stelle gesetzt.

Carlini's Sonnentafeln erhielten eine Verbesserung durch
Bessel, auf Grund der Königsberger Sonnenbeobachtungen. Auch
sie blieben lange in Gebrauch.

§ 155.

Die früher so wenig gekannte und noch weniger beachtete
Welt der Doppelsterne war uns zwar durch W. Herschel bekannter geworden, aber nachdem dieser seine darauf bezüglichen
Arbeiten 1804 geschlossen, wollte sich vorerst kein Nachfolger
finden. Wir haben gesehen, dass die deutschen Astronomen mit
anderen Dingen vollauf beschäftigt waren und die französischen
noch gar nicht an Doppelsterne glaubten. Dazu kamen die politischen Begebenheiten, welche auch die Himmelsforscher vielfach
benachtheiligten und ihre Arbeiten störten; die Doppelsterne waren
so ziemlich vergessen; überdies fehlte es an den geeigneten
Hülfsmitteln, diese Arbeiten so wieder aufzunehmen, wie Herschel
dies gethan.

Im Osten Europa's, aus dem bisher, wenn wir wenige vereinzelte Facta ausnehmen, nur selten etwas Astronomisches verlautete, sollte jetzt eine noch gründlichere Bearbeitung dieses
neuen Feldes beginnen. Die Sternwarte Dorpat, eine Schöpfung
Alexander's I., war 1813 fertig geworden und W. Struve, zum
Observator derselben ernannt, begann unverzüglich die Arbeiten.
Ein Dolloud'sches Passagen-Instrument, das einzige grössere,
was die Sternwarte damals besass, wurde angewandt, Rectascensions-Differenzen zwischen den einzelnen Gliedern eines Doppel-

sternes zu bestimmen; bald konnte diesem der Reichenbach'sche
Meridiankreis substituirt werden, und so wurden gegen 2000 einzelne Beobachtungen der Art erhalten und in den seit 1817 beginnenden Bänden der *Observationes Dorpatenses* mitgetheilt. Im
Jahre 1819 erwarb die Sternwarte einen Troughton'schen Refractor von 5 Fuss Brennweite, an welchem nun auch Positionswinkel bestimmt werden konnten. Aber alles dies konnte Struve
nicht genügen, denn nicht allein reichte die optische Kraft der
erwähnten Instrumente für die feineren Doppelsterne nicht aus,
sondern auch bei den übrigen konnte, aller Sorgfalt und Geschicklichkeit des Beobachters ungeachtet, der Grad von Präcision
nicht erreicht werden, der hier erforderlich war, wenn genügende
wissenschaftliche Resultate erhalten werden sollten.

Dies gestaltete sich anders, als das Meisterstück Fraunhofer's, ein Refractor von 14 Fuss Brennweite und 9½ Zoll
Objectivöffnung, für Dorpat erworben wurde; ein würdiger Rival
der Herschel'schen Teleskope, und weit bequemer als diese zu
handhaben. Nicht wie diese letzteren ward er im Freien aufgestellt — in einem Klima, wie das von Dorpat, wäre dies auch
ganz unthunlich gewesen, — sondern es ward unter Parrot's
Leitung ein besonderer Aufbau angeführt, und der Thurm, den
die Sternwarte jetzt erhielt, ward in seinem obersten Raume für
den Refractor eingerichtet, wo er unter einer Drehkuppel steht.
Dies Instrument diente fortan hauptsächlich zur Messung der
Doppelsterne. Bald erkannte Struve, dass hier — um mich seines
eigenen Ausdrucks zu bedienen — nicht eine blosse Nachlese zu
halten, sondern die volle Ernte erst zu beginnen sei; er übertrug
deshalb die Beobachtungen am Meridiankreise seinen Gehülfen,
insbesondere Preuss, und widmete sich nun ganz den Beobachtungen am Refractor.

Die nächste Arbeit war eine Durchmusterung des ganzen in
Dorpat deutlich sichtbaren Himmels (bis zu 15° südlicher Declination, beiläufig ⅔ des gesammten Firmaments umfassend), welche
zwei Jahre in Anspruch nahm. Es wurden 3112 Doppelsterne bis
zu 32" Distanz gefunden, eine unerwartete Zahl. W. Herschel
hatte in allem 700 aufgeführt, und darunter nicht wenige, die
32" Distanz weit überschritten, also nicht den vier Ordnungen
Herschel's angehörten, sondern in die fünfte (bis 1'), sechste (bis 2')
und noch höhere hinaufreichten. Struve schloss diese aus, nicht
allein, weil die übrigen schon eine so bedeutende Anzahl bildeten,

sondern hauptsächlich, weil bei ihnen die grössere Wahrscheinlichkeit nicht für einen physischen Connex, sondern für ein bloss
optisches Nahestehen sprach.

Wenn schon die von Herschel aufgefundenen bei genauer
Untersuchung Jeden überzeugen mussten, dass hier bei der grossen
Mehrzahl ein physischer Connex zum Grunde liege, so musste
vollends die Durchmusterung Struve's allem Streit ein Ende
machen. Struve wies durch consequente Anwendung der Wahrscheinlichkeitsrechnung nach, dass von den 178 helleren Sternen
innerhalb 2" Distanz nicht ein einziger als bloss optisch, von den
369 zwischen 2" und 16" Distanz nur 12, und selbst von den
106 der letztern Klasse nur 36 als bloss optisch anzunehmen sind.

Auf die schwächeren Doppelsterne, zu denen fast ⅔ sämmtlicher Paare gehören, lässt diese Methode deshalb keine strenge
Anwendung zu, weil wir keine sichere Angabe über die Zahl
sämmtlicher am Himmel vorkommenden Sterne dieser Grösse besitzen. Allein Struve weist durch eine andere Schlussfolge nach,
dass selbst dann, wenn man alle 16" Distanz überschreitende als
optisch annehmen wollte, gleichwohl unter den übrigen nur etwa
⅕ als bloss optische, alle übrigen jedoch als physische anzunehmen
sind. Die Einwendungen von Forbes, der diese Beweisart nicht
gelten lassen will und für jedes Sternenpaar den speciellen Nachweis verlangt, sind unerheblich, und überdies ist dieser specielle
Nachweis für eine nicht unbeträchtliche Zahl bereits gegeben.
So mussten denn die Zweifel Lalande's und anderer Himmelsforscher schwinden, und Jeder überzeugt sein, dass hier wirklich
ein neues Feld der Forschung eröffnet sei, auf dem höchst wichtige Resultate bereits gewonnen sind, und noch weit wichtigere
von der Zukunft gehofft werden können.

Die anfängliche, namentlich auch von W. Herschel selbst
getheilte Hoffnung, dass man durch genaue mikrometrische Beobachtung der Doppelsterne die Parallaxen (richtiger Parallaxen-
unterschiede) der Fixsterne werde finden können, musste nun auf
die wenigen Fälle beschränkt werden, wo die Verbindung eine bloss
optische ist. Und die früher von Vielen angenommene Hypothese,
als ob selbstleuchtende Körper nicht umlaufende (und eben so
umgekehrt) sein könnten, erwies sich jetzt als haltlos.

Die Durchmusterung war beendet, allein nun begann die
grössere Arbeit, die Durchmessung. Hier schloss Struve die
schwächeren über 16" Distanz grösstentheils aus, wonach gegen

2400 übrig blieben. Für diese wurden in wiederholten Beobachtungen bestimmt: die Distanz, der Positionswinkel, die Grössenclasse für jedes einzelne Glied, endlich, so weit dies möglich, die Farbe. So lauten beispielsweise die Beobachtungen von o Cephei, wie folgt:

ο Cephei. α 23ʰ 11,6'. δ + 67° 0'.

Major 5,2 egregie flava, minor 7,7 egregie coerulea. Colores insignes.

	amplitudo				
1832,29	480	2,42"	173,2°	5	8
1832,42	320	2,41	176,3	5	7,5
1833,80	480	2,23	175,1	5,5	7,5
Medium 1832,81		2,353	174,97	5,2	7,7.

Bei einzelnen wichtigeren Sternen hat er eine weit grössere Zahl von Beobachtungen; für p Ophiuchi z. B. steigt die Zahl auf 57. Im Ganzen sind es über 10000 Beobachtungen, von denen nur sehr wenige in Folge plötzlicher Bewölkung, oder aus anderen Ursachen, nicht ganz vollständig sind. Nachdem mehrere einzelne Publicationen vorangegangen waren, sammelte Struve das Ganze in seinem Werke: *Mensurae micrometricae*, ein Band von 130 Bogen Grossfolio. Petersburg 1837. — Ihm folgte später noch ein *Additamentum*. Dem Ganzen geht eine detaillirte Uebersicht voran, in welcher viele interessante Fragen erörtert werden. Die wichtigste darunter betrifft die Parallaxe von α Lyrae.

§ 156.

Vergebens hatten Brinkley, Calandrelli und Piazzi alles aufgeboten, dieses Sterns Parallaxe zu ermitteln; sie hatten durch ihre Resultate nur Zweifel wach gerufen, die diesmal berechtigte waren. Denn statt der 2, ja 5 Secunden, welche jene Genannten zu finden glaubten, erhielt Struve durch mikrometrische Vergleichung mit einem 43" entfernten schwachen Sterne nur 0,125". Die spätere Fortsetzung dieser Beobachtungen gab 0,2623"; noch weitere Untersuchungen in Pulkowa liessen 0,156" finden, während Peters am Verticalkreise 0,102" gefunden hatte. So geringe Grössen hatten nur durch die vollkommensten Hülfsmittel so erhalten werden können, dass sie Vertrauen erweckten. Die erste Beobachtungsreihe Struve's reichte vom 17. Nov. 1835 bis 31. Dec. 1836 und bestand aus 17 vollständigen Bestimmungen.

Rasch folgte dieser ersten Fixsternparallaxe die eines zweiten

Sterns. Bessel in Königsberg hatte den Stern 61 Cygni untersucht, der zwar nicht wie α Lyrae durch grossen Glanz ausgezeichnet ist, aber eine (gleichfalls von Bessel zuerst ermittelte)
sehr starke Eigenbewegung zeigt, und deshalb die Vermuthung für
sich hat, er möge der Erde (oder der Sonne, was hier gleichviel ist) verhältniss-mässig näher stehen. Die Vermuthung täuschte
nicht. Aus 402 Bestimmungen am Königsberger Heliometer erhielt
er eine Parallaxe = 0,348″. Er hatte nicht die beiden Glieder
des Sternenpaares unter sich verglichen, denn die physische Zusammengehörigkeit dieses Binärsystems konnte keinem Zweifel
mehr unterliegen, sondern er hatte zwei benachbarte Sterne, die
a und b heissen mögen, am Heliometer so eingestellt, dass ihr
zweites Bild genau in die Mitte zwischen beiden Gliedern des
Doppelsterns zu stehen kam. Einer dieser Sterne stand nahezu
in der verlängerten Richtung des Doppelsterns, und er gab also
die Distanzparallaxe; der andere b dagegen senkrecht gegen diese
Linie, hier also fiel die Hauptwirkung auf den Positionswinkel.
Peters erhielt später am Pulkowaer Verticalkreise denselben
Werth, 0,348″.

In beiden Fällen also waren es Fraunhofer'sche Instrumente,
welche zu diesen wichtigen Resultaten gedient hatten; hier ein
Refractor, und zwar der einzige grössere von seiner eigenen Hand,
dort ein Heliometer, zwar von Merz verfertigt, aber nach Fraunhofer'scher Vorschrift und Angabe. Dieser grosse Mann also ist
es, der die Mittel geliefert hat, durch welche die bisher stets un-
messbaren Entfernungen der Fixsterne messbar wurden, und an
die Stelle relativer Unendlichkeit eine in bestimmten Zahlen an-
gebbare endliche Entfernung gesetzt wurde. Jetzt durfte man
hoffen, auch andere Fragen, an die bis dahin niemand sich gewagt, in lösbare verwandelt zu sehen.

Doch noch von einem dritten Sterne sollten wir ein unerwartetes Resultat derselben Art erhalten. Die Beobachter der Cap-
sternwarte, Henderson und Maclear, hatten den Stern erster
Grösse α Centauri sowohl in Rectascension als Declination beobachtet und eine Parallaxe erhalten, die unter allen damals wie
später bekannt gewordenen die grösste ist. Nach der fortgesetzten
Untersuchung findet sich diese Parallaxe = 0,918″.

So hat dasselbe Jahr (1837) uns mit drei Fixsternparallaxen
beschenkt; erhalten an drei verschiedenen Orten und durch drei
besondere Methoden, und so ist das, was Jahrhunderte lang er-

sehut, verschiedentlich versucht und wieder aufgegeben, einigemal auch als gefunden veröffentlicht wurde, ohne dass es sich bestätigte, endlich als astronomisches Factum zu registriren, — und diese letzte und alles entscheidende Bestätigung des Copernicanischen Systems wird nun nicht mehr vermisst. Den Manen des grossen Frauenburger Astronomen ist dieser Triumph gewiss zu gönnen.

Dass man nun auch andere Sterne in Untersuchung nahm, ist selbstverständlich; auch ist in einigen Fällen dies nicht ohne Erfolg geblieben. Einer dieser Sterne, Nr. 1810 des Katalogs von Groombridge, der kaum die siebente Grösse zeigt, und also nur teleskopisch ist, hat zu einer unerfreulichen Controverse Anlass gegeben. Argelander hatte gefunden, dass er eine noch stärkere Eigenbewegung als 61 Cygni hat, nämlich 7" in einem Jahre; so dass er, wenn diese Bewegung in gleicher Stärke und Richtung fortgesetzt wird, in beiläufig 31 Jahrtausenden, um den ganzen Himmel herumwandernd, zu seinem gegenwärtigen Orte zurückkehren würde. Diese starke Eigenbewegung liess eine verhältnissmässig grosse Nähe als wahrscheinlich annehmen. Nun aber stehen wenige Sterne für Parallaxe so ungünstig wie dieser, denn erst in ½ Grad Entfernung zeigen sich einige sehr schwache Sterne. Weder das Fadenmikrometer noch das Heliometer sind geeignet für solche Abstände; dennoch sind beide versucht worden, und wir treffen auf folgende Resultate:

Peters (Vertikalkreis) . . . 0,224"
Wichmann (Heliometer) . . 0,131
O. Struve (Fadenmikrometer) 0,034
Johnson (Heliometer) . . . 0,029.

Dem erstern Werthe, als einem absoluten, würde in diesem Falle noch das meiste Vertrauen gebühren, wenn nicht Peters selbst bemerkte, dass die Unmöglickeit, ihn am Tage zu beobachten, den Werth des für ihn erhaltenen Resultats sehr beeinträchtige, indem die Beobachtungen auf eine Jahreszeit beschränkt bleiben.

Nun hatte Faye aus Rectascensions-Differenzen eine Parallaxe von etwas über 1" zu finden geglaubt, und Wichmann durch eine eigenthümliche Combination seiner Beobachtungen eine Parallaxe von 1,076 herausgebracht, wobei sich die Annahme als nothwendig herausstellte, dass auch die Vergleichsterne ähnliche, nur wenig kleinere, Parallaxen zeigen mussten. Die darüber geführte Controverse überschritt in einem Falle die Grenzen, die ein wissenschaftlicher Streit inne zu halten hat. Wichmann hatte in seinem Aufsatze den Pulkowaer Beobachtungen eine Entscheidungskraft abgesprochen, und von Pulkowa aus veröffentlichte man deshalb eine sehr heftige Replik, in der es geradezu als Verbrechen bezeichnet war, solche Schlussfolgen zu ziehen. Der schon schwer erkrankte Wichmann suchte in seiner Entgegnung die grosse Parallaxe nicht weiter aufrecht zu erhalten und äusserte nur den gewiss billigen Wunsch, es möge eine mindere Gereiztheit in der Widerlegung sich gezeigt haben. Wichmann starb bald darauf.

Man hatte nachgewiesen, dass das Heliometer für so grosse Distanzen nicht wohlverlässliche Resultate liefern könne und auf mehrere Ursachen aufmerksam gemacht, welche über gewisse Grenzen der Distanz hinaus die Anwendung bedenklich machen. Bessel hatte, wie auch anerkannt ward, diese Grenzen nicht überschritten. Gleichwohl hat O. Struve davon Veranlassung genommen, bei seiner Mittelziehung Bessel's Resultat ganz auszuschliessen, was um so auffallender ist, als Peter's Resultat, der genau dasselbe findet, was Bessel fand, mitgenommen ist.

Doch wir lassen diese Controversen bei Seite und freuen uns, constatiren zu können, dass nun auch diese Kluft überbrückt und dass der Maassstab des Astronomen bis in Fernen getragen worden ist, zu deren Durchmessung der Lichtstrahl Jahre, selbst Jahrzehende bedarf. Wollte man die Entfernung selbst des nächsten Fixsterns (α Centauri) in geographischen Meilen ausdrücken, so würden 13 Ziffern erforderlich sein.

Wir erwähnen hier noch die Worte, mit welchen J. Herschel am 12. Febr. 1841, bei Gelegenheit der Zuerkennung der goldenen Medaille an Bessel, in der Generalversammlung der britischen astronomischen Gesellschaft dieser Entdeckungen gedachte:

„Gentlemen of the Astronomical Society, I congratulate you and myself, that we have lived to see the great and hitherto impassable barrier to our excursions into the sidereal universe; that barrier against which we have chafed so long and so vainly — almost simultaneously overleaped at three different points. It is the greatest and most glorious triumph which practical astronomy has ever witnessed. — Let us accept the joyful omens of the time, and trust that, as the barrier has begun to yield, it will speedily be effectually prostrated. Such results are among the fairest flowers of civilisation.

Wir fügen noch hinzu, dass das Oxforder Heliometer die Parallaxe von 61 Cygni = 0,4″ macht, und dass O. Struve am Pulkowaer Refractor 0,51 erhält.

Noch andere bis jetzt ermittelte Parallaxen sind

Polaris . . . . 0,076″ (Peters)
Sirius . . . . 0,230 (Maclear)
β Centauri . . 0,496 (Maclear)
η Cassiopejae 0,371 (Clausen)
p Ophiuchi . . 0,166 (Krüger).

Unter diesen auf Parallaxe geprüften Sternen sind mehrere physische Doppelsterne. Man kann also, unter Zugrundelegung dieser Parallaxen, für ihre Distanz wie für ihre Bahngeschwindigkeit lineäre Grössen ermitteln, und dies genügt, um die Masse zu finden. In dieser Weise hat Jacob* in Poonah die Masse von α Contauri 0,81 der Sonnenmasse gefunden; für 61 Cygni ergiebt sich annähernd 0,35, für den Polaris 0,55, und nur für einen der obigen, p Ophiuchi, 2,84, also grösser als die Sonnenmasse. Dabei ist zu beachten, dass, was in dieser Weise ermittelt wird, stets die Summe der Massen beider Glieder des Doppelgestirns bezeichnet, und Bessel bemerkt, dass man die einzelnen Massen erst dann bestimmen könne, wenn die Lage des Schwerpunkts zwischen beiden gefunden ist. Da dies nun ein unsicht-

———————————

* *W. S. JACOB*, gest. 1864. Er stand als Hauptmann bei der britischen Armee in Ostindien, und als ein Freund der Astronomie beobachtete er in Madras auf der durch Goldingham's und Taylor's Arbeiten bekannt gewordenen Sternwarte. Allein das gemässigtere Klima der Westküste versprach günstigere Resultate als das glühendheisse Madras, und Jacob fasste daher den Entschluss, in Poonah, nahe bei Bombay, ein Observatorium zu errichten. Zuvor bereiste er Europa, um die dortigen Sternwarten kennen zu lernen, und bei dieser Veranlassung beobachtete er 1860 im nördlichen Spanien die Totalfinsterniss der Sonne am 18. Juli d. J. Er verschaffte sich ein achromatisches Fernrohr von 10 Fuss Brennweite und 9 Zoll Objectivöffnung von Cooke & Sohn in York, nebst einem guten Chronometer und anderen Instrumenten, um sie in Poonah aufzustellen; allein kaum war er

barer Punkt ist, so kann er nicht mikrometrisch, sondern nur
durch sehr genaue Beobachtungen am Meridiankreise oder dem
Verticalinstrument ermittelt werden.

Doch wir sind hier der Zeit etwas vorausgeeilt und fahren
jetzt fort in Darstellung dessen, was Struve für die Wissenschaft
gethan. Er fand ungeachtet des grossen Umfanges seiner Hauptarbeit noch Zeit zu genauen Beobachtungen der Kometen, insbesondere des Encke'schen und Halley'schen, von denen er Abzeichnungen lieferte, zu Messungen von Planetendurchmessern und
anderen sich gelegentlich darbietenden Arbeiten. Überall die
grösste Sorgfalt nicht nur unmittelbar bei der Beobachtung selbst,
sondern auch in Ermittelung aller, selbst der feinsten Correctionen
und die sorgfältigste wiederholte Prüfung der Instrumente.

§ 157.

Seine Gradmessung haben wir noch nicht erwähnt. Ihr ging
eine Landmessung Livlands voraus, und wir verdanken dieser Arbeit eine sehr detaillirte Karte dieses Gouvernements in sechs
grossen Blättern. Die Gradmessung, die ihr folgte, erstreckte sich
in ihrem zuerst ausgeführten Theile von der Insel Hochland im
finnischen Meerbusen bis Jacobstadt an der Düna. Die Sternwarte
Dorpat bildete den Grund- und Ausgangspunkt. Die späteren

damit zu Stande, so befiel ihn die Krankheit, die seinen Tod
herbeiführte, und nun bot sein Erbe die Instrumente zum Verkauf
aus. Man findet das Nähere darüber in den *Monthly Notices*,
Vol. XXV. Nr. 1, S. 32.

Wir verdanken Jacob's nur wenige Jahre umfassender astronomischer Wirksamkeit unter andern die erste genauere Bestimmung der Bahn des merkwürdigen Doppelsterns α Centauri aus
seinen eigenen und früheren Beobachtungen, und diese Bahnelemente haben, da wir die Parallaxe dieses Sterns durch Henderson und Maclear kennen, auf die Masse dieses wahrscheinlich nächsten aller Fixsterne 0,81 der Sonnenmasse für die Summe
beider Sterne, geführt.

Für die Wissenschaft wäre es ein grosser Verlust, wenn eine
astronomisch so wichtige Localität als Poonah in Folge dieses
Todesfalls aufhören sollte, Sternwarte zu sein.

Fortsetzungen gingen zwar nicht von Struve selbst, aber nach den von ihm getroffenen Dispositionen, theils von Militärs (den Generalen Schubert und Tenner), theils von Schülern Struve's aus, und so haben wir eine Gradmessung erhalten, die unter allen bis jetzt ausgeführten die längste ist. Von Hammerfest in Norwegen bis Nekrasofka an der Donau (bei Ismail) umfasst sie 25° 20', also fast den vierzehnten Theil des gesammten Erdumfanges. Solide Steinpfeiler bezeichnen diese Punkte, und ihrer Fortsetzung nach Süden stehen locale Hindernisse nicht im Wege; wir hoffen auf ihre Ausführung, sobald die politischen ganz gehoben sind.

Wenn wir die Erdkugel als Himmelskörper auffassen, so ist die Geographie in ihrem mathematischen wie in ihrem allgemein physikalischen Theile ein integrirender Bestandtheil der Astronomie. Eine solche allgemeine Frage hatte sich rücksichtlich des Caspischen Meeres erhoben. Aus den Barometerbeobachtungen des Apothekers Oase zu Astrachan schien gefolgert werden zu müssen, dass dieser grösste aller Binnenseen 300 Fuss tiefer als das schwarze Meer liege, d. h. tiefer als der Ocean. Diesem Resultat glaubten die Physiker, namentlich die französischen, widersprechen zu müssen; sie hielten dafür, dass kein Punkt der Erde, möge er Festland oder wasserbedeckt sein, tiefer liegen könne als der Ocean. Verschiedene Versuche Parrot's und anderer Physiker hatten die Sache nicht zur definitiven Entscheidung bringen können. Struve entwarf deshalb einen Plan, durch dessen consequente Ausführung die Frage endgültig gelöst werden musste. Es sollte zu diesem Zwecke eine Folge von Punkten im Kubanthale festgestellt werden, so ausgewählt, dass man von jedem derselben die zunächst im Osten und Westen gelegenen sehen konnte. Zwei solcher Punkte, mögen sie A und B heissen, waren nun mit Beobachtern und Nivellirapparat so versehen, dass gleichzeitig von A aus der Punkt B und von B aus der Punkt A nivellirt wurde, so dass bei Zusammenstellung beider Differenzen die terrestrische Refraction eliminirt ward. Ausserdem aber sollten mit scharf verglichenen Barometern an beiden Endpunkten der gesammten Messungslinie fortgesetzte gleichzeitige Beobachtungen angestellt werden.

Das von Sabler und Saawitsch ausgeführte Nivellement hat ein sehr befriedigendes Resultat geliefert. Das Caspische Meer liegt in der That tiefer als das schwarze, jedoch nicht 300, son-

dern nur 94 Fuss, und die übrig bleibende Unsicherheit des Resultats beträgt kaum zwei Fuss.

Beiläufig sei hier bemerkt, dass jenes physikalische Bedenken
an einer anderen Stelle der Erdkugel noch viel entscheidender
widerlegt ist. Längst hatte man vermuthet, dass der Asphaltsee
(das sogenannte Todte Meer) beträchtlich tiefer liegen müsse als
das mittelländische bei Jaffa, und die dort ausgeführten Arbeiten,
namentlich die des Amerikaners Lynch, bestätigen dies in uner-
warteter Weise, denn die Niveaudifferenz beträgt hier 1350 Fuss.
Es folgt also, dass weder beim Caspischen Meere noch beim
Asphaltsee eine unterirdische Wasserverbindung mit den oceani-
schen Gewässern angenommen werden könne, wie jene Bestreiter
es voraussetzten.

Schon im Anfang des vierten Decenniums unseres Jahrhunderts
war der Plan gereift, eine noch grössere und besser ausgerüstete
Sternwarte in der Hauptstadt oder in deren unmittelbarer Nähe
zu errichten, und nachdem Kaiser Nicolaus I. den von der dazu
ernannten Commission eingereichten Plan genehmigt hatte, schritt
man zur Ausführung. Ein vermögender Petersburger, Graf Ku-
schelew-Besborodko, hatte dazu ein Terrain in einem der
äusseron Stadttheile angeboten; man lehnte dies jedoch ab, da
bei der wahrscheinlichen Vergrösserung der Metropole die Arbeiten der Sternwarte sehr gehemmt werden konnten, und der
Kaiser entschied dahin, dass eine Kronsdomaine, die Anhöhe von
Pulkowa, in einer Ausdehnung von 20 Dessätinen, zur Sternwarte
bestimmt werde. Die baulichen Arbeiten begannen sofort, und
Struve reiste 1834 ins Ausland, um in München, Wien und Hamburg die Instrumente zu bestellen.

Der Refractor, von 22 Fuss Brennweite und 14 Zoll Objectivöffnung, ist aus der Werkstatt von Merz und Mahler in München hervorgegangen. Struve liess ihn in München auf einem
freien Platze am Ende der Fraunhoferstrasse provisorisch aufstellen, um ihn an terrestrischen Objecten zu prüfen. Der Bau
war 1838 beendet, und diese Jahrzahl ist das einzige, was man
über dem Haupteingange liest; so sollte es sein nach der Bestimmung des Gründers.

Wir verweisen hier auf den im Anhange gegebenen Artikel
Pulkowa und sehen uns im übrigen Europa um, wo wir wichtige
Fortschritte der Himmelskunde zu verzeichnen haben.

§ 158.

Encke, der im October 1825 das Directorat der Berliner Sternwarte antrat, hatte dies in der Erwartung gethan, dass eine gänzlich neue, den Forderungen der vorgeschrittenen Wissenschaft entsprechende Sternwarte in Berlin errichtet werden sollte. Die Erfüllung dieses Wunsches ward durch Humboldt* beschleunigt; insbesondere durch die Vorträge, welche er 1828 bei seiner Übersiedelung in seinen Geburtsort hielt, und denen der König und der ganze Hof beiwohnte. Die Astronomie nahm in diesen Vor-

---

* Alexander v. HUMBOLDT, geb. 1769 am 14. Sept., gest. 1859 am 6. Mai. Wiewohl die staunenswürdige Thätigkeit dieses berühmten Forschers vorherrschend auf anderen, zum Theil von ihm selbst erst geschaffenen Wissensgebieten sich entfaltete und auf diesen gewürdigt werden muss, so hat er doch auch der Astronomie seine Aufmerksamkeit zugewendet. Auf einer südamerikanischen Reise beobachtete er viele Sternbedeckungen und ähnliche Phänomene; Jabbo Oltmanns hat diesen Theil seiner Reisebeschreibung ins Deutsche übersetzt und bearbeitet. — Er schrieb ferner über Bestimmung der Lichtstärke südlicher Sterne, und in seinem Kosmos sind ein Theil des ersten und fast der ganze dritte Theil astronomischen Inhalts. Daranowsky und Zeisner haben ihn ins Polnische, Froloff und Gussew ins Russische übersetzt; Übertragungen in andere Sprachen sind vielfach vorhanden. Seinen gewichtigen Vorschlägen verdanken wir auch die Errichtung der neuen Sternwarte in Berlin, und zu der grossen Zahl Derer, die von ihm die erste Anregung wie die kräftigste Ermuthigung zu wissenschaftlichen Arbeiten empfingen, rechnet sich auch mit Stolz und Freude der Verfasser des gegenwärtigen Werks.

Humboldt vereinigte und repräsentirte, wie kein anderer Zeitgenosse, die Gesammtheit unseres Naturforschens, und wenn wir ein ähnliches Universalgenie vielleicht nie wieder besitzen werden, so ist dies gerade dem grossen Umfange zuzuschreiben, den die einzelnen Wissenschaften gewonnen haben, und Humboldt ist es, der zu diesem Aufschwunge am meisten beigetragen hat.

1853 erschien von ihm: Kleinere Schriften, nebst Atlas. Stuttgart und Tübingen.

trägen eine vorzügliche Stelle ein, und sie fanden einen ungemeinen Anklang. Dadurch ermuthigt, hatte Humboldt am 10. Oct. 1828 beim König die Anschaffung geeigneter Instrumente, insbesondere eines dem Dorpater ganz gleichen Refractors und den Bau einer neuen Sternwarte beantragt, und die Genehmigung war unverzüglich gefolgt.

Ein Grundstück (Lindenstrasse Nr. 103) ward angekauft: das acquirirte Terrain umfasst fünf Morgen, und hier ward am 22. October 1832 der Grundstein gelegt. Der Plan zur neuen Sternwarte rührte vom Oberbaurath Schinkel her.

Die Hauptinstrumente sind der Pistor'sche Meridiankreis und der Münchener Refractor. Andere Instrumente wurden theils aus der alten Sternwarte herübergenommen, theils neu beschafft, und Berlins Sternwarte gehört zu den bestausgerüsteten der Neuzeit. Sie ward zugleich mit den baulichen Einrichtungen und Instrumenten versehen, um auch meteorologische und magnetische Beobachtungen anzustellen.

Dem Director wurde Galle, bis dahin Gymnasiallehrer, als Gehülfe beigeordnet. Auch der Verfasser dieses Werks trat als Observator ein; da er jedoch gleichzeitig auf einer andern Sternwarte mit der Mondkarte und der zugehörigen Schrift beschäftigt war, so konnte seine Theilnahme an den Arbeiten der akademischen Warte nur eine beschränkte sein.

Mit dem 1. Januar 1836 begann die regelmässige Thätigkeit.

Über die eben erwähnten Arbeiten des Verfassers möge das Folgende hier Platz finden.

Wilhelm Beer, ein wohlhabender Freund der Naturwissenschaften, dessen Bekanntschaft ich schon seit 1824 gemacht, hatte aus dem Nachlasse des Geh. Rath Pastorff zu Buchholz ein schönes achromatisches Fernrohr von 4½ Fuss Brennweite und 43 Pariser Linien Öffnung erworben, und auf seiner Villa im Thiergarten bei Berlin einen Aufbau mit Drehthurm errichtet, um dieses Instrument, so wie einen Kometensucher und eine Tiede'sche Pendeluhr, zweckmässig aufzustellen. 1828 begannen hier die Arbeiten, an denen der in seinem Comptoir vielbeschäftigte Besitzer möglichst Theil nahm, die jedoch hauptsächlich von mir besorgt wurden. Den Anfang machte eine Marsopposition 1828, und diese Beobachtungen wurden in vier folgenden Oppositionen dieses Planeten, 1830, 1832, 1835 und 1837, fortgesetzt.

Nun hatte Lohrmann in Dresden 1824 die ersten 4 Blätter

einer auf 25 berechneten Mondkarte, nach eigenen Messungen
und Beobachtungen, erscheinen lassen, ihnen auch eine detaillirte
Topographie der gezeichneten Mondlandschaften beigefügt. In
drei bis vier Jahren hoffte er mit dem Ganzen fertig zu sein und
dasselbe publiciren zu können.

Diese Erwartung ging jedoch nicht in Erfüllung, und ein
Jahr nach dem andern verfloss, ohne dass von Lohrmann's Arbeiten irgend etwas verlautete. Ich hatte 1829 die 4 Blätter,
welche vorlagen und die Mittelgegend des Mondes einschlossen,
mit dem Himmel verglichen und mich von der Correctheit in Beziehung auf die Lage der Hauptpunkte, zugleich aber auch davon
überzeugt, dass hier nicht unerhebliche Correctionen und Zusätze
zu machen waren. Als jedoch auch im Jahre 1830 noch immer
nichts von Lohrmann zu hören war, machte ich mich selbst an
die Arbeit und begann im März 1830 mit einer Abzeichnung und
vorläufigen Messung des Mare Crisium.

Vorher hatte ich den Versuch gemacht, aus Schröter's
Fragmenten, wie aus Hevel, Riccioli und Mayer eine General-
Übersichts-Karte, nicht zum Zwecke der Veröffentlichung, sondern
nur zur Leitung bei den weiteren Arbeiten, zusammenzusetzen,
was jedoch nur theilweis gelang, und nur dazu diente, die Un-
brauchbarkeit aller bisherigen Versuche deutlich zu erkennen.
Am meisten half noch die kleine, sechs Zoll im Durchmesser haltende Mayer'sche Karte.

Die 104 Hauptpunkte (Lohrmann's mit eingeschlossen) wurden
durch 919 Coordinaten-Messungen vom 19. April bis 20. December 1831 bestimmt und die Berechnung nach Encke's Formeln durchgeführt, wobei Dr. Wolfers als gewandter Berechner
mitwirkte. Diese Punkte wurden als solche erster Ordnung bezeichnet, aus den berechneten selenographischen Längen und
Breiten ihre Mittelpunkts-Coordinaten für mittlere Libration abgeleitet und aus ihnen die Winkel und Seiten der 176 Dreiecke.

Doch dies genügte nicht; es mussten Punkte zweiter Ordnung
von den Hauptpunkten aus durch Richtungs- und Distanzmessungen bestimmt werden; dann erst konnten die inzwischen erhaltenen einzelnen Zeichnungen an ihren richtigen Ort nach
mittlerer Libration eingetragen und mit der Detailzeichnung fortgefahren werden.

Um die Reductionen auf mittlere Libration auf das möglichst
geringste Maass zu bringen, wurde sowohl bei den Dreieckspunkten

zweiter Ordnung als bei der Detailzeichnung darauf Bedacht genommen, stets nur in derjenigen Gegend der Mondfläche zu arbeiten, welche durch die jedesmalige Libration keine oder doch
die möglichst geringste Verschiebung, beziehentlich Projections-
Änderung, erleidet.

Ohne weiter in das Detail einzugehen, bemerke ich nur noch,
dass im weitern Verlaufe der Arbeit noch 150 Durchmesser von
Kratern und 1095 Berghöhen gemessen wurden, d. h. Höhen über
dem Endpunkte des Schattens; denn Anderes auf dem Monde zu
bestimmen, ist nicht möglich, da wir selbst in dem Falle, dass
die grossen grauen Flächen, ähnlich wie unser Ocean, ein gleiches
Niveau hätten, dies weder erkennen, noch auch die Höhenpunkte
auf sie beziehen könnten.

Die Arbeit, welche vorbereitend 1829, vollständig geordnet
1830 im Frühling begann, war im August 1836 beendet, und im
September 1836 konnte ich der Jenaer Naturforscher-Versammlung das erste aus der lithographischen Presse hervorgegangene
Exemplar vorzeigen.

Das zugehörige Werk: „Der Mond, oder allgemeine verglei-
chende Selenographie,“ 54 Bogen Grossquart, mit mehreren litho-
graphirten Tafeln, erschien 1837, so wie im folgenden Jahre eine
kleine Mondkarte als Auszug aus der grösseren und eben so ein
Auszug aus dem erwähnten grösseren Werke.

Beurtheilungen finden sich in verschiedenen Organen, am ein-
gehendsten von Bessel in den Blättern für wissenschaftliche
Kritik, Berlin 1838.

Neben dieser Hauptarbeit boten andere Vorgänge, namentlich
in mondfreien Nächten, Veranlassung zu Beobachtungen: Doppelsterne, der Halley'sche Komet und Ähnliches; und auf der
grossen Sternwarte in der Lindenstrasse beobachtete ich am
Durchgangs-Instrument im ersten Vertical; diese Arbeiten befinden
sich im ersten Bande der Berliner Beobachtungen.

Im Frühjahr 1840 erhielt ich den Ruf nach Dorpat als Nachfolger Struve's, der 1839 nach Pulkowa übergesiedelt war.

Da W. Beer im Jahre 1849 starb, gingen die Instrumente
in andere Hände über; die Warte selbst benutzte der Miether des
Hauses, Stenzler, zu eigenen Beobachtungen, aber mit anderen
Instrumenten.

§ 159.

Argelander, der in Helsingfors die wichtigen Aboer Beobachtungen reducirt und veröffentlicht hatte, während die neue
Sternwarte im Bau begriffen war (nach dem grossen Brande in
Abo war die Universität und mit ihr die Sternwarte in die
neue Hauptstadt Helsingfors verlegt worden), verliess 1837 sein
dortiges Directorat und ging nach Bonn, wo eine neue und gut
ausgerüstete Sternwarte erbaut wurde. Während dieses längere
Zeit beanspruchenden Baues hatte er sich in einem kleinen Hause
auf dem alten Zoll, wo jetzt das Denkmal von Ernst Moritz
Arndt steht, so gut es ging, zu Beobachtungen eingerichtet; er
publicirte hier seine neue Uranometrie und eine reiche Folge von
Zonenbeobachtungen, den Lalande'schen und Hessel'schen ähnlich; wiewohl nur die letzteren denen Argelander's an Genauigkeit gleich stehen. Betrachten wir diese Arbeiten im Einzelnen.

Die Aboer Beobachtungen hatten insbesondere solche Sterne
zum Gegenstande, bei denen eine Eigenbewegung gewiss oder
doch wahrscheinlich war, und die Ermittelung eben dieser Eigenbewegungen war ihr nächster Zweck. Bei der Reduction zeigte
sich für etwa drei Viertel dieser Sterne die Vermuthung bestätigt;
ihre Eigenbewegung betrug für die 75 Jahre zwischen Bradley und
Argelander (1755 und 1830) 15 Secunden und darüber. Auch
die übrigen sind keineswegs als stillstehend zu betrachten; der
Katalog (von 540 Sternen) führt deren Eigenbewegungen auch auf,
aber als noch ungewiss, wenigstens in Beziehung auf eine ver-
lässliche Bestimmung der Quantität und Richtung der Bewegung.
In seinem Katalog hatte er die Hoffnung ausgesprochen, diese
Sterne zur genaueren Bestimmung der Bewegungsrichtung unseres
Sonnensystems anzuwenden.

Eine solche Anwendung machte er in einer bei seinem Abgange aus Russland veröffentlichten Broschüre. Er hatte die
390 Sterne, die seit Bradley 15 Secunden oder darüber sich bewegt hatten, der Arbeit zum Grunde gelegt und theilte diese
Sterne in drei Classen: 21 von jährlich 1" und darüber Eigenbewegung, 50 von 0,5" bis 1" und 319 von 0,2" bis 0,5". Nun
fand er den Punkt, wohin die Bewegung des Sonnensystems sich
gegenwärtig richtet, aus Classe

$$
\begin{aligned}
\text{I.} \quad &\alpha = 256° \ 25,1' \quad \text{und} \quad \delta = +34° \ 87,2' \\
\text{II.} \quad &\alpha = 255 \ \ 9,7 \quad \text{und} \quad \delta = +33 \ 34,3 \\
\text{III.} \quad &\alpha = 261 \ 10,7 \quad \text{und} \quad \delta = +30 \ 55,1.
\end{aligned}
$$

Der Abstand dieses Punktes von dem, welchen Herschel bezeichnet hatte, ist nicht sehr beträchtlich; auch besteht das Hauptverdienst der wichtigen Arbeit Argelander's nicht sowohl in dieser Correction, sondern darin, dass nunmehr die so beharrlich von den ersten Autoritäten festgehaltenen Zweifel an dieser Bestimmung schwinden mussten. Fortan galt es nicht mehr die Frage: ob dem Sonnensystem eine Bewegung zukomme oder nicht, sondern nur noch die weitere und möglichst genaue Feststellung des Punktes, wohin die in Rede stehende Bewegung sich richtet. Die Argelander'sche Ermittelung bezieht sich auf die Epoche, welche zwischen 1755 und 1830 in der Mitte liegt, also auf 1792,5. Denn abgesehen davon, dass in Folge der Präcession der bezeichnete Punkt seine Rectascension und Declination ändert, wird gewiss auch eine Zeit kommen, wo die Tangente der Sonnenbewegung nach einem andern Punkte gerichtet sein wird, wenn man nicht annehmen will, diese Bewegung erfolge in einer geraden Linie, was sehr unwahrscheinlich ist.

Wir wollen hier, des inneren sachlichen Zusammenhanges wegen, die weiteren, an Argelander's Resultat sich anschliessenden Arbeiten folgen lassen.

Lundahl fügte noch 147 Sterne aus Pond's Beobachtungen hinzu, die seit Bradley eine Eigenbewegung von jährlich 0,08″ bis 0,2″ gezeigt hatten, und die mit Argelander's Resultat verbunden, die Declination des Punktes etwas südlicher setzten. Otto Struve versuchte eine neue Bestimmung, indem er 400 von seinem Vater in Dorpat beobachtete Sterne mit Bradley verglich und bei der Berechnung ein anderes Princip befolgte, indem er die Sterne nicht nach ihrer grössern oder geringern Eigenbewegung, sondern nach Grössenclassen eintheilte. Dessenungeachtet ward nahezu dasselbe Resultat erhalten, nämlich

$$a = 261° \ 21,8' \text{ und } \delta = + 37°.36,0'.$$

Bald darauf trat Galloway mit einer Untersuchung der südlichen, in Europa nicht mehr zu beobachtenden Sterne auf, indem er ihre Bewegung aus der Vergleichung von Lacaille (1750) und Johnson (1830) herleitete. Auch hier ward ein nahe zustimmendes Resultat erhalten, nämlich

$$a = 261° \ 1' \text{ und } \delta = + 34° \ 23'.$$

Noch blieb eine Ungewissheit übrig, deren Erledigung zu wünschen war. Die Beobachtungen Bradley's, dessen Positionen

bei den Arbeiten aller hier Genannten, (Galloway ausgenommen)
zum Ausgangspunkte gedient hatten, waren mit einem Mauerquadranten erhalten, dessen Construction und Aufstellung ihn wesentlich unterscheidet von den Werkzeugen, welche in gegenwärtigem Jahrhundert angewandt werden. Es blieb, aller Umsicht
und Sorgfalt Dradley's ungeachtet, möglich, dass sich eine, wenn
gleich kleine, doch constante instrumentale Differenz in Bradley's
Beobachtungen, verglichen mit den unsrigen, zeigte; und existirte
diese, so musste der gesuchte Punkt zu nördlich gefunden werden,
wenn Bradley's constante Correction eine positive, und zu südlich,
wenn sie eine negative war. Einer solchen Correction glaubte
W. Struve dadurch auf die Spur gekommen zu sein, dass die
Polhöhe von Greenwich, wie sie aus Bradley folgte, von der,
welche Airy bestimmt hatte, etwas abwich. Er brachte also eine
hypothetische Correction an die Beobachtungen an und erhielt
nun für den Punkt, wohin die Sonnenbewegung sich richtet,

$$259° 9' \text{ und } + 12° 51'.$$

Dagegen erhob sich folgendes Bedenken: Existirte eine solche
Correction wirklich, so müsste sie auf das Resultat schwach bewegter Sterne einen grossen, auf das stark bewegter einen geringen, resp. verschwindenden Einfluss haben, was sich bei Argelander, der die drei Classen unterschied, nicht herausstellt.
Indess musste zugegeben werden, dass die Zahl von 21 Sternen
der ersten und 50 der zweiten Classe zu gering ist, um hier endgültig zu entscheiden, und dass bei allen hier aufgeführten Arbeiten
auch selbst die Gesammtzahl noch unter 400 steht; viel weniger,
als bei dieser eigenthümlichen Aufgabe gewünscht werden muss.

Deshalb erschien es mir nicht überflüssig, die Gesammtsumme
von 2163 Sternen, für welche ich bei meinen später darzustellenden
Vergleichungen eine Eigenbewegung von 4" und darüber im Jahrhundert gefunden hatte, zu einer neuen Berechnung der Sonnenbewegung anzuwenden. Ich folgte dabei dem Principe Arge-
landers, indem ich drei Classen bildete,

		Eigenbewegung.	Mittlere Bewegung.
I.	225 Sterne von	25" und darüber;	35,10"
II.	663 „ „	10" bis 25"	15,25"
III.	1275 „ „	4" bis 10"	7,79",

und da die erste Rechnung gezeigt hatte, dass die zum Grunde
gelegten Näherungswerthe zu stark abwichen, so wiederholte ich

sie mit verbesserten Näherungswerthen, durch die ich erhielt aus
Clausen

$$
\begin{array}{llll}
\text{I.} & 262^\circ & 8{,}9' & \text{und} & + 39^\circ\ 25{,}2' \\
\text{II.} & 261 & 14{,}4 & . & + 37\ 53{,}6 \\
\text{III.} & 261 & 32{,}2 & . & + 42\ 21{,}9 \\
\text{Mittel} & 261^\circ & 33{,}8' & \text{und} & + 39^\circ\ 59{,}9' & \text{für } 1800,
\end{array}
$$

woraus mit aller Bestimmtheit folgt, dass eine Correction der angenommenen Art bei Bradley nicht stattfinde. Der Punkt liegt
am Himmel zwischen ρ und ι Herculis, etwas näher dem ersteren
Sterne.

In den oben mitgetheilten Resultaten erscheint nur die Richtung der Sonnenbewegung, nicht die Quantität. Bei den Arbeiten
von W. und O. Struve ist allerdings der Versuch gemacht worden,
auch diese zu bestimmen. Aber dies konnte nur geschehen, indem
mehrere Hypothesen eingeführt wurden, insbesondere die, welche
die von uns gesehene Winkelbewegung eines Sternes seiner Helligkeit proportional setzt, und seine Entfernung von Sonne und
Erde diesem Glanze umgekehrt proportional. Dies ist nun ganz
entschieden, auch selbst nur durchschnittlich, nicht der Fall;
so zeigen beispielsweise die 47 Sterne zweiter Grösse im Mittel
eine geringere Eigenbewegung als die 154 der dritten, und
dasselbe Verhältniss zeigt sich auch dann, wenn man die südlichen, in Europa nicht sichtbaren Sterne hinzuzieht. Wir können
auf diesem Wege nichts über die Quantität der Sonnenbewegung
ermitteln. Es kommt noch hinzu, dass die beiden Fixsternparallaxen, die bei O. Struve zum Grunde liegen, durch spätere Untersuchungen auf ihre Hälfte herabgesetzt sind, und dass die einzige damals verlässlich bestimmte, die von 61 Cygni, von dem
Berechner nicht angewendet wurde.

Erst wenn mehrere Sternparallaxen mit verhältnissmässiger
Sicherheit gegeben sind, wird bei Berechnung der Sonnenbewegung
auch die dritte Coordinate in Anwendung kommen können, und
wir haben wenig Aussicht, dass dies so bald geschehe.

Später sind auf der Sternwarte Greenwich, auf Grund der
von Main ermittelten 1176 Eigenbewegungen von Fixsternen, von
Airy, Stone und Dunkin neue Untersuchungen über die Eigenbewegung unserer Sonne angestellt worden, welche für die Declination des betreffenden Punktes N. 34° 23' und für die Rectascension 261° 14' ergaben.

§ 160.

Den Sternfarben war früher fast gar keine Beachtung zu
Theil geworden, und allerdings aus leicht begreiflichen Ursachen.
Dem freien Auge kommt nur wenig davon zu Gesicht und selbst
bei diesem Wenigen ist es schwierig, Täuschungen mancher Art
zu vermeiden. Der Ptolemäi'sche Katalog führt nur drei Sterne
als roth (ὑπόκιρρος) auf, von denen einer, Sirius, jetzt ganz weiss
ist. Sie gehören alle der 1. Grössenklasse an, und in der That
wird ein Auge von mittlerer Schärfe ohne Bewaffnung nicht viel
weiter im Erkennen von Sternfarben gehen können. Die Kataloge,
von Hevel bis Piazzi und selbst die meisten späteren, wobei
Fernröhre in Anwendung kamen, gaben gleichwohl keine Notizen
über Sternfarben. Im Drange der nothwendigen Arbeiten, der
Ortsbestimmungen, finden die Beobachter keine Zeit, sich eingehend
um Farben zu bekümmern; auch sind nicht alle dazu befähigt.
Es giebt Augen, die nichts davon sehen, obgleich sie
übrigens eines guten Sehvermögens sich erfreuen, so z. B. die des
Nicolajewer Astronomen Knorre, der ausdrücklich erklärt, dass
ihm alle Sterne, auch im Fernrohr, einfach weiss erscheinen. Auf
der anderen Seite giebt es Augen, welche die Complementärfarben
nicht unterscheiden, also z. B. nicht Grün und Roth. Da alle
solche Unvollkommenheiten sich fast ausschliesslich beim männlichen
Geschlechte zeigen, und Damen überhaupt zur Unterscheidung
feiner Farbennüancen bei weitem fähiger sind als Männer,
so habe ich bereits vor längerer Zeit einen Wunsch nicht unterdrücken
können: Wir zählen von Hypatia bis Wilhelmine
Witte nicht wenige Frauen, die sich erfolgreich mit Himmelskunde
beschäftigt haben; wir zweifeln nicht, dass sich deren auch in
Zukunft finden werden. Würden diese nicht am besten thun, wenn
sie den Sternfarben ihre Aufmerksamkeit zuwendeten?

Gute farbenfreie Achromate und ein heiteres Klima mit Nächten,
die auch im Sommer hinreichende Dunkelheit zeigen, also
mässige geographische Breiten, sind Bedingungen des Fortschritts
auf diesem Felde. Nichtachromatische Fernröhre sind ganz auszuschliessen,
und Teleskope nur dann anzuwenden, wenn man sie
auf andere Weise geprüft und sich versichert hat, dass sie farbenfrei
sind; denn weder die Farbe des Instruments, noch die
der Atmosphäre darf hinzutreten, wenn man die wahre Farbe des
himmlischen Objectes ermitteln will.

William Herschel ist es, der zuerst die von ihm entdeckten Doppelsterne nach ihrer eigenthümlichen Farbe bezeichnet hat, und durch den uns zuerst eine Mannigfaltigkeit erschlossen wurde, von der die meisten seiner Zeitgenossen nichts geahnt hatten. Indess kommt Roth bei ihm auffallend häufig vor, wogegen er einige Sterne, die wir als blaue wahrnehmen, wie beispielsweise den Begleiter von γ Leonis, ausdrücklich als weiss bezeichnet hat. Wahrscheinlich waren seine Teleskope nicht ganz frei von Roth.

Nach ihm war es vorzugsweise W. Struve, der in seinen Dorpater Doppelstern-Beobachtungen dem Beispiele Herschel's folgte und bei Sternen bis zur neunten Grösse herab die Farbe stets notirte. Weiter zu gehen und auch die noch schwächeren teleskopischen Sterne auf Farbe zu prüfen, scheint nicht möglich, wenn nicht wie bei o Ceti das Roth eine ungewöhnliche Intensität zeigt. Struve's Farben scheinen ganz frei von äusseren Einflüssen zu sein; wären sie in einem südlicheren Klima erhalten worden, so würden sie noch grösseres Vertrauen verdienen.

Wenn beide Genannte, Herschel und Struve, uns fast nur Farben von Doppelsternen geben, so haben dagegen die Beobachter in Rom, de Vico und Secchi, die Sterne des Baily'schen Katalogs sehr sorgfältig auf Farbe geprüft und den Beweis geliefert, dass hier noch ungemein viel geschehen kann und geschehen muss, bevor man hoffen darf, etwas über die veranlassende Ursache zu ermitteln. Das Wahrscheinlichste ist allerdings die Annahme, dass wir die Farben der Photosphären dieser Fixsterne vor uns haben, wie wir ja auch bei unserer eigenen Sonne im Allgemeinen nur die Photosphäre, nicht den innern festen Kern, zu Gesicht bekommen.

Denn der Versuch Doppler's, diese Farben einzig durch die Bewegung des Lichtstrahls entstehen zu lassen, muss als ein durchaus verfehlter bezeichnet werden. Petzval hat nachgewiesen, dass dem Ganzen ein theoretischer Irrthum zum Grunde liege, und praktisch genommen, werden hier Bewegungen von solcher Stärke erfordert, wie sie im ganzen Universum nirgend auch nur annähernd angetroffen werden. Alle, auch die raschesten kosmischen Bewegungen der Weltkörper sind verschwindende Grössen, verglichen mit der Fortpflanzungsgeschwindigkeit des Lichts; und wenn Dr. Mach in Wien den Versuch gemacht hat, die bereits entscheidend widerlegte Hypothese Doppler's wieder ins Leben zu rufen, ja sogar in ihr ein Mittel erblickt, die Eigenbewegung

des Sonnensystems nach Quantität und Richtung zu bestimmen,
so muss entgegnet werden: dass alles, was wir über Fixsternbewegungen und speciell über die unserer Sonne aus directen Beobachtungen ableiten können, nicht die mindeste Hoffnung gewährt, eine solche Erwartung jemals realisirt zu sehen. Mehr
hoffen wir von dem, was man Chemie der Gestirne genannt hat,
so wie von den zu erwartenden künftigen Fortschritten der Photographie in ihrer Anwendung auf astronomische Objecte.

Für jetzt und noch eine geraume Zeit hin handelt es sich,
wie gesagt, um ein Sammeln der Facta, so wie um ein Mittel, wodurch in allen Fällen entschieden werden kann, ob das Licht der
Gestirne ein eigenes oder erborgtes sei, oder ob, was in manchen
Fällen nicht unwahrscheinlich ist, beides sich vereinige? Besässen
wir ein solches, auch auf die schwächsten teleskopischen Sterne
noch anwendbares Mittel, so würden wir leicht dahin gelangen,
die noch unentdeckten Planetoiden aus dem grossen Heere der
Fixsterne herauszufinden.

Wenn es übrigens noch einer entscheidenden Widerlegung
der Doppler'schen Hypothese bedürfte, so hat uns Arago eine
solche dargeboten. Wären wirklich nicht bloss die Wellenlängen,
sondern die Fortpflanzungsgeschwindigkeiten für die verschiedenen
Strahlen des Spectrums verschieden, so müsste bei den veränderlichen Sternen, welche in ihrem Minimo ganz für uns verschwinden, uns diejenige Farbe zuerst zu Gesicht kommen,
welche die rascheste ist, und successiv, je nach dem Maasse der
Geschwindigkeit, auch die übrigen. Da wir wissen, dass lange
Jahre erforderlich sind, damit der Strahl von den Fixsternen zu
uns gelange, so wäre Zeit genug gegeben, dieses Farbenspiel beim
Wiedererscheinen und eben so beim Verschwinden wahrzunehmen;
aber noch nie haben die Beobachter Ähnliches bemerkt.

Wir können den Wunsch nicht zurückhalten, es möchten Diejenigen, welche sich berufen fühlen, mit neuen Ansichten über
kosmische Verhältnisse hervorzutreten, sich vorher mit allen Thatsachen, die in irgend einer Beziehung zu ihrer Ansicht stehen,
genau bekannt machen. Hätte Doppler dies gethan, er würde
nicht von Kometen gesprochen haben, die Hunderte von Meilen
in der Secunde fortrücken, und eben so wenig Boucheporn, der
ähnliche Geschwindigkeiten gebraucht, damit die Erdkugel einen
wirksamen „Anstoss" von einem Kometen erlange. Die Zeit des
praktischen Astronomen ist für ihn zu kostbar, um sie mit fort-

währenden Widerlegungen von Dingen zu verschleudern, die sich
für jeden mit den bestehenden Verhältnissen hinreichend Bekannten von selbst widerlegen; und der Wissenschaft ist mit dieser
Art von Controversen nicht gedient. Vollends aber wird die Heftigkeit und Gereiztheit, mit der so mancher seine einmal ausgesprochene Ansicht aufrecht zu erhalten sucht, nichts gut
machen und nichts helfen.

§ 161.

Gehen wir zu erfreulicheren Gegenständen über. Wir haben
der ersten Arbeiten Bessel's, bis zum Erscheinen der *Tabulae
Regiomontanae*, wie seiner Bestimmung der Parallaxe von
61 Cygni, bereits oben gedacht. Er setzte die Beobachtungen,
welche beide Werke, und namentlich das letztere, erfordert
hatten, ununterbrochen fort, und seine Sternörter, die an
Genauigkeit und Sicherheit unübertrefflich dastehen, werden in
allen künftigen Untersuchungen eine Grundlage bilden. Aber
darauf beschränkte sich seine Thätigkeit keineswegs. Er hatte
den Mangel guter Vergleichsterne bei seinem Kometenbeobachten
zu sehr empfunden, um nicht auf Abhülfe bedacht zu sein; und
er unternahm eine neue Zonenbeobachtung, ähnlich der Lalande'schen, aber mit geeigneteren Hülfsmitteln, und in seinen
jährlichen Publicationen wurden diese Beobachtungen mitgetheilt.
Sie erstreckten sich vom 15. Grad südlicher bis zum 45. Grad
nördlicher Declination. Ihm war es hauptsächlich darum zu thun,
in jeder Himmelsgegend eine genügende Anzahl von Vergleich-
sternen zu bestimmen, um den Beobachtern von Kometen, oder
überhaupt solchen Objecten, die aus irgend welchem Grunde nicht
durch Meridianbeobachtungen, sondern nur durch Vergleichungen
mit anderweitig bestimmten Sternen erhalten werden, Vergleichsterne zu bieten. Man hatte bis dahin für die nicht bei
Bradley und Piazzi vorkommenden Sterne nur die Lalande'-
schen Zonen, für deren Reduction noch wenig geschehen war
und die an manchen Mängeln litten, welche bei Bessel beseitigt
waren. Er gab für den künftigen Gebrauch die erforderlichen
Reductionselemente, und Maximilian Weisse, Director der Krakauer Sternwarte, unternahm die verdienstliche Arbeit, aus ihnen
einen Katalog zu bilden, dessen erste Abtheilung die Sterne von
— 15° bis + 15°, der zweite später erschienene die von + 15°

bis 45° enthält. Wir bedauern die Berechnungs- und Druckfehler,
die den Werth des Werks benachtheiligen, die jedoch durch seinen
grossen Umfang erklärlich sind.

· Bessel war aus dem Leben geschieden, bevor diese Reduction
zur Veröffentlichung gelangte, und wir zweifeln, dass er einen
Gebrauch gebilligt haben würde, den W. Struve in der Vorrede
zu Weisse's* Arbeit davon machte. Er untersuchte auf Grund-

---

* *Maximilian v. WEISSE*, geb. 1798 am 16. Oct., gest. 1863
am 10. Oct. Sein Vater J. H. Weisse war Oberamtmann in La-
dendorf (Niederösterreich), und Maximilian war von zehn Kin-
dern das dritte. Im zehnten Jahre ward er Convict-Zögling des
Wiener akademischen Gymnasiums; später bezog er die Universität, wo er Philosophie und Rechtswissenschaft studirte und 1822
als Doctor der Rechte promovirte; das Studium der Mathematik
und Astronomie hatte er daneben eifrig getrieben.

1823 ward Weisse Assistent der Wiener Warte, und am
24. Mai 1825 ward er Professor an der Jagellonischen Universität
in Krakau und Director der Sternwarte.

Eine schwere Krankheit, die er sich durch sehr angestrengtes
Arbeiten zugezogen, veranlasste ihn im Mai 1861, sein 36 Jahre
hindurch verwaltetes Amt niederzulegen. Doch auch jetzt blieb
er nicht müssig, sondern setzte seine Reductionsrechnungen fort.
In Wels unterlag er, nur sechs Tage vor Vollendung seines
65. Jahres, einer Entzündung der Unterleibsorgane.

Unter den von ihm veröffentlichten Schriften (der Nekrolog
in Nr. 1448 der Astr. Nachrichten zählt deren 17, theils in latei-
nischer, theils in deutscher, theils in polnischer Sprache auf)
zeichnen wir besonders aus die Reduction sämmtlicher Bessel'-
schen Zonenbeobachtungen in den beiden Bänden:

Positiones mediae stellarum fixarum in Zonis Regiomontanis a Besselio inter
— 15° & + 15° declinationis observatarum ad annum 1825 reductae et
in calc. ord. Petersburg 1846. Und im zweiten Bande die Fortsetzung
unter gleichem Titel für die Sterne zwischen + 15° und 45°. Petersburg 1853.

1829 gab er die Coordinaten sämmtlicher alten Planeten und eine Schrift:
De correctione temporis ex altitudinibus correspondentibus calculata.

1829—31. Bestimmung der Breite der Krakauer Sternwarte.

1858. Vergleichungen von Struve's Positiones mediae mit den beiden Katalogen aus Bessel's Zonen.

lage derselben die Häufigkeit des Vorkommens teleskopischer Sterne am Himmel und speciell die Constitution des Milchstrassegürtels. Wir glauben mit Encke, dass die Bessel'schen wie alle anderen Zonen dazu ungeeignet sind. In den mit Sternen überreich besetzten Gegenden konnten bei den Zonalbeobachtungen nicht alle Sterne mitgenommen werden, und es war dies auch gar nicht nöthig. Dann aber kann eine Formel, welche auf Beobachtungen einer Zone von nur 30 Grad Breite basirt ist, nur durch eine Integration auf die übrigen Gegenden des Himmels ausgedehnt werden, und eine solche ist, wie Encke bemerkt, hier unzulässig. Denn ähnlich, wie man in der historischen Exegese den Grundsatz festhält, dass eine Äusserung eines Schriftstellers nur dann beweisend ist, wenn es in der bestimmten Absicht des Verfassers lag, den Gegenstand nicht blos zu erwähnen, sondern über ihn zu sprechen, so muss auch in der Himmelskunde der Zweck im Auge behalten werden, den der Beobachter verfolgte. Sollen Beobachtungen über die verhältnissmässige Sternenfülle einzelner Gegenden angestellt werden, so bedarf es keiner Sternörter, sondern Stern-Aichungen (*star-gauges*, nach W. Herschel's Ausdruck.) führen hier zum Ziele.

Deshalb können wir auch den Schluss, dass die Milchstrasse nichts weiter sei als der Rand der linsenförmigen Sternschicht, nicht annehmen. Vielmehr glauben wir, dass J. Herschel, der beide Hemisphären aus eigener Anschauung kennt und in beiden die Milchstrasse genau untersucht hat, ganz Recht habe mit seiner Behauptung, die Milchstrasse sei „not a mere stratum, but an annulus," wofür auch der äussere Anblick spricht. Die Milchstrasse hat erkennbare, wenn auch nicht überall scharf bestimmbare Grenzen; es würde ganz unmöglich sein, eine Darstellung derselben, wie sie uns Herschel gegeben, durchzuführen, wenn ein anderes Verhältniss bestände.

Die Verschwindung des Saturnsringes 1833 veranlasste Bessel, der sich schon früher mit diesem Planeten eingehend beschäftigt hatte, zu einer genauen Untersuchung der Lage des Ringes; sowohl nach eigenen Beobachtungen, als Vergleichungen fremder. Er stellte diese Neigung, die bisher fast nur auf einer conventionellen Annahme beruhte, mit grosser Genauigkeit fest und ermittelte gleichzeitig, was auch schon aus früheren Untersuchungen sich als wahrscheinlich ergeben hatte, dass die Ringe Ungleichheiten mancher Art, namentlich auch windschiefe Ver

biegungen, haben müssten, denn oft hatte der Ring sich noch
(oder auch schon) sichtbar gezeigt, wenn er der mittlern Lage
nach und unter Voraussetzung einer mathematisch regelmässigen
Figur, uns nur seine dunkle Seite hätte zuwenden müssen.

Diesen Beobachtungen verdanken wir auch die Dimensionen
sowohl des Planeten selbst als seines Ringes, und Messungen des
Abstandes der Trabanten, insbesondere des zuerst entdeckten
Huyghens'schen. Nach einer kritischen Prüfung der früheren
von Bernard und Cassini II. angestellten Messungen, die für
Nichtbenutzung derselben entschied, stellte er eine lange Reihe
von Heliometermessungen an und bestimmte aus ihnen, unter genauer Berücksichtigung aller Perturbationen, die Bahnelemente
dieses Trabanten, bezogen auf das Saturnscentrum, die wir nun
fast so genau als die unseres eigenen Mondes kennen. Er bestimmte aus diesen Störungen, wie die Beobachtungen sie gezeigt
hatten, rückwärts rechnend die Masse des Ringes zu $\frac{1}{118}$ der Saturnsmasse, und da wir, mit Ausnahme der Dicke, über alle anderen Dimensionen des Ringes durch die Beobachtungen hinreichend belehrt sind, so ergab sich, unter Voraussetzung einer
gleichen Dichtigkeit Saturns und seines Ringes, die erwähnte
Dicke zu 28 geogr. Meilen; was natürlich nur von der mittlern
Dicke gilt, da nach Laplace der Durchschnitt des Ringes eine
Linsenform zeigt.

Zu diesen letzteren Bestimmungen hatte das Königsberger
Heliometer gedient; das einzige grössere, was sich damals in regel-
mässiger Thätigkeit befand. Er benutzte es weiter zu einer Bestimmung von 53 Sternen der Plejadengruppe, deren Coordinaten
(Alcyone als Nullpunkt gesetzt) durch wiederholte Messungen bestimmt wurden. Schon früher hatte er einen grossen Theil dieser
Sterne durch Meridianbeobachtungen bestimmt. Allein, wie auch
Bessel selbst bemerkt, sind die Sterne dieser Gruppe so dicht
gedrängt, dass, wenn alle im Meridianfernrohre sichtbaren Glieder
derselben auch so bestimmt werden sollten, eine lange Reihe von
Jahren erforderlich sein würde; was die allgemeine Beziehung auf
eine Epoche unthunlich machen müsste. Die Bessel'schen, für
die Epoche 1840 geltenden Bestimmungen werden es künftigen
Zeiten möglich machen, die Eigenbewegungen im Innern dieser
Gruppe mit einer Genauigkeit abzuleiten, die sehr erwünscht sein
muss, denn (wie Bessel sich ausdrückt) „ich glaube, dass eine
Zeit kommen wird, wo die Bewegungen dieser Sterne ein beson-.

deres und erhöhtes Interesse gewinnen werden." Wir theilen
diesen Glauben in vollem Masse.

Struve's bereits oben erwähnte Doppelsternmessungen blieben
nicht ganz isolirt. Ihnen gingen Bessel'sche zur Seite, und beide
Astronomen kamen überein, eine Zahl von 38 Doppelsternen
auszuwählen, welche beide möglichst oft und in nahezu gleicher Zeit
beobachten wollten. Bei diesen Messungen stellte sich rücksichtlich der Positionswinkel hinreichende Übereinstimmung heraus;
rücksichtlich der Distanzen zeigte sich jedoch, abgesehen von den
kleinen rein zufälligen Fehlern, ein constanter Unterschied der
Art, dass Bessel's Heliometerdistanzen 0.188" grösser waren als
Struve's am Refractor erhaltene. Der Gegenstand veranlasste
beide Astronomen zu anderweitigen Beobachtungen, denn nur für
zwei dieser Sterne zeigte sich Struve's Distanz etwas grösser,
nämlich für γ Virginis um 0,019" und für ξ Piscium um 0,092".
In den übrigen 36 Fällen war die Bessel'sche Distanz die
grössere, und in einem derselben, 38 Geminorum, stieg der Unterschied auf 0,397. Struve suchte diesen durch eine empirische
Curve darzustellen, nach welcher er für 6" Distanz ein Maximum
= 0,265" zeigte und für 26" auf Null herabsank. Damit aber
war die Ursache der Differenz nicht ermittelt, und noch weniger
eine Antwort auf die Frage gegeben: welche Distanzen die eigentlich richtigen seien?

Struve liess in einer genau gemessenen Entfernung Stäbe
aufstellen, die auf schwarzem Grunde weisse Theilstriche zeigten,
welche gleichfalls mit aller Sorgfalt abgemessen waren. Man konnte
folglich den Winkel berechnen, unter dem die Zwischenräume erscheinen mussten. Auf ähnlichen Stäben wurden kleine weisse Kreise
gesetzt, die künstliche Doppelsterne darboten, und deren Distanz
in gleicher Weise durch Berechnung bestimmt war. Diese Grössen
maass er nun mit dem Refractor und erhielt im Durchschnitt dieselben Grössen, so dass er annahm, die mit dem Refractor gemessenen Distanzen seien die richtigen.

Bessel schlug ein anderes Verfahren ein. Er bestimmte die
Distanz des Doppelsterns p Ophiuchi sowohl direct, als durch
Zuziehung eines dritten Sterns, der mit den beiden Gliedern des
Doppelsterns ein sehr spitzwinkliges Dreieck bildete. Die verschiedenen, sehr sinnreich entworfenen Methoden der Messung ergaben das gleiche Resultat; sie hätten jedoch verschiedene geben
müssen, wenn die gemessene Distanz nicht die richtige war.

Indem so jeder sein Resultat für das wahre hielt, erfolgte keine Entscheidung, was wir im Interesse der Sache bedauern. Die Prüfungsmethoden waren allerdings sehr verschieden, und wir müssen uns dahin aussprechen, dass für Beobachtungen am Himmel auch der Himmel die Entscheidung geben müsse, und dass das Herbeiziehen terrestrischer Messungen bei Prüfung astronomischer, mehrfachen Bedenken unterliege. Letztere können nur in horizontaler Richtung erhalten werden, die terrestrische Refraction afficirt sie in sehr verschiedener Weise, während die astronomischen Objecte in beständiger Bewegung sind und keineswegs so scharfbegrenzte kleine Kreisflächen darbieten wie die künstlichen Doppelsterne. Dreifache Sterne, die in einer geraden Linie liegen, und eben so solche, die ein ungleichseitiges Dreieck bilden und in denen alle Seiten und Winkel gemessen werden, lassen mannigfaltige Prüfungsmethoden zu, und wenn neben diesen auch die terrestrischen angeführt werden, wird man zu verlässlichen Resultaten, auch rücksichtlich des Werthes der verschiedenen Methoden, gelangen.

Die sorgfältigste und genaueste Prüfung der Instrumente, mochte sie auch noch so zeitraubend und umständlich sein, ging bei Bessel stets Hand in Hand mit den Beobachtungen, und auch die Hülfsinstrumente, wie Thermometer und Barometer, wurden mit gleicher Sorgfalt untersucht. Bei den von ihm unternommenen Land- und Gradmessungen wurde das Metall der Messstangen und Messapparate in Bezug auf Wärmeausdehnung genau geprüft, und da er sich überzeugte, dass verschiedene Stücke desselben Metalls sich in diesem Punkte merklich verschieden zeigten, so wurde jede Messstange besonders untersucht und jede mit einem Thermometer so verbunden, dass die Temperatur des Metalls in jedem Moment erhalten werden konnte, um die Reduction mit Sicherheit ausführen zu können.

Durch einen sehr sinnreichen Pendelapparat bestimmte er die Länge des Secundenpendels für Königsberg und für Berlin. Besässen wir für viele über den Erdball zerstreute Punkte Pendelbeobachtungen von gleicher Genauigkeit, so könnten diese eine Grundlage nicht bloss für die Erdgestalt im Allgemeinen, sondern auch für locale Abweichungen gewähren; denn, soll ein definitiv genügendes Resultat für die Erdgestalt erhalten werden, so müssen Gradmessungen (namentlich auch der Parallelen), Pendelbeobachtungen und Mond-theorie nicht gesondert, sondern vereinigt in Berechnung gezogen werden.

Zwei andere Arbeiten standen mit diesen Pendellängen in Verbindung: die Untersuchung, ob verschiedene Körper (auch nichtirdische), als Pendelkugeln schwingend, dieselbe Gravitationsconstante ergeben oder nicht. Bereits Newton hatte derartige Versuche angestellt; allein bei ihnen war, nach seiner eigenen Angabe, nur etwa die halbe Linie zu verbürgen. Bei Bessel's Versuchen zeigte sich eine Übereinstimmung, welche die Verbürgung von $\frac{1}{\text{...}}$ der gemessenen Länge, also $\frac{1}{\text{...}}$ Linie, gestattete. — Sodann die Regulirung des preussischen Maasses und eine solche Einrichtung des Normal-Maassstabes, dass zuverlässige Copien desselben leicht und sicher zu jeder Zeit erhalten werden können.

Da Bessel nie unterlassen hat, von seiner Verfahrungsweise die genaueste Rechenschaft zu geben, und die Bände der Königsberger Beobachtungen, die Astronomischen Nachrichten und andere Schriften alles enthalten, was zum genauen Verständniss seiner Arbeiten erforderlich ist, so können wir uns auf diese beziehen. Durch ihn und Gauss in Göttingen wurde die Astronomie so gut als völlig umgestaltet, und nicht wenigen Irrthümern, die sich lange in Ansehen erhalten hatten, ein Ende gemacht. Seine Refractionstafeln, um nur ein Beispiel anzuführen, haben den Beweis geliefert, dass ein und dasselbe Refractionsgesetz für alle Erdorte genüge, und den Tafeln eine Form gegeben werden könne, die sie für alle Punkte brauchbar macht, statt dass früher die Meinung bestand, jeder Erdort müsse seine eigene Refractionstafel haben.

Zahlreiche Schüler hat er gebildet. Zwei derselben, Busch[*]

---

[*] *August Ludwig BUSCH*, geb. 1804 am 7. Sept., gest. 1855 am 30. Sept. Mehrjähriger Schüler Bessel's, und nach dessen Ableben sein Nachfolger im Directorat von Königsberg. Er setzte die Beobachtungen in derselben Weise fort, wie sein Lehrer sie begonnen, er besorgte die Herausgabe der bis dahin noch nicht veröffentlichten Observationen Bessel's, gab uns seinen Nekrolog und ein vollständiges Verzeichniss seiner Schriften. Er erhielt einen Mitdirector in Peters, seit dessen Abgange von Pulkowa bis zu dessen Anstellung in Altona. — Die Totalfinsterniss vom Juli 1851 beobachtete er und veröffentlichte diese Wahrnehmungen, nachdem er vorher eine Schrift über die dabei zu erwartenden Erscheinungen publicirt hatte. Aus Bradley's Beobachtungen

und Luther, sind seine Nachfolger geworden; zwei andere, Argelander und Plantamour, sind Directoren anderer Sternwarten. Der hoffnungsvolle Westphalen, der, selbst schon erkrankt, unter Anleitung seines gleichfalls erkrankten Lehrers die Bahn des Halley'schen Kometen berechnete, sank ins Grab, und Dessel selbst folgte ihm bald. Sein Sohn Wilhelm hatte sich der Architektur gewidmet, es sind aber gleichwohl einige werthvolle Mittheilungen von ihm in den Astronomischen Nachrichten gegeben.

Wir haben aber noch einer wichtigen Untersuchung zu gedenken, die gleichsam sein letztes Vermächtniss bildet. Stets war eine genaue Bestimmung der Eigenbewegungen der Fixsterne, und insbesondere der Hauptsterne, sein Augenmerk gewesen, und er hatte richtig erkannt, dass man bei Doppelsternen nur die Bewegung des Schwerpunktes, nicht die der einzelnen Glieder, gleichförmig setzen dürfe. Nun fanden sich zwei einzelne Fixsterne, α des grossen und α des kleinen Hundes, deren Bewegung nicht gleichförmig war. Bei Sirius fügten sich die Rectascensionen, bei Procyon die Declinationen nicht. Nachdem er zuerst durch eine sehr umfassende Arbeit, die unter andern eine kritische Sichtung der älteren Kataloge erforderte, den Thatbestand selbst genügend festgestellt hatte, versuchte er verschiedene Erklärungen, die sich jedoch sämmtlich als unanwendbar zeigten, so dass er bei einer gänzlich neuen stehen blieb: es stehen bedeutende, aber nicht-leuchtende (oder auch zu schwach leuchtende) Massen in der Nähe dieser Sterne, und diese haben folglich ausser der gemein-

---

leitete er die Aberrations-Constante und bald darauf auch die Nutation ab. Beide (in den Astr. Nachrichten) erschienene Abhandlungen gab er auch in englischer Sprache. Die Königsberger naturwissenschaftlichen Unterhaltungen bereicherte er durch einen Aufsatz über die Bemühungen zur Erlangung unserer Kenntniss des Fixsternhimmels.

Kränklichkeit unterbrach in den letzten Jahren seine Beobachtungen, so wie seine literarische Thätigkeit, und führte im 51. Jahre seinen Tod herbei. Die *Monthly Notices* haben in Nr. 16 seinen Nekrolog gegeben.

Er war aufs eifrigste bemüht, seinem grossen Lehrer nachzustreben, und wir dürfen ihn als einen würdigen Nachfolger Bessel's bezeichnen.

9*

schaftlichen Eigenbewegung noch eine besondere um einen Schwerpunkt. Wie sich leicht erwarten liess, war man in der astronomischen Welt nicht sonderlich gewillt, ein so befremdliches Resultat
anzunehmen, namentlich diejenigen nicht, welche sich gewöhnt
hatten, den Glanz der Fixsterne als das sicherste Kriterium zu
betrachten, aus dem alle übrigen Verhältnisse gefolgert werden
könnten. So gewichtige Argumente auch einer solchen Ansicht
entgegenstanden, sie hatte sich gleichwohl eingebürgert, und der
bei einer Untersuchung der Doppelsterne ganz unabweisbare
Schluss, dass die specifische Leuchtkraft der Sterne ungemein verschieden sein müsse (sie findet sich beispielsweise bei ζ Bootis
um viele tausend Mal grösser als bei ξ Ursae majoris), war wenig
beachtet worden. Und nun sollte der glänzendste aller Fixsterne,
in dem Kant schon die Centralsonne des gesammten Universums
zu sehen glaubte, nichts weiter sein als der Begleiter einer Masse,
die uns nicht einmal ihr Dasein direct kund geben kann?

Struve machte den Versuch, die Thatsache zu leugnen;
Airy suchte die Unterschiede geltend zu machen, die sein Vorgänger Pond bei einer grössern Anzahl von Sternen gefunden
hatte, und noch andere Gegengründe wurden versucht. In Pulkowa wurden Beobachtungen des Sirius und anderer benachbarter
Sterne angestellt, und der Beweis versucht, dass für vier Punkte
der Siriusbewegung eine gleichförmige Rectascensionsänderung re-
sultire, und bei den übrigen nicht übereinstimmenden wahrscheinlich Beobachtungs- und Reductionsfehler die Nichtübereinstimmung
bewirkt hätten. Doch es handelte sich hier um ein Bessel'sches
Resultat, und bei einem solchen konnte man stets gewiss sein,
dass kein Umstand, der möglicherweise von Einfluss sein konnte,
übersehen worden wäre. So leichten Kaufs war dieser Heros,
auch nachdem er vom Leben geschieden, nicht zu widerlegen;
alle Einwürfe, die irgend begründet erschienen, hatte er sich
selbst schon gemacht. Namentlich hatte er bei seinen Vergleichungen nicht die absoluten Örter, sondern die Unterschiede derselben von andern Hauptsternen in nahezu gleichem Parallel, von
demselben Beobachter und für die gleiche Epoche gegeben, angewandt. Dies erkannte sehr bald einer der frühern Gegner,
Peters, der inzwischen aus seiner Stellung in Pulkowa geschieden
und Mitdirector in Königsberg geworden war. Er wies nach,
dass alle Ungewissheit, die noch über die Reductionselemente bestehe oder bestanden haben könne, verschwindend klein sei gegen

die von Bessel ermittelten Ungleichheiten in der Rectascensions-
bewegung; und indem er neuere Beobachtungen mit hinzunahm,
konnte er den Versuch wagen, die Bahn zu bestimmen, die Sirius
um den Schwerpunkt des Partialsystems beschreibt. Er fand
einen mittlern Abstand von 2,56″, eine Umlaufszeit von 50,1 Jahren
und eine Excentricität = 0,7994. Die nahe gleichzeitigen Berechnungen von Schubert, wie die späteren von Auwers und
Klinkerfues, geben nahezu dasselbe Resultat, und so hat sich
Bessel's Annahme vollkommen bestätigt.

Bezüglich des Procyon ist gleichfalls eine Untersuchung von
Auwers unternommen worden, die für diesen Stern eine kreisförmige Bahn ergiebt, und somit ist der Forschung in den entlegenen Fixsternräumen ein ganz neues Feld eröffnet, und Bessel
ist es, der uns diese Bahn erschlossen. Wir fügen noch hinzu,
dass man in neuerer Zeit einen schwachen teleskopischen Stern in
derjenigen Richtung gesehen hat, die Peters' Berechnung für den
partiellen Schwerpunkt, vom Sirius aus gesehen, ergiebt; und dass
die Erwartung, auch in den Declinationsbeobachtungen des Sirius
ähnliche Änderungen zu finden, in Erfüllung zu gehen beginnt.

Auwers neueste Berechnungen ergeben für Sirius und Procyon:

Sirius.

Durchgang durch die untere Apside 1793,590 $\pm$ 0,443 Jahr.
Umlaufszeit . . . . 49,418 $\pm$ 0,325 Jahr.
Mittlere jährliche Bewegung . . . 7,28478° $\pm$ 0,04789°.
Excentricität . . . . 0,6010 $\pm$ 0,0363.

Procyon.

Durchgang durch die untere Apside 1793,5676 $\pm$ 0,44 Jahr.
Umlaufszeit . . . . 39,972 $\pm$ 0,401 Jahr.
Mittlere jährliche Bewegung . . . 9,00634°.
Halbe grosse Axe . . . . . . 1,0525″ $\pm$ 0,0275″.
Excentricität unmerklich.

Wie sehr wäre zu wünschen, dass auf Otaheite eine feste,
mit hinreichend kräftigen Instrumenten versehene Sternwarte errichtet würde. Sirius geht nahezu durch das Zenith dieser Insel;
hier wäre der rechte Ort, seine Parallaxe zu finden, und so eine
Grundlage für alle weiteren Untersuchungen des interessanten
Partialsystems zu erhalten. In Rom glaubte man noch mehrere
Begleiter sowohl des Sirius als auch einiger anderen hellen Fixsterne gesehen zu haben; allein Tempel in Marseille hat gezeigt,
dass hier Augentäuschungen zum Grunde lagen.

Eine früher sehr verbreitete Ansicht erblickte in den leuchtenden Gestirnen nur centrale und gleichzeitig ruhende, in den beleuchteten umlaufende Körper, und wir haben gesehen, wie ernstlich man die erste Idee von physischen Doppelsternen bekämpfte und wie beharrlich dieser Kampf in Frankreich fortgeführt wurde. Diese beschränkte Ansicht hat durch Bessel's letzte grosse Entdeckung den Todesstoss erhalten, denn es sind jetzt nachweisbar

1) leuchtende Centralkörper mit dunkeln umlaufenden (Sonne, Planeten),
2) dunkle Centralkörper mit dunkeln umlaufenden (Planeten, Monde),
3) leuchtende Centralkörper mit leuchtenden umlaufenden (Doppelsterne),
4) dunkle Centralkörper mit leuchtenden umlaufenden (die Bessel'sche Entdeckung),

und so dürfen wir hoffen, dass der Umstand des Selbstleuchtens nicht ferner zum Fundament der wichtigsten allgemeinen Folgerungen gemacht werde.

Als Argelander im Anhange zu seiner Abhandlung seiner Versuche erwähnte, den Centralkörper des Fixsterncomplexes zu finden, und den Perseus als diejenige Gegend bezeichnete, auf welche seine Combinationen ihn geführt, ward ihm entgegnet, im Perseus stehe kein heller Stern, dass eine so wichtige Function ihm zugesprochen werden könne, und die Annahme eines dunkeln Centralkörpers habe etwas dem Gefühle Widersprechendes. Wir gestehen einem gebildeten Gefühle in den schönen Künsten sein Recht willig zu, sind jedoch der Meinung, dass die Himmelskunde nicht auf Gefühlen beruhe, und wir von der Natur nur zu lernen, nicht aber ihr Gesetze zu geben haben.

Was Hipparch seiner Zeit gewesen, das war Bessel der unsrigen, nur mit dem Unterschiede, dass Bessel's Beobachtungen tausendmal genauer sind als Hipparch's, und dass wir nicht besorgen dürfen, seinen Werken werde ein ähnliches Verhängniss bereitet sein als denen des grossen Nicäuers. Denn so lange auf Erden eine Himmelskunde lebt, wird noch der Name Bessel leben, und nach Jahrtausenden noch werden seine Forschungen den Ausgangspunkt bilden, wenn die grossen kosmischen Fragen, die wir jetzt kaum noch zu bezeichnen wagen, einst zur Erörterung herangereift sein werden.

Das Verzeichniss seiner Werke, was Busch veröffentlicht hat, zählt weit über 300 grössere und kleinere auf, und nur sehr wenige sind darunter, die keine Beziehung auf Sternkunde haben,

z. B. seine Rede bei der Taufe eines Seeschiffes. — Die schönste
Zeit der 1822 gegründeten Astronomischen Nachrichten war die,
wo man sicher sein konnte, in jedem Bande Abhandlungen von
Bessel anzutreffen, und einiges aus seinem Nachlasse hätte auch
hier noch Platz finden können. Leider ist ein posthumer Aufsatz,
in dem 20 Druckseiten hindurch nur schwierige Integrationen,
Entwickelung von Reihen und Ähnliches dargeboten werden, nicht
am passenden Orte, sondern in einer Zeitschrift für populäre
Astronomie ans Licht getreten, wo die, welche solche Dinge verstehen, sie nicht suchen, und die, welche sie finden, sie nicht
verstehen werden. Der lebende Bessel zeigte hierin einen rich-
tigeren Tact, und seine Abhandlungen in der Königsberger naturwissenschaftlichen Zeitschrift sind ein Muster echter und würdiger
Popularität.

§ 162.

Wir haben bereits eines verwandten, obgleich in anderer
Weise wirkenden Geistes erwähnt, Gauss in Göttingen. Er war
als Professor der Mathematik für Göttingen gewonnen worden,
und zu seinen Fächern zählte auch die Himmelskunde. Wo man
das seltene Glück hat, einen Mann wie Gauss zu besitzen, kann
eine solche Vereinigung nur Vortheile haben; ein solcher ist gewissermaassen eine ganze Akademie. Wo es jedoch Regel sein
soll, und die Himmelskunde nur ein Nebenfach des Mathematikers
vorstellt, da ist für sie keine Erweiterung zu hoffen, namentlich
nicht in einer Zeit, wo sie einen so grossen Umfang gewonnen
hat, dass es viel richtiger wäre, sie selbst unter mehrere Docenten
zu vertheilen, als sie nur gleichsam nebenhergehen zu lassen.
Doch freuen wir uns des Mannes, dem Mathematik und Astronomie so Grosses verdanken, und streiten wir nicht darüber,
welches von beiden er mehr gewesen. In seinem Geiste gewann
beides Gestalt und Leben, und noch manches Andere, nur scheinbar Heterogenes, hat er bearbeitet. So hat er sich sehr eifrig
des Eisenbahnwesens angenommen und Vorschläge auf diesem damals noch so wenig bekannten Gebiete der praktischen Mechanik
gemacht, die sehr zu Statten kamen. Er zählt unter denen, welchen wir die elektrische Telegraphie verdanken, und dem Erdmagnetismus wusste er eine neue Seite abzugewinnen, wodurch
er uns von dem Magnetkern befreite, der in der Erde stecken
sollte. Überall schöpferisch, überall neugestaltend, hat er auch

solche Gebiete wesentlich erweitert, die man schon für immer abgeschlossen und keiner weitergehenden Entwickelung mehr fähig
hielt, z. B. die Arithmetik und die Trigonometrie. Weniger als
Bessel praktischer Astronom, war er gleichwohl ein guter Beobachter mit den ihm zu Gebot stehenden Hülfsmitteln. Zwar war
die alte unzweckmässige Sternwarte durch eine neue und bessere
ersetzt, allein ausser einem guten Meridiankreise war nicht viel
vorhanden, denn die langen Schröter'schen Teleskope beengten
hier nur den Raum, sind aber, und wie wir glauben mit Recht,
nie in Gebrauch gekommen.

Die Verdienste, die er sich um die vier ersten Planetoiden
erwarb, sind schon oben erwähnt worden. Wie beispiellos rasch
auch seine Berechnungen zu Stande kamen, sie trafen das Rechte
meist so nahe, dass nachfolgenden Berechnern wenig mehr zu verbessern übrig blieb. Er hat noch gesehen, was Bessel nicht mehr
sehen sollte, den Anfang der weiteren Entdeckungen auf diesem
Felde, der so unaufhaltsam vorschritt, dass er sich zu der Äusserung veranlasst fand: Die Zahl dieser Minima des Sonnensystems
sei zu gross und wachse immer mehr an; es werde an Kräften
fehlen, sie alle fortwährend zu berechnen, man möge einige der
interessantesten für genauere Untersuchung auswählen, und die
anderen ihrem Schicksal überlassen. Aber zur Ehre unserer angehenden Himmelsforscher sei es gesagt: der Rath ist nicht be-
folgt worden. Das erste Hundert schon überschreitend, ist doch
noch kein einziger dieser Körper seinem Schicksal überlassen
worden, und einigen wenigen, die sich Jahre lang nicht sehen
liessen, hat man rechnend und beobachtend so eifrig nachgeforscht,
dass sie bis auf einen einzigen, Erato, wiedergefunden worden sind.

Die uns ganz unentbehrlichen Logarithmentafeln hatten überall,
wo nicht bloss multiplicirt und dividirt, potenzirt und radicirt
werden sollte, den Berechner in die Nothwendigkeit versetzt, zu
den Logarithmen die entsprechenden Zahlen zu suchen, an diesen
die additiven und subtractiven Operationen auszuführen, und dann
wieder alles in Logarithmen umzusetzen. Gauss zeigte, was Niemand erwartet hatte, dass auch Additions- und Subtractions-Lo-
garithmen möglich seien, und er gab sie uns, begleitet von Rech-
nungsvorschriften und Beispielen. Bald kam es dahin, dass diese
Gauss'schen Logarithmen einen nothwendig errechteten Anhang
zu allen Tafeln der Briggischen bildeten.

Mit der Trigonometrie glaubte man schon seit Vieta in Rich-

tigkeit zu sein, und die Differentialrechnung hatte zwar in der
Theorie manches umgestaltet, geschmeidiger und bequemer gemacht, auf die Form der praktischen Berechnung jedoch keinen
wesentlichen Einfluss ausgeübt. Gauss war es, der auch hier
zeigte, wie viel noch zu thun übrig sei, der neue und elegante
Formeln aufstellte, die freilich die älteren nicht ganz verdrängten,
was Gauss auch gar nicht beabsichtigte; die aber für die praktischen Fälle nicht allein sehr bequeme, sondern auch sich scharf
controlirende Resultate lieferten.

Die Methode der kleinsten Quadrate, wie sie noch immer
genannt wird, ist zwar gleichzeitig auch von Legendre* erfunden,
Gauss jedoch ist es fast allein, der sie ausgebildet und fortwährend weiter entwickelt hat. Anwendbar auf alle Fälle, wo die
Zahl der numerischen Daten grösser ist als die der gesuchten
Unbekannten, findet sie ihre Verwerthung also vorzugsweise in
der Astronomie, die sich fast immer in dem bezeichneten Falle
befindet. Später hat er durch Einführung von Winkelgrössen die
Berechnung wesentlich erleichtert und war fortwährend bemüht,
die Methode sowohl tiefer zu begründen und alles Willkürliche,
das ihr mehr scheinbar als wirklich anhaftete, daraus zu entfernen; als auch für die praktische Ausführung, wie für Bestimmung der mittleren und wahrscheinlichen Fehlergrenzen alles so
einzurichten und anzuordnen, dass gegenwärtig die Anwendung
der Methode das Abschreckende, was sie anfangs darbot, grösstentheils verloren hat.

---

* *Adrien Marie LEGENDRE*, geb. 1752 am 18. Sept., gest.
1833 am 10. Jan., Professor der Mathematik zu Paris und einer
der gründlichsten Forscher, dessen Werke vorherrschend der
reinen höhern Mathematik angehören. Für Theorie der Astronomie finden wir zunächst: 1784 *Recherches sur la figure des planètes*, und er ist der erste, welcher den Beweis lieferte, dass eine
flüssige, rotirende Masse nach den Gravitationsgesetzen nothwendig
die sphäroidische Gestalt annehmen müsse; 1791 ein (mit Cassini und Méchain herausgegebenes) *Exposé des opérations pour
la jonction des observations de Paris et de Greenwich en 1787*;
1799 ein *Mémoire sur la détermination d'un arc de méridien*;
1806 eine *Nouvelle méthode pour la détermination des orbites des
comètes*. In demselben Jahre begannen seine wichtigen Unter-

Wir übergehen seine rein mathematischen Untersuchungen,
wie die *Disquisitiones arithmeticae* und anderes, zum Theil erst
jetzt dem Drucke Übergebenes, und .bemerken nur, dass er, so
wenig auch das Halten öffentlicher Vorträge seiner persönlichen
Neigung zusagte, doch manche sehr tüchtige Schüler gebildet hat.
Encke steht unter letzteren wohl obenan, und da die Hoffnung
auf ein eigenes Werk von Gauss über die Methode der kleinsten
Quadrato so gut als verschwunden war, so gab Encke in den
Anhängen zu seinem Berliner Jahrbuch einen längeren Aufsatz
über diesen Gegenstand, nach Vorträgen seines Lehrers wie nach
eigenen Forschungen.

Der vielbeschäftigte alternde Mann fand nicht mehr so gut
als anfangs die Zeit zu grösseren Werken, und wir müssen es für
ein Glück achten, dass die *Theoria motus*, seine umfassendste Arbeit, schon 1809 veröffentlicht werden konnte.

Diese *Theoria motus*, in welcher die bekannte Constante des
Sonnensystems k zuerst definirt und angewandt wird, soll gegenwärtig in einer deutschen Übersetzung von Haase, der früher in Hannover lebte, erscheinen. Sie ist das einzige grössere astronomische

---

suchungen über die Methode der kleinsten Quadrate, als deren
Erfinder er und gleichzeitig Gauss zu bezeichnen sind. Delambre's Einwendungen gegen diese Methode widerlegte er
gründlich.

Wiewohl er an den Vermessungs-Arbeiten in Frankreich
keinen praktischen Antheil nahm, so hat er sich doch um sie
wesentlich verdient gemacht durch die strenge Berechnung der
zahlreichen Messungen und Ableitung der wahrscheinlichsten Resultate. Auch hatte er bereits 1787 die schwierige Messung in
der Nähe von Dünkirchen beendet, wo eine Basis von 8167 Toisen
gemessen worden war.

1812 gab er eine Abhandlung: *Sur l'attraction des ellipsoïdes
homogènes.* Seine letzte Arbeit (mit Laplace und Poisson) ist
eine *Notice sur la comète de* 1819, vom Jahre 1827. Dieser Komet
war als elliptisch erkannt worden.

Poisson gab: *Discours prononcé aux funérailles de Legendre.* 1833.

Wir bemerken noch, dass ein F. Legendre 1735 zu Paris
erscheinen liess: *l'Arithmétique en sa perfection.*

Werk, das wir Gauss verdanken. Aber zahlreiche kleinere Abhandlungen hat er ·in den Göttinger gelehrten Anzeigen, Zach's monatlicher Correspondenz, Bode's Jahrbuch und anderen Organen erscheinen lassen, welche die Gesammtausgabe mit mehreren noch ungedruckten sammelt. — Als seine Gehülfen an der Sternwarte fungirten Goldschmidt* und Klinkerfues; — in den magnetischen Beobachtungen und Publicationen ist Wilhelm Weber sein Mitarbeiter. — Sein frühestes Werk, die *Disquisitiones arithmeticae*, erschien 1801 in Leipzig.

Hatte gleich Olbers seine so erfolgreichen Nachsuchungen seines vorgerückten Alters wegen geschlossen, so ward seine Stern-

---

* *Carl Wolfgang Benjamin GOLDSCHMIDT*, geb. 1807 am 4. Aug., gest. 1851 am 15. Febr. Er erhielt seine erste Unterweisung in seinem Geburtsort Braunschweig im Collegium Carolinum, von wo er die Universität Göttingen bezog und hier vorzugsweise Astronomie und Mathematik studirte. Für eine Abhandlung über Variationsrechnung erhielt er hier einen Preis von der philosophischen Facultät. Nachdem er 1831 die Doctorwürde erlangt, ging er nach der Schweiz und lehrte Mathematik am Fellenberg'schen Institut in Hofwyl. Doch schon nach zwei Jahren ging er nach Göttingen zurück, erhielt die *venia docendi* und ward 1834, nach Harding's Tode, Assistent der Sternwarte, so wie 1844 Professor an der philosophischen Facultät. Eine Herzkrankheit, deren Symptome sich schon seit einigen Jahren gezeigt hatten, machte seinem Leben im 44. Jahre plötzlich ein Ende. — Von jüdischen Eltern geboren, trat er 1834 zum Lutherthum über.

Seine hauptsächlichsten Werke waren:

Determinatio superficiei minimae rotatione curva, data duo puncta jungentis, circa datam axem ortae. 1834. (Preisgekrönt.)

(Mit Weber) Atlas des Erdmagnetismus nach Gauss' Theorie. 1840.

Unterbrechungen über die magnetische Declination zu Göttingen (in den Göttinger Schriften, 1845).

Nach dem plötzlichen Tode von Eduard Schmidt gab er 1834 dessen hinterlassene Analytische Optik heraus.

Viele seiner Beobachtungen und Berechnungen finden sich in Schumacher's Astronomischen Nachrichten und in den Resultaten der Göttinger magnetischen Gesellschaft.

warte doch erhalten und er selbst blieb fortwährend literarisch
thätig. Wir verdanken ihm das bis dahin vollständigste Kometenverzeichniss und mehrere gehaltreiche Aufsätze in den Astronomischen Nachrichten wie in Schumacher's Jahrbuch, das nach
seinem Tode erschien. Doch ist die Anleitung zur Berechnung
von Kometenbahnen sein einziges selbständiges Werk geblieben;
es erschien in einer zweiten Auflage 1847, von Encke besorgt
und mit vielen Zusätzen vermehrt. Seinen Briefwechsel mit
Bessel, der 33 Jahre umfasst, gab A. Erman 1852 heraus.

Vor dem Osterthore in Bremen, auf einem freien Platze, hat
ihm seine Vaterstadt ein Standbild errichtet, zu dem 1844 bei
Gelegenheit der Naturforscher-Versammlung der Grund gelegt
wurde. Das Piedestal enthält auf zwei Seiten die Köpfe der
Pallas und der Vesta; eine dritte zeigt uns Olbers, den Arzt,
am Krankenbett; und die vierte Olbers, den Astronomen, dem
ein Genius das Fernrohr richtet. Die hohe Verehrung, die ihm
von seinen Mitbürgern gezollt wird, gilt nicht weniger der Milde
und Liebenswürdigkeit seines Charakters, als seinen wissenschaftlichen Leistungen. Seine reichhaltige Bibliothek, die manche selten
gewordene Werke enthielt, ist durch Ankauf an die Sternwarte
Pulkowa übergegangen. Er starb 1840.

§ 163.

Maskelyne, in den 47 Jahren seines Directorats bis an sein
Lebensende thätig, war 1811 gestorben; John Pond ward sein
Nachfolger. Er hat die Arbeiten in gleicher Weise fortgesetzt und
ist unter Greenwichs Directoren der erste, der die Beobachtungen
vollständig in jährlich erscheinenden Bänden veröffentlichte; sie
werden einem künftigen Berechner derselben ein treffliches Material liefern. Zwar hat Pond es auch daran nicht fehlen lassen,
und es erschien 1833 ein wohlgeordneter Katalog von 1112 Sternen,
auf eigene Beobachtungen basirt; allein sowohl die in Anwendung
gekommene Refraction, als auch die übrigen von Pond gebrauchten
Reductionselemente sind nicht die, welche wir heut zum Grunde
legen; Bessel's Wunsch, dass sie neu reducirt werden möchten,
ist bis jetzt unerfüllt geblieben, und so haben diese schönen und
sorgfältigen Beobachtungen den Nutzen noch nicht gewährt, den
sie gewähren könnten.

Ausserdem hat Pond zahlreiche Abhandlungen für die Me-

moirs of the Astronomical Society so wie für die *Philosophical Transactions* gegeben, welche sich über Aufgaben der praktischen Astronomie, über Örter und Eigenbewegungen der Fixsterne, Schiefe der
Ekliptik und andere Gegenstände erstrecken. Mit Brinkley in
Dublin gerieth er in eine Controverse wegen der von letzterm
publicirten Fixsternparallaxen. Über diese Controverse s. p. 115.

Pond reichte geschwächter Gesundheit halber 1835 seinen
Abschied ein und starb im darauf folgenden Jahre. Er hinter-
lässt uns das Andenken eines Mannes, der seiner wichtigen Stellung würdig entsprach, und wir können nur mit Bessel wünschen,
dass eine mit besseren Reductions-Elementen ausgeführte Bearbeitung seiner Beobachtungen uns den ganzen Werth dieses Astronomen zeigen möge.

An seine Stelle trat der gegenwärtige Director, George
Biddel Airy. Er hatte eine Reihe von Jahren hindurch das
Directorat von Cambridge geführt, auch einen Katalog der dort
beobachteten Sterne gegeben, dies übergab er jetzt an Challis.
Über seine Wirksamkeit in Greenwich späterhin.

Gleichzeitig waren aber auch andere Forscher thätig. Lubbock bearbeitete mehrere wichtige Punkte der Mondstheorie;
auch die Störungstheorie im Allgemeinen und andere Gegenstände
der Himmelsforschung hat er eingehend untersucht. Ivory machte
die Attractionsverhältnisse der Sphäroiden, der wasserbedeckten
Körper und Ähnliches zum Gegenstande seiner Untersuchungen.
In mehreren seiner Abhandlungen bearbeitet er die Refraction
und giebt Formeln für dieselbe.

Auf der Pariser Sternwarte hatte Lalande* bis an seinen

---

* *Joseph Jerome Lefrançois de LALANDE, geb.* 1732 am
11. *Juli, gest.* 1807 am 4. *April.* Der Komet von 1744 und die
Sonnenfinsterniss von 1748 waren es, die in Lalande jene unbesiegbare Liebe zur Himmelskunde erzeugten; sehr gegen den
Willen seiner Eltern, die alles daran setzten, dies zu verhindern.
Er ist ein Schüler Déraud's in Lyon, der am dortigen Jesuitencollegium Mathematik und Astronomie lehrte. In Paris hörte er
die Vorlesungen Lemonnier's, und als 1752 ein Astronom gesucht ward, der in Berlin die Beobachtungen machen sollte, die
mit Lacaille's am Cap verglichen die Bestimmung der Mondparallaxe zum Zweck hatten, schlug Monnier Lalande

Tod (1807) das Directorat geführt. Jetzt kam es an Arago, der
46 Jahre hindurch dem Institut vorstand. Eigentlich astronomische Beobachtungen hat er verhältnissmässig nur wenige gemacht; wir bezeichnen als solche die Beobachtungen von 61 Cygni

vor. Er erfüllte seine Mission und widerlegte so die Bedenken
Friedrich's II, dem es schien, dass eine so wichtige Arbeit
nicht einem so jungen Manne hätte anvertraut werden sollen.
Wir würden vergebens versuchen, aller Arbeiten dieses thätigen
Astronomen einzeln zu gedenken, da er fast auf allen Gebieten
der Wissenschaft verbessernd eingewirkt hat, und überdies als
Schriftsteller unablässig arbeitete. In letzterer Beziehung nennen
wir die 15 Bände der *Connaissance des temps*, die er redigirte
und in welche er die Berechnungen der Monddistanzen ein-
führte; seinen voluminösen *Traité de l'Astronomie*, das Hauptwerk
für die damalige Zeit; seine *Bibliographie astronomique*, die von
einer ungemeinen Belesenheit zeugt; die neue Ausgabe der *Histoire
des Mathématiques* von Montucla, deren letzte Theile von ihm
herrühren; die zahlreichen Biographien verstorbener Akademiker
und vieles Andere. Er führte zuerst die Harrison'schen Pendel
in Frankreich ein, construirte ein eigenthümliches Heliometer zur
Bestimmung des Sonnen- und Monddurchmessers und stellte die
Sternwarte der *Ecole militaire* wieder her, auf welcher er mit
seinen Gehülfen, meist Gliedern seiner Familie, gegen 50000 Sterne,
die den Inhalt der *Histoire céleste* bilden, beobachtete. An Herschel's Doppelsterne glaubte er nicht, wiewohl er sonst ihn sehr
hoch stellte. Als Schriftsteller war er bis ins höchste Alter hinein
thätig, und seine *Chronique*, die einen Anhang zur Bibliographie
bildet, ist eine der Hauptquellen für die Geschichte der französischen Astronomie jener Zeit.

Der Name Lalande ist in der Geschichte der Himmelskunde
nicht an seinen Hauptvertreter allein geknüpft. Dieser selbst hat
folgende Notiz:

1720. Cette année, un jeune astronome nommé de la Lande, disciple du
Chevallier de Louville, observait à Carri près d'Orléans; je trouve
de lui l'émersion du premier satellite de Jupiter du 18. Mai.

Besser unterrichtet sind wir über

Michel Jean Jérôme Lefrançais de LALANDE, Neffe Joseph

zur Bestimmung der Parallaxe dieses Sternes, in Gemeinschaft mit
Matthieu, die ein Resultat von 0,5″ zu ergeben schienen (was
jedoch, nach dem eigenen Geständniss Arago's, bei einer späteren
genaueren Reduction sich als eine Täuschung herausstellte); ferner

Jerome's, geb. 1766 am 21. April, gest. 1839 am 7. April. Von
ihm sollen die meisten, wo nicht alle Beobachtungen der *Histoire
céleste* herrühren. Nachdem er schon im 19. Jahre (1785) im
Journal des Savans verschiedene von ihm herrührende Beobachtungen veröffentlicht hatte, begann am 5. August 1789 die grosse
Arbeit, die über den Schluss des Jahrhunderts fortdauerte und
durch die französische Revolution, deren ganzer Verlauf in die
Zeit dieser Beobachtungen fiel, nicht aufgehalten, kaum etwas ver-
zögert wurde. 1799 gab er einen *Catalogue de 600 étoiles principales, perfectionné d'après ses propres observations*, und 1801 folgten
(in der *Connaissance des temps*) 1500 *étoiles nouvelles*.

Die *Histoire céleste*, mit Hülfstafeln für die Reduction versehen, diente schon lange Zeit den Astronomen, bis nach einem
vollen Halbjahrhundert die British Association eine vollständige Durchberechnung veranlasste und den Katalog herausgegeben hat.

Marie Jeanne Lefrançais de LALANDE, geb. *Harlay*, Gattin
Michel's, geb. 1768 und verheirathet 1788. Aber schon früher
hatte sie sich durch zahlreiche Arbeiten als geschickte astronomische Rechnerin bekannt gemacht. In den zu London veröffentlichten Tafeln fehlte noch eine allerdings sehr umfassende, aber
auch wichtige: die Stunden für alle Sonnenhöhen wie für alle
geographischen Breiten. Marie schreckte nicht zurück vor der
grossen Arbeit; sie begann 1789, vollendete das Ganze 1791 und
die Assemblée nationale beschloss den Druck. — Sehr viel Mühe
gab sie sich, zu den vier Cassini's noch einen fünften heranzu-
bilden, auch machte er einige Beobachtungen, hielt aber nicht
aus und wählte einen andern Lebensberuf.

3000 Sterne für die *Connaissance des temps* veröffentlichte sie
1799 und sie hat später diese Reductionen noch weiter fortgesetzt.
Auch ihre 1790 geborene Tochter Caroline führt Lalande in
seiner *Histoire* mit auf, ohne jedoch Näheres über sie hinzuzufügen.

eine Anzahl von Messungen des Jupitersphäroids, die eine Bestimmung des Abplattungscoefficienten zum Zweck hatten; es ergab
sich ¹⁄₁₇. Dagegen richtete er seine hauptsächlichste Thätigkeit
auf physikalische, aber mit der Himmelskunde in naher Beziehung
stehende Fragen. Namentlich wüssten wir unter den Physikern
kaum einen namhaft zu machen, der so eingehend und erfolgreich
das Licht, sowohl im Allgemeinen als das der Weltkörper insbesondere, experimentell bearbeitet hätte, als Arago. Wenn daher
gleich eine vollständige und ausführliche Darstellung seiner Arbeiten, die sich auch über Elektricität, Magnetismus und vieles
Andere verbreiteten, einer Geschichte der Physik überlassen werden
muss, so haben wir doch auch hier die Verpflichtung, diese wichtigen Untersuchungen zu erwähnen.

Die Arbeiten von Malus und andere gleichzeitige französi-
sischer und englischer Physiker im ersten Decennium dieses Jahrhunderts hatten der Undulationstheorie, die keinesweges neu, aber
noch nicht entscheidend bewiesen war, den Sieg verschafft. Die
Sonne war nun nicht mehr genöthigt, durch Aussenden materieller
Strahlen fortwährend sich zu schwächen und zu verkleinern, und
zwar, wie Maskelyne gefunden zu haben glaubte, um volle
drei Secunden in vierzig Jahren. Eben so wenig brauchten die
Fensterscheiben sich fort und fort von unzähligen Löchern durch-
bohren zu lassen. Noch Newton hatte in dieser Beziehung ge-
schwankt, und es bedurfte neuer Thatsachen der Beobachtung,
um ganz sicher zu entscheiden. Die Polarisation des Lichts, die
man jetzt entdeckte und allmälig genauer und an mehreren Körpern kennen lernte, gab endlich der Undulationstheorie ihr Recht
und gleichzeitig ihr wahres Verständniss. Fortan waren Licht-
wellen und Luftwellen, wenn gleich in ihrer Fortpflanzungsgeschwindigkeit millionenfach verschieden, doch in der Art, sie
zu erklären, nahe verwandt und beide durch die Wasserwellen
auch sinnlich repräsentirt. Arago, im Verein mit Ampère, hat
am meisten dazu beigetragen, dieser noch neuen Lehre, in der
fast alles erst festzustellen war, ein sicheres Fundament zu geben,
ihren Zusammenhang mit anderen Erscheinungen, wie denen des
Magnetismus und der Elektricität, nachzuweisen und insbesondere
astronomische Fragen durch sie zu lösen. War es gleich längst
ausgemacht, dass die Planeten und Monde mit erborgtem, die
Sonne und die Fixsterne mit eigenem Lichte leuchten, so blieben
doch noch andere Objecte, namentlich die Kometen, übrig, wo

verschiedene Annahmen als zulässig erschienen. Arago untersuchte deshalb den Halley'schen Kometen 1835, indem er sein
Licht im Polarisationsapparate auffing. In Gegenwart Humboldt's
wurden die bezüglichen Versuche vorgenommen, und es ergab sich,
dass der Komet zwei verschiedene Bilder gab, also mit erborgtem Lichte strahlte. Zwar waren auch bei diesem ziemlich
hellen Kometen die Versuche schwierig, und die Farben der Bilder
kaum oder gar nicht mehr erkennbar, aber die verschiedene Intensität zeigte deutlich, dass hier nicht eigenes Licht vorkomme.
Das Licht der Objecte, die untersucht werden sollen, muss nämlich
eine gewisse Intensität besitzen, um polarisirt werden zu können,
oder genauer gesprochen, diese für uns wahrnehmbar zu machen,
und die schwächeren teleskopischen Sterne, so wie die Planetoiden,
sind für solche Versuche zu lichtschwach.

Arago's Arbeiten bilden den Ausgangspunkt aller späteren
Entdeckungen und Erweiterungen auf diesem Felde. Die Photo-
graphie, namentlich in ihrer Anwendung auf Astronomie, die
Photometrie, die neueren Versuche deutscher Physiker, die man
als Chemie der Gestirne bezeichnet hat, alles dies wurzelt in den
Arbeiten Arago's und der Physiker, die seinen Ansichten und
Erörterungen sich anschlossen und mitwirkten.

Aber nichtsdestoweniger hat er auch für die Astronomie im
engeren Sinne sich wesentliche Verdienste erworben. Seine Mitarbeiter und Gehülfen an der Sternwarte fanden in ihm einen
kundigen Rathgeber und Beförderer. Mauvais und Faye entdeckten Kometen und führten unter seiner Leitung andere Arbeiten aus. Das *Annuaire de Paris*, dessen Wohlfeilheit mit seinem
reichen und wichtigen Inhalt ausser allem Verhältniss steht, giebt
uns fast in jedem Bande, so lange er thätig sein konnte, Arbeiten
von Arago über die verschiedensten Gegenstände. Wir führen
von seinen zahlreichen Schriften hier nur einige der wichtigeren auf:

Astronomie populaire. Paris 1854—56. 3 Bde.
Des Comètes en général, et en particulier do la Comète qui doit reparaitre
en 1832. Paris 1831.

In diesem Werke tritt er einer damals in Paris sehr verbreiteten Meinung entgegen: dieser (der Biela'sche) Komet werde die
Erde „zertrümmern." Wir haben in Deutschland ähnliche Schriften
gehabt, und es ist im hohen Grade beklagenswerth, dass noch

im 19. Jahrhundert Naturforscher sich genöthigt sehen, mit Widerlegung solcher Meinungen ihre kostbare Zeit zu vergeuden.

Noch erwähnen wir:

Analyse de la vie et des travaux de Sir William Herschel. Paris 1843.

Wir verdanken Arago eine beträchtliche Anzahl sehr instructiver Biographien, besonders seiner Collegen in der französischen Akademie, in der er als *secrétaire perpétuel* fungirte. — Seine eigene gab uns Flourens, auch Humboldt und Vrolik haben uns Beiträge gegeben, und ihm selbst verdanken wir eine *Histoire de ma jeunesse.*

Kleinere, meist in Zeitschriften zerstreute Abhandlungen sind in grosser Zahl vorhanden. — Nach seinem Tode begann man eine Gesammtausgabe seiner Werke, die in zwölf starken Bänden erschien und innerhalb acht Jahren vollendet war.

Sein öffentliches politisches Leben gehört nicht in den Plan unseres Werks, wohl aber kann es als ein Beweis der hohen Achtung, die ihm in allen, auch den höchsten Kreisen gezollt wurde, angeführt werden, dass, als er 1851 es seinen Grundsätzen schuldig zu sein glaubte, den von der neuen kaiserlichen Regierung verlangten Eid nicht zu leisten und lieber auf seine amtliche Stellung ganz zu verzichten, ihm regierungsseitig der Eid erlassen und er in seiner Stellung bestätigt wurde, die er auch bis zu seinem Tode inne hatte.

Aber schon nagte der Wurm an seinem Leben; eine Reise in die Pyrenäenbäder, von der er Heilung erwartete, war wirkungslos geblieben und am 3. October 1853 war ein thatenreiches Leben erloschen; er hat nahezu 68 Jahre erreicht.

§ 164.

Noch während seines Directorats ward in Paris eine der wichtigsten Arbeiten beendet, die je in der Himmelskunde gemacht wurden und die wir in möglichster Vollständigkeit hier mittheilen wollen.

Es ist oben der Arbeit von Bouvard über den Uranus gedacht worden, bei der es nicht gelungen war, die vorherschelschen Beobachtungen mit denen in Uebereinstimmung zu bringen, die nach 1781 erhalten worden waren. Aber nicht lange, so zeigten sich neue Abweichungen, und man gewahrte, dass die Beobachtungen nach 1820 weder mit der ersten, noch der zweiten Periode in befriedigender Weise stimmten. Eine erhebliche Einwirkung auf die Uranusbahn können nur Jupiter und Saturn haben; die übrigen Planeten sind theils zu massenarm, theils der Sonne zu nahe, um noch auf Uranus zu wirken. Es lag nun nahe, an eine Änderung der Massen dieser beiden gewichtigsten Planeten zu denken. Aber die noch zulässigen Änderungen bei ihnen zeigten sich ganz ungeeignet zur Herstellung der gewünschten Harmonie.

So entstand schon im Beginn des vierten Jahrzehends die Meinung, dass jene unerklärlichen Abweichungen von Störungen entstehen möchten, die von einem noch unbekannten Körper herrühren. Zum Sonnensystem musste er jedenfalls gehören, denn selbst angenommen, dass ein Fixstern noch in unser Sonnensystem herüber zu wirken im Stande sei, so waren die Differenzen viel zu stark, um so erklärt werden zu können, und überdiess, wie war es denkbar, dass Uranus so bedeutende, Saturn und Jupiter dagegen keine solche Abweichungen zeigten. Ein Briefwechsel, bezüglich auf diesen Gegenstand, zwischen Bessel, John Herschel und Gauss beginnt schon um diese Zeit, und die Möglichkeit, einen Weltkörper durch Rechnung zu entdecken, ist Gegenstand lebhafter Verhandlungen. Man vergleiche darüber v. Lindenau* in seiner Abhandlung: „Zur Geschichte der Neptuns-Entdeckung,“ die er in den Astronomischen Nachrichten veröffentlichte.

***

* *Bernhard August v. LINDENAU, geb.* 1780 am 11. Juni, *gest.* 1854 am 21. Mai. Er hatte die juristische Laufbahn erwählt und fungirte im Anfange des Jahrhunderts als Assessor beim Kammercollegium in Altenburg. Aber früh schon erwachte die Neigung zur Astronomie, und 1804 übernahm er für den im südlichen Frankreich weilenden Zach die Leitung der Sternwarte Seeberg, anfangs interimistisch, seit 1808 als wirklicher Director. Die 1813 beginnenden Kriege zogen ihn in die militärische Laufbahn, die er nach dem Frieden mit der administrativen vertauschte und in Weimar, Altenburg und Dresden hohe Stellungen, zuletzt die eines königlich sächsischen Premierministers, bekleidete. Aber seine Liebe zur Wissenschaft erkaltete nicht, und als er 1843 in die Ruhe des Privatlebens sich zurückzog, bezeugten mehrere ge-

Im Jahre 1833 beobachtete Airy eine Uranus-Opposition, aus der er den Schluss zog, dass Uranus in derselben gegen 80000 Meilen weiter von Erde und Sonne stand, als die Tafeln ergaben. Bisher war nur die Rede von Abweichungen in Länge und Breite gewesen; nun zeigte sich eine solche auch in der dritten Coordinate und es ward immer klarer, dass die Uranus-Elemente ungenügend waren. Wir wissen bestimmt, dass Bessel ernstlich an eine ähnliche Lösung dachte, wie sie ein Jahr nach seinem Tode Leverrier gelang. Aber er wollte zuvor noch mehrere Beobachtungsdata sammeln, und so überraschte ihn Krankheit und Tod, bevor er die Arbeit beginnen konnte.

Leverrier hatte bereits früher eine Arbeit unternommen, welche als Vorstudie zu seiner späteren angesehen werden kann. Er hatte die säculären Gleichungen von grosser Periode gründlicher als seine Vorgänger untersucht und dabei sein Augenmerk namentlich auf Uranus gerichtet, wiewohl diese Arbeit noch durch

haltvolle Aufsätze in den Astronomischen Nachrichten seine lebendig gebliebene Theilnahme.

Er redigirte längere Zeit die Monatliche Correspondenz und nach deren Aufhören mit Bohnenberger die Zeitschrift für Astronomie. Wir verdanken ihm ferner die Tafeln für Mars, Venus und Merkur, von denen die beiden ersten noch im Gebrauch sind; er gab den ersten annähernd richtigen Werth für die Parallaxe des Polarsterns, lange bevor er irgend eines andern Sterns ermittelt worden war. — So ist dieser wahrhaft edle und grosse Mann im 74. Jahre von uns geschieden, und sein letzter Wille noch war ein Act hoher Wohlthätigkeit.

Wir führen hier noch an:

1805. Folgerungen aus Präcession und Nutation für Mondmasse, Erdabplattung und Mondparallaxe.
1810. Dichtigkeit der Erde und deren Einfluss auf geographische Ortsbestimmungen.
1811. Versuch einer geschichtlichen Darstellung der Fortschritte der Sternkunde im verflossenen Decennium.
1841. Bestimmung der Nutations- und Aberrations-Constante.
1849. Beitrag zur Geschichte der Neptuns-Entdeckung.

Die *Monthly Notices* von 1855, Nr. 15, enthalten biographische Notizen über ihn.

nichts auf seine weiteren Untersuchungen hindeutete, überhaupt die ganze Sache nur zwischen einigen Wenigen, und gleichsam in der Stille, verhandelt wurde.

Es war im Januar 1846, wo Leverrier in der französischen Akademie anzeigte, dass er sich von der Existenz eines Planeten jenseit Uranus jetzt überzeugt habe und dessen Elemente zu bestimmen hoffe. Wir müssen jedoch einiges Nähere in Betracht ziehen.

Obgleich schon früher die Hoffnung, in den bekannten Körpern irgend einen Grund zu entdecken, der die Uranusstörungen erkläre, aufgegeben war, so begann Leverrier dennoch mit einer solchen Untersuchung und gelangte zu folgendem Ergebniss:

1) Die Störungen des Jupiter und Saturn können in keiner Weise, man setze ihre Masse wie man wolle, die Abweichungen des Uranus erklären.

2) Eben so wenig könnte eine Modification der Schwerkraft wie etwa ein weiteres von höheren Potenzen der Entfernung abhängendes und in Newton's Formel noch nicht vorkommendes Glied gerade diese Abweichungen erklären.

3) Der unbekannte Körper, welcher diese Abweichungen hervorbringt, kann sich nicht in der Gegend befinden, wo Jupiter und Saturn stehen, auch nicht diesseit oder jenseit nahe bei Uranus, sondern in einer beträchtlich grösseren Entfernung.

Erwägen wir, dass, wenn ein solcher Körper existire und auf Uranus wirke, dann auch die Elemente, die ohne Berücksichtigung desselben für Uranus gefunden waren, also einer Verbesserung bedurften, die nicht einer abgesonderten Rechnung zugewiesen, sondern in der Hauptaufgabe als integrirender Theil derselben mit zu berücksichtigen waren, so ergaben sich als Unbekannte

1) die Bahnelemente des gesuchten Uranusstörers, 6 Elemente,
2) die Verbesserungen der Uranusbahn, 6 Elemente.
3) die Masse des störenden Körpers, 1 Element.

Dreizehn Unbekannte also sollten ermittelt werden aus Daten, die nicht allein an sich selbst schon sehr klein erschienen, sondern auch der Befürchtung Raum gaben, dass sie durch Beobachtungsfehler vielfach anders erschienen, als sie in der That waren.

Leverrier erwog, dass Breitenstörungen von einiger Erheblichkeit gar nicht vorlagen, der unbekannte Körper also von der Ebene der Uranusbahn nur wenig abweichen könne und die weitere Untersuchung also Neigung und Knoten, sowohl bei

Uranus als seinem Störer, vorerst weglassen könne, und so verminderten sich jene dreizehn Unbekannte auf neun, immer noch
eine weit grössere Anzahl, als hier zu wünschen war.

Noch eine Erwägung trat hinzu. Der unbekannte Störer
konnte nicht in sehr grossen Fernen gesucht worden; denn in
diesem Falle würden die Unterschiede zwischen seinem Bahnhalbmesser und denen der übrigen Planeten relativ wenig verschieden
gewesen sein, während doch die unerklärten Ungleichheiten nur
in der Bahn des Uranus sich zeigten, was unvereinbar war.
Nach der Titius'schen Reihe, die für die übrigen Planeten
nahezu stimmte (nämlich von Venus an gerechnet $= a + b^{n-1}$. c
für den n^{ten} Planeten) ergab sich für den nächsten hinter Uranus
stehenden die hypothetische Distanz 38, die der Forderung zu
entsprechen schien, dass er weder sehr nahe, noch gar zu entfernt hinter Uranus zu suchen sei.

Alles hier Angeführte trifft nur die Vorbereitungen zur Rechnung, nicht diese in ihrer Ausführung, über die man das Detail
bei Leverrier selbst, in seinem von den Astronomischen Nachrichten und an anderen Orten gegebenen Aufsatze, vergleichen
kann. Selbstverständlich musste Leverrier bei einer so durchaus
neuen Aufgabe sich alle Berechnungsformeln selbst entwickeln.

Im August 1846 legte er der französischen Akademie vor
(*Comptes rendus* 31. August 1846):

Errechnete Elemente des noch ungesehenen Planeten.

$$a = 36,154$$
$$T = 217,387 \text{ Jahre}$$
$$M = 318^\circ\ 47'\ \text{für } 1.\ \text{Jan.}\ 1847$$
$$\pi = 284^\circ\ 45'$$
$$e = 0,10761$$
$$\text{Masse} = \frac{1}{\text{---}},$$

woraus die Länge für jeden beliebigen Zeitpunkt ermittelt werden
konnte.

Es war sehr begreiflich, dass ein solches Resultat gerade von
den gründlichsten Forschern mit einigem Misstrauen aufgenommen
wurde; dies aber hätte billig die Beobachter in Paris nicht verhindern sollen, am Himmel nachzusehen. Gleichwohl geschah dies
nicht, und Leverrier sah sich veranlasst, ein Schreiben an
Dr. Galle, der durch mehrere glückliche Kometen-Entdeckungen
sich verdient gemacht hatte, zu richten und ihn zu Nachsuchungen
aufzufordern. Das Schreiben kam am 23. September in Berlin

an, und ein glücklicher Umstand hatte Dr. Bremicker kurz vorher seine Karte dieser Himmelsgegend im Manuscript vollenden lassen. Galle verglich sie noch an demselben Abend mit dem Himmel in der bezeichneten Gegend, fand einen Stern achter Grösse nahe an dem durch Leverrier's Bahnelemente bezeichneten Orte und überzeugte sich bald, dass dies wirklich der errechnete Planet sei. Noch nie hatte, wie Encke bemerkt, die Theorie einen so grossen Triumph gefeiert.

Professor Zeune in Berlin schlug für den neuen Planeten den Namen Janus vor, den Leverrier nicht billigte, da nichts dafür spreche, dass dies der äusserste Planet sei. Vielmehr verlautete bald: „L'Académie s'est décidé pour le nom Neptune, le signe un trident."

Der Name ward allgemein als passend befunden und von den übrigen Astronomen angenommen.

Später machte Arago einen anderen Vorschlag: der neue Planet sollte Leverrier heissen. Dagegen erhob sich jedoch gewichtiger Widerspruch; und wenn gleich Schumacher in Altona, der die Astronomischen Nachrichten herausgab, sich geneigt zeigte, diesen Namen zu adoptiren, drang er doch nicht durch: es ist bei Neptun geblieben.

Kurz nach der Entdeckung erschien eine Abhandlung von Challis in Cambridge, durch den man ganz unerwartet erfuhr, dass ein junger britischer Astronom, John Cough Adams, sich dieselbe Aufgabe wie Leverrier gesetzt und auch zu einer ähnlichen Lösung gekommen war, die er aber nur Challis und Airy mittheilte. Letzterer hatte gewünscht, dass Adams untersuchen möge, ob die 1833 von ihm bemerkte grössere Entfernung des Uranus sich gleichfalls durch diesen Planeten erklären lasse, was Adams zu einer Revision seiner Rechnung und zur Aufnahme dieses Umstandes in seine Untersuchungen veranlasste. Es fand sich in der That, dass der grössere Abstand sich so erklären lasse, er schrieb dies an Airy; allein bevor eine Bekanntmachung von dort aus erfolgen konnte, verlautete die in Berlin gemachte Entdeckung.

Mit seiner gewohnten Heftigkeit erklärte sich Arago gegen diese „angebliche" Mitentdeckung, in der er geneigt war, nichts zu erblicken als einen Versuch, den Ruhm französischer Wissenschaft zu schmälern. Indess spricht alles dafür, dass hier kein Plagiat vorlag: Adams hatte eben so wenig von Leverrier's

Arbeit, als dieser von Adams Kunde gehabt, und dass dieser erst, nach der Entdeckung damit hervortrat, war nicht seine Schuld, sondern durch Airy's Bemerkung veranlasst. Er hat später das ganze Detail seiner Rechnung in einer eigenen Schrift bekannt gemacht.

So hat die Geschichte hier abermals, wie bei der Buchdruckerkunst, dem Fernrohr und der Differentialrechnung, eine Doppelentdeckung, und zwar von beiden Seiten *bona fide* gemacht, zu registriren. Wir glauben nicht, dass dies ein Zufall sei, doch gehört die weitere Entwickelung dieses Gedankens nicht hierher.

Wir haben der Zweifel gedacht, die vor der Entdeckung von competenter Seite gehegt wurden; wir übergehen die Kritteleien Unberufener, die dies und jenes auszusetzen hatten an einer Entdeckung, die zu verstehen sie unfähig waren, erwähnen jedoch einer Äusserung Babinet's in der französischen Akademie. Dieser wollte aus dem Umstande, dass die wirklichen aus den Beobachtungen berechneten Neptuuselemente von Leverrier's errechneten nicht unerheblich abweichen, den Schluss ziehen, dass nicht ein, sondern zwei Planeten diese Uranusstörungen veranlassten, nämlich ausser Neptun noch ein Planet in der Distanz 45. Aber Leverrier wies mit entscheidenden Gründen nach, dass ein solcher Schluss ganz unzulässig sei.

Allerdings weichen die Elemente, wie wir sie jetzt kennen, von denen ab, welche Leverrier vor der Entdeckung gab. Die Distanz ist nicht 36, sondern nur wenig über 30, die Umlaufzeit folglich nicht 217 Jahre, sondern 166, und die Excentricität sehr gering. Aber zu der Zeit, wo Galle ihn entdeckte, stimmte der aus Leverrier's Bahn berechnete Ort nahe mit dem zusammen, der aus der wahren folgte, und hierin erblickten Viele nichts als „auch einen glücklichen Zufall." Betrachten wir diesen „Zufall" etwas näher.

Das Material, welches der Rechnung zum Grunde lag, begann mit Flamsteed's Beobachtung 1690 und schloss mit jenen von 1845. Die Zwischenzeit ist von der Umlaufszeit Neptuns nur um ⅕ verschieden. Nun wird in allen Fällen, wo Beobachtungsreihen zu untersuchen sind, das Hauptgewicht, *caeteris paribus*, auf Anfang und Ende der Reihe fallen, und zwar in diesem Falle vorwiegend auf das Ende, da vorausgesetzt werden konnte, dass die Uranusörter von 1845 bei weitem genauer waren, als der isolirte

von 1690. So musste, bei richtigem Verfahren, Leverrier eine
Bahn finden, die, wie verschieden auch immer von der wahren,
doch um 1845 herum Örter lieferte, die nahezu übereinstimmten
mit denen, welche die wahre Bahn um dieselbe Zeit ergab. Will
man nun gleichwohl von einem Zufall sprechen, so muss mindestens
gesagt werden dass ein solcher Zufall nur den begünstige, der
dessen würdig ist, und dass sich hier, wenn irgendwo, das Wort
Schiller's bewähre:

> Mit dem Genius steht die Natur im ewigen Bunde,
> Was der eine verspricht, leistet die andre gewiss.

Es ist erinnert worden, man hätte den Uranus in ähnlicher
Weise entdecken können, wir fügen indess zwei Bedingungen hinzu:
1) sehr genaue Saturnsörter, 2) einen Leverrier. Und was die
Frage betrifft, ob man nicht den oder die etwaigen transnep-
tunischen Planeten in ähnlicher Weise finden werde, so erinnern
wir daran, dass nahezu zwei Uranusumläufe bei Leverrier's Arbeit
zur Vergleichung vorlagen, zwei Neptunsumläufe dagegen 332 Jahre
umfassen. Mit unsern jetzigen Hülfsmitteln dürfte übrigens ein
transneptunischer Planet noch immer sichtbar werden können, da
es sogar möglich geworden ist, einen Trabanten Neptuns zu sehen.

Nachdem Challis aus Gesundheitsrücksichten vom Directorat
in Cambridge zurückgetreten war, ward Adams Director.

§ 165.

Wenn wir aus der westlichen Halbkugel bisher nur wenige
und sehr vereinzelt stehende Beiträge zur Himmelsforschung verzeichnen konnten, die überdiess noch meistens von dort wirkenden
Europäern herrühren, so war jetzt ein Zeitpunkt herbeigekommen,
wo auch dort ein Wetteifer sich zeigte, der zwar erst ein Menschenalter umfasst, gleichwohl aber schöne und zahlreiche Früchte
getragen hat.

Die Unionsregierung in Washington hatte längere Zeit hindurch von Astronomie nichts hören wollen, obgleich wir unter
ihren Präsidenten und anderen hohen Staatsbeamten Männer von
sehr tüchtiger wissenschaftlicher Bildung antreffen, und Benjamin
Franklin keineswegs vereinzelt dasteht. Gleichwohl schien es
ihnen noch nicht an der Zeit, öffentliche Institute für Astronomie
ins Leben zu rufen; und als Hassler mit einer Küstenvermessung
der atlantischen Staaten beauftragt wurde, und er vorstellte, dass

eine solche nicht ausgeführt werden könne, ohne auf gewissen
Punkten die geographischen Coordinaten zu bestimmen, für die
noch beinahe nichts vorlag, genehmigte der Senat zwar die Errichtung temporärer Sternwarten zu diesem Zweck, jedoch mit
der ausdrücklichen Verwahrung, dass dies nicht so verstanden
werden dürfe, als sei damit die Gründung fester Sternwarten regierungsseitig beabsichtigt; diese wolle man ganz entschieden
nicht erbauen.

Nichts ist gewöhnlicher als ungerechte Urtheile über trans-
atlantische Zustände, und sie haben fast ausnahmslos ihren Grund
darin, dass man sie mit europäischem Maassstabe messen will.
Wir wollen uns des erwähnten Fehlers nicht schuldig machen.
Noch war kein Halbjahrhundert seit Gründung des Staates verflossen, alle materiellen Kräfte des Landes waren aufs höchste ge-
spannt worden, die Unabhängigkeit zu erringen; es galt nun
Cultur des noch fast ganz jungfräulichen Bodens und andere Arbeiten, die in Europa in ferner Vorzeit durchgeführt waren. Wer
sich nur einigermaassen in der Geschichte der Union umgesehen,
wird leicht erachten, dass hier noch kein Raum und keine Musse
für geistige Schöpfungen gegeben war. Verwechseln wir die
Männer, die das meist undankbare Geschäft der Leitung der
öffentlichen Verhältnisse übernommen hatten, nicht mit den Mönchs-
orden des 16. und 17. Jahrhunderts, deren Feindschaft gegen die
Wissenschaft eine principielle war. Das war sie dort entschieden
nicht, und wer sich mit Naturwissenschaft beschäftigte, er konnte
sicher sein vor den Unbilden, die einen Kepler und Galiläi
trafen.

Bei der erwähnten Küstenvermessung war auch in Washington
eine solche „temporäre" Sternwarte errichtet worden, und die
Vermessungen wurden hier deponirt. Dies schien den Astronomen
eine günstige Veranlassung, um eine Sternwarte gewissermaassen
einzuschmuggeln. Der Antrag auf Errichtung eines „Depot for
charts and instruments" erhielt die officielle Genehmigung, und
dieses Depot gehörte zum Ressort des Kriegsministeriums. Die
Einrichtung datirt von 1831. Der erste Vorsteher Wilkes trat
bald zurück und der Flottenlieutenant Gilliss* ward zu seinem

---

* *James GILLISS*, geb. 1811 am 6. Sept., gest. 1865 am 9. Febr.
Zu Georgetown im District Columbia geboren, trat er 1827 in die

Nachfolger bestimmt. Dieser benutzte sofort ein Passagen-Instrument zur Anstellung einer bedeutenden. Reihe von Rectascensionsbeobachtungen und veröffentlichte sie als erste Frucht einer Sternwarte, der es noch nicht gestattet war, sich als solche zu bezeichnen. W. C. Bond stand einem ähnlichen Depot in Dorchester vor.

Bartlett kam von seiner nach Westpoint unternommenen

Marine der Vereinigten Staaten, in welcher er rasch zu höheren Graden befördert wurde. Er nahm Theil an der Küstenvermessung unter Wilkes, und als dieser zu einer wissenschaftlichen Reise abging, besorgte Gilliss die Beobachtungen, welche behufs jener Vermessung anzustellen waren, in oben erwähntem kleinen zum „Depot für Karten und Instrumente" bestimmten Local, nahe dem Capitol in Washington. Der Eifer, mit dem er hier den astronomischen Arbeiten, gleichsam unter den Augen des Congresses, oblag, trug bedeutend dazu bei, dass dieser den Beschluss fasste, ein grösseres und würdiger ausgestaltetes „National Observatory" zu errichten, zu dessen Director Maury ernannt wurde, während Gilliss bei verschiedenen Expeditionen thätig war und bald nach Südamerika abging, wo in S. Jago de Chile eine interimistische Sternwarte errichtet ward, auf welcher Gilliss zahlreiche Beobachtungen machte. Bald nach seiner Rückkehr verliess Maury dieselbe, um sich dem südstaatlichen Aufstande anzuschliessen, und Gilliss ward an seiner Stelle Director. Nur wenige Jahre sollte der thätige Mann sich dieser Stellung erfreuen. Ohne vorungegangene Krankheit und im kräftigsten Mannesalter machte am Morgen des 9. Februar ein Schlagfluss seinem Leben ein plötzliches Ende. Eine Wittwe und fünf Kinder betrauern ihn.

Unter seinen zahlreichen Schriften nennen wir insbesondere das umfassende, die südamerikanische Expedition betreffende Werk, unter dem Titel:

The U. S. Naval Astronomical Expedition in the Southern Hemisphere during the years 1849—52, 6 vols in 4. Washington 1855—59,

dessen astronomischen Theil Gilliss verfasste, während er auch an den übrigen mitgearbeitet hat. Auch schrieb er über die Finsterniss von 1858. Hoffentlich wird von seinen hinterlassenen Manuscripten noch Manches der Öffentlichkeit übergeben werden können.

Inspectionsreise zurück und empfahl aufs dringendste die Erweiterung des seit neun Jahren bestehenden Instituts, und nach zweijährigen unablässigen Bemühungen erwirkte er einen Beschluss, der 25000 Dollars zu diesem Zwecke bewilligte. Man hatte indess für nöthig befunden, das Gutachten nicht allein mehrerer amerikanischen Gelehrten, sondern auch europäischer von anerkanntem Ruf darüber einzuholen. So entstand ein Bau von 120 Fuss Front, dessen Mitteltheil ein Dachthurm überwölbte. Grosse Instrumente wurden in Europa bestellt, das Münchener Institut lieferte einen Refractor von 15 Fuss Brennweite, und es entstand eine der Hauptstadt eines grossen Staatenbundes in der That würdige Sternwarte, aber noch immer unter dem obigen Namen. Dieser ward später allerdings mit dem eines National Observatory vertauscht; die Ressortverhältnisse aber blieben die alten. Der Kriegsminister, speciell der Secretär des Navy Department, bildet die Oberbehörde.

Inzwischen war auch an mehreren Punkten des Unionsgebietes ein Eifer erwacht, der es sich ernstlich angelegen sein liess, das früher Versäumte nachzuholen. Der grosse Komet von 1843 war erschienen und am hellen Tage dicht neben der Sonne gesehen worden. In Cambridge (im Staate Massachusets) beschäftigten sich damals mehrere Private mit Astronomie, das Publicum verlangte von ihnen Auskunft über das nie gesehene Phänomen: „Wir können sie nicht ertheilen," entgegneten diese, „denn es fehlen uns die Mittel, die Sache zu untersuchen." Die Antwort war nicht nur richtig an sich selbst, sie war es auch in Beziehung auf den Charakter des dortigen Publicums. Schnell trat ein Comité zusammen, reiche Beiträge wurden unterzeichnet und, noch ehe der Komet verschwunden war, hatte man die Mittel in Bereitschaft, dem europäischen Pulkowa ein amerikanisches gegenüberzustellen. ·

Im fernen Westen, in Cincinnati (sonst auch Porcopolis genannt, da Schweinezucht den Hauptgegenstand des dortigen Betriebs und Handels ausmacht) hatte der energische O. M. Mitchell[*]

---

[*] *Ormsby Mac Knight MITCHELL*, geb. 1810 am 28. August, gest. 1862 am 30. October. Als die Sternwarte in Cincinnati fertig war, beobachtete er vorzugsweise Doppelsterne und Nebelflecke. Gleichzeitig gab er den *Sidereal-Messenger*, das erste

öffentliche Vorträge über Himmelskunde gehalten. Glühender
Eifer für seinen Gegenstand, und eine ansprechende Diction des
Vortrags begeisterten die biederen Handwerker, Landwirthe und
Viehzüchter, und am Schlusse trat er mit dem Vorschlage auf,
eine astronomische Gesellschaft zu gründen, eine Sternwarte zu
erbauen und ein grosses Fernrohr anzuschaffen, damit jeder
der Zuhörer Gelegenheit habe, die Wunder des Himmels, von
denen sie vernommen, selbst anzuschauen. Dies wirkte; eine
ansehnliche Summe ward unterzeichnet und Mitchell von dem
ernannten Comité beauftragt, nach Europa zu reisen und die
Instrumente in Bestellung zu geben. Er reiste ab, besorgte
alles, aber inzwischen war eine schwere Geldkrisis in den Vereinigten Staaten ausgebrochen und entmuthigte die Subscribenten.
Bei seiner Rückkehr drang man in ihn, alles wieder rückgängig
zu machen. „Das sei unmöglich, die Arbeit schon zu weit vorgerückt, jetzt solle und müsse ausgeführt werden, was beschlossen
worden." Und er führte es aus. Wo kein Geld zu erlangen war,
nahm er vorlieb mit Material, ja mit Handarbeit. Er selbst griff
zu Spaten und Maurerkelle, arbeitete rüstig am Bau mit, und so
ist diese Warte sein Werk im buchstäblichsten Sinne des Wortes.
Schon 1846 hatte er die Freude, seine Sternwarte erstanden und
ausgerüstet zu sehen mit einem Refractor von 16 Fuss Brennweite,
einem schönen Meridiankreise und anderen kleineren Instrumenten.
Der Besuch war so zahlreich, dass er nur mit Mühe einen Tag
in der Woche für sich selbst zu eigenen Arbeiten reserviren
konnte. Mitchell war nach Gould's Abgange zum Director der
Sternwarte Albany berufen, starb jedoch bald darauf, 52 Jahr alt,
nachdem man ihn zum Generalmajor befördert hatte.

Dem Amerikaner fällt es schwer, die wissenschaftliche Su-

astronomische Journal Amerika's, heraus. Seine amtliche Stellung als Ingenieur bei der Armee der Vereinigten Staaten
unterbrach diese Thätigkeit, da er mit dem Baue von Eisen-
bahnen in den westlichen Districten beauftragt war. Zu seinen
Entdeckungen gehört der schwer sichtbare Begleiter des Antares;
auch die Rotation des Mars bestimmte er durch eigene Beobachtungen. Der *Sidereal-Messenger* konnte sich dagegen nicht erhalten; mit dem vierten Bande ging er ein.

Noch erschien von ihm: *The orbs of heaven, London*.

periorität des Europäers anerkennen zu müssen, während er sich
im Politischen hoch über ihn erhaben hält; und wer es versteht, ihm von dieser Seite beizukommen, kann seines Erfolges
gewiss sein.

Wir fügen hier noch die Sternwarte Albany hinzu, die grössten-
theils der Freigebigkeit einer Dame, Blaudina Dudley, ihre
Entstehung verdankt. Sie gab anfangs 13000, später noch 14500
Dollars zu den Kosten, überhaupt zwei Drittel der gesammten
Summe; und die Ausrüstung ist eine vortreffliche.

So bestehen jetzt ausser dem National Observatory in Washing-
ton gegen dreissig grössere und kleinere Warten in der Union,
indess nur zwei in den vormaligen Sklavenstaaten (Tuscaloosa in
Alabama und Charleston in Süd-Carolina); alle übrigen in den
Gebieten, die im letzten Kampfe auf der Seite des Nordens standen.
Zwei derselben, das National Observatory und eine kleine zu
Georgetown, sind von der Centralregierung gegründet, die anderen
von Communen, Corporationen und einzelnen Privaten.

Der Geist der Forschung, der fast plötzlich in der Union erwacht ist, hat nach den Grenzländern hinübergewirkt; in Quebeck
(Canada) und in Mexico sind gut ausgerüstete Sternwarten entstanden, und wir werden sogleich sehen, dass auch Südamerika
nicht theilnahmlos geblieben ist.

Man wünschte nämlich, der noch immer stattfindenden und
auf viele wichtige Fragen so nachtheilig einwirkenden Ungewissheit rücksichtlich der Sonnenparallaxe dadurch ein · Ende zu
machen, dass man die Parallaxen der Venus und des Mars untersuchte. Gerling in Marburg hatte den Plan dazu entworfen und
Gilliss ging mit mehreren Begleitern und ausgewählten Instrumenten
nach S. Jago de Chili, um hier, in einem herrlichen Klima (unter 133
auf einander folgenden Nächten waren nur fünf nicht ganz heiter),
die beiden Planeten mit Sternen, die voraus verabredet und berechnet waren, zu vergleichen; dieselben Beobachtungen sollten
dann in Washington und anderen gut ausgerüsteten Sternwarten
der Union angestellt werden und die Vergleichung der im Norden
und Süden gemachten Observationen die Parallaxen dieser Planeten
geben, woraus man die der Sonne folgern kann.

Die Arbeiten der Expedition, die auch andere wissenschaftliche Zwecke verfolgte, dauerten über ein Jahr. Allerdings verfehlte sie ihren Hauptzweck, denn Ungunst der Witterung und
andere Umstände hatten die Beobachtungen im Norden so be-

eintrüchtigt, dass viel zu wenig unmittelbare Vergleichungen gemacht werden konnten. Durch Zuziehung anderer, namentlich auch europäischer Beobachtungen, suchte zwar Gilliss Aushülfe zu verschaffen, jedoch auch hier war der Erfolg wenig befriedigend. Da die Beobachtungen bei der Culmination in Europa und Amerika der Zeit nach um etwa sechs Stunden auseinander liegen, so war schon allein deshalb von der Vergleichung nicht viel Erfolg zu erwarten.

Dagegen wurde etwas erreicht, worauf ursprünglich gar nicht gerechnet war. Als Gilliss und seine Begleiter sich zur Abreise anschickten, machte die chilenische Regierung der nordamerikanischen den Vorschlag, ihr die astronomischen Instrumente und die in S. Jago getroffenen localen Einrichtungen käuflich zu überlassen, da sie wünsche, in S. Jago eine permanente Sternwarte zu errichten. Das für beide Theile vortheilhafte Anerbieten ward angenommen, der Ankauf kam zu Stande, und so hat das westliche Litoral Südamerika's seine erste feste Sternwarte erhalten. Begreiflicherweise fand sich kein Landeseingeborener befähigt zur Leitung des Instituts; Gerling schlug einen Hessen, Karl Moesta, zum Director vor; er und sein Gehülfe Volkmann sind jetzt an dieser Sternwarte thätig.

Schon früher hatte die Ostküste Südamerika's einzelne Sternwarten gesehen; einige haben nur temporär bestanden. Gegenwärtig können Buenos Ayres (wo Dwerhagen und Mossotti längere Zeit wirkten) und Rio Janeiro, mit Liais als Director, aufgeführt werden. Auf einigen westindischen Inseln bestehen oder bestanden kleine Sternwarten; das Innere Südamerika's hat noch nie eine solche gehabt und scheint nach seinem Culturverhältniss auch wenig geeignet. Ähnliches so bald ins Leben treten zu sehen.

§ 166.

Wenden wir uns nach Afrika, so finden wir Cairo und die Cap-Sternwarte in erfreulicher Thätigkeit; erstere gegründet von Mehemed, Pascha von Egypten, letztere von der britischen Regierung. Director der erstern ist Mahmud Ismail, der an Stelle des entlassenen ersten Directors, Lambert Dey, getreten ist; auf letzterer wirkt Maclear, nachdem Fearon 1830, bald nach Vollendung des Baues, gestorben, und Henderson, sein Nachfolger, nach Edinburgh versetzt wurde. S. Helena war unter Johnson's

Direction sehr thätig; seit seinem Abgange nach Oxford 1838 verlautet von dort nichts mehr. Einzelne Beobachtungen, namentlich
über Kometen und Sonnenfinsternisse, sind von verschiedenen
Orten her bekannt geworden; eine feste Sternwarte jedoch scheint
weder die Insel Bourbon, auf welcher la Nux um die Mitte des vorigen
Jahrhunderts beobachtete, noch Algier zu besitzen, wo Lannsedat
die Sonnenfinsterniss von 1860 besser beobachtete, als der ver-
worrene und unverständliche Bericht im *Akhbar* vermuthen liess.
Auch der Pic von Teneriffa, dessen unvergleichlich schönes Klima
wir durch Piazzi Smyth's Beobachtungen kennen gelernt haben,
hat noch Niemand bewogen, dort etwas für Himmelsforschung zu
thun, und doch wie Vieles könnte hier ausgeführt werden, was
an anderen Orten selbst mit den kräftigsten Instrumenten vergebens versucht werden möchte! Umsonst wartet auch Alexandria's
Museum der Wiedererstehung, und in Marocco scheint man ganz
vergessen zu haben, dass hier vor 7—800 Jahren arabische Himmelsforscher wirkten und ihre Wissenschaft über die Meerenge,
nach Spanien, hinübertrugen, wo Alphons der Weise sie mit
offnen Armen aufnahm. Hoffen wir, dass dies nicht auf immer
fromme Wünsche bleiben; denn wenn gleich die Schrecken der
Wüste einerseits und der Fanatismus andererseits für das Innere
des Continents nichts erwarten lassen, so sind doch Küstenpunkte
und Inseln genug im Besitz oder doch unter dem Einfluss europäischer Mächte, die es wohl zu würdigen wissen, welch wohl-
thätige Folgen für alle anderen Verhältnisse die Cultur der Himmelskunde darzubieten im Stande ist.

Asien, das uns an mehreren Punkten alte Culturstätten
zeigt, die schon in frühester Zeit Himmelskunde cultivirten, bietet
gegenwärtig im Ganzen und Grossen kein erfreuliches Bild. Der
gesammte Norden, wie sehr auch den dort ausgeführten, und
mehr noch den künftig auszuführenden Arbeiten mindestens eine
feste Sternwarte nöthig wäre, hat bis jetzt nur temporäre gesehen.
Die Venusdurchgänge, so wie die seit de l'Isle und Krassilnikoff
dort wiederholt ausgeführten geographischen Arbeiten, namentlich
die jüngste von Ludwig Schwarz in Ostsibirien, machten die
Aufstellung von Beobachtungs-Instrumenten an gesicherten Orten
erforderlich; aber sie wurden nach Erreichung des speciellen
Zweckes wieder abgenommen.

Eben so wenig finden wir in Mittel- und Hochasien noch irgend etwas erhalten, was an die Blüthezeit usbekischer, mongo-

lischer, armenischer Wissenschaft erinnerte. Theilnahmlos geht
der Araber und Perser an den Stätten vorüber, die einst das
heilige Feuer wahrten, dass es nicht ganz erlösche auf Erden.
Die Wiederherstellung Bagdads beabsichtigte nur, den Vermessungen Beauchamp's einen festen Ausgangspunkt zu verschaffen;
als diese vollendet waren, ging sie wieder ein.

So bleiben nur Indien und China, wo wir Madras, Poonah,
Bombay und Trevandrum, wie Chouringhy bei Calcutta und noch
einige andere Orte antreffen, die indess auch nicht alle fortwährend thätig sind, weniger aus Mangel an Instrumenten, als an
Beobachtern. So ging Lucknow ein, weil Major Wilcox von dort
versetzt wurde. — Noch stehen die hohen gemauerten Warten
in Delhi, Benares und anderen Orten, zu denen man auf sehr
breiten steinernen Treppen hinanstieg, um auf der oberen Plattform die Beobachtungen anzustellen; dass sie jedoch dem heutigen
Bedürfniss in keiner Weise genügen können, bedarf kaum der
Erwähnung.

Auf verschiedenen Punkten dieser weiten Gebiete treffen wir
auf historische Erinnerungen: Ceylon, Madura, Siam haben ihre
Blüthezeit gehabt, und die in Verse gebrachten Regeln, nach
denen sie höchst mühsam Sonnenfinsternisse berechneten und synodische Planetenumläufe bestimmten, sind noch erhalten; alles
Andere jedoch ist längst verschwunden.

Batavia auf Java war zu verschiedenen Zeiten, nicht dauernd,
eine Sternwarte; sie ist es auch in jüngsten Jahren wieder geworden, seit Oudemanns dort seine geodätischen Arbeiten ausführt und dieselben von Zeit zu Zeit unter dem Titel: *Verslag van
de Dienstreizen* nach Europa gelangen lässt. Eine feste, wohlausgerüstete Sternwarte auf einer der sundischen Inseln wäre von
grösster Wichtigkeit. Wie viele interessante Momente, die jetzt
ganz verloren gehen, könnten dort erhalten werden!

China, über dessen Sternkunde wir an mehreren Orten dieses
Werkes berichtet haben, war seit Aufhebung des Jesuitenordens
für die Wissenschaft erstorben, denn dass Macartney's Gesandtschaftsreise unter anderen Geschenken auch ein kostbares Herschel'sches Teleskop für den Kaiser Kien-long mitbrachte, hatte
nicht die erwarteten Folgen. In Yuen-min-yuen, einem Lustschlosse in der chinesischen Tatarei, lagen die Geschenke unbenutzt, und wir zweifeln billig, ob jenes Teleskop noch vorhanden sei.

Gegenwärtig ist mit dem Hôtel der russischen Gesandtschaft in Peking eine kleine Sternwarte verbunden, und Neumann war bestimmt, ihre Leitung zu übernehmen. Aber er hat China gar nicht erreicht, sondern ist in Nertschinsk geblieben, um einem andern Berufe sich zu widmen. Die Geographische Gesellschaft, die in Petersburg unter dem Präsidium des Grossfürsten Constantin besteht, hatte also eine andere Wahl zu treffen; einstweilen aber ruhte in China wie in den übrigen Ländern Ostasiens die Wissenschaft. Jetzt ist Fritsche von Petersburg dorthin abgegangen.

Noch bleibt uns übrig, von Australien zu sprechen. Bis jetzt ist nur der Continent an einigen Punkten der Südostküste mit Sternwarten ausgerüstet; insbesondere hat der Gouverneur Thomas Macdougall Brisbane, ein warmer Freund der Himmelskunde, in Paramatta eine schöne Sternwarte gegründet, auf der zuerst Rümcker, sodann Dunlop arbeitete. Hobarttown auf Tasmanien ist hauptsächlich meteorologische Station; doch finden sich auch astronomische Instrumente hier, die zur Zeitbestimmung wie zu anderen gelegentlichen Beobachtungen dienen.

Wir dürfen hoffen, dass Neuseeland, als Antipode Westeuropa's eine der wichtigsten Localitäten, nicht mehr allzulange auf eine gute Sternwarte harren wird. Wir finden auf Otahiti das Vorgebirge, wo Cook 1769 den Venusdurchgang beobachtete, mit Cap Venus bezeichnet; gönnen ihm den schönen Namen, aber noch freudiger würden wir es begrüssen, wenn in dieser herrlichen Gegend, die den Sirius im Zenith erblickt, ein bleibendes Observatorium errichtet würde, wozu sich noch mancher andere Punkt des grossen Oceans eignen möchte.

Wir erinnern uns und wissen es zu würdigen, dass Gauss geäussert hat: ein neuer Berechner sei mehr werth als zwei neue Sternwarten. Für Mitteleuropa sind wir gern bereit, es zu unterschreiben, doch auch nur für dieses. Aber soll eine Zeit kommen, wo es keinen ungesehenen Kometen, keine versäumten Sonnenfinsternisse und Ähnliches mehr giebt, wo die Fixsternkataloge über alle Zonen sich gleichmässig verbreiten, so kann es nur eine solche sein, wo die Cultur der Himmelskunde in jenen weiten aussereuropäischen Gebieten nicht mehr brach liegt.

§ 167.

Fast vier Decennien waren verflossen, seit Olbers die Vesta entdeckt hatte, und schon hatte man die anfängliche Hoffnung, noch mehrere kleine Planeten zu finden, aufgegeben. Das 1824 begonnene Unternehmen der Berliner akademischen Sternkarten ward unter andern auch dadurch motivirt, dass bei dieser Gelegenheit die noch übrigen Planetoiden entdeckt werden würden; allein auch hier wollte sich nichts finden. Da erschien unerwartet in der Berliner Zeitung vom 13. December 1845 die Anzeige eines in der Himmelskunde jetzt zum erstenmale genannten Mannes, des Postmeisters Hencke in Driesen, dass er in der Nacht des 8. December einen neuen Planeten gefunden habe. Er hatte die Entdeckung brieflich an Encke gemeldet, eine allerdings nur auf Schätzung beruhende Ortsangabe beigefügt und gleichzeitig gebeten, ihm einen Namen zu geben. Man sah in Berlin nach, fand die Entdeckung bestätigt, und Encke wählte für den neuen (zwölften) Planeten den Namen Astræa.

Jetzt erfuhr man, dass Hencke in aller Stille schon 20 Jahr lang den Himmel eifrig studirt und sich Sternkarten entworfen hatte, welche für die von ihm untersuchten Gegenden noch detaillirter als die Berliner akademischen waren. So lange hatte der unverdrossene Mann „zu seiner Erholung" nach Planeten gesucht, bevor ihm diese Genugthuung ward. Aufs eifrigste ward Astræa nun in Berlin und an anderen Orten, namentlich auch in Pulkowa, beobachtet, und sehr bald zeigte sich, dass sie zur Kategorie der Planetoiden zähle; die Elemente wurden bestimmt und die Arbeit für die Ephemeriden war um einen Planeten vermehrt. Es ergab sich, dass sie nicht in die Himmelsgegend gelangte, wo die Bahnen der vier älteren Asteroiden nahe zusammenkommen.

Dem unermüdlich forschenden, einfachen Manne gelang im Sommer 1847 noch eine zweite ähnliche Entdeckung. Diesmal ersuchte er Gauss um einen Namen: dieser wählte Hebe. Man hatte einmal angefangen, den zwischen Mars und Jupiter aufgefundenen Planeten die Namen weiblicher Gottheiten zu geben, und fuhr darin fort.

Die Bahn war nun gebrochen, und was im Posthause zu Driesen begonnen worden, setzte sich fort in den folgenden Jahren, und setzt sich noch heut fort. Wenn man anfangs sich damit

11*

begnügte, das Dutzend voll zu sehen, so haben wir jetzt schon das volle Hundert überschritten. Nachdem 1846 ohne eine solche Entdeckung vorübergegangen, — denn die Neptuns-Entdeckung gehört nicht hierher, — folgte 1847 mit drei neuen Planetoiden, 1848 und 1849 mit je einem, 1850 mit drei, 1851 mit zwei, 1852 mit acht Planetoiden u. s. w. Die Entdecker gehörten verschiedenen Ländern Europa's und Amerika's an; Hind und Gasparis wetteiferten mit einander, wer die meisten entdecken könne, doch wurden beide von Goldschmidt, noch übertroffen, der, nachdem ihm 1852 die Entdeckung der Lutetia gelang, in allem vierzehn aufgefunden hat. Luther in Bilk kommt ihm mit dreizehn am nächsten. Weiter folgen Hind, Gasparis, Chacornac, Pogson, Ferguson, Tempel, Tuttle, Förster, Graham, Marth, Safford, Searle, Schiaparelli.

Man hatte anfangs für die neuentdeckten Planeten Zeichen gewählt, ähnlich wie für die alten. Bald jedoch zeigte sich die Schwierigkeit, der rasch wachsenden Anzahl durch einfache Zeichen zu genügen. Deshalb schlug Encke vor, statt der Zeichen für die Planetoiden eine einfache Zahl nach der Reihenfolge der Entdeckung, zu setzen: Ceres (1), Vesta (4), Asträa (5) u. s. w., was auch allgemeine Annahme fand und zugleich einen Vortheil der Übersicht darbietet, den die bisher üblichen Zeichen nicht gewähren können.

Doch auch die Namengebung machte Schwierigkeit. Nachdem alle Töchter Jupiters, alle Grazien und Musen an den Himmel versetzt waren, begann es bald an Namen zu fehlen, wenn man bei den in der Mythologie gangbaren bleiben wollte. Auch die Zuziehung der altnordischen Mythe, die überdies nur wenig Göttinnen aufführt, konnte nicht viel helfen. So haben denn Lutetia, Massalia, Nemausa und Parthenope von der prosaischen Erde an den Himmel versetzt, und da an einzelnen dieser Orte die Entdeckungen sich vervielfältigten, auch Maximiliana, Doris, Victoria, Eugenia u. s. w. glorificirt werden müssen.

Es ist unmöglich, vorauszusehen, wie viel solche Minima des Sonnensystems sich noch darstellen werden. Denn wenn gleich Leverrier ein Maximum für ihre Gesammtmasse dadurch ermittelt hat, dass sie bei Überschreitung desselben durch ihre störende Wirkung sich verrathen müssten, so sind die Volumina doch zum Theil so klein, dass nicht nur Hunderte, sondern Tausende von Planetoiden vorhanden sein könnten, bevor ein Viertel der Marsmasse erreicht ist. Für Hestia z. B. muss aus dem Lichtglanze auf einen Durchmesser von 3,5 Meilen geschlossen werden; und zwei Millionen solcher Kugeln müssten sich vereinigen, um nur die Grösse unseres Mondes zu erreichen.

Wir werden uns also darauf gefasst machen müssen, dass es schliesslich nicht bloss, wie schon jetzt, an Zeichen, sondern auch an Namen fehlen werde, und dass dann Bezeichnungen wie (365) das Einzige sein werden, woran man sie unterscheidet. Hat doch schon Goldschmidt einst an einem und demselben Abend zwei Planeten entdeckt. Wenn nun auch ein so gelbtes Auge und ein so rascher Blick, als diesem Mann eigen war, vielleicht nicht zum zweitenmale gefunden werden,* so zeigt doch die Erfahrung, was in etwa einem Vierteljahrhundert geleistet worden, und eine Erschlaffung des gegenwärtigen Eifers wird hoffentlich nicht eintreten.

Aber die schon bei den ersten vier Planetoiden aufgeworfene Frage: was diese Entdeckungen nützen sollen? hat sich wiederholt und ist sogar Thema einer Preisaufgabe geworden. Man soll freilich eigentlich nicht fragen, wozu eine neue Wahrheit nütze? denn, wie Salomon Maimon sagt, die günstigste Antwort für die Wahrheit ist die: sie nützt zu nichts. Nützen heisst: Mittel sein zu etwas Gutem; wenn nun aber die Wahrheit selbst schon das höchste Gut ist, — und hierin befürchten wir selbst von den Theologen keinen Widerspruch, — wozu soll sie noch nützen? Aber, wird man entgegnen, dies gilt vom Geistigen; soll denn aber gar kein materieller Gewinn dabei herauskommen?

Freilich, eine blosse Kalenderwissenschaft kann durch alle Planetoiden nichts gewinnen; sie ist überhaupt von allem, was noch entdeckt werden kann, unabhängig oder, wie man es auszudrücken pflegt, fertig. Ebenso wird der Völkerverkehr, speciell die Seefahrt, durch die neuen Entdeckungen nicht berührt; den Piloten gehen weder Doppelsterne noch Nebelflecke, weder Kometen noch Planetoiden etwas an; wenn sein Instrument ihm noch die Jupitersmonde und ihre Verfinsterungen zeigt, so ist er ganz befriedigt. — Aber, fragen wir, hat denn die Wissenschaft,

---

* Bei der Totalfinsterniss am 18. Juli in Vitoria, wo nur 2½ Minute Zeit gegeben war, hat er allein unvergleichbar mehr gesehen, verzeichnet und beschrieben, als wir übrigen Dreizehn zusammengenommen. War es ihm vielleicht möglich, teleskopische Fixsterne und Planeten schon durch den blossen Anblick zu unterscheiden?

als solche keinen Werth? Wir wollen das Sonnensystem kennen
lernen, so weit wir es vermögen, wir wollen namentlich die Massen
der störenden Planeten ermitteln, und zwar, um ganz gewiss zu
sein, auf verschiedenen Wegen. Bieten nun nicht die kleinen Planeten hierzu das trefflichste Mittel? Encke fand aus den Störungen der Vesta, Nicolai aus denen der Juno eine richtigere
Jupitersmasse, als man früher besass, und sie fand sogleich ihre
Verwendung beim Encke'schen Kometen. Doch es bedarf der
Einzelheiten wahrlich nicht. Man vergleiche einfach den Zustand
der Himmelskunde vor und nach diesen Entdeckungen, und die
Antwort wird sich von selbst ergeben.

Indess dürfte es gleichwohl nicht überflüssig sein, auf einige
specielle Verhältnisse hinzudeuten, zumal sie bis jetzt noch wenig
Beachtung gefunden haben. Brorsen machte 1849 zuerst darauf
aufmerksam, dass die Perihelien der Planeten, auch der älteren,
merklich überwiegend nach einer Seite des Himmels fallen. Bei
der geringen Anzahl der älteren Planeten fiel dies nicht besonders
auf, als jedoch die Zahl so rasch zunahm, konnte es nicht länger
ganz übersehen werden. Im Jahre 1858 untersuchte ich diesen
Gegenstand in einem Anhange meines Werks: „Der Fixsternhimmel,“ und fand, dass die Perihelien der 58 Planeten, — so
viel waren damals bekannt, — gegen den Punkt 52° 25′ 7,3″ Länge
(in der Ekliptik) convergiren mit einem Übergewicht von 0,26015,
so dass, wenn man von diesem Polpunkte aus den Himmel in zwei
Hemisphären A und B theilt, 39 Perihelien der Halbkugel A,
und nur 19 der B angehören; es ergab sich ferner, dass die Perihelien der fünf Planeten, welche die stärkste Excentriät zeigten,
sämmtlich der Halbkugel A angehören. Ich untersuchte ferner
die 26 Kometen, deren Periodicität ganz sicher oder doch überwiegend wahrscheinlich ist, und bei denen schon Cooper auf ein
ähnliches Verhalten der Perihelien hindeutete. Auch hier ergab
die Rechnung, bei der ich auch die Breite beachtete, für den
Convergenzpunkt 71° 7′ 20,3″ in Länge und $+ 1° 7′ 22,5″$ in
Breite mit dem Übergewicht 0,45431. Vereinigt man beide Resultate, das für 58 Planeten mit dem für 26 Kometen erhaltenen,
so wird 59° 22′ 4,4″ mit dem Übergewicht 0,28275 (Aequin. 1850)
gefunden.

Angström und Leverrier betrachten diese Convergenz der
Bahnperihelien als eine Andeutung des gemeinsamen Ursprungs
der Planetoiden; nicht, wie man früher wohl annahm, durch Zer-

springung eines frühern grössern Planeten, sondern so, dass der
ursprüngliche Nebelring, in dem sich die Masse um mehrere dynamisch überwiegende Punkte concentrirte, schon eine elliptische
Gestalt hatte. Es ist gewiss gegen diese Annahme nichts Wesentliches einzuwenden, wohl aber zu bemerken, dass nicht bloss dieser
eine Nebelring, sondern die gesammte Urmasse, aus der sich die
einzelnen Körper des Sonnensystems bildeten, diese elliptische Gestalt gezeigt haben müsse.

Hier also haben wir ein Factum, das vor Entdeckung der
Planetoiden ganz unbeachtet geblieben war, und erst durch diese
so deutlich hervortrat, dass es hinreichend constatirt werden
konnte. Es wird sich nun im Verlaufe der Zeit herausstellen, ob
die Convergenz bei Veränderung der Perihelien bestehen bleibt
oder nicht. Und wenn sich auch mit Zuziehung der noch nicht
verglichenen, so wie der künftig zu entdeckenden Planeten dies
Verhältniss erhält, dann wird es sich darum handeln, zu untersuchen, welche bleibende Ursache der Convergenz zum Grunde
liegt.

Sonndorfer in Wien hat darauf hingewiesen, dass die Planetoiden ein Mittel darbieten können, numerisch zu bestimmen,
wie sich die angenommenen Grössenclassen der Lichtquantität
nach zu einander verhalten. Denn da sich diese Lichtquantität
aus dem bekannten Abstande von Sonne und Erde berechnen
lässt (im Berliner Jahrbuch werden diese Relativzahlen regelmässig angegeben), so liesse sich genau der Unterschied bestimmen, der bei demselben Planetoiden beim Übergang von der n^{ten}
zur $n + 1^{\text{ten}}$ Grössenclasse stattfindet, und wenn gleich hier von
erborgtem, bei den Fixsternen aber von eigenem Lichte die Rede
ist, so würde gleichwohl, da sich für den Augenschein kein Unterschied herausstellt, von Einem auf das Andere geschlossen
werden können, mit mehr Sicherheit, als wenn man die Häufigkeit des Vorkommens zur Grundlage nimmt. Denn bei
diesem hat man die wenig wahrscheinliche Hypothese nöthig,
dass die Sternfrequenz in allen Gegenden des Fixsternraumes dieselbe sei.

Für einen grossen Gewinn aber müssen wir es erachten, dass
die immer zahlreicher sich darbietenden Planetoiden eine verhältnissmässige Anzahl schlummernder Kräfte geweckt und für die
Himmelskunde gewonnen haben. Als in der Mitte des vorigen
Jahrhunderts der Halley'sche Komet berechnet werden sollte,

fand sich nur der einzige Clairaut[*] dazu befähigt. Jetzt würden hundert unserer jüngeren Astronomen bereit sein, ähnliche Rechnungen zu unternehmen und durchzuführen. Eine zufällige Zusammenkunft einiger derselben im September 1860 in Berlin veranlasste eine Besprechung; in welcher Weise es am sichersten und erfolgreichsten möglich sein werde, der so stark angewachsenen Zahl der Planeten durch Rechnung so zu genügen, wie schon seit längerer Zeit den älteren. Man verabredete eine Zusammenkunft in Dresden 1861, auf der die Grundzüge eines gemeinsam und gleichmässig durchzuführenden Berechnungssystems

---

[*] *Alexis Claude CLAIRAUT*, geb. 1713 am 13. Mai, gest. 1765 am 17. Mai. Nach seiner Rückkehr von der von Ludwig XV. verfügten Gradmessung in Lappland nahm er 1738 Theil an Maupertuis *Figure de la terre* und 1740 an der Verification des zwischen Paris und Amiens gemessenen Bogens. Selbständig veröffentlichte er 1743: *La théorie de la figure de la terre, tirée des principes de l'hydrostatique* (1808 erschien eine zweite Ausgabe). 1752 begannen seine Publicationen über die Mondtheorie. Er ist der erste, der diese Theorie auf das Problem der drei Körper gründete, und von dieser *Théorie de la lune* erschien eine zweite Ausgabe 1765 in Petersburg. Es folgten 1754 *Tables de la lune, calculées sur la théorie de la gravitation universelle* und eine *Nouvelle théorie sur la figure de la terre* (im *Journal des savans*). Aber der wichtigste Dienst, den er der Wissenschaft geleistet, ist die Vorausberechnung der Wiedererscheinung des Kometen von 1682, jetzt der Halley'sche genannt, über welche wir früher schon ausführlicher berichtet haben. Diese bis dahin in ihrer Art einzig dastehende Arbeit, nach 18monatlichen unablässigen Rechnungen Clairaut's und der Madame Lepaute vollendet und sofort am 14. November 1758 publicirt, ward vom Erfolge gekrönt.[*] Später erschien noch

1759. Mémoire sur le problème des trois corps.
1760. Mémoire sur le mouvement des corps célestes.
1761. Lettre de Clairaut à d'Alembert sur la théorie de la lune (der einen fortgesetzten Briefwechsel zur Folge hatte) und
1762. Sur l'aberration des rayons dans les lunettes achromatiques.

Fouchy gab in der Akademie seine *Eloge*.

[*] Siehe I. Bd., pag. 158.

discutirt und festgestellt wurden, und dies war der erste Anfang
einer erweiterten Vereinigung, die 1863 in Heidelberg zu Stande
kam als Deutsche astronomische Gesellschaft. Der Central-
ort ihrer Archive und Bibliothek ist Leipzig, wo 1865 die zweite
Versammlung stattfand, die dritte 1867 in Bonn. Die Zahl der
Theilnehmer, die in Heidelberg 26 betrug, stieg rasch auf 150
und darüber.

§ 168.

Zu den seltensten Erscheinungen für eine bestimmte Erd-
gegend gehören totale Sonnenfinsternisse. Berlin z. B. hatte 1706
eine solche, und erst 1887 wird sie sich wiederholen. Die stets
sehr geringe Breite der Finsternisszone für Totalität ist die hauptsächlichste Ursache dieser Seltenheit.

Die Finsterniss vom 16. Juni 1806 war für mehrere Gegenden
Nordamerika's total, und sie blieb, obgleich damals in der Union
noch an keine Sternwarte zu denken war, nicht unbeachtet. Die
damals dort stattfindende Unmöglichkeit, die Zeitmomente genau
zu bestimmen, war vielleicht Veranlassung, dass die Beobachter
das Physische des Vorganges desto genauer ins Auge fassten.
Bowditch in Salem sah, sobald der letzte Sonnenstrahl verschwunden war, um den schwarzen Mond einen leuchtenden Ring
von beträchtlicher Grösse und ein Dämmerlicht am Horizont. Er
erkannte mit blossen Augen Venus, Mars, α Aurigae, α Tauri,
α Can. maj. und α Can. min., α Orionis und die drei Sterne
zweiter Grösse am Gürtel des Orion.

Adams in Boston bestätigt diese Umstände durch seine Beobachtungen. Zwei Secunden vor dem Ende der Totalität war
die Zunahme des Lichts schon merklich, beim wirklichen Ende
brach das Licht mit grossem Glanz hervor und nahm schneller
zu, als es abgenommen hatte.

Ferrer in Albany setzt den leuchtenden Ring 45' bis 50'
breit. Er konnte sechs Sterne während der Totalfinsterniss mit
freiem Auge sehen. Der leuchtende Ring war nach seiner Zeichnung und Beschreibung in zwei concentrische Schichten getheilt.
Ähnliches hatte bereits la Pech bei der Finsterniss von 1706
wahrgenommen.

Die Finsterniss von 1842 kam heran, und verschiedene Umstände veranlassten, dass sie auch in physischer Beziehung auf-
merksamer beobachtet wurde, als dies früher der Fall war. Zwar

eine vorhergehende Schrift von Lehmann in Berlin hat nur die
Momente im Auge und er entwickelt das dahin Gehörende mit
einer bis dahin ungekannten Ausführlichkeit. Es traf ihn das
Missgeschick, dass der Brand von Hamburg die ganze Auflage
vernichtete, und eine zweite erst nach dem Phänomen an die
Öffentlichkeit treten konnte. Indess die Beobachter blieben dabei
nicht stehen. Sie erkannten, dass eine Sonnenfinsterniss, wenn
man nur die Momente beobachtet, nichts anderes als eine Sternbedeckung ist, ja selbst in manchen Beziehungen gegen diese noch
im Nachtheil steht. Dagegen waren eine grosse Zahl der wichtigsten Fragen, über die bei Totalfinsternissen eine Lösung gehofft
werden konnte, noch unbeantwortet. Auch die wenige Jahre vorher gemachte Entdeckung der photographischen Eigenschaft des
Lichts regte zu Hoffnungen an, die freilich erst später erfüllt werden sollten. Daguerre's glücklicher Fund musste erst manche
Phasen durchmachen, bevor ein astronomischer Gebrauch davon
gemacht werden konnte.

Schumacher* reiste eigens von Altona nach Wien, um die

---

* *Heinrich Christian SCHUMACHER*, geb. 1780 am 8. Sept.,
gest. 1850 am 28. Dec. Seinen Vater, den Amtmann und Kammer-
herrn in Bramstedt, verlor er schon im 10. Lebensjahre, doch hatte
dieser möglichst für seine Zukunft gesorgt und ihn der Pflege des
Pastor Dörfer übergeben, der seine Erziehung leitete. Bald bezog er das Gymnasium in Altona. Schon hier trieb er, meistens
durch Selbststudium, Mathematik und Astronomie, beobachtete
auch mit theilweis selbstverfertigten Instrumenten; musste jedoch,
seiner angegriffenen Gesundheit wegen, die Studien wiederholt auf
einige Zeit einstellen. Auf Anrathen seines Erziehers wählte er
die juristische Laufbahn, studirte in Göttingen, ging hierauf als
Hauslehrer einer angesehenen Familie nach Liefland, und habilitirte sich 1805 in Dorpat als juristischer Privatdocent. Doch
die Bekanntschaft mit Pfaff und Knorre (Vater des jetzigen
Directors von Nikolajew) erweckte aufs Neue die Liebe zur Astronomie, und da sich ihm hierin eine Aussicht in der Heimath er-
öffnete, kehrte er 1807 zurück, studirte mit Hülfe eines Stipen-
diums Astronomie bei Gauss, fing dann auf der Hamburger
Sternwarte eine Reihe von Beobachtungen an und ward 1810
Professor der Mathematik in Kopenhagen, mit der Erlaubniss,

dort totale Finsterniss zu beobachten; zu gleichem Zwecke ging
Arago nach der Lombardei; das mittlere Russland, namentlich
Lipezk, wurde mit mehreren Beobachtern besetzt. Auch diessmal
haben mehrere eine Theilung des Ringes in zwei concentrische
Zonen wahrgenommen, die nach Piola durch einen dunklen Ring
getrennt waren. Arago fand den inneren Ring heller, und
sein Licht gleichmässig, den äusseren weniger lebhaft, nach
aussen abnehmend und sich allmälig verlierend. Von allen Beobachtern finden sich nur drei, die diese Theilung nicht gesehen haben: Baily in Pavia, Otto Struve und Schidloffsky
in Lipezk.

Aber nicht dieser Umstand allein erschien an verschiedenen
Orten verschieden, auch die Ausdehnung wird sehr ungleich geschätzt. Denn nur Schätzung, nicht Messung, kann hier zur Anwendung kommen. Kurowitzky in Semipalatinsk und Fodorow
in Tschernigow sprechen von 5 Minuten Breite der ganzen Corona, wogegen Stozow in Bajan-Aul und Baily in Pavia 16,
Otto Struve sogar 25 Minuten Breite setzt.

Es ist also wohl gewiss, dass hier nicht Beobachtungsfehler,
sondern verschiedene atmosphärische Zustände, oder auch eine

---

seine in Hamburg begonnene Beobachtungsreihe dort fortzusetzen.
Im Jahre 1813 ward ihm die Leitung der Mannheimer Sternwarte
angetragen, und die Dänische Regierung willigte ein unter dem
Vorbehalt ihn zurückzurufen, sobald seine Dienste in Dänemark
erforderlich wären. Der Fall trat schon nach zwei Jahren ein,
da er nach Bugge's Tod dessen Lehrstuhl einzunehmen bestimmt
war. Sein Lehramt war indess von kurzer Dauer, da er es zwar
nominell beibehielt, aber schon 1817 die ihm übertragene Gradmessung zwischen Skagen und Lauenburg ausführte, wozu in der
Folge noch die specielle topographische Vermessung sich gesellte.
Da diese Vermessungen eines astronomischen Centrums bedurften,
so ward in Altona eine Sternwarte errichtet, und Schumacher
deren Director.

Hier begann er 1820 Hülfstafeln zur leichteren Berechnung
und Reduction herauszugeben; bald aber reifte in ihm ein Plan,
der den wesentlichsten Einfluss auf Gestaltung und Förderung der
Himmelskunde zu üben versprach und den er mit Unterstützung
des der Astronomie so geneigten Königs Friedrich VI. ausführte.

Verschiedenheit der Stellung des Beobachters gegen Mond und Sonne zum Grunde liege.

Aber man sah noch mehr, und etwas ganz Unerwartetes. An verschiedenen Stellen des Randes zeigten sich hochrothe bergartige Vorsprünge, sehr ungleich an Form und Gestalt, und nur während der Totalität sichtbar. Auf dem Grunde der Corona sich projicirend, leuchteten sie viel stärker als diese.

Nachdem man einmal auf diese Erscheinung aufmerksam geworden war, hat man sie bei keiner der sechs Totalfinsternisse, die von 1850 bis 1861 auf der Erde Statt fanden, vermisst; wohl aber ist die Art und Weise der Phänomene sehr verschieden gewesen.

Die Seltenheit solcher Totalfinsternisse und der Umstand, dass alle noch so sorgfältigen, Zeit und Kosten in bedeutendem Maasse beanspruchenden Vorbereitungen durch Ungunst der Witterung nutzlos werden können, veranlasste den Vorschlag, künstliche Sonnenfinsternisse hervorzubringen. Ein die Sonne etwas mehr als bedeckender Metallschirm sollte im Brennpunkte eines Fernrohrs angebracht und so die Phänomene erzeugt werden. Es muss Befremden erregen, dass man von einer solchen Veranstaltung

. .   . .

Im Jahre 1823 erschien die erste Nummer der Astronomischen Nachrichten, die schnell zum Bedürfniss aller Himmelsforscher wurden, und fortan die Hauptaufgabe seines Wirkens bildeten.

Siebenundzwanzig Jahre hindurch war es ihm vergönnt, dieses wichtige Unternehmen fortzusetzen, und es gelang ihm, die Zeitschrift auch über die kritischen Jahre 1848 und 1849 hinüberzuführen. Er hat die Bahn gebrochen, die mannichfachen Schwierigkeiten überwunden, das Unternehmen ist unter seiner Leitung erstarkt und zur Selbstständigkeit herangereift. Seinen Nachfolgern wird die Fortführung leichter werden und ihre Sorge wird nur die sein müssen, den Geist, in dem es gegründet ward und Leben gewonnen hat, aufrecht zu halten.

Unter schweren Leiden, aber die Klarheit seines Geistes bis ans Ende bewahrend, ist er heimgegangen.

Wir führen noch an: *Journal of observations made for ascertaining the time of the place in the observatory, which was erected at Helgoland. Altona* 1825. Biographien Schumacher's besitzen wir von Gould, Quetelet, W. Struve, Olufsen, Unger.

wissenschaftliche Ausbeute erwartete. Der Metallschirm ist luft-
umhüllt, der Mond steht im luftleeren Raum. Man erhielt, wie
zu erwarten war, statt der Lichtkrone einen Schimmer, der sich
nach aussen unbestimmt verlor, ohne das geringste Detail im
Innern darzubieten. Dagegen zeigte die natürliche Lichtkrone
eine Menge grösserer und kleinerer, radialer und nicht radialer,
gerader und gekrümmter Strahlen in solcher Fülle, dass ein ganzer Tag kaum hingereicht hätte, Alles in einem Abbilde darzustellen. Einige dieser Strahlen traten weit über das Gros der
Krone hinaus, in einem Falle bis zu zwei Grad weit. Vollends
aber zeigte sich in der erwähnten künstlichen Sonnenfinsterniss
von den rothen Vorsprüngen nicht das Mindeste.

Dass die Erklärungen einer solchen Fülle früher nie beobachteter Erscheinungen verschieden ausfielen, darf nicht Wunder nehmen; die Meisten indess hielten mit ihrem Urtheil noch zurück,
um abzuwarten, ob und wie sich die Phänomene bei künftigen
Totalfinsternissen gestalten würden. Die Gelegenheit bot sich 1851
dar, wo die Zone der Totalität, vom nördlichen Amerika beginnend,
über Norwegen, das südliche Schweden, Ostpreussen, Polen (Warschau) und weiter über Brest-Litowsk nach Südosten zog, die
Zone von 1842 in der Gegend von Tschernigow durchschnitt und
über die Kaukasusgipfel nach Baku am Kaspischen Meere ging.
Hier boten sich bequeme Lokalitäten in Fülle, die von den europäischen Sternwarten aus leicht besetzt werden konnten. In Russland wurden 16 Punkte ausgewählt und die meisten mit mehreren
Beobachtern besetzt; verhältnissmässig eben so frequent waren
auch die anderen Beobachtungsstationen. Die Mehrzahl verfehlte
ihr Ziel (auch dem Verf. ging es so in Brest-Litowsk) durch Ungunst der Witterung, doch wo es gelang, zeigte sich Ähnliches
wie 1842. Besonders auffallend war unter den rothen Vorsprüngen eine grosse hakenförmige Figur, die mehrfach abgebildet worden ist und sich höchst charakteristisch unter den übrigen hervorhebt. Die ganze Art, wie der schwarze Mond über sie hinwegzog,
musste den Eindruck hervorbringen, dass diese Erscheinungen der
Sonne selbst und ihrer nächsten Umgebung angehörten, und Airy
sprach sich am bestimmtesten dafür aus. Einige vermutheten einen
Zusammenhang mit den Sonnenflecken resp. mit den Sonnenfackeln,
worüber indess bis jetzt nichts Gewisses erlangt werden konnte.

Der Greifswalder Professor der Physik v. Feilitzsch trat
indess mit einer Schrift: „Optische Untersuchungen veranlasst

durch die Sonnenfinsterniss 1851. Greifswalde 1852" gegen Airy
und Alle, welche sich für die physische Natur der beobachteten
Phänomene erklärt hatten, mit der Behauptung auf: Alles dieses,
die Corona sowohl als die rothen Protuberanzen, seien rein optische
Phänomene der Inflexion und Diffraction des Sonnenstrahls beim
Vorübergange am Mondrande. Den Astronomen wurde alle und
jede Competenz abgesprochen, hier zu entscheiden; der Physiker
allein sei hier urtheilsfähig u. s. w.

Dass die optischen Phänomene der Inflexion und Diffraction
hier mitwirken, konnte nicht wohl in Abrede gestellt werden;
allein bei den praktischen Experimenten gelang es in keiner Weise,
das, was geschen worden war, künstlich darzustellen, und ausserdem
trat ein bis dahin übersehener Umstand der blos optischen Erklärung entgegen, den ich in meiner Abhandlung über totale Sonnenfinsternisse im 28. Bande der Verhandlungen der Leopoldinisch-
Carolinischen Deutschen Akademie näher ausgeführt habe. Soll
eine Sonnenfinsterniss im mittleren Europa total erscheinen, so
kann die Libration des Mondes in Breite nicht beliebig sein; sie
muss vielmehr einer geringen negativen (von — 45' etwa) sehr
nahe kommen. In der That war sie 1842 am 7. Juli = — 36,5';
1851 am 28. Juli — 59,1'; 1860 am 18. Juli — 42,2'. So geringe Differenzen können, wie ich bei meiner Arbeit über die
Mondoberfläche bemerkt, nicht die geringste wahrnehmbare Änderung in der Art, wie die Bergformen um die Mondpole herum
sich darstellen, bervorbringen. Der Sonnenstrahl traf also in den
drei angeführten Finsternissen dieselben constanten Formen des
Randprofils in Nord und Süd an, und hätte also auch dieselben In-
flexionsphänomene erzeugen müssen und gleichwohl waren diese
grundverschieden.

Feilitzsch hat dennoch seine Meinung aufrecht zu erhalten gesucht; allein die Finsterniss von 1860 in Nordspanien hat
noch andere Thatsachen ans Licht gebracht, welche der bloss
optischen Natur der Erscheinungen entgegenstehen. Sowohl die
Corona als die Protuberanzen behalten ihre Lage gegen den Mittelpunkt der Sonne während der ganzen Totalfinsterniss constant
bei, und die Beobachtung von Bruhns, der mit seinem noch
jugendlich kräftigen Auge es wagen konnte, eine grosse Protuberanz mehrere Minuten vor dem Verschwinden und eben so nach
dem Wiedererscheinen zu beobachten, hat in diesen 14 Minuten
dieselbe Lage gegen den Sonnenmittelpunkt gefunden, während

26 Grade des Mondumfangs sich darunter hinweggeschoben. Welche
Wechsel hätten eine blos optische Erscheinung hier zeigen müssen?
und gleichwohl blieb die Form dieselbe, nur die Farbe ward bleicher durch das Hervorbrechen des Sonnenrandes. Eben so zeigen
die schönen Photographien des Herrn Warren de la Rue, dass
die Erscheinungen reelle der Sonne angehörende Objecte sind.
Solchen Thatsachen gegenüber kann weder die Theorie des Herrn
v. Feilitzsch, noch auch andere von Lamont, v. Parpart
u. A. aufgestellte, deren Unwahrscheinlichkeit noch mehr auf der
Hand liegt, aufrecht erhalten werden. *

Damit sind jedoch die Fragen über die wahre Natur dieser
Erscheinungen noch keineswegs erledigt und man wird bei der
Seltenheit des Phänomens wohl noch lange warten müssen, bevor
die Acten geschlossen werden können. Die Photographie, die Polarisationsapparate, die Brechung des Sonnenlichts im Prisma, was
alles schon 1860 in Anwendung gekommen ist, und noch manches
Andere wird sowohl an verschiedenen Erdorten, als in verschiedenen Totalfinsternissen beobachtet werden müssen. Die „Chemie
der Gestirne," wie die Urheber es genannt haben, wird gleichfalls
Aufschlüsse geben können; aber wohl zu beachten bleibt, dass

---

* Die ringförmige Sonnenfinsterniss vom 6. März 1867 hat eine schöne
Bestätigung der erwähnten Brahns'schen Beobachtung geliefert. In der Nähe
von Ragusa, nahe der nördlichen Grenze, beobachtete Lieutenant Riha eine
Protuberanz 29 Minuten hindurch, und nicht Lichtschwache, sondern eine vortretende Wolke verhinderte die noch längere Sichtbarkeit. Dies wäre geradezu
unmöglich, wenn diese Erscheinungen blos optische wären. Denn der Mondrand war schon weit entfernt, die Protuberanz erschien unmittelbar am Sonnenrande und behielt die gleiche Lage gegen das Sonnencentrum die ganze
Zeit hindurch.

Littrow hat bereits vor mehreren Jahren vorgeschlagen, heitere Auf-
und Untergänge der Sonne im Meere von einem Küstenpunkte aus zu beobachten, und Riha's Beobachtung scheint es ausser Zweifel zu setzen, dass
grosse Protuberanzen dabei gesehen werden können. Tacchini hat am
8. August 1865 eine solche Beobachtung wirklich und mit Erfolg angestellt.
Vielleicht könnten wir durch ähnliche Wahrnehmungen rascher den eigentlichen Zusammenhang dieser Erscheinungen mit anderen auf der Sonnenoberfläche vorkommenden ermitteln. Denn totale Sonnenfinsternisse sind übermas
selten, und wir könnten Jahrhunderte lang warten, bevor durch sie ein hinreichendes Material für weitere Schlussfolgerungen gewonnen wird. — Wir
erwähnen hier noch, dass auch Fearnley in Christiania bei einer nur ringförmigen Sonnenfinsterniss gleichfalls Protuberanzen deutlich wahrgenommen hat.
Und die neueste Zeit hat den Nachweis geliefert, dass man auch ohne eine

für die Hauptphänomene nur 2 – 3 Minuten Zeit gegeben sind, was eine Betheiligung Mehrerer und eine bestimmte Verabredung über das, was jeder Beobachter zu übernehmen hat, unbedingt nothwendig macht. So lange man ausschliesslich die Zeitmomente beachtete, und auf diese allein Werth legte, reichte Ein geübter Beobachter aus; gegenwärtig nicht mehr.

Wenn wir uns gegen die ausschliesslich optische Deutung erklärt haben, so wollen wir damit nicht das Verdienst v. Feilitzsch's in Frage stellen, der allen Dank dafür verdient, dass er auf die Nothwendigkeit aufmerksam machte, die bekannten Eigenschaften des Lichtes dabei in sorgfältige Beachtung zu nehmen. Auf diesem Felde müssen Astronomen und Physiker zusammenwirken, ohne mit einander um ihre Competenz zu streiten. Beide müssen ohne vorgefasste Meinung wahrhaft beobachten und sich gegenseitig unterstützen; sie sind naturgemäss Verbündete und nicht Gegner, und bei ihren Grenzstreitigkeiten kann die Wissenschaft nichts gewinnen.

Durch die Polarisationsversuche, welche am vollständigsten Prasmowsky, Observator der Sternwarte Warschau, in Driviesca machte, ist festgestellt worden, dass die Protuberanzen mit eignem Lichte leuchten, die Lichtkrone dagegen mit erborgtem; wodurch

---

Totalfinsterniss, ja ohne eine Finsterniss überhaupt, sich von der reellen Existenz der Protuberanzen überzeugen kann. Zwei Beobachter der Totalfinsterniss vom 18. August 1868 in Indien geriethen auf den Gedanken, dass man durch eine geeignete Vorrichtung die störende Helligkeit der Sonnenfläche wenigstens in so weit beseitigen könne, dass Hoffnung vorhanden sei, zwar nicht die Protuberanzen selbst, aber doch ihr Spectralbild im prismatischen Apparat deutlich zu unterscheiden. Und diese Hoffnung hat sich realisirt, ja man hat Mittel gefunden, auf diesem Wege sogar Grösse und allgemeine Gestalt der Protuberanzen zu bestimmen. So ist nun der lunare Ursprung dieser Gebilde gründlich beseitigt; sie gehören dem Sonnenkörper (oder seiner Photosphäre) an, und der Mond kommt dabei gar nicht in Betracht, abgesehen von den Modificationen, die möglicherweise durch Inflexion bewirkt werden.

Gleichwohl wird es stets von Wichtigkeit bleiben, die Totalfinsternisse in dieser Beziehung fortwährend genau so beachten, die allein den freien, ungestörten Anblick des merkwürdigen Phänomens Jedem vor Augen stellen; ausserdem aber alle gegenwärtig bekannten und künftig bekannt werdenden Mittel in Anwendung zu bringen, denn nur so ist zu hoffen, dass wir die physische Beschaffenheit des grossen Centralkörpers unseres Systems immer näher kennen lernen, und uns befreien werden von den Speculationen, mit denen die Vorzeit uns nur gar zu reichlich beschenkt hat.

es sich zugleich erklärt, dass den Beobachtungen zufolge die ersteren viel heller glänzen, als letztere.

Wir gedenken hier noch der Totalfinsterniss vom 31. Decbr. 1861, über die wir nur aus Südamerika (Guapo und S. Fernando) einige Mittheilungen erhalten haben. Die Dauer an diesen Orten war nur resp. 50 und 35 Secunden, dennoch haben H. Crüger und Devenish in Guapo Zeichnungen aus frischer Erinnerung gegeben, die gut übereinstimmen. Warner in S. Fernando giebt nur die Zeitmomente. Auf der Zeichnung in Guapo zeigt sich, nahe dem Südpunkte des schwarzen Kreises, eine hakenförmige Figur, ähnlich wie 1851, aber in umgekehrter Lage. Diese auffallendste Protuberanz zeigte sich roth, die anderen schimmerten in Weiss, mit weniger Roth. — In Griechenland war der Himmel trüb, und aus Afrika sind keine Nachrichten zu uns gelangt.

Wenngleich die angeführten Beobachtungen die Möglichkeit darthun, auch in ringförmigen und besonders grossen Finsternissen Protuberanzen beobachten zu können, so werden doch nur totale Sonnenfinsternisse das Phänomen in einer Vollständigkeit und Deutlichkeit zeigen, wie es hier allein möglich ist, und wir können nur dringend wünschen, dass der Eifer, mit dem man seit 1842 begonnen hat es zu beobachten, nicht nachlassen möge.

Die sehr kurze Dauer der totalen Sonnenfinsternisse hat indess gewöhnlich zur Folge, dass nur fragmentarische und überdies oft genug unsichere Beobachtungen erhalten werden; denn eine rasche und dabei sichere Auffassung solcher Vorgänge ist nicht Jedermanns Sache, namentlich auch nicht jedes Astronomen. Selbst Uebung im Zeichnen besitzen viele sonst sehr tüchtige Himmelsbeobachter gar nicht. In dieser Beziehung muss es als ein Glück betrachtet werden, dass an der Beobachtung der Finsterniss von 1860 ein Mann Theil nahm, der an Schnelligkeit und Sicherheit der Auffassung einzig dasteht — der kürzlich verstorbene Maler Hermann Goldschmidt,* ein geborener Frankfurter, aber in

---

*Hermann GOLDSCHMIDT, geb. 1802 am 17. Juni, gest. 1866. In Frankfurt a. M. geboren, widmete er sich der Malerei, machte seine Studien unter Schnorr und Cornelius in München und liess sich in Paris nieder. Seit 1847 begann er, sich mit praktischer Astronomie zu beschäftigen und die Entdeckung der Lutetia 1852 am 15. Nov. war die erste der 14 Planeten-

Paris lebend. Er ist als glücklichster Planetenentdecker allen Astronomen bekannt; wir lernen ihn bei dieser Gelegenheit noch in einer andern Weise kennen. Wir geben hier den Bericht, den er nach seiner Rückkehr aus Vittoria der Pariser Akademie erstattete, und den die von Moigno redigirte Zeitschrift *Kosmos* (Jahrgang 1860, p. 201—204) mittheilt.

Nachdem Hr. Goldschmidt im Eingange erwähnt, dass es meine Aufforderung gewesen, die ihn zur Reise nach Vittoria und zur Beobachtung der Sonnenfinsterniss bestimmt habe, führt er fort:

„Le commencement de l'éclipse n'a pas pu être observé à cause des nuages. A 1^h 33^m la lune avait déjà mordu sur le soleil. Suivant la lecture de ma montre, réduite provisoirement au temps moyen de Vittoria, le premier contact d'une tache (noyau) eut lieu à 1^h 57^m $58,3^s$; et la fin de l'éclipse à 3^h 58^m 40^s.

Une demi-minute environ avant la totalité, le limbe Est de la lune, qui avançait vers le croissant du soleil, était irrégulier sur toute sa circonférence, mais surtout dans la partie Nord-Est, où les contours de la lune m'ont paru deformés et indéterminés, et la lumière du croissant très-peu intense. J'ai pu alors distinguer de petits nuages gris, isolés en partie, et du côté où le contact intérieur devait avoir lieu. Un de ces nuages isolés de forme arrondie, et un autre allongé en forme de pyramide qui touchait le bord extérieur du soleil, se detachaient en gris sur le fond un peu plus clair du ciel, car la couronne ne se voyait pas encore.

Entdeckungen, durch die er sich um die Himmelskunde hoch verdient gemacht hat. Einst (am 19. Septbr. 1857) entdeckte er an einem Abend 2 Planeten, Doris und Pales. Zur Beobachtung der totalen Sonnenfinsterniss am 18. Juli 1860 begab er sich nach Vittoria im nördlichen Spanien, und seinem wunderbar raschen und geübten Blick gelang es, in der überaus kurzen Zeit diesem Phänomen eine Fülle von Wahrnehmungen abzugewinnen, wie kein anderer der zahlreichen Beobachter desselben sich rühmen kann, gemacht zu haben. Der Pariser Akademie übergab er 3 von ihm nach seinen Beobachtungen verfertigte Tableaux, Anfang, Mitte und Ende der Totalfinsterniss darstellend. Als Maler war er sehr gesucht und lieferte manche bedeutende Gemälde zu den Pariser Ausstellungen.

Un instant après, la pyramide devenait plus clair et diaphane; les contours plus ombrés faisaient l'effet des bords extérieurs d'un cylindre en verre, vu contre le jour. J'avais à peine pu saisir cette brusque transformation, lorsque la totalité survint, colorant la pyramide en rose.

J'ai ainsi assisté au developpement définitif d'une protubérance, et, presqu'au même moment, je vis apparaître au Sud-Est de très-petites proéminences qui la touchaient, semblable à des perles de nacre, de forme irregulière ou dentelée, semi-transparentes, enchâssées dans une base rouge cinabre mêlé de noir, moins diaphane que la couleur tendre des grandes protubérances; la coloration entière en rose eut lieu un instant après; mais, lorsque plus tard je voulus dessiner l'ensemble des protubérances, cette portion dentelée avait disparu. Alors, aussi l'auréole s'était formée, toutes les protubérances avaient surgi et le phénomène brillait de toute sa splendeur. L'auréole, vue dans la lunette, était d'une couleur jaune très-prononcée; l'intensité de sa lumière était égale ou uniforme, aussi loin que le champ de la lunette me permettait de la voir; elle n'éblouissait pas le regard, elle n'a nullement fatigué ma vue pendant les 3 minutes de la totalité. J'ai principalement remarqué dans la couronne des rayons partant du centre de la lune au Nord-Est, s'étalant, sur environ 30 degrés de la circonférence, et diminuant d'intensité dans la direction Nord. Une grande masse lumineuse occupait la partie Sud, se dilatant vers le Sud-Ouest et le Sud-Est en faisceaux courbes, concaves vers le Sud, entremêlés de flocons clairs de couleur jaune rappelant la forme de cirrhus. Le faisceau principal au Sud-Est avait une grande ressemblance avec la branche australe de la nébuleuse d'Orion. Des apparences analogues se montraient à l'endroit opposé au Nord du disque lunaire, mais elles étaient moins distinctes et présentaient la forme d'une parabole dont le sommet passait par la lune. La limite de la couronne, vue à l'oeil nu, était plus restreinte, l'anneau qu'elle formait ne dépassait pas six minutes, et était d'un blanc argenté. Mon attention était entièrement absorbée par les protubérances, et j'ai pu dessiner les contours principaux de quelques-unes situées sur la partie Nord.

La plus imposante et la plus compliquée, que j'appellerai la girandole, était d'une beauté impossible à décrire. Elle s'élevait en langues de feu très-effilées, et colorées en rose, ses bords pour-

12*

pres et transparents laissaient pénétrer dans l'intérieur, on voyait
distinctement que la protubérance était creuse. Un peu avant la
fin de la totalité, j'ai vu s'échapper de tous ses sommets extérieurs des gerbes de lumière rose-pâle et transparentes, un peu
étalées en éventail; la protubérance alors ressemblait réellement
à une girandole. Sa base, qui au commencement de la totalité,
se dessinait très-tranchée sur le limbe noir de la lune, devenait
un peu moins arrêtée; le tout prenait un aspect plus éthéré, plus
vaporeux, je ne la perdis pas de vue un instant. Les jets de
lumière qui sortaient des sommets extérieurs disparurent avec les
premiers rayons solaires, mais il n'en fut pas ainsi de la protubérance elle-même, car, un instant avant la fin de la totalité,
je vis naître à droite de sa base (image renversée) de petites
proéminences, serrées les unes contre les autres, et de forme
presque carrée (caractère des proéminences dentelées), des autres
proéminences de même hauteur se montraient du côté gauche,
lorsque le soleil avait déjà reparu à $2^h 55^m$.

La corne nord du croissant touchait la dernière de ces proéminences, 4 minutes 40 secondes après la reapparition. La lumière
trop vive m'a fait abandonner cette intéressante observation, car
je ne me servais pas de verre coloré; je puis toute-fois assurer
que la girandole et les petites proéminences de sa base n'avaient
pas encore disparu en ce moment. Quoique je sois convaincu
que les protubérances appartiennent au soleil, je dois toute-fois
faire remarquer qu'au dernier moment je fus surpris de voir que
la girandole paraissait plutôt se diriger vers le centre de la lune
que vers le centre du soleil. J'estimais la hauteur de la girandole à environ 3 minutes et demie au commencement de la totalité et à quatre minutes vers la fin. La seconde protubérance à
droite de celle-ci à environ 35 degrés (image renversée) et d'une
hauteur des 3 minutes 20 secondes, avait la forme d'une lettre
H gothiqua, à peu près le signe ♄ de Saturne, je l'appellerai
le crochet. Une troisième, moins haute encore, 2' 20", à droite
des deux premières, à une distance égale à celle des deux autres, avait
une forme dont il est difficile de donner une idée par comparaison,
mais à contours très-nets, je l'appellerai la dent. A onze degrés,
à la droite de la deuxième, j'en ai vu une quatrième, très-petite,
de forme carrée; entre celle-ci et la troisième, il y avait un
nuage rose de forme allongée et recourbée, incliné de 45 degrés
vers le bord gauche de la lune, entièrement détaché, flottant sur

l'auréole comme un nuage rouge sur un ciel crépusculaire. Son centre était élevé de la moitié environ de la hauteur des autres protubérances, ou de deux minutes, au-dessus du limbe de la lune. Une cinquième protubérance apparue aussi dès le commencement au Sud-Est, s'est montrée plus haute au milieu de la totalité. Je dois encore remarquer que toutes les protubérances que j'ai pu étudier, ont montré dans leur forme une tendance générale à s'infléchir en courbe, dont la concavité était tournée du côté de l'Ouest.

J'ai pu voir le contour de la lune onze minutes encore après la totalité, se détachant en gris sur le ciel qui était à peine plus clair que la lune elle-même.

Absorbé par ce grand spectacle de la nature, je n'ai pas observé les ombres mouvantes qui avaient attiré mon attention dans ma jeunesse, lors d'une éclipse annulaire. Je me rappelle très-bien que deux minutes avant la formation de l'anneau le mouvement des ombres avait lieu de l'Ouest vers l'Est et très-lentement. J'ai tout lieu de croire, d'après le récit qui m'a été fait par des personnes des lieux où nous observions, que des taches d'un beau jaune (amarillos) se sont dessinées sur leurs vêtements, surtout sur leurs chemises, se mouvant de l'Est à l'Ouest, quoique le vent soufflât du nord. Ce récit, qui m'a été fait en présence de Mr. Airy, mérite confiance, d'autant plus que ces personnes ignoraient que ce phénomène eût déjà été observé.

Je n'ai pu voir des traces de la lumière zodiacale; la couleur du ciel au zénith était bleu-noir; elle contrastait avec la lumière jaune-vert de l'horizon. Au commencement de l'éclipse je vis par moment les cornes du croissant solaire alternativement arrondies, surtout la corne nord."

Gewiss ein Beweis einer seltenen Virtuosität des Auges, wie sie wohl nur bei einem so geschickten Maler zu erwarten ist. Was die Veränderung der Farbe zu Anfang der Totalfinsterniss, wo die anfangs grauen Anhängsel sich in rothe verwandelten, betrifft, so mag es gestattet sein, hier an eine Erfahrung zu erinnern, die man bei Mondfinsternissen gemacht hat. So lange noch ein Theil des Mondes erleuchtet ist, erblickt man den verfinsterten Theil grün, während der total verfinsterte Mond roth erscheint. Ja noch mehr; wenn man, so lange die Finsterniss noch partial ist, den erleuchteten Theil aus dem Felde des Fernrohres entfernt, wird der verdunkelte Theil sogleich roth schimmern; bringt man den erleuchteten Theil wieder ins Feld, so wird auch das Roth wieder zum Grau.

Das Farbenspiel bei Sonnen- und Mondfinsternissen wird kundigen Optikern noch vielfach Gelegenheit bieten, die Lehren der Diffraction, Inflexion und Brechung in Anwendung zu bringen und so die Einzelheiten des Phänomens uns besser kennen zu lehren. Die Himmelskunde wird einen solchen Beistand stets willkommen heissen, erwartet aber, dass der nun wohl entscheidend widerlegte rein optische Ursprung aller der mannichfaltigen Phänomene bei Sonnenfinsternissen nicht in neuer Form wieder auftauche.

Doch, so unzweifelhaft es auch gegenwärtig ist, dass diese Erscheinungen als reelle Objecte der Sonne angehören, so wenig wird dadurch der Einfluss aufgehoben, den Diffraction, Inflexion und andere in das Gebiet der physikalischen Optik fallende Vorgänge auf die Erscheinung haben. Denn nur wenn es gelingt, alle diese Einflüsse möglichst zu eliminiren, können wir hoffen, diese Protuberanzen, wie sie wirklich sind, darzustellen; und dann werden wir durch sie über die Natur des Sonnenkörpers sichere Aufschlüsse erhalten. — Werden bei jeder Totalfinsterniss der Sonne eine Anzahl Beobachter auf die geeigneten Punkte vertheilt, so darf erwartet werden, dass nicht leicht ein solches Phänomen für die Wissenschaft ganz verloren gehe. Die Totalfinsterniss verbreitet sich in der Regel über eine so beträchtliche Längszone, dass wohl ein Theil, vielleicht der grösste Theil derselben, aber schwerlich die ganze Zone eine Wolkenbedeckung zeigen wird.

§ 169.

Mondfinsternisse sind früher, da sie keine scharfen Zeitmomente gewähren können, oft ganz unbeachtet geblieben. Allerdings wurde versucht, die Eintritte und Austritte der einzelnen Flecke zu erhalten, was bei günstigen atmosphärischen Zuständen nur eine Unsicherheit von etwa 5" übrig lässt, während bei Anfang und Ende der Finsterniss gewöhnlich eine ganze Minute und darüber zweifelhaft bleibt. Namentlich war es v. Zach, der diese Fleckenbeobachtungen empfahl und durch das Mittel aus zahlreichen Flecken die Zeit etwa eben so gut wie aus den Verfinsterungen der Jupiterstrabanten zu erhalten hoffte. Doch finden sich nur wenige Beobachtungen dieser Art, die veröffentlicht worden sind.

Dass Tobias Mayer einen solchen Versuch machte, ist bereits oben erwähnt. Er folgerte aus seinen Beobachtungen eine Vergrösserung des Erdschattens gegenüber dem berechneten, und schrieb diese der Erdatmosphäre zu. Sie sollte nach ihm $= \frac{1}{50}$ sein, was beiläufig 14½ geographischen Meilen entspricht. Um dies praktisch zu prüfen, beobachtete ich am 26. Decbr. 1833 bei einer Totalfinsterniss des Mondes die Ein- und Austritte mehrerer Flecken. Mit Weglassung der nur einseitig erhaltenen Beobachtungen ergab sich aus 22 Flecken die Vergrösserung $= \frac{1}{49,8}$, und bei einer später in Dorpat beobachteten $= \frac{1}{54,6}$. Bei einer nur particllen Finsterniss am 10. Juni 1835 versuchte ich, die Breite des beobachteten Schattentheils mit dem berechneten zu vergleichen, allein es konnten nur wenige Messungen erhalten werden und diese ergaben eine Vergrösserung $= \frac{1}{24,31}$, unvereinbar mit den vorstehend angeführten Resultaten. Auch war der Zustand der Erdatmosphäre kein günstiger.

Aber es treten auch bei den Mondfinsternissen sehr beachtenswerthe Umstände ein. Der Mond verschwindet in der Regel nicht, es bleibt eine rothe, glanzlose Scheibe, auch für das unbewaffnete Auge, sichtbar. Das Roth ist verschieden nach Farbe und Intensität: ein schönes Rosenroth, wenn die Erdatmosphäre da, wo die Sonnenstrahlen vorbeistreichen, heiter ist; ein trübes Kupferroth, wenn das Gegentheil Statt findet. Zuweilen ist der verfinsterte Mond auch ganz verschwunden, oder man hat nur einzelne Stellen, namentlich des Randes, von Zeit zu Zeit aufleuchten sehen. Die Flecke bleiben sämmtlich sichtbar, nur wenn das Centrum des Erdschattens den Mond trifft, lagert sich um dieses herum tiefe Nacht, die jedoch nur etwa ¼ des Monddurchmessers breit ist.

Bessel benutzte eine totale Mondfinsterniss, um den Durchmesser der Scheibe in verschiedenen Richtungen zu messen, da während einer solchen die Phase ganz oder nahezu gleich Null ist, während in gewöhnlichen Vollmonden die Phase eigentlich nicht verschwindet, sondern sich in N. oder S. herumzieht. Ich habe mich mehrmals durch Beobachtung überzeugt, dass diese Phase im Vollmonde sehr gut wahrnehmbar ist. Bessel fand die Scheibe ganz kreisförmig.

Das Wenige, was bis jetzt in physischer Beziehung für Mondfinsternisse geschehen ist, rechtfertigt gewiss den Wunsch, dass man in Zukunft diese Verhältnisse mehr beachten möge, insbesondere in solchen Klimaten, die einer grösseren Heiterkeit und Durchsichtigkeit sich erfreuen.

§ 170.

Auch die Sonnenflecke, obgleich schon im Anfange des 17. Jahrhunderts entdeckt, sind gleichwohl erst in neuerer Zeit Gegenstand beharrlicher Beobachtung und eingehender Untersuchung gewesen. Die so heftige Opposition der neueren Peripatetiker war zwar ohne viele Mühe widerlegt und auch die Meinung, dass es Planeten seien, die um die Sonne kreisen, ist nie von kundigen Astronomen festgehalten worden, allein nun verstrich eine geraume Zeit, ohne dass sie besondere Beachtung fanden. Die französischen Himmelsforscher im Anfange des 18. Jahrhunderts ermittelten durch sie die Rotation und Axenstellung des Sonnenkörpers, wobei man die ziemlich grossen Differenzen der Resultate den Beobachtungsfehlern, nicht einer eigenen Bewegung der Flecke zuschrieb. Die Vernachlässigung dieser Objecte ist übrigens dadurch motivirt, dass man noch keine oder doch sehr unvollkommene Blendgläser besass und deshalb den Sonnenuntergang oder eine solche Bewölkung, bei der die Sonne nicht ganz verschwand, zur Beobachtung wählte, was denn doch immerhin nicht ganz gefahrlos war.

Fast allgemein war die Meinung, die Sonnenflecke seien seltene Erscheinungen und bildeten einen Ausnahmezustand; in der Regel sei die Sonne fleckenfrei. Deshalb finden wir auch bis ins 19. Jahrhundert hinein Einzelne, die darüber ganz verwundert waren und etwas Neues entdeckt zu haben glaubten, das sie rasch durch die Zeitungen dem Publikum mitzutheilen sich für verpflichtet hielten. Wolf in Zürich, der jetzt wohl am eifrigsten sich mit den Sonnenflecken beschäftigt, hat die dürftigen Nachrichten früherer Zeiten gesammelt und es ergiebt sich, dass nur die grösseren und frequenteren Flecken Aufmerksamkeit zu erregen im Stande waren.

William Herschel ist auch hierin der erste, der nicht allein genauer und anhaltender den Gegenstand beobachtete, sondern auch eine Erklärung versuchte, die im Wesentlichen mit der übereinstimmt, welche Wilson in Glasgow schon 1769 gegeben hatte. Er hatte bemerkt, dass die Flecke nicht bloss, wie zu erwarten war, ausserhalb der Mitte ihre Gestalt optisch veränderten, sondern dass sie auch verschwanden, bevor sie den Sonnenrand erreicht hatten. Er schloss daraus, dass die Flecke Vertiefungen seien, die den inneren dunklen Sonnenkörper hindurchschimmern lassen oder diesen auch ganz blosslegen. Hiernach sehen wir in

trichterförmige Oeffnungen der Photosphäre hinein, erblicken auf
dem Grunde den Sonnenkern als schwarzen Fleck, und die Wände
des Trichters als umgebende lichtgraue Penumbra. Er trat der
Meinung entgegen, welche in den Sonnenflecken eine Verminderung
des der Erde gespendeten warmen Sonnenscheins erblickte und
versuchte nachzuweisen, dass gerade umgekehrt die fleckenreichsten
Jahre auch die wärmsten gewesen, was er aus den niedrigeren
Kornpreisen dieser Jahre schloss.

Das Mangelhafte des letzteren Schlusses liegt auf der Hand:
die Kornpreise, namentlich in England, hängen von der allgemeinen Weltlage, der Handelsgesetzgebung und noch manchen
anderen Umständen mehr als von der Wärme des Jahrgangs ab.
Unverkennbar jedoch liegt auch hier ein grosser Fortschritt vor,
und wir können W. Herschel's Arbeiten auch auf diesem Felde
als den Ausgangspunkt der Neuzeit betrachten.

Ausser Herschel haben noch Keill, Rösler, Hansen und
Rost Notizen über frühere Beobachtungen der Art gesammelt,
und die beste und vollständige Literatur dieses Gegenstandes hat
Wolf in seinen seit 1852 publicirten „Mittheilungen über die
Sonnenflecken" gegeben. Am anhaltendsten betrachtete man das
Phänomen auf der Pariser Sternwarte seit ihrer Errichtung; ein-
zelne Erwähnungen finden sich bereits seit der ersten Zeit der
Entdeckung. So hat Saxonius die Sonne vom 22. Februar bis
12. März 1616 anhaltend beobachtet und in dieser Zeit 12 Flecken
gesehen; Scheiner in seiner *Rosa Ursina* hat vieles dahin Gehörige, wobei man jedoch die näheren Angaben meistens vermisst.
Hevel (um 1640), Vagetius (um 1693), Derham, Rost und
Zucchoni geben gleichfalls nur einzeln stehende Wahrnehmungen.
Fritsch ist schon ausführlicher; eine anhaltend fortgesetzte Reihe
finden wir zuerst bei Starck in Augsburg und noch gründlicher
und vollständiger bei Schwabe in Dessau, der seit 1826 an jedem
Tage, wo Trübheit es nicht hindert, die Flecke abzeichnet, so
dass z. B. im Jahre 1852 an 337 Tagen die Sonne beobachtet
werden konnte. Er hat in den Astronomischen Nachrichten und
an anderen Orten seine Beobachtungen vollständig mitgetheilt
und diese lange, nirgend unterbrochene Reihe sorgfältiger Beobachtungen bietet ein treffliches Material für alle dahin gehörenden Forschungen.

Eben so haben Carl, Spörer, Carrington, Böhm und
Andere die Sonnenflecken aufmerksam beobachtet, so dass es für

dio neuere Zeit durchaus nicht an Material für die Untersuchungen fehlt, und die neueste Zeit hat sogar photographische Sternwarten errichtet, die sich ganz besonders mit Sonnenflecken beschäftigen; auch Russland besitzt eine solche in Wilna, wo der thätige, leider früh verstorbene Gussew* einen grossen von Warren de la Rue verfertigten Photographen zu solchen Beobachtungen anwandte.

Spörer hat (in seiner Abhandlung zum Programm des Anclamer Gymnasiums 1862) gezeigt, dass sich die Flecke sowohl in Länge als in Breite verändern, und dass letztere Veränderung darin besteht, dass sie vom Aequator der Sonne nach den Polen zu rücken. Ferner geben die Flecken eine desto grössere Rotationsperiode, je weiter sie vom Aequator entfernt sind. Spörer fand indess einen Fleck, der bei mehreren Wiedererscheinungen seine Breite gar nicht verändert hatte, und indem er als wahrscheinlich annimmt, dass auch seine Länge dieselbe geblieben sei, setzt er für die Rotation der Sonne, wie dieser Fleck sie ergiebt, 25 Tage 4 Stunden 24' 21", was er auf 12 Minuten für sicher

---

* *Matthäus GUSSEW, geb.* 1826 am 14. *Nov., gest.* 1866 am 10. *April.* Seine Bildung erhielt er in Kasan und widmete sich den physikalisch-mathematischen Studien. 1847 ward er Conservator des Museums der Universität Kasan, 1848 hielt er bereits Vorlesungen über Physik und physikalische Geographie. — In Pulkowa bildete er sich für praktische Astronomie aus und ging 1851 mit Popoff und Kowalsky nach dem Asowschen Meere zur Beobachtung der totalen Sonnenfinsterniss.

1852 ward er Gehülfe der Sternwarte Wilna unter dem Director G. v. Fuss, seit 1854 unter Sabler. — Eine mehrjährige Reise ins Ausland, von 1857 an, benutzte er, um auch andere Sternwarten kennen zu lernen, besuchte auch bei dieser Gelegenheit die Naturforscher-Versammlung in Königsberg. — Die Sternwarte Wilna war inzwischen zu einer photographischen umgestaltet worden, und Gussew beschäftigte sich insbesondere mit Photographien der Sonnen-Oberfläche, anfangs mit Sabler und nach dessen Tode allein.

Von einer langwierigen Krankheit hatte er 1866 in Berlin Heilung gesucht, allein er starb dort, noch nicht 40. Jahr alt. — Sein Nachfolger im Directorat zu Wilna ist Smysloff.

hält. Mit der Thatsache, dass die Flecke, mit seltenen Ausnahmen, sowohl nördlich als südlich des Aequators ihre Breite vergrössern, stimmen auch Carrington und Böhm überein.

Nimmt man Spörer's Rotationsperiode an, so folgt, dass die Flecke unter 30 Grad Breite eine der Rotationsrichtung entgegengesetzte Eigenbewegung von 34 Meilen in der Stunde (220 F. in der Secunde) haben; die am Aequator dagegen eine von 26—28 Meilen im Sinne der Rotation. Eine Fortsetzung dieser Untersuchungen ist gewiss dringend zu wünschen, namentlich auch um die Frage zu beantworten, ob die Eigenbewegung der Flecke von ihrer Frequenz abhängig sei oder nicht.

Diese Anwendung der Photographie auf Himmelsforschung war die am frühesten gelungene, sie wird auch stets die erfolgreichste bleiben, denn ein kleiner Bruchtheil der Zeitsecunde genügt, um ein gutes Bild zu bekommen, so dass hier die Zeitbestimmung ganz so scharf wie bei anderen astronomischen Beobachtungen erhalten werden kann.

John Herschel hat sogar einen Vorschlag gethan, durch dessen Ausführung die Sonne genöthigt werden würde, uns ihre

---

Es wird angemessen sein, die Titel seiner Werke hier deutsch zu geben:

1850. Die geographische Lage von Wjätka.
1851. Übersetzung (ins Russische) der Beschreibung des Uranoskops von Böhm.
1852. Die totale Sonnenfinsterniss vom 18. Juli 1851, beobachtet in Berdjansk.
1853. Die Sternwarte Wilna von 1753 bis 1853.
1855. Über das Klima von Wilna.
1857. Über Eigenbewegung der Fixsterne (in Schumacher's A. N.).
1857. Übersetzung des III. Theils von Humboldt's Kosmos ins Russische. Die beiden ersten Theile hatte Froloff übersetzt.

1860 beginnt er eine Zeitschrift für Mathematik und Astronomie, in der zwar auch deutsche Aufsätze aufgenommen wurden, die jedoch ihrem Haupttheile nach russisch erschien, aber schon nach Beendigung des ersten Heftes von 16 Nummern wieder einging, aus Mangel an Abnehmern. Eine ganz analoge Erfahrung hatte kurz vorher die Petersburger Akademie gemacht. Man würde irren, wollte man dies einem Mangel an Interesse für Wissenschaft bei unseren östlichen Nachbarn schliessen; wohl aber ist es ein Zeichen, dass es noch zu früh sei, allgemein wissenschaftliche Werke russisch erscheinen zu lassen.

eigene Geschichte zu schreiben. Man wähle auf der Erdkugel in der heiteren Tropenzone 3, beiläufig 120 Grad von einander entfernte Punkte aus, versehe jeden derselben mit einem photographischen Instrument, welches der Sonne folgt, indem es durch ein Uhrwerk bewegt wird; wobei dann der das Instrument Bedienende nichts weiter zu thun hat, als die zubereiteten Platten eine kurze Zeit zu exponiren und dann wieder wegzunehmen, um sie nach einem bestimmten Intervall durch eine andere zu ersetzen.

Wenn jedes der 3 Instrumente von 8 Morgens bis 4 Nachmittags arbeitete, so würde bei vorausgesetzter Heiterkeit eine ganz vollständige Reihe von Sonnenbildern erhalten werden. Da indess selbst die heitersten Punkte unseres Planeten doch nicht absolut wolkenfrei sind, so müsste die so leichte und einfache Arbeit auf jedem Punkte so lange fortgesetzt werden, als gute Bilder erlangt werden können.

So würden nicht nur alle Sonnenflecke, sondern auch vorüberziehende Planeten, die noch ungesehen geblieben, zu unserer Kenntniss gelangen und eine Biographie der Sonne erhalten werden, die uns Aufschlüsse gewährt, wie keine andere Beobachtungsart sie bieten könnte. Die Küste von Chili, ein geeigneter Punkt der Sundainseln und ein dritter in Afrika würden auszuwählen sein und die laufenden Kosten mit einer sehr mässigen Summe bestritten werden können. Diese Aufschlüsse würden betreffen:

1) die physische Natur der Flecke und des Sonnenkörpers überhaupt;

2) die Rotationselemente der Sonne;

3) die Periodicität der Flecke.

Was die letztere anbetrifft, so folgt sie schon unverkennbar aus den Beobachtungen Schwabe's; und Wolf, früher in Bern, jetzt in Zürich, hat sie zum Hauptgegenstande seiner Untersuchungen gemacht. Zuerst erhielt er die Periode 11,08 Jahre, oder bei genauerer Berechnung unter Berücksichtigung der Gewichte $11{,}111 + 0{,}038$. Dies bezeichnet zunächst den Abstand der Minima, d. h. derjenigen Zeitpunkte, in denen keine Flecke, oder doch die geringste Zahl derselben gesehen wurde. Beiläufig in der Mitte zwischen zwei Minimis liegen die Maxima, wo sowohl die Häufigkeit als die Ausdehnung und Schwärze der Flecke am grössten sind. Diese Periodicität ist es nun, welche Wolf fast ausschliesslich im Auge hat, und seine späteren Mittheilungen setzen sich immer nur das Ziel, die von ihm gefun-

dene Periodicität festzuhalten und sie gegen Angriffe wie gegen
Missverständnisse zu vertheidigen.*

Auch kommen bei ihm Versuche vor, diese Periode und
die innerhalb derselben vorkommenden Schwankungen mit den
Planetenumläufen zusammenzustellen und so eine Rückwirkung derselben auf die Sonne wahrscheinlich zu machen. Namentlich wird
auf Jupiter recurrirt, dessen Umlauf von 4332 Tagen der Wolf-
schen Sonnenfleckenperiode von 4052 Tagen zwar sehr nahe kommt,
aber doch noch 274 Tage = ³⁄₄ Jahr von ihr verschieden ist.
Abgesehen davon, dass von einem Nachweise eines inneren Zusammenhanges nirgend etwas vorkommt, ist diese Abweichung so
bedeutend, dass 13 Jupitersperioden schon 14 Sonnenflecks-
perioden entsprechen, während doch Wolf aus 2½ Jahrhunderten
schon 24 Perioden ableitet. Dass Jupiters Umlaufszeit sich auch
nicht um Minuten vermindern lasse, ist bekannt; man müsste also
die Fleckenperiode um 274 Tage vermehren, oder wenn dies nicht
möglich, die Ansicht ganz fallen lassen. Ganz dasselbe gilt von
den Perioden der Erde, der Venus u. s. w., die sich gleichfalls in
der Sonnenfleckenperiode abspiegeln sollen. Jede derartige Periode
müsste genau darzustellen sein, mindestens aus einer längeren
Reihe von Beobachtungen, um eine innerlich so wenig wahrscheinliche Annahme zu rechtfertigen.

Auch mit den Veränderungen der Magnetnadel, so wie mit
den Nordlichten, sucht Wolf eine solche Uebereinstimmung. Hier
könnte man sich die Sache so vorstellen, dass die Sonne die wir-
kende Ursache sei, und dass eine grössere Fleckenfrequenz auf
eine grössere active Thätigkeit der Sonnenoberfläche doute, die
eine stärkere Oscillation der Magnetnadel zur Folge hat. Aber
man wird jedenfalls eine beträchtlich längere Reihe von Beobachtungen sowohl der Magnetnadel als der Sonnenflecken abwarten
müssen, um zu entscheiden, ob Wolf oder sein Gegner Lamont
Recht habe.

Spörer und Carrington haben die Sonnenflecke in anderen
Beziehungen untersucht. Ersterer findet, dass die Rotation der

---

* Sehr verdienstlich ist die von Wolf gegebene Zusammenstellung früherer Beobachtungen, die häufig an Orten vorkommen, wo man sie nicht leicht
vermuthet. Wir erfahren, dass Adams, Hagen, Horrebow, Mallet,
Oriani, Staudacher, Tevel und Zucchoni sich zum Theil anhaltend
mit Beobachtung von Sonnenflecken beschäftigt haben, und solche ältere Beobachtungen sind zur Feststellung der Perioden besonders wichtig.

Sonne verschieden gefunden wird, je nachdem man sie aus Flecken nahe am Sonnenäquator, oder aus solchen von grösserer heliographischer Breite herleitet. Es deutet dies auf eine von der Sonnenrotation verschiedene Eigenbewegung der Flecke und wir wünschen, dass es Spörer gelingen möge, durch weitere Untersuchung dieses Gegenstandes der wahren Sonnenrotation, die wir noch so wenig kennen, näher auf die Spur zu kommen.

Carrington findet, dass die Flecke eine Bewegung haben, die sie vom Aequator aus nach beiden Seiten entfernt, womit zugleich die grössere oder geringere Frequenz in Verbindung steht. Wir würden in allen diesen Beziehungen bessere Resultate erhalten, wenn ein Beobachter der Tropenzone oder auch an der Küste von Chili, die Sonnenflecke beobachtete. Spörer in Anclam und Carrington in Durham werden stets nur fragmentarische Beobachtungen erhalten können und hier kann nur von ununterbrochenen ein sicheres Resultat erwartet werden.

Auch ist die Frage aufgeworfen worden, ob alle Seiten der Sonnenkugel gleich stark leuchten? Die Beantwortung hat Secchi durch photometrische Messung, Buys-Ballot durch die Temperaturmittel, geordnet nach Rotationsperioden der Sonne, zu geben versucht. In Beziehung auf letzteren gilt wohl die obige Bemerkung: die Tropenzone, wo unregelmässige Zustände der Temperatur seltener und schwächer sind, können, wenn anders hier eine Gewissheit zu erreichen ist, allein diese Gewissheit gewähren. Übrigens kommen aus früheren Jahrhunderten, namentlich bei Arabern und Persern, bereits Beobachtungen vor, die auf eine grosse Häufigkeit der Flecke in einzelnen Jahren schliessen lassen. 536 war der Glanz der Sonne merklich vermindert, 14 Monate hindurch. 626 ist sie vom October bis Juni zur Hälfte verdunkelt. 807 und 840 glaubte man Merkur oder Venus vor der Sonne zu sehen; da aber 8 und selbst 90 Tage Dauer angegeben werden, so waren es sicher nicht diese Planeten. 1547 ist die Sonne so stark verdunkelt, dass man 3 Tage lang Sterne am hellen Tage sah.

§ 171.

Mehrfach haben wir bereits des Sohnes und Nachfolgers W. Herschels gedacht; hier haben wir die wichtigste seiner Arbeiten ausführlicher zu erwähnen. John Herschel hatte schon 1825 begonnen, die Beobachtungen seines Vaters über die Nebelflecke wieder aufzunehmen, und eine neue Durchmusterung des Himmels in Beziehung auf diese Objecte machte deren Anfang. Die Örter wurden, wie es die inzwischen erschienenen Kataloge, namentlich der Piazzi'sche und der Bessel-Bradley'sche gestatteten, nach Rectascension und Declination ermittelt und nach ersterer geordnet. Einige wenige, von seinem Vater aufgeführte, wurden nicht wieder gesehen, einige der grob zerstreuten Sternhaufen als unberechtigt zu dieser Denennung ausgeschlossen, dagegen manche neue aufgefunden. Der betreffende Katalog erschien 1833 und die Royal Society hatte die Herausgabe besorgt.

Aber dies alles betraf nur den nördlichen und einen Theil des südlichen Himmels, so weit er in Slough noch deutlich genug sichtbar ist, um auf Nebelflecke geprüft werden zu können. Mehr als $\frac{1}{4}$ des gesammten Firmaments mussten hier undurchsucht bleiben, und um das schöne Werk wenigstens in dieser räumlichen Beziehung zu vollenden (denn wer dürfte hier von einer inneren Vollendung sprechen), entschloss sich J. Herschel, mit seinen hauptsächlichsten Instrumenten nach dem Cap der guten Hoffnung zu gehen und hier, wo der Südpol des Himmels sich bis 34° erhebt, den südlichen Himmel zu untersuchen.

Freilich konnte er bei diesem Unternehmen in allen wesentlichen Punkten nur auf sich selbst rechnen; er hatte aber, Astronom von Jugend auf, sich in allem Erforderlichen hinreichende Übung erworben, namentlich auch die eben so wichtige als schwierige Politur des grossen Spiegels mit Sicherheit ausgeführt. Am 18. November 1833 schiffte er sich mit seiner Familie und den Instrumenten auf dem der ostindischen Compagnie gehörenden Schiffe Elphinstone ein, und nach einer glücklichen Fahrt landete er in der Tafelbay am Morgen des 16. Januar 1834. Alle Instrumente fanden sich in demselben unversehrten Zustande, wie sie in England verpackt worden waren. Bald nach ihrer Abreise hatten verheerende Stürme die britischen Küsten betroffen, und erst am 4. April konnte das erste Schiff, was dem seinigen folgte, am Cap eintreffen.

Sechs englische Meilen von der Capstadt, in Feldhausen auf der Besitzung eines Herrn Schomberg, am östlichen Fusse des Tafelberges, wurden die Instrumente aufgestellt. Die Localität war so gewählt, dass man möglichsten Schutz vor den Winden, namentlich den Seewinden, genoss, und dass auch die den Gipfel des Tafelberges gewöhnlich einhüllenden Wolken in genügender Ent-

fernung blieben, und die Beobachtungen nur selten durch sie gestört wurden.

Am 2. Mai konnte J. Herschel seine Arbeiten mit einer
Messung des Doppelsterns α Centauri beginnen. — Eine solide
Steinpyramide wird künftigen Zeiten den Ort bezeichnen, wo das
grosse Instrument von 1834—1838 gestanden hat. J. Stone, ein
geschickter Mechanikus, von J. Herschel in England für diese
Expedition angenommen, war die einzige wissenschaftliche Hülfe.
Die wiederholt nöthige Politur des Spiegels besorgte Herschel
immer persönlich, so wie selbstverständlich auch alle Beobachtungen, Zeichnungen und Berechnungen.

In der Introduction seiner 1847 publicirten *Results of Cape
Observations* giebt er sehr ausführliche und beachtenswerthe Notizen über seine Teleskopspiegel und deren Aufstellung.

Bei den Verzeichnissen dieses interessanten Werks bedient sich
Herschel, nach dem Beispiel der Sternwarte Greenwich, der Nord-
polardistanzen, um einerseits die Zeichen $+$ und $-$, welche die
Declinationen erfordern, entbehrlich zu machen, andererseits die
Reductionselemente ganz gleichmässig anwenden zu können.

Vor Herschel hatte Dunlop in Paramatta einen Katalog
von 840 Nebelflecken des südlichen Himmels veröffentlicht; aber
nur 211 derselben konnte Herschel in seinem bei weitem lichtstärkeren Teleskop constatiren. Da man nun nicht annehmen kann,
dass in der kurzen Zwischenzeit 629 Nebelflecke vom Himmel verschwunden seien, so muss man Herschel beistimmen, wenn er
p. 4 des gedachten Werkes sich dahin ausspricht, *„that a want
of sufficient light or defining power in the instrument used by Mr.
Dunlop, has been the cause of setting down objects as nebulae
where none really exist.“* Eine Mahnung für andere Beobachter,
bei solchen Objecten unsichtig und mit sorgfältiger Beachtung
aller Nebenumstände zu verfahren und sich in schwierigeren Fällen nie mit einer Beobachtung zu begnügen. Wir halten uns für
überzeugt, dass d'Arrest's Nebelflecke bei künftigen Untersuchungen die Probe besser bestehen werden, als Dunlop's.

In dem Katalog der Nebelflecke geht zwar die laufende Nummer bis 4015, es sind jedoch mehrere, die schon bei W. Herschel vorkommen, mit aufgeführt, also schon in den 2807 des
europäischen Katalogs enthalten, da die Nummer der *Cape Observations* mit 2308 beginnt. Aus der weiterhin folgenden Uebersicht der Vertheilung der Nebelflecke findet sich, dass nördlich

vom Aequator 1817 und südlich 2116 von den beiden Herschel beobachtete Nebelflecke vorkommen. Das nicht sehr bedeutende Übergewicht der südlichen Halbkugel entsteht dadurch, dass die beiden Magellanischen Wolken und einige andere grosse Gebilde sich in Hunderte von einzelnen Objecten, Nebelflecken wie Sternen, durch das 20füssige Teleskop aufgelöst haben.

Diesen grossen Gebilden, eine dem südlichen Himmel eigenthümliche Formation, hat Herschel besondere Aufmerksamkeit gewidmet. Nicht allein giebt er uns die Coordinaten der Einzelglieder dieser Gesammtmassen vollständig, theils nach Messungen, theils, wo diese nicht wohl thunlich waren, nach Schätzungen an, er hat auch mehrere derselben in trefflichen Karten dargestellt, und Niemand wird die Darstellung der *Nubecula Major* auf Taf. X betrachten ohne ein freudiges Erstaunen über den unerschöpflichen Reichthum der Natur, der hier sich offenbart. Herschel nennt seine Darstellung eine *First Approximation*, und in der That, soll alles dieses so dargestellt werden, wie es möglich ist durch unsere heutigen Hülfsmittel, so wird ein Astronom sich finden müssen, der seine gesammte praktische Thätigkeit diesem Sternhaufen ausschliesslich widmet. Dass dies im höchsten Grade wünschenswerth sei — wer wird es leugnen, aber wer wird sich dazu bereit finden und wer ihm die Mittel bieten, Alles zu Ende zu führen? Sollte es aber einst dazu kommen, so wird Herschel's *first approximation* ihm bei dieser Arbeit trefflich zu Statten kommen.

Der Specialkatalog, den Herschel von dieser *Nubecula major* giebt, führt über 000 Objecte einzeln auf. Unter ihnen sind mehrere Hundert nicht Sterne oder Sternhaufen, sondern selbst wieder Nebelflecke, die möglicherweise ein künftiger Herschel eben so auflösen wird, wie der des 19. Jahrhunderts die ganze Nubecula. Wir lesen auf S. 38, dass nicht das ganze Gebilde seiner vollen Ausdehnung, sondern nur der hauptsächlichste Theil desselben bei η Argus gemessen und dargestellt ist. Ähnliche Specialkataloge finden sich auch von andern, zum Theil in Europa sichtbaren Gebilden, namentlich dem Orion-Nebel.

Wir finden, dass John Herschel's europäische Beobachtungen der Nebelflecke mit dem 2. Nov. 1823 beginnen und mit dem 23. Mai 1832 schliessen. Die afrikanischen beginnen den 5. März 1834, und die letzte datirt vom 22. Jan. 1838.

Im zweiten Abschnitt p. 165—304 finden wir seine Doppelstern-Messungen. Da sich das grosse Teleskop zu genaueren Po-

sitions- und Distanz-Messungen weniger eignet, so bediente sich
Herschel für eine beträchtliche Anzahl derselben den 7füssigen
Refractors, der gleichfalls in Feldhausen aufgestellt war.

Der glänzendste und gleichzeitig interessanteste dieser Doppelsterne ist α Centauri; unter allen Fixsternen der, welcher die
grösste Parallaxe zeigt, also dem Sonnensystem am nächsten steht,
nämlich nur 4½ Billionen Meilen. Aus den Beobachtungen Herschel's, wie denen anderer Beobachter und seinen eigenen, hat
Jacob in Poonah die Bahnelemente abgeleitet. Er findet 77
Jahre Umlaufszeit und eine Masse des Doppelsterns von 0,83 der
Sonnenmasse.

Herschel findet, dass die Doppelsterne von kleinster Distanz,
namentlich die beiden ersten Struve'schen Klassen am südlichen
Himmel seltener als am nördlichen vorkommen. Wir tragen einiges Bedenken, diesen Schluss sofort zu acceptiren. Das Spiegelteleskop, so treffliche Dienste es auch bei lichtschwachen Objecten,
also namentlich den Nebelflecken, leistet, ist weniger geeignet zur
scharfen und völlig deutlichen Trennung enggeschlossener Doppelsterne, wie sich dies selbst bei dem kolossalen Rosse'schen Teleskop zeigt. Wenn einst ein Refractor wie der von Lissabon, Pulkowa, Cambridge, am Cap oder einer ähnlichen Localität aufgestellt,
nach mehrjähriger Durchmusterung dasselbe Resultat giebt, dann
wird es an der Zeit sein, weitere Schlüsse darauf zu bauen.

Im dritten Kapitel p. 301—373 werden die photometrischen
Resultate gegeben. Er hat verschiedene Methoden der Lichtmessung
und Lichtschätzung angewandt, und wir glauben dies mit gutem
Grunde. Alle bisherigen Photometer, wie verschieden auch im
Princip, eignen sich nur für die helleren Sterne und versagen bei
irgend einer geringeren Grössenklasse ihren Dienst gänzlich. Herschel hat auch hier den richtigen Takt bewiesen, der nur durch
eine vieljährige Ausübung der praktischen Himmelsforschung erlangt werden kann, und eine geraume Zeit wird vergehen, bevor
seine Grössenbestimmungen, bis jetzt die zuverlässigsten von allen,
weil gegründet auf die sorgfältigsten und umfassendsten Untersuchungen, durch noch bessere ersetzt werden können.

Im vierten Kapitel wird die Constitution der Milchstrasse in
der nördlichen Hemisphäre untersucht. Der blosse Anblick der
Taf. XIII des Herschel'schen Werkes wird Jeden auf der
Stelle überzeugen, dass er hier ein eigenthümliches Gebilde vor
Augen habe, und nicht bloss die äusserste Kante der linsenför-

mìgen Sternschicht, wozu man neuerdings auf sehr ungenügender
und ungeeigneter Grundlage hin, die Milchstrasse hat machen
wollen. Gewiss ist J. Herschel unter allen Astronomen der,
dem hierin das competenteste Urtheil zukommt, und in seinen
Outlines of Astronomy sagt er ausdrücklich, die Milchstrasse sei
ein Ring. Allerdings bietet der nördliche Himmel nicht entfernt
eine solche Mannichfaltigkeit der Bildung, eine so reiche Glie-
derung der Milchstrasse dar als der südliche, und unwillkürlich
drängt sich uns die Schlussfolge auf, dass wir dem südlichen
Theil des grossen Ringgürtels näher stehen als dem nördlichen.
Hier zeigen sich auch die merkwürdigen Oeffnungen der Milchstrasse, die sogenannten Kohlensäcke (*Canopo obscuro*) der früheren Seefahrer in der fernrohrlosen Zeit, die zwar nicht gänzlich
sternenleer, aber auffallend sparsam und nur mit teleskopischen
Sternen besetzt sind. Ohne den Gegensatz der umgebenden helleren Milchstrassenpartien und der sternenreichen Zonen überhaupt
würde, wie Humboldt bemerkt, die Schwärze dieser Räume gar
nichts Auffallendes haben.

Aus Herschel's Zeichnung wie aus seiner Beschreibung geht
auch hervor, dass die Milchstrasse nicht einen grössten Kreis
bilde, wir also mit unserm Sonnensystem nicht in der Ebene der
Milchstrasse stehen, und eben so wenig ein Perpendikel vom Sonnensystem aus auf diese Ebene gefällt, das Centrum derselben treffe.

Die drei letzten Abschnitte des Werks behandeln den Halley'schen Kometen, der eine geraume Zeit nur auf der Südhalbkugel gut sichtbar war und von dem wir 13 treffliche graphische Darstellungen erhalten; die Saturnssatelliten und die
Sonnenflecke; und ein Anhang giebt noch die Messungen an,
durch welche die Lage von Feldhausen auf die der Capsternwarte
bezogen wird.

Mit Befriedigung sehen wir, dass John Herschel bei dem
Director und den Astronomen der Capsternwarte eine bessere Unterstützung fand als sein Vater bei Maskelyne in Greenwich.
Bereitwillig wurden ihm die Sternörter geliefert, die er bei seinen
Untersuchungen bedurfte und nur von dieser Sternwarte erhalten
konnte. William Herschel musste, mit seinen Teleskopen allein-
stehend, sich damit begnügen, nur Vergleichungen der Doppelsterne und Nebelflecke mit helleren Sternen zu erhalten, ohne in
seinen Katalogen die absoluten Örter, selbst nur annähernd, geben
zu können.

13*

Erwägt man die Masse und Mannichfaltigkeit alles dessen, was Herschel in den wenigen Jahren seines Aufenthalts am Cap in den Kreis seiner Beobachtungen zog, so hat man sich nicht darüber zu wundern, dass Viele der Meinung waren: Herschel hätte besser gethan, wenn er einer einzigen Classe von Objecten seine Aufmerksamkeit zugewendet hätte. Wir können nach Erwägung aller Umstände dieser Meinung nicht beipflichten. Auch selbst für eine einzige dieser Aufgaben, sollte sie ganz erschöpfend behandelt werden, hätten 4 Jahre nicht ausgereicht, wie durch zahlreiche Belege dargethan werden kann. In Europa, wo viele Sternwarten bestehen, und nicht wenige unter ihnen ein starkes Personal und einen reichen Instrumentenvorrath besitzen, also die einzelnen Aufgaben unter Viele vertheilt werden können, steht die Sache ganz anders als in Afrika, wo auf allen den Gebieten, über welche Herschel's Thätigkeit sich verbreitete, noch nichts, oder so gut als nichts geschehen war. Hier musste zu Allem eine erste Grundlage gelegt, eine *first approximation* gegeben werden, auf welcher die Nachfolger weiter fortbauen können. Wenn solche sich finden, und wir hoffen dies allerdings, so werden sie wohl thun, ein einziges der Kapitel des Herschel'schen Werks auszuwählen und ihre Kräfte auf dieses zu concentriren. Wir fürchten nicht, etwas den trefflichen Mann Herabsetzendes zu sagen, wenn wir es offen aussprechen: Herschel kann übertroffen werden, nicht von einem Einzelnen, aber von Vielen. Sollen z. B. die Doppelsterne des südlichen Himmels eben so gut bekannt werden, wie es die des nördlichen durch die fast 50 Jahre umfassenden Arbeiten der Dorpater Sternwarte, zu denen überdies noch mehrere andere mitwirkten, geworden sind, so wird ein Beobachter, oder eine Folge derselben, sich eine eben so lange Zeit damit beschäftigen müssen. Wir sagten so eben: Herschel könne übertroffen werden, wir müssen jedoch hinzusetzen: nur mit seiner eigenen Hülfe, nur unter umsichtiger Benutzung der Grundlagen, welche er, und er allein, gelegt hat. Nein, besser konnten diese vier Jahre nicht angewandt werden, als John Herschel sie angewandt hat, zumal der Reichthum dessen, was hier vorliegt, einen schönen Beweis giebt von der Unermüdlichkeit wie von der Umsicht des Beobachters, durch die allein solche Erfolge möglich waren.

Eine unerwartete Entdeckung war dem so rüstig thätigen Manne vorbehalten. Der Stern η Argus, dem kein früherer Beobachter heller als 2ᵐ geschätzt hatte, ward von 1834 bis 1837 all-

mälig immer heller, und am 2. Januar 1838 setzte ihn Herschel
heller als die meisten Sterne erster Grösse, gleich α Crucis und
nahezu gleich α Centauri. Gegen Ende seines dortigen Aufenthalts
schien dieser grosse Glanz wieder abzunehmen, was sich durch
die auf der Cap-Sternwarte fortgesetzten Beobachtungen bestätigte. Aber er nahm später aufs neue zu und zwar noch stärker
als früher. Herschel giebt folgende Zusammenstellung:

η Argus.

1677 Halley	. . . .	4ᵐ
1751 Lacaille	. . . .	2
1811—1815 Burchell	. . . . .	4
1822 Fallows*	. . . .	2
1822—26 Brisbane	. . . . . .	2
1827 Burchell	. . . .	1 = α Crucis
1823 (Febr.) Burchell	. . . .	2...1
1829—33 Johnson	. . . .	2
1832—33 Taylor	. . . .	2
1834—37 Herschel	. . . . . .	1...2
1838 (2. Jan.) Herschel	. . . > 1, = α Crucis und nahe = α Centauri
1838 (19. März) Maclear	. . < 1, schwächer als α Crucis
1843 (April) Maclear	. . . . . = Sirius
1843 (11.—14. April) Maclay	= Canopus.

---

* *Fearon FALLOWS*, geb. 1789 am 4. Juli, gest. 1831 am
25. Juli. Sein Vater, ein unbemittelter Weber zu Cockermouth
in der Grafschaft Cumberland, hielt den Sohn zu seinem Geschäft
an, indess, selbst nicht ganz ohne Schulbildung, unterrichtete er
auch den Sohn in den Elementen der Arithmetik und Geometrie.
Auch andere Bekannte unterstützten den Knaben, der grossen
Eifer zeigte, mit Büchern. Auf Empfehlung des Pfarrers Hervey
ward er Gehülfe in der Schule von M. Temple. Dieser starb
1808, und nun verschaffte ihm Hervey die Mittel, eine Universität zu besuchen. Er ward 1809 Student in S. Johns College zu
Cambridge.

Er promovirte 1813 zugleich mit John Herschel und ward
Bachelor of Arts. Nun las er mathematische Collegia mit grosser
Auszeichnung, was zur Folge hatte, dass, als das Gouvernement
die Errichtung einer Sternwarte auf dem Cap der guten Hoffnung
beschloss, Fallows zu deren Director ernannt wurde. Er be-
sichtigte jetzt mehrere Sternwarten, so wie mechanische und optische Institute, verheirathete sich 1821 am 1. Januar mit Her-

John Herschel hatte nach seiner Rückkehr die Nothwendigkeit empfunden, seiner praktisch-astronomischen Thätigkeit zu
entsagen. Er konnte dies in dem Gefühle, das Seinige redlich gethan und die Wissenschaft erheblich bereichert zu haben, der er
übrigens nur in dieser einen Richtung, keineswegs bis zu seinem Tode (er starb 1871 im Spätsommer) überhaupt entsagt
hat. Seine bereits erwähnten *Outlines of Astronomy*, seine
thätige Theilnahme an den in England bestehenden gelehrten,
namentlich astronomischen Gesellschaften — bei mehreren derselben hat er die Eröffnungsrede gehalten und Nachricht vom
Zustande und den Fortschritten der Wissenschaft in wie ausserhalb England gegeben — waren erfreuliche Zeichen seines fort-

----

vey's Tochter Mary Anna, segelte den 4. Mai ab und langte am
12. August 1821 auf dem Cap an.

Indess zog sich die Errichtung der Sternwarte in die Länge, so
eifrig auch Fallows die Arbeiten betrieb. Die provisorischen Instru-
mente, welche er sofort benutzen konnte, waren ein transportables
Durchgangs-Instrument von 20 Zoll Focaldistanz und ein kleiner
Höhenkreis von Ramsden mit sehr roher Theilung. Während des
Baues, den er persönlich leitete, wohnte er unter einem Zelte.

Endlich war 1829 alles fertig und die besseren Instrumente
konnten aufgestellt werden. Die Mikroskope des Kreises zeigten
sich nicht constant genug, und er gab sich viel Mühe, dies zu
verbessern. Sein Gehülfe Ronald starb, allein Mrs. Fallows
war bereit, an seine Stelle zu treten, und sie hat ihrem Gatten
treffliche Dienste geleistet.

Aber nicht lange sollte er sich dieser Verbesserung erfreuen.
Ein Sonnenstich hatte schon früher seine Gesundheit geschwächt.
Ein Fieber kam im Sommer 1830 hinzu. Scheinbar hergestellt,
wollte er jedenfalls das Äquinoctium des Frühlings noch erhalten.
Ende März war es ihm nicht länger möglich, zu beobachten, er
ging zur Erholung nach Simons Town, aber wohl zu spät, denn
er starb nach eben zurückgelegtem 42. Jahre.

Seine und seiner Gattin Beobachtungen sind später bearbeitet
und in London herausgegeben worden. Noch erschien von ihm:

On a curious appearance observed over the moon. 1822.
A catalogue of nearly all the principal stars between the Zenith of Cape
Town and the South Pole.

während regen Geistes und seiner Theilnahme an der Wissenschaft,
der sich diese ganze Familie gewidmet zu haben scheint.

Denn schon begegnen wir auf diesem Gebiete einem **Alexander
Herschel III.**, ohne Zweifel auch ein Theilnehmer an der Feier,
welche **John Herschel** mit seiner Familie im Rohre des alten
40füssigen Teleskops in der Neujahrsnacht 1840 beging. In der
Mitternachtsstunde ward im Rohre von allen Anwesenden ein von
John gedichtetes Lied gesungen und darauf das alte Instrument
auseinandergenommen, um seine einzelnen Theile zu einem Monu-
ment für William und seine Arbeiten zu ordnen.

Alexander Herschel macht eine scharfsinnige Anwendung
von der Bestimmung des Glanzes, welchen die Sternschnuppen
zeigen, auf ihre Masse. Die Kraft, mit der sie sich bewegen,
findet nämlich einen Widerstand bei der Bewegung durch die
Atmosphäre in Folge der Reibung. Diese Kraft jedoch verschwindet nicht; sie setzt sich nur in Wärme um, die bei einem
hohen Grade als Licht erscheint. So wird der Glanz zu einem
Maassstabe für die Summe von Kraft, und von dieser kann man
rückwärts auf die Masse schliessen. Wenn nun gleich hier noch
manche Bedenken entgegenstehen, ob nicht noch andere, nicht
so einfach zu ermittelnde Factoren zu berücksichtigen sind, so
gebührt doch dem Grundgedanken alle Anerkennung.

Wer möchte nicht mit uns wünschen, dass mit dem grossen
Namen des Ahnherrn auch sein Genie sich forterbe, und dass eine
lange Reihe von Herschels die Wissenschaft so kräftig fördern
möge, wie bis jetzt geschehen!

§ 172.

Die Expedition nach Feldhausen, deren Resultate wir im
vorigen Paragraph dargestellt, erinnert an ein ähnliches, wenn
gleich weniger ausgedehntes Unternehmen eines vermögenden
Liverpooler Kaufmanns, W. Lassell. Er hatte bereits bei einem
früheren Aufenthalto zu la Valetta auf Malta astronomische Beobachtungen angestellt und sich von den grossen Vorzügen überzeugt, die das dortige Klima, verglichen mit dem in Liverpool,
für Himmelsforschung gewährt. Seitdem war er mit Vollendung
eines Spiegelteleskops von 40 Fuss Brennweite zu Stande gekommen.
Er hatte statt des Rohrs ein eisernes Gerippe gesetzt, welches aus
16 durch grosse Zwischenräume getrennten Stangen bestehend, der

Luft einen freien Durchzug verstattete und dadurch einem Übelstande begegnet, der sich für solche Riesen-Instrumente sehr nachtheilig erwiesen hatte; — der ungleichen Temperatur an beiden Enden des Rohrs. Allerdings könnten hierbei die Seitenstrahlen störend einwirken, aber nicht in voller Nacht, wo das Instrument gewöhnlich nur angewendet wird.

Mit diesem Instrumente begab er sich im September 1861 abermals nach Malta, um es dort zu astronomischen Zwecken anzuwenden. Ihn begleitete als Gehülfe Marth.

Der Sitz des Beobachters ist nicht, wie beim grossen Herschel'schen Teleskop, am Instrument selbst angebracht, sondern es ist ein besonderer Thurm aufgeführt, aus dessen verschiedenen Etagen man auf eine Bretterlage tritt, auf welcher der Sitz befindlich ist. Für gute Äquilibrirung des Teleskops und namentlich des Spiegels ist aufs beste gesorgt. Der erwähnte Thurm kann sowohl um seine Axe gedreht, als nach dem Instrument hingeschoben, und so der Sitz stets so gestellt werden, dass das Auge des Beobachters vor dem Ocular steht. Die erwähnte Bewegung des Thurms und die richtige Einstellung des Instrumentes sind zeitraubende Operationen; allein dies ist bei so grossen Teleskopen unvermeidlich.

Lassell und sein Gehülfe haben die so schwer sichtbaren Monde des Uranus und Neptun genauer erkannt, als dies an irgend einem andern Orte möglich war. Der Begleiter des Sirius, den Alvan Clark entdeckte, ist hier deutlich zu sehen und es gewinnt den Anschein, dass sein Glanz nicht unbedeutenden Veränderungen unterworfen sei.

Der Besitzer, bereits in vorgerückten Jahren, überlässt die feineren und schwieriger sichtbaren Objecte meistens seinem jungen Gehülfen Marth.

Wenn diese Beobachtungen in Malta schon ganz geeignet sind, die grossen Vorzüge heiterer, südlicherer Klimate vor den nord- und mitteleuropäischen ausser Zweifel zu setzen, so tritt dieser Umstand in noch höherem Grade bei einer ähnlichen Expedition hervor, die Piazzi Smyth, gegenwärtig Director der Sternwarte Edinburgh, nach dem Pic von Teneriffa unternommen hat. Mit einem sehr lichtstarken, der Sternwarte gehörenden Refractor sollte die Frage entschieden werden, ob die höheren Luftregionen eines heitern südlichen Klima in der That die Sichtbarkeit schwacher Objecte in merklichem Grade begünstigen. Er hatte

auf eine Unterstützung von 300 L. St. angetragen; die britische
Regierung bewilligte nicht allein diese, sondern erhöhte sie noch
auf 500. Er wählte zwei Standpunkte, einen in 9800 Fuss Höhe
am Nordabhange des Berges, den andern noch näher dem Gipfel.
Ersterer gewährte eine grössere Leichtigkeit der Aufstellung als
letzterer. Der unerwartet grosse Unterschied der Luftdurch-
sichtigkeit hier und an der Seeküste von Orotava überraschte die
Beohachter selbst; ein Fernrohr, was an der Küste die Sterne
bis zur zehnten Grösse zeigte, liess sie oben bis zur zwölften
wahrnehmen. Smyth hat Bilder der Jupitersstreifen gegeben, wie
sie in Mitteleuropa, selbst mit den kräftigsten Instrumenten, nicht
erhalten werden können. Das Zodiakallicht zeigte einen ausserordentlichen Glanz und wir verdanken diesem nur kurzen Aufenthalte des Astronomen eine Reihe schöner Beohachtungen.

Wie sehr erscheint der Wunsch gerechtfertigt, dass diese in
Malta und Teneriffa gemachten Erfahrungen nicht unbeachtet
bleiben möchten, und dass die grössten und lichtstärksten Instrumente, welche die Künstler liefern werden, nicht ferner in die
Nebel Irlands und Ingermannlands versetzt, sondern an Orten aufgestellt werden, wo sie ihre volle Kraft bewähren können. Die
Civilisation macht riesenhafte Fortschritte, nach wenigen Jahrhunderten wird man die Erzählungen von den wilden Völkern zu den
alten Fabeln rechnen. Werden dann die heiteren Klimate West-
indiens, Südarabiens und so manche andere — werden die noch
erreichbaren und bewohnbaren Höhenpunkte vergebens der Beobachter harren? Für den weiteren Fortschritt der Himmelskunde ist eine zweckmässige Auswahl der Beobachtungspunkte
auf der Erdoberfläche noch wichtiger als eine weitergehende Vervollkommnung der Fernröhre.

Das gegenwärtig grösste Teleskop ist das des Lord Rosse*

---

* *William Parsons, Earl of ROSSE,* geb. 1800 am 17. Juni,
gest. 1867 am 31. Octbr. Nachdem er die erste Bildung im väter-
lichen Hause genossen, bezog er 1818 die Universität Dublin, von
wo er 1819 an das Magdalen-College nach Oxford überging, und
hier 1821 die akademischen Würden empfing. Von 1821 bis 1834
war er im britischen Parlament, und zog sich hier nur zurück,
um seinen wissenschaftlichen Studien sich desto ungestörter zu
widmen. Er war 1831 zum Lord-Lieutenant der Grafschaft und

zu Castle Town in Irland. Mit richtigem Takt hat der Besitzer
für seine Untersuchungen den Gegenstand gewählt, bei welchem
die Superiorität der Teleskope am schlagendsten hervortritt — die
Nebelflecke. Hier giebt es verhältnissmässig weniger zu messen,

1834 zum Obersten der Miliz ernannt. 1836 verheirathete er sich
mit Mary Field. Nach dem Tode seines Vaters 1841 ging dessen
Titel auf ihn über. Wiewohl er später als Irischer Peer ins Parlament wieder eintrat, nahm er hier doch selten das Wort; er
war mehr ein Mann der That, und hat dies in den verschiedenen
Comités, an denen er Theil nahm, bewährt. Von Natur wohl-
thätig und theilnehmend, hat er den grössten Theil seines bedeutenden Einkommens zur Unterstützung bedürftiger Landsleute angewandt. Astronomie war sein Lieblingsstudium; doch um seine
Pläne in Ausführung zu bringen, bedurfte er eines eingehenden
Studiums der Mechanik und der Chemie, und er hat nichts ver-
absäumt, wie er denn überhaupt ein Mann von sehr ausgebrei-
teten Kenntnissen war.

Schon seit 1826 datiren die Experimente, deren schliessliches
Ergebniss ein Teleskop war, wie es die Welt nie gesehen. Eine
detaillirte Beschreibung seiner darauf gerichteten Arbeiten hat er
veröffentlicht; sie lässt nichts vermissen, was Demjenigen wichtig
ist, der ein ähnliches Unternehmen beabsichtigt. W. Herschel's
Arbeiten hat er sehr wenig angewandt. Er versuchte zuerst die
von Blair empfohlenen Glaslinsen mit Flüssigkeit gefüllt, allein
der Erfolg befriedigte ihn nicht; Teleskopspiegel erkannte er bald
als das einzige, was ihm genügen könne. Aber schon bei dem
3 Fuss im Durchmesser haltenden Spiegel, mit dem er begann,
zeigten sich zahllose Schwierigkeiten. Die Ermittelung der vor-
theilhaftesten Metallmischung, die Beseitigung der Temperatur-
differenzen, die Einrichtung der Öfen für den Guss der Spiegel,
die Methode des Schleifens und Polirens und wie vieles Andere
musste untersucht werden. Die wenigen Vorgänger Rosse's halfen ihm so gut als nichts. Short, der früheste Verfertiger von
grossen Teleskopen, hatte vor seinem Tode die Zerstörung aller
seiner Vorrichtungen anbefohlen. Lord Stanhope hatte mit allen
Anstrengungen und Mitteln nie etwas Brauchbares zu Stande gebracht, W. Herschel nie etwas Ausführliches über sein Verfahren
bei Anfertigung der Spiegel veröffentlicht. So war Alles neu zu er-

desto mehr aber zu sehen. Für Messungen werden auch die
grössten Teleskope gegen die Refractoren wohl stets entschieden
im Nachtheil bleiben; abgesehen von dem Umstande, dass zehn
Messungen im Refractor weniger Zeit erfordern als eine im Te-
mitteln. Nach vielen Versuchen gelangte er zu einer genügenden
Figur des Spiegels dadurch, dass dieser in horizontale Rotation
versetzt ward, bei ruhendem Schleifapparat. Nicht mindere Schwierigkeiten waren bei der Aufstellung und den Mitteln der Bewegung zu besiegen.

Im J. 1840 war der Guss und die Politur des 3füssigen Spiegels zu Stande gekommen; bei dem 6füssigen, der nun in Angriff
genommen ward, konnten die gemachten Erfahrungen benutzt
werden; am 13. April 1842 war er fertig. Seine Einhängung und
die Montirung des ganzen Teleskops (von 53 Fuss Brennweite)
verzog sich bis Anfang 1845, wo Dr. Robinson und Sir James
South das Ganze besichtigten und in begeisterten Ausdrücken
darüber berichteten.

Nur wo, wie hier, eine seltene mechanische Geschicklichkeit,
umfassende optische wie allgemein wissenschaftliche Kenntnisse
und reiche äussere Mittel sich in einer Person vereinigen,
ist ein Werk wie dieses möglich; und wie hoch auch immer der
Werth von Rosse's Beobachtungen sein möge, sein hauptsächlichster
Ruhm wird dennoch die Verfertigung dieses Instruments sein und
bleiben.

Der Hauptvorzug dieses grössten Teleskopes ist seine ungemeine Lichtstärke, und der Verfertiger hat einen richtigen Takt
bewiesen, wenn er es vorzugsweise zur Untersuchung der Nebelflecke anwandte. Für Doppelsterne, wie für Untersuchung der
Körper des Sonnensystems, würde es mit anderen grösseren Instrumenten rivalisiren; für die Nebelflecke, namentlich die schwächeren, steht es einzig da. Doch schon ist ein nach seiner Methode
construirtes Teleskop mit 4füssigem Spiegel von Grubb zu Stande
gebracht, und Rosse hat mit Freuden seinen Rath und seine Bei-
hülfe gewährt; denn wie er selbst äussert, sein Ehrgeiz besteht
nicht darin, das grösste Instrument allein besitzen zu wollen, sondern er will vor Allem die Wissenschaft fördern. Das Grubb'sche
Instrument geht nach Australien, zur Erforschung des südlichen
Himmels. — Wir erwähnen noch, dass er der in Cork 1843 ver-

leskop. Soll die optische Kraft verstärkt werden, so wird man
allerdings sowohl Teleskopspiegel als Objective vergrössern müssen,
womit dann nothwendig auch eine grössere Länge des Rohres
verbunden ist. Wir sind in der That auf dem Wege, zu Brennweiten zu gelangen, wie die Cassini und Huyghens sie in Anwendung brachten. Welche Mittel wird dann unsere Mechanik
besitzen, solche Kolosse wirklich brauchbar zu machen? Denn zu
den Seilen und Mastbäumen jener Astronomen wird man nicht
wieder zurückkehren wollen. Ein eisernes Gerippe, wie Lassell
es anwandte, würde bei grösseren Brennweiten bald die Grenze
finden, jenseit welcher es nicht mehr die erforderliche Festigkeit,
namentlich auch Sicherung vor Durchbiegungen gewährt, und in
einem geschlossenen Rohre würden die Nachtheile, die beim
Rosse'schen Teleskop schon jetzt so empfindlich sind, in ver-
stärktem Maasse hervortreten.

　　Lord Rosse hat in den *Philosophical Transactions* von 1861
einen Aufsatz gegeben „*on the Construction of Specula of six feet
aperture, and a selection from the observations of nebulae made with
them,*" aus dem man die ausserordentlichen Schwierigkeiten ersehen
kann, welche hier zu überwinden waren. Von 6 Spiegeln, die
nach einander mit äusserster Sorgfalt gegossen und polirt wurden,
gelangen nur 2 so, dass ihre Anwendung befriedigende Resultate
gewährt. Nicht minder kunstvoll und complicirt ist die Maschi-
nerie der Richtung und Bewegung des kolossalen Rohres, wie die
Construction der Treppen und Galerien, durch welche der Beobachter zum Ocular gelangt.

　　Auf S. 701 bemerkt Rosse, es seien ihm häufig zwei Fragen
vorgelegt worden:

　　1) Wie weit lässt sich die Vergrösserung bei diesem Teleskop

---

sammelten *British Association* als Präsident vorstand, dass er zahl-
reiche Ämter von Zeit zu Zeit bekleidete und in den letzten sechs
Jahren seines Lebens Kanzler des Trinity College der Universität
Dublin war.

　　Eine Kniegeschwulst, die er durch Operation zu beseitigen
suchte, ward im 68. Lebensjahre Ursach seines Todes. Er ruht
zu Parsonstown in der Kirche S. Brandon. Seine Würde, wie
der Besitz seines Teleskops, sind an seinen ältesten 1840 gebo-
renen Sohn übergegangen.

treiben? Er hält die Anwendung einer einzigen Objectivlinse,
welche eine 1300malige Vergrösserung gewährt, für das Ange-
messenste im Klima von Irland. Allerdings hat er es auch mit
einer 2000maligen versucht; aber die klimatischen Zustände gestatten dies nur äusserst selten.

2) Ist es möglich, noch grössere Teleskope als dieses 53füssige
herzustellen, und kann ein solches von Nutzen sein? Rosse
glaubt beides bejahen zu können und wir freuen uns dieser Aussicht für die Zukunft; müssen jedoch wünschen, dass, um diese
Bejahung richtig zu würdigen, Jeder den erwähnten Aufsatz durch-
lese und namentlich auch die Bedingung beachte, welche Rosse
hinzufügt, dass für solche Instrumente nur die günstigsten Klimate, welche unser Planet darbietet, gewählt werden müssten,
wenn sie uns wahrhaft fördern sollen.

Schon bei einer früheren Gelegenheit hatte Rosse erklärt,
dass wenn ein ähnliches Unternehmen, wo und von wem dies
immer sei, beabsichtigt werde, er mit Freuden bereit sei, alle von
ihm gemachten Erfahrungen ausführlich mitzutheilen. Er selbst
wünsche nur, der Wissenschaft nach Kräften zu nützen und es
habe keinen Werth für ihn, als derjenige zu gelten, der das grösste
aller astronomischen Instrumente besitze.

Es folgen sodann in dem erwähnten Aufsatze eine Auswahl
von Beobachtungen aus seinem Tagebuche, wobei die seiner Gehülfen Mitchel, Storney und Hunter mit aufgenommen sind,
und wo die Art der Beschreibung derjenigen analog ist, die John
Herschel in seinem Katalog anwandte. Auch ist die Nummer
des Herschel'schen Kataloges mit aufgeführt.

Die Figurentafeln stellen 43 Nebelflecke nach den Zeichnungen der drei genannten Gehülfen dar, und zwar in doppelter Ausführung: einmal in gewöhnlicher Weise, schwarzer Druck auf
weissem Papier, und sodann dieselben Objecte weiss auf glänzend
schwarzem Grunde, also die eigentlichen positiven Bilder. Auch
die in und bei den Nebelflecken vorkommenden Sterne sind mit
aufgeführt, jedoch nur solche, für welche Messungen des Positionswinkels und der Distanz erhalten worden sind.

Lord Rosse bemerkt, dass er die Vollendung der ganzen Arbeit nicht habe abwarten wollen, denn da diese jedenfalls eine
lange Reihe von Jahren erfordern werde, so habe er für angemessen erachtet, schon jetzt eine Probe der Leistungen zu veröffentlichen. Besonders merkwürdig sind die spiralförmigen Nebel,

die vorher so gut als gar nicht beachtet worden waren. Alexander, ein amerikanischer Astronom, glaubt in dieser Form eine Andeutung zu finden dass in diesen Massen ein Gleichgewichtszustand nicht, oder noch nicht, Statt fände, und er dehnt diesen kühnen Schluss auch auf unser Fixsternsystem aus, da die Milchstrasse gleichfalls eine Spirale sei. Wir glauben nicht, dass mit so raschen und übereilten Schritten der Wissenschaft gedient ist. Wir können gewiss sein, von den so entfernten Nebelflecken nur die stark leuchtenden Theile zu erblicken, neben denen es noch viele schwach oder gar nicht leuchtende geben mag. Das Gleichgewicht hat aber mit dem Leuchten nicht das Mindeste zu thun; jede dieser beiden Beziehungen ist für sich zu betrachten.

§ 173.

Die Erdgestalt, die sowohl an und für sich als auch für viele astronomische Fragen so wichtig ist, kam aufs Neue zur Sprache. In der That waren alle früheren Versuche, die Erdgestalt zu bestimmen, deshalb von nicht ganz genügendem Erfolge, weil alle gemessenen Bögen, mit einziger Ausnahme des französischen, kleine Meridianstücke von höchstens 3° Ausdehnung waren, und obgleich sie den verschiedensten Seiten der Erde angehörten, sah man sich doch genöthigt sie zu combiniren, wollte man überhaupt zu einem Resultate gelangen. Theoretisch richtig konnte dieses Verfahren nur dann sein, wenn alle Meridiane der Erde einander gleich, also auch der Äquator und alle seine Parallelen Kreise sind.

Aber diese Annahme, wenn gleich aus allgemeinen Gründen wahrscheinlich, war durch nichts direct erwiesen, und überdies hatte die Erfahrung gezeigt, dass nicht allein bei verschiedenen Combinationen merklich verschiedene Abplattungs-Coefficienten herauskamen, sondern auch die zum Grunde gelegten Gradmessungen Fehler übrig liessen von einer Grösse, wie sie nach der Genauigkeit und Sorgfalt derselben nicht erwartet werden konnten. Auch die Entdeckung eines Berechnungsfehlers in dem südfranzösischen Theile der Gradmessung half nur theilwois dem Uebelstande ab.

Die Untersuchungen Walbeck's (*de forma et magnitudine telluris ex dimensis arcubus meridiani definiendis, Aboae* 1819) und E. Schmidt's (Bestimmung der Grösse der Erde aus den vorzüglichsten Messungen der Breitengrade; 1820 (in Schumacher's Astr. Nachr. Nr. 161) konnten nur wenig befriedigen, denn es blieben Fehler bis zu 5 Secunden in den einzelnen Messungen übrig, obgleich gegen die angewandten Berechnungsmethoden, wie gegen die Schärfe des Calculs nichts einzuwenden war.

Allein auch in Bessel's Bearbeitung, die bereits eine grössere Zahl von Gradmessungen, und darunter einige von bedeutender Länge benutzen konnte, blieben diese Differenzen. Indess erkannte Bessel schon den wahren Grund: die lokalen Unregelmässigkeiten der Bodengestaltung müssen einen Einfluss auf die Messungen ausüben, den man mit Unrecht den Fehlern der Operation beimessen würde (vergl. seine Abhandlung in Schumacher's Astr. Nachr. Nr. 329—331). Die von ihm selbst und dem General Baeyer geleitete preussische Gradmessung, die mit einer früher nie erreichten Genauigkeit ausgeführt war, zeigten in ihren einzelnen Theilen Abweichungen, die gar keine andere Erklärung zuliessen.

Noch von einer anderen Seite zeigten sich diese Differenzen: die astronomisch bestimmten Breiten harmonirten nicht mit den geodätischen. So ward für den nördlichsten der gemessenen Punkte astronomisch 70° 40′ 11,3″, geodätisch dagegen 70° 40′ 8,3″ erhalten. Noch grössere Differenzen, bis zu 5,49″ steigend, zeigten sich bei anderen Punkten. Jeder musste sich sagen, dass Differenzen von diesem Betrage wohl im 17. und der ersten Hälfte des 18., aber gewiss nicht mehr im 19. Jahrhundert den Messungs- und Beobachtungsfehlern zugeschrieben werden konnten.

Nun hatte Borenius in verschiedenen, theils im Petersburger Bulletin, theils in Helsingfors erschienenen Abhandlungen versucht, die Figur der Erde aus den Pendelbeobachtungen zu bestimmen, die durch Sabine, Kater,* Bessel u. a. gleichfalls

---

* *Henry KATER*, geb. 1782, gest. 1835 am 26. April. Ein britischer Militär im Range eines Kapitäns, zeigte er eine entschiedene Neigung für Mechanik, und als Gesundheitsrücksichten ihn veranlassten, seinen Abschied zu nehmen, widmete er sich ganz der praktischen Ausübung derselben. Die *Philosophical Transactions* enthalten die Früchte seiner Thätigkeit: Ideen zur Verbesserung der Instrumente; Pendelbeobachtungen mit einem von ihm wesentlich verbesserten Pendel; Untersuchungen über eine

einen hohen Grad von Genauigkeit und Sicherheit erlangt hatten.
Die auch hier sich zeigenden grossen Abweichungen brachten ihn
auf den Gedanken, die Meridiane möchten in der That verschieden
und die Erde ein dreiaxiger Körper sein. Namentlich der Umstand, dass Pendel unter ganz oder nahezu gleichen Breiten, aber
erheblich verschiedenen Längen gleichwohl verschiedene Resultate
ergeben hatten, brachten ihn auf diese Idee.

Inzwischen waren die Messungen der grossen Meridianbögen
in Russland und Norwegen (von 25¹/₂ Grad Erstreckungen), die
ostindische von Lambton und Everest (21¹/₂°), die neue englische von Roy (10°) hinzugekommen; eine sehr genaue Messung
vom Cap (4¹/₂°) und einige andere konnten gleichfalls mitgenommen oder doch besser als früher benutzt werden, und so ausgerüstet bearbeitete Th. v. Schubert seinen *Essai d'une détermination de la véritable figure de la terre* (Petersburg 1861), in welchem er den von Borenius angeregten Gedanken ausführte und
unter der Annahme eines dreiaxigen Erdkörpers die Messungen
berechnete. Es ergab sich ausser der polaren Abplattung eine
allerdings weit geringere ($\frac{1}{14000}$) des Äquators und seiner Parallelen;
derjenige Meridian, der die grösste Ellipticität hatte und folglich,
allein in Betracht gezogen, auf die grösste Polarabplattung führen
musste, zog nahe an Kasan vorüber (in etwa 58°). In der Berechnung waren einige kleine Correctionen noch unberücksichtigt
geblieben; Minding, Professor in Dorpat, untersuchte auch diese
und fand, dass der grösste Meridian noch um einige Grad öst-
licher angenommen werden müsse.

Wenn nun gleich die grossen Breitendifferenzen sich durch

Scale für Gewicht und Maass; trigonometrische Operationen zur
Bestimmung des Längenunterschiedes zwischen Greenwich und
Paris; Magnetische Untersuchungen; endlich Anwendung und Ge-
brauch des von ihm erfundenen Collimators. — Sein convertibles
Pendel beruht auf der Reciprocität des Mittelpunkts der Oscil-
lation mit dem der Suspension, die im Princip längst bekannt,
von ihm zuerst angewandt wurde, um die genaue Länge des
Secundenpendels zu bestimmen.

Ein Lungenschlag machte dem Leben des thätigen und verdienten Mannes ein schnelles Ende; in den letzten Jahren hatte
Augenschwäche ihn an eigenen praktischen Arbeiten behindert.

diese Annahmen sehr verminderten, und auch die Längendifferenzen bei mehreren Punkten, wie Dorpat und Warschau, sich
gleichfalls auf ein erträgliches Maass reduciren liessen, so konnte
man doch nicht sagen, dass alles ganz genügend dargestellt sei.
Die $5\frac{1}{2}$" Abweichungen waren auf ihren dritten Theil herab-
gebracht; allein selbst dies erschien noch zu bedeutend im Hinblick auf die Genauigkeit der neuesten Gradmessungen. Wohl
war nachgewiesen, dass die auffallendsten Abweichungen durch
die Annahme eines dreiaxigen Erdkörpers weggeschafft werden
könnten, keineswegs jedoch, dass diese Annahme nothwendig sei.

Schon Bouguer hatte die Vermuthung ausgesprochen, dass
Localanziehungen einen nicht unbedeutenden Einfluss auf die Resultate der Gradmessungen haben könnten, und Airy hatte nicht
allein dieses bestimmt nachgewiesen, sondern auch gezeigt, wie
man diese Localanziehungen, insbesondere die von der Ungleichheit des Terrains herrührenden, in Rechnung ziehen könne. Bei
der neuesten englischen Gradmessung sind diese Ungleichheiten
nach den von Airy gegebenen Vorschriften berücksichtigt und
angebracht worden.

Hier also zeigte sich ein neuer Weg, auf dem man wahrscheinlich zu einer ganz genügenden Darstellung der Gradmessungen sowohl als der Pendelbeobachtungen gelangen wird. Freilich noch nicht in der Gegenwart, denn selbst angenommen, dass
die Localanziehungen nachträglich an die bereits fertig vorliegenden
Messungen angebracht werden können, so erfordert schon ihre
genaue Bestimmung eine sehr beträchtliche Zeit, und überdies
bilden die Terrainungleichheiten nur einen Theil, wenn gleich den
bedeutendsten, der hier mitwirkenden Localungleichheiten. Denn
wenn schon die Eisenmassen, welche die unteren Räume der
schwedischen Eisenmagazine erfüllen, auf den Gang einer Pendeluhr im oberen Stockwerk einen bemerkbaren Einfluss ausüben,
so wird von den oft so ausgedehnten metallischen Gängen im
Innern der Erde und eben so, nur im entgegengesetzten Sinne,
von den Höhlungen eben dieses Innern, eine Wirkung auf das
Resultat der Messungen nothwendig ausgeübt werden müssen.

v. Schubert selbst erklärt in einem von den Astronomischen
Nachrichten mitgetheilten Aufsatze, dass das Resultat, zu dem er
in dem erwähnten *Essai* gekommen, ihn nicht ganz befriedige.
Er findet aus allgemeinen Gründen ein zweiaxiges Erd-Ellipsoid
für wahrscheinlicher und macht nun den Versuch, aus den drei

grössten europäischen Messungen (der russischen, französischen und englischen) die Erdfigur zu bestimmen, nachdem eine Localanziehung in Fuglenäs mit 3″ Correction an die dortige Polhöhe angebracht ist. Er findet

$$
\begin{aligned}
\text{Grosse Axe der Erde} &= 3272667,1 \\
\text{Kleine Axe} &= 3261104,3 \\
\text{Abplattung} &= \frac{1}{283,032}
\end{aligned}
$$

Mit diesem Resultat stimmen alle übrigen Messungen, mit Ausnahme der zweiten ostindischen, so weit, dass überall nur kleine Localattractionen zu berücksichtigen sind. Bei der ostindischen dagegen zeigt der nördlichste Endpunkt Kaliana

$$
\begin{aligned}
\text{astronomisch} \quad &29^\circ\ 30'\ 48,90 \\
\text{geodätisch} \quad &29\ \ 31\ \ \ 6,76.
\end{aligned}
$$

Offenbar rührt diese Differenz von 17,86″ von der Anziehung des Himalaya her.

Die Forderung, Localanziehungen zu berücksichtigen, hat eine Gegenschrift, die von Pulkowa's Astronomen ausging, veranlasst. Diese hebt hervor, dass es noch nicht möglich sei, alle Localanziehungen zu berücksichtigen, was gewiss zuzugeben ist. Daraus aber folgt nicht, dass wir die, welche berücksichtigt werden können, so lange vernachlässigen sollen, bis auch die übrigen bestimmt sind. Zunächst, wie auch Schubert am Schlusse hinzufügt, muss der Versuch gemacht werden, ob nicht die strenge Berücksichtigung der Terrain-Differenzen allein schon hinreicht, alles in Übereinstimmung zu bringen, und erst in dem Falle, wenn dies nicht gelingt, wird man die Abweichungen, welche von der Ungleichheit des Erdinnern herrühren, in Betracht ziehen. Man wird dann am sichersten auf sie geführt werden, wenn die schliesslich übrig bleibenden Abweichungen vorliegen, und man versichert ist, sie keiner anderen Quelle mehr zuschreiben zu können.

Es ist noch zu bemerken, dass nicht die Breiten allein, sondern auch die Längen, und eben so die Azimuthe Abweichungen zeigen, die zu gross für Beobachtungsfehler sind. Deshalb begrüssen wir freudig ein Unternehmen, das gegenwärtig im Werke ist — eine Längengradmessung quer durch Europa von der atlantischen Küste bis zum Ural. Man wollte sie anfangs auf dem Parallel 45° N. B. vornehmen; gewichtige Gründe haben aber dahin geführt, auf 51° N. B. zu messen, wo weder Pyrenäen, noch Alpen und Kaukasus in bedenklicher Nähe stehen, da die Linie meistens durch freie Ebenen hinzieht und nur mässige Berghöhen zu überschreiten sind.

Zwar sind schon weit früher Längengradmessungen nicht nur zur Sprache gekommen, sondern auch ausgeführt worden, aber die gemessenen Bogen waren zu kurz, oder auch die Operation selbst mangelhaft, so dass sie wohl als Landmessungen eine Geltung beanspruchen, aber keine Entscheidung über die Erdgestalt geben können. Die neueste und gleichzeitig beste dieser kleinen Längengradmessungen ist die, welche Generallieutenant v. Müffling im Jahre 1823 zwischen Ostende und der Sternwarte Seeberg ausgeführt hat. Über sie ist in Schumacher's Astronomischen Nachrichten, Nr. 27, so wie in einer eigenen 1826 erschienenen kleinen Schrift berichtet.

Ungemein reich ist die Literatur dieses Gegenstandes. Der Katalog der Pulkowaer Bibliothek enthält gegen 1000 einzelne Titel, unter denen man doch noch Manches, wie namentlich die meisten der zahlreichen in der ersten Hälfte des 18. Jahrhunderts gewechselten Streitschriften vermisst. Den Anfang macht Fernelius' *Narratio de gradus meridiani dimensione.* 1528.

An diese neueren Bestimmungen der Erdgestalt schliessen sich die an, welche sich auf die Erddichtigkeit beziehen.

Die umfassendsten Untersuchungen über die Erddichtigkeit sind die, welche F. Baily in einem ganz isolirten Gebäude seines Gartens Tavistock Place Nr. 37 in London vom 24. Januar 1841 bis 9. Mai 1842 in der Gesammtzahl von 2153 Beobachtungen der Drehwaage angestellt hat, und über welche der 14. Band der *Memoirs*, der ganz allein aus dieser Abhandlung besteht, auf 120 und CCXXXXVIII Seiten vollständige Auskunft giebt. Alles ist hier vollständig detaillirt und die Beobachtungen einzeln gegeben nebst allen zur Reduction erforderlichen Angaben und, wo erforderlich, durch Illustrationen erläutert.

Der Raum war gegen Temperaturverschiedenheiten durch geeignete Vorkehrungen geschützt, das einzige Fenster desselben verdunkelt und ein Windzug im Innern unmöglich gemacht. Sowohl die Art der Ausführung als die Massen selbst wurden in der verschiedensten Weise abgeändert und schliesslich die Resultate nach allen diesen Modificationen gesondert zusammengestellt. Das Aufhängungsmaterial war Seide, Stahl, Kupfer, Messing, und zwar

14*

entweder ein oder zwei Fäden. Die schwingenden Kugeln Platina,
Messing, Zink, Blei, Elfenbein, Glas. In drei Versuchsreihen
schwang der Messingstab allein, ohne Kugel. Die Durchmesser
dieser Kugeln waren 1½, 2, 2½, Zoll. Durch Combination dieser
Verschiedenheiten konnte fast jede Versuchsreihe etwas Eigenthümliches haben, zumal auch der Abstand der Kugeln von den
Massen noch variirt wurde. So ist beispielsweise die erste Versuchsreihe vom 24. Januar bis 1. Februar 1841, in allem 37 Versuche, angestellt mit zweizölligen Bleikugeln, einer doppelten
Seidenschnur zur Aufhängung und einem Abstande von 0,177 Zoll
zwischen Kugel und Masse. In der zweiten Reihe, 23 Beobachtungen vom 2. bis 8. Februar, war alles wie in der ersten, nur
fand nach jedem Versuche eine Vertauschung der beiden Massen
statt. In der vierten Reihe zweizöllige Zinkbälle, sonst alles wie
im ersten.

Wir finden notirt: Thermometer und Barometer zu Anfang
und Ende jeder Tagesreihe, die Stellung der Massen, vier Ablesungen der Theilung, zweimal bei jedem Extrem, nebst dem
ersten, zweiten und dritten Mittel; die Zeitmomente, wo die Kugel
einen bestimmten Stand wieder erreichte, die daraus berechnete
Schwingungsdauer und schliesslich eben dieselbe für den aus den
Ablesungen geschlossenen Stillstandspunkt. Wir setzen zur bessern Deutlichkeit die erste Beobachtung vom 6. März 1841 her,
in der Gesammtzahl die 171.:

							f. d.	
				Reihg	at div. ro.	at div. ro.	by div.ro. by div.ro.	Reihg
				Polst.	9ʰ 42ᶠ 26ᵐ0ᵘ	42ᵗ 9ᵘ		Polst.
T. 45,75° F. 99,00	90,240				49 29	49 46	15 10,0 15 9,0	154,517ᵐ
B. 29,880ᵘ 81,48	89,790	90,015	89,967		57 56	57 18	7 35,0 7 34,3	
93,10	90,050	89,920						
82,00								

Wie aus diesen Beobachtungen die numerischen Bestimmungen
für Erddichtigkeit abgeleitet werden, muss man im Werke selbst
nachsehen. — Wir finden die Resultate der einzelnen 62 Versuchsreihen, nach verschiedenen Gesichtspunkten geordnet, am
Schlusse des Werks. In Tabelle II sind die Resultate nebst ihren
Mitteln in chronologischer Folge gegeben; Tabelle III ordnet sie
nach dem Material der Aufhängung. Tabelle IV nach der Art
derselben. In Tabelle V finden wir sie nach dem Gewicht der
Kugeln geordnet, endlich Tabelle VI giebt sie so, dass die grösste
Zahl für Dichtigkeit den Anfang, die kleinste das Ende bildet.

Nimmt man aus allen Versuchen, ohne einen einzigen
auszuschliessen, das mathematische Mittel, so erhält man 5,6747 ± 0,0038;
schliesst man die zweite Reihe aus . . . . 5,6734 ± 0,0039;
schliesst man die Reihen 56, 57, 62, wo der Messingarm
ohne Kugel schwang, aus . . . . 5,6066 ± 0,0038;
werden die Reihen 33 und 35, mit den Elfenbeinkugeln,
ausgeschlossen . . . . 5,6683 ± 0,0033;
und mit allen diesen Ausschlüssen insgesammt . . . . 5,6604 ± 0,0032.

Am meisten gerechtfertigt erscheint der Ausschluss der drei
Reihen, in denen die Kugeln ganz fehlten. Sie gaben Reihe

$$
\left.\begin{array}{l}
56 \ldots 5,993 \\
57 \ldots 6,154 \\
62 \ldots 5,925
\end{array}\right\} 5,024
$$

während alle übrigen Resultate zwischen 5,550 und 5,847 stehen.

In der zweiten Reihe waren, wie oben bemerkt, die Lagen
nach jeder Beobachtung vertauscht worden; sie ergab 5,582; die
33. Reihe giebt 5,847 und die 35. 5,839.

Man kann also 5,66 oder in runder Zahl 5½, als ein Resultat für die Erddichtigkeit annehmen, welches, so weit diese
Beobachtungen schliessen lassen, nur in den höheren Decimalen
von der Wahrheit abweicht.

Cavendish hatte aus 29 Beobachtungen 5,45, Reich aus
14 Versuchen 5,46 und aus 6 späteren, mit einer anderen An-
ziehungsmasse, 5,45 gefunden.

Der Vorzug der letzteren Zahlen und namentlich der Baily'-
schen vor denen, welche durch die Anziehung der Bergmassen
erhalten sind, scheint entschieden, gleichwohl dürfte der Vorschlag, an einer der ägyptischen Pyramiden den Versuch Maskelyne's zu wiederholen, alle Beachtung verdienen. Die Form
der Pyramiden nähert sich einer mathematisch regelmässigen so
sehr, dass man das Volumen scharf zu bestimmen im Stande ist,
und die Gleichförmigkeit des Materials gestattet eben so eine hinreichend genäherte Bestimmung des specifischen Gewichts, mithin
auch der Masse. Nur hoffen wir, dass jetzt, nachdem Baily mit
2153 Beobachtungen der Drehwage an die Öffentlichkeit getreten
ist, Niemand mehr aus so wenigen Beobachtungen wie Cavendish und Reich es für ausreichend hielten, ein Resultat wird
ziehen wollen.

Grosse Vorsicht und Aufmerksamkeit auf jeden Umstand ist
bei diesen Arbeiten unerlässlich. Wir führen nur eine Bemerkung

von Reich an, der aus seinen gemachten Erfahrungen Folgendes mittheilt:

„Von diesen allmälig fortschreitenden Veränderungen der Schwingungszeiten ganz verschieden und auch leicht davon zu unterscheiden sind die einige Male bemerkten noch weit grösseren Anomalien, die durch ein kleines Hinderniss hervorgebracht werden, das sich dem schwingenden Arme entgegenstellte. In dem engen Gehäuse hatten sich vermuthlich feine Härchen, oder durch Fäulniss gebildete Fäden eingefunden, die sogleich viel kleinere Schwingungszeiten, grosse Unregelmässigkeiten darin und schnelles Abnehmen der Schwingungsbögen bewirkten. In solchem Falle wurde das Gehäuse sorgfältig gereinigt, namentlich wurden in den engen Röhren, durch welche die die Kugeln tragenden Drähte gingen, alle Fäserchen mittelst eines durchgeschobenen brennenden Lichtes zerstört."

Nicht minder ist die sorgfältigste Vermeidung jedes, auch des unbedeutendsten Luftzuges erforderlich. Ein solcher erfolgt schon durch die Bewegung einer Person, so wie durch einen Temperaturunterschied der einzelnen Theile des Raumes. Baily verdunkelte den Raum, um nicht eine Differenz der Sonnen- und Schattenseite zu veranlassen, und las, wie auch schon Cavendish gethan, die Theilungen durch ein gutes Fernrohr ab.

§ 174.

Seit Kepler waren die Fixsterne in Beziehung auf ihre allgemeine Weltstellung und die Art ihrer Zusammengehörigkeit mehrfach Gegenstand astronomischer Untersuchungen gewesen, obgleich man längere Zeit über die Eigenbewegungen der Sterne nicht allein nichts wusste, sondern sie ziemlich allgemein für ganz unbewegt hielt. Bei Kepler bildete unsere Sonne den Centralkörper, nicht des Planetensystems allein, sondern des gesammten Universums im vollsten Sinne des Worts. Huyghens (in seinem posthumen Werke *Cosmotheoros*) hält einen andern Gesichtspunkt fest. Ihm ist die Sonne nicht das, sondern nur ein Centrum, ein Fixstern wie die übrigen, ihr Planetengefolge beherrschend wie jeder andere Fixstern das seinige. Er hatte gesucht, durch Beobachtungen eine Veränderung in der gegenseitigen Stellung der Sterne zu entdecken; dies war ohne Erfolg geblieben; selbst die nur 14" scheinbaren Abstand zeigenden beiden Sterne, die ζ Ursae maj. bilden, liessen nichts der Art wahrnehmen. So gab er es auf, Fixsternparallaxen durch Ortsbestimmungen zu suchen, und schlug einen photometrischen Weg ein. Am verschlossenen Ende eines 12 Fuss langen Rohres brachte er eine feine Öffnung an und richtete dies Rohr gegen die Sonne. Indem er eine immer feinere Öffnung wählte und durch eine Glaslinse das Sonnenlicht zerstreute, gelangte er endlich dahin, die Sonne nur so hell als Sirius zu sehen; die Rechnung zeigte ihm, dass er den 28000. Theil des Sonnendurchmessers vor sich gehabt habe. Wurde nun hypothetisch die Sonne und Sirius gleich gross und von gleicher specifischer Leuchtkraft gesetzt, so folgte, dass Sirius 28000 Mal weiter als die Sonne von uns abstehe.

So weit nun, nahm er an, stehe der nächstfolgende Fixstern hinter dem Sirius, und überhaupt sei diese Zahl das allgemeine Maass für irgend zwei einander zunächst stehende Fixsterne. Denn ihre Vertheilung durch den Raum sei eine gleichförmige, und nur die excentrische Stellung unseres Systems veranlasse eine optische Ungleichheit. Weiter geht Huyghens nicht, und namentlich sagt er nichts über die Milchstrasse.

Sechzig Jahre lang begegnen wir keinem weiteren Versuch. Zwar hatte Halley die wichtige Entdeckung gemacht, dass einige Fixsterne eine Eigenbewegung zeigten; allein dies blieb ziemlich unbeachtet und ward von den Meisten bezweifelt.

Der Königsberger Philosoph, Immanuel Kant, nahm den Gegenstand wieder auf. In seiner anonym verfassten „Allgemeine Naturgeschichte und Theorie des Himmels, oder Versuch von der Verfassung und dem mechanischen Ursprunge des ganzen Weltgebäudes, nach Newtonischen Grundsätzen abgehandelt, 1755" adoptirt er die Ideen von Huyghens, geht aber weiter als dieser und beschränkt die Gravitation nicht auf jedes System insbesondere. Er setzt vielmehr ein allgemeines Band und erblickt in der Milchstrasse gleichsam den Zodiakus der Fixsterne. Sie seien nicht gleichmässig durch den Gesammtraum vertheilt, sondern desto dichter und gedrängter, je näher sie der Ebene dieses grossen Ringes stehen. Nun aber muss es einen Centralkörper geben, der für die Fixsterne das ist, was die Sonne für die Planeten, das allgemeine Centrum der Anziehung. Er folgert, dass unsere Sonne nach der Seite des Adlers hin stehen müsse, weil hier die Milchstrasse glänzender und breiter ist, und dass also eine von hier nach dem entgegengesetzten Punkte des Himmels

gezogene Linie auf den Centralkörper treffen müsse. Sie trifft
nahezu auf Sirius, und dieser hellste aller Fixsterne ist also die
Centralsonne.

Kant äussert seine Verwunderung, dass ein ähnlicher Schluss
nicht schon längst von den Beobachtern gemacht worden sei.
Überhaupt aber war er zwar einer der scharfsinnigsten Denker,
aber keineswegs praktischer Astronom, und letzteres gewahrt man
an manchem Ausdrucke dieses genialen Werkes, dem man Mangel
an Präcision vorwerfen kann. Übrigens sagt er selbst, dass er
die Grundideen seines Werkes Wright verdanke, womit ein selten
gewordenes Werk dieses letzteren: „*The theory of the universe*,
London 1750," gemeint ist.

In einem späteren Werke von 1763: „Beweis vom Dasein
Gottes," kommt er auf diesen Gegenstand zurück. Es ist nebst
anderen Kant'schen Schriften 1838 von Rosenkranz herausgegeben unter dem Titel: „Kant's kleine logisch-metaphysische
Schriften." Diese Sammlung enthält die Kant'schen astronomischen Ideen in einer mehr übersichtlichen und leichter verständlichen Form.

Lambert[*] giebt zwar an, dass er bereits 1749, im 21. Lebensjahre, die ersten Ideen zu seinem System gefasst habe; da er
jedoch sie nicht früher als 1760 in seiner Photometrie und aus-

---

[*] *Johann Heinrich LAMBERT*, geb. 1728 am 26. Aug., gest.
1777 am 25. Sept. Er ist der Sohn eines Schneiders zu Mühl-
hausen im Elsass und verdankt fast Alles eigenen Studien, da er
ausser dem in der Elementarschule seines Geburtsortes nie einen
andern Unterricht genossen hat. Er war zuerst Buchhalter eines
Hüttenwerks, darauf Secretär des Professor Iselin in Basel und
sodann Hauslehrer in der Familie v. Salis in Chur. Nachdem
er mehrere grössere Reisen, theils mit seinen Zöglingen, theils
allein gemacht und sich durch mehrere gehaltreiche Schriften
einen weitverbreiteten Ruf erworben hatte, ward er 1765 Mitglied
der Berliner Akademie und nahm nun dort seinen bleibenden
Wohnort. Seine literarische Fruchtbarkeit kann nur mit der
seines Zeitgenossen L. Euler verglichen werden: freilich waren
ihm nur 19 Jahre, jenem fast die dreifache Zeit zu einer solchen
beschieden. Sie verbreiten sich über Physik, Mathematik und
Astronomie; er ist Gründer und erster Bearbeiter des Berliner

führlicher 1761 in seinen kosmologischen Briefen veröffentlichte, so ist er chronologisch nach Kant zu setzen.

Bei ihm ist eine Überordnung der Systeme zu finden, dergestalt, dass unsere Sonne mit ihrem Planeten- und Kometengefolge ein System erster Ordnung bildet. Jeder einzelne Fixstern bildet nun ein System erster Ordnung.

Aber unsere Sonne, nebst vielen anderen ihr näher stehenden Fixsternen, bildet ein System zweiter Ordnung, ganz nach Analogie der Systeme erster, und in jedem derselben ist ein Stern der Centralkörper.

Alle Fixsternsysteme zweiter Ordnung bilden zusammengenommen für unsern Anblick die Milchstrasse und die einzeln um ihre Ebene herum gruppirten Sterne, und wir haben also hier ein System dritter Ordnung.

Nun aber giebt es nicht eine, sondern mehrere Milchstrassen; und möglicherweise ist selbst der Nebelfleck des Orion eine solche. Es giebt also auch eben so viele Systeme dritter Ordnung, und diese sämmtlich zusammengefasst, wird man zu einem System vierter Ordnung gelangen, von wo aus man die Analogie weiter fortsetzen und sich Systeme fünfter, sechster u. s. w. Ordnung denken kann. Dies jedoch überschreitet die Grenzen des Wahrnehmbaren und ist mithin blos speculativ; weshalb es richtiger

astronomischen Jahrbuchs, dessen erster Band 1774 erschien und die Ephemeride des Jahres 1777 enthält.

Wir können hier nur die wichtigsten seiner übrigen astronomischen Arbeiten anführen. Eine seiner ersten ist: *Insigniores orbitae cometarum proprietates* 1761, in welchem Werke das berühmte Lambert'sche Theorem enthalten ist, welches Olbers bei seiner Methode der Kometenberechnung zur Grundlage diente. Seine kosmologischen Briefe, gleichfalls von 1761, hat er später erweitert und umgearbeitet als *Système du Monde;* Merian gab es nach seinem Tode 1779 heraus. In diesem entwickelt er seine Ideen über das System des Universums, das er nach dem Modell des Sonnensystems, stets aufwärts steigend, construirt und den grossen Nebelfleck des Orion für den Centralkörper des Fixsternsystems hält. — Waren seine beharrlich fortgesetzten photometrischen Arbeiten auch nicht von vollständigem Erfolge gekrönt, so haben sie doch den Anstoss zu den neueren Arbeiten auf diesem

ist, bei dem thatsächlich Gegebenen, den vier übereinander gestellten Ordnungen, stehen zu bleiben.

Man wird mit einiger Verwunderung gewahren, dass Lambert
die Partialsysteme der mondenbegleiteten Planeten ganz übergeht,
da doch diese, und nicht die einzelnen Sonnensysteme, die un-
terste, also erste Ordnung bilden. Aber wenn wir bedenken,
dass Lambert jede Ordnung von Systemen zum Modell der
nächst höheren macht, so musste ihm der grosse, nicht blos gra-
duelle Unterschied zwischen diesen Mondensystemen und dem
Planetensystem der Sonne als ein Hinderniss erscheinen. Nicht
alle Planeten haben Monde, und gleichwohl sollten in seinen
Analogien alle Fixsterne Planeten und Kometen haben. Er benutzt diese Mondensysteme nur, um zu zeigen, um wie vieles
grösser die Räume zwischen den einzelnen Planeten, als zwischen
den einzelnen Monden sind, und folgert, dass die Räume zwischen

---

Felde gegeben. — Seine Beiträge zum Gebrauch der Mathematik
und deren Anwendungen erschienen zu Berlin in vier Bänden,
1765—1772. — Im Allgemeinen aber kann gesagt werden, dass
kaum ein damals vorliegendes Problem der Astronomie zu finden
ist, an dem er sich nicht versucht, und meistens erfolgreich versucht hat.

Sein vielbetrauerter Tod ist wahrscheinlich dadurch verfrüht
worden, dass er, schon bedenklich krank, sich für gesund hielt
und dem dringenden Rath seiner Freunde zu wenig Folge leistete.
Ein plötzlicher Schlagfluss endete, kurz nach einer mit Wohl-
gefallen genossenen Mahlzeit, sein thatenvolles nur 49jähriges
Leben.

Nach seinem Tode erschien noch:

Hinterlassene Schriften, zum Druck befördert von J. Bernoulli. 7 Bände.
Berlin 1781.
Sammlung gelehrter Briefe von Lambert. 6 Bände. 1781—1787.
Sur les irrégularités de Jupiter et Saturne. 1781.

Als seine Biographen haben wir zu nennen:

Bernoulli, Précis de la vie de Lambert, 1777, und Eloge, 1778.
Eberhard, Lambert's Verdienste um die theoretische Philosophie. 1787.
Müller, Bemerkungen über Lambert's Charakter. 1787.
Hubert, Lambert nach seinem Leben und Wirken. 1829.
Wolf, Notice sur Lambert. 1845.

den einzelnen Fixsternen eben so ohne allen Vergleich grösser sind, als die zwischen den einzelnen Planeten.

Alle diese Systeme sind sowohl unter sich, als einzeln genommen, der allgemeinen Gravitation unterworfen, die nach ihm nicht blos für das Sonnensystem, sondern für das gesammte Universum und alle höheren wie niederen Systeme, die es in sich begreift, anzunehmen ist. Hier erwähnt Lambert der Fixsternbewegungen, die T. Mayer aus Vergleichung seiner eigenen mit den wenigen geretteten Römer'schen Beobachtungen geschlossen hatte, und er folgert: wo Bewegungen sind, muss auch ein Centrum derselben stattfinden, und eben so umgekehrt. Denn Bewegungen ohne ein gemeinsames Attractionscentrum müssten ins Unendliche verlaufen und somit zur Auflösung der Systeme führen, wogegen bei einem Attractionscentrum ohne eine solche Eigenbewegung ein Körper auf den andern und schliesslich alle auf einen einzigen fallen und sich mit ihm vereinigen müssten.

Lambert hat alles, was zu seiner Zeit thatsächlich feststand, in seinen Schlussfolgerungen benutzt, und hätte er die Doppelsterne gekannt, so würde er eine solche Uniformität der Systeme und eben so die Nothwendigkeit eines Centralkörpers nicht mit solcher Entschiedenheit festgehalten haben. Denn in Wirklichkeit ist in einem Attractionssysteme ein Centralkörper zwar möglich, resp. wahrscheinlich; mehr aber nicht. Nothwendig ist nur ein Centralpunkt (Schwerpunkt), und dieser kann an einen Centralkörper geknüpft sein, doch auch eben so gut im leeren Raume liegen, wie bei den meisten Doppelsternen.

So aber hält Lambert seine Analogien fest und lässt nur einen Unterschied zwischen unserm Sonnensystem und dem nächst höheren gelten. Die Sonne soll ihre Planeten beleuchten; sie muss folglich selbstleuchtend sein. Die Fixsterne jedoch haben nicht nöthig, beleuchtet zu werden; sie können also auch eben so gut einen dunkeln Centralkörper haben, denn nur auf seine Masse, nicht auf seine Leuchtkraft kommt es hier an. Er setzt als möglich, dass der Nebelfleck des Orion, dessen Umfang jedenfalls ein enormer ist, den (oder einen) Centralkörper bilde, und dass wir ihn nur sehen, weil die benachbarten zahlreichen und hellen Sterne ihn beleuchten. Er fordert die Astronomen auf, den Nebelfleck des Orion genau zu beobachten, um seine etwaigen Phasen oder Flecke wahrzunehmen.

Dem nächsten Fixstern giebt er eine Distanz von etwa

500000 Sonnenweiten; denn erheblich geringer könne man sie nicht annehmen, da sonst die Parallaxe sich den Beobachtungen nicht hätte entziehen können. Dies führt auf eine Lichtzeit von etwa acht Jahren. Da nun aber die verschiedenen Systeme, auch die der höheren Ordnungen, durch entsprechende Zwischenräume getrennt sein müssen, so gelangt er zu Distanzen, die für die Milchstrasse auf 6000 Jahre Lichtzeit steigen.

Wir gewahren überhaupt in seinem Werke neben so Manchem, was durch spätere Entdeckungen seine wissenschaftliche Geltung verloren hat, viele Ideen, die bei ihm zuerst ausgesprochen sind und die sich vollkommen bestätigt haben. Wir führen beispielsweise an, dass er aus der Eigenbewegung der Fixsterne auf eine solche unserer Sonne schliesst und nun weiter folgert, dass wir in jener Eigenbewegung nicht einfach die des Sternes selbst, sondern eine aus der Bewegung unserer Sonne und der des Sterns zusammengesetzte Ortsveränderung gewahren.

Mitchell, der in den *Philosophical Transactions*, vol. LVII, p. 234—264 ein *Mémoire* unter dem Titel: *An inquiry into the probable parallax and magnitude of the fixed Stars*, 1767, veröffentlichte, giebt meistens Vermuthungen und kann keineswegs zu Denen gezählt werden, welche die Wissenschaft wesentlich gefördert haben. Meistens stimmt er mit Lambert überein; ohne da, wo er von ihm abweicht, uns Besseres zu geben. Von der Milchstrasse spricht er gar nicht.

Über Herschel haben wir bereits in den §§ 140—142 ausführlich gesprochen, indess dürfte hier noch Manches zu erwähnen sein, was den Fixsterncomplex betrifft, zumal er in einer Abhandlung von 1811 es selbst ausspricht: „Die Kenntniss der Constitution des Fixsternhimmels war immer das Endziel meiner Beobachtungen."

Er hat, wie wir schon früher bemerkten, seine Ansichten im Laufe seines langen und thätigen Lebens mehrfach geändert, wie es auch nicht anders möglich war, da die Entdeckungen, worauf sie sich gründeten, erst nach und nach von ihm selbst gemacht wurden. Es ist darauf hingedeutet worden, dass Herschel seiner Vorgänger nirgend gedenke, ja sie nicht gekannt zu haben scheine. Wir möchten letzteres zugeben und es aus den allgemeinen Verhältnissen jener Zeit uns erklären. Auch Lambert weiss 1760 und 1761 nichts von Kant, und in dem späteren Briefwechsel zwischen beiden sagt er dies ausdrücklich. Herschel war nicht der Mann, der fremdes Verdienst in den Schatten stellte, oder gar sich Anderer Arbeiten aneignete.

Die frühesten seiner Äusserungen finden wir in zwei Abhandlungen aus den Jahren 1775—1784: *On the construction of the heavens*, worin er die Bemerkung macht, dass zwar die Sterne der drei ersten Classen ziemlich gleichmässig über das ganze Himmelsgewölbe vertheilt sind, die geringeren Grössenclassen jedoch häufiger werden, je näher sie der Milchstrasse kommen. Die Milchstrasse selbst hält er einfach für die äussersten Theile (die Kante) einer linsenförmigen Sternschicht.

Wir müssen hierbei bemerken, dass W. Herschel die südlichen Theile des Himmels jenseit des 30° S. D. nie gesehen hat, dass er auch damals noch nicht im Besitz der mächtigen Werkzeuge war, die ihn in Stand setzten, auch die kleinsten der in der Milchstrasse befindlichen Sterne einzeln zu sehen. Im nördlichen und dem äquatorialen Theile dieses Sternengürtels aber finden sich mehrere Stellen von geringerer Fülle und schlechter Begrenzung, wie beispielsweise die, welche zwischen Orion und den Zwillingen hindurchzieht, und deren Anblick gar wohl eine solche Erklärung gestattet, wenn man dies als den Hauptcharakter betrachten will. Indess bleibt Herschel gleichwohl nicht bei einer einfachen Linsenform stehen; der doppelte Zug, der in der Gegend des Wintersolstitiums den Äquator durchschneidet, führt ihn dahin, eine Figur anzunehmen, wonach die Kante der Linse auf dieser Seite gleichsam gespalten erscheint.

Man kann nicht unbemerkt lassen, dass es zu derartigen Schlüssen gewisser Vorbedingungen bedarf, die zu W. Herschel's erster Zeit noch nicht auch nur annähernd erfüllt waren. Ist die Milchstrasse ein grösster Kreis? Ist die allgemeine Sternenfülle innerhalb wie ausserhalb der Milchstrasse, abgesehen von speciellen Localdifferenzen, nach allen Seiten hin die gleiche? Welchen Ort im Gesammtcomplex nehmen wir, d. h. unser Sonnensystem, ein? Auf diese und viele andere Fragen war noch keine Antwort gegeben; sie wurde es erst theilweis durch Herschel's fortgesetzte Beobachtungen, und wir sind noch heut weit davon entfernt, uns über alles hierher Gehörige bestimmte Rechenschaft zu geben. — Herschel unternahm sogenannte Stern-Aichungen (*gauges*) in verschiedenen Gegenden des Himmels; einige auch ausserhalb der Milchstrasse, um die Sternenfülle der einzelnen Theile kennen zu lernen. Es waren dies Zählungen (oder

Schätzungen) der gleichzeitig im Felde seines Teleskops bei Anwendung derselben Vergrösserung sichtbaren Sterne. Wenn er noch 1799 seine ersten Ideen im Allgemeinen wenigstens fortgehalten hatte, so wurden sie durch diese Aichungen. ganz und gar geändert, so wie durch inzwischen anderweitig hinzugekommene Entdeckungen, namentlich der der Nebelflecke und der mehrfachen Sterne, und in den *Mémoires* von 1811 und 1817 spricht er sich entschieden dahin aus, dass die Idee einer gleichen Vertheilung der Sterne durch den gesammten Raum ganz fallen müsse, und dass eben so wenig angenommen werden könne, wir seien bereits bis an die äussersten Grenzen des sternenerfüllten Raumes vorgedrungen.

Gerade diese letzten *Mémoires*, in denen Herschel seine früheren Thesen aufgiebt, ohne andere an ihre Stelle setzen zu können, zeigen am deutlichsten, was noch zu thun oder vielmehr erst zu beginnen ist.

Was John Herschel in Europa wie am Cap der guten Hoffnung zur Fortsetzung der Untersuchungen seines Vaters gearbeitet, und zu welchen Ergebnissen er gelangt, haben wir bereits § 170 im Allgemeinen dargestellt. Aber in Europa waren inzwischen ebenfalls hierher gehörende Beobachtungen gemacht worden. Die Zonenbeobachtungen Bessel's, deren wir § 161 gedacht haben, können bei umsichtiger Benutzung für den Theil des Himmels, den sie umfassen, — und es ist dies nahezu die Hälfte des Firmaments, — zu interessanten Schlussfolgerungen leiten; namentlich wenn sie mit der Argelander'schen bis 80° reichenden, so wie den jetzt reducirten Lalande'schen und anderen ähnlichen Arbeiten verbunden werden. Der Versuch in W. Struve's *Études d'astronomie stellaire*, aus nur einem Theile der Bessel'schen Zonen (von + 15° bis — 15° Declination) Schlüsse zu ziehen, die allgemein für den gesammten Himmel maassgebend sein sollten, konnten zu keinem Gelingen führen (wie dies Encke und Andere nachgewiesen haben), wie sehr auch der Verfasser bemüht gewesen ist, durch Voruntersuchungen, gegründet auf Vergleichungen des Bessel'schen Katalogs mit anderen, zu verlässlichen Fundamenten zu gelangen. Wenn anerkannt werden muss, dass die Sternenfülle der einzelnen Regionen des Himmelsgewölbes keinem allgemeinen Gesetze, das auf Symmetrie basirt wäre, unterliegt, wird man allgemeinen mathematischen Formeln, namentlich wenn sie als Integrationsformeln dienen sollen, um von einem Theile auf das

Ganze zu schliessen, kein Vertrauen schenken können. Wer ausschliesslich in der Symmetrie eine Ordnung erblickt, wird sie am Himmelsgewölbe eben so sehr als in der Configuration der Erdlandschaften vermissen.

Die schon mehrfach angeregte Frage: ob die Körperwelt endlich oder unendlich sei? ist, genau betrachtet, keine astronomische, denn eine definitive Entscheidung kann durch Beobachtungen nicht gegeben werden, und Meditationen, die nicht auf Beobachtungen gegründet sind, gehören in ein anderes Gebiet. Aber gleichwohl giebt es einen Punkt, wo sie rücksichtlich der Folgerungen, zu denen sie leitet, mit astronomischen Wahrnehmungen in Verbindung tritt.

Ist nämlich der unendliche Raum nirgend leer, sondern erfüllt mit einer unendlichen Menge von Sonnen, so müsste jeder Punkt am Himmel auf eine Sonne führen, woraus folgt (oder zu folgen scheint), dass der gesammte Himmel alsdann sonnenhell leuchten müsse. Giebt nun der Umstand, dass dies in Wirklichkeit nicht gefunden wird, einen hinreichenden Beweis für die Endlichkeit der Schöpfung, dem Raume nach?

Chéseaux (1744) und Olbers (1823) finden eine Lösung darin, dass der Lichtstrahl auf seinem langen Wege nicht bloss durch immer weitere Ausbreitung, sondern auch noch ausserdem durch ein den Raum erfüllendes Fluidum geschwächt werde; welche Schwächung bis zu einer völligen Extinction, oder doch bis zu einem so geringen Grade des Glanzes fortschreiten könne, dass unsere Sehwerkzeuge, auch die künstlichen, nichts mehr davon wahrnehmbar machen könnten.

Struve versuchte (in der Einleitung zu seinen *Mensurae micrometricis*) noch weiter zu gehen und einen Coëfficienten für diese Extinction des Lichts bei verschiedenen Grössenclassen zu ermitteln. Allein er selbst erklärt sich unbefriedigt von seinen Rechnungsresultaten, da zu viele willkürliche Hypothesen nöthig sind, um eine Grundlage der Rechnung zu gewinnen.

Und in der That böte sich noch ein anderer Ausweg. Die Geschwindigkeit des Lichtes ist eine endliche, sie kann also einen unendlich weit entfernten Stern für uns nur dann sichtbar machen, wenn er von Ewigkeit her besteht, d. h. nicht erschaffen ist. In so fern nun Gründe bestehen, letzteres nicht anzunehmen, werden wir auch nur diejenigen Objecte sehen, deren Lichtstrahl bereits Zeit genug hatte, bis zu uns zu gelangen. Für den entferntesten der Nebelflecke, die sein grosses Teleskop noch sichtbar machte, schätzt Herschel I. diese Lichtzeit auf zwei Millionen Jahre.

Es wäre also gar wohl möglich, dass die Zahl der Weltkörper wie der Raum, durch welchen sie verbreitet sind, unendlich gross wäre, und wir dennoch das Himmelsgewölbe nicht sonnenhell glänzen sehen, entweder weil der Lichtstrahl unterwegs erloschen, oder weil er noch nicht zu uns gelangt ist.

Es wird also wohl dabei bleiben, dass die praktische Astronomie die Frage nie endgültig entscheiden kann, sondern sie den Metaphysikern überlassen muss; denn alles, was sichtbar ist, wird eben deshalb auch eine endliche Entfernung haben. Dazu kommt, dass die Frage: was heisst unendlich? stets nur durch Negationen beantwortet werden kann. Setzen wir die Tangente von 90° unendlich, so ist damit nur gesagt, dass die Definition der Tangente, sobald der Winkel 90° erreicht, keinem reellen Begriffe mehr entsproche. Wenn wir sagen, dass der Punkt, wo Parallelen sich treffen, im Unendlichen liege, so heisst dies wieder nichts anderes, als dass es keinen solchen Punkt wirklich gebe. Eine unendliche Zahl ist gar keine Zahl mehr, und so in allen übrigen Relationen. Wir wissen direct vom Unendlichen nichts, und kommen wir bei Berechnungen darauf, so ist dies ein Zeichen, dass wir an der Grenze stehen, wo alles reelle Rechnen aufhört. Das Unendliche kann nie in den Vordersatz unserer Schlüsse kommen. Alles dies gilt natürlich nicht von dem relativ Unendlichen, für uns nicht mehr Erreichbaren, sondern von dem absoluten. Denn dass die Grösse des Universums unsere Vorstellungskraft weit übersteige, wird Niemand in Abrede stellen, ohne deshalb anzunehmen, dass sein Mittelpunkt überall und seine Peripherie nirgend zu suchen sei.

§ 175.

Wenn deshalb Kant den Sirius, Lambert den Nebelfleck des Orion, Argelander einen Punkt im Perseus, Boguslawsky[*] den Fomalhut (a *Piscis austrini*) als wahrscheinlichen Central-

---

[*] *Polon Heinrich Ludwig v. BOGUSLAWSKY, geb.* 1789 *am* 7. *Sept.; gest.* 1851 *am* 8. *Juni.* Er hatte die Befreiungskriege 1813—1815 mitgemacht und sich später astronomischen Studien gewidmet. 1831 ward er zum Conservator der Breslauer

punkt setzten, so war damit nie das gesammte Universum gemeint, sondern nur der Theil desselben, den wir unsere Fixsternwelt nennen. Die Fixsterne, welche wir einzeln erblicken, mit Inbegriff des sie umgebenden Gürtels, Milchstrasse genannt, bilden diese Fixsternwelt.

Sie ist also, wie jeder Theil eines Ganzen, endlich und man kann diese Grenzen definiren. Der grosse Sternengürtel und alles was er umschliesst, gehört zu ihm; was ausserhalb steht, gehört nicht zu ihm, wenigstens gestattet unsere Kenntniss der Fixsternwelt nicht, ihre Grenzen anders zu ziehen. Für diesen Complex suchten jene Astronomen den dynamischen Mittelpunkt (Schwerpunkt) und in diesem Sinne habe auch ich ihn gesucht.

Der Gang, den diese Untersuchungen nahmen, erforderte die Zuziehung der einzelnen Sternbewegungen. Eine Anzahl Sterne willkürlich auszuwählen, war unstatthaft: es hätten dann nur die der Annahme günstigen ausgewählt werden, wenigstens der Ver-

---

Sternwarte ernannt (nach Jungnitz' Tode) und 1843 erfolgte seine Anstellung als Director. Als solcher gab er ein Jahrbuch, den „Uranus oder Übersicht aller Himmelserscheinungen" heraus, das jedoch nach seinem Tode nicht fortgesetzt wurde; sein Mitarbeiter an demselben war Hugo v. Rotbkirch. Eine eigenthümliche Bezeichnungsweise, die er in diesem Jahrbuche befolgte, hat jedoch nicht die allgemeine Billigung gefunden. Ausser diesem Jahrbuch besitzen wir von ihm:

1843 eine Schrift: On the use of a new micrometer.

1845. Zwei Aufsätze über den grossen Kometen von 1843 (den er für identisch mit dem von Aristoteles hält).

1846. Bestimmung der Bahn des November-Sternschnuppen-Systems (in den Astronomischen Nachrichten XVII).

Im Jahre 1835 entdeckte er einen teleskopischen Kometen, der auch auf anderen Sternwarten beobachtet wurde und keine wahrnehmbare Abweichung von der Parabel zeigte. — Boguslawsky war hauptsächlich als Beobachter thätig, weniger als Berechner. Diese letztere wollte er auf die späteren Lebensjahre versparen, wenn es mit dem Beobachten nicht mehr ginge; allein er starb schon nach achtjähriger Führung des Directorats.

Die *Monthly Notices* haben im Jahrgang 1852 biographische Mittheilungen über ihn veröffentlicht.

dacht einer solchen Auswahl Platz greifen können. Ich wählte
deshalb den Bradley'schen, von Bessel reducirten Katalog, der
3222 Sterne enthält, überzeugt, dass bei Bradley keine Absicht
vorgewaltet, welche eine bestimmte Auswahl veranlasst habe. Jedoch gleich anfangs bemerkend, dass für mehrere dieser Sterne
spätere Beobachtungen, die zur Bestimmung der Eigenbewegung
dienen konnten, ganz fehlten oder in zu ungenügender Zahl vorhanden waren, und darunter meist solche, die für Dorpat zu südlich
liegen, war ich veranlasst, mich an andere, namentlich südlicher
gelegene Sternwarten zu wenden mit dem Ersuchen, diese Sterne
zu bestimmen. Auf Erfolg konnte ich jedoch nur dann rechnen,
wenn ich den Zweck bezeichnete. Dies that ich in einer 1846 erschienenen kleinen Schrift: „Die Centralsonne." Dorpat 1846.

Wenn ich jetzt, nach 25 Jahren, irgend etwas anders gemacht zu haben wünschte, so ist es nur die Wahl des Namens.
Dieser Name hat, obgleich eine nicht missuverstehende ausdrück-
liche Verwahrung Seite 8 der gedachten Schrift zu lesen war,
gleichwohl Viele veranlasst, ich meinte eine Centralsonne im früheren Sinne, wonach ein an Masse alle übrigen weit überwiegender Stern darunter zu verstehen war. Da ich dieses nicht wollte,
vielmehr mit aller Bestimmtheit nachwies, dass etwas der Art gar
nicht vorhanden sei, so hätte sich eine andere Bezeichnung mehr
empfohlen.

Indess die ganze Arbeit war erst im Beginn, und der erwähnte Missverstand hat sich später nicht wiederholt. Man hat
erkannt, dass es sich hier nicht um eine philosophische, sondern
um eine astronomische Frage handle.

Die weiter fortschreitenden Untersuchungen gab ich 1848 in
einem ausführlicheren Werke: Die Fixsternsysteme. 2 Bde, Mitau;
und den Beschluss des Ganzen 1855 in einer, zugleich den vierzehnten Band der Dorpater Beobachtungen bildenden Schrift: Die
Eigenbewegungen der Fixsterne; in welcher für alle Sterne des
Bradley'schen Katalogs der Ort für 1850 nebst den von mir abgeleiteten Eigenbewegungen gegeben waren.

Denn nur auf diese Eigenbewegungen, nicht auf den Glanz
der Sterne, der von sehr verschiedenen Ursachen herrührt, glaubte
ich Schlüsse gründen zu können, die hier zulässig waren. Und
da jetzt nicht mehr einige wenige, sondern Tausende von Sternen
nach Eigenbewegung ermittelt waren, so war es thunlich, für die
verschiedenen Entfernungen vom Schwerpunkte, obgleich letztere

zunächst nur optisch bekannt waren, die mittleren Eigenbewegungen, wie ihre Richtung zu finden.

Wiewohl nun schon die Richtung der Sonnenbewegung durch Argelander's Untersuchungen schärfer als bisher ermittelt war, hielt ich doch für erforderlich, die Untersuchungen, von denen in § 159 die Rede ist, zu wiederholen, da jetzt eine so erheblich grössere Zahl von Eigenbewegungen zum Grunde gelegt werden konnte.

Das allgemeine Endergebniss war: Im Fixsternsystem findet sich keine präponderirende Masse, sondern nur ein allgemeiner Schwerpunkt, und dieser ist innerhalb der Plejadengruppe zu suchen.

§ 176.

Bald nach Veröffentlichung meiner zweiten Schrift versuchte Brorsen in Senftenberg, von diesem Ergebniss eine Anwendung auf das Planetensystem unserer Sonne zu machen. Die Perihelien der grossen Axen, insbesondere der Planetoiden, liegen nämlich nicht gleichmässig nach allen Richtungen vertheilt, sondern merklich überwiegend nach einer Seite hin, und er fand, dass die mittlere Lage nach dem Plejadensystem oder dessen näherer Umgegend gerichtet sei. Für diejenigen, welche eine Ausnahme bildeten, suchte er den Grund darin, dass ihre Umlaufszeiten in einem nahezu rationalen Verhältniss zur Umlaufsperiode Jupiters oder Saturns stehen.

Was hier angedeutet war, bedurfte zunächst einer Feststellung des Thatbestandes um so mehr, als die Zahl der Planetoiden sich inzwischen erheblich vergrössert hatte. Ich unternahm diese Untersuchung und fand

	Convergenzpunkt	Übergewicht
für die 8 grösseren Planeten	$\lambda = 70^\circ 34' 15{,}7''$; $\beta = +0^\circ 8' 5{,}0''$	. . . 0,52130
für die bis 1857 bekannten 50 Planetoiden	45 45 92,6	+0 58 33,6 . . . 0,29403
für die 26 periodischen Kometen .	71 7 20,3	+1 7 22,5 . . . 0,45431
Allgemeines Mittel für 84 Bahnen . .	59 22 4,4	0 56 27,5 . . . 0,28275 (Äq. 1850).

Dieses allgemeine Mittel liegt in Länge $2^\circ 41' 30{,}6''$ und in Breite $3^\circ 5' 1{,}5''$, oder $4^\circ 1{,}5'$ im grössten Kreise von der Plejadengruppe, speciell der Alcyone, entfernt.

15*

Die Thatsache, welche Brorsen und Cooper zuerst angedeutet haben, kann also nicht verkannt werden. Doch eine bestimmte Erklärung ist bis jetzt nur von Leverrier und Angström gegeben oder vielmehr versucht worden. Beide betrachteten die Convergenz der Perihelien für die kleinen Planeten als eine Andeutung ihres gemeinschaftlichen Ursprungs, nicht in dem früheren Sinne des Zerspringens eines grösseren Planeten, sondern durch gleichzeitig um viele Punkte eines gemeinschaftlichen Nebelringes vor sich gegangene Condensation; wobei man schon diesen Ring als einen elliptisch gestalteten und mit seiner grossen Axe gegen die Plejadengegend gerichteten sich denken müsste. Dass diese Ansicht viel Wahrscheinliches hat und erhebliche Schwierigkeiten ihr nicht entgegenstehen, wird man gern zugeben; nur scheint es nothwendig, diesen allgemeinen Nebelring nicht bloss für die Planetoiden, sondern für alle Planeten oder überhaupt für alles speciell zum Sonnensystem Gehörende anzunehmen, und dieser Urmasse eine elliptische Gestalt zu geben.

Noch andere Phänomene sind von verschiedenen Seiten namhaft gemacht und auf die Gruppe der Plejaden bezogen worden. Schmidt in Athen findet, dass die äusserste Spitze des Zodiakallichts den grössten Theil des Jahres hindurch bis zur Plejadengruppe reicht, und ebenso hat man in dem Novemberphänomen der Sternschnuppen die nahe Coincidenz mit der MitternachtsCulmination der Alcyone (15. November) hervorgehoben. Es scheint der Zukunft vorbehalten zu entscheiden, ob und welcher Causalzusammenhang hier besteht. Wenn aber Ule in seinem „Weltall" so weit geht, die ungleiche Geschwindigkeit der Planeten in ihrer Bahn dadurch zu erklären, dass unsere Sonne und die Centralsonne bald aus gleicher, bald aus entgegengesetzter Richtung wirken, so beruht dies augenscheinlich auf einem Missverstande. Denn es darf nicht ausser Acht gelassen werden, dass verglichen mit dem Bahnhalbmesser unserer Erde, so wie dem der anderen Planeten, die Plejadengruppe in einer Entfernung steht, die jede perturhirende Wirkung derselben völlig unmerklich erscheinen lassen muss. Ganz anders gestaltet sich die Frage, wenn von der ursprünglichen Nebelmasse, aus der das Sonnensystem sich bildete, die Rede ist. Wir kennen ihren Halbmesser nicht, müssen ihn aber um sehr Vieles grösser, als den Bahnhalbmesser des entferntesten um die Sonne laufenden Körpers annehmen, und hier lässt es sich denken, dass die Wirkung einer so reichen Fixsterngruppe, deren physische Zusammengehörigkeit von Niemand bezweifelt werden kann, eine längliche Form des Ganzen in ähnlicher Weise zur Folge hatte, wie die Einwirkung der Sonne den Kometenschweifen ihre Form giebt. Doch die Zeit ist noch nicht gekommen, welche über diese und ähnliche Fragen entscheiden kann.

Es würde zu einer ganz unverhältnissmässigen Weitläuftigkeit führen, wollte ich die theils beifälligen, theils gegentheiligen Beurtheilungen meiner § 175 aufgestellten Sätze hier anführen, zumal sich hier nur eben das wiederholt hat, was bei allem in der Wissenschaft neu Hervortretenden geschehen ist, und ein vollgültiges Endurtheil überhaupt wohl von der Gegenwart nicht zu hoffen und eine gründliche Widerlegung bis jetzt nicht veröffentlicht worden ist.

§ 177.

Die § 163 erwähnten Untersuchungen Leverrier's hatten einen generellen Charakter, indem er nicht blos das untersuchte, was eine Erklärung der Uranus-Ungleichheiten bieten konnte, sondern das gesammte Planetensystem, namentlich in Beziehung auf die säculären Störungen, in Betracht zog. Dabei zeigte sich, dass die Perihelbewegung des Mars wie des Mercur nach Ausweis der Beobachtungen grösser war als sie nach den Tafeln sein sollte, und dass eben so die Knotenbewegung der Venus eine durch die Beobachtungen angedeutete Vermehrung bedürfe. In den *Comptes rendus* vom 12. Sept. 1859 findet sich über diesen Gegenstand ein Brief Leverrier's an Faye, ein zweiter vom 3. Juni 1861 an den Marschall Vaillant, endlich am 6. Januar 1862 eine besondere Abhandlung. Wir wollen das Wesentlichste dieser Abhandlungen hier anführen.

Es bieten sich zwei Wege der Untersuchung. Man kann den Versuch machen, die Massen der bekannten Planeten (d. h. ihr Verhältniss zur Sonnenmasse) zu vermehren oder überhaupt zu ändern; oder man kann auch unbekannte Körper annehmen, welche die noch unerklärten Änderungen bewirken. Dabei ist jedoch darauf Bedacht zu nehmen, dass man keine Annahme setze, welche gleichzeitig noch andere, durch die Beobachtungen nicht angedeuteten, Störungswirkungen haben müsste; denn eine Schwierigkeit kann dadurch nicht gehoben werden, dass man neue Schwierigkeiten schafft.

Die Beschleunigung der Bewegung des Marsperihels könnte
erklärt werden

a) durch eine Vermehrung der Erdmasse um ihren zehnten
Theil etwa;

β) durch die Asteroiden, und zwar entweder durch die bekannte Gruppe, wenn ihre Gesammtmasse zu $\frac{1}{5}$ Erdmasse angenommen wird, oder durch eine noch nicht bekannte, deren Umlaufszeit und mittlerer Abstand der unserer Erde gleich ist.

Die seitdem bekannt gewordenen Thatsachen scheinen für die
erste dieser Annahmen zu sprechen. Foucault[*] und Fizeau hatten
nämlich ein Mittel gefunden, die Geschwindigkeit des Lichts terrestrisch zu messen und das Resultat, was sie erhielten, konnte
mit der astronomischen Bestimmung dieser Lichtgeschwindigkeit
nur dann in Übereinstimmung gebracht werden, wenn man die
Sonnenparallaxe vergrösserte, und eine solche Vergrösserung schien
auch noch durch einen besonderen Umstand gefordert zu sein.
Erde und Venus bilden nämlich, wie Jupiter und Saturn (und,
wie man jezt hinzufügen kann: wie Uranus und Neptun) ein Pla-
netenpaar, in welchem die Änderungen der Elemente stets gegenseitig sind innerhalb einer Periode, die abhängig ist von der Abweichung ihrer relativen Umlaufszeiten von einem einfachen
Verhältnisse. Airy hatte den Betrag dieser Störung untersucht,
unter Zugrundelegung der angenommenen Massen für beide Welt-

---

[*] *Jean Bernard Leon FOUCAULT, geb.* 1819 *am* 18. *Sept.,*
gest. 1868 *am* 13. *Februar.* Schon mit 20 Jahren beschäftigte
sich Foucault mit Vervollkommnung der Daguerreotypie, mit Untersuchungen über das Licht, die Interferenzerscheinungen und
ähnlichen physischen Problemen, und 1851 trug er in der Akademie seine Pendelversuche vor, bei denen die Drehungen eines
freischwebenden Pendels einen augenscheinlichen Beweis von der
Umdrehung der Erde um ihre Axe darbieten. Diese Versuche
setzte er fort und vervollkommnete das Instrument. Noch wichtiger für Himmelskunde war sein Apparat, durch den er in den
Stand gesetzt war, die Geschwindigkeit des Lichts terrestrisch zu
messen. Auf diese Weise zeigt er, dass die Sonnenparallaxe
grösser sein müsse, als die Venusdurchgänge sie ergeben hatten, und
die weiteren astronomischen Untersuchungen bestätigten Foucault's Resultat. Eben so verdanken wir ihm die versilberten

körper, und die Beobachtungen zeigten eine Abweichung von
Airy's Resultat, die gehoben werden konnte durch eine relative
Vermehrung der Erdmasse.

Dadurch ward Winnecke veranlasst, die Beobachtung der
Marsopposition Oct. 1862 zu einer neuen Bestimmung der Sonnenparallaxe vorzuschlagen. Dieser im Bulletin der Petersburger Akademie erschienenen Aufforderung ward entsprochen: Winnecke's
in Pulkowa angestellten Beobachtungen konnten verglichen werden mit den am Cap und in S. Jago de Chile erhaltenen, und
seine Berechnung (Astr. Nachr. 1409) gaben ihm in der That eine
Sonnenparallaxe = 8,964, die erheblich besser verbürgt ist als
die aus den Venusdurchgängen.

Dieser Bestimmung von Winnecke sind noch folgende aus
neuerer Zeit hinzuzufügen:

Stone verglich die in Greenwich angestellten Marsbeobachtungen von 1862 mit denen zu Williamstown in Australien gemachten,
und fand 8,932″ + 0,032.

Leverrier aus den gegenseitigen Störungen von Erde und
Venus 8,950″.

Hansen aus derjenigen Ungleichheit des Mondlaufes, welche
den Namen der parallaktischen führt, unter Zuziehung der
Beobachtungen Airy's 8,916″.

Es möge hierbei bemerkt werden, dass Stone's und Winnecke's Parallaxen von allen theoretischen Annahmen frei sind,

— — — — — ⸺ ⸺   ··

Teleskopspiegel, die jetzt schon auf mehreren Sternwarten eingeführt sind und sich trefflich bewähren, wie er denn auch ein
Verfahren zeigte, ellipsoidische und paraboloidische Teleskopspiegel herzustellen. Foucault's überaus zahlreiche Arbeiten
erstrecken sich fast über alle Theile der Physik und alle verdanken ihm wichtige Bereicherungen. Aber diese unablässigen,
nie rastenden Arbeiten rieben, nach dem Urtheil seines Biographen Morin, seine Gesundheit frühzeitig auf und raubten der
Wissenschaft schon im 49. Jahre einen Mann, der gleichwohl,
wenn nach Thaten gemessen werden soll, lange gelebt hat. —
Er hat nur wenig geschrieben und sich meist begnügt, die Resultate mitzutheilen; seine Nachfolger werden viel Veranlassung
haben, ihn zu commentiren und die Wege zu bezeichnen, die er
bei seinen Untersuchungen eingeschlagen hat.

während die beiden letzteren Bedenken mancher Art Raum geben; wie denn z. B. Pontécoulant rücksichtlich der parallaktischen Gleichung zu beträchtlich verschiedenen Resultaten gelangt. Nimmt man das Mittel aus Stone's und Winnecke's Resultat, so erhält man 8,948″, was mit Leverrier so gut als ganz übereinstimmt; während Pontécoulant meint, die mangelnde Übereinstimmung seines Resultats (8,655″) mit den neueren Beobachtungen müsse einstweilen hingenommen werden in Erwartung weiterer Beobachtungen (und, wie wir hinzufügen, auch in Erwartung weiterer theoretischer Entwickelungen). — Durch die neuesten Resultate von Newcomb, der Winnecke's (durch längere Krankheit unterbrochene) Arbeit zu Ende geführt hat, wird für die Sonnenparallaxe erhalten 8,855″, und dies dürfte der gegenwärtig wahrscheinlichste Werth sein.

Die Erdmasse muss demzufolge in der That vergrössert werden, und da diese Vergrösserung genügt, um die Änderungen des Marsperihels und der Knotenbewegung der Venus mit den Beobachtungen in Harmonie zu bringen, so bleibt nur das Mercurperihel übrig, für welches eine andere Erklärung zu suchen ist.

Dies würde nun allerdings in einer Vermehrung der Venusmasse gefunden werden können, allein damit würde die Harmonie, über deren glückliche Herstellung wir so eben gesprochen, wieder zerstört werden. Es scheint also hier nichts anderes übrig zu bleiben als die Annahme eines noch ungesehenen Körpers (oder mehrerer derselben), der die oben erwähnte Wirkung auf Merkur ausübt.

Einen solchen Körper anzunehmen zwischen Erde und Venus, oder auch zwischen Venus und Mercur, erscheint aus mehrfachen Gründen unthunlich. Er müsste jedenfalls eine Grösse haben, bei der er uns nicht hätte verborgen bleiben können, und andererseits müsste er sich auch durch Störungen auf Erde und Venus verrathen. Aber nahezu dieselben Gründe scheinen auch gegen die Existenz eines solchen Körpers zwischen Mercur und Sonne zu sprechen. Man könnte ihm allerdings eine Kreisbahn zuschreiben, in welchem Falle er keine Einwirkung auf die Excentricität des Mercurs ausübte; allein seine Grösse müsste nicht unbedeutend sein und zwar um so mehr, je näher er der Sonne steht. Leverrier berechnet, dass bei einem Abstande von = 0,17 seine Masse der der Erde gleich sein müsse; näher der Sonne müsste sie noch mehr betragen. Und einen solchen Körper soll-

ten wir noch nie gesehen haben, auch nicht während totaler Sonnenfinsterniss?"

Im Jahre 1864 veröffentlichte Haase zu Hannover: „Einige
Zusammenstellungen als Beitrag zu der Frage, ob ausser Merkur
und Venus in dem Raume zwischen Sonne und Erde noch andere
planetenartige Körper vorhanden sind" (168 Seiten 8vo). Man
findet hier die vollständigste Zusammenstellung aller (45) Beobachtungen, die möglicherweise nicht gewöhnlichen Sonnenflecken,
sondern Durchgängen planetarischer Körper angehören, da die
Form der Flecke einem regulären Kreise ganz oder nahezu entsprach und die Bewegung eine viel raschere war, als bei Sonnenflecken angenommen werden kann. Es ist nur zu bedauern, dass
diese Wahrnehmungen fast ausnahmslos so unvollkommen sind,
dass alle Mühe, die sich Hr. Haase mit ihnen gegeben, zu keinem
bestimmten Resultat geführt hat, und die Möglichkeit, dass es
Meteorsteine gewesen seien, die sich in der Nähe der Erde vor
der Sonne vorüberzogen, nicht ausschliessen. Möge man nun auch
in diesen Meteormassen wahre Weltkörper erblicken, so ist doch
so viel gewiss, dass sie nichts beitragen können zur Erklärung
noch unerörterter Störungen in den Bahnen der Planeten.

Die vielbesprochene Beobachtung von Lescarbault zu Orgères am 26. März 1859, welche von Leverrier, so weit dies
noch möglich, an Ort und Stelle untersucht worden war, scheint
in diese Kategorie zu gehören, denn nicht allein hat Liais, Astronom zu Rio Janeiro, an demselben Tage die Sonnenscheibe beobachtet und nichts Derartiges gesehen, sondern es sind auch
alle späteren Versuche französischer und britischer Astronomen,
an einem um dieselbe Jahreszeit fallenden Tage den Körper wiederzusehen, erfolglos gewesen.

---

* Um das, was sich möglicherweise in der Nähe der Sonne befindet, am
leichtesten zu erblicken, würde der Moment zu benutzen sein, wo für einen
sehr heitern Punkt der Tropenzone die Sonne total verfinstert untergeht.
Wenn dann ein lichtstarkes Fernrohr mit möglichst grossem Gesichtsfelde,
nach der Untergangsstelle gerichtet und etwa noch das Objectiv durch einen
Schirm gegen die Sonnenseite hin gedeckt wird, und bei derselben Finsterniss
an einem andern Punkte, wo die Sonne verfinstert aufgeht, Ähnliches geschieht, so hat man die Gegend, die unter anderen Umständen stets durch die
Strahlen der Sonne erhellt ist, in hinreichender Dunkelheit eine kurze Zeit
vor sich, die freilich nur hinreichen wird, die Existenz eines solchen Körpers
zu constatiren und seinen ohngefähren Ort anzugeben, was aber gleichwohl zu
einem Ausgangspunkte weiterer Untersuchungen würde dienen können.

Hr. Haase giebt auch die Beobachtungen, welche über den
angeblichen Venusmond gemacht worden sind, möglichst ausführlich, und stellt sie in einer Übersicht p. 107 u. 108 seines Werks
tabellarisch auf. Es sind dies zwei Cassini'sche Beobachtungen
von 1672 und 1686; eine von Short 1740, und eine von Mayer
in Greifswald 1759. Die übrigen gehören sämmtlich den Jahren
1761 und 1764 an; seit länger als einem Jahrhundert ist nichts
darüber verlautet. 1761 sah Lagrange zu Marseille diesen „Venusmond" am 10., 11., 12. Februar, Montaigne zu Limoges am 3.,
4., 7., 11. Mai, und S. Neost und Scheuten am 6. Juni neben
Venus auf der Sonnenscheibe.

Die Beobachtungen 1764 sind zwei von Roedkier in Kopenhagen am 3. und 4. März, zwei von Horrebow ebendaselbst und
mit demselben Fernrohr am 10. und 11. März, endlich drei von
Montbarron in Auxerre vom 15., 28. und 29. März.

Diese 17 von 8 oder 9 Beobachtern herrührenden Angaben
sind Alles, was wir besitzen. Fast bei Allen wird bemerkt, das
Ganze sei ziemlich unförmlich und von sehr schwachem Lichte
gewesen, einigemal wird angegeben, dass eine Phase wie bei Venus bemerkt worden sei.

Wenn gleich Haase der Meinung ist, dass doch wohl nicht
alle diese Beobachtungen als bloss optische Täuschungen anzusehen
sein müssten, so scheint es doch, dass keine andere Erklärung
übrig bleibe. Wir haben jetzt Fernröhre, die weit lichtstärker
sind als die, welche jenen Beobachtern zu Gebote standen; die
nicht-achromatischen Fernröhre früherer Zeit sind mit achromatischen vertauscht und nichts der Art ist seit 107 Jahren gesehen.
Bekannt sind die Nebenbilder, welche man in nicht-achromatischen
Kometensuchern bei lichtstarken Gegenständen erhält, und ich
entsinne mich, dass ich im Anfang meiner astronomischen Praxis
einmal den Jupiter von fünf Monden begleitet erblickte. Erst
nach mehreren Drehungen des Oculars und veränderter Einstellung des Jupiter überzeugte ich mich, dass der fünfte Mond
nichts weiter als ein optisches Nebenbild des Hauptplaneten gewesen sei.

Es ist gleichwohl von Lambert ein Versuch gemacht worden, für diesen vermeintlichen Venusmond eine Bahn zu bestimmen. Wäre in der That ein solcher Trabant vorhanden, so müsste
man irgend einen Umstand annehmen, der bewirkte, dass er uns
nur sehr selten zu Gesicht kommt.

Ein eigenthümlicher Unstern (*une mauvaise étoile* nach Radau's Ausdruck* scheint über allen diesen Wahrnehmungen ge-
waltet zu haben. Die meisten der Beobachter waren Männer, die,
anderen Berufskreisen angehörig, mit der astronomischen Praxis
nicht vertraut genug waren, um zu wissen, worauf es hier an-
komme. Der Arzt Lescarbault zu Orgères hatte sogar an eine
Veröffentlichung gar nicht gedacht, und war erst neun Monate
nachher bei Lesung eines Aufsatzes von Leverrier daran erinnert
worden. Mittel zu einer genaueren Messung besass er eben so
wenig als eine zur absoluten Zeitbestimmung geeignete Uhr.

Gern soll übrigens anerkannt werden, dass Haase sich durch
diese fleissigen Zusammenstellungen ein grosses Verdienst um die
Wissenschaft erworben habe.

Keine einzige der Wahrnehmungen, wo ein planetenähnlicher
Körper vor der Sonne gesehen wurde, ist so beschaffen, dass eine
annähernde Bahn daraus gefolgert werden könnte, und eben deshalb kann auch nicht entschieden werden, ob nicht mehrere dieser Durchgänge demselben Körper angehören. Auch findet Leverrier es wahrscheinlicher, dass nicht ein grösserer, sondern
eine beträchtliche Anzahl kleinerer Körper die Anomalie in der
Bewegung des Merkurperihels zur Folge haben. Man hätte sich
also hier eine Planetoidengruppe zu denken ähnlich der, welche
zwischen Mars und Jupiter besteht.

Und in der That scheinen die von Haase zusammengestellten
Thatsachen besser mit einer solchen Mehrzahl von kleinen Körpern als mit einem grösseren vereinbar zu sein. Wir finden drei
im Januar, fünf im Februar, fünf (oder sechs) im März, drei im
April, drei im Mai, sechs im Juni, fünf im Juli, zwei im August,
eine im September, sieben im October, zwei im November, zwei
zweifelhafte im December. Da nun ein Planet nur in den beiden
um 180° von einander entfernten Knoten seiner Bahn von uns
auf der Sonnenscheibe gesehen werden kann, wenn seine Neigung
gegen die Ekliptik nicht sehr gering ist, so deutet schon dieser
Umstand auf eine Mehrzahl; und betrachtet man die Angaben
näher, so ist die Erscheinung, die Geschwindigkeit, die Richtung
der Bewegung so mannichfaltig verschieden, dass zwar Fälle vorkommen, wo einige Erscheinungen demselben Körper angehören

---

* Wir besitzen von Radau eine kleine Schrift: „Sur les planètes au-delà
de Mercure."

können, kein einziger jedoch, wo diese Möglichkeit zur Gewissheit erhoben werden kann.

In der oben citirten Schrift macht Haase unter der Voraussetzung, dass einige dieser Beobachtungen ein reelles Object betreffen und also nicht auf Täuschung beruhen, den Versuch, aus ihnen eine Bahn — nicht eines Venusmondes, sondern eines Planeten, der nahezu dieselbe Umlaufszeit wie Venus hat, abzuleiten. In der That, wenn man einige dieser Beobachtungen, namentlich die von Short und Montaigne, genauer untersucht, so findet sich, dass sie einen Gegenstand von $\frac{1}{3}$ oder $\frac{1}{4}$ des scheinbaren Venusdurchmessers, in der gleichen Lichtgestalt, und nicht verwaschen, wenn gleich von geringerem Glanze, erblickten. Auch machten sie verschiedene Versuche, um sich von der Reellität des Gegenstandes zu überzeugen. Sie entfernten z. B. den Hauptplaneten aus dem Gesichtsfelde, was aber den „Trabanten" nicht zum Verschwinden brachte, ihn vielmehr deutlicher als vorher wahrnehmen liess. Sie vertauschten das Fernrohr mit einem andern von verschiedener Construction und optischer Kraft — die Erscheinung blieb dieselbe. Will man oder kann man nicht, wie Hell, alles ohne Weiteres verwerfen — und schwerlich wird man sich begnügen wollen mit dem Urtheil eines Mannes, der erwiesenermaassen seine eigenen Beobachtungen verfälscht hat — so kann man es auch nicht missbilligen, wenn der Versuch gemacht wird, diesen besseren Beobachtungen eine Bahn abzugewinnen. Haase, der sich zunächst an Montaigne's Beobachtungen hielt, findet, dass alle vier Beobachtungen sich nicht in eine und dieselbe Bahn fügen, und nimmt nun zwei Planeten an; dem einen sollen die Beobachtungen am 3. Mai und 11. Mai, dem andern am 4. Mai und 7. Mai angehören. Den ersten verbindet er mit dem von Scheuten beim Venusdurchgange 1761 vom 6. Juni gesehenen mondförmigen Fleck, und bestimmt nun aus diesen drei Beobachtungen folgende Bahn:

Epoche 6. Juni 0ʰ Greenwich.

Mittlere Länge . . . 251° 11' 10"
Länge des Perihels. 183 55 40
Länge des Knotens. 75 50 15
Neigung 3 23 38
φ 2 29 18
a . . . . 0,730718.

Wie zu erwarten war, kommen diese Elemente denen der

Venus sehr nahe, und er macht nun den weiteren Versuch, die Bahn an anderen Beobachtungen zu prüfen, was nur unter etwas willkürlichen Änderungen gelingt. Für die Beobachtungen am 4. Mai und 7. Mai müsste ein zweiter Planet angenommen werden; wobei sich indess nur eine Kreisbahn finden lässt, in der die Umlaufszeit etwa 200 Tage wäre.

Wir schliessen uns nur dem eigenen Urtheil des Verfassers an, wenn er p. 135 am Schlusse sagt: „Ob diese Elemente irgend einen Werth haben, oder nur als ein mit mangelhaften Mitteln aller Art ausgeführtes Rechnen-Exempel anzusehen sind, muss die Folge lehren."

§ 178.

DIE ASTRONOMISCHE PHOTOGRAPHIE.

Die ersten Veröffentlichungen Daguerre's 1838 wurden von Vielen mit den ausschweifendsten Hoffnungen in Beziehung auf unsere Kenntniss der Weltkörper begrüsst; während Andere, welche mit der Sache näher bekannt waren, in dieser Beziehung wenig oder nichts von ihr erwarteten, da sie wohl wussten, welche Schwierigkeiten sich einer solchen Anwendung entgegenstellen müssten. Anfangs bedurfte man einer geraumen Zeit zur Hervorbringung der Bilder, und man hatte die neue Erfindung deshalb zunächst an feststehenden Gegenständen, also namentlich architektonischen und monumentalen, versucht. Indess vervollkommnete sie sich von Jahr zu Jahr; man lernte die wirksamsten und für das Licht empfindlichsten Substanzen kennen und gebrauchen, stellte lebende Gegenstände, namentlich Porträts, mit günstigem Erfolge dar, und glaubte nun auch astronomische Objecte in ähnlicher Weise erfolgreich behandeln zu können.

Mit der Oberfläche der Sonne gelang es. Die Wirkung war hier eine so schnelle, dass man sogar genöthigt war, die Zeit der Exposition auf ein Minimum zu bringen, wie denn in Arago's Astronomie das Fac Simile eines photographischen Sonnenbildes gegeben wird, das im sechzigsten Theil einer Secunde erhalten wurde. Innerhalb eines so kleinen Zeitraums aber beträgt die tägliche Bewegung der Erde nur 0,25" und dies kann keine irgend wahrnehmbare Verschiebung der Bilder hervorbringen, man hatte also auch nicht nöthig, das Fernrohr zu bewegen. Allerdings erhielt man, da hier nur die Vergrösserung des Objectivs wirksam blieb, nur sehr kleine Bilder, jedoch konnte durch ein Zerstreuungsglas dies Bild vergrössert werden, wenn man sich eine Schwächung des Lichts im umgekehrten Verhältnisse des Quadrats der lineären Vergrösserung gefallen liess.

Bei der Sonne war dies vollkommen zulässig; jedoch schon beim Monde zeigten sich die Schwierigkeiten, welche Sachkenner gleich Anfangs gefürchtet hatten. Die ersten, in Paris gemachten derartigen Versuche, liessen kaum die Phase des Mondes erkennen, von seinem landschaftlichen Detail war nichts zu sehen, denn in der langen Zeit, welche die Exposition der Platte bedurfte, konnte man zwar durch ein sehr vollkommenes und ganz gleichmässig wirkendes Uhrwerk die tägliche Bewegung und allenfalls auch noch die A.-R.-Bewegung des Mondes compensiren, nicht aber die Bewegung in Breite, die Parallaxe und die Rotation der Mondkugel, und noch weniger die Veränderungen der Beleuchtung und des Schattenwurfs.

Als unmerklich für den beabsichtigten Zweck kann man diese Änderungen nur dann betrachten, wenn die Zeit der Exposition eine sehr kurze ist. Es kam also darauf an,

1) die erforderliche Bewegung, die für jeden besonderen Fall auch besonders berechnet werden muss, vollkommen gleichmässig, und nicht stoss- oder absatzweise wirkend, zu erhalten.

2) chemische Reagentien zu finden, die in der kurzen Frist von höchstens 1 bis 2 Minuten hinreichend deutliche Lichteindrücke aufnehmen können.

Nur allmälig gelangte man dahin, und da gleichzeitig auch die Vervielfältigung der ursprünglich erhaltenen Bilder gelungen war, kamen die Astronomen nach und nach in den Besitz mehr oder weniger gelungener Mondphotographien. Die erste dem Verfasser zu Gesicht gekommene war eine amerikanische, die sich auf der Pariser Sternwarte befand. Deutlich konnte man die grösseren Ringgebirge, wie Petavius und Theophilus, erkennen, auch allenfalls noch die von mittlerer Grösse; von dem feineren Detail war nichts zu sehen.

Totale Finsternisse der Sonne sind von so kurzer Dauer, dass auch der gewandteste Zeichner seine Arbeit kaum begonnen hat, wenn der erste Sonnenstrahl wieder hervorbricht, und hier wäre also das photographische Verfahren am entschiedensten indicirt. Aber 1842 konnte man noch gar nicht daran denken; auch 1851 blieben die Versuche meistens erfolglos: der Photograph Beyer in Warschau hatte sich ganz vergebens bemüht, und Busch in Königsberg hatte zwar ein Bild erhalten, aber verwaschen und nur verständlich durch das, was man in gewöhnlicher Art beobachtet hatte. Gleichwohl war es noch das Beste, was bis dahin erlangt worden war, und Warren de la Rue erkennt dieses an, indem er S. 1 seines später zu erwähnenden Werkes sagt:

„Great credit is due to Dr. Busch for that successfull pioneering experiment, more especially when due allowance is made for the uncertainty then existing as to the brillancy of the prominences and for the state of the photographic art to that epoch."

Er vertraut indess den Fortschritten der Photographie seit 1851, die allein ihm Hoffnung erwecken, bessere und instructivere Bilder zu erhalten. Warren de la Rue besuchte mich auch in Dorpat, beschenkte mich mit einem von ihm auf einer Glasplatte aufgefangenen höchst gelungenen photographischen Mondbilde, und es kann mich nur aufrichtig freuen, dass seine Schrift mit den Worten beginnt:

„My attention was first called to the Solar Eclipse of 1860, when Dr. Mädler placed in my hands a copy of his anticipative pamphlet, entitled: „L'éclipse solaire du 18. Juillet 1860."

In der Zwischenzeit hatte insbesondere Bond I. zu Cambridge in Nordamerika seinen grossen Refractor von 22 Fuss Brennweite auch zu photographischen Arbeiten angewandt. Die ersten seiner derartigen Veröffentlichungen betreffen den Doppelstern ζ Ursae majoris. Er erhielt keino scharfen Bilder, namentlich erschien das Bild des Begleiters sehr schwach und unbestimmt. Nur indem er auf einer Platte eine ganze Reihe von Photographien längs einer geraden Linie nahm, konnte er das Gebilde, längs dieser Linie hinschauend, mit ausreichender Deutlichkeit wahrnehmen. Er benutzte diese Photographie zu einer mit Zirkel und Lineal ausgeführten terrestrischen Messung dieses Doppelsterns. Später photographirte er hellere Sterne allein, um zu ermitteln, wie viel Expositionszeit jeder derselben bedürfe. Er fand, dass diese Zeit nicht im umgekehrten Verhältniss der Helligkeit (Grössenclasse) stehe, was ihn veranlasste, den neuen Ausdruck „chemical magnitude" einzuführen. Später hat man in dieser Weise einzelne glänzende Partien des Sternhimmels, unter andern die Gruppe der Plejaden, dargestellt.

Aber die bedeutendsten Fortschritte in der Photographie des

Himmels verdanken wir dem bereits erwähnten Warren de la
Rue, der sich ganz diesem neuen Zweige der astronomischen
Praxis gewidmet hat, und dessen Sternwarte zu Kew die Muster-
anstalt bildet, nach der ähnliche errichtet, oder in der Errichtung
begriffen sind. Sein in mehrfacher Beziehung neues Verfahren
hat sich bei der Sonnenfinsterniss am 18. Juli 1860 trefflich bewährt; wir geben hier ein möglichst vollständiges Verzeichniss
der bei dieser Veranlassung an verschiedenen Orten Spaniens ausgeführten Arbeiten dieser Art.

In Desierto de las Palmas war Monserrat damit beschäftigt.
Er erhielt neun Bilder der partiellen und fünf der Totalfinsterniss.
In letzteren zeigt sich eine schwache Spur der Corona, jedoch
ohne Detail erkennen zu lassen, und eben so die Protuberanzen.
Bei einem der fünf Bilder der Totalfinsterniss erhielt die Platte
zufällig eine kleine Erschütterung, und hier zeigen sich drei Bilder
übereinander, ein Beweis, wie schnell sie sich bei zweckmässiger
Vorrichtung erzeugen lassen. Ein im Brennpunkt des Fernrohrs
befindlicher Querfaden hatte sich deutlich mit abgebildet. Die
dabei sichtbaren Planeten zu photographiren, gelang nicht; augenscheinlich wegen Kürze der Zeit.

An demselben Orte nahm Secchi, Director der Sternwarte
Rom, Photographien auf. Er erhielt ein schwaches Bild der
Lichtkrone, an dem man aber doch erkennt, dass sie in der
Richtung Ost-West sich erheblich weiter erstreckte als in der
Süd-Nord. Die erste Photographie der Totalfinsterniss ergab die
folgenden Stellungen der Protuberanzen:

$$78^o, 88^o, 113^o, 133^o-148^o, 213^o, 242^o \; (a)$$
leuchtender Bogen,

die letzte dagegen:

$$10^o, 40^o, 76^o, 248^o \; (a), 301^o, 350^o-0^o$$
leuchtender Bogen.

Die leuchtenden Bögen bildeten sich eben so gut ab als die
einzelnen Protuberanzen.

In Tarragona hat Léon Foucault photographische Arbeiten
vorgenommen. Er hatte hauptsächlich die Darstellung der Corona
beabsichtigt. Drei collodionirte Glasplatten wurden, die erste 10,
die zweite 20, die dritte 60 Secunden hindurch ausgesetzt. Die
erste Platte erhielt zufällig eine kleine Verschiebung, so dass die
Krone nicht deutlich zur Darstellung gelangte, wohl aber der
Mondrand. Auf den beiden anderen Bildern zeigt die Corona eine

mit der zunehmenden Dauer der Einwirkung grössere Ausdehnung;
60 Secunden Exposition zeigten sie bis zu 48' Entfernung. Mehrere Strahlen zeigen sich im Bilde, und einer derselben geht über
das Ganze der Corona weit hinaus. In allen drei Bildern erscheint der Mondrand da, wo die Sonne verschwand, sehr intensiv
erhellt.

In Rivabellosa, einem Dorfe in der Nähe des Ebro, hatte
sich Warren de la Rue aufgestellt. Auf freiem Felde war ein
bereits in England gezimmerter Holzbau errichtet, und unter
diesem stand das treffliche Instrument. Noch hatte Warren gar
keine Kenntniss von der Zeit, die zur Hervorbringung guter Sonnen-
finsternissbilder erfordert wird, und ein Versuch in Kew, den
Vollmond zu photographiren, liess innerhalb einer Minute noch
nicht die geringste Einwirkung auf die Platte wahrnehmen. Ein
Sonnenfinsternissbild aber erforderte kaum vier Secunden, woraus
folgt, dass sowohl Corona als Protuberanzen beträchtlich mehr
Licht haben als der volle Mond.

Einige Tage vor der Totalfinsterniss sah ich diese Einrichtungen. Das grosse Instrument hatte 60 Zoll Brennweite, was im
Brennpunkte ein Sonnenbild von etwa 6 Linien ergab. Durch
ein System optischer Linsengläser wurde dies auf das Achtfache
vergrössert. Einige kleinere photographische Instrumente waren
im Freien aufgestellt und dienten zu verschiedenen Voruntersuchungen. Die Herren Beckley, Downes, Beck, Reynolds
und Clark waren meine Mitarbeiter. Der Himmel war fast stets
bewölkt und heiterte sich nur bei Anfang der Sonnenfinsterniss
auf. Die ursprüngliche Daguerre'sche Methode hatte Warren
ganz aufgegeben und sich des Collodiums zur Zubereitung seiner
Platten bedient. Doch war er noch sehr in Zweifel, ob die schwer
zu vermeidenden kleinen Ungleichheiten im Collodium nicht Un-
deutlichkeit der Bilder veranlassen würden. Durch die angewandten
vergrössernden Ocularlinsen konnte zwar diesem Übelstande begegnet werden; eine andere Frage war jedoch, ob nicht eben
diese Vergrösserung das ursprüngliche Focusbild schwächen werde
in einem solchen Maasse, dass nicht Erkennbares erhalten werden
könne? Die desfalls eingezogenen Erkundigungen bei Denen,
welche 1851 die Sonnenfinsterniss zu photographiren versucht
hatten, liessen nur geringe Hoffnungen aufkommen.

Desto erfreulicher ist es, dass ungeachtet manches Zwischen-
vorfalles die Beobachtung nicht allein bei heiterm Himmel un-

gestört vor sich ging, sondern auch ihr vollständiger Erfolg allen
Besorgnissen ein Ende machte.

Von 43 Photographien, die am 18. Juli erhalten wurden,
sind nur wenige nicht gelungen. Einige wurden vorher auf Sonnenflecke versucht, 31 gelungene gehören der Finsterniss an und
sind in dem betreffenden Werke: *„On the total Solar Eclipse of
18. July 1860, observed at Rivabellosa, near Miranda del Ebro, in
Spain. London 1862,"* speciell aufgeführt und die der Totalfinsterniss angehörenden abgebildet. Da die Platten, um eines Re-
sultates sicher zu sein, länger ausgesetzt waren, als nach den
jetzt gewonnenen Erfahrungen erforderlich gewesen wäre, so sind
die Protuberanzen nicht so scharf begrenzt. Bei künftigen ähnlichen Gelegenheiten wird man die Platten nur 3—4 Secunden
aussetzen und dann natürlich viel schärfer begrenzte Bilder erhalten.

Gleichwohl ist das, was erlangt wurde, hinreichend, den
Schluss zu rechtfertigen, den Warren dahin ausspricht: es sei
jetzt vollkommen gewiss, dass die Protuberanzen physische der
Sonne angehörende Objecte und nicht (wie v. Feilitzsch meinte)
bloss optische, am Mondrande erzeugte Erscheinungen sind.

Noch bemerken wir, dass in Warren's Photographien eine
Reihe von Protuberanzen vorkommt, die von keinem Fernrohr-
beobachter bemerkt worden ist, und dass dieselbe Reihe auch in
den von Secchi erhaltenen Lichtbildern ganz übereinstimmend
mit Warren sich findet. Sie müssen also eine beträchtliche
chemische Wirkung gehabt haben, während ihre optische zu
schwach war, um wahrgenommen zu werden; eine Thatsache,
welche an die sogenannten übervioletten Strahlen des Prismenbildes erinnert.

Wir fügen noch hinzu, dass das Observatorium Wilna, das
eine Erneuerung dringend nöthig machte, jetzt als photographische
Sternwarte besteht. Ein Instrument, ganz nach dem Muster des
Warren'schen, und in England unter dessen Aufsicht angefertigt,
dient (seit 1864) jetzt dort zum Photographiren von Sonnenflecken.
Leider ist die dortige Localität eine nur wenig günstige, was der
(kürzlich verstorbene) Director Gussew bitter beklagte. Indess
wollen wir hoffen, dass die photographische Anstalt Wilna's unter
ihrem neuen Director Smysloff entweder an einen passendern
Ort verlegt, oder in anderer Weise den Mängeln Abhülfe werde.

Bedenkt man, dass die praktische Photographie überhaupt

erst drei Decennien alt, und dass ihre Anwendung auf Astronomie
noch erheblich jünger ist, so kann man sich nur freuen, sie schon
so weit vorgerückt zu finden. Gewiss haben wir noch Grösseres
von ihr zu erwarten; einstweilen wollen wir, statt durch müssige
Wünsche der Zukunft vorzugreifen, lieber auf einen Gegenstand
aufmerksam machen, wo sie uns möglicherweise Neues und Wich-
tiges lehren kann: wir meinen Photographien der Venus. Man
kann sich nur schwer entschliessen, über alles in ihrer Nähe Gesehene den Stab zu brechen, und noch schwerer eine bestimmte
Antwort finden auf die Frage: was war es?

§ 179.

Der Photographie ist die Photometrie nahe verwandt, beides
kann sogar, wie wir bei Bond's[*] Versuchen gesehen haben, für
einzelne Aufgaben zusammenfallen. Beides gehört auch der
neuesten Zeit an, wenn man die unvollkommenen und wenig
fruchtbringenden Versuche früherer Zeit abrechnet. Doch werden
wir ihrer gedenken müssen, um so mehr, als eine wissenschaftliche Photometrie nicht mit einem Schlage ins Leben trat, sondern, genau betrachtet, erst im Entstehen begriffen ist.

Was wir bei Fixsternen als Grösse bezeichnen, ist bekanntlich

---

[*] *William Cranch BOND*, geb. 1790, gest. 1859 am 29. *Januar.*
Es war im Jahre 1844, als er zum Director der grossartig ausgerüsteten Sternwarte des Harvard College zu Cambridge im Staate
Massachusets ernannt wurde. Schon seit 1833 hatte er sich als
astronomischer Schriftsteller bethätigt durch sein Work: *On the
comparative ratio of marine chronometers.* — Als Director und im
Besitz eines dem Pulkowaer ganz gleichen Refractors hat er eine
rüstige Thätigkeit entfaltet. Er gelangte zuerst unter Allen dahin,
Fixsterne zu photographiren und wichtige Resultate daraus abzuleiten. Den Doppelstern ζ Ursae majoris mass er auf der photographischen Platte mit Zirkel und Lineal und erhielt ein mit
den astronomischen Messungen gut übereinstimmendes Resultat.
Aus der Zeit, die zur Erlangung eines solchen Bildes erforderlich
ist, schloss er auf den Glanz, wofür er den Ausdruck „*chemical
magnitude*" gebraucht. Er fand, dass Sterne gleicher Helligkeit,
aber von verschiedener Farbe, eine merklich ungleiche Zeit er-

16*

nur der verschiedene Grad ihres Glanzes, und dieser wurde eine
geraume Zeit hindurch, in Ermangelung jedes ·andern Mittels,
durch blosse Schätzung bestimmt, die um so unsicherer ausfallen
musste, als verschiedene fremdartige Umstände auf diesen Glanz
einwirken und es an einer allgemeinen Scala, nach der der
Schätzende sich richten konnte, gänzlich fehlte. So kam es, dass
man die von Ptolemäus angegebenen Grössen a, β, γ u. s. w.
ungeprüft annahm, und erst später, da der Augenschein zu sehr
widersprach, sich einige Änderungen erlaubte. So ward a Hydrae
(bei Ptolemäus erster) zu einem Sterne zweiter oder dritter,
a Aquilae aus einem Sterne zweiter zur ersten Grösse.

Indess machte man bald die Bemerkung, dass über die
Gleichheit des Glanzes zweier Sterne, die man beide gleichzeitig überblickt, sei es im Auge oder im Fernrohr, das Urtheil
viel sicherer ist, als wenn angegeben werden soll, um wieviel ein
Stern den andern an Glanz übertreffe. Erst spät und auf Umwegen ist man dahin gelangt, auch das Verhältniss des Glanzes
zwischen zwei ungleich glänzenden Sternen angeben zu können,
und das ist es eigentlich, was wir jetzt Photometrie nennen.

Dass eine Linie a doppelt so lang sei als eine andere b, ist
leicht und sicher zu bestimmen; woran aber soll ich messen, ob
ein Stern a doppelt so hell sei als ein anderer b?

---

fordern, und dass rothe Sterne schwerer als weisse zu photographiren sind. In ersten Bande seiner *Annals of the Astronomical Observatory of Harvard College* bestimmte er die Örter von
5500 Sternen zwischen 0° und 0° 20′ Declination. Für den gesammten Himmel gäbe dies gegen 2 Millionen Sterne, und er hat
den kühnen Plan gefasst, diese sämmtlich zu bestimmen; eine
Arbeit, die bis tief ins 20., wo nicht 21. Jahrhundert hinein
dauern würde, selbst angenommen, dass alle seine Nachfolger mit
gleichem Eifer auf diesen Plan eingehen.

Aufmerksam verfolgt er das Saturn- und Uranus-System, bestimmte die Masse des Neptun aus dem Satelliten desselben, beobachtete die Sonnenfinsternisse 1845 und 1846, so wie den Merkursdurchgang und gab über alles dieses, so wie über seine Instrumente und deren Aufstellung, vollständige Berichte. — Doch
die Schwäche des Alters machte sich fühlbar, und im 69. Jahre
seines Alters endete ein thatenvolles Leben durch einen sanften Tod

Sonndorfer in Wien hat vorgeschlagen, die kleinen Planeten dazu zu benutzen. Setzt man voraus, dass ausser der Distanz von Sonne und Erde kein Drittes auf die Veränderungen dieses Glanzes Einfluss habe, so ist $\frac{1}{\triangle^2 r^2}$ ein Ausdruck, der als Maassstab dienen kann (r Abstand von der Sonne, $\triangle$ Abstand von der Erde). Fände sich also bei den Abständen $\triangle$ und r der Glanz gleich einem Sterne siebenter, bei $\triangle'$ und r' dagegen einem Stern achter, so würde man setzen können:

Lichtquantität eines Sterns siebenter : Lichtq. ein St. achter $= \frac{1}{\triangle^2 r^2} : \frac{1}{\triangle'^2 r'^2}$.

In dieser Weise würde man also hier eine Reihe, gebildet aus den aufeinander folgenden Sterngrössen erster, zweiter, dritter u. s. w., gleichsam die Exponenten der Reihe, für ihre Lichtquantität erhalten. Argolander findet diese Zahl = 2,65, so dass der Lichtglanz zweier Sterne, der eine zur n^{ten}, der andere zur n'^{ten} Grössenclasse gehörend, im Verhältniss $2,65^{(n'-n)} : 1$ zu einander stehen würden.

Dies gäbe indess zunächst nur eine etwas sicherere Grundlage für die Schätzung, aber keine eigentliche Lichtmessung. Für diese letztere machte man verschiedene Vorschläge.

Von zwei Sternen a und b sei a der hellere. Man schwäche sein Licht so lange, bis er nur eben so hell als b ist, was bei einiger Übung sehr sicher beurtheilt werden kann. Ein Fernrohr mit doppeltem Objectiv kann dazu dienen, wenn man das Objectiv, in welchem a erscheint, so lange bedeckt, bis a = b ist. Hat man, um dies zu erreichen, ³⁄₄ des Objectivs bedecken müssen, so ist auch a viermal heller als b.

Für schwächere, namentlich teleskopische Sterne, ward vorgeschlagen, den Brennpunkt des Oculars von dem des Objectivs langsam zu entfernen, bis der Stern verschwindet. Das Maass dieser Verstellung kann dann ein Maass für die Lichtstärke abgeben.

Amici* verfertigte ein Objectiv, in welchem ein Stern nur

---

* *J. B. AMICI, geb. 1786 am 23. März, gest. 1863 am 10. April. In Modena, seinem Geburtsort, studirte er unter Ruffini und ward, noch sehr jung, zum Professor an dieser Universität ernannt. Nach Pons Todo 1831 berief man ihn zu dessen Nach-*

im Mittelpunkte seinen vollen Glanz zeigt, aus dem Mittelpunkte
entfernt aber schwächer wird und in einem gewissen Abstande
— d verschwindet. Für hellere Sterne wird d grösser, für
schwächere kleiner gefunden werden, was ebenfalls ein Maass für
die Lichtstärke geben kann.

John Herschel bei seinem Aufenthalt am Cap wandte grosse
Aufmerksamkeit auf die Helligkeiten der südlichen Sterne, womit
er auch die der nördlichen, so weit sie am Cap hinreichend zu
Gesicht kamen, verband. Obgleich er sich auch einer Art von
Astrometer bediente, so hat er doch das Meiste durch fleissige
Schätzungen ermittelt. Sein p. 353 der *Results of Cape Ob-*

---

folger als Director des dortigen Observatoriums nach Florenz, wo
er bis zu seinem Tode blieb.

Grosse Verdienste hat er sich erworben durch seine sinnreichen optischen Erfindungen und Verbesserungen, die sowohl
den Mikroskopen als den Fernröhren zu Gute kamen. Bei
ersteren brachte er die Vergrösserungen bis zu 1000 (lineär genommen), bei hinreichendem Licht und scharfer Begrenzung der
Objecte. Bei den Fernröhren hat er sich namentlich durch eine
eben so leichte als genaue Methode der Lichtmessung bekannt gemacht. Er construirte ein Objectiv, was nur im Centro des Ge-
sichtsfeldes das Object in voller Lichtstärke zeigt; man entfernt
nun den Stern aus der Mitte und achtet darauf, in welcher Entfernung er verschwindet. So erhält man ein Maass für die Lichtstärke und kann dies durch eine Schraube mit angemessener
Theilung leicht und sicher bestimmen. Das Galiläi'sche Fernrohr, das über eine sehr mässige Brennweite hinaus keine Anwendung mehr gestattete, änderte er so ab, dass diese Beschränkung wegfiel, und auch seine kleinsten Instrumente, bis
zum Opernglas hinab, versah er mit Vorrichtungen, die ihre
Brauchbarkeit, besonders für terrestrische Zwecke, sehr erhöhten.

Auch als Botaniker hat der unermüdet thätige Mann sich
verdient gemacht, namentlich durch seine genauen Untersuchungen
der Chara vulgaris und anderer zahlreicher Pflanzen. — Er zählte
zu den Associates der britischen Royal Astronomical Society.
Von ihm:

De motibus corporum coelestium juxta principia peripatetica sine eccentricis
et epicyclis. Venedig.

terrations beschriebener Astrometer bestand in einer Vorrichtung, das Licht des Mondes so zu reduciren, dass es einen künstlichen Stern bildete, dessen Glanz nach bestimmtem, durch Rechnung zu ermittelndem Verhältnisse veränderlich war. Indem er nun diesen Mondstern nach einander zwei Fixsternen gleich machte, erhielt er das Verhältniss des Glanzes zwischen beiden, und in dieser Weise bestimmte er eine Anzahl sogenannter *standard stars*.

Diese bildeten nun eine Grundlage bei seiner *method of sequences*. Er bestimmte nach dem Augenschein die Aufeinanderfolge einer Anzahl von Sternen derselben und gleichzeitig übersichtlichen Himmelsgegend, anfangend mit den hellsten. Wir finden, dass er vom 10. Juli 1835 bis zum 15. April 1838, also in 33 Monaten, 46 solcher Sequenzen ausführte, und zwar 43 am Cap, die letzten 3 am Bord des Schiffes, das ihn nach Europa zurückführte. Erschienen zwei oder mehrere Sterne von gleicher Helligkeit, so ward dies besonders angemerkt. Er vereinigte diese Sequenzen in einige allgemeine und schliesslich in eine einzige, wobei die vorkommenden Differenzen durch arithmetische Mittel ausgeglichen wurden, und so giebt er uns als Schlussresultat eine Reihenfolge aller von ihm verglichenen Sterne, wobei er α Centauri die Grösse 1,00 giebt und bis zu λ Draconis, der bei ihm die Grösse 3,94 hat, fortgeht. Wir finden alle seine einzelnen Beobachtungen vollständig in seinem Werke aufgeführt, und es wird nun die Aufgabe künftiger Astronomen, und besonders derer der Südhalbkugel, sein, die Herschel'schen Arbeiten fortzuführen und sie auch auf die Sterne vierter und geringerer Grösse auszudehnen.

Ludwig Seidel veröffentlichte 1861: „Resultate photometrischer Messungen an 208 der vorzüglichsten Fixsterne," München. Zwei andere auf denselben Gegenstand bezügliche Abhandlungen hatte er bereits 1852 und 1859 veröffentlicht, und seine Methode ist die, welche Steinheil 1836 in seiner Abhandlung: „Elemente der Helligkeitsmessungen am Sternenhimmel," angegeben hat.

Das Instrument hat 158 Pariser Linien Brennweite, und seine beiden getrennten Objectivhälften haben eine rechtwinklige Dreiecksform, die Hypothenuse 9,66 Linien. Jedes dieser Objective kann durch einen sogenannten Quadratschuber verkleinert, ausserdem aber auch dem Ocular um 46,6 Linien genähert und auf der anderen Seite um eben so viel von ihm entfernt werden. Da nun auch überdies die Objective mit ihrem Prisma gegeneinander verstellt werden können, so ist das Instrument geeignet, nicht bloss zwei Sterne mit einander vergleichen, als auch einen einzelnen Stern für sich nach seinem Helligkeitsgrade bestimmen zu können. Wie Herschel bildete sich auch Seidel ein photometrisches Netz von 72 häufiger bestimmten Sternen, um für die Vergleichungen der übrigen bequem gelegene zu erhalten. α Lyrae ist sein Normalstern, dessen Helligkeit er = 1 setzt. Unter allen von ihm aufgeführten übertrifft ihn nur Sirius. Übrigens giebt Seidel in der Tabelle am Schlusse nicht die Helligkeitszahlen selbst, sondern ihre Logarithmen.

Wie sehr die Bayer'sche Bezeichnung von der wirklichen Helligkeitsfolge abweicht, sieht man hier deutlich. So ist bei Seidel γ Andromedae (0,101) heller als β (0,096), und noch viel auffallendere Beispiele können wir, die sich nur zum Theil dadurch erklären, dass Bayer nur die Sterne derselben ganzen Grössenclasse von Norden nach Süden einander hat folgen lassen, wie Argelander dies nachweist. Der schwächste von Seidel gemessene Stern λ Lyrae ist mit 0,0036 angesetzt; der südlichste ist α Piscis austrini mit 0,340 Helligkeit. Die des Polaris ist mit 0,126 notirt.

Das reichhaltige und wichtige Werk Seidel's seinem gesammten Inhalte nach hier durchzugehen, müssen wir uns versagen, jedoch aussprechen, dass es als erster wahrhafter Anfang einer gründlichen praktischen Photometrie mehr Aufmerksamkeit verdient, als ihm bis jetzt zu Theil geworden.

Die neuesten Arbeiten auf diesem Gebiete sind die von Zöllner in Leipzig: „Grundzüge einer allgemeinen Photographie des Himmels. Berlin 1861. Mit 5 Kupfertafeln.“ Diese Schrift erschien in Veranlassung einer 1855 in Wien von der dortigen Akademie gestellten Preisfrage:

„Es sind möglichst zahlreiche und möglichst genaue photometrische Bestimmungen von Fixsternen in solcher Anordnung und Ausdehnung zu liefern, dass der heutigen Sternkunde dadurch ein bedeutender Fortschritt erwächst.“

Keiner der eingelaufenen Arbeiten war der Preis zuerkannt worden, und es war dies fast vorauszusehen. Die Photometrie, in ihrer wissenschaftlichen Ausübung kaum ein Decennium alt, wird noch geraumer Zeit bedürfen, bevor durch sie der Wissenschaft ein bedeutender Fortschritt erwächst. Betrachten wir Zöllner's Arbeit genauer, so werden wir uns bald überzeugen, dass wohl

Niemand in der Gegenwart mehr leisten konnte. Wir zweifeln, dass der ausgesetzte Preis in' gegenwärtigem Jahrhundert gewonnen werden kann, wenn die Bedingung streng inne gehalten wird.

Zöllner hebt zunächst die Nothwendigkeit hervor, dass Jeder, der sich mit solchen Arbeiten beschäftigen will, seine eigenen Augen zuvor aufs Geuaueste prüfe. Wie nothwendig dies ist, geht schon aus den Mittheilungen von Edmund Rose in seinem Archiv für Ophthalmologie VII. 2. p. 86 und von Virchow (Archiv Bd. XX), so wie aus dem hervor, was Poggendorf (Annalen CXL p. 488) anführte.

Zöllner ist durch die bisher angewandten photometrischen Apparate nicht befriedigt und findet, dass die erlangten Resultate in keinem Verhältniss zu der grossen Ausdauer und Anstrengung der Beobachter stehen. Er hat deshalb sich ein neues und durchaus eigenthümliches Photometer construirt und mit ihm 2212 einzelne Beobachtungen angestellt, welche 226 Sterne erster bis sechster Grösse betreffen. Auch einige veränderliche Sterne sind unter diesen enthalten. Bei Anwendung eines lichtstärkeren Objectivs hofft Zöllner, auch Sterne siebenter bis achter Grösse noch mitnehmen zu können.

Herschel hatte α Centauri, Seidel die Wega zum Normalstern genommen und ihm die Helligkeit 1 ertheilt. Zöllner findet dies nicht angemessen, da wir von der absoluten Unveränderlichkeit des Glanzes bei keinem Sterne versichert sein können. Wir müssen ihm darin vollkommen beistimmen. Nimmt man die Bewegung des Sonnensystems auch nur zu sechs Meilen in der Secunde an, so findet sich, dass die Sonne seit Hipparch's Zeit 380000 Millionen Meilen, etwa der zwölfte Theil der Entfernung von α Centauri, zurückgelegt hat, wobei die Sterne, die nicht in weit grösseren Entfernungen stehen, ihre Helligkeit für uns merklich ändern müssen; und vielleicht genügt dies allein schon zur Erklärung des Umstandes, dass α Aquilae vor 2000 Jahren zur zweiten Classe gerechnet ward, während er jetzt näher der ersten als der zweiten steht. Allgemein betrachtet, kann es also keinen Stern geben, der durch alle Jahrtausende hin seinen Glanz unverändert beibehält.

Mit seinem Photometer hat er auch einen Colorimeter in Verbindung gebracht, durch den er zur Entscheidung mancher noch schwebenden Frage beizutragen hofft.

Im ersten Abschnitt, S. 1 — 7, giebt er die allgemeinen Principien an, nach denen er verfuhr. Er beginnt mit dem natürlichen Auge und sucht ein bestimmtes Maass für die physiologische Reizbarkeit der Netzhaut durch das Licht, so wie ein anderes für die Veränderungen, die ein Lichtstrahl durch künstliche Veranstaltung erleidet. Den Schluss dieses Abschnittes bildet die Untersuchung: ob und wie die von verschiedenen Beobachtern erhaltenen photometrischen Resultate vereinbar sind.

Im zweiten Abschnitt, S. 8 — 52, wird zunächst das Herschel'sche Astrometer, sodann das von Seidel gebrauchte Photometer von Steinheil, besprochen und ihre Mängel gezeigt, denen sodann Zöllner durch sein Instrument Abhülfe zu schaffen sucht.

Ein im Fernrohr an der Brennpunktstelle befindlicher, um 45 Grad geneigter Glasspiegel, der jedoch ganz durchsichtig ist, empfängt von der Seite das Licht einer Gasflamme, welches durch eine feine Öffnung eintritt und auf seinem Wege zum Spiegel drei Nicol'sche Prismen, so wie eine concav-concave Glaslinse passirt. Durch Schrauben, die mit einem Positionskreise verbunden sind, kann die Stellung dieser Prismen verändert und damit die Helligkeit des künstlichen Sterns, den der Spiegel giebt, modificirt werden bis zur völligen Extinction. Durch geeignete Vorrichtungen ist bewirkt, dass die Gasflamme stets den gleichen Helligkeitsgrad behält, auch nicht flackert, und ihre Grösse nahezu constant ist.

Man erhält zwei nahestehende künstliche Sterne und kann nach Belieben entweder den stärkern allein mit dem zu bestimmenden Fixstern vergleichen, oder auch diesen in die Mitte zwischen beide künstlichen stellen, so dass seine Helligkeit ein arithmetisches Mittel wird. Im Allgemeinen hält Zöllner die erstere Methode für die bessere. Es ist also hier nicht erforderlich, das Licht des Sterns zu schwächen. Der Brennpunkt für den natürlichen Stern muss genau mit dem des künstlichen zusammenfallen, und deshalb kann sowohl das Objectiv als das Ocular längs der Axe verschoben werden.

Seine Prüfungen, wie die eigentlichen Beobachtungen, theilt Zöllner vollständig mit. Auch veränderliche Sterne sind mit aufgenommen worden und alles so disponirt, dass es seine Controle in sich selbst findet.

Das mit seinem Instrument gleichfalls verbundene Colorimeter

erzeugt die verschiedenen Farben in bekannter Weise durch
Drehung. Jedoch ist zu beachten, dass die Empfänglichkeit für
Farben eine sehr verschiedene ist für verschiedene Personen, weshalb jeder Beobachter die Prüfungen selbst machen und nicht die
eines andern als für sich selbst gültig betrachten darf, was auch
noch aus anderen Gründen erforderlich ist.

Das Colorimeter hat Zöllner auch zur Entscheidung der
Frage angewandt: ob die Farben der beiden Glieder eines Doppelsterns objective oder subjective sind? So wenig wir der Art, wie
dies geprüft wird, unsern Beifall versagen können, so scheint doch
das, was Zöllner darüber sagt, leicht der Idee Raum zu geben,
dass wenn nicht alle, doch die meisten dieser Farbenunterschiede
hervorgerufene Complementärfarben seien; womit wir uns nicht
einverstanden erklären können. Jede bestimmte Farbe kann nur
eine andere hervorrufen, Roth z. B. nur Grün; nun aber sind
die Farbencombinationen bei Doppelsternen zu mannigfaltig, um
so erklärt zu werden, auch lässt sich die Frage dadurch untersuchen, dass man den helleren Stern aus dem Gesichtsfelde entfernt und den schwächeren allein erblickt. Fast immer fand sich
bei meinen Beobachtungen, dass die Farbe dieselbe blieb. Dass
übrigens das Hervorrufen stattfinde und z. B. der violette Begleiter eines gelben Sterns sein Violet noch stärker zeigt, als er
ohne diese Nähe thun würde, gebe ich gern zu.

Obgleich nur X und 102 Seiten Grossquart enthaltend, ist doch
alles hierher Gehörige bei Zöllner so vollständig behandelt, dass
man auf keine Frage die Antwort vermissen wird, und wir könnten
zehnfach voluminösere Werke namhaft machen, aus denen man
weniger wahre Belehrung schöpft als aus dem hier vorliegenden.
Möchten doch alle naturwissenschaftlichen Autoren bedenken, dass
wir jetzt keine Zeit mehr haben, Werke wie das des alten
Aguilonius durchzulesen, und dass wir eine concise, gedrungene
Sprache, wie ein Zöllner sie schreibt, sich je länger desto mehr
zur Nothwendigkeit macht.

Da der Verfasser uns eine vollständige Copie seiner Originalbeobachtungen nebst dem darauf gegründeten Katalog giebt, so
ist der Beurtheilung des Lesers alles dargeboten, was irgend gewünscht werden kann. Dass nur eine verhältnissmässig geringe
Anzahl von Sternen untersucht ist, kann gewiss nur gebilligt
werden: es ist noch genug zu thun mit Prüfungen der verschiedensten Art. Wir haben lange Jahrhunderte warten müssen,

bevor wir die Örter der Sterne in guten Katalogen vor uns
haben; und wir können zufrieden sein, wenn in eben so vielen
Jahrzehnden deren Helligkeiten und Farben gegeben sind, so
dass sie zu weiteren Schlüssen dienen können.

Welcher Art diese weiteren Schlüsse sein werden, ist im Voraus
nicht zu bestimmen. Nur das möchten wir hier bemerken,
dass wir Denen nicht beistimmen, welche die Sternhelligkeiten
zur Hauptgrundlage unserer ganzen Fixsternkunde machen, und
sowohl Eigenbewegungen als Parallaxen auf sie beziehen und als
deren Function darstellen. Zu viele objective wie subjective Factoren kommen hierbei in Betracht — vollends wenn wir die jetzigen
rohen Bestimmungen der Sterngrössen ins Auge fassen — als dass
ein solches Verfahren schon gegenwärtig an der Zeit wäre. Aber
wir leben der Hoffnung, dass die kommenden Jahrhunderte uns
nicht nur über die Helligkeit, sondern auch über die Parallaxen,
die verschiedenen Arten der Eigenbewegung und vieles Andere
selbständig gewonnene Aufschlüsse geben werden, und dass dann
die Combination aller dieser Verhältnisse, die unabhängig von
einander zu bestimmen sind, uns zu Schlüssen über die innere
Constitution des Fixsternsystems berechtigen wird, die jetzt nur
als verfrühte bezeichnet werden können.

Eben so wenig können wir uns mit dem einverstanden erklären, was der Verfasser Seite IX seiner Einleitung anführt.
Er will in der mittleren Periodendauer veränderlicher Sterne in
einer gewissen Gegend ein Mittel erblicken, Quantität und Richtung der Sonnenbewegung zu ermitteln. Die höchste Annahme
für die Quantität der Sonnenbewegung, die noch zulässig erscheint,
ist 7 Meilen in der Secunde, die des Lichts 40000. Es kann
folglich durch die Sonnenbewegung eine Periode der Veränderlichkeit im äussersten Falle nur um ihren 5700. Theil vermehrt oder
vermindert werden, also z. B. eine Periode von 60 Tagen nur um
eine Viertelstunde. Es steht mit dieser Erwartung um nichts
besser als mit der Hoffnung, welche die Alten sich machten,
durch die von ihnen angewandten Methoden die Sonnenparallaxe
zu entdecken, oder mit der von Doppler und Mach gehegten,
die Sonnenbewegung aus den Farben der Sterne zu ermitteln.

Aber dringend wünschen wir, dass der Verfasser nicht allein,
sondern auch andere Astronomen, namentlich aber solche, die in
den günstigsten Klimaten zu arbeiten das Glück haben, auf dem
hier so sorgfältig geebneten und so genau vorgezeichneten Wege

fortschreiten mögen. Über die hohe Wichtigkeit des Gegenstandes kann kein Zweifel gehegt werden. Wir würden es für keinen Gewinn achten, wenn die wenigen Hunderte von Sternen, welche Seidel und Zöllner uns bestimmt haben, rasch auf Tausende und Zehntausende sich steigerten, denn wer so arbeitet wie die Genannten, kann nicht schnell arbeiten. Doch möge immerhin der Preis, den die Wiener Akademie 1855 ausgesetzt hat, erst im zwanzigsten Jahrhundert gewonnen werden: wir haben den grossen Zeitaufwand nicht zu beklagen, denn er ist hier nothwendig.

Wie verlautet, hat auch Schwerd in Speier Helligkeitsmessungen angestellt, deren Veröffentlichung sehr zu wünschen wäre; und die Sternwarte Bonn trifft gegenwärtig Vorkehrungen, um photometrische Untersuchungen, namentlich auch über die veränderlichen Sterne, anstellen zu können.

§ 180.

DIE SPECTRAL-ANALYSE.

In neuester Zeit ist — man kann wohl sagen unerwartet — ein Gegenstand zur Sprache gekommen, der uns ein gänzlich neues Feld der Forschung eröffnet und die Möglichkeit in Aussicht stellt, dass wir die verschiedenen Weltkörper, die wir bis jetzt fast allein nach ihrer Laufbahn und einigermassen nach ihrem äusseren Ansehen kennen, auch nach ihrer physikalisch-chemischen Beschaffenheit kennen lernen werden.

Als allgemein bekannt darf vorausgesetzt werden, dass Fraunhofer im Sonnenspectrum dunkle Querlinien entdeckt hat, die betrachtet werden können als Unterbrechungen der localen Farbe an der betreffenden Stelle. Allein es hatte den Anschein, als habe diese Bemerkung nur eine physikalische, keineswegs jedoch eine astronomische Bedeutung. Nun aber wissen wir durch die Untersuchungen von Kirchhoff und Bunsen, Roscoe und Stokes, dass diese Linien nicht bloss für die Natur des Lichts, sondern auch für die Physik der Weltkörper von hoher Wichtigkeit sind, und hier soll der Versuch gemacht werden, dies darzustellen.

Wenn die theoretischen Grundlagen eines Wissenszweiges unabänderlich feststehen, ist eine historische Darstellung verhältnismässig leicht auszuführen. Ganz anders jedoch da, wo diese

Grundlagen erst gelegt werden sollen, oder unter unseren Augen gelegt werden, wie bei dieser „Chemie der Gestirne," nach Waltenhofen's Bezeichnung.

Der Lichtstrahl, der vom Sonnenkörper zum Erdkörper gelangt, hat auf seinem Wege die Photosphäre der Sonne, aber auch die Atmosphäre der Erde zu durchschneiden, und wenn er Veränderungen erleidet, so kann die Ursache derselben sowohl in der Sonnen- als in der Erdumhüllung liegen. Eine Entscheidung dieser Alternative wird dadurch erlangt, dass man das Sonnenspectrum mit den Spectralbildern anderer Fixsterne vergleicht. Da die Erdatmosphäre dieselbe ist für alle hindurchgehenden Strahlen, die Spectralbilder aber verschieden gefunden worden für verschiedene Fixsterne, so muss man den Grund dieser Verschiedenheit in den Umhüllungen dieser Sterne suchen.

Man wähle nun eine irdische Lichtquelle von hinreichender Intensität, z. B. das durch Glühen des Kalks erzeugte Drummond'sche Licht, so wird das dadurch erhaltene Spectrum frei von Querstreifen sein. Setzt man aber zwischen dieses Licht und das zerlegende Prisma eine Weingeistflamme, welcher Kochsalz beigemischt ist, so erhält man ein Prismenbild mit einer doppelten schwarzen Querlinie an einer bestimmten Stelle des Bildes, und die weitere Untersuchung zeigt, dass das im Kochsalz befindliche Natrium diese Linien erzeugt. Da sich nun im Sonnenspectrum dieselben Linien erzeugen, und die Erdatmosphäre, wie wir gezeigt haben, sie nicht hervorbringt, so bleibt nur der Schluss übrig, dass sich in der Photosphäre der Sonne Natrium im aufgelösten Zustande befinde; und da dieselbe Doppellinie an derselben Stelle des Spectrums sich in den Prismenbildern der Capella und des Pollux findet, in den Bildern des Sirius und Castor jedoch nicht; so schliessen wir, dass jene beiden Sterne gleichfalls Natrium enthalten, die beiden letzteren aber nicht.

Um nun auch für andere terrestrisch bekannte Stoffe entscheiden zu können, ob sie sich in der Sonne oder anderen Fixsternen finden, hat man nur die betreffenden Linien aufzusuchen, indem man den Strahl einer terrestrischen Lichtquelle vor der Zerlegung durch eine Flamme gehen lässt, in welcher dieser Stoff aufgelöst ist.

Die Praxis hat jedoch zu einem etwas abgeänderten Verfahren geführt. Lässt man das Drummond'sche Licht ganz weg und untersucht das Spectrum, welches die den aufgelösten Stoff ent-

haltende Flamme für sich allein bildet, so findet man an der
Stelle der dunkeln Linien leuchtende, die also den Farbenglanz
nicht schwächen, sondern verstärken, was zu dem Schlusse führt,
dass ein glühend gemachter Stoff gerade diejenige emittirt, was
er beim Durchleiten anderer Strahlen absorbirt.

Wir haben es hier nun nicht mit denjenigen Folgerungen zu
thun, welche sich für die Chemie, namentlich für das sichere Erkennen sehr kleiner Massentheile, wie für Entdeckung neuer Metalle ergeben, sondern mit denen, welche die anderen Weltkörper
betreffen. Die Vergleichung der Spectren ist leichter und sicherer,
wenn sich in dem einen helle, und in dem andern an der gleichen
Stelle dunkle Linien bilden, als wenn man die oft sehr schwachen
und wenig augenfälligen Linien in beiden Spectren aufsuchen soll,
und gleichzeitig ist es ein Vortheil für die richtige Beurtheilung
in Beziehung auf die Quelle, wenn man das Kalklicht, oder ein
anderes ähnliches, ganz beseitigt.

Wenn wir uns veranlasst sehen, die specielle Ursache der
verschiedenen Spectren in den Gestirnen selbst, und nicht in der
Erdatmosphäre zu suchen, so soll damit nicht gesagt werden, dass
die Erdatmosphäre sich hierbei ganz indifferent verhalte. Vielmehr hat Brewster nachgewiesen, dass, wenn der Lichtstrahl
einen längeren Weg durch die Erdatmosphäre zurückzulegen hat,
also aus geringeren Höhen kommt, die dunkeln Linien eine
grössere Ausdehnung gewinnen, auch wohl an Zahl wachsen; und
es ist von Wichtigkeit, diesen Umstand näher zu untersuchen.

Haben wir so den Weg angedeutet, den man eingeschlagen
hat, um die materielle Verwandtschaft oder Verschiedenheit
der einzelnen Weltkörper unter sich und mit der Erde zu erfor-
schen, so wird man die Gründe zu erwägen im Stande sein, vermöge deren man z. B. geschlossen hat, dass sich in der Sonne
Eisen und Kalium, jedoch kein Lithium befinde; dass sich im
Sirius Stoffe finden, welche der Sonne fehlen, und eben so umgekehrt u. s. w. Es wird nun darauf ankommen, die Intensität
und Lage der dunkeln, beziehentlich hellen Querstreifen in den
durch verschiedene Stoffe hervorgebrachten Spectren genau zu bestimmen. So hat Plücker* in Bonn die schönen Lichtlinien des

---

* *Julius PLÜCKER*, geb. 1801 am 16. Juli, gest. 1868 am
22. *Mai.* Nach vollendeter Universitätsbildung hielt er sich einige

glühenden Wasserstoffgases untersucht. Drei derselben, eine hell-
rothe, eine grünlich blaue und eine bläulich violette sind als
dunkle Linien im Sonnenspectrum nachweisbar. Schon Angström
hatte die Abhängigkeit der Spectrallinien von der chemischen
Beschaffenheit der angewandten Gase näher untersucht, und
van der Willigen diese Untersuchungen fortgesetzt.

Secchi giebt in einem Schreiben an Admiral Manners
(*Monthly Notices* XXVIII, p. 196) Nachweise von seinen spectro-
skopischen Untersuchungen. Er findet, dass die rothen Sterne ein
eigenthümliches Spectrum darbieten, so wie dass gewisse Zonen
des Spectrums sich immer an derselben Stelle befinden. Er glaubt,
dass hier grosse kosmische Gesetze zur Erscheinung kommen
werden, will sich jedoch nicht übereilen, sondern zuvor die Vollendung der Untersuchung aller Sterne abwarten. Dass die rothen
Sterne eine eigene spectroskopische Klasse bilden, scheint ihm unzweifelhaft.

Er hat ferner das Spectrum des Brorsen'schen Kometen untersucht. Eine breite helle Zone zeigte sich im Grün, zwei schmale
helle im Gelb und Roth und eine hinreichend deutliche im Blau.

Noch ist der Gegenstand zu neu, um bereits eine geordnete

Zeit in Paris auf, habilitirte sich 1825 in Bonn, lehrte als Professor in Berlin und Halle und ward 1836 nach Bonn zurückberufen als Professor der Mathematik und Physik. In beiden
Wissenszweigen war er bis kurz vor seinem Tode unablässig thätig;
anfangs vorherrschend Mathematiker, später mehr Physiker. Er
schrieb:

Analyseos applicatio ad geometriam altiorem et mechanicam. Bonn 1824.
Analytisch-geometrische Entwickelungen, 2 Bande. Essen 1828—1831.
System der Geometrie des Raumes. Düsseldorf 1846.

Seit 1847 wandte er sich der Physik zu, und eine Reihe glänzender Entdeckungen bezeichnen diese zwanzig Jahre. Die Licht-
erscheinungen, welche ein Inductionsstrom im luftverdünnten Raume
zeigt, führten ihn, ein Jahr vor Kirchhoff und Bunsen, zum
Princip der Spectralanalyse, indem er 1859 zeigte, dass jeder Gas-
art ein bestimmtes Spectrum entspreche. Ferner entdeckte er die
Doppelspectra einer grossen Anzahl von Substanzen, wie Schwefel,
Stickstoff und andere. Diese letztere Entdeckung verfolgte er gemeinschaftlich mit Hittorff und veröffentlichte sie in den *Philo-*

Reihenfolge der einzelnen Fixsterne nach den in ihnen vorhandenen Stoffen aufstellen zu können; noch lässt sich nicht angeben, wie weit man mit den Mitteln reichen wird, die man in Anwendung bringen kann: also namentlich, bis zu welcher Grössenclasse abwärts man Spectren erhalten wird, die eine detaillirte Untersuchung möglich machen. Nach dem zu urtheilen, was schon in den wenigen Jahren dieses neuen Zweiges der Himmelskunde erlangt worden ist, darf man sich grosser Hoffnungen für die Zukunft hingeben. Schon ist es gelungen, Spectra von Nebelflecken zu erhalten und aus ihnen die Überzeugung zu gewinnen, dass einige Nebelflecke gasförmige Gebilde sind, während andere aus einzelnen Sternen bestehen. Wir werden also auf diesem Wege eine objective Eintheilung dieser Massen gewinnen, die der äussere Anblick zu gewähren bisher nicht im Stande war, und wir werden, da wir hier Zustände untersuchen können, die vor mehreren Millionen von Jahren bestanden, möglicherweise zu einer Genesis dieser Gebilde gelangen und einst ihre Geschichte schreiben.

Nicht unwahrscheinlich gehören auch die Beobachtungen, welche bei der totalen Verfinsterung der Sonne über das Prismen-

sophical Transactions der Royal Society of London. Er wählte ausländische Journale, um den Streitigkeiten und Widerwärtigkeiten zu entgehen, die dem verdienstvollen Mann im Vaterlande bereitet wurden. Die schon im Winter 1857 begonnenen Untersuchungen wurden durch die von Ruhmkorff und Hempel in Paris verfertigten Goniometer sehr erleichtert und gefördert, und zweifellos gehört ihm der erste Anstoss und die Priorität der Entdeckungen auf dem Gebiet der Spectralanalyse, die uns auch für Himmelsforschung so sehr zu Statten kommt.

Seit dem Herbst 1867 befiel ihn eine schmerzhafte Krankheit, die nach längerem Leiden seinem Leben im 67. Jahre ein Ende machte.

Dr. Adolph Dronke, dem wir eine kurze aber gehaltreiche Biographie Plücker's verdanken, führt am Schlusse 73 verschiedene kleinere und grössere Schriften auf, von denen 33 der Mathematik, 40 der Physik angehören. Ihn beweinen seine Gattin, geb. Altstätten, die ihm 24 Jahre treu zur Seite gestanden, und ein Sohn Albert.

bild derselben gemacht worden sind, in den Kreis dieser Untersuchungen, und wir führen deshalb eine in Spanien gemachte Beobachtung bei der Totalfinsterniss vom 18. Juli 1860 hier an.

Beobachtung des Herrn Barreda.

Sein Standpunkt war ein Zimmer in der Eremitage S. Juan. Das Licht fiel durch eine Maueröffnung, in welcher ein sehr reines Flintglasprisma angebracht war.

Schon 20 Minuten nach dem ersten Beginn der Finsterniss zeigte sich eine beträchtliche Verwirrung im Spectrum; bei 30' fing das Roth an, allmälig zum Weiss abzubleichen, während Gelb und Grün in einander flossen und in eine gemeinschaftliche gleichförmige Mischfarbe übergingen; nach 40' zeigte sich dasselbe zwischen Blau und Indigo. Die Vermischung nahm je länger desto mehr zu. Orange und Violett blassten ab; nach 50' war das Orange ganz verschwunden, eben so das Violett 5' vor Eintritt der Totalität; dann verschwand auch Indigo, und vom Blau blieben nur noch schwache Spuren übrig.

Beim Eintritt der Totalität war, bis auf geringe Spuren von Grün und Roth, alles Übrige verschwunden.

Nach dem Wiedererscheinen der Sonne wiederholte sich alles Vorstehende in umgekehrter Ordnung, jedoch etwas rascher. Nach 5' sah man zuerst wieder Blau, nach 10' die Mischungen von Gelb mit Grün und Blau mit Indigo, auch Spuren von Violett, die bald deutlicher wurden. Roth erschien wieder nach 10', Gelb nach 20', Grün nach 25' und nach 30' zeigte sich das Spectrum in seiner ganzen Integrität.

Nach diesen auch an einigen anderen Orten bestätigten Erfahrungen scheint es gewiss, dass auch bei grösseren partialen, so wie bei ringförmigen Sonnenfinsternissen Veränderungen des Spectrums eintreten, die deutlich wahrnehmbar sind, so dass die Gelegenheit, sie beobachten zu können, nicht zu übermässig selten ist. Sehr zu wünschen ist, dass, während ein Beobachter die von Barreda wahrgenommenen Veränderungen beachtet, ein anderer die dunkeln Querlinien besonders ins Auge fasse, und namentlich die Zeit ihres Verschwindens und Wiedererscheinens notire. Wenn uns die Meteorsteine, nachdem man ihren wahren Ursprung richtig erkannt hat, die Überzeugung verschafft haben, dass die unserem Erdkörper angehörenden festen Bestandtheile auch in den übrigen Körpern des Planetensystems zu finden sind, nur wahr-

scheinlich in anderen mineralogischen Verbindungen — so erhalten
wir durch die Spectralanalyse Kunde von den in Gasform aufgelösten Bestandtheilen und können sie mit denen unserer Erde
vergleichen. Von Zeit zu Zeit erhalten wir durch die Zeitungen
und wissenschaftlichen Organe, namentlich die Astronomischen
Nachrichten, Abbildungen der verschiedenen Fixsternspectra, und
man darf hoffen, dass, ähnlich wie die Mikroskopie sich eines
eigenen Organs in der Literatur erfreut, auch bald die Spectralanalyse ein solches besitzen werde.

Auch die Spectra des erborgten Lichtes, z. B. des Mondes,
hat man untersucht, es jedoch rücksichtlich der Farben und
Linien dem der Sonne ganz gleich gefunden, wie es auch zu erwarten war, da der Mond keine Atmosphäre hat.

Die Beobachtung der astronomischen Spectra muss Hand in
Hand gehen mit den Untersuchungen, welche in gleicher Absicht
mit terrestrischen Gasen angestellt werden, denn nur auf diesem
Wege können wir die Erklärungen für erstere gewinnen. Walten-
hofen in seiner Festschrift: „Astronomie und Optik in den letzten
Decennien, Insbruck 1862," führt folgenden Versuch an:

„Wenn man die Entladung einer Ruhmkorff'schen Elektrisirmaschine durch ein Glasrohr leitet, in welchem sich verdünntes
Gas befindet, so beobachtet man das überraschende Phänomen des
elektrischen Lichtes; die durchströmende Elektricität erhitzt das
verdünnte Gas, welches ihr als Leiter dient, bis zum Glühen, und
so erfüllt das glühende Gas gleich einem Feuerstrom das Rohr.
Die Farbe des ausgestrahlten Lichtes ist anders bei verschiedenen
Gasen; zerlegt man sie in ihre einfachen Bestandtheile, so erhält
man für jedes Gas ein anderes Spectrum mit hellen Farbenlinien
auf dunklem Grunde. Besteht das glühende Gas aus mehreren
verschiedenen, so erscheint auch ein zusammengesetztes Spectrum,
dessen Theile von den einzelnen Bestandtheilen des glühenden
Gasgemenges herrühren und dieselben zu erkennen geben, und
selbst die kleinsten Spuren, welche durch die sorgfältigste chemische Analyse nicht mehr wahrzunehmen wären, verrathen sich
auf diese Weise durch die im glühenden Zustande ausgestrahlten
Farben.

„Am empfindlichsten von allen Gasen zeigt sich der Natrium-
dampf; wenn nur $\frac{1}{3\,000\,000}$ Milligramm desselben sich in einem Ge-
menge befindet, so kann es bereits durch die Spectralanalyse erkannt worden."

17*

Wie viel aber ist hier noch zu thun, und welch erhebende Hoffnungen bieten sich für die Zukunft! — Wir sehen photographische Sternwarten errichten, dürfen wir erwarten, bald auch in geeigneten Klimaten besondere Institute für astronomische Spectralanalyse entstehen zu sehen? In England haben Huggins und Miller bereits einen schönen Anfang damit gemacht.

Neuerdings haben wir (im Kosmos für 1868) Nachricht über die spectralanalytischen Arbeiten Janssen's erhalten. Schon seit einer Reihe von Jahren beschäftigte er sich mit Untersuchung des Antheils der terrestrischen Atmosphäre; fand, ähnlich wie Brewster, dass die Querlinien des Spectrums erheblich zahlreicher und deutlicher wurden, wenn die Sonne tief am Horizont stand; dass sie jedoch bei jeder Zenithdistanz der Sonne, wenn gleich sehr schwach, erkenbar blieben. Die weiteren, um angeführten Orte ausführlich mitgetheilten Untersuchungen, besonders auf hohen Bergen, gaben ihm die Gewissheit, dass der in der Erdatmosphäre enthaltene Wasserdampf die Ursache der Absorption sei, und dass, ähnlich wie bei der Sonne, auch bei den helleren Fixsternen ein merklicher Unterschied der Intensität sich zeige, je nachdem sie näher dem Zenith oder dem Horizont stehen.

In Genf machte Janssen einen entscheidenden Versuch: ein Scheiterhaufen bei Nyon, in drei Meilen Entfernung, ward angezündet. In der Nähe zeigte das Spectrum keine Spur von Streifen; das Bild erschien in reinen ununterbrochenen Übergängen; in Genf jedoch zeigten sich deutlich dieselben Streifen, welche man beim Sonnen- und Siriusuntergange wahrgenommen hatte.

Zu den Versuchen, welche den Einfluss der verschiedenen Bestandtheile der Atmosphäre ermitteln sollten, war die Anwendung grosser Gasmassen, so wie Instrumente von sehr bedeutender Dimension erforderlich. Er gelangte zum Ziele durch Anwendung des grossen Gasbehälters von la Villette, welchen die Gascompagnie zu seiner Verfügung gestellt hatte.

Jetzt konnte die Frage: ob in der Gasumhüllung der einzelnen Weltkörper, auch der nicht selbstleuchtenden, Wasserdampf enthalten sei? speciell untersucht werden. Die bisherigen Arbeiten bestätigen die Abwesenheit desselben in der Photosphäre der Sonne; wogegen sich in den Spectren des Mars und des Saturn deutliche Anzeichen seines Vorkommens gezeigt haben. Die Ähnlichkeit der physischen Beschaffenheit des Mars und der Erde, für die schon die bisherigen Beobachtungen sprechen, ist also nun wohl entschieden, und die Bewohnbarkeit des Mars und eben so des Saturn von ähnlichen Geschöpfen, als uns unser eigener Planet zeigt, ist demnach höchst wahrscheinlich. Wir hoffen, dass auch bei den übrigen, namentlich den grösseren Planeten, wie Venus und Jupiter, diese Entscheidung erhalten werde, und dass wir von der Fortsetzung dieser Arbeiten, namentlich in den herrlichen Klimaten von Marseille und Palermo (Janssen hat auf den Gipfeln des Faulhorn und des Ätna, so wie in den genannten Städten, beobachtet) wichtige Aufschlüsse über die physischen Bestandtheile der kosmischen Globen hoffen dürfen.

Ein neuerdings bekannt gewordener Umstand scheint indess diese Hoffnung zwar nicht aufzuheben, aber gleichwohl weiter hinauszurücken. Die englischen Beobachter haben nämlich gefunden, dass diese Querlinien eine nicht unbedeutende Abhängigkeit von der Temperatur des Mittels verrathen, was durch sie geprüft werden soll. Dann aber werden weit umfassendere Vorarbeiten, als bis jetzt stattfanden, erforderlich sein, und die Beobachtungen verschiedener Medien müssen nicht ein oder wenige Male angestellt, sondern oft und unter den verschiedensten Umständen wiederholt werden; auch die Gesetze dieser Abhängigkeit muss man in bestimmten Formeln darstellen, und dann erst wird sich zeigen, ob und wie weit kosmische Schlussfolgerungen zulässig sind. Doch selbst wenn wir die Anwendung auf fremde Weltkörper ganz aufgeben, oder bedeutend beschränken müssten, fürchten wir nicht, dass der bis jetzt hervorgetretene Eifer nachlassen werde, denn die physikalisch-chemischen Resultate, die nicht ausbleiben können, sind wichtig genug, um auch die grössten Anstrengungen als gerechtfertigt erscheinen zu lassen.

Chronologische Übersicht
der Arbeiten über die Spectral-Analyse bis 1860.
(Aus dem pharmaceutischen Journal 1862.)

1701. Newton.
1802. Wollaston (erste Wahrnehmung der dunkeln Linien, die er für Farbengrenzen hält).
1815. Fraunhofer (bestimmte Darstellung des Liniensystems).

Kosmische Linien der Spectren und Absorptions-Streifen.

1832, 1860. Brewster.	1842. Draper.
1833, 1845. Miller und Daniel.	1852. Stokes.
1842. Becquerel.	1860. Gladstone.

Helle Linien und farbige Flammen.

1822. Brewster	1853. Angström.
1824. John Herschel.	1854, 1855. Alter.
1826, 1833, 1834. Fox Talbot.	1855. Secchi.
1835. Wheatstone.	1857. Swan.
1839. Foucault.	1855—1860. Plücker.
1845. Miller.	1859. van der Willigen.
1851—55. Masson.	

Allgemeine Untersuchungen.

1858. Balfour Steward.
1859. Kirchhoff.
1860. Kirchhoff und Bunsen.

Publicationen seit 1860.

Stokes, die Fluorescenz (Phil. Transact. 1861).

W. A. Miller, photographic transparency of various bodies and photographic spectra of the elements (Phil. Transact. 1862).

Donati, Spectra di 15 Stelle (Annali del Museo Fiorentino 1862).

Airy, Researches (Monthly Notices 1863).

Robinson, on electric spectra (Phil. Transact. 1863).

Mitscherlich, zusammengesetzte Spectra (Poggendorff's Annalen 1863, 1864).

Morren, phénomènes que présentent quelques flammes (Ann. de chimie et de physique 1863).

Rutherford, spectra of stars and planets (Silliman's Journal Vol. XXXV).

Heinricks, distribution of lines in spectra (Silliman's Journal 1864).

Chautard, spectra of rarefied Gases (Phil. Magazine 1864).

Angström, sur les raies de Fraunhofer (Les mondes, T. I).

Bunsen, inversion of the Spectrum of Didymium (Phil. Mag. 1864).

de la Fontaine, die Spectra von Didymium und Erbium (Poggendorff's Annalen).

Plücker und Hittorf, Spectra of Gases and Vapours (Comptes Rendus 1866).

Janssen, Spectrum of Aqueous Vapour (Comptes Rendus 1866).

§ 181.

VERÄNDERLICHE STERNE.

Als im Anfange des 17. Jahrhunderts Fabricius die so ausserordentlich starke periodische Veränderung des Lichts von o Ceti zuerst wahrnahm, glaubte man darin eine völlig isolirt stehende Ausnahme zu erblicken: die althergebrachten Ideen von einer absoluten Unveränderlichkeit des Fixsternhimmels in jeder Beziehung schienen dies zu fordern. Man nannte ihn den wunderbaren

(Mira Ceti), und vielfach wurde die Meinung geäussert, es sei dies gar kein Fixstern, sondern ein eigenthümlicher Komet. Sollte doch auch Tycho's neuer Stern von 1572 ein Komet gewesen sein. Ähnlich wie man sich früher gewöhnt hatte, alles, was nicht sofort physikalisch erklärt werden konnte, Elektricität zu nennen und dieser zuzuschreiben, so sollte auch am Himmel Alles, was sich den herkömmlichen Kategorien nicht recht fügte, Komet sein. — Holwarda gab 1639 nähere Nachricht über o Ceti.

Doch währte es nicht gar lange, so hatten Montanari und Andere in verschiedenen Himmelsgegenden Sterne von veränderlichem Glanze aufgefunden, und o Ceti stand also nicht mehr so ganz isolirt.

Obgleich bei den 113 Sternen, deren Veränderlichkeit gewiss ist, sich einige finden, deren Periode noch gar nicht, und 11, wo sie noch beträchtlich unsicher bestimmt ist, zeigte sich doch schon, dass gewisse Perioden häufiger als andere vorkommen. Am deutlichsten ist dies bei den Perioden zwischen 250 und 400 Tagen, deren 38 vorkommen. Wir führen die Sterne, geordnet nach der Reihenfolge der Perioden, hier auf.

	Tage		Tage
β Persei	2,80727	S Leonis	192
λ Tauri	3,952	α Orionis	196 ±
δ Cephei	5,3664	R Bootis	196
η Aquilae	7,1763	T Aquarii	197
S Cancri	9,48	U Virginis	212
ζ Geminorum	10,16	S Ursae majoris	222,6
β Lyrae	12,906	S Ophiuchi	229,3
ρ Persei	33	ν Virginis	252
β Pegasi	37,5	S Hydrae	256
13 Lyrae	46	T Ursae majoris	257
α Hydrae	55	R Camelopardali	265
δ Vulpeculae	67,9	T Capricorni	274
R Sagittae	70,68	S Aquarii	279,3
R Scuti	71,75	S Delphini	284
α Cassiopejae	79,1	T Geminorum	288,64
α Herculis	88,5	S Geminorum	294,07
U Geminorum	97	R Ursae majoris	301,90
30 Herculis	106	R Ophiuchi	301,6
S Aquilae	124 ±	S Herculis	305
R Vulpeculae	138,6	U Cancri	306
T Piscium	143 ±	T Hydrae	309 ±
R Virginis	146	R Herculis	310
T Herculis	164,7	T Serpentis	310
R Arietis	186	R Leonis	312,57

	Tage		Tage
S Cygni	321	S Virginis	380,11
R Tauri	327	S Piscium	396 ±
R Canis minoris	329	g Cygni	406,06
o Ceti	331,5 ±	R Cygni	416,72
S Canis minoris	335	U Capricorni	420
T Virginis	337	R Cassiopejae	431,81
R Piscium	343	R Hydrae	449,5
ε Aurigae	350	T Cancri	455 ±
R Coronae	350	R Sagittarii	465
R Aquilae	351,5	S Cephei	470
R Serpentis	352	R Pegasi	578
R Aquarii	354	R Scorpii	648
R Cancri	359	R Librae	722
S Serpentis	359		
S Scorpii	364		**Jahre**
R Comae Berenices	365 ±	μ Cephei	5½ ±
R Geminorum	370	34 Cygni	18 ±
S Tauri	375	η Argus	46
R Orionis	378	24 Cephei	73 ±

Nach 7 Sternen von kurzer Periode (von weniger als 13 Tagen) eine Lücke von 20 Tagen, dann 11 Sterne von 33 bis 106 Tagen, ohne auffallende Lücke, 13 Sterne von 124 bis 229,8 Tagen; hierauf eine Lücke von 23 Tagen und dann die 38 Sterne, deren Periode zwischen 252 und 396 Tagen liegt. Unter diesen 13, deren Periode höchstens 15 Tage vom Erdjahre abweicht. 15 überschreiten diesen Zeitraum.

Wir finden also

    31 Sterne von   3 bis 240 Tagen,
    38 Sterne von 252 bis 396 Tagen,
    15 Sterne von 406 Tagen bis 73 Jahren.

Weitere Schlüsse über die Vertheilungsweise der Perioden dürften noch verfrüht sein, um so mehr, als sehr verschiedenartige Ursachen der Veränderlichkeit denkbar sind und wir noch über keine einzige derselben Gewissheit haben. Denn alle diese Perioden als Rotationsperioden zu betrachten, wie Voiron gethan, erscheint zu gewagt. Eben so ist in den Fällen, wo die Periode selbst wieder veränderlich ist, nicht wohl an eine Rotation zu denken.

Die Entdeckungen verdanken wir: Hind 21 Sterne, Argelander 15, Pogson 14, Baxendell 11, Schmidt 5, Harding 5, Chacornac 4, Schönfeld 4, Heucke 3, Pigott 3, Goodrike 2,

Goldschmidt 2, Winnecke 2, W. Herschel 2, J. Herschel 2, Fabricius 2, Tycho, R. Luther, Bird, Montanari, Oudemans, Heis, Schwerd, Koch, Durchell, v. Boguslawsky, Maraldi, Auwers, Anthelm, Rogerson, G. Kirch, Jansen und Kepler je 1.

Man sah sich allmälig genöthigt, aus dem grossen Heere der Fixsterne eine besondere Classe der veränderlichen herauszuheben und ihnen eine allgemeinere Aufmerksamkeit zu schenken.

Cassini I. und Maraldi erwähnen, dass ihnen nicht wenige Sterne neu erschienen, andere verschwunden, überhaupt aber veränderlich seien; leider haben sie diese Fälle nicht im Detail angegeben und namentlich nicht den Ort dieser Sterne bezeichnet, weshalb kein Gebrauch von diesen zu allgemein gehaltenen Regeln gemacht werden kann.

Kirch entdeckte 1687 die Veränderlichkeit von χ Cygni, und erst nach 70—80 Jahren finden wir wieder einige Astronomen auf diesem Felde thätig. Wir verdanken den Beobachtungen von Koch, W. Herschel, Goodrike und Pigott, namentlich den beiden letzteren, die Entdeckung von veränderlichen Sternen, so wie die Untersuchung ihrer Periode und des Umfangs des Lichtwechsels. Wie wenig Beachtung jedoch das Ganze damals fand, zeigt unter andern ein Aufsatz von Wurm, der von Algols Veränderung, die Montanari schon 1669 entdeckt hatte, erst durch Goodrike etwas erfährt und sie in Zweifel zieht. — Bis zu Ende des 18. Jahrhunderts kannte man 11 veränderliche Sterne.

Nun aber wuchs die Zahl rascher an. 1850 waren bereits 39 bekannt, und jetzt ist sie schon auf über 100 gestiegen. Vierzehn Astronomen haben an diesen Entdeckungen Antheil. Obenan steht der Zahl nach Russel Hind mit 18; andere sind: Norman Pogson, Harding, Schmidt, J. Herschel. Die Bonner Sternwarte, unter Argelander's Leitung, hat sich unter allen am meisten diesem Zweige der Himmelsforschung gewidmet; Schönfeld und Winnecke haben sowohl durch neue Entdeckungen als durch genauere Untersuchungen sich verdient gemacht. Es ist nämlich zu bestimmen:

1) die Grösse der Veränderlichkeit,
2) die Epoche des Maximums oder Minimums,
3) die Periode.

Namentlich die Bonner Beobachtungen zeigen uns, dass bei nicht wenigen veränderlichen Sternen die Veränderlichkeit selbst wieder veränderlich sei. So findet sich sowohl nach den Donner als nach denen von Ricque de Mouchy, dass ο Ceti nicht in allen Maximis denselben Glanz erreicht; zuweilen bleibt er bei der dritten Grösse stehen, während er ein andermal die zweite erreicht, oder selbst noch überschreitet. Im Minimum verschwindet er für mittlere Fernröhre; doch konnte Struve ihn im Dorpater Refractor auch im schwächsten Glanze wahrnehmen. Eben so ist seine Periode veränderlich, und Argelander hat versucht, dies durch eine ziemlich zusammengesetzte Formel darzustellen.

Wenn sowohl die Periode als auch der Glanz in den Extremen constant ist, so ist die wahrscheinlichste Erklärung die, dass der Stern nur mit einer Seite, vielleicht gar nur in einem Punkte stärker leuchte, in den übrigen Theilen der Oberfläche dagegen schwach oder gar nicht, und dann würde die beobachtete Periode die der Rotation des Sterns sein. Voiron in seiner *Histoire de l'Astronomie* nimmt dies allgemein an, und er subsumirt W. Herschel's hierher gehörende Entdeckungen unter der allgemeinen Rubrik: *Rotation des étoiles.*

So kann indess nicht Alles gedeutet werden. Bei β Persei z. B. ist die Periode zwar sehr nahe constant, aber die Veränderlichkeit ist auf etwa 7 Stunden um das Minimum herum beschränkt, in den übrigen 62 Stunden hat der Stern unveränderlich die zweite Grösse. Hier ist es wahrscheinlicher, dass ein grosser dunkler Körper sich um β Persei bewegt, dem eine 69stündige Umlaufsperiode zukommt, und dessen Bahnebene so liegt, dass er uns während eines jeden Umlaufs eine partielle Algolfinsterniss wahrnehmen lässt.

In vielen Fällen ist die Veränderlichkeit sehr unregelmässig und gleichzeitig sehr gering, so dass es misslich ist, eine bestimmte Ursache mit einiger Wahrscheinlichkeit anzugeben. Man kann sich eine starke Flockenbildung, den Vortritt nebelhafter, nur unvollkommen durchsichtiger Massen und noch manches Andere denken. Argelander findet, dass eine einfache Erklärung in den wenigsten Fällen ausreiche und dass ein Zusammenwirken verschiedener, nicht an die gleiche Periode geknüpfter Ursachen unabweisbar sei.

Viele veränderlichen Sterne zeigen eine rothe Farbe; doch eine Veränderlichkeit der Farbe haben Pogson und Hind nur an S Virginis bemerkt, und auch dies steht in Widerspruch mit den Donner Beobachtungen, in denen sich keine Farben-Änderung gezeigt hat.

Die kürzeste Periode zeigt β Persei mit 68^h 48' 59,48" (im Jahre 1784), oder 68^h 48' 55,18" (im Jahre 1842), nach Argelander. Dies gäbe in einem Jahrhundert eine Abnahme von 7,4". Nach Ricque de Mouchy wäre jedoch die Abnahme wieder in Zunahme übergegangen, denn aus seinen Beobachtungen erhält er für 1855 eine Periode von 68^h 49' 0,4".

Nur dieser eine Stern gestattet eine so scharfe Bestimmung der Periode. Bei einigen wenigen können etwa noch die Minuten verbürgt werden, in sehr vielen Fällen kaum die Tage. Dies hätte nichts Auffallendes bei Perioden von 18 und 73 Jahren, und es scheinen sogar noch längere vorzukommen. Aber auch selbst bei Perioden, die nur wenige Monate umfassen, herrscht häufig noch eine grosse Unbestimmtheit.

Die Erweiterung unserer Kenntniss der veränderlichen Sterne ist von sehr neuem Datum, und eine geschichtliche Darstellung des hierher Gehörenden ist nur dadurch erforderlich, dass es nothwendig erscheint, alles die Fixsterne Betreffende hier zu erwähnen und nicht ganz auf die Zukunft zu verweisen. Es ist der Wunsch wohl gerechtfertigt, dass einige Sternwarten diesen Gegenstand zu ihrer Hauptaufgabe machten; nur müsste eine genaue Augenprüfung vorhergehen, da manche sonst gute Beobachter dazu ungeeignet sind. Einige Sternkarten begnügen sich mit der Bezeichnung *var.*, was wir jetzt schon ungenügend und zu allgemein nennen müssen. Für viele Fälle kann Maximum und Minimum angegeben werden, und hier würde es sich empfehlen, eine Bezeichnung einzuführen, welche die Art des Lichtwechsels bequem erkennen lässt. Bezeichnet z. B. (•) einen Stern vierter, (·) einen Stern siebenter Grösse, so würde (⨀) eine solche sein, die einen Lichtwechsel von vierter bis siebenter Grösse anzeigte. Die Periode, die Stufen des Lichtwechsels müssten da, wo alles dieses vorliegt, durch eine besonders darzustellende Lichtcurve gegeben werden. Die Zahl dieser genauer bekannten Veränderlichen ist bis jetzt noch gering; und so würde die Schwierigkeit der Darstellung noch kein erhebliches Hinderniss bieten. Bei Sternen, die im Minimo für unsern Anblick ganz verschwinden, könnte z. B. 4 Max. gesetzt werden. Eine Beschreibung, wo sie nöthig scheint, könnte zur Seite gehen, namentlich da, wo auch die Farbe veränderlich ist, wie denn Abbott für η Argus einen

Wechsel zwischen Roth, Blau und Grün beobachtet hat, wovon allerdings bei J. Herschel nichts vorkommt, der nur den Glanz veränderlich findet. Auch Tebbutt in Neu-Süd-Wales hat η Argus von 1854 bis 1865 anhaltend verfolgt. Er ist jetzt mit freiem Auge zu sehen. Ferner ist zu erwähnen, dass Knott für den von R. Hind entdeckten U' Geminorum ein Maximum für 8. December 1867 und Baxendell für T Serpentis statt 210 Tage eine Periode von 340½ Tag gefunden hat. Stone macht auf eine Verwechselung von χ₁ Cygni und χ₂ Cygni aufmerksam, was indess Hode schon 80 Jahr früher gethan. So lange o Ceti und χ Cygni die einzigen Veränderlichen waren, erblickten Manche in ihnen gar keine Fixsterne, sondern eine besondere Classe von Weltkörpern, und diese Ansicht war vorherrschend in der ersten Hälfte des 18. Jahrhunderts.

Wenn erst die Photometrie in grösserer Ausdehnung zur Anwendung gekommen ist (bis jetzt liegen, wie wir gesehen haben, nur erst schwache Anfänge vor), so lassen sich noch wichtige Aufschlüsse erwarten, die möglicherweise auch zur Erkennung der Ursachen führen werden. Zur Zeit besitzen wir meistens nur Grössenschätzungen, und die von Argelander eingeführten Stufen (Zwischenclassen) setzen ein in solchen Bestimmungen sehr geübtes Auge voraus.

Bei den meisten veränderlichen Sternen ist die Zeit, wo sie ihren grössten Glanz zeigen, beträchtlich kürzer als die, wo sie den schwächsten haben.

Den veränderlichen Sternen nahe verwandt sind die neuen Sterne, die gewöhnlich plötzlich aufleuchten, einen starken Glanz entfalten, langsam abnehmen und nach längerer oder kürzerer Zeit wieder verschwinden. Bei ihrer mässigen Anzahl wird es angemessen sein, sie hier einzeln aufzuführen:

134 v. Chr., nach Ma-tuon-lin.		Im Scorpion.	Sehr hell. (Vielleicht der Komet?)
123 n. Chr.	" "	Im Ophiuchus.	
173	" " "	Im Centaur.	8 Monat lang.
369	" " "	?	März bis August.
386	" " "	Im Schützen.	April bis Juni.
389	" Cuspinianus.	Im Adler.	Wie Venus. Nur 3 Wochen.
393	" Ma-tuon-lin.	Im Scorpion.	
827	" Albumazar.	Im Scorpion.	4 Monate lang.
945	" Leovitius.	Zwischen Cepheus und Cassiopeja.	Mai bis August. Sehr veränderlicher Glanz.

1012 n. Chr. nach chines.Beob.			Im Widder.	Weissbläulich.
1203	„	„	Ma-tuan-lin.	Im Scorpion.	
1264	„	„	Leovitius.	Zwischen Cepheus und Cassiopeja.	
1572	„	„	Tycho.*	In der Cassiopeja.	1½ J. hindurch. Anfangs der Venus gleich.
1578	„	„	chines.Beob.	?	Sehr glänzend.
1584	„	„	chines.Beob.	Im Scorpion.	
1600	„	„	Janson.*	Im Schwan.	3. Grösse, die er 55 Jahr lang behielt. Ersteht noch jetzt am Himmel, ist 34 Cygni und 6. Grösse.
1604	„	„	Brunowski.*	Im Ophiuchus.	Heller als Jupiter.
1609	„	„	Ma-tuan-lin.	?	
1670	„	„	Anthelm.*	Im Fuchs.	Sichtbar 20. Juni 1670 bis 29. März 1672.
1848	„	„	Russ. Hind.*	Im Ophiuchus.	Röthlich gelb. 5. Grösse.
1850	„	„	Schmidt.*	Im Orion.	Glänzend roth. 6. Grösse.

Das neueste Beispiel ist der Stern zweiter Grösse in der Krone, 1865 und 1866 sichtbar.

Das * bezeichnet den Entdecker; die nicht bezeichneten Namen sind nur Berichterstatter.

Noch können, aber als sehr ungewiss, folgende bezeichnet werden:

  76 v. Chr. im October.
 101 n. Chr. im December. (Wohl nur ein Meteor.)
 107   „   13. Septbr. Desgl.
 290   „   im Mai. Circumpolar.
 304   „   in den Hyaden.
 533   „   im März. 561 im October. 577 im November. Ohne nähere Angaben.
 829   „   im November. Im grossen Hunde.
1011   „   8. Februar. Im Schützen. (Wohl ein Meteor.)
1054   „   bei ζ Tauri; 1139 bei α Virginis; 1174 ungeheuer gross (also wohl ein Meteor).

In Zukunft muss es sich herausstellen, ob diese Sterne, oder doch mindestens einige derselben, nur veränderliche von sehr langer Periode sind. Bei dem Tychonischen von 1572 wird alles darauf ankommen, ob die von Leovitius auf 945 und 1264 gesetzten mit ihm identisch waren. Tycho hat die Positionen genau angegeben, und Rümcker hat an dieser Stelle einen Stern zehnter Grösse aufgefunden. Ist die oben angeführte Vermuthung richtig, so hätten wir ihn um 1886 wieder zu erwarten.

Sind Sterne vom Himmel verschwunden? Es ist kein einziger Fall mit voller Gewissheit bekannt. Flamsteed hat 42 Virginis und einige andere Sterne beobachtet, die wir nicht am Himmel finden; allein da in seinem Katalog nachweisbar manche Verwechslungen vorkommen (wie Caroline Herschel aufgefunden hat), so könnte auch hier eine solche zum Grunde liegen. Ein Nichtwiederfinden früher beobachteter Sterne ist nicht ganz selten: von Groombridge's Katalog hat Johnson nach 40—45 Jahren einige 20 nicht wiedergefunden, und von den zahlreichen Sternen in Cooper's *Markree-Catalogue* fehlen jetzt schon 77. Aber alles dies sind schwache teleskopische Sterne; einige mögen Planeten gewesen sein, oder sie haben ihren Glanz so stark vermindert, dass wir sie nicht mehr gewahren — kurz, es liegt noch kein directer Beweis eines wirklichen Verschwindens, bezeichendlich Vernichtens, vor.

Mit Ausnahme des Sterns' von 1012, den die Chinesen in den Widder setzen, erschienen alle neue Sterne in der Milchstrasse selbst, oder doch in ihrer Nähe: es ist nicht wohl denkbar, dass hier ein blosser Zufall zum Grunde liege.

Der neue Stern in der Krone, T Coronae.

Im Mai 1866 verlautete von verschiedenen Orten, dass ein früher nicht wahrgenommener Stern in der Krone aufgeleuchtet sei, aber gleich von seinem ersten Erscheinen an rasch an Glanz abnehme. Die vollständigste Reihe von Beobachtungen, nebst einer Helligkeitscurve und Bemerkungen über die Farbe, hat uns Baxendell in den *Monthly Notices* (XXVII, 5—9) gegeben, wo auch ein Prioritätsstreit mit Stone vorkommt. Sie sind auf Worthington's Sternwarte (Chetham Hill in Manchester) gemacht; einige der ersten mit blossem Auge, alle übrigen mit einem Fernrohr von 5 Zoll Öffnung und 68maliger Vergrösserung. Der Coëfficient für die Reihe der Grössenclasse ist 2,512.

Am 7. Mai 1866, bei einer Durchmusterung des Himmels und namentlich auch dieses Sternbildes, war nichts Auffallendes zu sehen; vom 8. bis 14. war es trüb, am 15. aber zeigte er sich auf den ersten Blick in der Grösse 3,7, also nur α Coronae nachstehend; weiss, mit einem matten gelblichen Schimmer, ein reineres Weiss als ε Coronae. Der Ort, der unverändert blieb, ist AR. 15^h 54' 53,8" und N. Decl. 26° 18' 7,1".

Schon am 16. war er nur noch 4,2, und am 20. war er dem

blossen Auge nur noch mit Schwierigkeit sichtbar; er sank Anfangs Juli auf 9,7 herab, worauf er sich wieder etwas hob und
am 10. October 7,5 erreichte, jedoch bis Ende November auf 8,2
wieder zurückging. Hier schliessen Baxendell's Beobachtungen.

Ein reines Weiss zeigte sich nur am ersten Tage, am 16. schon
wird die Farbe als die des Milchrahms bezeichnet und bemerkt,
dass ein bläulicher Schimmer damit verbunden sei. Am 21. überwog das Blau, und alles Gelb war fast verschwunden; später ging
die Farbe durch Grau und Orange wieder in Gelb über, wobei es
mit geringen Veränderungen bis zu Ende der Beobachtungen
blieb. Am 25. Mai ward der blaue Schimmer zum letzten Male
wahrgenommen.

Stone in Greenwich hat untersucht, ob an dieser Stelle bereits früher ein Stern wahrgenommen worden, und findet in Wollaston's Katalog, Zone 63, für den 1. Januar 1790 einen Doppelstern (Distanz 41,2″, Position 164°) mit der Bemerkung, dass das
System eigentlich ein vierfaches sei, da der schwächere Stern
selbst doppelt und ausserdem ein noch schwächerer in der Nähe
stehe. Die nur näherungsweise angegebene Position Wollaston's
ist AR. 15ʰ 51′ und Decl. 26° 18′, was, auf 1866 reducirt, 15ʰ 54′
und 26° 19′ ergiebt. Dies würde hinreichend genau den Ort des
neuen Sterns ergeben, allein eine weitere Bestätigung für einen
vierfachen Stern findet sich nicht, und Herschel, der mit viel
kräftigeren Hülfsmitteln arbeitete und das Sternbild der Krone
genau untersuchte, fand hier, fünf Jahre vor Wollaston (der seine
Mittheilung datirt 1784 9. Dec.), nur einen Doppelstern, der vorangehende von dreien, die einen Bogen bilden, und der hiernach
identisch ist mit 2765 der Argelander'schen Zone + 26°.
So scheint es, dass wir den 4fachen Stern Wollaston's auf sich
beruhen lassen müssen, wie denn auch Stone es nicht wagen will,
darauf weitere Schlüsse zu gründen. Gleichwohl dürfen wir hier
nicht einen eigentlich neuen, sondern nur einen Stern, dessen
Glanz aus irgend welcher unbekannten Ursache plötzlich zunimmt,
annehmen, wie denn noch nie ein solcher neuer Stern die Zahl
der hellglänzenden Himmelslichter bleibend vermehrt hat.

Vergleichen wir noch mit diesen Baxendoll'schen Beobachtungen die anderweitigen Angaben, so ergiebt sich, dass Birmingham den neuen Stern am frühesten, nämlich am 12. Mai,
und zwar in der Grösse 2ᵐ, gesehen habe. Am 13. setzen ihn
Courbehaisse und Schmidt zwischen 2ᵐ und 3ᵐ, am 14. Barker

= 3ᵗᵉ Grösse; die weiteren Beobachtungen Carpenter's und Anderer stimmen mehr mit Baxendell überein. Noch am 9. und 11. Mai hat Courbehaisse hier nichts Ungewöhnliches mit freiem Auge wahrgenommen. Also auch hier, wie fast in allen ähnlichen Fällen, ein plötzliches Aufleuchten und von da ab ein fortwährendes der Zeit anfangs proportionales Abnehmen.

Carpenter, Stone und Huggins haben das Spectrum dieses Sterns gezeichnet und gemessen. Das, welches Huggins am 10. Mai erhielt, zeigt sich sehr bestimmt und ist ein doppeltes, auf zwei verschiedene Ausgangsquellen deutend. Das eine kommt dem Sonnenspectrum nahe und geht von einer soliden oder liquiden Photosphäre aus, das andere deutet auf eine gasförmige Quelle. Später zeigte sich alles viel schwächer und unbestimmter, wie die Vergleichung des am 19. Mai von Carpenter gezeichneten darthut. Hier sind die Querlinien nicht allein an Zahl weit geringer, sondern auch viel schwerer wahrzunehmen.

Die weiteren Untersuchungen von Graham, Herschel und Anderen bestätigen übrigens die Identität mit dem von Wollaston und Argelander beobachteten Sterne, der jetzt wieder nahezu denselben Glanz zeigt, den er früher darbot. Einige Veränderlichkeit scheint sich übrigens schon im 18. Jahrhundert an diesem Sterne gezeigt zu haben.

§ 182.

DIE NEUESTEN FORSCHUNGEN ÜBER DEN MONDLAUF.

Wir haben bereits der Arbeiten gedacht, welche die Mondbahn betreffen. Seit dem Erscheinen von Kepler's Rudolphinischen Tafeln, worin zuerst der Mondlauf etwas ausführlicher gegeben war, verstrich über ein Jahrhundert, bis ein weiterer praktischer Fortschritt in dieser Richtung gethan ward. Auch musste gerade dieser Gegenstand eine gänzlich neue Bearbeitung erfahren durch die theoretischen Entdeckungen Newton's, die selbst davon ausgegangen waren. Als das britische Parlament den grossen Preis für Lösung des Problems der Seelänge aussetzte, mochten alle mit dem Gegenstande hinreichend Vertraute sich sagen, dass, wenn eine solche Lösung möglich sei, dies nur geschehen könne durch genaue Kenntniss des Mondlaufes; und so sehen wir, dass namentlich die seefahrenden Nationen durch Preise und andere Belohnungen fortwährend die Arbeiten der

Forscher ermuntern, diesem Gegenstande ihre besondere Aufmerksamkeit zu widmen.

Mit einer Ausnahme (Plana's* *Théorie de la lune*) sind es Deutsche, Franzosen und Engländer, die den eben so wichtigen als schwierigen Gegenstand bearbeiten. Tobias Mayer, mit dem die Reihe beginnt, erhielt für seine Mondtafeln 3000 Pfund Sterling von der britischen Regierung; Hansen, der neueste Bearbeiter, gleichfalls ein Deutscher, erlangte, dass seine Mondtafeln, 510 Seiten Grossquart, auf Kosten der britischen Regierung gedruckt wurden.

In der That war die Bearbeitung neuer und genauerer Mondtafeln zur unabweisbaren Nothwendigkeit geworden. Burckhardt, dessen Tafeln für die besten galten, schien in den ersten zwei bis drei Jahrzehnten sich zu bewähren, allein später zeigten sich immer grössere Abweichungen. Augenscheinlich waren Gleichungen von langer Periode entweder ganz übersehen oder zu ungenau bestimmt, und eine blosse Correction oder Ergänzung der Burckhardt'schen und der Damoiseau'schen Tafeln hätte hier nicht genügt.

---

* *Giovanni Antonio Amadeo Baron v. PLANA, geb.* 1781 *am* 8. *Nov., gest.* 1864 *am* 20. *Jan.* Er war Neffe Lagrange's und Director der Sternwarte Turin von ihrer Eröffnung an. 1810 trat er zuerst auf mit einer Schrift: *Sulla theoria dell' attrazione degli sferoidi ellittici,* ein Gegenstand, der um diese Zeit mehrere Analytiker beschäftigte. Ähnliche Untersuchungen bildeten fortwährend die Hauptthätigkeit Plana's, und fast jedes Jahr seines Directorats ist durch wenigstens ein Werk bezeichnet. Das ausgezeichnetste ist seine *Théorie du mouvement de la lune.* Die sogenannte grosse Gleichung zwischen Jupiter und Saturn untersuchte er bis zu den Gliedern fünfter Potenz. Er untersuchte die Dichtigkeit der einzelnen Schichten der Atmosphäre, um die Refraction genauer zu bestimmen. Die Pendelbewegungen, der Foucault'sche Versuch, die Dichtigkeit des Erdkörpers, die Bewegung im widerstehenden Mittel, die Gestalt der Erde, kurz, fast jeder Gegenstand, welcher bei der Gravitationstheorie zur Sprache kommt, ist von ihm untersucht worden. Die praktischen Beobachtungen wurden darüber nicht bei Seite gesetzt; die Beobachtungen seit 1822 erschienen in verschiedenen Bänden. Plana's Werke sind theils französisch, theils italienisch abgefasst.

Nach der nothwendig gewordenen Aufhebung der Sternwarte Seeberg hatte sich Hansen in Gotha fast ausschliesslich theoretischen Untersuchungen gewidmet und diese mit besonderer Rücksicht auf die von ihm projectirten neuen Mondtafeln unternommen. Sie sollten, nach der Absicht des Verfassers, zugleich die Frage endgültig entscheiden: ob das Newton'sche Gesetz vollständig ausreichend sei, alles zu erklären, oder ob ausser ihm noch ein anderes Agens wirksam sei? Zur Entscheidung einer solchen Frage eignete sich kein Weltkörper besser als der Mond, denn bei keinem andern lassen sich so kleine Abweichungen erkennen als hier. Eine Bogensecunde repräsentirt beim Monde ½ deutsche Meile; bei Venus in ihrer grössten Erdnähe 24 Meilen, bei allen übrigen Körpern unseres Sonnensystems Hunderte, ja Tausende von Meilen.

Mehr als zwanzig Jahre hat Hansen diesem Werke gewidmet, und wer einen nähern Einblick davon nimmt, wird sich sagen müssen, dass nur die unermüdlichste Beharrlichkeit damit überhaupt zu Ende kommen konnte. Die Anzahl der hier entwickelten Gleichungen übertrifft um mehr als das Zehnfache die, welche Burckhardt in seiner *Analyse complète* gegeben hat. Wir finden bei Hansen 202 Störungsgleichungen der Länge (mittlere Anomalie), 189 der Parallaxe, 124 der Breite. Nicht alle diese, mehr als 500 Gleichungen, sind in Tafeln gebracht. Für fast die Hälfte derselben fand sich ein so geringer numerischer Coëfficient, dass sie bei der praktischen Berechnung übergangen werden können. Gleichwohl hat Hansen sie sämmtlich aufgeführt, möchte auch ihr Coëfficient nur 0,001″ betragen. Kommen demnach besondere Fälle vor, wo eine aussergewöhnliche Genauigkeit erfordert wird, so kann jeder Benutzer der Tafeln, der die Mühe nicht scheut, auch diese mitnehmen; zu welchem Zwecke sie besonders bezeichnet sind.

Tafeln mit doppeltem Eingange hat Hansen nicht durchaus vermieden, was auch ohne die grösste Weitläufigkeit nicht möglich war. Aber alle Tafeln, einfache wie doppelte, sind so speciell ausgeführt, dass der Berechner überall sicher geht und ohne zu weitläufige Interpolationen das genaue Resultat findet. Je öfter man sich dieser Tafeln bedient, desto mehr wird man die treffliche Einrichtung bewundern. — Der Titel des Werks ist: *Tables de la lune, construites d'après le principe Newtonien de la Gravitation universelle, par P. A. Hansen, Directeur de l'observatoire de Gotha.* London 1857.

Wir fügen hier noch die Titel der übrigen Schriften Hansen's hinzu:

Ausführliche Methode, mit dem Fraunhofer'schen Heliometer Beobach-
tungen anzustellen. 1827.
Untersuchungen über die gegenseitigen Störungen des Jupiter und Saturn. 1831.
Fundamenta nova investigationis orbitae verae quam luna perlustrat. 1838.
    (Dieses Werk kann als Vorläufer seiner „Tables de la lune" betrachtet
    werden. In einer Anmerkung zeigt er unter andern, dass das von einigen
    französischen Geometern gegebene „Recept zu einem beständigen Mond-
    schein" unausführbar ist.)
Ermittelung der absoluten Störungen in Ellipsen von beliebiger Excentricität
    und Neigung. 1843.
Mémoire sur le calcul des perturbations qu'éprouvent les comètes. 1850.
(Mit Olufsen) Tables du soleil. 1853. Nebst einem späteren Supplement.
Auseinandersetzung einer zweckmässigen Methode zur Berechnung der ab-
    soluten Störungen der kleinen Planeten. 2 Theile. 1856. 1857.

Wir haben hier nur die grösseren Schriften aufgeführt, die
kleineren, grösstentheils in Journalen mitgetheilten, sind sehr
zahlreich.

Nach Schumacher's 1850 erfolgtem Tode trat er mit Pe-
tersen,[*] dem bisherigen Gehülfen Schumacher's, in Verbin-
dung, um unter gemeinschaftlicher Redaction die Astronomischen
Nachrichten fortzuführen. Dies dauerte bis auch Petersen mit
Tode abging und an seine Stelle Peters, bisher Mitdirector in
Königsberg, nach Altona berufen ward und die Redaction übernahm.

---

[*] *Adolph Cornelius PETERSEN*, geb. 1804 am 23. Juli, gest.
1854 am 3. Febr. Geboren in Westerbau des schleswigschen
Amtes Tondern, wandte er sich früh den mathematischen Studien
zu, ward mit Schumacher bekannt und arbeitete seit 1827 unter
ihm auf der Altonaer Sternwarte, wo er vier Kometen neu entdeckte und unter andern fand und nachwies, dass Lalande am
8. und 10. Mai 1795 den Neptun beobachtet habe, ohne ihn als
Planeten zu erkennen; eine wichtige Bemerkung, da sie uns weit
früher als ausserdem möglich gewesen wäre, zu genaueren Elementen dieses Planeten geführt hat. Auch ist er Mitarbeiter an
der Landesvermessung. Nach Schumacher's Tode ward ihm interimistisch die Direction der Sternwarte übertragen und gleichzeitig in Verbindung mit Hansen in Gotha die Redaction der von
Schumacher 1822 begründeten Astronomischen Nachrichten.

18*

Der in den *Tables de la lune* gegebene Abschnitt: *Explication et usage*, ist vorherrschend praktischer Natur und enthält eine Zusammenstellung dessen, was dem Berechner von Mondörtern und Mondephemeriden zu wissen nöthig ist, so wie eine kurzgefasste Ermittelung der allgemeinen Elemente der Mondbahn. Eine Herleitung der Störungsgleichungen selbst findet sich hier nicht, diese hat Hansen später ausführlich in einem besonderen Werke gegeben, das als theoretische Ergänzung der *Tables de la lune* zu betrachten ist.

Hansen findet, dass die hauptsächlichsten Störungen, namentlich die Evection, in den Beobachtungen etwas grösser erscheinen, als die Theorie sie ergiebt, und um beides in Übereinstimmung zu bringen, nimmt er an, dass der Schwerpunkt des Mondes nicht mit dem Mittelpunkt seiner Figur zusammenfalle, sondern acht Meilen weiter von der Erde entfernt. Dann sind die Störungen etwa um ihren 3000. Theil grösser und dann stimmen sie mit den Greenwicher Beobachtungen. Alle weiteren höchst gewagten Schlüsse, die man aus diesem Umstande hat ziehen wollen, rühren nicht von Hansen her, der nur mit bewährten Thatsachen, nicht mit Hypothesen, in seinem classischen Werke zu thun hat und blosse Conjecturen ganz vermeidet.

Eine auch in geschichtlicher Hinsicht interessante Probe haben Hansen's Tafeln bald nach ihrem Erscheinen bestanden. Es sind uns aus dem classischen Alterthume Nachrichten über drei Totalfinsternisse der Sonne aufbehalten: die Finsterniss des Thales, die von Larissa und die des Agathokles. Früher schon waren diese Finsternisse wiederholt untersucht und mit den vorhandenen Mond- und Sonnentafeln berechnet worden; man hatte für jede der beiden ersten Finsternisse vier, für die letzte fünf Berechnungen, aber keine hatte in völlige Übereinstimmung mit den alten Berichten gebracht werden können. Seiffert hatte sogar

Jedoch nicht lange sollte er sich dieser Stellung erfreuen. Ein Lungenleiden, dessen erste Spuren sich im Mai 1853 zeigten, nahm rasch zu, und gleichwohl wollte er keine Lücke in seinen Arbeiten eintreten lassen, so dass er sich oft die Ruhe und Erholung versagte, die seine Ärzte dringend anriethen; erst in den letzten Monaten liess er sich, leider zu spät, zur Schonung gegen sich selbst bewegen.

die Annahme gemacht, dass der Knoten der Mondbahn in irgend einer Zeit eine plötzliche Änderung erlitten habe, doch konnte kein Astronom mit einer solchen Hypothese der Verzweiflung sich befreunden. Airy unternahm deshalb eine neue Berechnung nach Hansen's Tafeln und fand:

1) die erwähnten drei Finsternisse fallen auf

— 584 23. Mai,
— 559 19. Mai,
— 309 14. August.

2) Die Hansen'schen Tafeln geben für alle drei Finsternisse eine gute Übereinstimmung mit den uns berichteten Phänomenen.

3) Die Finsterniss von Larissa (rücksichtlich welcher bloss gemeldet wird, die Einwohner hätten, durch eine plötzlich eingetretene Dunkelheit erschreckt, ihre Stadt verlassen) war eine wirkliche Sonnenfinsterniss.

4) Nur eine geringe Zunahme der Mondbewegung und des Arguments der Breite dürfte noch zulässig sein.

5) Agathokles hat, nachdem er den Hafen von Syrakus verlassen, den Weg längs der Südküste von Sicilien eingeschlagen.

Bei der Finsterniss von Larissa war die Schattenzone sehr schmal, und eben dieses war der Fall in der Totalfinsterniss von Sticklastad 1030 am 31. August. Diese beiden eignen sich deshalb ganz besonders zur Bestimmung der Säcular-Ungleichheit, indem sie einen geeigneten Zwischenraum darbieten, um die beiden von t^0 und t^1 abhängenden Glieder sicher zu trennen.

Über diese Sicular-Ungleichheit hat sich eine Controverse zwischen Hansen und dem französischen Analysten Delaunay, jetzt Director der Sternwarte Paris, erhoben. Beide haben nahezu dieselbe Form der Argumente, aber ihre Entwickelungen geben ihnen verschiedene Coëfficienten. Hansen beruft sich auf die Übereinstimmung seiner Bestimmung mit den alten Sonnen- und Mondfinsternissen; Delaunay entgegnet, dass man noch gar nicht wissen könne, ob nicht noch andere Ursachen, wie beispielsweise eine sehr geringe Verlangsamerung der Erdrotationsperiode hier mitwirke, und dass aus diesem Grunde die nicht völlige Übereinstimmung seines Resultats mit den Beobachtungen der Alten ihn nicht nöthige, den Fehler in seiner Formel zu suchen. — Es wird kaum möglich sein, hier zu entscheiden, und wir werden abwarten müssen, wie sich Hansen's Tafeln in Zukunft bewähren. Die Möglichkeit, noch andere Ungleichheiten von grosser

Periode und geringem Belange durch weitere Untersuchungen und
Vergleichungen zu entdecken, wird von beiden Theilen zugegeben;
somit sind die Arbeiten über die Theorie unseres Trabanten
noch bei weitem nicht abgeschlossen, und anhaltend fortgesetzte
Beobachtung der Mondörter auf der Nord- und auf der Südhalbkugel der Erde noch immer ein dringendes Bedürfniss der
Wissenschaft.

§ 183.

DIE NEUEREN FORSCHUNGEN ÜBER DIE ABERRATION DES LICHTES.

Die beiden principiell ganz verschiedenen Methoden, dieses
Element zu bestimmen, hatten Resultate von so nahe gleichem
Betrage ergeben, dass man keine Veranlassung fand, die Verschiedenheit des Verfahrens auch auf das Ergebniss zu beziehen.
Delambre hatte aus den Beobachtungen der Jupiterstrabanten
20,255" abgeleitet, und dieser Werth entspricht einer Lichtzeit
von 493,2 Secunden für die mittlere Entfernung der Erde von der
Sonne. Leider besitzen wir die einzelnen Beobachtungen Delambre's nicht; wir wissen nur, dass er zuerst eine Reihe von
500 Finsternissen des ersten Trabanten berechnete und später
durch eine Reihe von 1000 das Resultat der ersteren bestätigt
fand. Bradley's Beobachtungen in Kew und Wanstead aber
gaben, auch nach der neueren Reduction von Busch, so nahe
dasselbe, dass man sich für berechtigt hielt, beide Resultate, auch
der Substanz nach, für identisch zu betrachten.

Allerdings hatte schon Boscovich vor längerer Zeit vorgeschlagen, den inneren Raum eines Fernrohrs mit einer Flüssigkeit anzufüllen und durch diese die Gestirne passiren zu lassen,
um den möglichen Unterschied der Aberration in verschiedenen
Medien kennen zu lernen; allein bisher hatte weder er selbst,
noch ein anderer Astronom, diesen Versuch wirklich ausgeführt,
und man hatte seine Äusserung um so mehr übersehen, als inzwischen die Emanationstheorie der Wellentheorie gewichen war.
Jetzt behandelten Fresnel, Angström und Babinet den Gegenstand theoretisch und Arago durch Beobachtungen. Der interessante Brief Fresnel's an Arago findet sich im 9. Bande
der *Annales de Chimie et de Physique*. Hauptsächlich betrifft er

die Frage: ob die Bewegung der Erde oder der Lichtquelle einen Einfluss auf die wirkliche Richtung des Strahles äussere?

Man muss nämlich, wie Klinkerfues in seiner neuesten Abhandlung (Die Aberration der Fixsterne nach der Wellentheorie, Leipzig 1867) zuerst bestimmt ausgesprochen hat, in dem, was als Aberration bezeichnet wird, zwei verschiedene Phänomene unterscheiden. Zunächst nämlich tritt eine optische Täuschung ein, die derjenigen analog ist, welche die senkrecht fallenden Regentropfen uns in schräger Richtung herabfallend zeigt, wenn wir selbst in Bewegung sind. Oder man denke sich eine Kanonenkugel, welche die beiden Seitenwände eines segelnden Schiffes durchschlägt; wenn Jemand später versuchen wollte, aus der die beiden Löcher verbindenden geraden Linie auf die Richtung zu schliessen, aus welcher der Schuss kam. Dies ist mithin nur eine physiologische Verrückung, von der bei Bradley einzig die Rede ist, und da man die aus den Bradley'schen Beobachtungen gefolgerte Aberration mit der Delambre'schen Lichtgeschwindigkeit innerhalb der Fehlergrenzen in Übereinstimmung fand, so glaubte man, annehmen zu dürfen: diese Aberration und die durch Bradley gegebene Erklärung bilde das Gesammtphänomen.

Wäre unser unbewaffnetes Auge von einer solchen Schärfe, dass man Differenzen von 20 Secunden in der Stellung der Gestirne noch wahrnähme, so würden wir diese physiologische Aberration, und sonst nichts Anderes, ermitteln.

Aber die Bewaffnung unseres Auges macht es nothwendig, Glaslinsen zwischen Auge und Object zu setzen, und hier entsteht die Frage: ob nicht der Durchgang des Strahles durch die Glaslinse, und namentlich durch das Objectiv (denn die übrigen Gläser sind von zu geringer Dicke), die Richtung auch physisch, d. h. wirklich und nicht bloss scheinbar ändern müsse? Dies ist der Gegenstand, auf den das oben genannte Klinkerfues'sche Werk sein Hauptaugenmerk richtet.

Zunächst werden (S. 18) die neuesten Bestimmungen der Aberrationsconstante angeführt. Sie findet sich nach

		wahrsch. Fehler
v. Lindenau (Berl. Astr. Jahrb. f. 1820)	20,4486"	± 0,0315"
W. v. Struve	20,4451	± 0,0111
Peters	20,1255	± 0,0175
Lundahl	20,5508	± 0,0433
Richardson (Troughtons Circle)	20,505	± 0,043
Richardson (Jones Circle)	20,507	± 0,49.

Mit Rücksicht auf die Gewichte, wie sie sich aus den wahrscheinlichen Fehlern ergeben, erhält man ein Mittel

20,4189″ mit dem wahrscheinlichen Fehler ± 0,0124.

Hiernach erscheint es unmöglich, die Aberrationsconstante auf das Delambre'sche Resultat herabzubringen, ja selbst nur diesem merklich zu nähern. Aber auch umgekehrt kann das letztere schwerlich um 0,2″ fehlerhaft sein, denn ein Fehler von 4½ Secunden Zeit in Wahrnehmung einer Trabantenfinsterniss kann kaum bei einer einzelnen Beobachtung, gewiss aber nicht bei einem Mittel aus 1500, angenommen worden. Wie sehr wäre zu wünschen, dass die Delambre'schen Originalbeobachtungen aufgefunden und einer neuen Discussion unterworfen werden könnten!

Wie jetzt die Sachen stehen, wird man nicht umhin können, Klinkerfues darin beizustimmen, dass er in dem Unterschiede 20,449″ — 20,255″ = 0,194″ nicht die Wirkung von Beobachtungsfehlern, sondern eine real in der Natur bestehende Differenz erkennt, nämlich den physischen Theil der Aberration. Man muss die Deduction in diesem Werke selbst nachlesen, um des Verfassers Abweichung von Fresnel's Deduction richtig würdigen zu können; wir geben hier hauptsächlich nur seine Zahlen.

Er untersucht bei den in Göttingen gebrauchten Instrumenten den Quotienten $\frac{d}{f}$, wo d die Dicke des Objectivs, f die Brennweite des Fernrohrs bezeichnet, und findet beim

6füssigen Mers'schen Fernrohr $\frac{d}{f} \cdot \frac{1}{103,4} = 0,00967″$,
4füssigen Heliometer . . . . = 0,00962,
5füssigen Steinheil'schen Tubus . . . . = 0,00879,
6füssigen Passagen-Instrument . . . . . . = 0,00772,
5füssigen Fernrohr des Meridiankreises . . = 0,00761,

woraus im Mittel $\frac{d}{f} = 0,00869$, also für jede der beiden Linsen Flint- und Crownglas, 0,00434; und indem er die übrigen Combinationen aus Prechtl's praktischer Dioptrik entlehnt, findet er für den physischen Theil der Aberration

aus der ersten Combination = 0,1953″,
aus der zweiten . . . . = 0,1898,
im Mittel also . . . . . = 0,1925,

und damit die gesammte Aberration:

$$20{,}255'' + 0{,}1925'' = 20{,}1475'',$$

von dem obigen Mittelwerthe nur um — 0,0014'' abweichend. 0,0014 aber ist so gut wie Null.

Bereits in der Naturforscher-Versammlung zu Hannover hatte Klinkerfues einen denselben Gegenstand betreffenden Vortrag gehalten; da aber in der späteren Arbeit Data vorkommen, die in jener noch nicht zur Sprache gebracht worden, so blieben wir auch hier bei letzterm stehen.

Von besonderer Wichtigkeit dürfte eine Wiederholung der Delambre'schen Beobachtungen sein. Gelingt es, das Resultat derselben nach sorgfältiger Discussion in eben so enge Grenzen einzuschliessen, wie die im vorstehenden angeführten Aberrations-Ergebnisse, so würde der gegenwärtig in der Hauptsache nur auf die Theorie basirte Werth für den physischen Theil der Aberration eine praktische Basis erhalten. Nach den Deductionen des Verfassers würde die Aberration verschieden sein müssen für verschiedene Glasdicken; möglicherweise kommen hier aber noch andere Verhältnisse in Betracht, worüber nur genaue Beobachtungen Auskunft geben können.

In einem Anhange zu seiner Abhandlung giebt Klinkerfues, Seite 53—62, noch eine „Ausführung des von Boscovich vorgeschlagenen Versuches der Beobachtung von Sternen durch eine Säule mit Flüssigkeit, welche im Innern eines Fernrohrs angebracht ist."

Indess erhalten wir nur den Anfang einer Reihe von Experimenten, denen der Verfasser selbst eine volle Beweiskraft nicht zuschreiben zu können glaubt. Denn nicht allein sind nur wenige Beobachtungen angeführt, sondern der Apparat selbst ist nicht ein eigens zu diesem Zwecke construirtes Instrument, sondern ein kleines Passagen-Instrument von Ertel, in welches Meyerstein die Flüssigkeitssäule eingefügt hat. Durch eine Abbildung ist dieser nur provisorische Apparat erläutert.

Ein geschlossener Cylinder, ganz mit Flüssigkeit angefüllt, nimmt den grössten Theil des inneren Raumes ein. Durch eine Seitenöffnung steht er in Verbindung mit einem längeren Rohre ausserhalb, bestimmt, einen Theil der Flüssigkeit aufzunehmen, wenn ihr Volumen durch Wärmeausdehnung vergrössert ist. So ist in der inneren Röhre jeder freie Luftraum vermieden und die

Flüssigkeit erfüllt stets den ganzen Raum. Durch Corrections-
schrauben wird die Centrirung bewirkt. Der Verfasser würde
statt des von Boscovich vorgeschlagenen Wassers den Schwefel-
kohlenstoff gewählt haben, allein das starke Dispersionsvermögen
desselben erregte Bedenken. — Die Beobachtungen wurden an
der Sonne und den Sternen δ und β Herculis angestellt, und zwar
beobachtete der Gehülfe der Sternwarte Dörgen die Sterne gleichzeitig um Meridiankreise, während Klinkerfues sie durch die
Wassersäule passiren liess. Das erhaltene Resultat (1867 12. Jan.)
war ein Unterschied von 1,025", während die Theorie 1,15"
verlangte.

Die Wassersäule zeigte sich hinreichend durchsichtig (bei
8 Par. Zoll Länge), um Sterne bis zur dritten Grösse noch gut
zu sehen; auch konnte die Mire Méridienne abgelesen werden.
Der Verfasser fügt die Durchgänge eines Circumpolarsterns (β Ursae
minoris) an allen 16 Fäden hinzu, die reducirt zwischen 51,86"
und 53,62" ergaben bei einem Mittel von 14^h 58^m $52,84"$. Auch
δ Ursae minoris war noch sichtbar.

Gewiss verdienen die Ermittelungen des Verfassers die volle
Aufmerksamkeit der Astronomen. Wir zweifeln nicht, dass er bemüht sein werde, die angefangenen Untersuchungen fortzusetzen
und durchzuführen, sprechen aber den Wunsch aus, dass gleichzeitig auch andere Astronomen mit den verschiedenartigsten Instrumenten den wichtigen Gegenstand einer eingehenden Prüfung
unterwerfen möchten.

Zum Schlusse möge noch an den Artikel 118 der *Theoria*
motus erinnert werden, in welchem nachgewiesen ist, dass die
Aberration von der brechenden Flüssigkeit des Auges unabhängig sei.

Wir erwähnen noch, dass auch Hoek in Utrecht, von Bradley's Erklärung nicht ganz befriedigt, eine andere zu geben versucht hat; es will indess scheinen, dass nur die Darstellungsweise,
nicht das Wesentliche der Erklärung selbst, eine Änderung erfahren habe. Jedenfalls wird die Constante der Aberration davon
nicht berührt.

Auch hier, wie bei so vielen anderen Gelegenheiten, zeigt
sich, wie wenig das, was man schon abgemacht und festgestellt
glaubte, neue, gründlichere Forschungen entbehrlich erscheinen
lässt. Einst glaubte man, jede Sternwarte bedürfe ihrer eigenen
Refractionstafel, während die Aberration für alle dieselbe sei.

Gegenwärtig stellt es sich heraus, dass der gerade umgekehrte Fall stattfindet.

Noch möge erwähnt werden, dass daran erinnert worden ist, die Verschwindungszeit der Jupiterstrabanten hänge von der optischen Kraft des Fernrohrs ab, und dies könne bei dem von Delambre angewandten Fernrohr einen Einfluss auf sein Resultat gehabt haben, der das vollständig erkläre, was Klinkerfues in der eben beschriebenen Weise zu erklären versuche. Allein die Austritte werden sich um eben so viel verspäten, als die Eintritte sich (für das gleiche Fernrohr) verfrüht hatten, und auch ohne das Detail der Delambre'schen Beobachtungen zu kennen, lässt sich bei einem so scharfsichtigen und kritischen Astronomen sicher voraussetzen, dass er einen so nahe liegenden Umstand nicht übersehen und Eintritte mit Austritten combinirt haben werde, bevor er sein Resultat veröffentlichte.

§ 184.

DIE VERÄNDERUNG DES MONDKRATERS LINNÉ.

Bei der gänzlich verschiedenen Naturbeschaffenheit unseres Trabanten, verglichen mit der unserer Erde, wird gewiss jeder unbefangene Beobachter Riccioli beistimmen, wenn er seine Mondkarte mit den Worten überschreibt: *„Nec homines vivere, nec plantae ibi crescere possunt;"* und die, welche sich gleichzeitig mit Abbildung der Mondoberfläche beschäftigen, waren einsichtig genug, zu erkennen, dass es sich zunächst nur um eine Statistik, nicht um eine Geschichte unseres Begleiters handle. Als jedoch die Fernröhre sich immer mehr vergrösserten, zunächst freilich nur verlängerten, als Dominique Cassini mit ihrer Hülfe Entdeckungen machte, die einem Kepler und Galiläi unmöglich gewesen waren, erwachten Hoffnungen, selbst bei Fachgenossen, man werde bald dahin gelangen, die Vorgänge auf dem Monde wahrzunehmen, und selbst ein Fontenelli hoffte alles Ernstes, die Bewohner desselben zu erblicken.

Allmälig jedoch lernte man die Schwierigkeiten kennen, die sich dem Gebrauch von Instrumenten ungewöhnlicher Brennweite entgegenstellten, und dies musste die Erwartungen bedeutend herabstimmen. Wir finden sogar, dass der in der zweiten Hälfte des 17. Jahrhunderts so lebhaft erwachte Wetteifer in Darstellung der Mondoberfläche wieder erheblich abnimmt, und dass einige

Menschenalter hindurch so gut wie nichts in dieser Richtung gearbeitet wurde. Cassini hatte drei Gesetze ermittelt:

1) die Neigung des Mondäquators gegen die Ekliptik ist constant;

2) der niedersteigende Knoten des Mondäquators fällt mit dem aufsteigenden der Mondbahn in einem und demselben Punkte zusammen;

3) die Rotation des Mondes ist völlig gleichförmig und ihre Periode ganz genau gleich der mittleren Umlaufsperiode des Mondes um die Erde.

Allein bis auf Tobias Meyer's kleine Mondkarte finden wir keine astronomische Arbeit, welche Gelegenheit geboten hätte, diese Gesetze in Anwendung zu bringen, geschweige denn, sie zu prüfen und zu controliren. Erst im Beginne des 19. Jahrhunderts sind Bouvard und Nicollet in Paris beschäftigt, zu untersuchen, ob nicht oscillatorische Abweichungen bei den Cassini'schen Gesetzen berücksichtigt werden müssen; sie fanden indess für die bezüglichen Constanten dieser Abweichungen so geringe Werthe, dass sich nichts Verbürgtes aus ihren mühsamen Untersuchungen ergab. Eine sehr genaue Bestimmung des von ihnen zur Beobachtung gewählten Mondflecks Manilius und die Überzeugung, dass die erwähnten Constanten entweder gleich Null oder doch der Null sehr nahe liegen, kann als Ausbeute dieser Arbeit betrachtet werden. Wichmann in Königsberg begann später eine ähnliche Untersuchung eines anderen Mondflecks, allein Krankheit und Tod hinderten ihn, sie zu Ende zu führen und bestimmte Werthe für das, was man als physische Libration der Mondkugel bezeichnet hat, zu ermitteln.

Von Kennern fürchte ich nicht, den Vorwurf zu vernehmen, ich hätte hier Heterogenes zusammengestellt. In allen Fällen, wo es sich nur um den Ort des Mondes am Himmel handelt, mögen seine Rotationsverhältnisse unberücksichtigt bleiben, nicht jedoch bei Untersuchungen auf seiner Oberfläche, und dass Schröter dies gänzlich verkannte, ist gewiss in hohem Grade beklagenswerth, denn seine fleissigen und beharrlich fortgesetzten Arbeiten, die zu ihrer Zeit so grosses Aufsehen erregten, sind dadurch für die Wissenschaft fast ganz werthlos. Insbesondere kann keine einzige der Veränderungen, welche er wahrzunehmen glaubte, constatirt werden, denn in seinen wortreichen Deductionen sehen wir uns vergebens nach Daten um, aus denen der selenographische

Ort des Gegenstandes, um den es sich handelt, hergeleitet werden könnte.

Bei meinen eigenen sieben Jahre umfassenden Arbeiten auf der Mondoberfläche, behufs Anfertigung einer möglichst detaillirten Karte unseres Trabanten, ist mir nichts vorgekommen, das mit Sicherheit auf eine reelle Veränderung zu beziehen wäre. Nur einmal, im Jahre 1834, erblickte ich die grünlich graue Färbung des Mare Crisium weniger gleichförmig, als ich es früher stets gesehen; doch waren die Nüancen so schwach, dass ich keine Sicherheit darüber gewinnen konnte und eben deshalb in der Selenographie nichts darüber erwähnte. Denn kleine Verbesserungen, welche ich bei Lohrmann's Blättern nöthig fand, wie sie spätere Beobachter auch bei meiner Karte anzubringen Veranlassung fanden, möchte ich nicht sofort für reelle Veränderungen halten. Wenn man die einzelnen Resultate, wie sie in der Selenographie gegeben sind, vergleicht, so wird man finden, dass $\frac{1}{4}$ Grad (eine geographische Meile) Ungewissheit wohl das Äusserste ist, was noch angenommen werden kann, so weit es die Hauptpunkte betrifft. Hätte jedoch alles, was einigermaassen augenfällig heraustritt, auf solche Art bestimmt werden sollen, so wäre dies das sicherste Mittel gewesen, nie fertig zu werden. Deshalb wurde hier ein abkürzendes Verfahren, das gleichfalls a. a. O. detaillirt ist, angewandt; bei diesem ist folglich die Ungewissheit nothwendig etwas grösser. Wenn Dirt in Hartwell in der That eine neue Mondkarte zu Stande bringt, wird eine merklich grössere Genauigkeit der Ortslagen nur dann erlangt werden können, wenn die vier- bis sechsfache Zeit darauf verwandt wird.

Was jedoch die Veränderungen betrifft, die auf der Mondfläche zu vermuthen sind, so werden diese nicht leicht in einer Veränderung der Polarcoordinaten eines Objects zu erwarten, vielmehr wird bei künftigen schärferen Bestimmungen anzunehmen sein, dass die früheren einer Correction bedurften. Dagegen wird das veränderte Ansehen bei gleichen Beleuchtungs- und Librationsverhältnissen in den meisten Fällen auf eine stattgefundene Veränderung zu beziehen sein, namentlich wenn es Punkte betrifft, die bei der früheren Arbeit als selenographische Fixirpunkte gedient hatten.

Ein solcher Fall liegt nun gegenwärtig vor. Der von mir mit dem Namen Linné bezeichnete, im nordwestlichen Theile des Mondes, im Mare Serenitatis gelegene Mondkrater, dessen Coordinaten ich im Jahre 1831 in sieben Messungen folgendermassen bestimmt hatte, scheint sich verändert zu haben:

Westl. Länge.	Nördl. Breite.
11° 32′ 45″	27° 59′ 30″
11 34 35	27 51 36
11 28 4	27 51 18
11 15 56	27 58 20
11 33 20	27 58 56
11 39 9	27 45 90
11 53 25	27 21 30

wozu noch eine von Lohrmann 1822 gemachte Messung

11 27 22	27 42 6
im Mittel also 11° 32′ 28″	27° 47′ 13″.
Wahrscheinlicher Fehler ± 7′ 25″	± 9′ 50″.

Die gesammte Unsicherheit beträgt also 12′ 10″ oder 0,78 geographische Meilen. So wenig nun auch eine wiederholte Bestimmung sowohl dieses als der anderen Punkte als überflüssig erscheinen kann, so werden doch die Veränderungen nicht im Orte, sondern in der Art seiner Erscheinung gesucht werden müssen.

Julius Schmidt in Athen war es, der 1866 im October und November, zur Zeit des ersten Viertels, wo der Krater Linné am besten sichtbar ist, an Stelle dieses ihm wohlbekannten Kraters nur etwas Wolkenartiges, einen sehr unbestimmten weisslichen Fleck beobachtete. Er meldete dies unter dem 17. November an Birt in London, aber schon früher hatte dieser die gleiche Nachricht von Dukingham erhalten, der eine Photographie überschickte, auf der der Ort des Kraters Linné durch einen matten Fleck gegeben war. Noch andere Beobachter: Dr. Mann, Tietjen, Talmage, Webb, Slack, Grover und Jones hatten dasselbe bemerkt. Mit Fernröhren von geringer optischer Kraft konnten Grover und Birt an der betreffenden Stelle gar nichts wahrnehmen, während andere benachbarte Objecte, wie namentlich Linné B und der Krater Bessel, sehr deutlich mit ihrem Schatten gesehen wurden. Alle sahen einen weisslichen Fleck, schlecht begrenzt, aber nichts von einer Kraterform. Am 15. December zeigte der weisse Fleck schon etwas mehr Helligkeit und Bestimmtheit, so dass Messungen erhalten werden konnten. Noch am 16. sahen Jones und Grover nur den weissen Fleck, am 21. December aber schrieb Tietjen aus Berlin, dass er und Professor

Förster am gestrigen Abend den Krater Linné mit aller Bestimmtheit, wie früher, wahrgenommen hätten.

Leider befand ich mich ausser Stande, an diesen Beobachtungen im Herbst 1866 Theil zu nehmen, da mein am 17. April 1866 vom grauen Staar operirtes Auge zu solchen noch ganz unfähig war. Im Mai 1867 erst konnte ich es wagen, den Krater Linné im Heliometer der Bonner Sternwarte zu betrachten. Ich fand alles wie vor 36 Jahren; die Veränderung hatte also keine bleibenden Spuren hinterlassen.

Die früheste Darstellung dieses Kraters finden wir auf Riccioli's Mondkarte 1653. Später hat ihn Schröter 1788 am 5. November und Lohrmann 1823 am 28. Mai gesehen und gezeichnet, wogegen Russel auf seiner Karte von 1797 ihn nicht aufführt, was auf eine bereits früher eingetretene ähnliche Verschwindung gedeutet werden kann. 1858 am 22. Februar zeigt er sich deutlich auf de la Rue's Photographie, eben so 1865 am 4. October auf der von Rutherfurd. Auch Schröter giebt an dieser Stelle nicht sowohl einen Krater, als einen dunkeln Fleck.

Es gewinnt demnach allen Anschein, dass sich hier ein Punkt befindet, der noch in der Ausbildung begriffen ist, und dass fortgesetzte Beobachtungen hier noch manche Veränderung verzeichnen werden. Schmidt hat auch (in den Sitzungsberichten der Kaiserl. Akademie der Wissenschaften zu Wien) den Versuch gemacht, eine wahrscheinliche Erklärung dieses Vorganges zu geben.

Die Vergeblichkeit aller früheren Bemühungen, Veränderungen auf der Mondfläche zu entdecken, hatte bei Manchem die Vorstellung erzeugt, im Monde einen starren und erstorbenen Felsklumpen, wo alles Leben längst erloschen und untergegangen, zu betrachten. Dieser Annahme ist durch das, was man am Krater Linné beobachtet hat, nun wohl ein Ende gemacht; zu einer genetischen Erklärung dieses Vorganges scheint aber die Zeit noch nicht gekommen, und man wird jedenfalls abwarten müssen, ob und was sich hier oder auf anderen Punkten ferner ereignet.

Ich füge noch die neuesten Mittheilungen über diesen Krater hinzu.

Joynson sah am 1. Januar 1868 den Linné schlecht begrenzt und wenig licht, er schien ihm zwischen zwei niedrigen Bergadern zu liegen, die am 3. nicht mehr zu sehen waren, während Linné selbst sich bestimmter darstellte. Der Ring war am hellsten im O. und SO., der Schatten im Innern schwarz. Das

Ganze war schwierig zu sehen, und es schien dem Beobachter,
dass Linné besser erschien bei einer kleinen Verstellung des
Oculars.

Noble hat, sobald er Nachricht von der stattgehabten Veränderung erhielt, Linné von Zeit zu Zeit beobachtet, ohne etwas
Anderes wahrnehmen zu können als einen ziemlich schlecht begrenzten weisslichen Fleck, und keine Spur eines Kraters, wiewohl
er im Vollmonde bei der Abwesenheit von Schatten nicht unähnlich anderen Kratern erschien, die auch als weissliche Kreise,
nur meist besser begrenzt als Linné, erschienen.

Mit nicht geringem Erstaunen sah er am 3. November 1867
an dieser Stelle einen gar nicht zu verkennenden Krater, das Innere mit schwarzem Schatten erfüllt und der umgebende Wallrand
von ungleicher Breite. — Zu den Beobachtungen hatte Noble
ein 5füssiges Fernrohr von 4¼ Zoll Objectivöffnung und 154maliger
Vergrösserung, die er am 3. November, um der Wahrnehmung
desto gewisser zu werden, mit einer 255maligen vertauschte.

Wenn Joynson glaubt, alle wahrgenommenen Veränderungen
auf Unterschiede der Luftbeschaffenheit, des Fernrohres oder des
Beobachters zurückführen zu können, so bin ich ausser Stande,
dieser Meinung beizutreten. Ich habe zu Hauptpunkten für die
Karte nur Objecte gewählt, die vollkommen scharf und bestimmt
sich darstellten, und ihn während meiner Arbeit nie anders wahrgenommen.

Huggins zeichnet den Krater am 11. Mai 1867 als schwarzen
etwas länglichen Schatten, von einem schlecht begrenzten, ungleich
hellen Rande umgeben.

§ 185.

DAS ZODIAKALLICHT UND DIE SMYTH'SCHE
TENERIFFA-EXPEDITION.

Das Zodiakallicht ist ein Gegenstand, der vielleicht mehr als
irgend ein anderer noch der sorgfältigen Beobachtung bedarf und
über den die Meinungen noch sehr weit auseinander gehen.
Humboldt (Kosmos III, 588) beklagt den vernachlässigten Zustand dieses Theiles unserer astronomischen Kenntnisse und die
geringen Fortschritte, die er auf dem Wege der Beobachtung bis
jetzt gemacht. Haben wir nun gleich seit 1850, wo dies nieder-

geschrieben wurde, manche werthvolle Wahrnehmung von Burr,
Lowe, Brorsen, Jones, Houzeau und insbesondere von Piazzi
Smyth erhalten, so steht dennoch die Sache auch noch heut
auf ziemlich demselben Punkte, wie Humboldt sie fand, und wir
können nur dringend wünschen, dass das, was unser grosser Forscher p. 591 der erwähnten Stelle sagt, Beachtung finden möge.

Tycho scheint der erste zu sein, der (wie aus einem Briefe
Rothmann's an Tycho hervorgeht) dieses Phänomen beachtet,
es jedoch für eine abnorme Frühjahrsdämmerung gehalten hat.
Auch später ist das wahre Zodiakallicht von anderen ähnlichen
Erscheinungen nicht immer gehörig unterschieden worden. Nach
Tycho erwähnt Childrey (in seiner 1661 erschienenen *Britannia
Baconica*) dieses Phänomens als eines vorher unbeschriebenen
und von ihm mehrere Jahre hindurch im Februar und Anfang
März gesehenen, das er der Aufmerksamkeit der Astronomen empfiehlt. Sorgfältige und anhaltende Beobachtungen hat Dominique Cassini angestellt (vergl. Arago, *Annuaire pour* 1836,
p. 298); später finden wir meistens nur vereinzelte Erwähnungen,
aus denen wenig zu entnehmen ist, und erst in den beiden letzten
Decennien haben die oben genannten Beobachter das, was Humboldt bei seinem Aufenthalt in Mittel- und Südamerika (vergl.
seine Ansichten der Natur Bd. I, 142—149 und 409—414; Bd. III.
323) wahrgenommen, weiter zu führen und zu ergänzen versucht.

Indess finden wir mit Ausnahme der Beobachtungen, welche
Piazzi Smyth auf dem Pic von Teneriffa und anderen tropischen
Punkten anstellte, diese fast nur in England und einige wenige in
Frankreich, und sie betreffen immer nur die Monate Januar bis
März. Dass sich im September und October vor Sonnenaufgang
am Osthimmel ein ähnliches Phänomen zeige, wird zwar erwähnt,
doch treffen wir keine in dieser Jahreszeit angestellten Beobachtungen an. Übereinstimmend wird angeführt, dass der Schimmer,
an seiner Basis breit, in eine Spitze auslaufe, dass seine Axe
nahezu in der Richtung der Ekliptik sich forterstrecke und gegen
Ende December bis ζ Aquarii, im Januar bis gegen den Pegasus
und den Widder, im Februar und März bis zu den Plejaden sich
ausdehne. Über diese Gruppe hinaus scheint er nicht zu gehen,
nur einmal finden wir, dass er bis gegen Aldebaran sich hinzog.
Oft ist der Schimmer so matt und unbestimmt, dass keine genaue
Richtung angegeben werden kann. Ein Aufleuchten auf kurze
Zeit ist von den meisten Beobachtern wahrgenommen worden, und

Lowe bemerkt, dass es ihm geschienen, als sei eine Rotation der kegelförmigen Masse die Ursache desselben. Veränderungen in der Erdatmosphäre scheinen hier nicht die genügende Erklärung darzubieten, da Humboldt und Smyth es auch in grossen Höhen und in Gegenden, die von raschen atmosphärischen Veränderungen fast ganz frei sind, gesehen haben.

Namentlich Smyth schildert das Phänomen als sehr hell und den Glanz der Milchstrasse, selbst ihrer hellsten Theile, merklich übertreffend, auch an Farbe von ihr verschieden. Die Milchstrasse schimmert in einem reinen Weiss; das Zodiakallicht ist gelblich.

Dass es keine Sonnen-Atmosphäre sein könne, hat schon Laplace gezeigt; eine solche könnte sich nur bis dahin erstrecken, wo ein Planet nach den Kepler'schen Gesetzen eine der Sonnenrotation gleiche Umlaufszeit hätte (etwa $3\frac{1}{2}$ Million Meilen). Man muss demnach einen freischwebenden Ring von durchsichtiger Nebelmaterie um die Sonne herum annehmen, und mit dieser Erklärung stimmen die meisten Astronomen überein. Dagegen suchte Jones nachzuweisen, dass das Zodiakallicht ein Ring sei, der sich um die Erde erstrecke, eine Meinung, der Humboldt beizutreten geneigt schien, und die auch von Moigno (in seiner Zeitschrift *Cosmos*) angenommen wurde.

Dagegen trat P. Smyth (*Monthly Notices*, XVII. 204) entschieden auf. Jones hatte behauptet, um Mitternacht zwei Zodiakalscheine, einen in Ost, den andern in West, gesehen zu haben. Smyth erklärt, dass er dies nie wahrgenommen. Einige Stunden vor Mitternacht sei der Westschimmer verschwunden, und erst eine bis zwei Stunden nach Mitternacht ein solcher im Osten bemerkt worden. Und was das von Jones erwähnte Mond-Zodiakallicht betreffe, so müsse hier eine Verwechslung mit irgend welchen anderweitigen Lichtschimmern vorliegen. Unter welcher Breite man auch beobachte, die Spitze sei immer auf die Plejaden gerichtet, oder erreiche diese wirklich, was unerklärlich wäre bei einem der Erde angehörenden Phänomen. Jones habe seine Beobachtungen auf einem segelnden Schiffe gemacht, und hier seien Täuschungen der verschiedensten Art möglich; das Phänomen müsse von einem festen und möglichst hohen Standpunkte aus beobachtet werden.

Hat sich das Planetensystem, wie Laplace es darstellt, aus Nebelringen gebildet, so ist das Zodiakallicht ein solcher nicht (oder noch nicht) geballter Nebelring: der letzte Überrest der Gestaltungen, die in jener Urzeit die Sonne umgaben. Diese zuerst in Humboldt's Kosmos ausgesprochene Ansicht erscheint uns als die wahrscheinlichste; gewiss aber gehört, was wir unter dem Namen Zodiakallicht zusammenfassen und beobachten, der Erde als solcher nicht an; womit ganz und gar nicht geleugnet werden soll, dass es nicht auch ähnlich leuchtende Erscheinungen geben könne, die terrestrisch-astronomischen Ursprungs sind, insbesondere in tropischen Gegenden. Eben deshalb aber ist es nothwendig, die bestimmten Kennzeichen festzuhalten und nicht zu übersehen, dass der Name Zodiakallicht auch nur einem Phänomen zukommen könne, das sich auf den Thierkreis bezieht.

Houzeau glaubt, dass die Ebene des Sonnenäquators von der des Zodiakallichts verschieden sei: wir sind der Meinung, dass noch zu wenig Data vorliegen, um hierüber entscheiden zu können; um so mehr, als auch die Ebene des Sonnenäquators bis jetzt nichts weniger als scharf bestimmt ist. Facta! Facta! rufen wir hier mit Baco von Verulam; die Erklärungen werden sich dann schon finden.

Es handelt sich hier um ein Phänomen, das weder Fernröhre, noch eine scharfe Zeitbestimmung bedingt. Ein gesundes Auge und ein wenig Astrognosie genügt, und was die Localität betrifft, so haben wir uns schon darüber ausgesprochen. Je näher dem Äquator und je höher hinauf, desto besser.

In dieser Frage, wie nicht minder in vielen anderen ähnlicher Natur, ist eine Expedition von grosser Wichtigkeit geworden, welche der Director der Sternwarte Edinburgh, Piazzi Smyth, 1856 unternommen hat, und wir zweifeln nicht, dass ein gedrängter Bericht über diese wichtige Reise unseren Lesern willkommen sein wird. Es handelte sich um Entscheidung der Frage, ob ein wärmeres und namentlich gleichförmigeres Klima, so wie ein möglichst hoher Standort wirklich die grossen Vortheile für Beobachtung schwieriger Phänomene darbieten, die man vermuthete. Die grossen Sandflächen Afrika's mit ihrer so stark hervortretenden Luftspiegelung konnten keine Entscheidung liefern, und die entlegensten Theile unseres Planeten musste man aus anderen Gründen vermeiden. So richtete Piazzi Smyth sein Augenmerk auf die Insel Teneriffa und insbesondere deren hohen Pic. In kurzer Zeit kann er von England aus erreicht werden, und die Insel, wenn gleich zu Afrika gerechnet, erfreut sich europäischer Cultur und einer geregelten Verwaltung.

19 *

Bereits 1852 war der Plan zu einer solchen Reise gefasst, und in den *Report to the Board of Visitors* vom November 1852 ist zum ersten Male davon die Rede. Wenn er erst 1856 zur Ausführung kam, so lag der Grund nicht etwa in einer wenig günstigen Aufnahme dieses Plans, sondern darin, dass auf der Sternwarte selbst erst wichtige Arbeiten, die theilweis in Verbindung mit der intendirten Expedition standen, durchzuführen waren.

Im März 1856 richtete Airy in Greenwich ein Schreiben an die Admiralität, worin er sich sehr warm für das Unternehmen aussprach, und es fand die gewünschte Aufnahme. Der Hauptzweck ward so formulirt: „Was kann die beobachtende Astronomie gewinnen durch Elimination des untersten und dichtesten Theiles der Atmosphäre?"

C. Wood, erster Lord der Admiralität, und der Hydrograph Washington traten nun mit P. Smyth in Correspondenz, und der Antrag des Letztern betraf die Bewilligung einer Summe von 300 Pfd. Sterling. Man entgegnete, diese Summe erscheine zu gering, und es sei wünschenswerth, dass kräftigere Instrumente in Anwendung kämen als die vorgeschlagenen. So wurden 500 Pfd. bezeichnet und von der Admiralität sogleich bewilligt.

Indess würden die Resultate, welche wir dieser Expedition in so reicher Fülle verdanken, auch mit der erhöhten Summe nicht erreicht worden sein, wenn nicht die thätige Theilnahme einer bedeutenden Anzahl von Freunden der Wissenschaft zu Hülfe gekommen wäre. Von allen Seiten beeiferte man sich, in irgend einer Weise Theil zu nehmen an einem so viel versprechenden Unternehmen. Man drang in Smyth, noch mehr zu verlangen, man bestürmte die Admiralität, noch mehr zu geben. — Wir lassen ein Verzeichniss dessen folgen, was von Instituten und Privaten dargebracht wurde.

G. B. Airy: ein Aktinometer, ein Magnetometer, zwei Thermometer für Strahlung, ein Elektrometer, ein Spectral-Apparat, ein Polarimeter.

Pattinson[*] in Newcastle upon Tyne: ein grosses Äquatorial-

---

[*] *Hugh Lee PATTINSON*, geb. 1795, gest. 1856 am 11. November. Mit grosser Liberalität unterstützte er sowohl wissenschaftliche Unternehmungen, als Anstalten der Wohlthätigkeit, und sein Andenken wird allen, die ihn kannten, unvergesslich bleiben.

Fernrohr von 12 Fuss Brennweite und $7\frac{1}{2}$ Zoll Öffnung, mit Uhr-bewegung.

Stokes: Quarzplatten für das Spectrum der Sonne.

Lee von Hartwell: ein Bergbarometer und sechs Thermo-meter. Er bot auch ein grosses Fernrohr an, doch war man da-mit schon hinreichend versehen.

. Adie zu Edinburgh: ein Bergbarometer und vier Thermo-meter.

Gassiot: ein Thermomultiplicator.

Capitän Fitzroy: vier Barometer, zwölf Thermometer und mehrere Hydrometer, nebst Karten.

Washington, Hydrograph der Admiralität: vier Chronometer.

Beechey: ein doppelter Sextant.

Baden Powell: Apparate zu Polarisationsversuchen.

Nasmyth: ein Planspiegel.

Cooke, von York: Oculare und andere Hülfstheile für das Äquatorial.

Der bedeutendste Beitrag war jedoch der des Hrn. Stephenson, der seine Yacht Titania von 140 Tonnen, nebst 16 Mann Be-salzung zur Verfügung stellte und alles, was diese bedurften, an Bord zu schaffen versprach; ein höchst willkommenes und dankbar aufgenommenes Anerbieten.

Lord Claren'don, die Beamten des Custom-house, der spa-nische Gesandte D. Antonio Gonzalez und Admiral Manners müssen hier gleichfalls erwähnt werden, indem sie durch Em-pfehlungsschreiben und auf jede andere amtliche Weise zum Ge-lingen des Unternehmens beitrugen.

Am 24. Juni segelte Smyth in der Titania ab. Die Instru-mente, Bücher und Anderes waren in 79 Kisten verpackt, der ge-sammte übrige Raum frei.

Ein Seestuhl, um den Beobachter von den Schwankungen des Schiffes nichts oder doch sehr wenig empfinden zu lassen, erwies sich vollkommen brauchbar. Smyth konnte mit seinem Fernrohr beobachten beim stärksten Rollen des Fahrzeuges, und die Mann-schaft, die dies höchlich bewunderte, leistete treffliche Dienste.

Am 2. Juli wurde Santa Cruz auf Teneriffa erreicht. Man landete hier jedoch nicht, sondern segelte nach Orotava, unmittel-bar am Fusse des Pic gelegen, und warf hier Anker. — Die nie-deren Gegenden der Insel zeigten sich zu astronomischen Beob-achtungen ungeeignet wegen zu häufiger Bewölkung und heftiger

Winde. Smyth stationirte sich auf dem Berge Guajara, 8843 Fuss über dem Meeresspiegel. Der Zimmermann der Titania, der zweite Mate und mehrere Insulaner waren bei Errichtung des interimistischen Observatoriums thätig.

Wohl war man hier oben frei von den Seewinden, und man hatte die von ihnen herbeigeführten Cumulus- und Stratuswolken unter sich, nicht aber die feineren Cirrhus- und Cirrhocumuluswolken; doch waren unter je fünf Tagen vier von ihnen ganz frei.

Die Temperatur war gemässigt: 17° R. am Tage, 3½° in der Nacht. Die Trockenheit war eine ganz ungewöhnliche, 22° Unterschied war nicht selten, ja es wurde einmal 25° bemerkt; und diese grosse Trockenheit fand statt, während dichte Wolken die Küste der Insel verhüllten. Auch die Wirkung der Sonnenstrahlen, durch das Aktinometer gemessen, war auffallend stark.

Hier ward das grosse Äquatorial aufgestellt, und gleich die ersten Beobachtungen zeigten, dass in der That sehr viel gewonnen war. Die schwachen Begleiter von 5 Aquilae, 13 Lyrae, 128 Anseris, 185 Antinoi, 307 Aquilae und D Equulei, sämmtlich dreizehnter bis vierzehnter Grösse, die Smyth in Edinburgh nie gesehen, erschienen hier deutlich; die scharfen Bilder der Fixsterne von einer ungewohnten Klarheit, und dies blieb sich in allen Nächten fast ganz gleich.

Im Sonnenspectrum zeigten sich die Fraunhofer'schen Linien mit überraschender Deutlichkeit. Sie waren schwärzer, breiter und besser begrenzt, und dies variirte nur mit der Zenithdistanz der Sonne, wie in unseren europäischen Klimaten.

Nie konnte von diesem hohen Standpunkte aus die Grenze des Seespiegels wahrgenommen werden. Die Sonne ging unter hinter einer Wolkenwand in 91° 11' Zenithdistanz (denn die Höhe dieser Wand zeigte sich constant).

So günstig dies alles sich zeigte, so wurde doch ein leichter Dunst bemerkt, und Smyth wünschte sich auch von diesem zu befreien. Er wählte eine zweite Station, Alta Vista, in 10710 Fuss Höhe und nur 1500 Fuss unter der höchsten Spitze des Pic. Auf drei Seiten von Lavaströmen umgeben, zeigt sich dort die Kraterwand. Hier stand das grosse Fernrohr vom 21. August bis 19. September. Alles zeigte sich hier noch viel günstiger als auf dem Guajara, und Smyth giebt den feinsten Sternpunkten, die er erblickte, die sechzehnte Grösse.

Hier zeigte das Thermometer 11° am Tage, 3° in der Nacht;

die Trockenheit war geringer als auf dem Guajara. $20^1{}_{,2}°$ der grösste, $13°$ der mittlere Unterschied. Der doppelte Begleiter von γ Andromedae (Distanz 0,5″) erschien vollkommen durch einen dunklen Zwischenraum getrennt, und dies noch bei einem Stundenwinkel von 4^h 35′, also etwa zwei Stunden vor seinem Untergange.

Aber die heitere Jahreszeit, die gewöhnlich bis tief in den October dauert, endete unerwartet schon am 14. September, und da keine Wiederaufheiterung folgte, verliess Smyth diese Station am 19.

Noch höher gegen den Pic hinauf sich zu stationiren, hält Smyth allerdings für möglich, aber nur nach Ausführung sehr zeitraubender und kostspieliger Arbeiten, die um so weniger geboten erschienen, als er seinen Zweck vollkommen erreicht hatte. Die grossen Vortheile einer Station in grosser Höhe innerhalb der Tropen und subtropischer Gegenden kann jetzt nicht länger in Zweifel gezogen werden. 20 Doppelsterne wurden in Beziehung auf Sichtbarkeit, 34 auf Farben geprüft.

Das Zodiakallicht erschien in einem ungewohnten Glanze, und sein Zug liess sich viel leichter bestimmen als in Europa. Seine Erstreckung war beträchtlich und es konnte meistens bis zu den Plejaden hin verfolgt werden. Doch müssen viel zahlreichere und alle Jahreszeiten umfassende Beobachtungen vorliegen, bevor eine definitive Entscheidung über alle hierher gehörenden Fragen erfolgen kann.

Die Dämmerung zeigte, wie zu erwarten war, hier eine noch kürzere Dauer als an der Meeresküste. — Viel Mühe gab sich Smyth, die Protuberanzen, die man bei totalen Sonnenfinsternissen bemerkt hat, auch an der freien Sonne zu erblicken, und verschiedene darauf abzielende Vorrichtungen wurden versucht, jedoch ohne allen Erfolg.

Die Bilder der Oberfläche Jupiters, welche Smyth erhielt und mittheilt, zeigen ein Detail, wie es in Europa auch mit den kräftigsten Instrumenten nicht erhalten werden könnte.

Für etwaige künftige Expeditionen nach diesem wichtigen Punkte bemerkt Smyth, dass es möglich sein wird, eine noch um 1000 Fuss höhere Station als Alta Vista einzurichten, nur müsse eine Strasse durch die Lavamassen von Malpayo gebrochen werden. Obgleich nur 500 Fuss unter dem Pic, ist die horizontale Entfernung doch gross genug, um den Beobachter vor den heissen

schweflichen Dünsten, welche dem gewaltigen Krater entsteigen,
völlig sicher zu stellen.

Wir können nur wünschen, dass ein Astronom in den Stand
gesetzt werde, diese Expedition zu wiederholen und eine längere
Zeit auf dem bezeichneten höchsten Punkte (von 11700 Fuss) zu
verweilen. Wohl dürften das Andes- und das Himalaya-Gebirge
noch höhere, sogar ständig bewohnte Punkte darbieten, aber sie
liegen zu entfernt von Europa, um in einem einzigen Sommer
alles zu Ende zu führen; sie erfordern einen langen und be-
schwerlichen Landtransport der Instrumente, und die klimatischen
Bedingungen sind erfahrungsgemäss weit weniger günstig als die
vom Pic von Teneriffa. — Auch haben Stephenson und mehrere
Andere der Obengenannten sich erboten, bei einer etwaigen Wiederholung dieselben Instrumente, welche sie 1856 dargeliehen, abermals zur Disposition zu stellen, und von den Ortsbehörden ist
eine gleich entgegenkommende Bereitwilligkeit bestimmt zu erwarten.

Tennant giebt neuere Beobachtungen des Zodiakallichts in
Calcutta und Madras. Er findet das Ende immer schlecht begrenzt; um 23. Jan. 1865 reichte es bis α Tauri, um 27. bis ξ Ceti,
am 28. (bei Mondschein) bis ο Piscium, den 10. Febr. bis δ Arietis.
Um die Axe herum ist die Erscheinung ziemlich hell, sonst überall
sehr unbestimmt. — Die Beobachtungen reichen bis zum 22. Februar, und eine weitere Fortsetzung wird in Aussicht gestellt.

§ 188.

ASTRONOMISCHE CONTROVERSEN NEUERER ZEIT.

Nur mit Widerstreben gedenken wir der Zwistigkeiten, die
sich in neuester Zeit, bei verschiedenen Anlässen, in der französischen Akademie erhoben haben. Wo es sich nur um die An-
massung unberechtigter und unfähiger Ignoranten handelt, an
der es nie und nirgend gefehlt hat, noch fehlen wird, da ist allerdings dem Historiker ein gänzliches Schweigen gestattet, wenigstens wird er es nur brechen auf ganz besondere Veranlassung.
Anders jedoch da, wo man auf beiden Seiten wahres Verdienst
erblickt, wo Gründe wie Gegengründe Beachtung verdienen und
die Hoffnung, dass aus dem Streite ein Gewinn für die Wissenschaft hervorgeht, nicht aufgegeben zu werden braucht.

Im Jahre 1867 trat Chasles in der französischen Akademie mit einer Reihe von älteren Briefen auf, durch welche der Nachweis geführt werden sollte, dass nicht Isaak Newton, sondern der 1663 gestorbene Pascal Urheber des Gravitationsgesetzes sei. Newton habe mit Pascal in Briefwechsel gestanden und ersterer soll die Mittheilungen des letzteren bei Ausarbeitung seiner *Principia* nur benutzt haben, ohne ihn zu nennen.

Wir freuen uns, hier sogleich hinzufügen zu können, dass Chasles mit dieser Behauptung ganz allein stand. Weder innerhalb der französischen Akademie noch bei irgend einem Fachgenossen ausserhalb derselben hat sie Beifall und Anerkennung gefunden. Das wichtigste Argument gegen Chasles ist wohl Folgendes:

Der Brief Pascal's an Newton soll von 1653 datiren, und da wir wissen, dass Pascal in den letzten zehn Jahren seines Lebens sich ausschliesslich mit Theologie beschäftigte und die Naturwissenschaften ganz verliess, so würde ein späteres Datum auch gar nicht möglich. Im Jahre 1653 aber treffen wir den noch nicht elfjährigen Newton auf den Bänken der Elementarschule zu Grantham oder bei ländlichen Arbeiten, zu denen der Knabe durch die beschränkten Vermögensumstände seiner Mutter genöthigt war. Erst im achtzehnten Jahre gelang es ihm, die Universität Cambridge besuchen zu können.

Es kommt hinzu, dass nach diesen Briefen Pascal 1653 Werthe für die Planetenmassen angiebt, die vollständig übereinstimmen mit denen, welche die Ausgabe der *Principia* von 1726 enthält, und die in jener frühen Zeit Niemand besitzen konnte, da nicht nur die Gravitationstheorie mit ihren weiteren Consequenzen, sondern auch genaue Beobachtungen, wie sie 1653 noch Keiner anstellen konnte, zu ihrer Ermittelung erforderlich sind.

Zwar hat der in Production solcher Briefe ganz unerschöpfliche Chasles auch den Nachweis versucht, dass Pascal mit Kepler, Galiläi und anderen hervorragenden Männern seiner Zeit in Correspondenz gestanden, allein auch wenn dies zugegeben wird, so wissen wir, dass weder Kepler noch Galiläi Beobachtungen machen konnten; wie sie erforderlich sind zur Bestimmung von Planetenmassen, wie denn auch in ihren jetzt veröffentlichten Werken nichts darüber vorkommt, noch vorkommen kann.

So hartnäckig daher auch Chasles gegenüber Faugères

und Anderen seine so eigenthümliche Behauptung festzuhalten und
zu stützen suchte, so ist doch der Versuch, Newton die Palme
zu entreissen, ein total verunglückter geblieben, der Niemand in
seinem Urtheile über Newton beirren wird.

Eine andere Controverse hat sich Leverrier gegenüber erhoben. Wir müssen im Voraus bemerken, dass sämmtliche französische Sternwarten unter die Oberleitung Leverrier's gestellt
waren, ähnlich wie Piazzi in der Zeit, wo er nach Neapel übersiedelte, Director sämmtlicher Sternwarten des süditalischen Reiches
war. Nun sind in Marseille neuerdings mehrere Planetoiden entdeckt worden, ohne dass man einen anderen Namen als den des
Directors Stephan erfuhr, obgleich nicht er, sondern jüngere
Gehülfen diese Entdeckungen gemacht hatten. Als kürzlich in
der französischen Akademie der Name eines dieser Entdecker
(Poggio) genannt wurde, trat Leverrier entrüstet auf und erklärte die Nennung dieses Namens für ganz unangemessen und
ungerechtfertigt. Jene Entdecker seien dies nur geworden durch
Befolgung der Vorschriften des Directors, und es sei gar nicht
nöthig, dass sie astronomische Kenntnisse besässen, sie dürften
also auch nicht als Astronomen aufgeführt werden. Die ganze
Akademie erhob sich dagegen, so wie gegen manche andere
Willkür ähnlicher Art, die man Leverrier Schuld gab, und
der Streit führte zur Niedersetzung einer Untersuchungs-Com-
mission.

Wir gestehen, dass schon allein die Rücksicht auf den bisherigen Usus den so hochverdienten Director der Pariser Sternwarte hätte bestimmen sollen, von diesem eigenthümlichen Verfahren abzustehen. Sind denn etwa alle solche Entdeckungen
auf öffentlichen Warten gemacht worden? Wenn die Namen Olbers und Hencke ein Anrecht haben, genannt zu werden, ungeachtet Letzterer wohl selbst nicht behaupten wird, gründlicher
Astronom zu sein, warum nicht ein Poggio? Dass seine Himmelskunde noch manche Lücken haben mag, vermindert sein Verdienst
nicht. Wird doch auch ein böhmischer Zwirnhändler, Gärtner,
unter den Kometen-Entdeckern aufgeführt, so wie mehrere Damen,
ohne dass man an sie die Zumuthung gestellt hätte, vorher ein
astronomisches Examen zu bestehen. Oder wenn ein schlichter
Matrose eine neue Insel entdeckt, soll dann die wissenschaftliche
Welt seinen Namen nicht erfahren, sondern sich mit dem des
Schiffes und seines Capitäns begnügen? Einen unbekannten Welt-

körper aus der Nacht des Universums ans Licht gezogen zu
haben, ist ein unleugbares Verdienst, und es öffentlich anerkennen,
ist eine Pflicht, abgesehen von der Aufmunterung, die dem Entdecker dadurch gegeben wird.

Das Recht, zu reclamiren, wird einem Poggio Niemand streitig
machen, und Leverrier wird nicht verhindern, dass die wahren
Namen der Entdecker, wie sie es verdienen, der Nachwelt treu
überliefert werden.

Doch wir haben noch einer Controverse zu gedenken, welche
die Pariser Sternwarte betrifft. Die Behauptung, dass ihre Anlage
eine im höchsten Grunde unzweckmässige sei, ist so alt als die
Sternwarte selbst; denn schon damals musste es Jedem, der zu
einem Urtheil in dieser Angelegenheit befähigt war, einleuchten,
dass den wesentlichsten Erfordernissen der Wissenschaft hier nicht
genügt werden könne. Daher die zahlreichen Pariser Institute,
auf denen Messier, Saron, Pingré, Lacaille und viele Andere
arbeiteten und die Beobachtungen ausführten, welche die Cassini's,
auch wenn sie gewollt hätten, in den langen wüsten Paradesälen
des Grand Observatoire nicht hätten machen können.

Zwar hatte man seit der letzten Hälfte des 19. Jahrhunderts
in verschiedenster Weise versucht, durch An- und Aufbauten Abhülfe zu schaffen, um einen Meridiankreis und einen Refractor
zweckmässig aufstellen und gebrauchen zu können; aber damit war
nicht gründlich geholfen. Vor zwei Jahrhunderten, als das Observatoire gegründet ward, stand es am südlichen Ende der Stadt,
gegen Süden ganz frei, gegen Norden nur an die Gärten und
Alleen des Luxembourg grenzend, weit entfernt vom grossstädtischen
Verkehr und in keiner Weise durch ihn beunruhigt. Dies ist im
Laufe der Zeit anders geworden. Nach allen Seiten hin ist Paris
über seine Boulevards hinaus gewachsen, und das grosse Gebäude
hat nur noch von Norden her, einen freien Zugang; im Westen,
Süden und Osten ist es von frequenten Strassen umgeben, die
zwar den Namen Cassini, Delambre u. s. w. tragen, aber deshalb
nicht weniger Hindernisse der praktischen Himmelskunde bilden.
Omnibus und Fiaker fahren hier unaufhörlich Tag und Nacht, und
der Verkehr ist im steten Zunehmen. Diesem Uebelstande kann
durch keine Vorkehrung abgeholfen werden, und wenn man gleich
die Länge telegraphisch von Greenwich übertragen konnte, so ist
die Bestimmung der Breite noch jetzt um eine halbe Secunde und
darüber schwankend, und die Zeit längst vorüber, wo ein solcher

Fehler bei Breitenbestimmung einer Hauptsternwarte als unbedeutend betrachtet werden konnte.

Yvon Villarceau, der Nächste nach Leverrier, hat deshalb in der Akademie eine Verlegung der Sternwarte nach Fontenay beantragt, welches südlich von Paris in mässiger Entfernung liegt, und von wo aus bei der jetzigen Eisenbahnverbindung die Communication mit dem Gros der Hauptstadt kaum mehr Zeit beanspruchen würde, als in früheren Zeiten die, von der jetzigen Sternwarte aus. Dem widerspricht Leverrier, indem er zwar zugesteht, dass es Aufgaben in der Wissenschaft giebt, denen die Warte jetzt noch weniger als früher genügen kann; dass jedoch andere gar wohl hier mit Erfolg bearbeitet werden können und dass Marseille, Toulouse und andere „Succursalen" des Grand Observatoire, die daselbst nicht wohl ausführbaren Arbeiten übernehmen könnten; wogegen Villarceau bemerkt, dass dann nicht Paris, sondern die genannten Sternwarten die Hauptpunkte bilden, und auf diese Weise ein wahrer wissenschaftlicher, und nicht blos geographischer Centralpunkt ganz fehlen würde. Er weist auf Pulkowa und Greenwich hin, die als wahre Centralpunkte für ihre betreffenden Länder Paris überflügelt haben und je länger desto mehr überflügeln werden, was sie aber nur dadurch vermögen, dass sie, vom Treiben der Hauptstädte entfernt und in keiner Zukunft von ihm bedroht, keine wissenschaftliche Aufgabe auszuschliessen veranlasst sind. Die Umgegend von Paris, klimatisch und geographisch günstiger gelegen als die von London und Petersburg, werde die ihr gebührende Stellung in der Wissenschaft nur wiedergewinnen und dauernd behaupten können, wenn die von ihm beantragte Verlegung in Ausführung komme.

Wir müssen erwarten, welchen Ausgang diese Angelegenheit nimmt. — Dagegen constatiren wir mit Befriedigung, dass sich Leverrier in dem von Chasles angeregten Streite aufs entschiedenste für Newton ausgesprochen hat. Dieser habe mit aller Offenheit erklärt, dass er Dominique Cassini die Beobachtungen verdanke, welche erforderlich waren, um die Planetenmassen so zu bestimmen, wie die Ausgabe der Principia von 1726 sie aufführt; Cassini's Beobachtungen sind vollständig vorhanden und Jeder kann die Übereinstimmung prüfen; es ist vergebens, diese Beobachtungsdata in eine Zeit verlegen zu wollen, wo es an allen Mitteln zu solchen noch vollständig fehlte, und die wiederholte Versicherung, dass Pascal mit Kepler und Galiläi in

Correspondenz gestanden, kann die Hauptfrage gar nicht tangiren. — Leverrier kann in diesem Punkte des Beifalls Aller gewiss sein, denen hierin ein Urtheil zusteht.

Nachdem die Akademie zwei Jahre hindurch sehen musste, wie Chasles stets neue Briefe producirte, die gegen Newton entscheiden sollten, hat er endlich selbst erklärt, dass er betrogen worden sei. Ein Falsificator, der auch bereits vor Gericht steht, hat Chasles die Briefe geliefert, deren Unechtheit so auf der Hand liegt, dass es in der That schwer begreiflich ist, wie ein Mann der Wissenschaft so lange und so grob hintergangen werden konnte.

Die andere Controverse jedoch hat dahin geführt, dass der Senator Leverrier von der Direction der Sternwarte enthoben und diese Stelle durch Delaunay, den bekannten Gegner Hansen's, besetzt worden ist.

§ 187.

DAS PROBLEM DER SEELÄNGE.

Früh schon hat man es empfunden, wie wichtig es bei Seefahrten ist, den Ort auf der Erde, wo das Schiff sich befindet, mit Zuverlässigkeit angeben zu können. Irrfahrten wie die, welche uns Homer in der Odyssee geschildert hat, obgleich seine Helden nicht über das Mittelmeer hinauskamen, gehörten keineswegs zu den Seltenheiten, und in den meisten dieser Fälle waren Schiff und Mannschaft verloren, und die unwirthliche Küste war eben so gefürchtet als der Grund des Meeres. Es währte lange, bis man sich über „die Säulen" hinauswagte, und dann hielt man sich ängstlich immer so, dass die Küste in Sicht blieb, denn wie hätte man sonst den Rückweg finden wollen?

Auch die Mappirung der Inseln und Küsten, wozu Eratosthenes den Grund gelegt, und worin Ptolemäus den ersten Versuch von Delang gemacht, konnte dem Seefahrer nur da etwas helfen, wo er noch eine Küste in Sicht hatte; andernfalls war er so rathlos als früher. Ein in ein Holzstück eingesenkter Magnetstab, den man aufs Wasser setzte, konnte zwar einigermaassen die Richtung bezeichnen, mehr aber nicht. Auch Flavio Gioja's Verbesserung dieser Vorrichtung, die ihm den Namen eines Erfinders des Compasses verschafft hatte, konnte das Problem nicht lösen. Man wusste zu wenig von den Veränderungen des Compasses nach Ort und Zeit, die wir selbst jetzt noch nicht so erforscht haben, dass wir für jeden beliebigen Moment und an jedem Orte die Stellung der Magnetnadel bestimmt angeben könnten.

So musste je länger desto mehr die Überzeugung sich Bahn brechen, dass nur der Himmel gewähren könne, was kein irdisches Mittel für sich allein zu leisten im Stande war. Die durch Regiomontanus geschaffene neue Kunst, nach den Sternen zu schiffen, hatte über den Ocean hin nach Amerika und Indien geführt, aber noch immer war es ein besonderer Glücksfall, wenn ein Schiff den transoceanischen Punkt, für den es bestimmt war, ohne Missgriffe erreichte. Als die ersten Assecuranzgesellschaften ins Leben traten, war die Prämie so ungeheuer hoch bemessen, dass man jetzt nicht begreift, wie dabei ein Rheder habe bestehen können. Und dennoch ward sie bezahlt, aber freilich auch die ost- und westindischen, japanesischen und chinesischen Erzeugnisse auf einem Preis gehalten, der sie nur den Geldfürsten zugänglich machte. Das japanesische Porzellan, wenn es überhaupt ankam, war zu neun Zehntel zerbrochen, denn dass ein Schiff ohne allen Unfall von Canton oder Nangasaki nach Lissabon oder Amsterdam gelangt wäre, war fast unerhört; und leicht wird man sich sagen, dass zahllose Menschenleben in der Tiefe des Meeres dabei zu Grunde gingen.

Und woher alles dieses? Niemand wusste, auf welchem Punkte des Oceans er sich befand, denn man hatte kein Mittel, die Länge und Breite des Schiffsortes zu bestimmen, wenn keine Küste in der Nähe war. Compass und Logleine konnten einigermaassen und auf kurze Zeit aushelfen; aber mit jeder Stunde wuchs die Ungewissheit, und es kam sehr bald dahin, dass man gar nichts mehr wusste. Ging die Fahrt nach Westen, so konnte man mit einer Bestimmung der Breite (durch den Polarstern oder die Sonne) noch allenfalls ausreichen; früher oder später musste Amerika in Sicht kommen, und ein scharfer und geübter Beobachter konnte dies rechtzeitig gewahren. Bei weitem misslicher jedoch waren Fahrten nach Norden oder Süden; insbesondere wenn der Cours mehreremal wendete. Hier hätte man vor allen Dingen der Kenntniss der geographischen Länge bedurft, aber woher eine solche entnehmen?

So erklärt es sich, dass diejenigen Staaten, welche vorzugsweise Oceanfahrer ausrüsteten: Spanien und etwas später Holland und England, müde der ungeheuren und stets wiederkehrenden Verluste an Menschen und Gütern, Preise aussetzten, deren Höhe alles übertraf, was man sonst bei Preisaussetzungen gewohnt war, und die dem verheissen worden, welcher irgend ein zuverlässiges Mittel angeben könne, die Länge zur See zu bestimmen. Hollands 100 000 Gulden und eine ähnliche von Philipp III. schon 1598 ausgesetzte Summe wurden noch weit überboten durch den Preis von 30 000 Pfund Sterling, den das britische Parlament einstimmig, auf des greisen Newton Rath, für Lösung des Problems aussetzte. Bedenkt man, dass der Werth des baaren Geldes damals 3 bis 4 Mal den gegenwärtigen übertraf, so erscheinen jene Summen so riesenhaft, dass sie nur erklärbar sind durch das allgemeine Gefühl von der hohen Wichtigkeit des Gegenstandes nicht nur für die Wissenschaft, sondern für Handel und Verkehr, ja für den allgemeinen Wohlstand überhaupt.

Himmelsbegebenheiten, die für die ganze Erde zu gleicher Zeit erfolgen, können, wenn sie genau vorausbestimmt sind, dem Seefahrer angeben, welche Zeit es am Orte seiner Abfahrt sei; und eben dieses könnte eine Uhr leisten, wenn ihr Gang ganz gleichförmig und dem Schiffer bekannt ist. Wenn er nun ein Mittel hat, die Zeit seines Ortes zu bestimmen, so wird die Vergleichung ihm den Unterschied der Zeit seines und des Abfahrtsortes, mithin den Meridianunterschied, d. h. die Länge finden lassen. Auch wenn die Himmelsbegebenheiten der Parallaxe in solchem Maasse unterworfen sind, dass eine Gleichzeitigkeit nicht stattfindet (wie bei Sonnenfinsternissen und Sternbedeckungen) kann durch Rechnung die Parallaxe eliminirt und so die Kenntniss der Zeit erhalten werden. Immer aber handelt es sich um die Zeit des Ortes.

Auch kann man auf so seltene Begebenheiten, wie Mond- oder Sonnenfinsternisse, nicht warten. Die Verfinsterungen der Jupiterstrabanten sind freilich häufiger; aber wenn Jupiter für uns Erdbewohner hinter der Sonne steht, fallen sie Monate lang aus. Nur der Lauf des Mondes, den der Schiffer am sichersten durch Vergleichung mit Sternen erhält, fällt nicht (oder doch nur kurze Zeit um den Neumond herum) so aus, dass der Schiffer nichts von ihm sieht. Um aber Vergleichungen mit Sternen zu machen, bedarf es genauer und zuverlässiger Sternörter, so wie andererseits einer erschöpfenden Mondstheorie; und um die Zeit mit

der des Abfahrtsortes vergleichen zu können, hinreichend genauer
Uhren.

Dies also waren die Desiderata, auf deren Abhülfe Beobachter,
Analytiker und mechanische Künstler bedacht sein mussten. Genaue Sternörter konnte die Sternwarte Greenwich liefern, welcher
gleich bei ihrer ersten Gründung dies als Hauptzweck vor-
geschrieben war, und die nun durch fast zwei Jahrhunderte des
Bestehens diesen Zweck unverbrüchlich und beharrlich im Auge
behalten hat. Auf die beiden anderen oben genannten Gegenstände concentrirte sich schliesslich die Aufmerksamkeit der Theoretiker wie der Praktiker in dem Maasse, wie man erkannte, dass
kein anderer Weg zur Lösung des Problems führen könne. Denn
weder Halley's Idee: durch die Declination der Magnetnadel die
Länge zu bestimmen, noch irgend ein anderer der Vorschläge, die
anfangs auftauchten, hatte sich als praktisch ausführbar bewiesen.

Schon Galiläi hatte, gleichsam in glücklicher Vorahnung des
Richtigen, vorgeschlagen, den Mond mit Sternen vergleichend zu
beobachten. Er hatte damals kein Gehör gefunden, und in der
That war auch die gesammte Wissenschaft nicht weit genug vorgerückt, um von diesem Vorschlag praktischen Gebrauch machen
zu können.

Die Pendeluhr wäre am leichtesten zu dem hier erforderlichen Grade von Genauigkeit gebracht worden, aber auf einem
segelnden Schiffe kann man keine Pendeluhr gebrauchen. Der
englische Uhrmacher Harrison versuchte die Genauigkeit auf
anderm Wege zu erreichen. Er brachte eine Uhr zu Stande,
deren Spiralfedern compensatorisch wirkten und sich gegenseitig
in gleichem Gange erhielten. Auf einer Seereise nach Lissabon
1736 hatte sich diese Uhr bewährt; allein dies bot nur eine vorläufige Sicherheit, da Zeit und Distanz zu kurz waren, um in
einer so wichtigen Sache definitiv entscheiden zu können. Auch
waren diese Time-keeper sehr theuer und nahmen einen eben so
grossen Raum ein wie der obere Theil einer Pendeluhr. Harrison versuchte, Chronometer, die wie eine gewöhnliche Taschen-
uhr getragen werden konnten, statt der Time-keeper zu machen;
damals jedoch noch ohne genügenden Erfolg. Er erhielt indess
1749 die goldene Medaille der Royal Society. Der beharrlich
sein Ziel verfolgende Künstler überreichte 1762 eine Uhr und bat,
sie auf einer Reise quer über den Ocean zu prüfen. Es wurde
eine Reise nach Jamaica und zurück mit dieser Uhr beschlossen,

welche Harrison der Sohn mitmachte. Der Erfolg war nicht
ganz zufriedenstellend. Die Preisaufgabe forderte, dass die Unsicherheit der Bestimmung nicht über 1½ Grad gehen dürfe, und
eine solche Genauigkeit war nicht erreicht. Indess erhielt Harrison von dem ausgesetzten Preise 2500 Pfd. Sterling als Ab-
schlag, unter dem Versprechen, dass er auch das Übrige erhalten
solle, wenn bei einer neuen Probe alles genügend befunden werde.
Er erbat sich sechs Monate Zeit, um noch einige Verbesserungen
anbringen zu können. Bei einer zweiten Reise, die der junge
Harrison mit den verbesserten Chronometern nach Barbados
machte, war Maskelyne, damals noch in Cambridge, aber schon
zum Superintendenten der Greenwicher Sternwarte ernannt, vor-
ausgeschickt worden, um in Barbados, am Landungspunkte, die
Länge und Breite mit denselben Instrumenten und nach denselben
Methoden zu bestimmen, wie er in Portsmouth sie bestimmt hatte.
Vor dem Time-keeper waren drei Schlösser angebracht, eines derselben konnte Harrison, das andere der Kapitän, das dritte der
Schiffslieutenant öffnen. So sollte jeder willkürlichen Uhrstellung
vorgebeugt werden. Nach sechswöchentlicher Fahrt ward Barbados erreicht, der Kapitän bescheinigte, dass alles vorschrifts-
mässig ausgeführt worden, und man verglich hier die Uhr. Sie
hatte 54 Secunden Abweichung, was einem Fehler in Länge von
13½' entsprach.

Dieser Fehler war etwas kleiner als der in der Preisaufgabe
zugelassene von 15', und Harrison glaubte, jetzt den ganzen
Preis beanspruchen zu können. Allein einerseits war eine sechs-
wöchentliche Reise bei weitem nicht die längste, die ein Segel-
schiff zu machen hatte, ohne inzwischen Land zu sehen, wo man
beobachten konnte, und andererseits war auch mit der vollkommensten Uhr nicht alles gemacht; die Theorie der Himmelskörper,
namentlich die höchst schwierige und verwickelte des Mondes,
musste hinzukommen. Man gab indess Harrison 10000 Pfund
in Anerkennung des sehr bedeutenden Fortschrittes, der durch
ihn gewonnen worden; das Übrige sollte er gleichfalls erhalten,
unter der Bedingung, dass er alles einem dazu ernannten Comité
auseinandersetze, ohne irgend etwas als Geheimniss für sich zu
behalten, und dadurch andere Künstler in den Stand setze, gleich
gute Uhren zu machen. Dazu wollte er sich lange Zeit nicht be-
quemen; endlich gab er nach, und es erschien eine ausführliche,
mit vielen Kupfern gezierte Beschreibung in Druck.

Bis dahin konnte der Gang, den diese Angelegenheit genommen, ein rein wissenschaftlicher genannt werden; von jetzt ab ist er weniger erfreulich. Von der einen wie von der anderen Seite entstanden Verdächtigungen: es sei nicht alles redlich und ordentlich zugegangen und man müsse neue Prüfungen veranstalten. Drei Uhren Harrison's wurden auf der Sternwarte vom 6. Mai 1766 bis zum 14. März 1767 mit dem durch die astronomischen Beobachtungen fortwährend controlirten Pendel in Greenwich verglichen. Die Zeit ward in sechs Perioden getheilt, und in diesen waren die Abweichungen der Folge nach 13' 20'', 8' 17'', 10' 5'', 12' 26'', 5' 42'', 10' 54''. Maskelyne fand diesen Gang noch nicht gleichmässig genug und erklärte sich für nicht ganz befriedigt.

Einen widerwärtigen Eindruck macht Harrison's Gegenschrift. Die Seeofficiere des Greenwicher Hospitals, meint er, seien keine gültigen Zeugen, sie hätten, ermüdet von Ersteigung des steilen Berges, die Vergleichung obenhin angestellt; Maskelyne sei der ganzen Sache abgünstig, da er sich vorgesetzt habe, alles mit den Mondtafeln allein auszurichten; es sei zu viel verlangt, wenn man erwarte und fordere, dass eine den heissen Wasserdämpfen absichtlich ausgesetzte Uhr den gleichen Gang behalten solle und dergleichen. Mit Bedauern sehen wir den Mann, der bis dahin beharrlich und unbeirrt seinem schönen Ziele durch Vervollkommnung seiner Werkzeuge sich zu nähern suchte, jetzt seine Kraft in Streitschriften vergeuden, die nichts Gutes fördern konnten. Auch war alles vergebens; er hat nichts weiter erhalten, obgleich er in späteren Jahren nach den in seiner Praxis festgestellten Grundsätzen noch einen letzten Zeitmesser verfertigte, der auf der Richmonder Sternwarte geprüft und binnen sechs Wochen nur 4½ Secunde abgewichen sein soll.

Frankreich, wenn es auch keinen ähnlichen Preis ausgeschrieben, konnte doch bei dieser Angelegenheit nicht theilnahmlos bleiben. Seine Marine zu heben und seine Flaggen in den fernsten Meeren zu entfalten — das war das Streben diesseits des Kanals wie jenseits. Sollte man diese kostbaren Werkzeuge dem Erbfeinde (denn dafür galt England damals, und von der späteren *entente cordiale* war noch keine Rede) abkaufen, ja durfte man erwarten, dass er sie hergeben werde?

Leroy, ein Uhrmacher in Paris, war 1750 zuerst mit einem *Essai de physique et de Dynamique sur le ressort des corps* aufgetreten und gab in diesem Werke Nachricht von seinen Arbeiten zur Vervollkommnung der Uhren. Vier Jahre später überreichte er der Akademie eine detaillirte Auseinandersetzung seines Verfahrens und der bis dahin erlangten Erfolge; 1763 überreicht er die zu Stande gebrachte Uhr selbst, später eine zweite und dritte. Sie wurden zuerst von Cassini und Lemonnier auf der Pariser Sternwarte geprüft und genügten in so weit, dass eine Seereise zur weiteren Prüfung beschlossen wurde. Courtenvaut schlug eine Reise vor, bei welcher man sie unterwegs öfter durch astronomische Beobachtungen prüfen könne. Sie sollte Havre, Amsterdam und andere Küstenplätze berühren. Aber an Orten, wo keine feste Sternwarte existirt, hat dies Schwierigkeit, erfordert jedenfalls eine öftere Wiederholung der Observationen, und es scheint in der That, dass man sich hier etwas übereilte. Die Probe fiel im Allgemeinen günstig, aber doch nicht ganz überzeugend aus. Leroy machte es wie Harrison, er behauptete, ungeschickte Matrosen hätten seine Uhren gehandhabt, die Beobachtungen und Vergleichungen seien nachlässig und nicht mit gehöriger Sorgfalt ausgeführt; seine Uhren seien nicht nur genauer, sondern auch einfacher als Harrison's und könnten viel leichter von jedem Andern nach seiner Vorschrift verfertigt werden; sie würden, in gehöriger Weise untersucht, in einem ganzen Jahre weniger als eine Minute in Zeit abweichen. Das — behauptete man in England — sei geradezu unmöglich; alle französischen Atteste, gleichviel von wem, würden sie nicht überzeugen, bis sie es mit eigenen Augen sähen.

Ob Leroy von irgend einer Seite eine besondere Belohnung erhalten, ist nicht bekannt geworden. Jedenfalls ist ihm das Verdienst nicht abzusprechen, in Frankreich, wie Harrison in England, den ersten Anstoss gegeben zu haben zu diesem so wichtigen Zweige der Kunst-Industrie. In beiden Ländern ist man rüstig fortgeschritten: Emery, Arnold, Dent in England, Berthoud* in Frankreich haben treffliche Chronometer geliefert,

---

* Ferdinand BERTHOUD, geb. 1727 am 19. März, gest. 1807 am 20. Juni. Unter den Männern, welche die Uhrmacherkunst im 18. Jahrhundert auf eine so hohe Stufe der Vollkommenheit gehoben, ist Berthoud einer der ausgezeichnetsten. Geboren zu Plancemont in dem längst durch seine Uhrenfabrication berühmten Neufchatel, ward er bald Horloger mécanicien der fran-

und andere Länder sind diesem Beispiele gefolgt: durch Jürgenson, Kessels und Tiede ist Deutschland, durch Hauth
Russland würdig vertreten; Amerika wetteifert mit Europa.

Doch wir haben noch die andere Seite des Problems zu betrachten. Für sich allein kann weder der beste Chronometer,
noch die vollkommenste Mondstheorie genügen, sondern nur beide
in angemessener Vereinigung. Wenn die eine Seite von den Engländern früher und energischer als irgendwo sonst beachtet wurde,
so hat die andere vorzugsweise auf dem Continent ihre Bearbeiter
gefunden. Englands Analytiker haben mehr die allgemeine oder
sogenannte reine Mathematik bearbeitet: die Taylor und Mac-
laurin haben nicht durch astronomische Probleme, sondern
durch generelle Entwickelungen ihren durchdringenden Scharfsinn
dargethan; wogegen die d'Alembert und Euler sich mehr den
praktischen Fragen zuwandten. Namentlich hatte Euler's Mond-
theorie den Tafeln T. Mayer's zur Grundlage gedient, und die
britische Regierung erkannte dies an; der erstere erhielt 500 Pfund
von dem noch disponiblen Theile des Preises und Mayer, oder
vielmehr seine Wittwe, 3000 Pfund ausbezahlt, was um so erfreulicher war, als Mayer schon im 39. Jahre und fast in

— —

zösischen Marine und Mitglied des Pariser Instituts, liess sich in
Paris nieder und seine Uhren fanden die weiteste Verbreitung.
Sein Neffe Louis (geb. 1753, gest. 1813) eiferte ihm erfolgreich
nach und ward sein Nachfolger in den genannten Ämtern.

F. Berthoud's Schriften betreffen sämmtlich die Uhrmacherei
und ihre Anwendung; die erste von 1760 führt den Titel: *L'art
de conduire et de régler les pendules et les montres.* 1763 erschien
die erste Ausgabe seines *Essai sur l'horlogerie.* Am bekanntesten
ist sein *Principe des horloges à longitude*, 1782, und seine zwei-
bändige *Histoire de la mesure du temps par des horloges*, Paris 1802,
sein spätestes Werk. — Auf seinen Antrag wurde 1797 in Frankreich die mittlere Zeit statt der wahren Sonnenzeit eingeführt,
was in Berlin schon früher geschehen war.

Der Neffe, Louis Berthoud, verfasste eine Schrift: *Eclair-
cissements sur l'histoire, la construction et les épreuves des chronomètres,* in welcher er die Ansprüche Leroy's zurückwies. Ge-
wichtig ist Lalande's Zeugniss: *il est le seul en France qui fasse
des chronomètres pour trouver la longitude.*

Dürftigkeit verstorben und eine zahlreiche Familie hinterlassen hatte.

Die späteren successiven Vervollkommnungen der Mondstheorie sind bereits in dem allgemeinen Theile unseres Werks erwähnt worden; hier also nur die Bemerkung, dass Bürg's und Burckhardt's Tafeln gleichfalls prämiirt wurden.

§ 188.

DIE NEUESTEN ERMITTELUNGEN ÜBER DIE METEORITEN.

Seit Chladni im Anfange dieses Jahrhunderts seine mit schwerem Achselzucken aufgenommene Ansicht, dass die Meteoriten kosmischen, nicht lunarischen oder tellurischen Ursprungs seien, veröffentlichte, und seit der Steinfall von Aigle in Frankreich unwiderleglich darthat, dass wir hier mit reellen körperlichen Objecten, nicht mit Ausgeburten des Aberglaubens, zu thun hätten, ist die Aufmerksamkeit auf dieses Phänomen in stetem Wachsthum geblieben. Man hat erkannt, dass Meteoriten und Sternschnuppen dasselbe Phänomen darstellen, den vielbesprochenen Irrlichtern ist ein Ende gemacht; die vom Himmel gefallenen eisenhaltigen Steine werden nicht mehr in Kirchen an Ketten aufgehängt, auch werden nicht mehr Schwerter aus ihnen geschmiedet, denn diese haben nicht vermocht, den Untergang der Khalifen und Mongolenkhanate, deren Repräsentanten von solchen Schwertern entscheidende Siege erwarteten, zu verhindern. Sie wandern friedlich in unsere Mineralienkabinette; höchstens lässt sich ein Wiener Professor daraus ein Federmesser verfertigen, um die Erfahrung zu machen, dass es seine Dienste ganz eben so verrichte wie ein terrestrisches. Man untersucht die Meteoriten chemisch und findet in ihnen dieselben mineralischen Bestandtheile, welche die Oberfläche unseres Planeten uns kennen lehrt.

Humboldt, Olmsted und Quetelet hatten den Anstoss dazu gegeben, dass die Sternschnuppenfälle des August und November, die sich durch eine weit grössere Frequenz auszeichneten, eine allgemeinere und regelmässig fortgesetzte Beachtung fanden. Erman versuchte zuerst, ihre Bahn im Weltraume zu bestimmen, unter der Voraussetzung, dass sie geschlossene Ringe bilden, die mit vielen Millionen dieser Körper erfüllt seien; v. Boguslawsky, der sie nicht als einen Ring, sondern als einen Schwarm von

enger begrenzter Dimension betrachtete, erklärte sich die Wiederkehr zu bestimmter Jahreszeit dadurch, dass er Umlaufszeiten für
zwei dieser Schwärme annahm, welche ganz oder nahezu mit dem
Erdjahre übereinstimmen. Petit* in Toulouse beachtete mehr die
einzeln sich zeigenden Sternschnuppen und suchte die Bahnen zu
bestimmen, welche sie um die Sonne, möglicherweise auch um die
Erde beschreiben, was Veranlassung gab, von einem „neuen Trabanten der Erde" zu sprechen.

So standen die Sachen, als 1866 die so vielversprechende
Wiederkehr des (oder der) Biela'schen Kometen, von Clausen
so sorgfältig vorausberechnet, zum allgemeinen Erstaunen nicht
erfolgte. So gesellte sich zu der noch nicht definitiv beantwor-
teten Frage: wo sind die Sternschnuppen hergekommen? eine
zweite astronomische: wo ist der Komet geblieben? und jetzt
gewinnt es den Anschein, als werde eine und dieselbe Beantwortung für beide Fragen genügen.

Die Novembernächte (11.—13.) des Jahres 1865 hatten eine
solche Fülle von Meteoren — allerdings nicht überall auf der
Erde — wahrnehmen lassen, dass nur die von Humboldt an
der Küste von Südamerika 1799 und von Olmsted in Nordamerika 1832 gemachten Beobachtungen damit verglichen werden
konnten. Hier zeigte sich also eine Periode von 33 Jahren, und
man hätte 1898 Ähnliches zu erwarten. Die Vorstellung von
einem mit Meteoren erfüllten Ringe war damit noch vereinbar,
sobald man annahm, dass eine einzelne Gegend dieses Ringes viel
stärker als die übrigen mit Meteoren besetzt sei und diese nach

---

* Noch ein anderer Astronom dieses Namens ist anzuführen:
Pierre PETIT DE MONTLUCON, geb. 1598 am 31. December, gest. 1667 am 20. Aug. Er war mit Réné Descartes
genau befreundet und fungirte als Geograph Ludwig's XIII.

1660 gab er Observationes aliquot eclipsium. — Dissertatio de longitudine
Parisii.
1665 eine Dissertation sur la nature des comètes, et un discours sur les pro-
gnostiques des éclipses.
1666 Lettre sur le jour où l'on doit célébrer la fête des Pâques.

Andere Schriften betreffen Geographie und praktische Geometrie. 1681 wurden Petit's gesammte Werke in Nürnberg neu
herausgegeben.

je 33 Jahren den Durchschnittspunkt der Ringbahn mit dem der
Erdbahn wieder erreiche, was eine Umschwungszeit von dieser
Dauer voraussetzt. Aber bald sollten noch andere und ganz un-
erwartete Aufschlüsse kommen.

Drei Coordinaten und ihre Differentialquotienten gestalten,
die sechs Elemente einer um die Sonne beschriebenen Bahn zu
bestimmen. Die Coordinaten selbst gab der Erdort; von den
übrigen Daten wurden zwei durch die gemeinschaftliche Richtung
erhalten, die durch den Convergenzpunkt am Himmel ermittelt
werden konnte; nur das letzte Datum fehlte noch. Erman hatte
gewünscht, dass man Mittel finden möge, die lineäre Geschwindigkeit der Meteore zu messen: eine bis jetzt noch nicht verwirklichte
Hoffnung. Jetzt jedoch trat die Umlaufszeit (33 Jahre) an diese
Stelle; die Bahnelemente konnten also gefunden werden, und als
Schiaparelli, gegenwärtig Director der Sternwarte Mailand, diese
Arbeit unternahm, ergab sich eine Bahn, die in höchst auffallender
Weise mit der Bahn eines von Oppolzer in Wien berechneten
Kometen übereinstimmte. Leverrier hatte gleichfalls für das
Novemberphänomen eine Bahn berechnet, die so gut als ganz mit
Schiaparelli übereinkommt. Da solchergestalt eine Anregung
gegeben war, so nahmen auch andere Astronomen, wie Förster
in Berlin und Peters in Altona, an diesen Untersuchungen Theil,
und bald kam es zur Sprache, dass auch für das Augustphänomen
sich ein identischer Komet gefunden habe. Wir übergehen die
Einzelheiten der noch keineswegs geschlossenen Untersuchungen
und stellen hier nur die Resultate zusammen, die sich aus ihnen
theils mit Gewissheit, theils mit hoher Wahrscheinlichkeit ergeben
haben:

Die innern Kometen (d. h. die von 3½ bis 6½ Jahren
Umlaufszeit, deren Aphelium der Jupitersbahn nahe liegt) zeigen,
mit einer einzigen Ausnahme, ein nahes Zusammentreffen ihrer
Bahn mit der eines Planeten, so dass wir jetzt schon solche
Durchschnittspunkte mit Merkur, Erde, Mars und Jupiter kennen,
und nicht unwahrscheinlich giebt es andere, welche mit Saturn,
Uranus und Neptun ähnliche Durchschnittspunkte haben.

Durch den Weltenraum zerstreut sind kosmische Wolken,
d. h. Haufen von Meteormassen. Kommt nun ein Planet von
hinreichender Masse mit einer solchen Wolke in Berührung, so
verdichtet er die ihm zunächst liegenden Theile derselben zu
einem Kometen, der fortan in einer besonderen Bahn um die

Sonne zieht und selbstverständlich den Punkt seiner ersten Entstehung bei jedem Umlaufe wieder erreicht. Da nun aber der
Planet sich dann in ganz anderen Punkten der Bahn befinden
kann, so ist es möglich, dass ein solcher Komet eine lange Reihe
von Umläufen ohne wesentliche Störung fortsetzt.

Aber die Zerstreuung seiner Massen, die wir da, wo sie noch
dicht genug stehen, als Schweif erblicken, geht fortwährend vor
sich, und diese sich ablösenden Massen sind die Meteore, welche
sich an unserer Erde und eben so an den anderen Planeten niederschlagen. Die dichtesten und frequentesten Meteore werden sich
zeigen, wenn der Kopf des Kometen mit dem Planeten nahe
zusammentrifft.

So wird beispielsweise der Encke'sche Komet fortwährend
schwächer, denn muthmaasslich schlagen sich Theile von ihm auf
Merkur nieder, dessen Bahn er durchschneidet, und es ist gar
wohl möglich, dass wir schon jetzt einzelne Theile des früheren
Biela'schen Kometen in unseren Mineralienkabinetten besitzen.

Sind in dieser Weise die Kometen keine dauernden Weltkörper
(obgleich manche von ihnen sehr langlebig sein mögen), so haben
wir uns über die Nichtwiederkehr mancher derselben nicht zu
wundern, und eben so wenig über das veränderte Ansehen desselben Kometen bei verschiedenen Erscheinungen.

Indess möge nicht übersehen werden, dass bis jetzt erst für
einige wenige Kometen die Gewissheit ihrer Identität mit Meteor-
schwärmen vorliegt, und für die grosse Mehrzahl derselben, die
in ganz oder nahezu parabolischen Bahnen laufen, sich noch
nichts über ihre Entstehung nachweisen lässt. Der Halley'sche
Komet lässt sich 2000 Jahre rückwärts verfolgen, andere haben
Umlaufszeiten von Myriaden Jahren gezeigt (der Mauvais'sche
von 1844 sogar 102500 Jahre), und bei solchen Perioden sinkt
die Wahrscheinlichkeit des Zusammentreffens mit einem Planeten
auf ein Minimum herab.

Wir fügen noch hinzu, dass nach dieser Ansicht sowohl die
Durchsichtigkeit der Kometen als auch ihre Wirkungslosigkeit,
so wie die Unfähigkeit, den Lichtstrahl zu brechen, sich am ein-
fachsten erklärt. Dass wir in den Kometen, auch den sogenannten
Kern mit inbegriffen, nichts Cohärentes, nichts massenhaft Ge-
balltes zu suchen haben, ist längst aus anderen Gründen vermuthet worden, und diese neuesten Ergebnisse tragen dazu bei,
diese Schlüsse zu bestätigen.

Wir fügen noch die Bahnelemente hinzu, welche Adams, Schiaparelli und Oppolzer für den betreffenden Weltkörper geben:

	August-Meteore.	Komet 1862, II.
Kleinster Abstand . . .	0,9643	0,9626
Neigung	64° 3′	66° 25′
Länge des Perihels . .	343 28	344 41
Aufsteigender Knoten .	138 16	137 27
Bewegung	rückläufig	rückläufig.

	November-Meteore.	Komet 1866, I.
Umlaufszeit	33,25	33,13
Halbe grosse Axe . . .	10,3402	10,3248
Excentricität	0,9047	0,9054
Kleinster Abstand . . .	0,9855	0,9765
Neigung	16° 46′	17° 18′
Länge des Perihels . .	6 51	9 2
Aufsteigender Knoten .	51 28	51 26
Bewegung	rückläufig	rückläufig.

VIERTER ABSCHNITT.

ABRISS EINER GESCHICHTE DER OPTIK,

INSBESONDERE

IN BEZIEHUNG AUF ASTRONOMIE.

§ 189.

Die Fortschritte der Optik sind mit denen der Himmelskunde aufs innigste verknüpft, und wir haben ihrer an verschiedenen Stellen im Haupttheile dieses Werkes bereits erwähnt. Gleichwohl verlangt sie eine zusammenhängende Darstellung, wie Wilde sie in seiner Geschichte der Optik zu geben unternommen, leider jedoch sein Werk nicht zu Ende geführt hat. Im Nachfolgenden haben wir es versucht, die astronomische Optik und was damit in näherer Verbindung steht, zusammenzustellen, und gehen dabei, so weit die Berichte dies gestatten, auf die ältesten Zeiten zurück.

Da nur Euklides, Aristoteles und Ptolemäus in ihren eigenen Werken ganz oder doch grösstentheils auf uns gekommen sind, so können wir uns rücksichtlich der anderen hier zu erwähnenden Autoren nur an Berichterstatter, insbesondere Plutarch: „Über die Meinungen der Philosophen," und Diogenes Laertius: „Biographien berühmter Philosophen," halten. Allerdings steht auch bei den auf uns gekommenen Originalwerken nicht durchweg fest, was dem Autor selbst und was seinen Commentatoren und

Scholiasten angehört. Doch dies sind Mängel, die nicht der Geschichte der Optik allein, sondern der aller Wissenschaften des classischen Alterthums anhaften, und die durch gewagte Hypothesen zu verdecken wir hier nicht unternehmen wollen.

Die älteste Meinung, die wir z. B. bei Epicur finden, lässt den Lichtstrahl vom Auge aus- und zu den gesehenen Objecten hin gehen, und es scheint, dass das augenblickliche Sehen auch selbst der entferntesten Gegenstände ihnen diese Meinung deshalb nicht benommen habe, weil sie die Geschwindigkeit des Lichts als eine unendlich grosse, also keine Zeit bedürfende, betrachteten. Auch Hipparch war noch derselben Ansicht; er glaubt, dass die auf die Objecte treffenden Lichtstrahlen die Empfindung des Sehens in ähnlicher Weise anrege, wie die des Fühlens durch Betasten mit den Händen angeregt wird.

Plato war nicht ganz dieser Meinung. Er liess den Lichtstrahl allerdings vom Auge, gleichzeitig aber von den Objecten ausgehen, und durch das Zusammentreffen beider Strahlen das Sehen vermitteln. Da er nun von einem Punkte des Zusammentreffens, zwischen Auge und Object gelegen, spricht, so kann er sich die Geschwindigkeit des Lichts nicht als unendlich gross vorgestellt haben.

Dem gegenüber steht eine als poetisch erhaben zu bezeichnende Idee des Porphyrius (im vierten Jahrhundert n. Chr.): „Nicht im Auge, nicht im Object, nicht zwischen beiden ist die Quelle des Lichts, die Ursache des Erblickens zu suchen, sondern in der Seele des Menschen, die sich selber in den Bildern der Objecte sieht. Das Auge ist nichts weiter als ihr Werkzeug."

Bei Plato ist auch die Rede von den Farben, die er sich als äusserst kleine Flammen vorstellt, die von den Objecten ins Auge geschleudert werden; während Zeno in ihnen die allerersten Grundformen der Materie erblickt. — Beiläufig sei hier bemerkt, dass Pythagoras nur vier Grundfarben: Weiss, Schwarz, Roth und Gelb annimmt. Dass er das Blau nicht erwähnt, hat er mit dem gesammten Alterthum gemein. Weder die Bibel, noch Homer und Hesiod, noch Virgil und Ovid haben eine Andeutung des Blau, und da wir auch z. B. von schwarzen Veilchen lesen, so hat es in der That den Anschein, als sei das Blau für das Auge der Alten gar nicht vorhanden gewesen.

Der mathematischen Optik war mit allen diesen Ideen wenig gedient, und nur die, wie es scheint, allgemein angenommene

gradlinige Bewegung des Lichtstrahls findet in ihr seine Verwerthung,
und zwar schon im Alterthum. Chrysippus und Apollodorus
liessen die Lichtstrahlen einen Kegel bilden; die Spitze im Auge,
die Grundfläche am Object; ein Gedanke, den Euklides in seinen
Theoremen weiter ausbildete.

Aristoteles, gleich gross als scharfsinniger Philosoph wie
als gründlicher Naturforscher, verführt auch in der Optik kritischer
als seine Vorgänger. Er verwirft die Meinung des Empedokles,
dass das' Licht etwas Körperliches sei. „Es ist nicht eine Substanz, sondern nur etwas, dessen die Substanzen theilhaftig werden;
ein Unkörperliches, ein Accidens." Eben so erklärt er sich gegen
Plato und alle, welche das Auge als Lichtquelle betrachten.
„Wenn das Auge feuriger Natur ist, warum sehen wir nicht im
Dunkeln?" Von grosser Wichtigkeit aber ist seine Bemerkung:
„das Sehen erfolge durch eine Bewegung des Mittels zwischen
Auge und Object."

Wir zählen nicht zu denen, die ihr gelehrtes Gewissen nicht
eher beruhigt fühlen, bis sie alles und jedes, was der Menschen-
geist geschaffen, im „classischen Alterthum" glücklich heraus-
gefunden und herausgedeutet haben, und die, gleich den Peri-
patetikern um Schlusse des Mittelalters, unserm Geschlecht bis
ans Ende der Tage nichts weiter aufbehalten wähnen als das
Commentiren der alten Classiker. Hier jedoch stehen wir nicht
an, den wahren Grundgedanken der Undulationstheorie dem
Stagyriten zu vindiciren. Diese jetzt siegreiche Theorie ist von
den Neueren nicht zuerst erfunden, sondern nur nach zweitausend-
jährigem Schlummer wiedererweckt, wissenschaftlich ausgebildet
und experimentell begründet worden.

Was dagegen die Erklärung der Farben betrifft, so ist
Aristoteles um nichts glücklicher als seine Vorgänger. In den
Atomen erkennt er nur Weiss und Schwarz, und die Farben ent-
stehen nach ihm entweder durch eine verschiedene gegenseitige
Lage derselben, oder durch ein verschiedenes Mischverhältniss,
und er hält dafür, dass einfache commensurable Verhältnisse die
schönen harmonischen Farben, incommensurable dagegen die un-
reinen und Mischfarben erzeugen. So sehen wir die weissen
Sonnenstrahlen, wenn sie durch dichten Nebel oder schwarzen
Hauch hindurchgehen, nicht mehr weiss, sondern roth. Darin
möchte allenfalls eine Andeutung dessen liegen, was im Goethe'schen
Sinne Farbenlehre heisst; wer es jedoch weiss, wie viel dazu ge-

hört, eine mathematische Theorie der Farben zu begründen, wird sie gewiss im Alterthume nicht suchen wollen.

Euklides behandelt die Optik mit derselben mathematischen, ins Einzelne gehenden Gründlichkeit, die wir an seinen Elementen der Geometrie kennen gelernt haben. Zwar lässt er auch noch den Strahl vom Auge ausgehen. Ähnlich jedoch, wie es für den, der nur eine Erklärung der Finsternisse und der Mondphasen verlangt, gleichgültig ist, ob man den Jahreskreis von der Erde oder von der Sonne beschreiben lässt, so bleibt auch die elementare Linear-Perspective dieselbe, ob man die gerade Linie vom Auge aus oder zu ihm hin zieht. Wenn unter den zahlreichen Theoremen Euklid's, in denen er Optik und Katoptrik behandelt, sich einige unbestimmt ausgedrückte, nicht zur Sache gehörende, oder auch entschieden falsche befinden, so trägt nicht jener Irrthum in Bezug auf die Lichtquelle, sondern die seinem ganzen Zeitalter anklebenden Mängel die Schuld; oder es haben commentirende Halbwisser ihn Dinge behaupten lassen, die seiner unwürdig sind, wie dies z. B. von seinem 11. Grundsatz der Geometrie längst vermuthet worden. Denn dass auch in seiner Optik, im Ganzen genommen, eine grosse Klarheit, Bestimmtheit und Schärfe vorwaltet, kann von Niemand verkannt werden.

Wir kommen jetzt zu Archimedes und den so verwunderlich klingenden Thaten, die ihm zugeschrieben werden, und von welchen namentlich die Brennspiegel, mit denen er die römische Flotte verbrannte, in unserer Überschau einen Platz beanspruchen.

Die Meisten halten das Factum, was die Hauptfrage betrifft, für erdichtet, und wir schliessen uns diesem Urtheil unbedenklich an. Denn

1) melden Plutarch, Livius und Polybius, die des Archimedes ausführlich gedenken, nichts davon; und Lucian, 150 Jahr nach Archimedes, spricht nur von einem künstlichen Feuer, ähnlich wie Galenus von Zündwerkzeugen. Erst der 700 Jahr nach Archimedes lebende Anthemius nimmt das Factum als etwas allgemein Bekanntes an und ist bemüht, die Möglichkeit desselben darzuthun.

Dem Anthemius haben sodann Tzetzes, Zonaras, Eustathius und Andere nachgeschrieben. Zwar beruft sich Anthemius auch auf Diodor, Dio Cassius, Heron, Philo und Pappus, aber in allem, was von den hier genannten Autoren auf unsere Zeit gekommen ist, findet sich nichts dahin Gehörendes.

2) Dann aber glauben wir, dass Wilde (Geschichte der Optik 1, 39 ff.) ganz Recht hat, wenn er vom wissenschaftlichen Standpunkte aus das Factum für unmöglich erklärt. Es soll ganz und gar nicht bezweifelt werden, dass Archimedes Brennspiegel verfertigt und mit ihnen Dinge ausgeführt hat, die den Zeitgenossen wunderbar und unbegreiflich erschienen. Aber wären sie auch so kolossal und zugleich so vollkommen ausgeführt gewesen als die des Herrn v. Tschirnhausen oder des Lord Rosse, so würden sie doch nur auf sehr mässige Entfernungen wirksam gewesen sein, und es hätte der Arbeit einiger Stunden bedurft, um dem Spiegel ganz genau die Richtung und Bewegung zu geben, die erforderlich waren, um das Sonnenbild genau auf den betreffenden Punkt zu richten und auf diesem festzuhalten. Nun aber wird die Flotte des Marcellus, die Syrakus belagerte, doch gewiss nicht unbemannt gewesen sein. Und die Römer, die dicht vor ihren Augen und im hellen Sonnenschein das sie bedrohende Ungethüm vor sich sahen, hätten alles dieses ruhig und ungestört geschehen lassen?

Wir setzen die ganze Erzählung auf Rechnung der Wundersucht, Leichtgläubigkeit und Unwissenheit des Mittelalters, und besorgen nicht, dass die Manen des berühmten Syrakusaners uns zürnen werden, wenn wir dieses Experiment aus der Reihe seiner Grossthaten streichen.

Heron von Alexandrien, unter Ptolemäus Evergetes lebend, beschäftigte sich mit dem Reflexionsphänomen und suchte es zu begründen. „Die Summe der Linien, welche den unter gleichen Winkeln zurückgeworfenen Strahl bilden, ist kleiner als jede andere Summe bei ungleichen Winkeln; es liegt aber keine Ursache vor, die Lichtstrahlen einen längeren Weg durchlaufen zu lassen.“

Lange Zeit wurde die Optik des Ptolemäus für verloren geachtet, bis sie im Anfange dieses Jahrhunderts unter den Manuscripten der Pariser Bibliothek wieder aufgefunden ward. — Er giebt richtig die Ursache der Refraction an und untersucht ihre Gesetze. Zur Bestimmung des Abweichungswinkels erdachte er sich folgendes Instrument: Eine in Grade getheilte Kreisscheibe mit einem Stift in der Mitte und zwei Indices, jeder für sich beweglich, versehen, wird bis zur Mitte ins Wasser getaucht, so dass einer der Zeiger im Wasser, der andere in trockener Luft sich befindet. Letzterer wird nun so gestellt, dass beide eine gerade durch den Mittelpunkt gehende Linie erscheinen lassen. Wird sodann das Instrument aus dem Wasser gezogen, so kann man den Abweichungswinkel durch eine einfache Messung bestimmen. Ähnlich verfuhr er bei Bestimmung der Brechung von Luft in Glas oder Wasser in Glas.

Er findet das Verhältniss zwischen dem Einfallswinkel und dem gebrochenen Winkel bei demselben Mittel gleich, was annähernd richtig ist; streng genommen gilt diese Gleichheit nur von den Sinus der Winkel.

Er ist der Letzte, der den Lichtstrahl vom Auge ausgehen lässt; auch nach Gründen für diese Behauptung sucht: „Das Auge des Menschen glänze, sei also sonnenhaft; ja es habe Menschen gegeben, die wie Kaiser Tiberius im Dunkeln auch ohne künstliche Beleuchtung sehen konnten,* und die Augen mancher Thiere leuchten im Dunkeln.“

Rom war nur gross in der Kriegskunst; in allen anderen Künsten und Wissenschaften hat es nur eine sehr bescheidene und untergeordnete Rolle gespielt, und so auch in der Optik. Was noch geleistet ward, leisteten die in Rom lebenden Griechen, und was wir bei Seneca, Plinius, Varro mehr gelegentlich als absichtlich erwähnt finden, war wenigstens zur Erweiterung der Wissenschaft nicht geeignet. Sehr verbreitet waren Spiegel, reich verziert, als Luxusgegenstand für das Toilettenzimmer der Damen, aus Metall, Stein, Mischungen (von Kupfer und Zinn), selbst schon aus Glas. Sie mussten so gross sein, dass man seine ganze Figur darin erblickte. Sie kannten auch umkehrende, vergrössernde (ins Unglaubliche, sagt Seneca) und verkleinernde Spiegel; nach ihrer Theorie aber fragte Niemand, und der Verfertiger selbst vielleicht nicht.

Des Byzantiners Anthemius (unter Justin I.) ist hier noch zu gedenken, der aus einer grossen Anzahl sechseckiger Planspiegel einen Brennspiegel zusammensetzte und in seiner Darstellung die Wirkung auch theoretisch untersucht.

§ 190.

Soll das die Körperwelt erhellende Licht uns näher bekannt, sollen seine Gesetze erforscht werden, so muss es selbst durch-

---

* Leicht möglich, dass der argwöhnische Despot durch geflissentliche Verbreitung dieser Meinung sich vor nächtlichen Attentaten thunlichst sicherzu-

leuchtet sein von den Strahlen, deren Quelle wir nur im Geiste des Menschen finden. Trübt sich diese Quelle, wird sie gewaltsam abgelenkt oder unterdrückt, so wird auch das Licht im Dunkel verborgen bleiben. — Bis in die zweite Hälfte des 13. Jahrhunderts hin haben wir aus Europa hier nichts zu berichten. Nur Arabien stellt, als einzigen Optiker jener Zeit, uns Alhazen auf, zugleich erster Anatom des menschlichen Auges. Aufs entschiedenste erklärt er sich dahin, dass nicht das Auge, sondern das Object den eigenen oder erborgten Lichtstrahl aussende. Das Licht verbreite sich kugelförmig nach allen Richtungen hin von jedem Punkte aus. Er giebt uns eine Theorie der Spiegelbilder und untersucht erfolgreich die Lage des durch Brechung entstandenen Bildes; giebt die Wirkung planconvexer Glaslinsen an und macht darauf aufmerksam, dass das Licht in der Atmosphäre unserer Erde nicht allein gebrochen, sondern auch reflectirt werde, da ausserdem die Dämmerung nur von sehr kurzer Dauer sein könnte. Ebenso untersucht er die Höhe der Atmosphäre und giebt ihr 54,000 Schritt. — Lange Jahrhunderte hindurch hat Alhazen eines grossen und wohlverdienten Ansehens genossen, allein sein Styl ist dunkel und schwierig und in der Aufeinanderfolge der Materien wird zuweilen logische Ordnung vermisst.

Vitello, um 1270 lebend, der sich, wahrscheinlich nach der verschiedenen Nationalität seiner Eltern, Thuringopolonus nannte, schrieb sein Werk in Italien. Er hat das Verdienst, den schwer verständlichen Alhazen lichtvoller und geordneter dargestellt zu haben; er giebt aber in seinem voluminösen Buche (474 enggedruckte Folioseiten) auch alles, was Ptolemäus und Euklid enthalten, in extenso. Er spricht von dem vergrössernden Glaskugelsegment Alhazen's, wobei er ihn aber missversteht und eben dadurch zeigt, dass er selbst kein solches Glas wirklich in Händen hatte, und wiederholt die Versuche des Ptolemäus über die Grösse der Refraction in den verschiedenen Combinationen durchsichtiger Mittel, bestätigt sie auch grösstentheils, da seine Zahlen mit denen des Ptolemäus meistens übereinstimmen. Von den neueren Bestimmungen weichen beide stärker ab. — Den Regenbogen erklärt er richtig durch Brechung und Zurückwerfung der Sonnenstrahlen;

---

stellen suchte, wie ja auch Domitian die Wände seines Wohnzimmers mit einer spiegelnden Masse übersilbern liess, um sehen zu können, was hinter seinem Rücken sich ereigne.

seine Farben, deren er drei unterscheidet (punicus, viridis und alurgus) weiss er nur dadurch herzuleiten, dass sich mehr oder weniger Sonnenlicht mit dem feuchten Dunste vermische. Den Brennspiegeln eine parabolische Form zu geben, hält er für das richtigste.

Johann Peckham (1228—1291), Erzbischof von Canterbury, gab einen ziemlich unklaren Auszug aus Alhazen, der nur deshalb erwähnt zu werden verdient, weil er sehr viel Auflagen erlebte und Alle, die durch den grossen Umfang des Vitello'schen Werks abgeschreckt wurden, zu ihm greifen mussten.

Roger Bacon (1216—1294). Einer der genialsten Männer nicht seiner Zeit allein (was sehr wenig sagen würde), sondern aller Zeiten. Wir haben seiner schon oben gedacht und die Frage, ob er Erfinder des Fernrohrs sei, verneinend beantwortet. Es mögen hier seine eigenen Worte, die Veranlassung zu dieser Meinung gegeben, Platz finden:

„De visione fracta majora sunt; nam de facili patet per canones supradictos, quod maxima possunt apparere minima, et e contra, et longe distantia videbuntur propinquissima, et e converso. Nam possumus sic figurare perspicua, et taliter ea ordinare respectu visus et rerum, ut frangantur radii et flectantur, quorumcunque voluerimus, et sub quocunque angulo voluerimus, ita ut videremus rem prope vel longe, et sic ex incredibili distantia legeremus litteras minutissimas, et pulveres et arenas numeraremus propter magnitudinem anguli, sub quo videremus; et maxima corpora de prope vix videremus propter parvitatem anguli. Et sic posset puer apparere gigas, et unus homo videri mons, et in quacunque quantitate, secundum quod possemus hominem videre sub angulo tanto, sicut montem, et prope ut volumus, et sic parvus exercitus videretur maximus, et longe positus appareret, et e contra. Sic etiam faceremus solem et lunam, et stellas descendere secundum apparentiam hic inferius, et similiter super capita inimicorum apparere, et multa consimilia, ut animus mortalis ignorans veritatem non posset sustinere."

Die Canones, auf welche Baco sich im Anfang dieser Stelle beruft, erwähnen nirgend einer Linse, ja es wird darin nicht einmal des Glases überhaupt gedacht.

Man sieht zur Genüge, dass Baco sich Werkzeuge gedacht habe, die das Angeführte leisten sollen, aber ebenso unzweifelhaft folgt daraus, dass er sie nicht besessen. Kein Fernrohr macht ein Kind zum Riesen, ein kleines Heer zum grossen, einen Mann zum Berge u. dgl. Ein wirklich gelungener Versuch würde ihn auf der Stelle überzeugt haben, dass dies unmöglich sei. Seinem Geiste mochte dies vorschweben und er mag auf dem Wege gewesen sein, etwas derartiges zu erfinden, aber dass er es nicht gefunden, geht deutlich aus dieser Stelle hervor. Er spricht in Optativen, er hält seinen Zeitgenossen und Nachfolgern ein Ziel vor, das sie erstreben sollen, und seine lebhafte Phantasie lässt es ihm als gegenwärtig erscheinen.

Weiter spricht er davon, dass man nach Plinius' Bericht mehrere Sonnen und Monde gleichzeitig gesehen habe, was er den Dünsten zuschreibt, die dann wie Spiegel wirken. Was aber die Natur vermöge, das müsse die Kunst nachmachen können; — ein Satz, dem jetzt wohl Niemand mehr beipflichten wird.

Er ist ein Kind seiner Zeit, wie selbst die grössten Geister es waren; es spiegelt sich in seinen Werken die ganze Thaumaturgie und Leichtgläubigkeit jener Zeit ab, von der so zahlreiche Beweise vorliegen. Vielleicht hätte er etwas erfunden, wenn sein äusseres Schicksal nicht ein so überaus trauriges gewesen wäre; denn dass er der Erfindung näher stand als seine Zeitgenossen, kann man wohl nicht bezweifeln.

Um diese Zeit wurden die Brillen erfunden; es ist nicht sicher zu ermitteln ob von Salvino degli Armati († 1317) oder bereits früher; und ebenso wenig erhellt, ob Baco's Arbeiten und Versuche damit in Verbindung stehen.

Wirkliche Verdienste hat Baco um die Theorie der sphärischen Spiegel; er beweist den Satz, dass nur die Strahlen, die in demselben Kreise um den Pol des Spiegels herum einfallen, auch nach demselben Punkte der Axe reflectirt werden. Es gebe also unendlich viele Vereinigungspunkte der Strahlen. Er hat also zuerst die sphärische Längenabweichung gefunden und ihr Vorhandensein nachgewiesen. Vitello hatte sie nur vermuthet.

§ 191.

Abermals verfliessen reichlich zwei Jahrhunderte, aus denen wir keinen Namen antreffen, der die Optik wesentlich gefördert hätte, so grosser Antrieb dazu auch in den zahlreichen Entdeckungsfahrten jener Zeit gegeben sein mochte. Erst nachdem die Welt durch andere grossartige Arbeiten und Erfindungen eine neue

Gestalt gewonnen hatte, im Anfange des 16. Jahrhunderts, treffen wir wieder auf Einzelne, die hier eine Stelle beanspruchen. So Anton Thylesius, ein Zeitgenoss Luther's, der in seinem Büchlein *de coloribus* auf die Unbestimmtheit der Farbenbenennungen, namentlich bei den Lateinern, hinweist und Vorschläge macht, durch eine bestimmtere Etymologie der Verwirrung ein Ende zu machen. Auch Cardanus macht einige Bemerkungen in diesem Sinne und geräth darüber mit Scaliger in eine literarische Fehde. Bernardo Telesius (1508—1588) knüpft an die Optik des Aristoteles an und erhebt einige Zweifel gegen dessen Farbentheorie.

Bedeutender ist die *Magia Naturalis* des vielgenannten Baptista Porta (1543—1615), die er, seiner Versicherung zufolge, im 15. Lebensjahre geschrieben hat. Das Werk machte in seiner Zeit ein ungeheures Aufsehen und es ward in viele Sprachen übersetzt. Durch diesen raschen Erfolg aufgemuntert, machte er Reisen nach Italien, Frankreich und Spanien, „um seine Kenntnisse zu vermehren und die auf einander folgenden Auflagen des Buchs immer vollkommener zu machen." Dieses Werk ist ein treuer Spiegel seiner Zeit. Mit dem crassesten Aberglauben, mit dreisten, zuversichtlichen Behauptungen, mit welchen er seine Ungeheuerlichkeiten darstellt und Autoritäten für sie vorführt, gleichviel, ob sie existirt haben oder nicht, sind einzelne richtige Bemerkungen gemischt, die Zeugniss geben von der Genialität ihres Verfassers und sich als wirkliche Goldkörner unter der Spreu finden.

Von den 20 Kapiteln seines Werks, deren sonderbare Überschriften in ihrer Reihenfolge er aus einem Lotterierade gezogen zu haben scheint, kann nur das 17. uns näher interessiren. Es handelt vom Winkelspiegel, dessen Erscheinungen er ganz richtig durch wiederholte Reflexion erklärt und die Anzahl der Bilder im umgekehrten Verhältniss zur Grösse des Neigungswinkels findet. Er zeigt ferner, dass sämmtliche Bilder in einem Kreise um die beiden Spiegeln gemeinsame Kante herum liegen, so wie dass sie symmetrisch sind.

Den Brennpunkt eines Hohlspiegels bezeichnet er als punctum inversionis imaginum, weil in ihm die Bilder sich umkehren. Er beschreibt und erklärt die Erscheinungen in demselben ganz richtig, führt auch an, dass man, im Brennpunkt eines grossen Hohlspiegels stehend, Worte deutlich vernommen habe, die in beträchtlicher Entfernung leise gesprochen wurden.

Ferner ist er Erfinder der Camera obscura, deren Gebrauch er schildert und dabei bemerkt: „Es unterliegt keinem Zweifel,' dass unser Auge eine solche Camera obscura ist, in welche das Licht von aussen her kommt. Die Pupille vertritt die Stelle der Öffnung im Fensterladen; die Krystalllinse aber die der weissen Wand."

Endlich, was hier das Wichtigste ist, spricht er von den Wirkungen convexer und concaver Glaslinsen ganz richtig und führt fort:

„Concavae lentes, quae longe sunt, clarissime cernere faciunt; convexae propinqua, unde ex visus commoditate his fruere poteris. Concavo longe parva vides, sed perspicua, convexo propinquo majora, sed turbida. Si utrumque recte componere noveris et longinqua et proxima majora, sed clara videbis. Non parum multis amicis auxilii praestitimus, qui et longinqua obsoleta, proxima turbide conspiciebant, ut omnia perfectissima contuerentur."

Wenn dies nun nicht das Fernrohr selbst ist, so muss jedenfalls gesagt werden, dass Porta der Erfindung ganz nahe gekommen war. Er spricht aber von der Sache blos beiläufig, ohne seine sonstige Ruhmredigkeit, sagt nur, dass er der Augenschwäche seiner Freunde dadurch abgeholfen habe, und im weiteren Verlaufe sind seine Worte ganz undurchdringlich und er will augenscheinlich nur seine Unwissenheit hinter ihnen verbergen. Hat er die beiden Gläser blos auf einander gelegt? So vermuthet es La Hire, und die Worte scheinen es anzudeuten. Oder hat er sie in eine passende Entfernung gebracht? Wenn Letzteres, so hat er jedenfalls die Entdeckung nicht weiter verfolgt, was unbegreiflich wäre bei einem denkenden Manne, dem die ungemeine Wichtigkeit einer solchen Wahrnehmung doch gewiss nicht entgehen konnte.

Hätte Porta seinem Texte erläuternde Figuren beigegeben, so würde aller Zweifel gehoben sein. — Übrigens hatten schon lange vor Porta's Auftreten Fracastor und Cabaeus durch Aufeinanderlegen zweier Linsengläser ähnliche Wirkungen hervorgebracht, wie aus ihren Äusserungen unzweideutig hervorgeht.

Nur mit innigem Bedauern verweilt unser Blick bei einem Manne, der — wie das hier Angeführte nicht zweifeln lässt — Besseres und Würdigeres leisten konnte, und der aus Gewinnsucht oder andern noch verwerflicheren Motiven den Thorheiten seiner Zeit in dieser Weise fröhnt, ja an ihre Spitze tritt. Auch andere Forscher dieser Zeit sind nicht ganz freizusprechen von einer

solchen Accommodation, aber sie thaten es mit sichtlichem Widerstreben, und Jeder, der zwischen den Zeilen zu lesen versteht,
wird die Indignation hindurchfühlen, mit der z. B. ein Kepler
astrologische Deutungen giebt, die sein Kaiser von ihm gefordert
hatte. Aber sich zum Momus zu erniedrigen, um den lauten Markt
zu unterhalten — das hätte ein Porta Denen überlassen sollen,
die des Grossen und Edlen unfähig, bei diesen Possenreissereien
wenigstens nichts weiter versäumen.

Franz Maurolycus, ein vielgenannter Optiker (1494—1577).
Sein Vater war, vor dem Schwert der Türken fliehend, aus Con-
stantinopel nach Messina gezogen.   Franz begleitete Karl V. auf
seinem algierischen Zuge, erwarb durch seine hervorragenden
Kenntnisse dessen besonders Gunst und konnte sich, glücklicher
als Baco, ein langes Leben hindurch ungestört und sorgen-
frei seinen Forschungen widmen. Nur musste er sich gefallen
lassen, dass der grosse Haufe ihm eine Vorhersagung zuschrieb —
die des Sieges von Lepanto.

Obwohl durch manche wichtige Arbeit ausgezeichnet, hat er
sich doch am meisten bekannt gemacht durch Erklären und Commentiren der alten Optiker. In seinen „*Photismi de lumine et
umbra*" behandelt er die schon von Aristoteles aufgeworfene,
aber sehr ungenügend beantwortete Frage, weshalb das Sonnenbild, durch eine kleine eckige Öffnung aufgefangen, gleichwohl
rund erscheine. Er beantwortet sie richtig dahin, dass das Kreis-
bild entstehe durch die Peripherien vieler Kreise, die einander
nahezu decken, desto näher, je kleiner die Öffnung ist. Seine kat-
optrischen Untersuchungen stehen entschieden denen von Porta
nach, weshalb wir sie hier übergehen; werthvoller ist das, was
er über Brechung mittheilt; seine Regenbogentheorie ist unnöthig
gekünstelt, doch im Ganzen richtig. Er unterscheidet in ihr vier
Hauptfarben: croceus, viridis, coeruleus, purpureus, und Ueber-
gänge zwischen ihnen.* Wichtig sind die Untersuchungen, die er

---

* Die Zahl der Regenbogenfarben ist beliebig, oder besser gesagt, unendlich gross, denn auf jedem Punkte des Bildes zeigt sich Übergang. Die
Annahme von so oder so viel Farben ist weit eher ein Maasstab für den
Sprachreichthum, rücksichtlich der Farbenbenennung, als für das Prismenbild
selbst. Newton hatte anfangs sechs Farben angenommen; der Heptomanie
seiner Zeit zu Gefallen schob er zwischen Blau und Violett noch Indigo ein,
denn damals gab man sich in solchen Dingen nicht eher zufrieden, bis die
geheiligte Sieben glücklich zu Stande gebracht war.

über die Krystalllinse des Auges anstellte, um unter andern dadurch die für ein bestimmtes Auge passende Form der Brillengläser zu ermitteln.

Gerechtem Tadel setzte er sich aus durch eine Tabelle, in der er die Durchmesser der Himmelskörper, selbst die der entferntesten Fixsterne, in ihrem Verhältniss zum Erddurchmesser angiebt, eine fast unbegreifliche Ueberschätzung der Kräfte nicht seiner Zeit allein, sondern aller Zeiten. Man kann sie, und zwar in breitester Ausführlichkeit, in des Cardinal Clavius Commentar zum Sacrobosco finden.

Baco von Vorulam (1560—1626), der Vielgenannte, zählt in der Optik, wie in der gesammten Naturforschung eigentlich nur zu den Geistern, die verneinen. Denn weit entfernt, den Umfang des Wissens zu vermehren, richtet er seine scharfe und nicht selten auch gerechte Kritik gegen die ganze Art und Weise, wie die Wissenschaften zu seiner Zeit und bis zu derselben betrieben wurden; fordert Facta, nicht Systeme. In Beziehung auf Optik wäre besonders sein *Novum Organon* zu nennen. Die Befolgung seiner zwar nicht durchaus neuen, aber von ihm zuerst mit dieser Schärfe und Bestimmtheit formulirten Grundsätze ist nicht ohne heilsamen Einfluss geblieben dadurch, dass Andere ihn besser verstanden als er sich selbst.

§. 192.

DIE ERFINDUNG DES FERNROHRS.

Die schon so lange schwebenden, ja theilweise noch heute nicht erledigten Streitigkeiten über diese denkwürdige Erfindung, wie der unermessliche Einfluss, den sie auf Gestaltung der Wissenschaften überhaupt und der Himmelskunde insbesondere gehabt hat, rechtfertigen es gewiss, wenn wir bei ihr länger verweilen und nichts übergehen, was als hierher gehörig betrachtet werden kann. Nur so wird man, so weit dies überhaupt möglich, den verschiedenen Ansprüchen gerecht werden können.

Dagegen sollen die Leser nicht mit den Angriffen, die dieses Werkzeug erfahren hat von Seiten der geistigen Kurzsichtigkeit, der es freilich nicht wie der körperlichen direct Abhülfe zu bringen vermochte, belästigt werden, wie wir denn überhaupt ähnlicher Unwürdigkeiten nur dann und nur in so weit gedenken wollen,

als es unumgänglich erforderlich ist. Die Himmelskunde ist zu
fest begründet und innerlich zu consequent, als dass sie nöthig
hätte, durch eine förmliche Vertheidigung ihren Gegnern eine
Ehre anzuthun, welche sie nicht verdienen.

Schon oben ist des Anspruchs gedacht worden, der zu
Gunsten Baco's, Porta's und Fracastor's von Einigen erhoben
worden ist. Aber schon viel früher, im classischen Alterthum,
finden wir einige hier nicht zu übergehende Andeutungen. So erzählt der unkritische und leichtgläubige Diodorus Siculus, dass
Hekatäus und andere, nicht auf uns gekommene Autoren, von
einer Insel sprechen, nicht kleiner als Sicilien und den Celten
gegenüber gegen Norden (also England), auf der man den Mond
so nahe sehe, dass man auf ihm etwas den Bergen unserer Erde
Ähnliches wahrnehmen könne. So unwahrscheinlich es nun auch
ist, dass die alten Briten zur Zeit Alexander's des Macedoniers
Fernröhre besessen hätten, so ist es doch noch weit unwahrscheinlicher, dass ein Volk von einer so hohen Culturstufe in kaum
drei Jahrhunderten zu dem Zustande der Barbarei herabsinken
sollte, in dem Cäsar und die übrigen römischen Feldherren
es antrafen. — Übrigens kann unter günstigen Umständen zur
Zeit der Quadraturen ein scharfes, unbewaffnetes Auge allerdings etwas sehen, das auf Berge im Monde schliessen lässt,
und die ganze Stelle führt weit eher auf die Vermuthung,
Diodor habe geglaubt, man sei dort dem Monde wirklich
näher.

Wenn ferner von Röhren gesprochen wird, mit denen Ptolemäus Evergetes von der Insel Pharos aus die Bewegungen der
Feinde beobachtet habe, so ist wohl nur an offne Röhren zu
denken, deren man sich bediente, um die Seitenstrahlen abzuhalten
und den Gegenstand besser zu sehen.

Ditmar, Bischof von Merseburg (um 1020), im *Chronicon
Martisburgense* sagt: „Gerbertus (der spätere Papst Sylvester II)
optime callebat astrorum cursus discernere, et contemporales suos
variae artis notitia superare. Hic tandem a finibus suis expulsus,
Ottonem petiit imperatorem, et cum eo diu conversatus, in Magdeburg horologium fecit, illud recte constituens, consideratus per
fistulam quadam stella, nautarum duce.“

Also eine Uhr, die durch Beobachtung des Polarsternes re-
gulirt wird. Dazu bedarf es, wie jeder Astronom weiss, einer
Fixirung des Meridians, für die stets gesorgt werden muss,

mochte man ein Fernrohr haben oder nicht. Die fistula, ein fest aufgestelltes Rohr, ist dazu ganz geeignet.

Endlich erwähnt Cysatus in seinem Werke *de loco, motu, magnitudine et causis cometae, qui sub finem anni 1618 et initium anni 1619 fulsit, Ingolstadt* 1619; es finde sich in der Bibliothek des Klosters Scheyern ein 400 Jahr altes Manuscript, in dem ausser andern Bildern ein Astronom, der durch ein Fernrohr beobachtet, dargestellt sei. Da alle solche Bilder, wie sie auch in neueren Schriften häufig vorkommen, nur das Rohr selbst, nicht aber die darin befindlichen Gläser zeigen, so ist auch die Bezeichnung des Cysatus, (der die in Holland gemachte Erfindung schon kannte und gebrauchte) nur eine Conjectur, aus der nichts Positives geschlossen werden kann.

Überhaupt kann auf Äusserungen, die nach gemachter Erfindung datiren, aus nahe liegenden Gründen wenig Gewicht gelegt werden. So nimmt Thomas Digges für seinen 1574 gestorbenen Vater, den Mathematiker Leonhard Digges, die Erfindung in Anspruch. Hooke, der dieses Anspruchs gedenkt, setzt hinzu, schon Porta habe die Erfindung gemacht. Hieraus ist wohl zu schliessen, dass Digges wie Porta Versuche gemacht haben, ohne weiter zu kommen als dieser.

Wohl können Erfindungen wieder verloren gehen, und wir haben thatsächlich manchen Verlust der Art zu beklagen. Aber Erfindungen wie Buchstabenschrift, Compass, Bücherdruck und Fernrohr gehen, einmal gemacht, nicht verloren; Geheimnisskrämerei vermag auf die Dauer gegen sie eben so wenig als Anfeindung und Verfolgung; erobernd durchschreiten sie den Erdkreis und gehören fortan der Menschheit, die einen solchen Schatz sich nicht wieder rauben lassen wird.

Der Ruhm der wirklichen Erfinder aber wird nicht geschmälert durch das Zugeständniss, dass Versuche und unvollständige Erfolge ihnen vorhergingen und ihnen den Weg bahnten, auf dem es ihnen gelang, das Ziel zu erreichen. Der Genius der Menschheit ist es, der die Erfindungen macht und sie zu rechter Zeit macht, die Namen, welche sie tragen, bezeichnen Diejenigen, in denen dieser Genius sich verkörperte.

Bei der Wichtigkeit des Gegenstandes wird es von Interesse sein, die gerichtlich aufgenommene Acte über diese Erfindung hier mitzutheilen:

„Nos Consules, Scabini et Consiliarii civitatis Middelburgi in

Secundis jussimus, audiri et examinari Joannem Zacharidem, confectorem conspiciliorum in civitate nostra, aetatis qui esset annorum quinquaginta duorum, ut etiam Saram Goedardam, qui inhabitat aedes, quarum signum est crux aurea, in porta interiori hujus civitatis, de cognitione certa, quae apud illos simul et singulos eorum esset: quisnam videlicet homo in hac dicta civitate prima conspicilia longa, sive telescopia confecerit. Illi ad interrogata responderunt et declararunt haec, quae sequuntur.

„Et primo praedictus Joannes Zacharides affirmavit, illa telescopia primum esse inventa et confecta a patro suo, cui nomen erat Zacharias Joannides, idque contigisse, ut saepe inaudiverat, in hac civitate anno 1590. Quod tamen longissimum telescopium, illo tempore confectum, non excessit 15 aut 16 pollicum longitudinem. Affirmavit, tunc duo talia telescopia oblata fuisse, unum videlicet illustrissimo principi Mauritio, alterum vero Archiduci Alberto, et tanti similis longitudinis in usu fuisse usque ad annum 1618. Tunc demum (ut affirmavit hic testis) ipse et pater ejus, nempe praedictus Joannes et Zacharias Joannides, invenerant fabricam et compositionem longiorum telescopiorum, quibus etiam nunc utuntur nocte ad inspiciendas stellas et lunam. Insuper affirmavit, quendam, nomine Metium,* anno 1620 advenisse Middelburgum, et comparasse tale telescopium, cujus confectionis modum conatus est imitari, quantum potuit. Idem et

---

Adrian METIUS, s. Bd. 1, pag. 212. Seine Arbeiten sind vorherrschend mathematische und er hat die Zahl π bis auf 27 Dezimalstellen berechnet. Seine erste Schrift von 1592: Doctrina sphaerica libri V, ist in Frankfurt 1598 in zweiter Auflage erschienen, alle späteren in Holland, wo er in Franecker die Professur der Mathematik bekleidete. Es sind hier zu bezeichnen die Institutiones astronomicae in 3 Bänden, wovon 3 Auflagen erschienen, die Astronomia practica von 1611, ein Tractatus de usu utriusque globi von 1624, die Problemata von 1625, das Astrolabium, 1626, und das Primum mobile von 1631. Viele machen ihn zum theoretischen Erfinder des holländischen Fernrohrs, nach dessen Ideen die Middelburger Optiker gearbeitet hätten.

Seine gesammten Werke erschienen unter dem Titel:

Opera omnia astronomica et mathematica. Editio nova a Guilielmo Bleau. Amsterdam 1633.

tentasse Cornelium Drebellium. Insuper dixit hic testis, cum haec sunt inventa, patrum suum inhabitasse aediculas, quae sunt in coemetario templi novi, ubi nunc subhastatio rerum publice fit.

„Post haec audita est et deposuit Sara Goedarda, et affirmavit, jam esse 42 aut 44 annos circiter (nam de certo praefixo tempore non poterat dicere) cum conspicilia longa in hac civitate primum a fratre ejus, Zacharia Joannide, jam mortuo, confecta sint, qui habitavit aedes prope monetam, junctas templo novo. Scientiae suae rationem dixit, quod illa vidisset innumeris vicibus fratrem conficientem talia telescopia.

„In fidem dictorum Nos Consules et Scabini praedicti haec sigillo minori nostrae civitatis jussimus firmari, et per unum ex numero secretariorum nostrorum subscribi, tertio die mensis Martii anno 1655.

(L. S.)　　　　　Subsignatum
　　　　　　　Simon van Beaumont.“

Da die Glaubwürdigkeit eines von so nahen Verwandten abgelegten Zeugnisses Manchem nicht genügend erscheinen mochte, so fügt Dorellus (dessen Schrift *de vero telescopii inventore* wir obiges Actenstück entlehnt haben) noch einen an ihn selbst gerichteten Brief des holländischen Gesandten Borelius hinzu, datirt Paris 9. Juli 1655. In diesem heisst es, dass er, 1591 in Middelburg geboren, ein Spiel- und Jugendgenoss des oben aufgeführten Zeugen, oft gehört habe, dessen Vater Hans habe die Mikroskope erfunden, und eins derselben dem Prinzen Moritz, das andere dem Erzherzog Albert übergeben. Borelius sah 1619 als Gesandter in England das letzteren Mikroskop; es war 1½ Fuss lang, das Rohr hatte 2 Zoll Durchmesser, es stand auf drei erzenen Delphinen und diese auf einem Fussgestell von Ebenholz. Erst im Jahre 1610 wurden die längeren Fernröhre zu astronomischem Gebrauch erfunden und dem Prinzen Moritz überreicht, der sie zum Recognosciren im Kriege gegen die Spanier benutzte, eben deshalb es aber auch allein für sich behalten wollte. Reichlich beschenkte er den Erfinder, um auch ihm die Sache geheim halten zu lassen. Da sei ein Mann, der von der Erfindung etwas gehört, nach Middelburg gekommen, zufällig aber nicht zu dem Erfinder, sondern zu dem in der Nähe wohnenden Brillenmacher Laprey (Lippersheim) gegangen. Dieser Laprey habe sorgfältig alles, was jener Fremde ihm sagen konnte, gemerkt, hernach im Stillen selbst Versuche angestellt und ein Fernrohr zu Stande gebracht, sie auch zuerst zum Verkauf ausgestellt. Metius und Drebbel dagegen seien nicht zu Laprey, sondern zum wahren Erfinder gekommen, um die Einrichtung kennen zu lernen.

Hieronymus Sirturus, der 1618 „über Fernröhre" schrieb, hat gleichfalls die Erzählung von dem Manne, der zu Lippersheim gekommen, weiss jedoch nichts von Jansen und behauptet sogar, Lippersheim sei der einzige Brillenmacher in Middelburg gewesen. — Ebenso macht Schyrlaeus de Rheita, der 1645 schrieb, Lippersheim zum Erfinder, ohne eines Jansen zu gedenken.

Und endlich findet sich bei Borelli eine zweite, an demselben Tage und von denselben Personen, wie die obige, aufgenommene gerichtliche Acte, mit denselben Eingangs- und Schlussworten, in welcher als Zeugen für Laprey's Ansprüche auftreten:

1) Jacobus Wilhelmi, custos aedium aerarii mercatorii, 70 Jahr alt,

2) Adwoldus Kien, nostrae civitatis nuntius Antwerpiensis, 67 Jahr alt,

3) Abraham Junius, in hac civitate faber ferrarius, 77 Jahr alt, und diese sagen aus:

1) Virum illum nominatum fuisse Joannem Lapreyum, et habitasse in vico hujus civitatis, dicto Caponario, in aedibus ipsis, quas in praesenti inhabitat sartor pannarius, aut vicinas eas, de quo dubitat. Dixit, illum ipsi notum fuisse, dum conspicilia faceret, et etiam postea, cum tubos longos sive telescopia fabricaret, et hoc factum esse jam ante elapsos fere 50 annos. Ait, dictum Lapreyum mortuum esse, ut putat, jam 20 annis praeteritis, sed bene ipsi constare, Lapreyum illum in hac civitate obiisse. Rationem depositionis addidit, quod hic testis ipsi vicinus propior fuerit, ex distantia solummodo quatuor aut quinque domuum, et bene notum ipsi esse, insuper dictum Joannem Lapreyum, cum primum telescopium ab ipso constructum obtulisset Mauritio principi, ab Excellentia illius dono donatum fuisse, sicut tum temporis inaudivit.

2) Deposuit et declaravit nomen hominis istius, qui telescopia solebat facere, Joannem Lapreyum Vesalium, et habitasse in hac civitate in vico Caponario, contra templum novum aedibus junctis, quibus insigne erat telescopium, juxta domum, cujus signum est serpens, quarum aedium proprietarius fuit Lapreyus. Affirmavit etiam hic, anno 1610 incepisse Lapreyum conficere dicta

telescopia, mortuum vero esse mense Octobri 1619 et ibidem sepultum esse. Rationem addidit hic testis scientiae suae, quod Lapreyi istius filiam in uxorem habuerit, et quod dictus Lapreyus dominis ordinibus, et Mauritio principi ex telescopiis suis aliqua obtulit sub donativo, et privilegio in triennium ipsi concesso.

3) attestatus fuit et declaravit, primum hominem, qui in hac civitate tubos longos confecit, nominatum fuisse Hans; id est Joannem, non observato cognomine ipsius, sed vulgo dicto Joannem conspicilicem, eumque inhabita saevicum Caponarium hujus civitalis, quamquam ignoret, quibus praecise in aedibus, et jam elapsis circiter 45 aut 46 annis, Joannem illum prima conspicilia illa longa fabricasse, ipsumque innotuisse huic testi multis annis ante, cum nondum conspicilifex esset, sed opera erat fabri murarii. Rationes scientiae suae dedit, quod hic testis in vicinia ipsius Joannis in vico, de Wall dicto, iisdem in aedibus, quibus nunc, inhabitavit per annos fere 50, et exequias ipsius Joannis comitatus est. Ait etiam, vero se nosse et saepe inaudivisse, praedictum Joannem fecisse tubos longos, et telescopia in usum illustrissimo principi Mauritio.

Endlich hat sich in neuerer Zeit ein Document aufgefunden, in welchem gesagt ist, dass Lippersheim am 2. October 1608 den Generalstaaten von Holland ein Fernrohr übersandt und um ein Patent darauf nachgesucht habe, welches ihm auch ertheilt worden, und in Folge dessen er ein zweites Fernrohr im December 1608 eingereicht habe. In beiden Instrumenten war statt des Glases Bergkrystall angewandt. (Vgl. G. Moll, *Geschiedkondig Onderzoek naa de eerste l'Ufinders des Vernkykers*, Amsterd. 1831.

§ 193.

Wir haben alles Wesentliche zusammengestellt, was sich aus den Original-Documenten ergiebt, und halten dafür, dass sich die Summa in folgender Weise ziehen lasse:

1) Die Erfindung des Fernrohrs ist in der holländischen Stadt Middelburg, in der Provinz Seeland, im Jahre 1608 gemacht worden.

2) Der Erfindung des wirklichen Fernrohrs ging die des zusammengesetzten Mikroskops vorher, und die eine Entdeckung hat zu der andern geführt.

3) Das erste Fernrohr ist dem Prinzen Moritz von Nassau-

Oranien während des Krieges mit Spanien überreicht worden, der
den grossen Nutzen, den es im Kriege leisten konnte, schnell erkannte.

4) Wahrscheinlich haben beide Competenten, einander nahe
wohnend und auf das gleiche Ziel hinarbeitend, nahe gleichzeitig
und unabhängig von einander, die Erfindung gemacht, auch wohl
beide die Erstlinge derselben dem Prinzen Moritz überreicht.

5) Indess sprechen die gewichtigen und zahlreicheren Zeug-
nisse, was die erste Erfindung betrifft, für Laprey, während
Z. Jansen's Anspruch nur auf dem Zeugniss seines Sohnes und
seiner hochbejahrten Schwester beruht, da Borelius auch nichts
weiter weiss, als was der Sohn ihm erzählt hat. Die zusammengesetzten Mikroskope dagegen scheint Jansen früher erfunden zu
haben. Jedenfalls ist Laprey durch diese Erfindung bekannter
geworden als Jansen.

Wilde in seiner Geschichte der Optik, Berlin 1838, der aber
wohl das zuletzt erwähnte Document noch nicht kannte, entschied
sich für Z. Jansen.

Es erübrigt nun noch, der weiteren Ansprüche zu gedenken,
die gleichzeitig oder bald darauf erhoben worden sind.

Der Jesuit Fontana trat 1646 mit der Behauptung auf, er
habe das Fernrohr schon 1608 erfunden. Aber Zupus, auf den
er sich beruft, sagt nur, dass er seit 1614 gesehen, wie Fontana
ein solches gebraucht habe. — Dieser Anspruch auf die Priorität
ist also wohl abzuweisen.

Simon Marius aus Gunzenhausen erzählt, ein Niederländer sei
zu seinem Freunde Fuchs von Bimbach gekommen, um ihm ein
Fernrohr anzubieten; des zu hohen Preises wegen habe dieser es
nicht gekauft, sondern ihm, Marius, mitgetheilt, er vermuthe,
dass es aus einem Sammel- und einem Zerstreuungsglase bestehe.
Er habe darauf im Herbste 1608 ein Fernrohr zu Stande gebracht. Da seine ersten Fernrohrbeobachtungen aber erst vom
Sommer 1609 datiren, so hat er sich wohl im Datum geirrt, und
jedenfalls ist er, seinen eigenen Angaben nach, ein Nacherfinder.

Endlich bezeichnet Descartes den Jacob Metius, den auch
Schott und Harsdörffer erwähnen, als ersten Erfinder. Aber
diese späten Erwähnungen, die sich nirgend mit Bestimmtheit auf
eine frühere Quelle beziehen, und ebenso wenig das Jahr oder
andere nähere Umstände anführen, sind in der That von geringem
Gewicht. Wir haben aber gesehen, dass Metius in Middelburg

sich Raths erholte; er wird die Erfindung nachgemacht und an fremden und entfernten Orten versucht haben, für den ersten Erfinder zu gelten.

Des Galiläi und seines Fernrohres ist bereits im Haupttheile des Werks gedacht worden, und da mit ihm die Periode beginnt, wo Himmelskunde und Optik ganz untrennbar sind, so beschliessen wir hier die gesonderte Darstellung der letzteren und lassen nur noch ein Verzeichniss derer folgen, die seit Erfindung des Fernrohres sich als Künstler oder Schriftsteller um die Optik besonders verdient gemacht haben, verweisen übrigens rücksichtlich derer, die gleichzeitig wesentliche Verdienste um die Himmelskunde selbst erworben haben, auf die allgemeine Darstellung.

Wo es mit Sicherheit geschehen konnte, ist das Geburts- und Sterbejahr angegeben, überhaupt aber, so weit dies möglich, die chronologische Folge beibehalten worden.

§ 194.

M. Antonius de Dominis, 1566—1624.
> De radiis visus et lucis in vitris perspectivis et iride tractatus. Ed. Bartolus. Venedig 1611.

Franz Aguilonius, 1567—1617.
> Opticam libri VI. Antwerpen 1613.

Johann Kepler, 1571—1630.
> Ad Vitellionem Paralipomena, quibus astronomiae pars optica traditur. Frankfurt 1604.
> Dissertatio cum Nuncio Sidereo, nuper ad mortales misso a G. Galilaeo. Frankfurt 1610.
> Dioptrice, seu demonstratio eorum, quae visu &c.

Christoph Schoiner, 1575—1640.
> Refractiones coelestes, sive solis elliptici phaenomenon illustratum. Ingolstadt 1617.
> Fundamentum opticum, in quo ex oculi anatome radius visualis eruitur. Insbruck 1619.

H. Sirturus.
> Telescopium, sive ars perficiendi novum illud Galilaei visorium instrumentum ad sidera. III partes. Frankfurt 1618. (Dies die erste Anleitung zur Verfertigung von Fernröhren.)

Fortunius Licetus, 1577—1657.
> De natura lucis. Udine 1640.
> Litheosphorus, seu de lapide Bononiense. Udine 1649. (In dieser Schrift hält er den Mond, des aschfarbenen Lichtes wegen, für einen bononi-

schen Stein.) Unter den anderen Schriften des Liceti ist eine, in der
er 'die Frage aufwirft, ob die Lehre von den Meteoren gestattet sei,
wegen Luc. 12, 20: Μὴ μετεωρίζεσθε.

Mario Bettini, 1582 — 1657.
L'optique, comprenant la connoissance de l'œil. Paris 1647. (In diesem
Werke erklärt er die Mondberge für eine optische Täuschung.)

Claude Mydorge, 1585 — 1646. Ein reicher Privatmann, der
über 100000 Thaler auf Fernröhre und Brennspiegel verwandte. Er schrieb:
Prodromus catoptricorum et dioptricorum sive Conicorum operis. Paris 1631.

Nicolo Zucchi, 1586 — 1670.
Optica philosophica. Leyden 1652. (Darin die erste Idee des Spiegelteleskops, die er nach seiner Angabe schon 1616 gefasst hat.)

Maria Mersenne, 1588 — 1648.
Opticorum libri septem, ubi catoptrica, dioptrica &c. explicantur. Paris 1644.

Marcus Marci, 1595 — 1667.
Thaumantias, liber de arcu coelesti deque colorum apparentia natura.
Prag 1648. (Darin bemerkenswerthe Experimente über die prismatische
Dispersion.)

Franz Linus, 1595 — 1675.
A letter animadverting Mr. Isaac Newton's theory of light and colours.
1674. (In dieser Schrift tritt er als Gegner Newton's auf.)
Optical assertions concerning the rainbow.
Second letter on Newton's theory. 1675. (Diese Schrift veranlasste
eine Beantwortung Newton's.)

Marco Marci de Kronland, 1595 — 1657.
Thaumantias, liber de arcu coelesti deque colorum apparentium natura.
Prag 1648. (In diesem Buche sehr bemerkenswerthe Ansichten über
prismatische Dispersion.)

René Descartes, 1596 — 1650.
Discours sur la méthode pour bien conduire sa raison et chercher la verité
dans les sciences; plus la dioptrique, les météores et la géométrie. (In
diesem Werke das von W. Snell entlehnte, von ihm aber verbesserte
Refractionsgesetz.)

Bonaventura Cavaleri, 1598 — 1647.
Exercitationes geometricae. Bologna 1647. (Darin eine allgemeine Anleitung, die Brennweite der Glaslinsen zu finden.)

S. Marolais.
Optica sive Perspectiva. Amsterdam 1647.

Athanasius Kircher, 1601 — 1680.
Ars magna lucis & umbrae, in X libros digesta. Rom 1646. II. Ed. Amsterdam 1671. Mit sehr vielen Holzschnitten und Kupfertafeln .

Joh. Christoph Kohlhaas, 1604 — 1677.
Admiranda optica seu tractatus opticus. Leipzig 1663. (Auch über Anfertigung von Fernröhren handelnd.)

Martin Hortensius, 1605 — 1639.
Proprietates tubi dioptrici. Amsterdam 1635.

Ismael Boulliau, 1605 — 1694.
De natura lucis. Paris 1638.

Caspar Schott, 1608 — 1666.
Magia Universalis naturae et artis. Frankfurt 1657. (Im ersten Theile des Werks die Optik.)

Zacharias Traber, 1611 — 1679.
Nervus opticus seu tractatus theoreticus, III libri. Wien 1675.

Jean François Niceron, 1613 — 1663.
Perspective curieuse ou magie artificielle des effets merveilleux de l'optique par la vision directe, de la catoptrique et de la dioptrique. Paris 1638. Ins Lateinische übersetzt 1646.

Franz Maria Grimaldi, 1613 — 1663.
Physico-Mathesis de Lumine. Bologna 1665. (In diesem Werke die Entdeckung der Diffraction und der erste Versuch einer Undulationstheorie.)

Isaak Vossius, 1618 — 1689.
De lucis natura et proprietatibus. Responsio ad objectiones J. de Braya et Petiti.

Samuel de Vand.
Progymnasma Physicum de Iride. Danzig (um 1650).

William Gascoigne, 1621 — 1644, ist der erste, der das Mikrometer mit dem Fernrohr und dieses mit den astronomischen Winkel-Instrumenten zu verbinden lehrt. Nur 23 Jahr alt, blieb er in der Schlacht von Marston-Moor, in Vertheidigung Karl's I.

Carlo Antonio Graf v. Manzini, gest. 1677. Er stiftete die Academia di Vespertini in Bologna.
L'Occhiale al Occhio, Dioptrica practica, dove si tratta della Luce. Bologna 1660.

Andreas Taquet.
Opera mathematica. Antwerpen 1668. (Darin auf S. 343 — 422 die Optik und Katoptrik.)

Johann Zahn.
Oculus artificialis teledioptricus. Würzburg 1685.

L. B. de Pisnitz.
De spe('YLorVM esercula et proprietatIbVs. Prag.

Robert Boyle, 1627—1691.
Experiments and observations upon colours. London 1663. (Ward in verschiedene Sprachen übersetzt und erlebte mehrere Auflagen.

Christian Huyghens, 1629—1695.
Astroscopia compendiaria tubi optici molimine literata. Haag 1684.
Traité de la lumière. Leyden 1691. (Darin zuerst die Entdeckung der Doppelbrechung des Kalkspaths und die der Lichtpolarisation.)
Dioptrica 1703.

Isaak Barrow, 1630—1677.
Lectiones opticae. London 1669. (In diesem Werke, an dem auch Newton Antheil hat, werden zuerst die Vereinigungsweiten der Glaslinsen bestimmt.)

Anton van Leeuwenhock, 1632—1723. Seine Mikroskope waren von ausgezeichneter Schärfe und erhielten sich lange im Gebrauch. Die, welche in seinem persönlichen Besitz waren, vermachte er der London Royal Society. Er schrieb:
Arcana naturae per microscopium detecta. 1708.

Robert Hooke, 1635—1703.
Seven lectures of light. 1680.
Micrographia. London 1665. Mit 38 Kupfertafeln.

Sebastian le Clerc, 1637—1711.
System de la vision, fondé sur de nouveaux principes. Paris 1712.

Jacob Gregory, 1638—1675.
Optica promota cum appendice subtilium problematum. London 1663. (In diesem Werke beschreibt er das von ihm erfundene Spiegelteleskop.)

A. Auzout, gest. 1691, schrieb Vieles über Verfertigung von Objectiven und langen Fernröhren.

Cherubin d'Orleans.
La Dioptrique oculaire. Paris 1671. Mit 60 grossen Kupfertafeln.

Joh. Franz Grindel von Ach.
Micrographia nova, oder neue curiose Beschreibung verschiedener kleiner Körper, welche vermittelst eines absonderlichen, von ihm entdeckten Vergrösser-Glases verwunderlich gross vorgestellet werden. Nürnberg 1687.

Peter Ango.
L'optique, contenant 1) la propagation et les propriétés de la lumière; 2) la vision; 3) la figure et la position des verres, qui servent à la perfectionner. Paris 1682.

Isaac Newton, 1642—1727. Sein hierher gehörendes Hauptwerk:
Optics, or a treatise of the reflexion, refraction, inflexion and colours of light. London 1704.

Olof Römer, 1644—1710, theilte in der Sitzung der Pariser

Akademie vom 22. Nov. 1673 seine Entdeckung der Fortpflanzungsgeschwindigkeit des Lichts mit.

Nicolaus Hartsoeker, 1656—1724.
Essai de dioptrique. Paris 1694. (In diesem Werke zeigt er sich als
entschiedener Gegner Newton's, nicht bloss rücksichtlich seiner Optik,
sondern auch der Gravitationstheorie. Die elliptischen Bewegungen
sucht er auf andere Art zu erklären.)

Edmund Halley, 1656—1742.
Resolution of the problem of finding the foci of optic glasses universally.
London 1692. (Die erste allgemeine Formel dafür.)

David Gregory, 1661—1710.
Elementa catoptricae & dioptricae sphaericae. Oxford 1695.

Joh. Baptist Verle, einer der frühesten Oculisten, schrieb:
Anatomia artificialis oculi humani, inventa et recens fabricata. Venedig
1680. (Ward auch ins Deutsche übersetzt.)

Eustachius de Divinis, der durch seine Fernröhre und Mikroskope grossen Ruf erlangte, hat sich auch durch andere
astronomische Schriften bekannt gemacht.

Jacob Campani, der berühmte Verfertiger der grossen Fernröhre, welche Ludwig XIV. für Cassini bestellte.

Matthias Campani.
Oculus Grosnoves, und eine Anleitung zum Schleifen und Poliren der
Gläser. Rom 1678.

J. Craig.
De optica analytica libri duo. 1718.

Stephen Gray, gest. 1736, verfertigte parabolische Spiegel und
schrieb:
Microscopical observations and experiments.

Jakob Christoph le Blond, 1670—1741. In seiner 1737 er-
schienenen „Farbenharmonie" behauptet er, man könne aus
Roth, Gelb und Blau alle übrigen Farben zusammensetzen.
Er erfand auch ein Verfahren, Gemälde abzudrucken.

Johann Michael Conradi, gest. 1742.
Der dreifach gerettete Sehe-Strahl, mit einer kurzen doch deutlichen Anweisung zur Optica oder der Sehe-Kunst. 1710.

Christian v. Wolff.
Anfangsgründe der Optik, Katoptrik, Dioptrik und Perspective. Halle 1730.
Elementa opticae. 1735.

George Berkeley, 1684—1753.
Essay towards a new theory of vision. (Ein verfehltes Werk.)

Giovanni Graf v. Rizetti, gest. 1751.
 1) Specimen de luminis affectionibus. 2) De refractione et reflexione.

Robert Smith, 1689 — 1768.
 A complete system of optics. Cambridge 1738.

Pierre Bouguer, 1698 — 1758.
 Essai d'optique, sur la gradation de la lumière. Paris 1729.

Samuel Klingenstierna, 1698 — 1765.
 Tentamen de definiendis & corrigendis aberrationibus radiorum luminis in lentibus sphaericis refracti et de perficiendo telescopio dioptrico. Petersburg 1762.

John Dollond, 1706 — 1761. Seine wichtige 1757 gemachte Erfindung der achromatischen Objective findet sich in seinem *Account of some experiments concerning the different refrangibility*, 1758. Vorher hatte er schon *Improvement of refracting telescopes* erscheinen lassen.

Ramicus Rampinelli.
 Lectiones opticae. Brixen 1758.

Jacques Gautier, gest. 1785, hat fast nur Streitschriften veröffentlicht, unter andern gegen Newton.

P. W. Wargentin.
 Von der Geschwindigkeit des Lichts. Stockholm 1744.

Leonhard Euler, 1707 — 1783.
 Dioptrica, 3 Bde. Petersburg 1769.

Ruggiero Giuseppe Boscovich, 1711 — 1787.
 Memorie sul connochiale diottrici. Mailand 1771.
 Dissertationes V ad dioptricen pertinentes. Wien 1768.

Nicolas Louis de Lacaille, 1713 — 1762.
 Leçons élémentaires d'optique. (Mehrfach aufgelegt und in andere Sprachen übersetzt.)

Gaspard le Compasseur de Crequi-Montfort, Marquis de Courtivron, 1715 — 1783.
 Traité d'optique, où l'on donne la théorie de la lumière dans le système Newtonienne, avec des nouvelles solutions des principaux problèmes de dioptrique et de catoptrique. — Noch vieles Andere.

Carl Scherffer, 1716 — 1783.
 Dissertatio über Dollond's Erfindung.
 Dissertatio de coloribus accidentalibus.

Johann Bischoff, 1716 — 1779.
 Neue optische Beiträge, hauptsächlich zu Vergrösserungsgläsern. Stuttgart 1772.
 Praktische Abhandlungen über Dioptrik. Stuttgart 1772.

Jean le Rond d'Alembert, 1717—1783.

Essais sur les moyens de perfectionner les verres optiques. 1764—1768.
Mémoires d'optique. 1773.

G. F. Brander.

Kurze Beschreibung einer ganz neuen Art von Camera obscura. Augsburg 1767.
Beschreibung eines zusammengesetzten Mikroskops. Augsburg 1769.
Beschreibung eines Spiegelsextanten. Augsburg 1774.

Abraham Gotthilf Kästner, 1719—1800. Das 6. und 7. Kapitel seiner Astronomischen Abhandlungen enthält eine Dioptrik 1774.

De aberrationibus lentium ob diversam refrangibilitatem radiorum. Göttingen 1752.

Johann Evangelist Helfenzrieder, 1724—1803.

Tubus astronomicus amplissimi campi cum micrometro suo et fenestrella ocularibus, novam instrumentum. Ingolstadt 1773.

Joseph Priestley, 1733—1804.

The history and present state of discoveries relating the vision, light and colours. London 1772. (Deutsch mit Anmerkungen von G. S. Klügel.)
A familiar introduction to the theory and practice of Perspective. London 1780.

Jesse Ramsden, 1735—1800.

Description of eye-glasses for telescopes applied to mathematical instruments. London 1782. — Noch mehrere ähnliche Abhandlungen in den Philosophical Transactions.

William Herschel, 1738—1822.

Zahlreiche Abhandlungen und Untersuchungen, namentlich über die Sonnenstrahlen und das Prismenbild.

Franz Güssmann, 1741—1806.

Nachricht von einer Vorrichtung an Fernröhres zur Bewirkung ungemeiner Vergrösserungen. 1788 (in v. Zach's Mon. Corr.).

Jean Paul Marat, 1743—1793.

Découvertes sur le feu, l'électricité et la lumière. 1799. — Später noch mehrere Schriften ähnlichen Inhalts.

Venturi, 1746—1822.

Commentarj sopra la storia e le teoria dell' ottica. 1814.

Johann Wolfgang v. Goethe, 1749—1832.

Beiträge zur Optik. — Zur Farbenlehre. Tübingen 1810.

George Adams, 1750—1795.

Essay on the microscopes.
History of vision.

Abel Bürja, 1752—1816.

Anleitung zur Optik, Katoptrik und Dioptrik. Berlin 1793.

Carl Christian v. Langsdorf, 1757 — 1834.
Grundlehren der Photometrie oder der optischen Wissenschaften. Erlangen 1803. 1805.

Soldner.
Ablenkung eines Lichtstrahls durch Attraction eines Weltkörpers. 1804.

Noel Jean Lerebours, 1761 — 1840.
Description d'un microscope achromatique simplifié. — Über seine Fernrohre vergl. Astron. Nachr. IV. 229.

William Ritchie, gest. 1837.
On a new photometer to determine the relative intensity of artificial light. 1824.
On a new photometer, founded on the principles of Bouguer. Edinburgh. 1826.

Späth.
Photometrische Untersuchung in Anwendung auf den Spiegelsextanten.
Photometrische Untersuchungen über die Jupitertrabanten-Verfinsterungen. 1795.

John Leslie, 1766 — 1832.
Experiments of light and heat, and description of a photometer.
(Das dritte Decennium des 19. Jahrhunderts kann als die Epoche bezeichnet werden, wo man zuerst dahin gelangte, die Lichtmessung praktisch anzuwenden und vergleichbare Resultate mit einiger Sicherheit zu erhalten.)

William Hyde Wollaston, 1766 — 1828.
Description of a transit circle. 1793.
On the methods of cutting rock crystal for micrometers. 1820.

Christian Heinrich Pfaff, 1773 — 1852.
Über Newton's Farbentheorie, Goethe's Farbenlehre und den chemischen Gegensatz der Farben. Leipzig 1813.

H. F. Link und P. Heinrich.
Über die Natur des Lichts. Zwei Preisschriften. 1808.

Etienne Louis Malus, 1775 — 1812.
Sur une propriété de la lumière réflechie par les corps diaphanes. (Diese 1808 am 12. Dec. in der Akademie gelesene Schrift enthält die berühmten Versuche über die Polarisation des Lichts.)

Peter Barlow, 1776.
Optics. 1829.
Account of the construction of a fluid lens refracting telescope of eight inches aperture. 1832.

Marquis de Laplace.
Théorie de la double réfraction de la lumière dans les substances crystallisées.
Beweis, dass die anziehende Kraft bei einem Weltkörper so gross sein kann, dass das Licht davon nicht ausströmen könne.

Robert Aglāe Cauchoix, 1776 — 1845.
Lunettes vitro-crystallines. 1831.

Johann Joseph Prechtl, 1778 — 1845.
Praktische Dioptrik. Wien 1828.

Thomas Young.
Outlines and inquiries, and letter respecting sound and light. 1800. 1801.
(Darin die Entdeckung der Interferenz des Lichts.)

Giovanni Battista.
Indagine fisica sul colori. Modena 1801.

David Brewster.
A treatise of optics. London 1831.
On the reflexion and decomposition of light at the separating surfaces of
media of the same and of different refractive powers. 1829.
On the laws of the polarisation of light by refraction. 1830.
On the action of the second surfaces of transparent plates upon light. 1830.
On the production of regular double refraction by simple pressure. 1831.
(Noch mehrere andere hierher gehörende kleinere Aufsätze in den Phi-
losophical Transactions der Jahre 1830—1841.)

Ludwig Schleiermacher, 1785 — 1844.
Analytische Optik. Darmstadt 1842.

Jean Dominique Franz Arago, 1786 — 1853.
Sur les forces refringentes des différens gaz. Paris 1806. (Mit Biot.)
Sur une modification des rayons lumineux dans leur passage à travers
certains corps diaphanes. 1811.
Sur la polarisation & sur les interférences. 1831.
(Und noch mehrere kleinere Aufsätze.)

Joseph v. Fraunhofer, 1787 — 1826.
Verschiedene, meist nur im Manuscript vorhandene kleinere Abhandlungen
über den Dorpater Refractor. 1821—25.
Resultate neuer Versuche über die Gesetze des Lichts und die Theorie
derselben. 1823.
Nouvelle modification de la lumière. 1823. (Darin die Entdeckung der
nach ihm genannten dunkeln Querlinien des Prismenbildes.)
Bestimmung des Brechungs- und Farbenzerstreuungsvermögens verschiedener Glasarten. 1815.

Ahlstedt.
Dissertatio: Phaenomena luminis, viribus attractivis et repulsivis corporum
subjacere et ex his derivari posse. Abo 1815—1819.

Georg Simon Ohm, 1787 -- 1854.
Erklärung aller in einzigen Krystallplatten zwischen geradlinig polari-
sirtem Lichte wahrnehmbaren Erscheinungen.

Augustin Louis Cauchy, 1789 — 1860.
Mémoire sur la dispersion de la lumière. Prag 1836.
Mémoire sur la théorie de la lumière. Paris 1826, 1830.

Sur la polarisation rectiligne et la double réfraction.　1839.

Sur les conditions rélatives aux limites des corps et sur celles qui conduisent aux loix de la réflexion et de réfraction.　1849.

Sur la vibration d'un double système de molécules, et de l'éther contenu dans un corps crystallisé.　Paris 1849.

(Noch mehrere Abhandlungen ähnlichen Inhalts.)

John Herschel, 1792.

On light.　London 1827.　(Übers. von Schmidt. Stuttgart 1831.)

Heinrich Emil Wilde, 1793—1859.

Geschichte der Optik.　2 Bde.　Berlin 1838. 1743. (Unvollendet.)

Über die Optik der Griechen.　Berlin 1833.

(Noch mehreres Anderes.)

Nicolas Marie Paymal Lerebours, 1794, setzt das Geschäft seines Vaters fort.

Johann August Grunert, 1797.

Optische Untersuchungen.　3 Theile.　Leipzig 1846. 1847. 1851.

Beiträge zur meteorologischen Optik.　Leipzig 1850.

William Henry Fox Talbot, 1800, ein vermögender Privatmann.

On the optical phenomena of certain crystals.　1836.

Some account of the art of photogenic drawing. (Darin die Erfindung der Talbotypie oder des Verfahrens, Lichtbilder auf Papier darzustellen.)

Carl August v. Steinheil, 1801.

Elemente der Helligkeitsmessungen am Sternenhimmel.　München 1836.

(Mit Seidel) Über die Bestimmung der Brechungs- und Zerstreuungsverhältnisse verschiedener Medien.　München 1848.

Ludwig Seidel.

Untersuchungen über die gegenseitige Helligkeit der Fixsterne erster Grösse und über die Extinction des Lichts.　Nebst einem Anhange über die Helligkeit der Sonne und über die lichtreflectirende Kraft der Planeten.　München 1852.

George Biddel Airy, 1801.

On the undulatory theory of optics.　London 1842.

On a remarkable modification of Newton's rings.　Cambridge 1831.

On the nature in the light of the two rays produced by double refraction of Quartz. With an addition.　1831.

(Noch viele andere hierher gehörende Abhandlungen und Untersuchungen.)

Joh. Carl Eduard Schmidt, 1803—1832.

Lehrbuch der analytischen Optik, herausgeg. von Goldschmidt.　1834.

J. D. Forbes.

Note relative to the supposed origin of the deficient rays in the solar spectrum, being an account of an experiment made during the annular eclipse.　1836.

François Napoléon M. Moigno, 1804.
Repertoire d'optique moderne. 4 parties. 1847—1850.

Capocci.
Sur un photomètre. 1838.

Carl Wilhelm Knochenbauer, 1805.
Die Undulationstheorie. 1839.
Über die Örter der Maxima und Minima des gebengten Lichtes.
Über eine besondere Classe von Bengungserscheinungen.
Über Richtungslinien beim Sehen.

L. Cohen-Stuart.
Solution d'un problème de photométrie. 1848.

Friedrich Wilhelm Darfuss, 1809.
Optik, Katoptrik und Dioptrik. 1839.
Über Spiegelteleskope mit sphärischen Glasspiegeln.
Zur Theorie der optischen Strahlenbrechung.
(Noch vieles Andere.)

Gustav Radicke.
Handbuch der Optik. 2 Bände. 1838.

Pieter Harting.
Het Mikroskoop, deszelfs Gebruik, Geschiedenis en tegenwoordige Toestand.
Utrecht 1848 u. 1850.

August Beer.
Einleitung in die höhere Optik. Braunschweig 1853.
Grundriss des photometrischen Calculs. Braunschweig 1854.
De situ axium opticorum in crystallis biaxibus.

F. Bernard.
Sur un nouveau photomètre. Paris 1853.

Pierre Broton.
Distribution de la lumière sur une surface eclairée par plusieurs faisceaux
de lumière parallèle. 1852.

Biot.
Sur les phénomènes rotatoires opérés dans le cristal de roche. 1849.

W. Haidinger.
Über die Richtung der Schwingungen des Lichtäthers in gradlinig polari-
sirtem Lichte. Wien 1852.

C. Kuhn.
Über die fünf Linien des Sonnenlichts. Petersburg 1852.

Johann Karl Friedrich.
Photometrische Untersuchungen, besonders über Lichtentwicklung gal-
vanisch leuchtender Platindrähte.

Zöllner. 1834.
Grundzüge einer Photometrie des Himmels. 1863.

§ 195.

Wir lassen diesem Verzeichniss optischer Autoren noch ein alphabetisch geordnetes der bekanntesten Künstler, welche sich um Verfertigung astronomischer Instrumente verdient gemacht haben, folgen:

Adams.
Refractor für die Privatsternwarte des Dr. Gibbs in Charleston (Süd-Carolina).

Banks.
Spiegelteleskop für Paramatta.

Deanfoy.
Pendeluhr für Southampton.

Bird.
Zwei Mauerquadranten für Petersburg, zwei für Greenwich, einen für Mannheim, einen für Montauban u. s.

Bosek.
Pendeluhr für Neuschloss.

Brander.
Quadranten und andere Instrumente für Regensburg.

Breithaupt.
Mauerquadrant für Cassel.

Breitinger.
Meridianfernrohr für Zürich.

Campani.
Lange, nichtachromatische Fernröhre für Paris, Rom, Petersburg u. s.

Cauchoix.
Grosse Fernröhre für Paris, S. Gallen, Ober-Castell u. s.

Alvan Clark.
Refractor für Quebeck von 9 Fuss Brennweite. (Mit diesem Instrumente entdeckte er bei der Prüfung desselben den Begleiter des Sirius.)

Clarke & Phelps.
Refractoren für Williams College, bei denen Clarke die optischen, Phelps die mechanischen Theile verfertigte.

Cooke & Sons.
Refractor für Leyton.

E. Divini.
Fernrohr von 12 Fuss Brennweite für Upsala.

Dollond und seine Nachfolger.
Achromatische Refractoren (die ersten) für Armagh, Bremen, Breslau, Colle, Coimbra, Leipzig, Lilienthal, Lissabon (für das Polytechnicum),

Mannheim, Modena, Neapel, Ormskirk, Padua, Remplin, Rio de Janeiro,
Southampton, Stockholm, Tarn-Bank u. a.
Quadrant für Sœberg.
Teleskop für Ormskirk.

Ertel.
Passagen-Instrument für Georgetown.
Meridianfernrohr für Markree, Neufchatel, Petersburg (die Sternwarte des
See-Cadettencorps), Philadelphia, Washington.
Universal-Instrument für Reval, Schwerin.
Verticalkreis für Pulkowa

Filz.
Refractor für Ann-Arbor, Newyork (Campbell's Sternwarte), Newark,
Philadelphia (Friend's Sternwarte), Westpoint.

Fortin.
Multiplicationskreis für Regensburg.

v. Fraunhofer.
Refractor von 13½ Fuss Brennweite für Dorpat. — Ähnliche, aber kleinere
Instrumente für Bamberg, W. Beer's Sternwarte in Berlin, Coburg,
Dessau, Durham, Gotha, Moskau, Neuschloss, Padua, Princeton, Schwerin.

Gambey.
Die magnetischen Instrumente für Tuscaloosa.

Gilbert
Achromatische Fernröhre für Düsseldorf.
Passagen-Instrument, Mauerkreis und Fernrohr für S. Helena.

Graham.
7füssiges Fernrohr für Upsala.
Zenithsector für Greenwich.

Grapengiesser.
Pendeluhr für Staroa.

Gutkäs.
Pendeluhr für Ober-Castell.

William Herschel.
Alle Teleskope für Slough, darunter ein 20füssiges, ein 25füssiges und
ein 40füssiges.
Teleskope für Peking, Richmond u. a.

Jaworsky.
Refractor für Wien (die optischen Theile von Fraunhofer).

Jones
Passagen-Instrument für Aylesbury.

U. Jürgenson.
Uhren und Chronometer für Altona u. a.

Kessels.
Chronometer für viele Warten, so wie für Schiffe.

Kossek.
Chronometer für Prag, Senftenberg u. a.

Langlois.
Quadrant für Upsala.

Lassell.
Selbstverfertiger fast aller seiner Instrumente.

Lereboura.
Refractor für Westpoint. Mehreres für Paris.

Liebherr.
Pendeluhr für Coburg.
Passagen-Instrument für Leipzig.
Multiplicationskreis für Ober-Castell.
Passagen-Instrument für Zehmen von $2\frac{1}{2}$ Fuss Brennweite.

Merz & Mahler.
Refractoren nach Fraunhofer'scher Construction für Berlin, Cambridge (Massachusets), Camden-Lodge, Cincinnati, Dartmouth, Elchies, Gastau, Helsingfors, Kasan, Kiew (alle Instrumente), Kopenhagen, Krakau, Kremsmünster, Leyden (?), Lissabon (das grösste, 15 Fuss Brennweite), Liverpool, Moskau, Neapel, Philadelphia, Philadelphia (Friend's Sternwarte), Pulkowa, Shelby, Washington.
Heliometer für Königsberg, Pulkowa.
Die grössten bisher aus der Münchener Anstalt hervorgegangenen Instrumente sind die folgenden:

	Focaldistanz	Objectivdurchm.
Dorpat	14,73'	9,5"
Berlin	14,83	9,6
Washington	14,36	9,6
Moskau	15,00	10,0
München	16,10	11,1
Kopenhagen	16,10	11,1
Cambridge (Amerika)	22,50	15
Pulkowa	22,55	15

Nur das erste derselben ist noch von Fraunhofer's eigener Hand, die übrigen von Merz & Mahler. Das Dorpater Instrument ist in einer eigenen Schrift W. Struve's, das Kopenhagener von d'Arrest beschrieben.

Man vergleiche über diese Instrumente Carl, die Prinzipien der astronomischen Instrumentenkunde. Leipzig 1862.

Molyneux.
Instrumente für die alte Sternwarte Kew.
Pendeluhr für Lucknow.

Nairne.
Kometensucher für Remplin.
Uhr für Coburg.

le Noir.
: Achromatische Fernrohre für Montauban.

l'carson
: erfindet ein neues Mikrometer und wendet es auf seiner Sternwarte South-Kilworth an.

Pfenniger.
: Cary'scher Kreis für Zürich.

Pistor.
: Meridiankreis für Albany, Ann Arbor, Berlin, Kopenhagen.
: Passagen-Instrument für Washington.

Plössl.
: Dialytische Fernröhre für Athen, Gera, Kremsmünster, Triest, Wien (Oppolzer's Sternwarte).

Pohrt.
: Instrumente für Pulkowa.

Porro.
: Verschiedene Instrumente grosser Dimension.

Ramsden.
: Achromatisches Fernrohr für Celle, Gera, Petersburg, Regensburg, Seeberg.
: Passagen-Instrument für Hatefield, Leipzig, Mannheim, Seeberg.
: Vollkreis für Palermo.

v. Reichenbach.
: Meridiankreis für Capellete, Dorpat, Göttingen, Helsingfors, Neapel, Nicolajew, Ofen (3), Regensburg, Tübingen.
: Passagen-Instrument für Neapel, Pisa. Wien (Sternwarte der Baronin v. Matt).
: Repetitionskreis für Paramatta.
: Refractor und Theodolit für Pisa.
: Verschiedenes für Bogenhausen.

Repsold.
: Meridianfernrohr für Pulkowa, S. Thomas.
: Heliometer für Oxford.
: Verticalkreis für Königsberg, Pulkowa.
: Universal-Instrument für Gotha (Dr. Habicht's Sternwarte), Leyden, S. Jago.
: Passagen-Instrument für Albany.

Rochon.
: Fernrohre für Brest, Leipzig.

Römer.
: Erstes Meridianfernrohr, das er auf seiner Sternwarte Dorpat anwendet.

Rosse.
: Das grösste Spiegelteleskop, 53 Fuss Brennweite.

Schrader.
Spiegelteleskope für Jena, Lilienthal.

Seiffert.
Pendeluhr für Leipzig

Sharp.
Sämmtliche Instrumente für seine Sternwarte Horton.

Shepherd.
Elektrische Pendeluhr für Neufchatel.

Short.
Teleskope für Danzig und viele andere.

Simmons.
Pendeluhr für Leyton.

Simms.
Selfacting circular dividing engine (in seinem Besitz).
Passagen-Instrument für Cranford.
Meridiankreis für Cambridge (Massachusets), Tuscaloosa.
Mauerkreis für Washington, Westpoint.
Refractor für Tuscaloosa.
Alle Instrumente für Hudson (Ohio).

Sisson.
Zenithsector für Mannheim.
Quadrant für Erlau und Hannover (Haase's Sternwarte).

Solwyn.
Heliautograph für Ely.

Spencer & Eaton.
Heliometer für Albany.
Refractor von 16 Fuss Brennweite für Hamilton College.
Durchgangs-Instrument für Hamilton College.

Starcke.
Passagen-Instrument für Wien (Oppolzer's Warte).

Steinheil besitzt ein eigenes optisches Institut bei München.
Refractor, Repetitions-Theodolit, Passagen-Instrument und Astrograph für Bogenhausen bei München.

Tiede.
Pendeluhren und Chronometer für Berlin u. a. O.

Tiedemann.
Objectiv für Zürich.

Troughton (theilweis mit Simms).
Vollkreis für Bedford, Blackheath, Georgetown, Harefield, Leipzig, Leyton, Westbury.
Mauerkreis für Cambridge (England).

Passagen-Instrument für Charleston, Exeter, Hobarttown, Mannheim,
Paramatta.
Spiegelsextant für Regensburg.
Theodolit für Leyden.
Quadrant für Coimbra.
Sämmtliche Instrumente für Blackheath.

Tulley.
Achromat für Bedford.

Warren de la Rue.
Photoheliographen für Kew, Wilna.

Winnerl.
Pendeluhr für Neufchatel.

Young.
Meridiankreis für Philadelphia.

Zöllner.
Neues Photometer eigener Construction.

Bei dieser Zusammenstellung war Vollständigkeit unerreichbar;
ich bin nach Möglichkeit bemüht gewesen, wenigstens das Ausgezeichnetste zusammenzustellen und von den Leistungen der einzelnen Künstler die vorzüglichsten und am meisten bekannt gewordenen aufzuführen.

FÜNFTER ABSCHNITT.

ERGÄNZUNGEN UND BESONDERE NACHTRÄGE.

§ 196.

DIE NEUE AUSGABE DER ALPHONSINISCHEN TAFELN.

Libros del Saber de Astronomia, del Rey D. Alfonso X. de Castilla, copilados, anotados y comentados por Don Manuel Rico y Sinobas. Obra publicada de Real Orden. III Tomos. Madrid 1863.

Dies der Titel eines grossen Prachtwerkes, durch welches Spanien spät, aber würdig eine Ehrenschuld abträgt zur Sühne des Andenkens an einen seiner berühmtesten Herrscher, der einst nahe daran war, Deutschlands Kaiserthron einzunehmen, zu dem seine Fürsten ihn berufen hatten, und der schliesslich, ein Märtyrer der Wissenschaft, abgesetzt und verstossen zu Sevilla fast in Dürftigkeit starb. Sechs Jahrhunderte hindurch war dieses Werk wenig und nur unvollkommen bekannt, so viel auch von ihm die Rede war; jetzt erhalten wir es vollständig, in seiner echten antiken Form und durch werthvolle Anmerkungen erläutert.

Längst hatten d'Alembert, Bailly und Delambre darauf hingedeutet, wie wichtig, namentlich für richtige Würdigung des Zustandes der Himmelskunde im 13. Jahrhundert, eine neue und vollständige Ausgabe der Alphonsinischen Tafeln sein würde, aber in den langen politischen Stürmen, welche die iberische Halbinsel trafen, war die Erinnerung ungehört geblieben.

Das gegenwärtig vorliegende Werk enthält in seinem ersten Bande XCII und 215 Seiten Grossfolio, ungerechnet 47 Sternbildertafeln. Die Eigenthümlichkeiten des alten Textes, selbst die *lapsus calami* (z. B. Andromade) sind treulich wiedergegeben, und der Punkt bildet hier das einzige Interpunktionszeichen.

Die Einleitung von Rico y Sinobas giebt ausführliche historische Notizen über Alphons X. und sein Unternehmen, über manche ihm zugeschriebene Aussprüche und Meinungen, über die erste Redaction dieser Tafeln durch Jehuda ben Mose und Rabiçag Aben Cayut zu Toledo, insbesondere auch über den Abschnitt, der von den Instrumenten und deren Gebrauch handelt, und über die verschiedenen Codices und deren Abschriften aus dem 13., 14. und 15. Jahrhundert, welche bei gegenwärtiger Arbeit verglichen wurden.

Der erste Theil wird mit folgenden Worten eingeleitet:

„Im Namen Gottes, Amen! Dies ist das Buch und die Figuren der Fixsterne, welche die *Octava Sphaera* enthält, welche aus dem Arabischen und Chaldäischen ins Castilianische zu übersetzen befohlen hat der König Don Alphonso, Sohn des sehr edlen Königs Don Fernando und der edlen Königin Beatrix, und Herren von Castilien, Toledo, Leon, Gallicien, Sevilla, Cordova, Murcia, Jaen und Algarbe, und auf seinen Befehl übersetzt durch Ybuda el Coheneso, seinen moslemitischen Priester (Alphaquin), und Guillen Arrimon Daspa, seinem christlichen Priester (Clerigo). Und dies wurde ausgeführt im vierten Regierungsjahre des oben genannten Königs."

Nun folgen die einzelnen Sternbilder, zuerst in einer allgemeinen Beschreibung, in welcher, ganz wie bei Ptolemäus, die einzelnen Sterne nach ihrer Lage zu den Körpertheilen der Figur, so wie nach ihrer arabischen, lateinischen und griechischen Benennung, aufgeführt werden; und dann in einer Figurentafel, die in einem inneren Kreise die Bildfigur mit den darin vorkommenden Ptolemäi'schen Sternen enthält. Diese letzteren sind einfach durch kleine Kreise angedeutet, deren Grösse den Glanz des Sterns bezeichnet. Vom mittleren Kreise aus gehen strahlenförmig nach allen Seiten die Notizen, welche den einzelnen Stern betreffen. Wir wählten als Beispiel die Beschreibung des Polarsterns:

„La meridional de las dos que son en la linna, et en la mas
luziente dell alfarcacen. Es en leo 4° 23', la ladezn es 72° 1', et
es de la 2. grandeza. Et la su natura es de Saturno et un poco
de Venus, et es fria et templada en sequidat et humidat."

Man sieht, dass die Astrologie bei den Arabern (denn wir
haben hier einfach eine arabische Übersetzung vor uns) sogar noch
weiter ging als später in Europa. Hier begnügte man sich mit
Sonne, Mond und Planeten, dort jedoch hat jeder Fixstern eine
eigene astrologische Wirkung. Es dürfte schwer sein, sicher zu
bestimmen, was Alphons eigene Meinung rücksichtlich der Sterndeuterei gewesen sei; er selbst spricht sich nicht entschieden darüber aus, sondern führt immer nur an, was andere gegeben.

Diese Notizen sind von einem äusseren Kreise umschlossen;
oben ist angegeben, wie weit das Sternbild, nach Längengraden
gezählt, sich erstrecke, nebst Notizen über die verschiedenen Benennungen; unten findet sich die Zahl sämmtlicher (bei Ptolemäus vorkommenden) Sterne des Bildes, nebst einer Angabe,
wie viel zu den einzelnen Grössenclassen gehören und ob auch
ausserhalb der Bildfigur noch dazugehörende Sterne vorkommen
(die ἀμόρϕοι des Ptolemäus).

Die Benennungen der Sternbilder wie der einzelnen Sterne,
falls sie eine eigene haben, sind in verschiedenen Sprachen angegeben. Wir führen die ersteren nachstehend auf nach den Angaben bei Alphons:

Spanisch	Arabisch	Lateinisch	Griechisch	
ossa menor	dub-al-azgar	ursa minor		kleiner Bär
ossa mayor	alacbar	ursa major		grosser Bär
serpiente	tannin	serpens		Drache
inflamado	al-malahib	inflammatus	cxyphaea	Cepheus
vociferante	alave (al cayal albazar)	vociferans		Bootes
corona septen-trional	alfaca	corona borealis		Nördliche Krone
genuflcio	alaraqalz	genuflexus		Herkules
galapago	acolhafe	testudo		Leyer (in den Karten bei Alphons als Schildkröte abge-bildet)
gallina	alcayr	gallina		Schwan
mugier santa-da	decalcorci	mulier sedens		Cassiopeja
en la siella		sopra cathe-dram		

Spanisch	Arabisch	Lateinisch	Griechisch
perseus	rarseus hamol raz algol	perseus portans caput algol	Perseus
tenedor de las riendas	alanza	tenens habenas	Fuhrmann
el cazador de las culuebras	alharo ralhaya	venator serpentum	Ophiuchus und Schlange
saeta	alcehum	sagitta	Pfeil
aguila	alancab	aquila	Adler
bueytre volante	alancer alrayr	vultur volans	Geyer
dalfin	velfin	delphinus	Delphin
pieça del caballo	queial al faraz	frustum equi	kleines Pferd
caballo mayor	alfaras alsadam	equus major	Pegasus
mugier encadenada	almara	mulier catenata	andromaile Andromeda
figura que a tres rincones	alcedeles	angulus	Dreieck
carnero	al hemel	aries	Widder
toro	al-taur	taurus	Stier
gemini	altahoamayn	gemini	Zwillinge
cancro	alçaratan	cancer	Krebs
leon	alaçed	leo	Löwe
virgo	aladrech	virgo	Jungfrau
libra	almizra	libra	Wage
alacran	alacrab	scorpion	Scorpion
sagittario	cauz	sagittarius	Schütze
capricornio	algidi	capricornius	Steinbock
aquario	cehquib elzneb	aquarius	Wassermann
pez	cehmeb queteyn	pisces	Fisch
animal marino	bayaren bahri	cetus	caytos Walfisch
orion	elgebar	orion	Orion
rio	el nahr	flumen	Eridanus
liebre	alarnab	lepus	Hase
can major	alqueb alaghar	canis major	grosser Hund
can menor	elqueb alasgar	canis minor	kleiner Hund
naf	eleefina	navis	Schiff
ydro	suiah	ydra	Hydra
tymia	betya	vas	Becher
cuervo	algorab	corvus	Rabe
centauro	ve	centaurus	cantoros Centaur
lobo	çahba	lupus	Wolf
fogar	almeshmara	lar	Altar
corona miridional	alielil algembi	corona meridionalis	südliche Krone
pez miridional	elhot algennubi	pisces merridionalis	südlicher Fisch.

Die Orthographie, namentlich der arabischen Beuennungen, ist zuweilen eine verschiedene im Text und in den Figurentafeln; wir haben uns stets nach dem Text gerichtet.

Mit Ausnahme der Zwillinge, die ganz nackt dargestellt sind, geben die Bilder alle menschlichen Figuren vollständig bekleidet. Die Kreise jedoch, welche die Sterngrössen andeuten sollen, zeigen sich oft so wenig verschieden, dass die Grössenangaben in der Beschreibung nichts weniger als überflüssig sind.

Am Schlusse der Sternbildfiguren finden wir noch eine Darstellung des Ptolemäi'schen Astrolabiums mit den darin aufgenommenen Sternen und eine Aufzählung mehrerer Sterne, die bei Ptolemäus nicht vorkommen, mit hinzugefügter Bemerkung, dass die Zahl der übrigen zu gross sei, um sie aufzählen zu können. Eben so werden die Gegenden, wo keine Sterne innerhalb eines gewissen Flächenraumes stehen, besonders aufgeführt.

§ 197.

Bei dem nun folgenden vierten Abschnitte des ersten Bandes haben die Herausgeber für nöthig gefunden, sich auf das Ansehen Condamine's zu berufen, der es bedauert, dass die Astronomen des 17. Jahrhunderts so wenig von ihren Instrumenten und Methoden sprechen, die doch genauer zu kennen so wünschenswerth wäre, um ein richtiges Urtheil über ihre Beobachtungen gewinnen zu können. — Dieses vierte, in 69 einzelne Kapitel getheilte Buch handelt nämlich von der Verfertigung, der Einrichtung und dem Gebrauche der Instrumente, zunächst des Globus; und wir begreifen dies Bedenken, wenn wir auf Bemerkungen stossen, denen wohl nur ihr Jahrhundert zur Entschuldigung gereicht. Wir setzen den Anfang des ersten Kapitels in einer Übersetzung her:

„Kap. 1.

Von den Stoffen, aus welchen ein Globus verfertigt werden kann.

Ein Globus kann aus verschiedenen Stoffen verfertigt werden, z. B. von Gold, Silber, Kupfer, Bronze, Zinn, Eisen, Blei, einer Legirung verschiedener Metalle, ferner von Stein, Erde, Holz, Leder, doppeltem Pergament und dergleichen, oder auch noch anderen Stoffen, welche die Menschen hervorbringen, um ihre Geschicklichkeit zu zeigen. Aber manche dieser Stoffe erscheinen

23*

weniger geeignet, und kein einziger ist so angemessen als Holz,
und dies aus folgenden Ursachen: Das Ganze aus Gold zu bilden
kann man nur dann, wenn man sehr reich ist. Dann würde die
Kugel auch zu schwer sein. Machte man die Kugel gross, so
würde sie sich verbiegen und nicht völlig rund sein; machte man
sie klein, so würde das, was man auftragen will, sich nicht deutlich
darstellen. Man müsste also eine Quantität Silber beimischen,
dann würde man ein härteres Metall als Gold erhalten, und es
würde sich nicht so leicht verbiegen."

In dieser Weise geht Costa, der Verfasser dieses Theiles,
die einzelnen Metalle und Stoffe weiter durch, und wir können
die sieben ersten Kapitel mit ihren sehr allgemeinen Bemerkungen
übergehen.

Die folgenden enthalten eine sphärische Astronomie, in welcher
die verschiedenen Aufgaben nicht durch Berechnung, sondern durch
den Gebrauch des Globus gelöst werden. Zunächst ist von der
Ungleichheit der Tage und Nächte die Rede, dann wird gezeigt,
wie man Auf- und Untergänge, so wie Meridiandurchgänge der
verschiedenen Himmelskörper ermitteln oder durch die beobachteten mit Hülfe des Globus die Örter der Sterne finden kann.

Auch von Vorausbestimmung der Finsternisse ist Kapitel 64
und 65 die Rede, wobei verlangt wird, dass man in der Vollmonds-
nacht die Breite des Mondes durch eine Beobachtung bestimme,
und in der des Neumondes gleichfalls (eine schwer erfüllbare
Forderung). Als Grenze für Mondfinsternisse wird die Breite $1^\circ 4'$*
gesetzt; Sonnenfinsternisse sollen eintreten, wenn die Breite des
Mondes bei der Conjunction zwischen $+ 1^\circ 37'$ und $- 47'$ ist.
Man sieht, dass er nur das südliche Spanien und die Länder
unter gleichem Parallel berücksichtigt, denn hier ist seine Regel
annähernd richtig. Ob jedoch die Finsterniss total oder partial sei, wird hier nicht weiter untersucht. Von einer Berechnung für andere Erdorte findet sich nichts, und da wir in Kap. 6
erfahren, dass

„die Gegenden, welche südlich vom Äquator liegen, nur sehr
wenig bewohnt sind. Und diejenigen, die dort wohnen, sind
Neger, und Äthiopen auf den Inseln des Meers. Diese Menschen

---

* Augenscheinlich ist dieser Werth zu gross; aber die Annahme erklärt
sich, wenn die Mondparallaxe um 8' bis 10' grösser angenommen wird, als
wir sie gegenwärtig setzen.

gleichen den Thieren, sie haben weder Gesetze, noch Regeln,
noch Rechte, noch Kenntnisse, noch eine Regierung,"
so hat er Grund genug, für sie keine Berechnung anzustellen.

§ 198.

Das zweite Buch des Alphonsinischen Werkes, VIII und 321
Seiten, behandelt in gleicher Weise, wie der Globus im ersten,
das sphärische und das flache Astrolabium. Als Verfertiger beider
Instrumente bezeichnet sich Abucach Azarquiel von Toledo.
Während die Figuren zur Erklärung der Instrumente nur sparsam
und sehr einfach gegeben werden, finden sie sich hier in grosser
Anzahl, sehr sorgfältig und detaillirt ausgeführt und viele derselben illuminirt. Mit einer Untersuchung der Materialien hält
der Verfasser sich nicht lange auf, desto ausführlicher ist er bei
der Verfertigung, auch selbst der unwesentlichen Theile, z. B. des
Aufhängungsapparates. Die einzelnen Armillen, ihre Eintheilung
und die Methoden ihrer Prüfung werden in besonderen Kapiteln
gegeben, und wo die spanische Sprache für die Benennungen nicht
ausreicht, arabische angewandt.

Dass die arabischen Mechaniker und Astronomen das Meiste
und Beste bei der ganzen Arbeit gethan haben, ist nicht zu verkennen. Auch andere Araber waren, allerdings nicht mehr in
ihrer eigentlichen Heimath, sondern in Ägypten und Marocco,
um dieselbe Zeit mit ähnlichen Instrumenten beschäftigt; so wird
uns S. V der Einleitung Abul Hassan genannt, der von Marocco aus 1280 Spanien besuchte und ebenfalls als astronomischer
Schriftsteller und Verfertiger von Instrumenten auftrat. Die
Herausgeber des Alphonsinischen Werkes suchen einer Verwechslung vorzubeugen, indem sie auf die wesentlichen Unterschiede
zwischen den Instrumenten dieses Königs und denen anderer Zeitgenossen aufmerksam machen.

Bei den Beobachtigungen hat man allerdings die Genauigkeit
unserer Methoden nicht zu suchen. So wird beispielweise S. 32
ein Mittel angegeben, zu prüfen, ob eine Fläche ganz horizontal
liege. „Man begiesse sie mit Wasser, läuft dieses nach keiner
Seite hin ab, so ist die Fläche horizontal, im entgegengesetzten
Falle neigt sie sich nach der Seite, wohin das Wasser abläuft." —
Für die Kathete eines rechtwinkligen Dreiecks bot die spanische

358 GESCHICHTE DER MESSKUNDE.

Sprache noch keine Benennung, wir finden deshalb das arabische „miguez" so wie das lateinische „cated" gebraucht.

In 11 Kapiteln wird die Verfertigung und Einrichtung des sphärischen Astrolabiums, in 135 weiter folgenden der Gebrauch desselben gelehrt, wobei auch die terrestrischen Messungen, zu denen es dienen kann, nicht übergangen sind. Auch finden sich Vorschriften für die Fälle, wo die Stäbe des Instruments nicht ganz ausreichen.

Die zahlreichen, hier aufgestellten und durch Hülfe des Instruments gelösten Probleme betreffen nicht nur astronomische, sondern auch geographische Bestimmungen. Alles geschieht ohne Berechnungen durch die eingetheilten Kreise des Instruments, nur bei einer S. 87 gegebenen Correctionstafel ist vom Multipliciren und arithmetischen Mitteln die Rede. Nirgend wird die Refraction berücksichtigt, selbst nicht bei den Aufgaben, welche die Auf- und Untergänge der Sonne und des Mondes betreffen.

Die alten, außer Gebrauch gekommenen Ausdrücke, die sich in den jetzt gangbaren spanischen Wörterbüchern nicht finden (wie zont, peciclo, azutaba u. a. m.) machen den Alphonsinischen Text mitunter schwer verständlich. In den Einleitungen und Anmerkungen, die den neuen Herausgeber zum Verfasser haben, sind diese veralteten Terminologien vermieden und man findet hier werthvolle Untersuchungen, namentlich S. 83 ff. eine solche über den ersten Erfinder des Astrolabiums, bei der jedoch ein sicheres Resultat nicht herauskommt.

Den Beschluß dieses zweiten Bandes machen Vorschriften über den Gebrauch des flachen (llano) Astrolabiums, was wir als Planisphär bezeichnen. Auch hier werden in 82 einzelnen Kapiteln im Wesentlichen dieselben Aufgaben behandelt, welche beim sphärischen Astrolabium vorkommen. Sehr zu loben sind die zahlreichen Figuren, die in hinreichend grossem Maassstabe ausgeführt und sorgfältig colorirt, nicht blos Buchstaben, sondern auch ganze Wörter und Sätze, so wie die römischen Zahlen bei den Eintheilungen geben und das Verständniss sehr erleichtern.

Das dritte Buch ist eine Fortsetzung des zweiten; es enthält XLVII und 325 Seiten. Hier wird die Anfertigung und der Gebrauch flacher, mit beweglichen Linealen versehener Kreisscheiben verschiedener Construction (lamina universal und açefeha) gelehrt, und schließlich ist vom Quadranten die Rede.

Die Einleitung des Herausgebers giebt uns ausführliche Nachrichten über die Arbeiten, die schon im 11. Jahrhundert von den arabischen Astronomen in Toledo ausgeführt worden, so wie von ihren kunstvollen Instrumenten, und Alphons hat alles dies, so weit es noch vorgefunden werden konnte, bei seinem Werke mit benutzt. Unter den Darstellungen ist besonders die p. 282 gegebene merkwürdig. Während nämlich alle übrigen nur Kreise geben, seien sie nun concentrisch oder excentrisch, ist hier die Bahn des Mercur durch eine Ellipse ausgedrückt, deren kleine Axe sich zur grossen beiläufig wie 9 zu 11 verhält. Aber das Sonnenzeichen findet sich nicht im Brennpunkt, sondern im Mittelpunkt der Curve.

Der Herausgeber bemerkt, dass einige in dieser Ellipticität nichts als eine hygrometrische Verziehung des in ein Kalbfell eingehüllten Pergamentes haben erkennen wollen, und er zeigt mit leichter Mühe das Ungenügende einer solchen Erklärung. Aber die von ihm gleichfalls angeführte Vermuthung, Kepler möge von dieser Figur Kenntniss genommen haben und dadurch auf seine Ellipsen geführt worden sein, ist nicht weniger unhaltbar. Kepler legt uns mit aller Offenheit nicht blos das Resultat, sondern auch den Gang seiner Untersuchungen und selbst die anfänglich eingeschlagenen Irrwege vor; seine Ellipse ist etwas ganz anderes als die dem Azarquiel entlehnte Alphonsini'sche, und nicht an der Mercursbahn, sondern an der Marsbahn hat er sie aus den Tychonischen Beobachtungen direct nachgewiesen. Immer aber bleibt diese Mercursbahn-Darstellung ein merkwürdiges Document für den Umstand, dass man schon früh die Unmöglichkeit eingesehen hat, mit dem excentrischen Kreise in allen Fällen auszureichen.

Tafeln nach Art unserer heutigen kommen nur wenige vor, und diese sind an Genauigkeit sehr verschieden. Während beispielsweise die Correctionstafel Th. II. S. 57 auf Secunden geht, findet man in der, welche den Stand der Sonne für jeden Tag des Jahres angiebt, nur die ganzen Grade. Differenzen zum Behuf des Interpolirens sind nirgend angesetzt.

Augenscheinlich vertreten die zahlreichen und meistens sehr ausführlich eingetheilten und bezifferten Kreise die Stelle der eigentlichen Tafeln, ganz angemessen dem Gesammtcharakter des Werks, das von dem Benutzer fast nirgend Rechnungen verlangt, sondern nur den Gebrauch der mitgetheilten Constructionen.

So wenig nun auch das verdienstliche Werk gegenwärtig einen

anderen als geschichtlichen Werth beanspruchen kann, so unzweifelhaft ist seine hohe Bedeutung für die damaligen Zeiten. Es
war gleichzeitig ein Originalwerk, gegründet auf eigene Beobachtungen und Untersuchungen, und ein Sammelwerk für alles
bis dahin an den verschiedensten Orten und Zeiten Geleistete.
Seine Künstler und Mechaniker haben nicht sowohl noch nie
dagewesene Instrumente erfunden, sondern nur mehr die, welche
sie vorfanden, besser, genauer und bequemer eingerichtet, dargestellt und insbesondere ihren Gebrauch gelehrt.

Wenn irgend etwas bei dieser Ausgabe zu wünschen übrig
bleibt, so wäre es ein Vocabularium für die Wörter, welche in
Spanien ausser Gebrauch gekommen sind und worüber die jetzigen
Wörterbücher keine Auskunft ertheilen, so wie für die arabischen
und einige andere Ausdrücke. Weniger störend ist die abweichende und häufig auch ungleiche Orthographie, mit der jedoch
ein Kenner des Spanischen sich bald befreunden wird.

Wir kannten bisher spanische Dichter und Dramatiker; wir
haben die geographischen und Reisewerke der spanischen Seo-
fahrer erhalten und was ihre Maler und Architekten geleistet, hat
man uns in trefflichen Nachbildungen und Beschreibungen vor
Augen gelegt. Aber was in jenen Zeiten, wo Barbarei und Finsterniss auf Erden herrschten, ein grosser König geleistet, das lag
verborgen und unbekannt, wenigstens unbeachtet im Staube der
Bibliotheken, und der Klerus in den Zeiten seiner Alleinherrschaft
hätte nie daran gedacht, diese Schätze zu heben. Der Dank dafür gebührt der spanischen Akademie der Wissenschaften, einer
noch jungen Anstalt, die aber in der kurzen Zeit ihres Bestehens
einen so erfreulichen Aufschwung genommen hat, dass er zu den
schönsten Hoffnungen berechtigt.

§. 199.

FIXSTERN-KATALOGE.

Obgleich die Arbeiten, welche den hier bezeichneten Gegenstand betreffen, schon mit Hipparch beginnen, und von Arabern, Usbeken- und Mongolenfürsten fortgesetzt, nach dem Wieder-
erwachen der Wissenschaften auch in Europa wieder aufgenommen
wurden, so ist doch das, was hier darzustellen ist, von einem so
unermesslichen Umfange, dass noch Jahrhunderte verfliessen werden,

bis alles vollendet ist. Denn die Tausende von Sternen, welche dem blossen Auge erkennbar sind, hat das Fernrohr zu Millionen erweitert; mehr oder weniger sind sie alle bestimmbar und bestimmungsbedürftig und die Antwort auf viele Fragen, ja selbst nur ihre bestimmte Fragestellung muss vertagt werden bis dahin, wo diese ganze riesige Arbeit zu weiterem sicheren Gebrauche vorliegen wird.

Dabei kann nicht verkannt werden, dass die jetzt noch zu absolvirende Arbeit aus zwei getrennten Theilen besteht. Die gegenwärtigen Beobachter sind im Stande, bei ihren Observationen alles Erforderliche zu berücksichtigen, und die Berechner können zuverlässige Reductionselemente in Anwendung bringen, die der Besorgniss nicht Raum geben, dass die Zukunft alles wieder verwerfen und die ganze Arbeit aufs Neue vorzunehmen genöthigt sein werde. Das war früher anders und ohne dass einem Bradley, Piazzi und Pond daraus ein Vorwurf erwächst, müssen doch gegenwärtig ihre Kataloge beseitigt und auf ihre Original-Beobachtungen zurückgegangen werden. Aber wie viel Tage und Nächte werden noch verfliessen müssen, bis Berechner und Beobachter zurückschauen können auf die fertige Arbeit!

Doch zur Sache. Baily hat uns mit einer Zusammenstellung der älteren auf uns gekommenen Kataloge: Hipparch (Ptolemäus), Ulugh Beigh, Tycho, Hevel und Halley beschenkt; wir glauben, dass für sie alles geschehen ist, was geschehen konnte und für die Gegenwart Wichtigkeit hat. Die wenigen Reste der Roemer'schen Beobachtungen hat, wie im ersten Bande ausführlicher bemerkt, Galle in seinem *Triduum Roemeri* bearbeitet und die Flamsteed'schen Beobachtungen, deren vollständige Reduction nicht mehr möglich ist, besitzen wir in Brewster's *British Catalogue*. Alles dies ist von grossem Werthe, jedoch hauptsächlich durch sein Alterthum, denn eine Vergleichung mit neueren Arbeiten, aus dem Gesichtspunkt der Genauigkeit betrachtet, halten diese Werke nicht aus.

Der Hauptbeobachter des ganzen 18. Jahrhunderts ist James Bradley. Den grössten Theil seiner Beobachtungen besitzen wir in der trefflichen Bearbeitung Bessel's, aber eine nicht unbedeutende Anzahl seiner Manuscripte ist erst kürzlich in England aufgefunden, und das Ganze wird jetzt von Auwers unter sorgfältigster Anwendung aller Hülfsmittel der Neuzeit reducirt. — Maskelyne's 90 000 Beobachtungen, welche Olufsen zu bearbeiten unter-

nommen hatte, haben leider die Erwartungen nicht befriedigt:
Bessel hat sich mit ihnen viele meist vergebliche Mühe gegeben,
denn der Beobachter hat es an der Umsicht fehlen lassen, die
wir bei Bradley nicht vermissen; er hat namentlich das Niveau
viel zu selten angewandt. — Wollaston's und Zach's Kataloge,
so unverkennbar auch ihr Nutzen für jene Zeit gewesen, können
jetzt nicht mehr in Betracht kommen, nur T. Mayer's Zodiakal-
Katalog von 997 Sternen hat dadurch, dass er der nahen Epoche
wegen (1756) fast unmittelbar mit Bradley verglichen werden
kann, sich noch brauchbar gezeigt.

Dagegen wurden in Paris, nur allerdings nicht auf dem
Grand Observatoire, grosse und sehr verdienstliche Arbeiten dieser
Art ausgeführt. Lacaille bearbeitete einen Katalog von 400
Sternen, Messier hat behufs der Kometenvergleichungen zahlreiche
und genaue Fixsternörter geliefert. Vor allem jedoch ist Lalande's *Histoire céleste* zu nennen; gegen 47000 Sternörter sind von
ihm und seinem Gehülfen auf der Warte der Ecole militaire beobachtet, welche neuerdings die *British Association* reducirt herausgegeben hat. Ferner Lacaille's Beobachtungen am Cap, die
zwar sehr mangelhaft sind, hauptsächlich wegen zu grosser Eile
und der ungenügenden Hülfsmittel, aber werthvoll dadurch, dass
sie für die grosse Mehrzahl dieser Sterne die ersten Bestimmungen
sind, welche wir besitzen. Wir verdanken ihre Reduction gleichfalls der British Association.

Gegen Ende des Jahrhunderts finden wir Palermo zum ersten
Male in der Astronomie genannt. Hier hatte der Fürst Caramanico, Vicekönig von Sicilien, eine schöne Sternwarte errichtet
und Piazzi zu ihrem Director ernannt; eine glückliche Wahl.

Giuseppe Piazzi, geb. 1746 am 16. Juli zu Ponte (Valtelin),
Vater Bernardo Piazzi, Mutter Antonia, geb. Artaria, geb.
1726 am 22. Juli zu Neapel. 1755, zwei Jahr nach dem Tode
seiner Mutter, kam er in die Schule Brera in Mailand, wo er
sechs Jahre blieb, und sodann in den Theatiner-Orden trat. 1764
studirte er in Turin, machte dort Beccaria's Bekanntschaft und
ward durch diesen zur Mathematik geleitet. Als er später in Rom
Theologie studirte, ward es ihm schwer, seinen mathematischen
Studien obzuliegen, da seine Vorgesetzten dies untersagten und
ihm sogar die Bücher confiscirten. In Genua, wohin er 1768 mit
dem Auftrage, im Ordenshause Philosophie zu lehren, gegangen
war, kam er mit den Dominikanern in dogmatische Streitigkeiten,

und so nahm er 1771 den Vorschlag seines Lehrers Jacquier an, in Malta, wo der Grossmeister Ximenes eine Universität errichtet hatte, die Professur der Mathematik zu übernehmen. Aber schon 1773 ward diese Professur aufgehoben und er ging nach Ravenna, wo er bis 1778 im Collegio Mathematik lehrte. Nach einem kurzen Aufenthalt in Rom ward er 1780, wie oben bemerkt, nach Palermo zur Leitung der Sternwarte berufen. Er begann hier die grosse Arbeit einer Durchbeobachtung sämmtlicher in Palermo sichtbaren Sterne bis zu siebenter und theilweis bis zu achter Grösse. Die erste 1803 veranstaltete Ausgabe belohnte die französische Akademie durch Ertheilung ihres Jahrespreises. Vollständiger ist die zweite, 1814 beendete von fast 8000 Sternen, denen er noch Vergleichungen hinzufügte. Mit seinem Gehülfen N. Cacciatoro hat er die Reductionen ausgeführt.

Seinem zweiten Katalog sind auch Andeutungen über Eigenbewegung der Fixsterne beigefügt.

Die politischen Verhältnisse hatten 1806 den Hof nach Sicilien geführt und Palermo ward für längere Zeit die Hauptstadt der nicht von den Franzosen besetzten Theile des Reichs. Man wünschte unter Anderm der im Maass-, Gewichts- und Münzsystem eingerissenen Unordnung ein Ende zu machen. Piazzi, aufgefordert, Vorschläge zu machen, proponirte ein System, in welchem alle Theilungen durch 2 und deren Potenzen ausgeführt würden, obwohl Andere das französische Decimalsystem wünschten. Der Vorschlag des Astronomen ward angenommen und Piazzi erwarb sich dabei das Verdienst, das Ganze mit sehr geringen Kosten ins Werk zu setzen. Einen zweiten Auftrag: die Aufnahme einer genauen Karte von Sicilien, konnte er nicht ausführen, da die Ankunft der in England bestellten Messinstrumente sich von Jahr zu Jahr verzögerte und die ganze Sache darüber in Vergessenheit gerieth. Nur die nähere Umgebung der Hauptstadt kam zu Stande.

Seine astronomischen Arbeiten litten jedoch unter diesen zum Theil fremdartigen Beschäftigungen keineswegs. 1812 erschien seine Schrift *della Cometa del* 1811, in welchem er alle ihn betreffenden Beobachtungen sammelt und seine Bahn berechnet, und endlich 1814 das Hauptwerk: *Praecipuarum stellarum positiones mediae ineunte anni XIX ab anno 1792—1813.*

Piazzi hat den Ruhm, gerade in der politisch bewegtesten Zeit der Geschichte, wo sonst überall in Europa Waffengeklirr

die friedlichen Musen verscheuchte, dieses grosse Werk, ein Denkmal des eisernsten Fleisses, zu Stande gebracht und das neue
Jahrhundert an seinem ersten Tage mit einer weltgeschichtlichen
Entdeckung bezeichnet zu haben, welche den Anfang einer glänzenden Reihe ähnlicher Entdeckungen, die noch nicht beschlossen
ist, bildet. *

Seine angeborne Bescheidenheit hätte ihm nie gestattet, einem
Maler zu sitzen. Pilati, einer seiner treuesten und thätigsten
Gehülfen bei Ausarbeitung seines Kataloges, wusste unter verschiedenen Vorwänden den Maler Farina wiederholt bei ihm einzuführen, und dieser hatte sich Piazzi's Züge so eingeprägt, dass
er sie, ihm unbewusst, treu darzustellen vermochte.

In diesem Bilde sitzt er in tiefes Nachdenken versunken an
seinem gewöhnlichen Schreibtische. Rechts die Bände der Palermer Sternwarte, links eine Tafel der Maasse und Gewichte, der
Plan von Palermo und Ähnliches. Vor ihm seine Himmelskarte,
auf dem sein Finger die Stelle im Bilde des Stiers bezeichnet, wo
er den Planeten Ceres entdeckte. Urania zeigt sich ihm, um ihn
aus seinem Sinnen zu erwecken, und macht ihn auf die Ceres aufmerksam, die, in der Ferne auf ihrem Schlangenwagen sitzend,
daraus herauszustreben scheint, um sich dem Astronomen zu offen-
baren. Die Unterschrift bildet ein Distichon von Nasié:

> „Huic coelum emenso Fernandum inscribere divis
> Et Cererem Siculis restituisse datum est."

Wir fügen noch das eben so glückliche Distichon Poczobut's
bei Gelegenheit der Einführung des Zeichens ⚳ für Ceres hinzu:

> „Quas segetum culmos domuisti falce secare,
> Falx demtata sacrum sit tibi stemma, Ceres!"

Nach Rückkehr des Hofes von Palermo nach Neapel ward
Piazzi 1817 zum Generaldirector der neapolitanischen Sternwarten ernannt und wohnte von da ab in Neapel (die specielle
Leitung der Palermer Warte übernahm Nicolo Cacciatore, sein
bisheriger Gehülfe). In dieser Stellung blieb er neun Jahre, bis
an seinen Tod, der 1826 am 22. Juli im 81. Lebensjahre erfolgte.
Seine Werke sind folgende:

----

* Die Entdeckung der Ceres.

1788. Lettre sur les ouvrages de M. Ramsden (im Journal des Savans).
1790. Curso di astronomia. Palermo.
1792—94. Della specola astronomica di regj studj di Palermo. 2 vol. Fol.
Palermo.
1801. Risultati delle osservazioni della nuova stella scoperta il primo di Gennajo
all' osservatorio reale di Palermo.
1802. Della scoperta della nuova pianeta Cerere Ferdinandea ottavo tra i pri-
mari del nostro sistema solare. Palermo.
1803. Praecipuarum stellarum inerrantium positiones mediae, ineunte Se-
culo XIX, ex observationibus habitis in specula Panormitana. Eine
zweite Auflage dieses Werkes, in welcher alle bis 1813 erhaltenen De-
obachtungen zusammengestellt waren, erschien 1814 unter dem oben
angeführten Titel.
1803. Libro sesto del Reale Osservatorio di Palermo.
1812. Della cometa del 1811. Palermo.
1812. Codice metrico Siculo. Catanea.
1817. Lezioni elementari di Astronomia. Palermo.

Viele andere Aufsätze erschienen in verschiedenen Zeitschriften.
Seine früheste Arbeit findet sich in den Philosophical Transactions
für 1789: *Result of the calculations of the observations made at various places of the eclipse in June 9, 1779;* seine späteste „*Dall'
orologio italiano ed europeo*" (in *Giornale di Scienze per la Sicilia,*
1824).

Unter dem Titel *Storia celeste di Palermo* hat Littrow[*] die

---

[*] *Karl Ludwig Edler v. LITTROW (Sohn),* anfangs Adjunct
und später Nachfolger seines gleichfalls sehr verdienstvollen
Vaters:

Joseph Johann Edler v. LITTROW, geb. 1781 am 13. *März,
gest.* 1840 am 30. *November.* Er hatte sich schon früh den mathematischen Studien gewidmet und fungirte zuerst als Gehülfe
Pasquich's in Ofen und dann als Director der Krakauer Sternwarte. Hier erhielt er einen Ruf an die Universität Kasan, den
er zwar annahm, seine dortige Stellung jedoch bald wieder aufgab,
da weder das Klima, noch seine dortigen Collegen ihm zusagten.
Er ward an die Sternwarte Wien als Director gesetzt, und von
hier aus hat er die meisten seiner zahlreichen Schriften ausgehen
lassen. Er publicirte seit 1821 die Annalen der Wiener Sternwarte, von 1821—27 die theoretische und praktische Astronomie
in 3 Theilen, 1834—36 die „Wunder des Himmels," ein populär

vollständigen Original-Tagebücher Piazzi's in einer Reihe von
Bänden zu Wien herausgegeben und sich auch dadurch, wie durch
seine eigenen Werke, ein grosses Verdienst um die Wissenschaft
erworben, da obige Arbeiten uns in den Stand setzen, mit den
neueren und genaueren Hülfsmitteln, wie sie Piazzi noch nicht
vorlagen, die Reduction dieser Beobachtungen und damit die Örter
von nahezu 8000 Sternen für eine Epoche zu gewinnen, für welche
keine andere Beobachtungen von hinreichender Genauigkeit sich
vorfinden; auch dürfen wir hoffen, dass die Wiener Sternwarte
uns bald mit dem neu reducirten Kataloge Piazzi's beschenken
wird. Wir erwähnen noch der Markree-Kataloge, von Cooper
und seinen Mitarbeitern, die eine grosse Anzahl Fixsterne umfassen.

Ein noch erfreulicheres Bild bietet uns das neue Jahrhundert,
in welches Lalande's oben erwähnte Arbeit noch hineinreicht. —
In England begann ein begüterter Privatmann, Stephen Groombridge* 1806 seinen Katalog von 4300 Circumpolarsternen, die

gehaltenes Werk, gleichfalls in 3 Theilen, das grosse Verbreitung
fand; 1829 eine Calendariographie; 1830 einen Atlas des gestirnten
Himmels. Noch viele andere Arbeiten hat er theils selbständig,
theils in Zeitschriften veröffentlicht, auch Übersetzungen, wie z. B.
von Whewell's Geschichte der inductiven Wissenschaften gegeben
und mit Anmerkungen bereichert. Als Beobachter hat er wohl
nur deshalb weniger gewirkt, weil die Lage der Wiener Sternwarte dies nur in beschränktem Maasse gestattet. Auch eine
Dioptrik erschien von ihm 1830, so wie er auch mehreres über
Mathematik und Physik geschrieben hat. Wir erwähnen noch
seine Vorlesungen über Astronomie, Wien 1830.

Sein Vater, ein einfacher Bürger in einer kleinen mährischen
Stadt, hat ein Alter von 100 Jahren 4 Monaten erreicht.

* Stephen *GROOMBRIDGE,* geb. 1755, gest. am 30. März
1832. Ein wohlhabender Tuchhändler der City von London, hatte
er sich zu Blackheath nahe bei London eine Sternwarte erbaut
und mit schönen Troughton'schen Instrumenten ausgerüstet. Hier
beobachtete er von 1806—1814 sehr eifrig, und das Resultat war
ein Katalog von über 4000 Sternen, grösstentheils zwischen dem
Nordpole und dem 40° nördlicher Breite, der um so schätzbarer

er bis zum 40. Grad nördlicher Breite ausdehnte und diesen noch etwas überschritt, was die glückliche Folge hatte, dass durch ihn der Stern von stärkster Eigenbewegung (1830 Gr.) zuerst beobachtet ist.* Auch andere Liebhaber der Wissenschaft haben auf ihren Privatsternwarten in ähnlichem Geiste gearbeitet, so William Pearson in Soud-Kilworth. — Doch das Wichtigste erhielten wir von den dortigen öffentlichen Instituten, Greenwich, Oxford, Cambridge, Edinburgh, Armagh u. a. In den regelmässig publicirten Jahresberichten finden wir fast immer einen sorgfältig reducirten Special-Katalog, und diese werden dann nach einer Reihe von Jahren zu einem General-Katalog vereinigt. Da gleichzeitig auch die Originalbeobachtungen selbst veröffentlicht werden, so können diese schönen und sehr genauen Arbeiten allen kommenden Zeiten ein ausreichendes Material für ihre Untersuchungen darbieten. Johnson in Oxford, dem wir schon früher einen St.-Helena-Katalog verdanken, hat die Beobachtungen Groombridge's wiederholt, doch ohne sich darauf zu beschränken, und an rüstiger Thätigkeit steht diese auch architektonisch prachtvolle Sternwarte (Ratcliffe Observatory nach ihrem Gründer genannt) keiner andern nach. Pond und Airy in Greenwich, Challis und Adams in

ist, je weniger in dieser kriegerischen Zeit selbst von den meisten öffentlichen Sternwarten verlautete. Obgleich der höhern Mathematik unkundig, hat er gleichwohl die Formeln anzuwenden verstanden und sich als ein gewandter Arithmetiker bewährt. Der Katalog ward erst 1838 von Airy herausgegeben unter dem Titel: *Catalogue of Circumpolar Stars reduced to Jan. 1. 1810.* Groombridge selbst liess von Zeit zu Zeit astronomische Tafeln und Proben seiner Beobachtungen erscheinen, so wie Vergleichungen derselben mit denen anderer Astronomen.

M. Johnson, Director der Sternwarte Oxford, hat von 1839 bis 1850 die Sterne dieses Katalogs wiederholt beobachtet.

---

* Anfangs aeusserten Einige, es möchte ein sehr entfernter Planet unserer Sonne sein. Aber die ganz unmerkliche Parallaxis annna, die sich aus Johnson's und O. Struve's Beobachtungen ergiebt, steht dieser Ansicht aufs entschiedenste entgegen. Es bleibt nichts übrig, als eine ganz ausserdrgewöhnlich rasche Bewegung dieses Sterns anzunehmen, gegen 250 Sonnenweiten im Jahr, also 170 Meilen in der Secunde. Noch ist kein Weltkörper bekannt, dessen Geschwindigkeit dieser Grösse nahe kommt.

Cambridge, Johnson und Main in Oxford, Henderson und Smyth in Edinburg, Robinson in Armagh, Brinkley und Hamilton in Dublin sind Namen, deren aller künftigen Jahrhunderte mit Ehren gedenken werden. Sie sind es hauptsächlich, welche Britannien an die Spitze der Himmelsforschung gestellt haben und den Ruhm fortwährend erhalten, der mit Isaac Newton und seinen grossen Zeitgenossen beginnt. — Auch die Colonien zeigen uns ein gleich erfreuliches Bild. Die Capsternwarte, die ostindischen Sternwarten Madras und Poonah, Paramatta und neuerdings Melbourne in Australien haben sich durch treffliche Arbeiten, die Fixstern-Astronomie betreffend, verdient gemacht, und noch zeigt sich nie und nirgend in diesen Gebieten ein Rückgang oder Stillstand, vielmehr vernimmt man von Zeit zu Zeit, dass neue Tempel der Urania eröffnet werden. — Mehr und besser als irgend eine andere Nation haben die Briten es erkannt, was der Wissenschaft Noth thut; weniger als irgendwo waren die Forscher genöthigt, auf Abwehr bedacht zu sein den Gegnern gegenüber, die unter den verschiedensten Vorwänden dahin arbeiten, die Fortschritte der Wissenschaft zu hemmen, wenn nicht gar sie zu verdächtigen.

Doch wollen wir nicht ungerecht sein und gern anerkennen, was anderswo, meist unter grösseren Schwierigkeiten und mit geringeren Geldmitteln Grosses und Tüchtiges geleistet worden. In Deutschland finden wir Bessel's Arbeiten, insbesondere seine Zonen, von Weisse reducirt und zu zwei reichhaltigen Katalogen bearbeitet. Ferner das Unternehmen der Berliner Akademie, die 24 Sternstunden unter ebenso viele Astronomen zu vertheilen, welche es übernahmen, die darin vorkommenden Beobachtungen Bradley's, Lalande's, Piazzi's und Bessel's, auf 1800 reducirt, zu Special-Katalogen zusammenzustellen und gleichzeitig in Kartenbildern zu geben, sie auch durch eigene Beobachtungen im Kometensucher zu ergänzen. Allerdings reichten die sechs Jahre, auf die man anfangs gerechnet, bei weitem nicht hin; einige, wie Inghirami und Harding, waren zwar viel früher mit ihrer übernommenen hora fertig, andere jedoch zögerten länger oder traten ganz zurück. Jetzt jedoch ist alles beendet. Die Kataloge geben nur ganze Zeitsecunden und Zehntel der Bogenminute, allein mehrere Beobachter haben Zusätze geliefert für einzelne besonders wichtige, namentlich stark bewegte Sterne. Sie beschränken sich auf den Raum von — 15° bis + 15° Declination; ursprünglich war beabsichtigt, nach Beendigung dieser Zone auch die andern Regionen bis zu den Polen hin zu bearbeiten, wofür jedoch inzwischen auf andere Weise gesorgt wurde.

Schwerd im Speyer beobachtete die nördlichen Circumpolarsterne bis zum 80° nördl. Breite, worüber wir nur einen sehr ausführlichen Katalog besitzen. Argelander, der bereits in Abo von 1823–30 einen Katalog von 560 häufig wiederholt beobachteten Sternen, insbesondere solchen von starker Eigenbewegung gegeben, hat später in Bonn auf der provisorischen Sternwarte, auf dem alten Zoll die Lücke zwischen Schwerd und Bessel (+ 45° nördl. Breite bis + 80°) ergänzt und den dazu gehörigen Katalog gegeben, später jedoch, auf der grösseren und vollständig ausgerüsteten Sternwarte, mit seinen Gehülfen Thormann, Schönfeld, Krüger und Schmidt (die drei Letzteren sind jetzt Directoren zu Mannheim, Helsingfors und Athen) eine sehr umfassende Arbeit ausgeführt, über die hier näher berichtet werden soll.

Die Beobachtungen begannen am 22. Februar 1852 und währten bis zum 27. März 1859. In 625 Nächten konnten 1811 Zonen gewonnen werden; in einzelnen Nächten, und nachdem mehrere Beobachter gleichzeitig thätig sein konnten, sind 5–8, zweimal sogar 9 Zonen erhalten worden. Die Zahl sämmtlicher Beobachtungen ist gegen 850000; anfangs hatte Argelander die Mehrzahl der Sterne nur durch Schätzungen bestimmen wollen, zog es jedoch vor, wirkliche, wenn gleich sehr rasche Beobachtungen zu machen. Auch wurden vom 19. Januar 1854 bis zum 19. April 1861 besondere Revisions-Zonen, 476 an der Zahl, von Schönfeld und Krüger beobachtet, um alle zweifelhaften Punkte möglichst zu beseitigen. Diese Revisions-Zonen wurden meist bei Mondlicht ausgeführt, da es besonders in der Milchstrasse und den angrenzenden Regionen vortheilhaft erschien, weniger Sterne gleichzeitig im Felde zu haben. Mit Hinzuzählung dieser letzteren steigt die Zahl der Beobachtungen auf 1061000, wobei durchschnittlich auf jeden Stern 3 (genauer 3⅓) Bestimmungen treffen.

Die drei Sectionen des Katalogs, der die gesammte nördliche Halbkugel und jenseit des Äquators noch die zwei ersten Grade begreift, enthalten 110987, 105082 und 108129, zusammen also 324198 Sterne, eine Reichhaltigkeit, die bis jetzt ohne Beispiel ist. Natürlich ist die Genauigkeit nicht die der Meridianbeobachtungen, aber sie ist grösser als in den Lalande'schen und selbst in den

Bessel'schen Zonen. Bedenkt man, dass einzelne Stunden der Zonen mit mehr als 1000 Sternen (eine sogar mit 1270) vorkommen, also dem einzelnen Sterne nur 3—4 Secunden Zeit gewidmet werden konnte, so muss man zugeben, dass hier alles Mögliche geleistet ist. Genaue Karten stellen alles dar, was die Kataloge enthalten.

Auf dem dritten Congress der deutschen astronomischen Gesellschaft zu Bonn 1867, in welchem Argelander den Vorsitz führte, richtete er an die Anwesenden eine Aufforderung, einzelne Zonen zur genaueren Bestimmung am Meridiankreise zu beobachten und damit bis zur neunten Grösse fortzufahren. Einige der anwesenden Astronomen übernahmen sogleich bestimmte Theile des Himmels zur Bearbeitung; andere werden hoffentlich folgen.

Eine ähnliche, noch umfassender angelegte Arbeit hatte W. C. Bond projectirt; es fehlen uns Nachrichten, ob nach dem Tode beider Bond, der bald darauf erfolgte, etwas Weiteres in dieser Beziehung geschehen ist. — Auch Lamont in München hatte Zonenbeobachtungen begonnen, jedoch, wie es scheint, nicht fortgesetzt.

Italien hat aus neuerer Zeit namentlich den Santini'schen Katalog aufzuweisen, der von — 10° bis + 10° Declination reicht.

In Spanien hat Saturnino Montojo, Director der Sternwarte S. Fernando, eine Anzahl südlicher Sterne beobachtet, die Baily für seinen Katalog brauchte, die aber in England gar nicht, oder zu wenig, über den Horizont kommen. Dieser Montojo'sche Katalog ist in den *Memoirs of the Astronomical Society* veröffentlicht.

Russland hat den Struve'schen Katalog, so wie die in den Pulkowaer Veröffentlichungen gegebenen, die jedoch ihren definitiven Abschluss noch erwarten, während in Schweden, Dänemark, Holland ähnliche Arbeiten im Gange, aber noch nicht abgeschlossen sind.

In Genf hat Plantamour schon mehrere Special-Kataloge, aber noch keinen allgemeinen veröffentlicht.

Wrottesley's beide Kataloge, veröffentlicht in den *Memoirs*, enthalten nur Rectascensionen.

Wir gedenken noch zum Schlusse der Arbeiten, welche Amerika geliefert hat.

Gilliss trat zuerst mit einem Katalog von Rectascensionen auf, unter Maury's Direction jedoch erschienen mehrere Bände

Washingtoner Beobachtungen und in diesen sehr sorgfältig bearbeitete Special-Kataloge. — Von Moesta, dem Director der Sternwarte S. Jago de Chile, sind werthvolle Untersuchungen über die Positionen südlicher Circumpolarsterne zu erwarten.

Zählt man alles zusammen, was über Sternpositionen veröffentlicht worden ist, so dürfte eine halbe Million Sterne bestimmt sein; die meisten an mehr als einem Orte und von verschiedenen Beobachtern. Werden dagegen, mit Ausschluss aller Zonenbeobachtungen, so wie der vor Bradley datirenden, nur gut und genau bestimmte, nur zum Theil noch nicht, oder nicht genügend reducirte Sterne gezählt, so wird man nicht über 30—40000 hinauskommen. Verglichen mit der Masse dessen, was noch mit den gegenwärtigen Hülfsmitteln gut bestimmt werden kann, ist dies immer noch wenig. — Die Bestimmung der Fixsternörter ist derjenige Theil der Himmelskunde, woran naturgemäss das grosse, ausserhalb der Wissenschaft stehende Publicum den wenigsten Antheil nimmt, allein dies kann die Institute, namentlich die vom Staate gegründeten, nicht bestimmen, sie hintanzusetzen, zumal sie, genau betrachtet, die wahre Grundlage der gesammten Wissenschaft bildet.

Von meinen eigenen, die Fixstern-Astronomie betreffenden Arbeiten, die Berechnung von 3222 Sternen, ist bereits oben die Rede gewesen.

§ 200.

DIE ROYAL ASTRONOMICAL SOCIETY.

Wissenschaftliche Arbeiten und Bestrebungen sind in England von älterem Datum als in den meisten andern Culturländern Europa's, und so sehen wir auch hier schon in den Jahren der Napoleoni'schen Kriege, wo auf dem Continent alles dahin Gehörende sehr zurücktreten musste, die erste Idee zu der genannten Gesellschaft entstehen. Allerdings treffen wir in Deutschland schon 1797 den Congress in Gotha und die Zusammenkünfte bei Schröter an, aber etwas Bleibendes, eine förmlich constituirte Gesellschaft, ging daraus nicht hervor.

Dagegen gewahren wir, dass bereits 1812 Dr. Pearson, damals 45 Jahr alt, die ersten Schritte zu einer solchen Vereinigung thut. Mit Troughton, Kelly und anderen Freunden der Himmelskunde ward der Gegenstand besprochen; und 1816 war der Plan

24 *

so weit gediehen, dass Pearson einen ersten Prospectus entwarf und diesen dem Minister Lord Erskine vorlegte.

Doch scheint dies damals die erwünschte Aufnahme nicht gefunden zu haben, denn abermals vergeben vier Jahre, ohne dass etwas zu Stande kam. Erst am 12. Januar 1820 versammelte sich eine Anzahl von Freunden der Astronomie in Freemason's Tavern in London und beschloss, sich zu einer astronomischen Gesellschaft zu constituiren. Eine Adresse ward entworfen und in Circulation gesetzt; sie trägt die Unterschrift John Herschel's, der auf Pearson's Aufforderung sich dazu entschloss.

Wir sehen aus diesem Circular, dass ein Comité von acht Mitgliedern zusammengetreten war: Babbage, Baily, Colby, Colebrooke, Gregory, J. Herschel, Moore, Pearson; dass Baily als Secretär pro tempore fungirte, so wie Moore als Präsident und Pearson als Schatzmeister. Die nächste Zusammenkunft fand statt am 8. Februar im Hause der Geologischen Gesellschaft, wo die Statuten festgestellt wurden, wie eine weitere vom 29. Februar die am 12. Januar bezeichneten Functionäre und das Comité bestätigte.

Wir wünschen jeder Gesellschaft dieser Art, namentlich in ihrem ersten Beginne, einen Schatzmeister wie Pearson, der stets bereit und im Stande ist, mit dem eignen Schatze auszuhelfen. So finden wir, dass als Guinand in Neufchatel 1823 der Astronomical Society ein Stück Flintglas, von ihm zu Stande gebracht, überreichte, Pearson aus eigenen Mitteln 250 Pfd. Sterling hergab, um durch Tulley daraus ein Objectiv von 6¾ Zoll Durchmesser und zu demselben ein 12 füssiges Fernrohr verfertigen zu lassen; das erste grössere achromatische Fernrohr, was die Gesellschaft besass, und damals das grösste im britischen Reiche.

In demselben Jahre begann die Gesellschaft bereits Preise zu vertheilen. Sie bestehen aus einer goldenen oder silbernen Medaille, und die erste erhielt Charles Babbage am 13. Juni 1823 für seine Maschine zur Berechnung und Druck mathematischer Tafeln. Seit jener Zeit sind innerhalb 40 Jahren 42 goldene, 4 silberne und 12 sogenannte Testimonials zuerkannt worden. Der erste Band der Memoirs erschien 1822, wogegen die *Monthly Notices* erst 1831 begannen. Beide Zeitschriften gehören zusammen und ergänzen sich gegenseitig. Grössere Aufsätze, namentlich allgemeineren Inhalts, werden in die *Memoirs* aufgenommen; kürzere, deren Bekanntmachung sofort wünschenswerth ist, wie Ephemeriden, neue Entdeckungen nnd Aehuliches, kommen in die *Monthly Notices*, die in einzelnen Nummern erscheinen und allmonatlich oder auch beim Erscheinen jeder Nummer versandt werden. Auch die biographischen Artikel erscheinen jetzt in diesen *Notices*. Die Balance der jährlichen Einnahmen und Ausgaben beläuft sich jetzt auf nahezu 1000 Pfd. Sterling, die Zahl der wirklichen und Ehrenmitglieder war im Februar 1863 auf 444 gestiegen, wozu noch 47 Associates kommen.

Zahlreiche Instrumente befinden sich im Besitz der Gesellschaft, die sie theils durch Ankauf, theils durch Vermächtnisse erworben hat. Zu Letzteren gehören ein Teleskop und ein Durchgangs-Instrument aus dem Vermächtnisse Shearman's und die reiche Sheepshanks-Collection von Instrumenten, 43 Nummern enthaltend. 17 Instrumente waren zu angegebener Zeit an einzelne Mitglieder verliehen. — Zwei Teleskope von 7 Fuss Focallänge und einige Beaufoy'sche Instrumente sind darunter die hauptsächlichsten.

Theils durch Vermächtnisse (von Jackson, Lee* und Turnor), theils durch Ersparnisse ist die Gesellschaft in Besitz eines Vermögens von 5950 Pfd. Sterling gelangt, so dass sie jährlich 172 Pfd. an Zinsen bezieht.

Bereits ein Jahr nach ihrer Gründung zählte die Gesellschaft 160 Mitglieder und 20 Associates; ihre „Officers" waren die folgenden: Präsident: William Herschel; Vicepräsidenten: Colbert, Englefield, Gilbert, Moore; Schatzmeister: Pearson; Secretäre: Babbage, F. Baily, John Herschel; Council:

---

* *John LEE*, geb. 1783 am 28. April; gest. 1866 im Februar. Er war der älteste Sohn eines Londoner Kaufmanns, J. Fiott, vertauschte jedoch später diesen Namen mit dem seiner Mutter. Er trat in das S. Johns College zu Cambridge, machte mehrere Reisen nach Griechenland, Ägypten und Palästina. 1824 ward er Mitglied der Astronomical Society und ward deren Schatzmeister von 1831 bis 1840.

Im Jahre 1831 gründete er das Hartwell Observatory, nachdem er vom Admiral Smyth ein ausgezeichnetes Instrument durch Kauf erworben hatte. Mit Pogson arbeitete er gemeinschaftlich, namentlich bei Untersuchung der veränderlichen Sterne.

Einige Beiträge zur Archaeologie und ähnliche kleine Auf-

Birkbeck, Gompertz, Gregory, Groombridge, Horsburgh,
Rowley, South,* Troughton; Trustees: A. Baily, Moore,
Stockes und der jedesmalige Schatzmeister.

Im ersten Bande finden wir als Eingang eine Adresse an
die Gesellschaft, welche die Gründe darlegt, die zu dieser Vereinigung geführt haben, so wie die Ziele und Zwecke, welche sie sich
gesetzt hat.

Diesem zunächst folgen die Statuten, aus denen wir hervor-
heben, dass nur britische Unterthanen zu Mitgliedern, und nur
Ausländer zu Associrten erwählt werden können. Zur Aufnahme
ist Dreiviertel Majorität erforderlich. Wer innerhalb 50 (englischer)

sätze sind alles, was wir von ihm selbst besitzen, aber er besorgte
die Herausgabe der hinterlassenen Werke seines Freundes, Admiral Smyth, auf seine Kosten. Darunter

Aedes Hartwellianae. London 1851.
Addenda to Aedes Hartwellianae. London 1864.
The Cycle of Celestial Objects continued at the Hartwell Observatory.
London 1860.

Stets war er bereit, wissenschaftliche Untersuchungen zu be-
fördern und zu unterstützen. Den Abgang seines Freundes Pogson
als Director nach Madras beklagte er sehr, da ein von beiden
projectirtes Werk „*Variable Star Atlas*" nun nicht zu Stande kam.

* *James SOUTH, geb. 1785, gest. 1867 am 19. October.* Er
hatte sich der Chirurgie gewidmet, doch entschiedene Neigung
veranlasste ihn, die Himmelskunde zu betreiben. Er war Mitglied der Astronomical Society und hat sich auf seiner Privatsternwarte in London durch zahlreiche und treffliche Beobachtungen am Himmelskunde verdient gemacht. Fast alle seine Arbeiten finden sich in englischen und deutschen Zeitschriften. Im
Jahre 1825 besuchte er mehrere Sternwarten des Continents, auch
Dorpat, wo vor Kurzem der Fraunhofer'sche Refractor aufgestellt
worden war. Doppelsterne bildeten seine Hauptbeschäftigung.
1826 schrieb er *On the best mode of examining double stars;* gleichzeitig gab er einen Katalog derselben. Bei einer Bedeckung von
δ Piscium im Jahre 1821 glaubt er den Stern einen Augenblick
auf dem Rande des Mars projicirt gesehen zu haben. Indess
dürfte sowohl hier als bei einer andern Wahrnehmung über eine

Meilen von London wohnt, zahlt bei der Aufnahme vier Guineen und später jährlich zwei Guineen. Entfernter Wohnende zahlen bei der Aufnahme acht Guineen, haben aber den jährlichen Beitrag nicht zu entrichten, sondern nur das Eintrittsgeld. — Wer bei der Aufnahme 24 Guineen zahlt, ist von allen jährlichen Beiträgen frei, ebenso wie der, welcher später 20 Guineen einzahlt.

Die Associates haben dieselben Rechte wie die Mitglieder, nur können sie nicht zu Beamten erwählt werden.

Eine allgemeine jährliche Versammlung findet statt am zweiten Freitage des Februar, ausserdem finden ordentliche Versammlungen an jedem zweiten Freitag der Monate November bis Juni statt.

— — — · — —

sehr ausgedehnte Marsatmosphäre eine optische Täuschung zu Grunde liegen, von der letzteren hat Pastorff es nachgewiesen. Mehrere seiner Mittheilungen beziehen sich auf Berichtigung und Anwendung der Instrumente. In den Jahren 1823 hatten sich J. South und John Herschel nach Passy bei Paris begeben, wo sie gemeinschaftlich 380 doppelte und dreifache Sterne beobachteten und die Resultate 1835 in extenso bekannt machten. Später, 1826, hat South allein die Beobachtungen von 458 Doppelsternen veröffentlicht, auch den früher gegebenen Katalog bis auf 838 erweitert. Seine eignen Instrumente sowohl als die wichtigsten derer, die er bei seinen Besuchen anderer Sternwarten kennen lernte, hat er ausführlich beschrieben; 1845 auch das grosse Rosse'sche Teleskop. — Vollständige Taubheit und theilweise Blindheit trübten seine letzten Lebensjahre. — Seinen energischen Vorstellungen rücksichtlich des unvollkommenen Zustandes des Nautical Almanac (1822) ist es zu danken, dass ein Comité unter seiner Präsidentschaft niedergesetzt ward, um über eine bessere Gestaltung zu berathen; doch ward damals noch keine dieser Verbesserungen eingeführt. — Als 1846 eine Eisenbahn nahe am Greenwicher Observatorium vorübergeführt ward, untersuchte er genau, ob und welchen Einfluss die vorübergehenden Züge auf die reflectirten Bilder der Sterne ausübten. — Auf Campden-Hill in London hatte er seine Privatsternwarte errichtet.

Noch schrieb er: *On the discordances between the suns computed right ascensions &c.*, *London* 1826. — Seine Verdienste wurden von der Regierung anerkannt durch Erhebung in den Ritterstand und durch Ertheilung einer jährlichen Pension von 300 Lstrl.

Die Abhandlungen, welche der erste Band enthält, betreffen vorzugsweise die Verfertigung, Aufstellung und Berichtigung von Instrumenten oder deren Theilen. Ausserdem Beobachtungen von Planeten und Kometen, neue Doppelsterne (von Herschel und South), zahlreiche Beobachtungen der ringförmigen Sonnenfinsterniss vom 7. September 1820 und verschiedene Tafeln. Die Berechnungsmaschine von Babbage hat Veranlassung zu mehreren Aufsätzen gegeben; wogegen man Störungsrechnungen noch gänzlich vermisst. Die Zahl der einzelnen Abhandlungen ist 36, ungerechnet die, welche allgemeine Angelegenheiten der Gesellschaft betreffen: Zustand der Casse, Eigenthum der Gesellschaft an Büchern und Instrumenten, Jahresberichte, Preisaufgaben und Zuerkennung der Preise, Geschenke, Mitgliederverzeichnisse und Ähnliches.

Da nahezu gleichzeitig mit dieser ersten Nummer die astronomischen Nachrichten Schumacher's ins Leben traten, so konnten kürzere Aufsätze, namentlich Beobachtungen von vorherrschend momentanem Interesse, bequemer in diesen veröffentlicht werden, wodurch die *Memoirs* mehr auf ausführliche Arbeiten von grösserem Umfange beschränkt blieben; und dies um so mehr als die über jede Sitzung einzeln berichtenden *Monthly Notices* 1831 als ein zweites Organ der Gesellschaft erschienen.

§ 201.

Schon als Herzog von Clarence hatte der nachmalige König Wilhelm IV. das Patronat der Gesellschaft angenommen; nach seiner Thronbesteigung schien der Zeitpunkt gekommen, wo sie den Charakter einer blossen Privatgesellschaft ablegen könne. James South reichte eine dahin zielende Vorstellung ein und in der elften, am 11. Februar 1831 gehaltenen Generalversammlung konnte die Gesellschaft sich zum ersten Male als Royal Astronomical Society bezeichnen. Die förmliche königliche Bestätigung datirt vom 7. März, und am 6. April desselben Jahres erfolgte das neue Statut, das im Wesentlichen die alten reproducirte und nur die Erweiterungen und Berechtigungen hinzufügte, welche durch die neue Stellung veranlasst wurden. — Wir sehen, dass von dieser Zeit an die jährlichen Berichte, die anfangs einen rein geschäftlichen Charakter hatten, je länger desto mehr den wissenschaftlichen Raum geben. Ausführliche Biographien verstorbener Fellows und Associates, der Zustand der britischen Sternwarten, auch einiger privaten und selbst ausländischer, wichtige Arbeiten und Erweiterungen der Wissenschaften im abgewichenen Jahre werden behandelt, wodurch diese Jahresberichte an reellem Werthe gewinnen, und auch die Mittheilungen selbst erscheinen viel weniger zersplittert. Ärmer an Zahl, sind sie dafür desto reicher an Inhalt, ja einzelne Bände enthalten nur einen einzigen Aufsatz, oder richtiger ausgedrückt, ein ausführliches astronomisches Werk. So der siebente Band, der auf 378 Seiten Grossquart einen speciellen Bericht über Foster's Pendulum Experiments enthält. Foster war durch einen frühen Tod an der Bekanntmachung verhindert worden; seine Papiere befanden sich in den Händen der Admiralität und diese empfahl die Aufnahme in den *Memoirs*; Baily übernahm die Reduction. So erhalten wir Pendelbeobachtungen aus Greenwich, Montevideo, South Shetland, Staaten-Island, Cap Horn, Cap der guten Hoffnung, St. Helena, Ascension, Fernando de Noronha, Maranham, Para, Trinidad, Portobello und London, nebst einer ausführlichen Einleitung und allen darauf sich beziehenden Berechnungen. Später gab Baily seine eigenen Versuche mit der Drehwage, über welche man bis dahin nur die neunzehn Beobachtungen von Cavendish besass. Baily hat über 2000 Beobachtungen, auf die verschiedenste Art abgeändert, angestellt und ein Resultat für die Erddichtigkeit gegeben, das jetzt allgemein für das zweckmässigste gilt. Auch diese Arbeiten umfassen einen ganzen Band.

· Da ausserdem die *Monthly Notices* alle kürzeren Mittheilungen, namentlich die Originalbeobachtungen, aufnehmen konnten, so gewannen jetzt die *Memoirs* ein anderes Ansehen. Nicht wenige der Abhandlungen erschienen auch gesondert im Buchhandel und die gesammte Wirksamkeit der Gesellschaft ward auf eine erfreuliche Weise erweitert.

Bis 1834 hatte die Society in einem für jährlich 52 Pfd. gemietheten Raume in Lincoln-Inn-Fields zusammenkommen müssen; hier stand ihre Bibliothek und das nicht ausgeliehene Eigenthum an Instrumenten; der Gebrauch war indess vielfach gehemmt und musste es noch mehr werden bei fortwährendem Anwachs der Bibliothek.

Dies änderte sich dadurch, dass der Herzog von Sussex, der schon früher in erfreulicher Weise seine warme Theilnahme an der Gesellschaft bethätigt hatte, ihr in Somerset-House eine ge-

nügende Räumlichkeit für ihre Sitzungen wie für eine geordnete
Aufstellung ihres literarischen wie instrumentalen Besitzthums über-
wies. Indess stiegen die Kosten, welche die Einrichtung dieser
Räumlichkeiten forderte, auf 330 Pfd., und diese aussergewöhnliche Ausgabe veranlasste die Gesellschaft, von ihren baaren Er-
sparnissen 300 Pfd. Consols zu verkaufen. Die Zahl der Mitglieder
war beim 15. General-Meeting (Febr. 1835) bereits auf 292 Fellows und 36 Associates gestiegen. Auch mehrte sich die Zahl
derer, welche als Geschenkgeber sich um die Gesellschaft verdient
machten.

Überhaupt ist ein erfreuliches Wachsthum, nicht bloss an
Zahl der Mitglieder, sondern in jeder Beziehung, nicht zu verkennen. Die Jahresberichte verbreiteten sich allmälig über den
Zustand der britischen Sternwarten; ja sie blieben dabei nicht
stehen, sondern nahmen auch das mit auf, was in andern Ländern
für Förderung der Wissenschaft geleistet ward. So bildeten sie sich
nach und nach aus zu Jahresübersichten der gesammten Himmelskunde, unentbehrlich für Den, der sich in dieser Wissenschaft
auf dem Laufenden erhalten will. In Betreff der Aufsätze finden
wir indess noch immer ein Überwiegen der Beobachtungen, was
allerdings dadurch motivirt erscheint, dass vor 30—35 Jahren nur
sehr wenig Sternwarten fortlaufende Annalen veröffentlichten und
es für umfangreichere Beobachtungsreihen an andern geeigneten
Organen noch sehr fehlte.

Zahlreich sind besonders in den *Memoiren* der dreissiger Jahre
die Beobachtungen von Finsternissen und Durchgängen; aber
Jedem, der diesen Gegenstand näher ins Auge fasst, muss es auf-
fallen, dass physische Beobachtungen, die jetzt bei diesen Phänomenen vorzugsweise ins Auge gefasst werden, so gut als ganz
fehlen. Ausser den Momenten des Anfangs und Endes nur etwa
noch Abstand der Hörner oder des Mond- und Sonnenrandes, und
wenn es hoch kommt, eine Bemerkung über den Grad der Dunkelheit oder der Schärfe der Sonnenhörner. Die gesammte Ausbeute dieser Beobachtungen war fast ausschliesslich eine geographische. Waren Länge und Breite der Beobachtungsörter etwas
genauer als vorher bestimmt, so war man ganz zufrieden; und
für eine solche Ansicht war eine Sonnenfinsterniss einfach eine
Sternbedeckung, weiter nichts. Indess würde man Unrecht thun,
wollte man der britischen Gesellschaft daraus einen Vorwurf
machen, da wir überall nichts Anderes gewahren.

Im Jahre 1832 (V, 311) finden wir, dass eine Aufforderung von Seiten der britischen Admiralität an die Gesellschaft ergeht, die Tafeln, deren sich die Seefahrer bedienen, in den Kreis ihrer Untersuchung zu ziehen. Mehr als in jedem andern Lande steht in England die praktische Astronomie mit der Seefahrt in genauester Verbindung, und die nautische Astronomie gewann hier früher als irgendwo die grosse Bedeutung, die jetzt allerdings allgemein anerkannt wird. Die im Jahre 1802 von Maskelyne publicirten Tafeln erschienen schon mehrfach ungenügend und die, welche Lax 1821 veröffentlicht hatte, gaben zwar genauere Berechnungen, halfen aber den wesentlichen Mängeln nicht ab, die vielmehr nur durch eine gänzlich veränderte Einrichtung dieser Tafeln beseitigt werden konnten, und dies war es, was die Admiralität verlangte. Ein Comité trat zusammen, um den Gegenstand zu berathen, und F. Baily, als Vorsitzender, fasste den Bericht ab. Es wurden, die logarithmischen Tafeln einbegriffen, deren 24 als nothwendig bezeichnet, von denen die, welche schon früher Aufnahme gefunden, nur zu verbessern, die übrigen aber neu zu berechnen resp. zusammenzustellen seien. Die sehr zweckmässigen Vorschläge fanden Beachtung und Billigung, und die auf Grund derselben angefertigten neuen Tafeln haben sich in den Händen der Seefahrer vortrefflich bewährt.

§ 202.

Die Verleihung der Royal Charter im ersten Regierungsjahre Wilhelm's ist das einzige Ereigniss, welches im Leben der Gesellschaft als epochemachend bezeichnet werden kann, und ohne dass irgend etwas Aehnliches sich ereignet, gedeiht die Vereinigung fortwährend. Die tüchtigsten wissenschaftlichen Kräfte des Landes treten ihr bei und die Zahl der Mitglieder wie das jährliche Budget sind in allmäligem fortschreitenden Wachsthum begriffen, ohne dass einzelne Zeitmomente hervorzuheben wären, in denen erheblich mehr oder Besseres als in andern bemerkt wird.

Es bleibt uns daher nur übrig, ihre Thätigkeit nach bestimmten Rubriken zu ordnen und in jeder derselben das zu bezeichnen, was besonders hervorgehoben zu werden verdient.

1) Sternwarten.

In jedem der jährlich abgestatteten Reports wird von den Sternwarten in den britischen Besitzungen mehr oder minder aus-

führliche Nachricht ertheilt; ausserdem aber kommen Positions-
bestimmungen vor: von Bedford, Biggleswade, Blackheath, dem Cap
der guten Hoffnung, Edinburgh, Genf, Madras, Starfield und andern Orten. Diese meist kürzeren Anzeigen wird man seit 1831
vorzugsweise in den *Monthly Notices* zu suchen haben. — Wie
sehr verschieden das ist, was man unter dem Gesammtbegriff
Sternwarte zusammenstellt, geht schon allein daraus hervor, dass
wir eine antreffen, deren Errichtung nur 6 Lsterl. gekostet, während Lord Rosse bei der seinigen die Hunderttausende nicht
scheute.

2) Instrumente.

Von einigen der berühmtesten einzelnen Instrumente, wie namentlich den Teleskopen von Rosse und Lassell, finden wir von
Zeit zu Zeit ausführliche Nachrichten. Auch die Instrumente in
Greenwich werden fortwährend Gegenstand specieller Berichte;
wir erfahren, wie es mit den Zapfen und Zapfenlagern, dem Azimuth und Niveau steht und welche Mittel man zur Beseitigung
der Abweichungen wie zur möglichsten Fixirung dieser Theile getroffen habe. Neue Instrumente werden beschrieben; so finden
wir aus Gauss' Feder eine Beschreibung der Reichenbach'schen
Meridiankreise (Vol. 1, 139). Über Mikrometer finden wir von
Pearson, Babbage und Littrow Vorschläge zu neuen Einrichtungen oder zur Verbesserung alter. Ein Differential-Sextant
wird von Gompertz, ein Quadruple Reflecting Sextant von Owen
beschrieben; wir erhalten Auskunft über die Instrumente, welche
bei der indischen Gradmessung gebraucht worden und lernen die
Arbeiten Troughton's, Fuller's und Simm's, so wie den Gebrauch kennen, den Pond, Henderson, Robinson und Airy
davon machen.

3) Reductionen.

Die Aberration, die seit ihrer Entdeckung so oft und sorgfältig bearbeitet worden, wird von Gompertz, Herschel II,
Richardson und Main theoretisch und praktisch untersucht.
Abweichend von Struve findet keiner der Genannten eine Aberration von 20".44, wie sie in Pulkowa bestimmt worden, sondern
durchschnittlich 20".36, wobei sie stehen bleiben. Ein Unterschied von 0".08 ist an und für sich höchst gering; aber wo es
sich um die Constante eines so wichtigen Reductionselements
handelt, ist nichts gering. Für die Nutation giebt Herschel,

gleich im ersten Bande, ausführliche Tafeln. Die astronomische
Refraction besprechen Littrow in drei, Atkinson in zwei Abhandlungen; ausserdem Henderson, Main und Smyth. Die
Irradiation wird von Robinson im 4., 5. und 18. Bande behandelt, die Solar-Irradiation, das noch immer so räthselhafte
„Klebenbleiben" namentlich Aldebaran's am Mondrande untersucht Airy und stellt alle dahin gehörenden Beobachtungen übersichtlich zusammen. — Groombridge giebt allgemeine Reductionstafeln.

4) Fixsterne.

Diese finden wir sehr reichlich und in den verschiedensten
Beziehungen bearbeitet. Absolute Oerter geben uns in beträchtlicher Zahl Brisbane und sein Astronom Rümcker aus Australien (Paramatta); man trägt gegen 600 von Flamsteed zwar
beobachtete, aber von ihm nicht in seinen Katalog aufgenommene
Sterne nach (schon Caroline Herschel hatte lange vor Stiftung
der Gesellschaft damit begonnen; Baily bearbeitet die 998
Mayer'schen Sterne aufs neue; Airy, noch in Cambridge, bestimmt 726, Köller 208, Santini in Padua 1677 Sternörter,
Pearson zuerst 520, hernach noch 1009, Fallows und Maclear
am Cap, Montojo in San Fernando liefern Örter südlicher Sterne,
Wrottesley mehr als 1000 Rectascensionen u. s. w. — Die
Eigenbewegungen der Sterne, die so lange bezweifelt wurden,
werden eifrig untersucht; zuerst von Baily an 314 Sternen (V, 147),
später in grösserer Zahl von Jacob und Main, und an diese
Untersuchungen schliessen sich die über Eigenbewegung der
Sonne von Airy (XXVIII, 143) und Dunkin (XXXII, 19), so wie
die von Galloway.[*] — Die Veränderlichkeit des Glanzes und in
einigen Fällen auch der Farbe von Fixsternen kommt zur Sprache,
namentlich bei α Cassiopejae. — Nebelflecke, besonders der im

---

[*] *Thomas GALLOWAY*, geb. 1796 am 26. Februar, gest.
1851 am 1. November. Er war Lehrer der Mathematik am
Royal Military College zu Sandhurst, später Registrator der
Life Assurance Office in London, und Mitglied der Royal Society
und der Royal Astronomical Society. Sein astronomisches Hauptwerk ist: *On the proper motion of the Solar System* in den *Phil.
Transact.* 1847 und in den *Memoiren* der Astr. Society. Er unter-

Orion und der Andromedafleck, werden beschrieben und zum
Theil abgebildet. — Der ganze XIII. Bd. ist angefüllt mit den
5 Katalogen von Ptolemäus, Ulugh Beigh, Tycho, Halley
und Hevel, so wie mit den Noten und Einleitungen Baily's,
der sich durch diese grosse und schwierige Arbeit ein wesentliches
Verdienst erworben hat, das dadurch noch erhöht wird, dass er
das Ganze auf seine eigenen Kosten drucken liess und der Gesellschaft die erforderlichen Exemplare schenkte.

5) Doppelsterne, Parallaxen.

Russland und England sind die beiden Länder, in denen
dieses Feld der Himmelswissenschaft am fleissigsten, anhaltendsten
und gründlichsten bearbeitet wurde, während in Deutschland
Chr. Mayer nur verlacht ward und in Frankreich Niemand an
Doppelsterne glauben wollte. — In den *Memoirs* begegnen wir
zuerst noch W. Herschel mit 145, South mit 477, Dunlop mit
253, Labaume mit 195 neuen Doppelsternen; am rüstigsten jedoch ist John Herschel, der insgesammt, mit Zuzählung seiner
Capbeobachtungen, 4893 aufführt. Weitere Mittheilungen machen
Jacob und Powell in Ostindien, Dawes, Wrottesley und
Miller in England und Andere. Mit Bahnberechnungen beschäftigen sich P. South, Dawes, Herschel, theils durch Entwickelung neuer Methoden, theils durch Bestimmung einzelner Bahnen.
Hind bearbeitet γ Virginis, δ Cygni und γ Leonis; besonders aber
ist α Centauri Gegenstand wiederholter Mittheilungen, da in diesem
Falle auch die Masse bestimmt werden kann und wir diese Nach-
barsonne (sie ist nur vier Billionen Meilen von uns entfernt) durch
die Sternwarten Poonah, Madras und das Cap so genau kennen
lernen, wie es früher gar nicht für möglich gehalten worden
wäre. — Die Parallaxe dieses Sterns haben Henderson und
Maclear zum Gegenstande sehr umfassender Untersuchungen gemacht, auch die des Sirius und β Centauri annähernd bestimmt.

_____

sucht in dieser Beziehung die Eigenbewegungen der südlichen
Sterne, welche bei früheren ähnlichen Arbeiten nur zum geringen
Theile in Betracht gekommen waren. Andere hierher gehörende
Artikel von Galloway finden sich im *Edinburgh Review*, dem
Foreign Quarterly Review, *Leybourn's Repository* und dem *Phi-
losophical Magazine*.

Allgemeineres über Berechnung derselben geben Littrow (II, 419)
und Maclear (IV, 433).

Die Controverse, welche über die Parallaxe von α Lyrae
zwischen Brinkley und Pond entstand, findet man hier ausführlich
dargestellt.

Die Sonnenparallaxe behandeln Ferrer (V, 352), Atkinson
(II, 27) und Henderson (VIII, 95); die des Mondes Henderson
(X, 383) und Breen (XXXII, 115).

6) Planeten und deren Trabanten.

Die grosse optische Kraft der in England, Irland und dessen
Colonien aufgestellten grösseren Teleskope und Achromaten ermöglicht eine Untersuchung der Oberflächen mehrerer Planeten,
die allerdings schon im 18. Jahrhundert, ja bereits früher versucht worden, jedoch mit geringem Erfolge. In den Schriften der
britischen Gesellschaft dagegen erhalten wir Darstellungen der
Oberflächen des Saturn, Jupiter, Mars und Venus; der Ring des
Saturn wird sorgfältig beachtet, ein neuer (dunkler) Ring entdeckt
und durch Landner die Phänomene untersucht, welche er für
den Saturn bewirkt. Man könnte jetzt einen Kalender für Saturn
schreiben, so vollständig wie den für unsere Erde, und nur das
nicht enthaltend, was auch für den unsrigen besser wegbliebe.
Mikrometrische Messungen geben diesen Bestimmungen zur Seite.
Dawes glaubt auch bei Merkur eine Abplattung zu finden,
von der Bessel allerdings nichts wahrnehmen konnte. Besonders
sind die Merkursdurchgänge an vielen Orten beobachtet worden,
am meisten der vom 5. Mai 1832. — Lockyer stellt die Mars-
figuren zusammen, welche wir den britischen Beobachtern verdanken.

Von sämmtlichen Trabanten Saturns erhalten wir durch Jacob
(Vol. XXVIII) Messungen der Distanz und des Positionswinkels
zur Bestimmung der Bahnelemente, und die Jupiterssatelliten behandelten Beaufoy, Colebrooke, Hodgson und Herbert,
während J. Herschel die Uranusmonde bearbeitet, die Lassel
in Malta untersucht und uns vier derselben als sicher vorhanden
und bestimmt beobachtet nachweist. — Adams, der mit Leverrier den Ruhm der Errechnung Neptuns theilt, giebt uns
(XVI, 427) ein Exposé der Ungleichheiten im Laufe des Uranus,
die er seinen Berechnungen zum Grunde legt.

Neben diesen meistens dem Gebiete der astronomischen Physik

angehörenden Arbeiten finden wir auch die, welche die Bahnen
betreffen; wozu namentlich die neuen Planeten mehrfach Veranlassung bieten. Indeß sind hier weniger die einzelnen Bahnen
behandelt, als vielmehr allgemeine Untersuchungen von Airy,
Plana und Lubbock, und in letzter Zeit insbesondere von
Cayley, dessen gründliche Arbeiten unter den Titeln: *Disturbed
elliptic motion* (XXVII, 1), *Disturbing Function in Lunar Theory*
(XXVII, 69), *Rotation of a Solid Body* (XXIX, 307) und Fortsetzungen der erstgenannten Abhandlung (XXVIII, 187, · 217;
XXIX, 191; XXXI, 307) zu finden sind.

In neuerer Zeit war es namentlich die Säcular-Ungleichheit
des Mondes, welche die Analysten der verschiedenen Länder beschäftigt hat. Hansen, Delauny, Adams, Cayley schlagen
verschiedene Wege ein und gelangen auch zu numerisch verschiedenen Resultaten. Wir wünschen, daß der Streit, der übrigens ein rein wissenschaftlicher, also vollkommen würdiger geblieben ist, nicht abgebrochen, sondern gründlich zu Ende geführt
werde. Wir fragen nicht, wer Recht behalte, aber wir hoffen,
daß die Wissenschaft dabei gewinne.*

Auch unser eigener Planet ist nicht leer ausgegangen. Clarke
(XXIX, 25) hat seine Gestalt aufs neue in Untersuchung genommen, und die Pendelbeobachtungen Foster's, Sabine's und
Kater's gehören gleichfalls hierher. Der ganze 14. Band enthält
einzig die Beobachtungen Baily's an seiner Drehwage.

7) Kometen.

Fast alle seit 1821 erschienenen Kometen treffen wir, theils
in den *Memoirs*, theils in den *Monthly Notices* an; doch auch
einige ältere (1807, 1811, 1813) werden im dritten Bande erwähnt
und Mittheilungen über sie gemacht. Vorzugsweise sind es die

---

* Die auf alt-ägyptischen Tafeln gefundenen Örter der fünf größeren
Planeten behandelt Airy (XXV, 99), und Pritchard untersucht den Stern
der Weisen, der schon so viele Federn in Bewegung gesetzt hat. Er findet
drei Conjunctionen Jupiters und Saturns, 66 v. Chr., 7 v. Chr. und 54 n. Chr.,
bei denen beide Planeten einander sehr nahe kamen: allerdings nicht so
nahe, daß sie wie ein Stern erschienen wären, immer aber auffallend genug,
um die allgemeine Beachtung auf sich zu ziehen. Nur die zweite, 7 v. Chr.,
könnte auf den Stern bezogen werden, und in diesem Falle wäre Christus
etwas über 40 Jahr alt geworden. Nach Pritchard's Untersuchungen
(XXV, 119) standen in der erwähnten Conjunction die beiden Planeten etwas
über 1° von einander entfernt.

periodischen Kometen von kurzer Umlaufszeit, die eingehend untersucht werden. In den letzten Bänden findet man auch Abbildungen, namentlich sehr instructive des Donati'schen, von Lassell (8), Dawes (5), Webb (4), Challis (6), Christy (6) und
de la Rue (9); zusammen 38 Abbildungen auf 8 Tafeln. Sie sind
weiss auf schwarzem Grunde, wie es bei ähnlichen Darstellungen
immer sein sollte; und in der That hat noch nie ein Komet so
viel Gelegenheit geboten, eigenthümliche Bildungsformen wahrzunehmen, als der Donati'sche, der volle neun Monate hindurch
beobachtet werden konnte. — Aber auch zu allgemeinen Abhandlungen gaben die Kometen Veranlassung; so untersucht Carrington die Austheilung der Perihelien für die nicht-periodischen
Kometen in Beziehung auf den Punkt des Himmels, wohin die
Bewegung unserer Sonne gerichtet ist.

8) Finsternisse der Sonne und des Mondes.

Mehr als irgend ein anderer astronomischer Gegenstand geben
die Finsternisse Veranlassung, in das classische, ja selbst chine-
sische und babylonische Alterthum zurückzugehen, und die Mitglieder der Gesellschaft haben dies nicht versäumt. So finden
wir im elften Bande eine Berechnung der frühesten Finsterniss,
von der wir Kunde haben: der vor mehr als vier Jahrtausenden
unter Ta-yu in China beobachteten, und Airy (XXVI, 131 und
XXVII, 31) berechnet, nach Hansen's neuen Mondtafeln, die
Finsternisse des Agathokles, des Thales und die von Larissa.
Sehr ausführlich finden wir insbesondere die neueren Totalfinsternisse behandelt, so wie die ringförmigen von 1820, 1833 und 1847.
Baily zählt zu denen, welche am frühesten auf die physischen
Phänomene aufmerksam machen und ihnen Beachtung schenken;
seit 1842 wird dies überhaupt nicht mehr versäumt, und wenn
die Beaufoy, Prinsep, Groombridge und andere frühere Beobachter sich meist damit begnügen, nur die Momente mitzutheilen,
so werden Band XXI in einer ausführlichen Abhandlung die
Wahrnehmungen von 37 Beobachtern der Finsterniss vom 28. Juli
1851 mitgetheilt und grossentheils durch colorirte Darstellungen
erläutert. Noch reichhaltiger ist die Literatur für die in Spanien
1860 stattgehabte totale Sonnenfinsterniss, über welche Airy
Bericht erstattet hat.

Aber auch die partialen Finsternisse wie die, welche in Europa

unsichtbar sind, gehen nicht leer aus, und auch für die Mondfinsternisse finden sich Beobachter: Beaufoy, Ferrer, Colebrooke, Rümker, Prinsep u. a.

9) Mond.

Dieser unser Trabant kommt vielfach und in sehr verschiedenen Beziehungen zur Sprache. Der theoretischen Untersuchungen
von Lubbok, Plana, Hansen ist bereits gedacht; die Moon-
Culminating-Stars finden sich an vielen Stellen der Memoirs und
der Monthly Notices aufgeführt. Die luminous apparences im dunkeln Theile der Mondscheibe, andere bei verschiedenen Gelegenheiten gemachte teleskopische Bemerkungen, seine Gestalt (XXIV,
29) und das Erscheinen von Sternen auf und scheinbar vor dem
Rande des Mondes (Airy, XXVIII, 143) und Ähnliches wird
besprochen. Tennant zeigt, wie Sternbedeckungen auch zur
Ermittelung der geographischen Breite dienen können (XXVIII,
241, 245), und Spottiswood benutzt die Beobachtung der grössten
Höhe des Mondes zur Bestimmung der Länge (XXIX, 343). In
neuester Zeit ward auch die merkwürdige Veränderung erwähnt,
welche der Krater Linné zeigte; auch noch einiges Andere haben
Webb und Rutherfurd beobachtet, woraus man auf stattgehabte
Veränderungen auf der Mondoberfläche schliesst.

10) Varia.

Wir stellen hier Einzelheiten zusammen, die sich in keine der
obigen Rubriken fassen lassen.

Shortrode untersucht die Anziehung des Himalayagebirges
auf das Niveau (XVII, 79).

Lassell producirt eine Maschine zum Schleifen der Teleskopspiegel (XVIII, 1).

Über astronomische Zeichnung findet sich (XV, 71) eine Abhandlung, und eine andere (Monthly Notices 11, 168) über Mondphotographien.

Airy, über den Unterschied zwischen directen und Reflexions-
beobachtungen (XXXII, 9).

Jacob beobachtet das Zodiakallicht in Madras (XXVIII, 119).

Bishop überreicht die Hora I seiner ekliptischen Sternkarten,
London 1848.

Glaisher giebt (XII, 153, 191) Correctionen der Venus-Elemente, womit sich auch Main (XI, 139, 159) und Breon (XVIII, 95) beschäftigen. Letzterer zieht auch die Mars-Elemente (XX, 137) in den Kreis seiner Untersuchungen.

Secchi zeichnet den Mondfleck Copernicus und dessen Umgebung in sehr grossem Maassstabe und vervielfältigt diese Zeichnung photographisch.

Drach, über Numerirung der Sternkataloge (*M. N.* 10, 194) und Woolgar, über Nomenclatur der Sterne (*M. N.* 11, 45).

Wir müssten unsern Bericht ganz unverhältnissmässig ausdehnen, wollten wir hier alles registriren, was die Royal Astronomical Society veröffentlicht hat. Aber um zu zeigen, wie universell die Arbeiten und Verhandlungen dieses Vereines sind, genügt das hier Mitgetheilte. Bald wird das Semisäcularfest der Gesellschaft heranrücken; ihre um Vieles jüngere Schwester, die deutsche astronomische Gesellschaft, wird es erst 1913 begehen können und dann vielleicht schon Bericht erstatten über die abermalige Wiederkehr des Halley'schen Kometen. Doch ob auch geringer an Zahl und ärmer an äusseren Mitteln, leben wir der Hoffnung, dass sie ihrer älteren Genossin nacheifern, und ohne den Beistand und die Aufmunterung von Seiten der Mächtigen gering zu achten, dennoch nun in sich selbst die Mittel finden werde, die Wissenschaft wahrhaft zu fördern.

Noch können wir kein Land namhaft machen, das dem Beispiele Englands und Deutschlands in der hier besprochenen Beziehung gefolgt wäre, obgleich z. B. Italien schon viel früher wissenschaftliche Vereinigungen mancher Art und Form gesehen hat. Russlands Astronomen haben sich bis jetzt meistens der deutschen Gesellschaft angeschlossen, wie Frankreichs der englischen, und in den übrigen europäischen Ländern ist die Zahl der Theilnehmer, auf die gerechnet werden könnte, zur Zeit noch zu gering. Dagegen hoffen wir, dass die nordamerikanische Union, in der sich die meisten aussereuropäischen Sternwarten befinden und wo alle äusseren Bedingungen zu einer derartigen Vereinigung gegeben sind, nicht lange mehr auf eine solche warten lassen werde, und dass der Wechsel, der sich im Directorat des Pariser Grand Observatoire vollzogen hat, gleichfalls einen Congress dieser Art herbeiführen möge. Denn mehr als jede andere Wissenschaft der Natur bedarf die Himmelskunde solcher Vereinigungen, selbst wenn man nur den grossen Umfang und die Vielseitigkeit in Be-

tracht zieht. Noch wichtiger erscheint uns, dass die Streitigkeiten,
die gerade in der Astronomie so viel Veranlassung finden, durch
bestimmt organisirte Vereine am schnellsten und sichersten gehoben werden können

§ 203.

DIE CHRONOMETER-EXPEDITION VOM JAHRE 1833.

Obgleich bei dieser Expedition nicht bloss russische, sondern
auch preussische, schwedische, dänische und Lübeckische Beobachter mitgewirkt haben, auch die allgemeinen Resultate derselben
in den Astronomischen Nachrichten veröffentlicht wurden, so ist
gleichwohl der ausführliche Hauptbericht nur in russischer
Sprache erschienen und nie eine Übersetzung desselben publicirt.
Da wir nun nicht zweifeln, dass diese erste grössere Expedition
zu solchem Zwecke auch ausserhalb Russland das Interesse der
Himmelsforscher in Anspruch nehme, so lassen wir hier einen
Auszug aus obigem Berichte folgen und bemerken nur, dass wir
den alten Styl des Originals durchweg in den Gregorianischen
verwandelt haben.

Seit Tiarks im Jahre 1824 den Längenunterschied zwischen
Greenwich, Helgoland, Bremen und Altona durch Chronometer
bestimmt hatte, waren ähnliche nautische Expeditionen nicht unternommen worden. Gleichwohl hatte sich bei dieser Gelegenheit
gezeigt, dass die Genauigkeit der Bestimmungen den auf anderem
Wege erlangten nicht nachstehe, und da kein Zweifel bestand,
dass über die Länge vieler Punkte der baltischen Küsten noch
grosse Ungewissheit herrsche, so genehmigte Kaiser Nikolaus I.
auf Vorstellung des Generalstabes in Petersburg, dass eine derartige Expedition im Sommer 1833 ausgeführt werde, bewilligte
das Dampfschiff Hercules zu diesem Zweck und ernannte den General Th. v. Schubert zum Chef der Expedition. Die anderen
Uferstaaten der Ostsee sagten ihre Mitwirkung zu; Schumacher,
Argelander, Bessel und Encke wurden mit der speciellen
Leitung an den einzelnen Punkten beauftragt. Die Zeit der
Königsberger Sternwarte ward durch Pulversignale nach Pillau
übertragen; in Danzig anhaltend beobachtet; in Swinemünde und
auf dem Vorgebirge Arkona der Insel Rügen kleine temporäre
Sternwarten errichtet. Durch Landreisen sollte die Verbindung
zwischen Lübeck und Altona bewirkt werden. Schwedische Of-

ficiere begaben sich nach Ottenby, Südspitze der Insel Göthland, und Katthammer auf dem Festlande. In Russland waren Kronstadt, Dagerort, Swalferort und Utö bestimmt, und dänischerseits Kopenhagen und Christiansöe ausgewählt. Die Reihenfolge der Punkte auf dieser Reise sollte sein: Kronstadt, Hogland, Helsingfors, Reval, Abo, Utö, Dagerort, Swalferort, Katthammer, Pillau, Danzig, Swinemünde, Arkona, Lübeck, Kopenhagen, Christiansöe, Öland, Stockholm, wozu später noch Carlscrona kam. — Das starke Dampfschiff war erst 1832 erbaut worden und sollte die Rundreise bis Ende September ausführen.

Die erste Reise begann am 7. Juni Abends. Um 11 lichtete man in Kronstadt die Anker, nachdem im Laufe des Tages die Chronometer an Bord gebracht waren; in Reval wurden am 9. noch andere Chronometer eingeschifft. Bei Dagerort ward nicht gelandet, sondern die Zeit vom Leuchtthurme aus signalisirt. Swalferort ward am 11., Pillau am 12. bei scharfem, aber conträrem Winde erreicht, dessen Heftigkeit fortwährend zunahm. Gleichwohl beschloss man die Weiterfahrt. Nun aber wurden die Schaufeln beschädigt und mussten in Weichselmünde, das man am 13. Juni erreichte, mit neuen vertauscht werden. Die Zwischenzeit ward benutzt, um in Danzig zwei Vergleichungen der Chronometer, am 14. und 17. Juni, zu unternehmen. Nachdem man die Ausbesserung beendet und frische Kohlen eingenommen hatte, erreichte man am 18. Christiansöe und am 20. Arkona, wo der Verfasser mit dem Lieutenant v. Gersdorff die Beobachtungen besorgte. Die 53 Chronometer wurden mit einer Tiede'schen Pendeluhr verglichen und nach drei Stunden Aufenthalt die Reise fortgesetzt, so dass noch am Abend Travemünde erreicht und am folgenden Morgen die Chronometer in Lübeck verglichen werden konnten. Dies geschah auf der dortigen Navigationsschule, während Schubert zu Lande nach Altona fuhr, um auch dort einige Vergleichungen gemeinschaftlich mit Schumacher auszuführen. Am 27. lichtete das Schiff die Anker und segelte nach Kopenhagen, wo Olufsen auf Holkens Bastion die Zeitbestimmungen besorgt hatte. Noch in der Nacht des 28. gelangte man nach Christiansöe und am 30. nach Öland. Durch den für Katthammer designirten Baron v. Pallander erfuhr man, dass dort noch keine Beobachter angekommen seien. Der unter diesen Umständen zwecklose Besuch Katthammers ward also aufgegeben und geradewegs nach Stockholm gefahren.

Hier erfreuten König Johann und Kronprinz Oscar die Expedition durch einen Besuch. Zweimal wurden die Chronometer auf der Sternwarte verglichen und am 9. Juli Dagerort erreicht. Im heftigen Sturme fuhr man nach Utö; dort aber hatte ein starker Gewitterschlag den Leuchtthurm dergestalt erschüttert, dass die Penduluhr stehen geblieben war. Der Sturm nahm zu; man musste die weitere Vergleichung aufgeben und fuhr geradesweges nach Reval.

Hier hatte W. v. Struve das Schiff erwartet und ging den 12. an Bord. Bei etwas beruhigtem Wetter konnte man in Hogland die Vergleichungen ausführen, und am 15. langte das Schiff wieder in Kronstadt an. Diese erste Reise hatte 38 Tage gedauert.

§ 204.

Nachdem das Schiff kalfatert und frisch versorgt war, auch am 24. Juli die Vergleichungen gelungen waren, trat man am 25. die zweite Rundreise an. In Hogland, Dagerort und Kallhammer gelangen die Vergleichungen, nun aber trat heftiger Sturm ein. Gleichwohl ward Pillau erreicht und die Vergleichungen ausgeführt. Bei beruhigtem Wetter gelangte man nach Öland, wo sich jedoch ein böser Unfall ereignete. Die Stange des Pistons brach, dadurch ward der Piston selbst verbogen und eine der beiden Maschinen ausser Thätigkeit gesetzt. Bei ganz ruhigem Wetter hätte man wagen können, mit der einen Maschine, die unbeschädigt geblieben war, die Reise fortzusetzen, aber die bisherigen Erfahrungen liessen darauf nicht rechnen. Auf Öland war kein Atelier zu finden, wo die Ausbesserung vorgenommen werden konnte. Man musste also Carlscrona zu erreichen suchen, welches glückte. Am 30. Juli war man im Hafen, und schon nach einer Stunde brach der Sturm wieder los und hielt bis zum 1. August Mittags an.

Unverzüglich ward in der Admiralitäts-Werkstatt die beschädigte Maschine auseinandergenommen und schleunigst reparirt. Die russischen Berichterstatter können nicht genug die freundliche Bereitwilligkeit rühmen, mit der hier Alles ihnen entgegenkam. Die Maschine konnte schon am 1. August wieder eingehängt werden. Struve, der keine Zeit unbenutzt lassen wollte, hatte sich inzwischen auf der Klippe Gelskoi mit einem kleinen Passagen-Instrument zu Beobachtungen eingerichtet und verband

diesen Punkt durch Horizontal-Messungen mit Carlscrona, einem
Hauptpunkt der schwedischen Triangulation.

Am 1. August, Abends, bei ziemlich beruhigtem Wetter, fuhr
man nach Öland und beendete so schnell als möglich die Vergleichungen; denn schon dunkelte der Himmel wieder. Bei hoher
See ward Christiansöe erreicht; es gelang, die Chronometer ans
Land zu schaffen. Am 3. ging es mit frischem Winde nach
Swinemünde, wo Wolfers und Adam beobachteten und Prinz
Adalbert das Schiff mit einem Besuch beehrte. Die Beobachter
in Arkona glaubten am 4. August das Schiff zu erblicken, es war
es auch in der That, eine Landung aber war des Unwetters wegen
nicht möglich. Man fuhr vorüber nach Travemünde, machte in
Lübeck die Vergleichungen und Struve' reiste nach Altona, von
woher Schumacher selbst nach Lübeck kam, um mit Schubert
Verabredungen zu treffen. Am 10. war alles fertig, man fuhr ab
und erreichte Arkona um 11 Uhr Mittags, wo die Vergleichungen
rasch beendet wurden und man schon um 4 Uhr nach Kopenhagen
abfahren konnte.

Das Schiff war den Beobachtern in Arkona schon ausser
Sicht gekommen, als sie es unerwartet wieder erblickten. Es
rührte sich jedoch nicht, sondern schien auf derselben Stelle zu
bleiben, gewährte einen sehr bleichen Anblick und verschwand
allmälig, gleichsam zerfliessend. Wir erfuhren später, dass das
Schiff ohne Aufenthalt nach Kopenhagen gefahren sei. Das Wiedererscheinen musste also durch eine Fata Morgana bewirkt worden
sein, die sich auch an anderen Gegenständen wiederholt zeigte.

Der viertägige Aufenthalt in Kopenhagen ward bestens benutzt. Man segelte über Christiansöe nach Öland; hier aber
wollte kein Lootse die Landung wagen, des heftigen Windes
wegen. Man fuhr also vorüber. Vor Utö dasselbe Schicksal. So
ist dieser Punkt der einzige geblieben, der auf dieser Reise nicht
bestimmt werden konnte. Auch in Hogland war keine Landung
möglich; man fuhr also nach Reval, und die zweite Rundreise
war beendet.

§ 205.

Der schon vorgerückten Jahreszeit ungeachtet beschloss man,
doch dem ursprünglichen Plane treu zu bleiben und eine dritte
Rundreise anzutreten; jedoch nur die Hauptpunkte zu besuchen,
da mit dem Schlusse des Septembers alles beendigt sein sollte.

Am 4. September, als die Stürme sich beruhigt hatten und alles vorbereitet war, ging man in See. Bei Dagerort gelang die Landung nicht, wohl aber am 6. in Katthammer und am 7. in Öland. Christiansöe fuhr man vorüber; bei Arkona ward die Landung vergebens versucht. In Travemünde ein Halt; hier wurden zwei Vergleichungen gemacht und Struve, dessen Geschäft in Altona beendet war, wieder an Bord genommen. Am 15. Abends wurden die Anker gelichtet und am 16. die Landung in Arkona ausgeführt; die dort stationirten Beobachter kehrten nun heim. Öland ward am 17., Stockholm am 19. erreicht. Nach zweimaligen Vergleichungen gelangte man bei Sandhammer in die offene See, wo Pallander das Schiff verliess. Bei sehr unruhiger See erreichte man Hogland am 27., die Landung machte keine Schwierigkeit. Eben so am 28. in Helsingfors. Am Abend ging es nach Reval. Struve, nachdem er die Vergleichungen besorgt und die nach Reval gehörenden Chronometer ausgeschifft hatte, fuhr nach Dorpat zurück. Als man am 29. wieder in See ging, entstand ein so starker Nebel, dass man, so nahe dem Endziele, ein Scheitern des Schiffes besorgen musste. Deshalb warf man Anker, wartete die ganze Nacht, und als am 30. Morgens der Nebel sich grösstentheils verzogen hatte, fuhr man nach Kronstadt zurück, wo mit den letzten Uhrvergleichungen die Expedition beschlossen ward.

Die Chronometer wurden nun ans Land gebracht, eben so alle übrigen Instrumente.

Der sehr stürmische Sommer hatte dem Unternehmen zwar grosse Hindernisse bereitet, dennoch gelang es der umsichtigen Leitung Schubert's, seine Aufgabe zu erfüllen. Mit einziger Ausnahme Utö's haben jetzt alle wichtigen Punkte der baltischen Küsten eine gut bestimmte Längendifferenz gegen Kronstadt und Lübeck.

Gegenwärtig, wo die elektrischen Telegraphenleitungen eine so rasche und bequeme Bestimmung der Längendifferenz ermöglichen, dürften, wenigstens in den europäischen Meeren, ähnliche Expeditionen wohl nicht mehr unternommen werden.

§ 206.

Ein vorzügliches Augenmerk ward bei dieser Expedition den Personal-Differenzen gewidmet, so weit sie Culminationsbeobach-

tungen betreffen, und in dem Eingangs erwähnten russischen
Werke sind die folgenden aufgeführt:

1) Argelander — Solander + 0,587″.
2) Mädler = Petersen — 0,51″. Lübeck 1833, 22 Vergleichungen.
3) Mädler = Nehus — 0,146″. Altona, 20 Vergleichungen.
4) Mädler = Gorsdorff.
5) Wolfers = Adam — 0,52″
6) Wolfers = Petersen — 0,53″. 64 Vergleichungen.
7) Wolfers = Petersen — 0,55″. 20 Vergleichungen.
8) Wolfers = Nehus — 0,665″.
9) Cronstrand = Hallström + 0,108″. 19 Vergleichungen.
10) Cronstrand = Höggbladt.
11) Cronstrand = Selander + 0,310″. 20 Vergleichungen.
12) Cronstrand = Struve + 0,142″.
13) Struve = Argelander — 0,210″. Vergleichungen vom Jahre 1833.
14) Struve = Argelander — 0,062″. 48 Vergleichungen in Dorpat 1832.
15) Argelander = Bessel + 0,98″.
16) Wrangel = Petersen — 0,36″. 21 Vergleichungen.
17) Nehus = Petersen — 0,02″. 28 Vergleichungen.
18) Wrangel = Struve + 0,208″. Gleich nach der Reise.
19) Wrangel = Kaliskowsky — 0,05″. 17 Vergleichungen, 1834.
20) Nehus = Petersen — 0,09″. 10 Vergleichungen in Altona.
21) Nehus = Petersen — 0,21″. 10 Vergleichungen.
22) Nehus = Petersen — 0,17″. 10 Vergleichungen.
23) Struve = Petersen — 0,167″. 36 Vergleichungen.
24) Struve = Nehus — 0,148″. 16 Vergleichungen.
25) Struve = Nehus — 0,140″. 8 Vergleichungen, 1831.
26) Nehus = Olufsen + 0,12″. 37 Vergleichungen, 1834.
27) Struve = Lemm — 0,357″. 1834.
28) Struve — Sabler + 0,030″. 1834.
29) Struve = Selanoi + 0,251″. Dorpat 1834.
30) Mädler = Nehus + 0,17″. 1841.
31) Struve = Bessel + 1,077″.
32) Struve = Bessel + 0,778″. 12 Vergleichungen. Königsberg 1834
33) Struve = Busch — 0,072″. 12 Vergleichungen.
34) Busch = Bessel + 0,905″. 1832.
35) Busch = Argelander — 0,097″. 1832.
36) Mädler = Struve + 0,070″. 15 Vergleichungen, 1831.

Obgleich die meisten Chronometer oben aus den Händen der
Künstler gekommen und die älteren sorgfältig gereinigt und mit
frischem Öle versehen waren, so ward doch, da nicht alle die gesammte Expedition mitgemacht hatten, jede Reise besonders berechnet. Als Hauptpunkte, wo der Aufenthalt länger dauerte,
wurden Kronstadt, Danzig, Lübeck und Stockholm betrachtet.

§ 207.

UNTERSUCHUNGEN ÜBER KOMETEN.

Von jeher sahen sich die Astronomen in die Nothwendigkeit
versetzt, die Resultate ihrer Forschungen gegen Feinde der verschiedensten Art zu vertheidigen. Nun wird allerdings ein Kampf
mit Gegnern, die gleich ihm auf wissenschaftlichem Boden stehen
und die Waffen kennen, mit denen er geführt werden muss, dem
Forscher nur erwünscht sein, und nie von ihm gemieden, nie ab-
gelehnt worden. Ein ganz Anderes aber ist es, wenn Ignoranten,
die diesen Boden gar nicht kennen und auch nicht kennen wollen,
sich gleichwohl herausnehmen, mit Behauptungen aufzutreten, die
aller und jeder Widerlegung unwürdig sind. Auf keinem Gebiete
jedoch sind diese Gegner zahlreicher, anmaassender, dictatorischer
aufgetreten als auf dem der Kometenkunde.

Auch würde man sehr irren, wenn man annehmen wollte,
in unseren Zeiten seien diese Kämpfe zur Ruhe gebracht. So
wünschenswerth dies wäre; wir dürfen uns einer solchen Sicherheit
noch nicht hingeben. Die meisten Leser werden sich noch des
Jahres 1853 erinnern, wo bei Gelegenheit des von Belgien aus-
gegangenen Kometenschreckens eine Berliner Zeitung sich nicht
entblödete, zu äussern: „ein wenig Kometenfurcht könne dem
Volke gar nicht schaden."

Der 1840 verstorbene und namentlich auf dem Gebiet der
Kometenkunde hochverdiente Olbers besass eine Sammlung von
nahezu 3000 der Kometenliteratur angehörenden Schriften des allerverschiedensten Inhalts, die er im Laufe seines langen Lebens erworben. Nach seinem Tode ging sie durch Kauf an die Sternwarte Pulkowa über, und hier hatte der Verfasser Gelegenheit,
sie näher kennen zu lernen.

Das älteste Buch der alten Sammlung ist Jacobus Angelus
vom Jahre 1500. Er weiss nichts von Regiomontanus und anderen Zeitgenossen; kennt und reproducirt nur die Meinungen
der Alten und schreibt ein barbarisches Latein.

Von Regiomontanus' erst 1531 gedrucktem Werke: *De
cometae magnitudine, longitudine &c. problema*, wird man natürlich
Anderes erwarten. Er spricht von der *diversitas aspectus*, worunter
er die Parallaxe versteht, und giebt Regeln, den wahren Ort zu
bestimmen, die auch durch Figuren erläutert sind.

Frosch 1532. Er weiss allerdings, dass Einige die Kometen zu den Gestirnen zählen, er selbst aber kann diese Meinung nicht theilen. Sie sind nach ihm Lufterscheinungen in der höchsten oder der Feuerluft, wo sie entstehen und wieder verschwinden. In ähnlichem Geiste ist das ganze Werk geschrieben.

Aretius 1536 macht theologisches Kapital aus ihnen. „Der Himmel ist nicht blos zu unserem Vergnügen da, sondern auch eine ernste Manung *ritae corrigendae*, *iram Dei cognoscere*" &c. &c., und dem letzteren Zwecke dienen insbesondere die Kometen. — Also die alten Strafruthen!

Lavatherus 1556 giebt eine *Historia cometarum* in folgenden Abtheilungen:

1) eine Zuschrift an Dullinger.

2) *Specificationes cometarum.* Meistens Dichterstellen reproducirend, z. B.

Lucanus:

> — — — — — crinem timendo
> sideris, et terris mutantem regna cometa.

Virgil in der Georgica:

> Non alias coelo deciderunt plura sereno
> fulgura, nec diri toties arsere cometae.

3) *Quo pacto se homines gerere debent, si cometa apparet.*

4) Ein *Catalogus Cometarum*, anfangend mit dem Kometen des Augustus Octavianus. Die Ordnung dieses Katalogs ist eigenthümlich. Zuvörderst wird eines Todesfalls oder sonstigen Unglücks gedacht, und dann nach dem Kometen gesucht, der es veranlasst habe. Er liebt es ganz besonders, die Beweise für seine Sätze aus der Bibel herzuholen, womit er freilich nur den alten Ausspruch bestätigt:

> Hic liber est, in quo quaerit sua dogmata quisque,
> invenit et pariter dogmata quisque sua.

In ganz gleichem Sinne schrieb, nur zwei Jahr später, Camerarius.

Aber das Äusserste, was Geschmacklosigkeit und Wahnglaube zusammenstellen kann, findet man in Schubain's Kometen-Buch, Freiburg 1578. Auf dem Titel führt er als „fürnehmste" 180 an. Das ganze Buch ist in Versen; wir geben einige zur Probe:

1. Nachdem die Welt 200 Jahr
   und 25 stand fürwahr,
   ein ungewohnter Stern erschein,
   vor nie gesehn, gantz ungemein.
   Stund in Egypten ungeheur,
   sein röt sah gleich ein helle fewr,
   und ob der Stat Conza genandt,
   die da lag in Egyptenland.

2. Als Noah alt 600 Jahr,
   stünd wieder ein Comet anbar.
   Am dritten Tag zuvor, eh das
   mit Tod abging Methusalahs.
   Dieser Comet der stand im Visch
   under dem Regiment Jovis.
   In vier Wochen mit seinem Gang
   er alle Zeichen durchauss trang.
   Man schreibt von ihm ohnfehlbar gewiss,
   den sechzehenden Aprilis
   sei er verschwunden überall
   darauf sei kommen viel Unfall.

In dieser Weise geht es fort bis zu dem Kometen von 1578, und den Beschluss machen mehrere Versregeln, wie man aus den Kometen wahrsagen könne. — Im ganzen Buche nicht ein gesunder Gedanke!

Was muss das für eine Zeit gewesen sein, der man solche Dinge zu bieten wagte; hundert Jahr nach dem Tode Regiomontanus', 85 nach dem des Copernicus und während der Wirksamkeit Tycho's!

Wir müssen ernstlich besorgen, durch Mittheilung dieser Proben den Unwillen eines grossen Theils unserer Leser erregt zu haben. Indess mögen sie bedenken, dass erstens der Geschichtschreiber nicht wählerisch sein darf, sondern jedes Zeitalter zu schildern hat, wie es war und wie es sich selbst kund gethan hat, und dass zweitens die Zeit noch lange nicht gekommen ist, wo man Thatsachen dieser Art der Vergessenheit, die sie allerdings verdienen, übergeben kann. Denn so lange es noch eine Partei giebt, welche jene Jahrhunderte zurückwünscht mit allen ihren Hexenprocessen und Judenverfolgungen, mit allen Ketzerrichtern und Inquisitoren, so lange muss auch das Bild derselben stehen bleiben zur Warnung der Zeitgenossen.

Wir führen zum Schlusse noch eine Kometen-Medaille von 1618 an, die von Kopenhagen ausging. Auf der einen Seite oben

ein fürchterlicher Komet (der grosse von 1618) und darunter eine
zur Erde niedergeworfene Menschenmenge. Auf der anderen dagegen:

> Gott gieb das uns dieser Komet-Stern
> Besserung unsers Lebens lern.

Die Mahnung zur Lebensbesserung tadeln zu wollen, fällt
uns wahrlich nicht ein; wäre es aber nicht viel richtiger, damit
sofort zu beginnen, ohne erst die Erscheinung eines grossen Kometen abzuwarten?

Des Gegensatzes wegen hier die Notiz, dass am 17. December
1831 König Friedrich VI. von Dänemark eine Medaille stiftete,
die jeder erste Entdecker eines noch nicht bekannten teleskopischen
Kometen, gleichviel in welchem Lande der Erde, erhalten sollte.
Die Zuerkennung sollte jedesmal innerhalb sechs Monate nach der
Entdeckung erfolgen, oder für Entdeckungen ausserhalb Europa
innerhalb eines Jahres. Galle, damals noch in Berlin, erhielt für
drei von ihm im Jahre 1840 entdeckte Kometen drei dieser Me-
daillen; eine der letzten empfing Maria Mitchell in Nordamerika
für den von ihr am 1. October 1847 aufgefundenen Kometen.

Der Nachfolger Friedrich's II., Christian VIII., bestätigte
die Stiftung; Friedrich VII. dagegen, der 1848 folgte, hat sie
widerrufen; es hat glücklicherweise nicht den Anschein, als habe
sich durch diese Aufhebung die Zahl der Kometen-Entdeckungen
vermindert. ✗

§ 208.

Allerdings hatte schon Tycho deutlich gezeigt, dass die Kometen weiter als der Mond von der Erde entfernt seien, folglich
unserer Atmosphäre nicht angehören könnten, und einsichtige
Männer, wie F. Sanches und Gassendi, traten auf seine Seite.
Aber die Anzahl der Gegner hiess Legion, und mit äusserster Er-
bitterung ward die atmosphärische Entstehung der Kometen zu
behaupten versucht. Da nun auch Tycho selbst nur die scheinbare Bahn dieser Körper genau beobachten, keineswegs aber schon
die wirkliche daraus ableiten konnte, so blieb der Phantasie noch
Spielraum genug auf einem Felde, das von der Wissenschaft nur
erst zum Theil in Besitz genommen war.

Die zahlreichen Schriften aus jener und der ihr zunächst
folgenden Zeit auch selbst nur in einer Auswahl hier anzuführen,
hätte zu geringes Interesse. Wir begnügen uns, hier anzuführen,

dass Hevel in seiner voluminösen Kometographie 250, Lu-
bieuizky 415 Kometen aufführen. Beide stehen allerdings nicht
ganz auf Seite der Kometomanten, halten sie auch nicht für sub-
lunar; allein ihre Ausdrücke sind nicht bestimmt genug, und überdies zeigen sie im Aufnehmen von älteren Nachrichten einen
Mangel an Kritik, der ihrem Ansehen schaden musste. Oder was
soll die Wissenschaft anfangen mit einem Kometen, der „drei Tage
nach dem Tode Methusalem's" erschien? Es genügt nicht, zu
zeigen, dass auf eine Kometen-Erscheinung ebensowohl Gutes als
Böses folgen könne: es muss offen und rückhaltslos ausgesprochen
werden, dass aus einer solchen in Beziehung auf die Schicksale
der Erdbewohner gar nichts zu folgern sei.

Obwohl verschiedene Autoren bezeichnet werden können, die
bereits vor Dörfel eine Ahnung von der richtigen Gestalt der
Kometenbahnen gehabt, und Vincenz Mut, Madeweis, Henry
Percy und noch einigen Anderen die Erfindung zugeschrieben
worden ist, so gewinnt man doch bei näherer Ansicht ihrer darauf
bezüglichen Äusserungen bald die Überzeugung, dass Samuel
Dörfel der erste sei, der mit voller Bestimmtheit die wahre Kometenbahn als eine Parabel, deren Brennpunkt in das Centrum
der Sonne zu setzen sei, bezeichnet. Nur Borelli, den er jedoch
nicht kannte, ist ihm vorausgegangen.

Was der Pastor zu Plauen so glücklich begonnen hatte, ge-
dieh unter den Händen Newton's zur Vollendung. Er bewies
streng, was Dörfel nur empirisch aus den Beobachtungen geschlossen, er gab Vorschriften zur Berechnung der Bahn, durch
deren Anwendung Halley die ersten 24 Kometenbahnen berechnete.

Wissenschaftlich war damals die Frage erledigt, wenigstens
für Jeden, der Newton's Gravitationstheorie annahm. Allein da
die Cassini's in Frankreich, die Bernonilli's in der Schweiz,
Eisenschmidt in Deutschland sich gegen Newton aussprachen,
es also bis gegen 1740 hier nicht an wissenschaftlichen Autoritäten
fehlte, auf die man sich berufen konnte, so haben wir uns nicht
zu wundern, wenn die alten Kometenfabeln, zum Theil nur auf-
geputzt, fortwährend auf dem Büchermarkt erschienen. Wir wollen
hier nur Einiges als Probe geben:

Burggrav, 1681, steckt noch tief in der Kometomantie, obwohl auch einige vernünftige Gedanken bei ihm vorkommen und
er die neueren Untersuchungen nicht ignorirt.

Peter Pitatus, 1681, ein kundiger Astronom und Berechner
von Ephemeriden, eifert gegen die Kometenfurcht: „Komete, guter
Prophete, Gott sei dafür gedankt.“

Sturm, 1681, begnügt sich mit einer Beschreibung der Kometen und ihres Laufes nach Hevel und Pitatus.

Graevius, 1681, recapitulirt weitläufig die verschiedenen
Meinungen über Kometen und zeigt den Ungrund der Kometenfurcht. Eben so ein anderer anonymer Autor 1681, der den Beweis führt, dass sie nicht in unserer Luft entstehen und dass sie
kein Unglück weder bedeuten noch verursachen.

T. Bouter, 1683. „Von Conjunction Jovis und Saturni, von
Kometen, Sonnen- und Mond-Finsternissen und vieler Zeichen in
der Lufft, sampt ihrer Bedeutung.“ Der Titel lässt schon erwarten, was man hier zu suchen habe. Er befindet sich noch
gänzlich in den alten Vorurtheilen, wiewohl er sich doch einige
Hinterthüren offen zu halten bemüht ist.

Voigdt, 1683, ist gleichfalls noch durchaus Kometomant.
Er giebt ein Prognosticon aus dem Kometen von 1680 auf den
Untergang des osmanischen Reichs und eifert aufs heftigste gegen
die „Naturalisten, Atheisten und Epikuräer,“ die nicht an die
göttlichen Wunderzeichen glauben wollen. — Beiläufig kommen
doch einige Nachrichten über den Lauf der Kometen vor. — Das
Buch erlebte zwei Auflagen.

Ein Anonymus: „On Comets.“ 1688. Ein weitläufiges Gerede
über die Frage: ob die Kometen natürliche oder übernatürliche
Erscheinungen seien? Die einzelnen Classen der Kometen werden
nach Plinius angeführt. Nicht das geringste Brauchbare ist im
Buche zu finden, und der Verfasser ist ganz und gar Kometomant.

Das epochemachende Werk Halley's, 1705: *Tabula generalis
pro supputando motu cometarum in orbe parabolico*, giebt uns eine
Tafel, um aus der mittleren Anomalie die wahre heliocentrische
zu finden. Wir setzen zu mehrerer Deutlichkeit den Anfang seiner
Tafel her:

Arg. Medius Motus.	Angulus a perihelio.	Log. dist.
1.°	1° 31' 40''	0,000077
2.	3 3 15	000309
3.	4 34 43	0,000694
4.	6 6 0	0,001231
5.	7 37 1	0,001921.

Dann folgt eine Anleitung zum Gebrauch der Tafel, eine
Formel für den Fall sehr kleiner Perihelien (wie das des Kometen

von 1680). Er spricht weiter über die Möglichkeit elliptischer
Bahnen und sagt die Wiederkehr des Kometen von 1682 auf 1758
voraus. „Wenn dies zutrifft, so ist gar kein Zweifel mehr an der
Ellipticität." Weiter folgen die 24 Kometenbahnen, von ihm berechnet.

Doch die gewönliche Buchmacherei liess sich dadurch nicht
stören.

Schönlin, 1708: *De natura et materia cometarum*. Newton
und Halley sind für ihn gar nicht vorhanden. Er ist Descar-
tianer und möchte gern die Kometen den Wirbelsystemen gefügig
machen.

Winckelmann, 1712. Über Jupiter und Saturn, Kometen
und dergleichen. Alles verworren durcheinander.

Zoemius und Hauptmann, 1719. Nur eine Aufzählung
der Meinungen älterer und neuerer Autoren.

Jac. Bernonilli, 1719, entwickelt ein ganz eigenthümliches
System. Die Kometen laufen bei ihm in Kreisen und weit jenseit
des Planeten Saturn. Die Wiederkehr des Kometen 1680 verkündigt er auf den 7. Juni 1719, ohne dass erhellt, aus welchem
Grunde. *Quandoque bonus dormitat Homerus!*

Ehrenberger, 1721. Eine kleine Broschüre von 6½ Seiten:
De recentiori circa cometas controversia. Nur leeres Gerede über
die Schweife der Kometen.

Weber, 1722. *Cometas sublunares sive aereos non prorsus
negandos*. Ihm machen Dörfel, Newton, Halley nicht den
mindesten Kummer. Zwar giebt er schliesslich zu, dass „einige"
Kometen weiter als der Mond von uns entfernt gewesen, allein
dies sind nach ihm seltene Ausnahmen, und seine Thesen hält
er fest.

Ihm entgegen steht Wucherer, 1722: *De cometis malorum
nunciis*. Er bekämpft rüstig die Kometomantie. „Bei der rohen
Masse sei es nicht zu verwundern, aber traurig, dass man auch
gebildete und gelehrte Männer von Krieg, Pest u. dergl. als Folge
von Kometen reden hört."

Tresenreuter, 1730, Rozir, 1734, und Coynober, 1728,
geben zwar nur das längst Bekannte, aber in einer ganz guten
geschichtlichen Zusammenstellung.

Celsius, 1734: *Tankar om Cometerns Igenkomst*. Wenige
Seiten, aber würdig eines Celsius.

Heyn, 1742. Ein Komet hat die „Sündfluth" bewirkt; ein

Komet wird auch einst das Ende der Erde herbeiführen. Er hat dabei, ganz wie Whiston, den Kometen von 1680 im Auge, dem er 575 Jahre Umlaufszeit zuschreibt.

Kunstmann, 1742, schrieb in demselben Geiste. Dagegen finden wir bei

Seitz, 1742, eine entschiedene Verwerfung alles Prophezeiens aus Kometen. Richtig aber sehr weitläufig widerlegt er die Astrologen und behauptet, dass uns ein Komet nie schaden könne.

Eben so Stuss, 1742, der die verschiedenen Meinungen über Entstehung der Kometen historisch recapitulirt.

Floder, 1743, (in einer Disputation unter Celsius' Präsidium). Der Komet entsteht nicht aus Dünsten. Sehr gute und schlagende Gründe gegen den Kometenwahn.

Joh. Heyn, über den Stern der Magier, der nach ihm ein Komet gewesen ist, und über den das unsinnigste Zeug vorgebracht wird. Er fand einen Gegner in

Guttmann, 1744, der aber auch auf andere Gegenstände, z. B. die Bewegung der Erde, übergeht.

Fretekens, 1744: „Entsetzliche Himmels-Erscheinungen." Zwar widerspricht er dem Kometenwahn; steckt aber übrigens tief in der Astrologie. Reich an Worten, arm an Inhalt.

C. Neumann, 1744. Eine förmliche Kometenpredigt. Der Komet von 1744 wird identificirt mit — dem Regenbogen des Noah! Den Kometen-Aberglauben bekämpft er zwar, will ihn aber doch nicht gern ganz fahren lassen. Er ist hierin ein Juste-Milieu-Mann.

Wölffer giebt gleichfalls eine Kometenpredigt, in der man seine eigentliche Meinung vergebens sucht.

Was Bauer und ein Ungenannter (M. N. O.) über den Kometen 1744 beibringen, ist leeres Geschwätz von Anfang bis zu Ende.

Euler, 1746: Über Kometenschweife. Man ersieht aus dieser Schrift, dass damals Viele geneigt waren, die Kometenschweife mit dem Nordlicht zu identificiren. Euler verschmäht es nicht, ausführliche Gründe dagegen geltend zu machen. Mathematische Untersuchungen kommen in dieser Schrift nicht vor, wohl aber in einer anderen:

Euler, 1746: Über Aberration der Planeten und Kometen. Eine sehr eingehende Untersuchung über die Folgen der allmäligen Lichtverbreitung.

Von einem Ungenannten erschien: Nachricht über den Kometen 1744. Das Gewöliche in guter Zusammenstellung. Eine dem Verfasser eigenthümliche Meinung ist: die Kometen seien bestimmt, den Sonnen, wenn sie am Erlöschen begriffen sind, neuen Zündstoff zuzuführen.

1749 erschien eine neue Ausgabe des Halley'schen Kometenwerks von 1705. Sie zeigt bedeutende und wichtige Vermehrungen gegen die erste, wahrscheinlich aus hinterlassenen Papieren Halley's. Darunter eine *Tabula generalis pro expediendo calculo motus Cometici elliptici.* Die Berechnung einer Kometenbahn, wie sie Halley nach Newton's Formeln ausführte, war damals sehr schwierig.

Cowley, 1757. Auf Newton-Halley'scher Grundlage ruhend. Gegen den Text des Werkes wäre nichts zu sagen, desto mehr aber gegen seine Kometenfiguren, die an Monstruosität sogar die Hevel'schen noch übertreffen.

B. Martin, 1757. Eine sehr klare und präcise Theorie der Kometenbahnen; als Lehrbuch trefflich.

Rossler, 1759, erinnert an die alten Meinungen und Sprüche, z. B.

> Manilius: — — bella canunt, ignes, subitosque tumultus
> Et clandestinis surgentia fraudibus arma.

Oder Lucanus: Regnorum eversor cubuit lethale Cometes.

Auch Rudolph, 1760, führt allerlei Meinungen auf, z. B., dass die Monde des Jupiter und Saturn, vielleicht auch unser eigener, ursprünglich Kometen gewesen und von den grossen Planeten bei einem Vorübergange festgehalten, also gleichsam erobert wurden. Freilich sind Rudolph wie Rossler nur Berichterstatter, welche diese Meinungen selbst nicht adoptiren; dennoch erfreuen wir uns mehr an

Barker, 1757. Es ist dies die erste Ausgabe seiner berühmten Tafeln. Halley's Tafel der 24 Kometenbahnen erweitert er durch 16 neue, zwischen 1699 und 1748 beobachtete, deren Bahnen er berechnet. Dann folgt die *General table of the Parabola.* Mit dem Argument: *Angle from the Perihel* eingehend, erhält man die *mean motion* und die *distance,* und zwar bis 45° die Grössen selbst, weiterhin ihre Logarithmen. Das Intervall der Tafel ist durchweg 5 Minuten. Dann folgen Hülfstafeln, deren eine die Grösse der Fehler ergiebt, welche beim einfachen Inter-

poliren zu befürchten sind. Ferner eine Tafel für die Örter des
Halley'schen Kometen bei seiner nächsten Wiederkehr, 12fach
berechnet nach 12 verschiedenen Hypothesen über den Periheltag
(vom 20. März bis 20. April fortgehend). Endlich ein guter Index
und sehr zweckmässige Figuren.

Die Barker'sche Tafel ist später mehrfach wieder ab-
gedruckt, erweitert und neu berechnet worden, zuletzt in der von
Wolfers besorgten neuen Ausgabe des Olbers'schen Kometenwerks 1847.

Messier: *Sur la Comète de* 1759. Er zeigt die grossen
Schwierigkeiten einer genauen Bestimmung der Wiederkehr und
weshalb Halley noch nicht im Stande war, sie zu geben. Bei
Erwähnung von Clairant's grosser Arbeit erfahren wir, dass
auch Pingré und Lalande sich daran versuchten, dass jedoch
Clairant am nächsten kam. Am 21. Januar 1759, um 7 Uhr
Abends, entdeckte ihn Messier, mit einem 4füssigen Newton'-
schen Reflector, nahe bei δ Piscium. Weiter folgt die Geschichte
seiner Beobachtungen, deren er in allem 90 machte; die letzte
am 3. Juni. In zwei Tafeln giebt er 1) die Örter der Sterne auf
dem Wege des Kometen und 2) eine Bestimmung der Kometenörter, hergeleitet aus der Vergleichung mit diesen Sternen. —
Messier's Schrift ward auch ins Englische übersetzt.

Winthrop, 1759, giebt uns zwei im Harvard College zu
Cambridge von ihm gehaltene Vorlesungen, führt die verschiedenen
Erscheinungen des Halley'schen Kometen auf und giebt in
populärer Darstellung gute Bemerkungen über Kometenschweife.

Der Halley'sche Komet veranlasste mehrere Schriften, von
denen wir hier die wichtigsten erwähnen wollen:

1607. Kepler: Ausführlicher Bericht von dem neulich im
Monat September und October des Jahres 1607 erschienenen Komet-
stern (vgl. *Kepleri Opera omnia, ed. Frisch*).

1759. (Ungenannt): Anzeige, dass der im Jahre 1682 erschienene und von Halley nach der Newton'schen Theorie auf
gegenwärtige Zeit vorher verkündigte Komet wirklich sichtbar sei
und was derselbe in der Folge der Zeit für Erscheinungen haben
werde. Von einem Liebhaber der Sternwissenschaft, Leipzig 1759
den 24. Januar. — In diesem Werke wird Clairant's Rechnung
gegen allerlei unverständige Angriffe in Schutz genommen; auch
eine kleine Ephemeride für die Erscheinung 1759 gegeben.

1759. César François Cassini: *Observations de Dominique*

26*

Cassini sur la comète de 1531 *pendant le temps de son retour en* 1682, Paris. — In der Einleitung dieses Werks wird mit rühmender Anerkennung die Arbeit Clairaut's erwähnt; das Übrige enthält nur eine gute Zusammenstellung von Beobachtungen. — Rosenberger muss dieses Werk gar nicht gekannt haben, da er es bei seiner Berechnung weder benutzt, noch überhaupt erwähnt.

1762. Clairaut: *Recherches sur la Comète des Années* 1531, 1607, 1682 *et* 1759. Petersbourg. — Dieses Werk enthält die beste und vollständigste Zusammenstellung der Clairaut'schen Rechnungen.

1843. Biot: *Recherches faites dans la grande collection des historiens de la Chine sur les anciennes apparitions de la Comète de Halley.* Er stellt alle Erscheinungen bis 1531 n. Chr. zusammen.

1846. Laugier: *Sur une ancienne apparition de la Comète de Halley en* 1378, *inconnue jusque ici.* Er giebt die Berechnung der damaligen Beobachtungen.

Später hat Laugier in den *Comptes Rendus* diesen Gegenstand noch weiter untersucht und geht bis 760 hinauf. Russel Hind (*On Comets*, 1850, und in *Monthly Notices* X, 51) geht noch viel weiter zurück und findet, dass die älteste Erscheinung, welche constatirt werden kann, 11 v. Chr., kurz vor dem Tode des Agrippa, zu setzen ist. Wenn es nun Laugier und Hind gelungen ist, für die meisten Perihelien seit jener Zeit mehr oder weniger bestimmte Angaben aufzufinden, so verdanken wir dies fast allein den Chinesen. Hind findet

n. Chr.	Perihel	
66	26. Jan.	(aus Matuoalin's Ausführungen berechnet)
141	25. März	(chinesische Beobachtungen)
218	6. April	(nach Dio Cassius aus den Chinesen)
295		(nach Matuoalin)
373	24. Oct.	(nur wahrscheinlich, da die chinesischen Angaben sehr dürftig sind)
451	3. Juli	(in Europa und China gegeben, um die Zeit der Attilaschlacht)
530 (oder 551)		(etwas zweifelhaft)
607 (oder 608)		(gleichfalls nicht ganz sicher)
684		(sehr dürftige Erwähnung)
760	11. Juni	(völlig sicher; in Europa und China gesehen)
837	April	(in Europa verworrene Berichte, bessere bei den Chinesen)
912	Anf. Apr.	(wahrscheinlich)
989	12. Sept.	(bereits von Barckhardt berechnet)
1066	1. April	(sehr wahrscheinlich. Von vielen europäischen Chronisten erwähnt)

n. Chr.	Perihel
1145	19. April (in Europa und China gesehen)
1223	(ungewiss. Bei den Chinesen nichts und in Europa verworrene Berichte)
1301	(nur aus chinesischen Beobachtungen)
1378	(völlig sichere Erscheinung, wie alle hierauf folgenden).

So umfasst also die beglaubigte Geschichte dieses Weltkörpers einen Zeitraum von 1848 Jahren. Angström in Lund hat auf Grundlage der Hind'schen Untersuchungen den Versuch gemacht, die Abweichungen durch zwei grosse Störungsgleichungen darzustellen, und hofft, dies noch weiter durchführen zu können; jedenfalls eine Arbeit von riesigem Umfange, zu deren Durchführung wir ihm alles Glück wünschen.

Wood, 1768. *New theory of Comets.* Nach dieser neuen Theorie entstehen die Kometen aus den Ausdünstungen der Erde oder anderer Planeten, und es wird ihnen alle Selbständigkeit wie alle Dauer abgesprochen.

Pradje, 1770, widerlegt ihn, nur hätte er bei seinem „Nein" sich kürzer fassen sollen.

Huber, 1769, giebt uns nur einen *crambe centies recocta.*

Von grosser Wichtigkeit ist das, was wir Lambert auf diesem Gebiete verdanken. In seinem *Tractatus de orbitis cometarum* und seiner Abhandlung *Insigniores orbium cometarum proprietates* giebt er uns das unter dem Namen der Lambert'schen Gleichung bekannte höchst elegante Theorem, das er auch auf die elliptischen Bahnen anwendet. Euler in seiner *Theoria motus planetarum et cometarum,* 1744, hatte bereits einen ähnlichen Gang eingeschlagen, aber er verlangte eine vierte Beobachtung; Lambert reicht mit dreien aus; er beginnt, wie Euler, mit einer Näherung, indem er von der Proportionalität der Zwischenzeiten mit den durch die Chorden bestimmten Dreiecksflächen ausgeht. Im dritten Theile seiner Beiträge zum Gebrauche der Mathematik findet man Alles zusammengestellt. Tempelhoff in seiner gekrönten Preisschrift verbesserte Lambert's Methode in einzelnen Punkten und wandte sie auf Berechnung der Bahn des Kometen von 1769 an; auch Lambert selbst gab 1771 noch eine Verbesserung.

Lalande, 1773: *Sur les comètes qui peuvent approcher à la terre.* Unter 60 damals bekannten Bahnen fand Lalande nur 8, welche der Erde nahe kommen können. Er zeigt schliesslich die Unwahrscheinlichkeit eines solchen Zusammentreffens, sagt jedoch

nichts über die Dünnheit der Kometen, so nahe auch die Veranlassung dazu hier lag.

Lagrange, 1778, giebt uns eine Auflösung des Problems,
aus drei vollständigen Beobachtungen die Bahn eines Kometen zu
bestimmen. „*Newton ne nous a donné que des solutions impar-
faites sur les comètes.*" Allerdings richtig, denn Newton's Methode war nicht allein sehr schwerfällig, sondern ging auch auf
Umwegen zum Ziel, welche die Clairaut, Lambert, Lagrange
glücklich vermeiden. Du Sejour und Laplace geben bald darauf weitere Ausführungen des Problems, weshalb Lagrange 1783
wiederholt auf den Gegenstand zurückkam und seine Methode sowohl vereinfachte als vervollständigte. — Wir können jedoch nicht
unterlassen, zu bemerken, dass manche Lösung der französischen
Analytiker gerundeter und insbesondere praktisch brauchbarer aus
ihren Händen hervorgegangen wäre, wenn sie gleichzeitig Beobachter gewesen wären. Lagrange verliess einst eine Sitzung der
Akademie mit der Bemerkung: „Diese Astronomen sind sonderbar, sie wollen nichts gelten lassen, was nicht mit ihren Beobachtungen stimmt." Allerdings, nur dürfte das „sonderbar" hier
nicht auf Seite der Astronomen liegen.

Wiedeburg, 1776, lässt die Kometen aus Sonnenflecken
entstehen.

1778 erfrechte sich ein Anonymus, dem berühmten L. Euler
eine Weltuntergangsprophezeiung zuzuschreiben. Ein Seitenstück
dazu erhielten wir ein Halbjahrhundert später in der berüchtigten
Pseudo-Herschel'schen Broschüre.

§ 209.

Eine Preisaufgabe der Berliner Akademie veranlasste vier
Concurrenzschriften:

1) Condorcet: Sur la théorie des comètes.
2) Tempelhoff: Essai sur la Solution du problème: Déterminer l'orbite
   de la Comète par trois observations.
3) Hennert: Dissertation sur le problème de déterminer l'orbite parabo-
   lique d'une Comète.
4) Hennert: Sur la théorie des comètes.

Prosperin untersuchte in vier verschiedenen Abhandlungen,
die sämmtlich in den Schriften der schwedischen Akademie zu
Stockholm erschienen, die kleinsten Abstände der Kometenbahnen

von der Erdbahn. Sie finden sich in den Jahrgängen von 1775, 1785 und 1796. Olbers hat diese Tafel in seiner Schrift mit aufgenommen und sie findet sich auch in der zweiten von Encke 1847 besorgten Ausgabe des Olbers'schen Werks. Veranlasst wurde diese Tafel durch die damals sehr allgemein verbreitete Befürchtung, die Erde könne einmal mit einem Kometen zusammenprallen (?) und so untergehen.

Bode veröffentlichte ähnliche „Untersuchungen und Bemerkungen über die Lage und Austheilung aller bisher bekannten Planeten- und Kometenbahnen. Berlin 1791." Das damals vorliegende Material war noch nicht reich genug, 84 Kometenbahnen (bei Prosperin) oder 99 (bei Bode) reichten für die Zusammenstellungen noch nicht aus; jetzt, wo gegen 250 vorliegen, kann dies mit besserem Erfolge geschehen. Eine Aufgabe für angehende Astronomen.

1708 wollte man einen Kometen vor der Sonne gesehen haben. Dies veranlasste folgende Schriften:

Lalande: Über die angebliche Erscheinung eines Kometen vor der Sonne (in Bode's Jahrbuch 1801).

Drei vermeinte Vorübergänge von Kometen vor der Sonnenscheibe (in den allg. geographischen Ephemeriden).

Bode: De l'apparition prétendue d'une comète sur le disque du soleil. Berl. 1799.

Olbers: Über die Wahrscheinlichkeit, einen Kometen vor der Sonne zu sehen. (Bode's Jahrb. 1804.)

In einer Zeit, wo die Koryphäen der Wissenschaft uns mit gediegenen Werken über die Kometen so reichlich beschenkten, hatte es wenig zu bedeuten, wenn ein Beyschlag in Augsburg in seinem „Was lässt sich von den Kometen sagen" allerlei Unbedeutendes und Halbverstandenes giebt, oder ein Goodridge 1781 einen Kometen damit beauftragt, die Veränderungen beim Sündenfall und der Sündfluth hervorzubringen, und ihn zum Dank dafür zum Phönix der Alten macht.

W. Struve, Beobachtung des Halley'schen Kometen bei seiner Erscheinung 1835. Mit sehr instructiven Abbildungen.

Im Jahre 1854 gab ich eine deutsche Uebersetzung von Russel Hind's „On comets" mit mehreren Zusätzen und Erläuterungen. — Unter den in russischer Sprache erschienenen Werken über Kometen ist eins, das besondere Erwähnung verdient:

Bredichin, „Über Kometenschweife," Moskau 1862. In der Einleitung sagt der Verfasser, dass er eine Vergleichung der Bessel'-
schen Theorie der Schweifbildung mit den Beobachtungen geben
wolle, und das Werk ist mit einem seltenen Fleisse gearbeitet.
Nachdem viele Beobachtungen über Kometenschweife, ihre Formen,
ihre scheinbare Entstehung und ihre lichtsammelnde Kraft angeführt worden, geht er zu einem historischen Ueberblick der
Hypothesen über, die man aufgestellt hat, um die Schweifbildung
und das von Bessel betrachtete pendelartige Hin- und Her-
schwanken des einen Büschels, der vom Kopfe aus zur Sonne gekehrt ist, zu erklären. Die hier zu Gebote stehenden Quellen hat
er alle benutzt, und namentlich die Arbeit Bessel's und die *Connaissance des temps* für 1839. Das dritte Capitel enthält die
mathematische Begründung der Bessel'schen Hypothese nebst
Ansichten, die dem Verfasser selbst eigen sind. Im vierten Capitel wird die Frage untersucht: ob die Kometen eine Atmosphäre
haben? — In Winnecke's und Pape's Arbeiten, die er genau
durchgeht, weist er kleine Fehler nach. Eine Uebersetzung dieses
gediegenen Werkes ins Deutsche wäre sehr zu wünschen. Dre-
dichin, Kowalsky und Gussew sind unter den russischen
astronomischen Originalschriftstellern die einzigen, welche eigene
Forschungen geben, denn Perewoschtschikoff, Schagin und
manche Andere haben nichts als das längst Bekannte, und meistens in ziemlich ungeniessbarer Form; Struve jedoch ist deutscher Schriftsteller.

Tafeln der Kometenbahnen beginnen mit Halley's bereits
erwähnten von ihm selbst berechneten 24 Bahnen. Etwas vollständiger ist Struyk: *Viae cometarum, secundum hypothesin para-
bolicam* (in den *Phil. Transact.* 1719).

Pingré's Cometographie, Paris 1783, enthält die von Struyk
aufgeführten und die seitdem grösstentheils von ihm selbst berechneten Bahnen. — Bode in den verschiedenen Ausgaben
seiner Erläuterung der Sternkunde giebt abermals eine Erweiterung; unter seinen Bahnen sind 50 rückläufig und 49 rechtläufig.
Nach spätern Zusammenstellungen scheint ein wiewohl geringes
Übergewicht der rückläufigen Bahnen statt zu finden. Die Erdbahn ist hier das Normale.

Olbers fügte seinem Werke über Berechnung der Kometen
auch eine Tafel derselben hinzu, welche Lindenau 1812 in Zach's
monatlicher Correspondenz fortsetzte.

Olbers selbst gab 1823 in Schumacher's astronomischen Abhandlungen eine abermals erweiterte Tafel nebst Anmerkungen von ihm selbst und Schumacher, und 1825 erschienen noch ebendaselbst Fortsetzung, Zusätze und Verbesserungen zu diesem Verzeichnisse.

G. A. Jahn gab 1847 ein Verzeichniss aller bis dahin berechneten Kometenbahnen, und E. J. Cooper veröffentlichte 1852: *Cometic orbits with notes and addenda. Dublin.* Das Beste jedoch, was wir in dieser Art besitzen, ist Encke's Kometentafel in der neuen Auflage des Olbers'schen Werkes 1847, wozu 1853 noch ein bedeutender Nachtrag von Galle erschien. Hier ist alles consequent und mit passender Auswahl der berechneten Bahnen in den Fällen, wo ein Komet mehrere Berechner zählt (und dies findet im 18. und 19. Jahrhundert mit seltenen Ausnahmen immer statt), durchgeführt. Man könnte noch wünschen, auch die Entdecker in der Tafel selbst aufgeführt zu sehen; doch ist dies meistens in den Anmerkungen enthalten. Diese Arbeit gewährt die vollständigste und gleichzeitig zuverlässigste Übersicht über alles die Bahnen der Kometen Betreffende in angemessener Form.

Da wohl wenig Aussicht vorhanden ist, dass unsere so rüstig thätigen, jüngern Astronomen so bald Zeit finden werden, sich wiederholt mit den älteren Kometen zu beschäftigen, weil die Masse der dringenderen Arbeiten eine so überwältigende ist, so wird die Encke-Galle'sche Tafel wohl nur Fortsetzungen, nicht neue Überarbeitungen, namentlich nicht für die ältere Zeit, erfahren.

In demselben Werke findet man auch eine neue und sehr ausführliche Berechnung der Darker'schen Tafel. Sie schreitet mit einem Intervall von nur 100 Secunden durch den ganzen Halbkreis fort, enthält also 6460 einzelne Angaben der Grösse M und ist von Luther berechnet.

Vergleicht man diese neueste Tafel mit der ältesten Halley'-schen, so findet man in ihr die Zahl der Kometen fast verzehn-facht. Aber die der berechneten Bahnen geht jetzt schon in die Tausende, da für einzelne Kometen viele Berechnungen vorliegen (wir führen als Beispiel den zweiten Kometen von 1861 an, wo 21 berechnete Bahnen gegeben sind) und die Zahl der Berechner erreicht nun schon 255, unter denen einzelne vorkommen, die sie in bedeutender Zahl ausgeführt haben. Obenan steht Encke mit

56 Bahnen, ihm zunächst folgt Russel Hind mit 43, Pingré
und Burckhardt mit je 39, d'Arrest mit 35, Méchain mit 31,
Halley mit 27, Nicolai mit 26, Bessel mit 23, Druhus mit 21,
Olbers mit 18 Bahnen. Von la Caille und Santini sind je 17
Bahnen berechnet; Peters und Saron stehen jeder mit 16;
Hubbard, Laugier und Villarceau mit 15; Brünnow, Clausen
und Spörer mit 14; Gauss und Petersen mit 13; Bouvard,
Sonntag, Rümker, Nicollet mit 12; Argelander, Gam-
bart, Hansen, Rosenberger, Plantamour, Löwy mit 11;
endlich Valz,* und Peirce mit 10 Kometenbahnen. Die hier

---

* Jean Elix Benjamin VALZ, geb. 1787 am 18. Mai, gest.
1867 am 22. Februar. Sein Vater war ein in Nismes lebender
Engländer und der Sohn arbeitete hier seit 1818 auf seiner Privatsternwarte, bis er nach Gambart's Abgange 1836 zum Director
der Sternwarte Marseille ernannt wurde. Schon einige Zeit
vorher hatte er bei der Facultät in Montpellier astronomische
Vorlesungen gehalten. Kometenbeobachtungen und deren Bahnbestimmung bildeten den Hauptgegenstand seiner Arbeiten; übrigens hat er sich mit den verschiedensten astronomischen Gegenständen beschäftigt. So beobachtete und beschrieb er die Totalfinsterniss vom 18. Juli 1860. Er wies nach, dass die Beobachtungen der kleinen Planeten nicht wohl vereinbar seien mit der
Hypothese, die ihren Ursprung in dem Zertrümmern eines grösseren
sucht. Einen wichtigen Dienst leistete er der Himmelskunde durch
seine sehr ausführlichen ekliptischen Sternkarten. Er zeigte, dass
Azimuth und l'oldistanz der Sterne sich auch durch Instrumente
ohne Theilung bestimmen lassen, in seinem Werke: *Détermination
des longitudes et latitudes, du temps, des azimuth et des hauteurs, à
l'aide d'une seule lunette et sans emploi d'instrumens divisés. Paris 1855.*

Seit mehreren Jahren harthörig und an anderen Beschwerden
leidend, bat er 1861 um seine Entlassung, die ihm bewilligt und
dabei der Titel eines Ehren-Directors der Sternwarte ertheilt
wurde. Auch war er Mitglied der französischen Akademie. Er
lebte seitdem auf seinem Landgute bei Bello-de-Mai; unausgesetzt
mit astronomischen Arbeiten beschäftigt, sandte er noch neun
Tage vor seinem Tode die Berechnung der Bahn des neuesten
Kometen an seinen Nachfolger Tempel. — Seine reichhaltige
Bibliothek vermachte er seiner Vaterstadt Nismes.

genannten Fünfunddreissig haben also 671 Bahnen berechnet; es bleiben aber noch 221 Berechner übrig, von denen die meisten mehr als eine Bahn gegeben haben. Auch das andere Geschlecht ist unter den Berechnern vertreten; der Nicole Lepaute ist schon früher gedacht, hier ist noch anzuführen Miss Mitchell in Amerika, die den sechsten Kometen des Jahres 1847 berechnete. Entdeckerinnen kommen gleichfalls vor, ausser Caroline Herschel noch Madame Rümker in Hamburg und einige Andere.

§ 210.

Es sind dies freilich nur Äusserlichkeiten, aber sie sind bezeichnend für unser Zeitalter. Noch im Anfange unsers Jahrhunderts wäre das, was wir hier aufgezählt haben, geradezu unmöglich gewesen.*

Doch wir finden einen ebenso erfreulichen Fortschritt in wesentlicher Beziehung. Früher begnügte man sich, seltene Ausnahmen abgerechnet, mit einer parabolischen Bahn ohne Berücksichtigung der Störungen. Dies mag nun da genügen, wenn man nur einen verhältnismässig kurzen Bogen um das Perihel herum beobachtet hat und man für dieses bei der Parabel stehen bleiben will oder vielmehr muss. Aber schon da, wo man über etwaige Abweichungen von der Parabel ein sicheres Urtheil gewinnen will, wird man wohl thun, die Störungen nicht ganz unbeachtet zu lassen. Und dass dieses mit nicht zu grosser Schwierigkeit, namentlich aber mit Sicherheit ausgeführt werden kann, verdanken wir insbesondere den vortrefflichen Monographien Bessel's über den Kometen von 1807 und noch einigen andern. Gegenwärtig wird bei jedem Kometen von nicht gar zu kurzer Sichtbarkeit mindestens der Versuch durchgeführt, eine Ellipse oder Hyperbel zu finden, welche den beobachteten Örtern besser als die Parabel entspricht, und zur Vorausbestimmung der Wiederkehr sind zahlreiche jugendliche Kräfte befähigt. Von etwa 40 Kometen, für welche eine Ellipse als wahrscheinlichste Bahn ge-

---

* Allgemein betrachtet, sind diese Zahlen meistens noch etwas zu klein. Nicht allein ist in dem Encke-Galle'schen Verzeichniss manche weniger gute Berechnung weggelassen (und wie wir glauben, mit vollem Recht), sondern es sind auch seit 1663, womit das Verzeichniss schliesst, neue Kometen wie neue Berechner hinzugekommen. Der Verfasser hat jedoch für angemessen erachtet, sich nur an dieses anerkannt beste Kometenverzeichniss zu halten.

funden worden ist, sind 8 oder 9 wirklich zurückgekehrt und von
den meisten übrigen ist es zu erwarten.

Ebenso sind auch die Eigenthümlichkeiten der Nebelhülle,
des Schweifs, der Ausströmungen, wie die Veränderungen dieser
Theile eingehender als bisher beachtet und untersucht worden
und kundige Analysten haben Erklärungsversuche gegeben, die
alle Beachtung verdienen, selbst wenn sie noch nicht jeden Erscheinungen ganz genügen.

Dass diese Veränderungen bis zur Zertheilung, ja bis zum
völligen Verschwinden gehen können, hat uns der Biela'sche Komet gezeigt, und andrerseits gewinnt es den Anschein, als ob die
Meteoritenschwärme wesentlich Kometenmasse sind. Aber wenn
von einem der neuesten Kometen durch Schiaparelli's Untersuchungen die Identität mit einem Meteoritenschwarm nachge-
gewiesen zu sein scheint, so mögen wir uns gleichwohl vor zu
raschen Schlüssen auf das Ganze hüten. Es giebt nicht wenige
Kometenbahnen, in denen kein Punkt in die „gefährliche" Nähe
eines Planeten kommt, und selbst wenn bei allen sogenannten
innern Kometen ihre jetzige Bahn durch Jupiters Einwirkung
hervorgebracht sein sollte, würden wir dadurch noch nicht zu
einem allgemeinen Schlusse auf ein ähnliches Verhalten für alle
übrigen Kometen berechtigt sein.

Von den namhaftesten Astronomen, am frühesten von Piazzi,
ist wiederholt bemerkt worden, dass die Materie des Kometen für
den hindurchgehenden Lichtstrahl z. B. eines Fixsterns nicht das
mindeste Hinderniss bilde, dass er weder geschwächt noch abgelenkt werde. Der Komet von 1811 hatte am 1. December eine
solche Stellung, dass α Aquilae mit seinem Kopfe optisch nahe
zusammenfiel; es hatte den Anschein, als bilde dieser Stern selbst
den Kopf.

Lange hatte man die aus den ersten Jahrhunderten unserer
Zeitrechnung stammenden Nachrichten über Kometen, die am
hellen Tage sichtbar gewesen, bezweifelt; die neueren Zeiten haben
uns jedoch wiederholte Beispiele einer solchen Sichtbarkeit gezeigt. Das auffallendste bietet der Komet von 1843, den man
mit unbewaffnetem Auge dicht bei der Sonne sah. Hind konnte
den von ihm entdeckten Kometen am Tage seines Perihels ungeachtet des nicht ganz heitern Himmels erblicken, Schmidt in
Olmütz sah den Kometen von 1853 am Tage und beim Donati'-
schen gelang es mir, nach mehrmaliger vergeblicher Bemühung.

ihn einmal zwei Minuten vor Sonnenuntergang mit Sicherheit zu erblicken. Versuche dieser Art sind namentlich jüngeren, angehenden Beobachtern zu empfehlen, und wenn es gelingt, in günstigen Elongationen Venus mit unbewaffnetem Auge am Tage deutlich zu erblicken, mag sich auch an hellern Kometen versuchen.

Ganz besonders aber müssen wir wünschen, dass nur Diejenigen, welche sich einige Fertigkeit im freien Handzeichnen verschafft haben, Kometen abzeichnen möchten. Mit ungeübter Hand wird man keine für die Wissenschaft brauchbaren Darstellungen geben, und wenn der Beobachter vollends seine Phantasiebilder in den Himmel hineinsieht, wird er das Publicum nicht belehren, sondern verwirren.

Auch bei der technischen Vervielfältigung solcher und ähnlicher Bilder können wir den Wunsch nicht unterdrücken, dass man die etwas grössere Mühe nicht scheue, sie hell auf dunklem Grunde, nicht wie noch jetzt gewöhnlich geschieht, schwarz auf weissem Papiere, darzustellen. Das letztere Verfahren liefert negative Bilder, was für den Kenner allerdings mit keinen erheblichen Nachtheilen verbunden ist; das grössere Publicum dagegen muss durch derartige Abbildungen nothwendig verwirrt und auf falsche Vorstellungen geführt werden.

Wir hoffen dennoch, dass die Zeit kommen werde, wo die deutsche astronomische Gesellschaft, die zwar nur über sehr mässige äussere Mittel, aber über desto tüchtigere innere Kräfte verfügt, sich eingehender mit den Kometen, namentlich den anerkannt periodischen, beschäftigen kann. Sind ja doch die Vorarbeiten, insbesondere die Coordinaten der störenden Planeten und die daraus weitergebildeten allgemeinen Hülfsgrössen für Planeten und Kometen im Ganzen nicht verschieden, und sie brauchen für die Kometen nicht wiederholt, sondern nur in wenigen Einzelfällen etwas modificirt zu werden. Die jetzt schärferen Sternörter, so wie die genaueren Reductions-Elemente, deren sich die Gegenwart erfreut, müssen dem heutigen Bearbeiter das Gefühl einer Sicherheit gewähren, deren Mangel früher so schmerzlich empfunden wurde und wohl Manchen von einem Versuche abgeschreckt hat, wenn ein zu ungenügender Erfolg in Aussicht stand.

§ 211.

KALENDER UND EPHEMERIDEN.

Unsere heutigen astronomischen Ephemeriden sind allmälig aus den Kalendern hervorgegangen. Diese datiren schon vor Erfindung des Bücherdrucks und bestanden zum Theil gar nicht aus eigentlichen Schriften, sondern aus mechanischen Kunstwerken oder auch einer Zusammensetzung von verschiebbaren Scheiben, und es hat sich einiges Derartige aus jener Zeit noch erhalten, doch können wir hier auf solche Überbleibsel nicht näher eingehen. Wir werden vielmehr nur die hierher gehörenden Schriften in möglichster Vollständigkeit geben, sofern sie reelle Angaben enthalten, auch wenn sich (was in früheren Zeiten gar nicht umgangen werden konnte) astrologische Angaben damit vermischen. Solche Schriften jedoch, welche nur Astrologisches enthalten (und ihre Zahl ist bis ins 18. Jahrhundert hinein Legion) werden wir unerwähnt lassen, unserm Eingangs gegebenen Versprechen gemäss.

J. d. Ersch.	Name des Verfassers.	Titel und Bemerkungen.
1150.	Salomon Jarchus	vergl. Weidler, p. 265.
1450/61.	Zwölf Kalender Purbach's	Almanach perpetuum.
1474.	Regiomontanus	für 1475—1506. Mond- und Sonnen-finsternisse.
1476.	Johannes Italus	Kalender.
1478.	Zainer	Kalender.
1482.	Joh. Stöfler*	für 1482—1518.

---

* Johann STÖFLER, geb. 1454 am 16. Dec., gest. 1534 am 16. Febr. Professor in Tübingen, hat er in den 52 Jahren, die seine astronomische Thätigkeit umfasst, sich vorzugsweise mit Berechnungen von Ephemeriden beschäftigt. So gab er 1482 Ephemeriden auf 36 Jahre und so in der Folge durch Fortsetzungen die weiteren bis 1552. Ferner gab er 1499 *Almanach nova pluribus annis inserrientia*; 1500 *Tabulae astronomicae*, 1518 ein *Calendarium romanum magnum*. Ausserdem besitzen wir nur von 1513: *Elucidatio fabricae utrusque Astrolabii*, und 1534 *Commentarius in Procli sphaeram*. Die grosse Verbreitung der Stöfler'schen Arbeiten ist aus den wiederholten Auflagen ersichtlich, deren letzte 60 Jahr nach seinem Tode erschien.

Man würde indessen sehr irren, wollte man die damaligen an

J. d. Druck.	Name des Verfassers.	Titel und Bemerkungen.
1484.	Ein Anonymus	für 1484 — 1520.
1491.	Bonicontri	Kalender.
1494.	Angelus	für 1494 — 1500.
1502.	Zagut	Almanach perpetuum.
1513.	Stöfler & Pflaumen	Almanach nova, plurimis annis venturis inservientia.
1514.	Joh. Glogoviensis in Krakau	introductorium in Ephemeridez.
1518.	Tanstetter in Wien	Usus Almanachi.
1519.	Rungsberger in Augsburg	Calendarim.
1528.	Perlach in Wien	für 1529. Omnia.
1531.	Stöfler	Ephemeridum opus 1532 — 1552.
1536.	Cario in Frankfurt a. O.	für 1536 — 1550.
1543.	Martin Luther	Enchiridion piarum precationum, quibus accessit novum Calendarium.
1546.	Welmar in Hamburg	Almanach.
1550.	Rheticus in Wittenberg	für 1551 ex sententia Copernici.
1552.	Pitatus * in Venedig	für 1552 — 1562.
1554.	Simus in Venedig	für 1554 — 1568.
1555.	Mizard in Paris	für 1555 — 1556.
1555.	Fabricius	für 1556.
1556.	C. Leovitius	für 1554 — 1606. Eclipses. — Eine neue Ausgabe 1557.

mehreren Orten erscheinenden Ephemeriden, selbst nur in der äussern Form, unserm heutigen Berliner Jahrbuch oder dem *Nautical Almanac* vergleichen. Es waren hauptsächlich Vorausberechnungen der Sonnen- und Mondfinsternisse, so wie der Planeten-Conjunctionen und etwa noch der Mondphasen im Rohen und Allgemeinen, nicht selten mit astrologischen Zusätzen vermischt, ohne welche damals eine solche Arbeit kaum verkäuflich gewesen wäre.

* Peter *PITATUS*. Einer der rüstigsten und thätigsten Herausgeber von Kalendern und astronomischen Ephemeriden. Doch blieb er dabei nicht stehen, sondern fügte mehreren derselben andere Mittheilungen bei. In dem 1542 herausgegebenen finden sich *Primi mobili canones, cum tabulis*; in dem von 1562 ein *Compendium super annua solaris et lunaris anni quantitate*, und ein *Tractatus de longitudine et latitudine stellarum*, welche Abhandlungen er 1564 erweitert und verbessert herausgab. Ist alles dieses auch jetzt veraltet, so muss doch das Andenken an so verdienstliche Arbeiten bewahrt bleiben.

J. d. Ersch.	Name des Verfassers.	Titel und Bemerkungen.
1556.	Stadius in Antwerpen	für 1554 — 1570.
1557.	Offusius	für 1557.
1557.	Carellus in Venedig	für 1557 — 1570.
1562.	Pontus de Tyard	Kalender, von 39° bis 50° zu gebrauchen.
1564.	Moletius in Venedig	für 1564 — 1584.
1564.	Levitius in Laningen	für 1564 — 1584.
1564.	Hebenstreit	für 1565.
1567.	Schönborn	für 1568.
	Anonymus (in Wittenberg)	Calendarium perpetuum.
1575.	G. Ursinus in Magdeburg	für 1575 — 1600. Sonnenfinsternisse, Planetenlauf.
1577.	Gomelin in Paris	Historia imaginum coeli.
1580.	Moestlin in Venedig	für 1577 — 1590.
1580.	Maginus in Venedig	für 1581 — 1615.
1581.	Stadius in Köln	Ephemerides 1556 — 1606.
1581.	Fiscke in Strassburg	für 1582. Ex tabulis Prutenicis.
1583.	Bamnier	Ephémérides Perpétuelles.
1589.	Scala	für 1589 — 1600.
1592.	Anonymus	Ephéméride manuelle, partie en vers, partie en prose.
1595.	Origanus in Frankfurt a. d. O.	für 1595 — 1630.
1597.	Everart	für 1590 — 1610.
1599.	Maginus	Ephemerides 1598 — 1610.
1600.	Abbon	für 19 Jahre.
1607.	S. Loup in Paris	Ephéméride manuelle.
1608.	Suarez in Madrid	für 1607 — 1618.
1609.	Everart in Frankfurt	Novae motuum coelestium ephemerides 1595 — 1655.
1609.	Searle in London	für 1600 — 1617.
1610.	Maginus	Ephemerides 1608 — 1630.
1615.	Helwig in Frankfurt a. d. O.	Ephéméride astronomique für 1615.
1616.	Kepler in Linz	für 1617 und 1618. Der 2. und 3. Theil in Sagan, Ephemerides 1630.
1621.	Angoli in Rom	für 1621 — 1640.
1624.	de Villon	Usage des Ephémérides.
1628.	Roxius	Ephemeris perpetua.
1629.	Bartsch	Ephemeris motuum coelestium.
1632.	Vlacq	für 1633 — 1636.
1633.	Celesta in Venedig	für 1629 — 1640.
1634.	Eichstädt in Stettin	für 1636 — 1640.
1638.	Duret in Paris	für 1638 — 1642.
1638.	de Silva in Barcelona	für 1637 — 1700.
1640.	Montebruni in Bologna	für 1641 — 1660.
1653.	Benicasa in Ancona	Almanaco perpetuo.
1655.	Duliris	Ephéméride maritime.
1656.	Hodierna in Palermo	Ephemeride der Jupiters-Trabanten.
1658.	Wing in London	für 1650 — 1671.

J. d. Ersch.	Name des Verfassers.	Titel und Bemerkungen.
1661.	Placidus de Titis in Tessin	für 1661 — 1675.
1662.	Malvasia	für 1661 — 1666.
1662.	Hecker	für 1666 — 1680.
1664.	Palatius	für 1664 — 1670.
1665.	Rabens	für 1666.
1666.	Montanari	für 1666.
1671.	Gadbury in London	für 1672 — 1681.
1672.	Hecker	für 1666 — 1680.
1675.	Mezzavacchio in Bologna	für 1675 — 1681.
1677.	Argoli	Ephemerides 1671 — 1700.
1679.	Die Connaissance des temps in Paris beginnt. Picard erster Verfasser.	
1681.	Streets in London	für 1652 — 1684.
1683.	Hanlgite in Paris	für 1683.
1685.	Kirch in Berlin	für 1686. Von ihm und anderen Gliedern seiner Familie bis 1756 jährlich fortgesetzt.
1686.	de Mezzavacchio	Otia sive Ephemerides Felsineae 1684 — 1712.
1690.	Parker	ohne nähere Angabe.
1695.	Berko in Augsburg	Ephemerides Persarum herausgegeben.
1699. }		(de dispositione Ephemeridum ad Saec.
	Janus	XVIII.
1700. }		für 1701 — 1703.
1700.	Hofmann in Berlin	für 1701 — 1710.
1700.	Beaulieu in Rouen	für 1701.
1700.	Lahire fils in Paris	für 1701 — 1703. Conn. des Temps continuée.
1700.	Laland	les marées 1701.
1703.	Lieutaud in Paris	für 1701 — 1711. Conn. des Temps continuée.
1703.	Desforges in Paris	für 1712 — 1714. id.
1709.	Clapié	für 1708.
1715. }		für 1715 — 1725.
1725. }	Manfredi	Effemeridi di Bologna
1730. }		für 1726 — 1750.
1714.	Desplaces in Paris	für 1715 — 1725. Conn. des Temps continuée.
1715. }		für 1716 — 1719.
1716. }	Gaupp	für 1717 — 1720.
1720.	Ghisleri in Bologna	für 1621 — 1740.
1721.	Parker in London	für 1721 — 1724.
1730.	Capelli in Venedig	für 1731 – 1736.
1730.	Ferguson in Edinburg	für 1730 — 1800.
1736. –	Heinsius in Leipzig	für 1736.
1739.	Hjorter in Stockholm	für 1739.
1749.	Grischow in Berlin	für 1749.

J. d. Brsch.	Name des Verfassers	Titel und Bemerkungen
1750. 1771.)	Zanotti in Bologna	für 1750—1782 / für 1775—1786 Fortsetzung der Ephemeriden Manfredi's.
1750.	Kies in Berlin	für 1750.
1750.	Brasseur in Paris	für 1750.
1751.	Ximenes in Florenz	für 1751.
1754.	Pingré in Paris	für 1754.
1756.	Hell in Wien	für 1757, in den folgenden Jahren fortgesetzt.
1756.	de Lalande in Paris	Fortsetzung der Conn. des temps.
1757.	Montano	für 1757 Mondphasen, zum Gebrauch für Ärzte.
1766.	Maskelyne in Greenwich	Anfang des Nautical-Almanac.
1769.	Pilgram in Wien	für 1769—1770.
1770.	Bode in Berlin	für 1770—1772.
1773.	Bode in Berlin	Anfang des Berliner Astronomischen Jahrbuchs.
1774.	de Cesaris	Anfang der Effemeridi di Milano.
1783.	Veiga in Rom	für 1785.
1783.	Nieuwland	Anfang des Amsterdamer Almanach.
1791.	Cagnoli in Verona	für 1791.
1787/91.	Perny de Villeneuve in Paris	für 1788—1791.
1792.	Cousali in Parma	für 1792.
1796.	Pereyra in Lissabon	für 1796.
1798/1803.	de Monfort in Lissabon	für 1799—1804.
1799.	Oddi in Rom	für 1799—1800.

§ 212.

Die *Connaissance des temps*, der *Nautical Almanac* und das Berliner Jahrbuch sind diejenigen, welche seit ihrem ersten Erscheinen ohne Unterbrechung und selbständig bis jetzt forterschienen sind und von den Astronomen regelmässig benutzt werden. Ein *American Nautical Almanac* ist in neuern Zeiten hinzugekommen und ebenso in St. Fernando eine spanische Ephemeride; — andere weniger umfassende und auf die genannten Hauptwerke sich stützenden Unternehmungen, wie Harding und Wiesen Kleine Göttinger Ephemeriden, Karsten's Almanach, Der Uranus von Boguslawsky in Breslau haben keinen dauernden Bestand gehabt. Der grosse und mit jedem Jahre anwachsende Umfang dessen, was den Bearbeitern der astronomischen Original-Jahrbücher zu leisten obliegt, hat eine strenge Scheidung derselben von allem, was als Kalender zum allgemeinen Gebrauche dient, nothwendig herbeigeführt; die letzteren auch noch im 19. Jahrhundert aufzuzählen, würde ein zu geringes Interesse haben. Ebenso haben die von Schumacher gegründeten Astronomischen Nachrichten (seit 1822) und ähnliche Zeitschriften die früher übliche Mittheilung von astronomischen Beobachtungen als Anhang zu den Jahrbüchern unnöthig erscheinen lassen; an ihre Stelle sind in einigen derselben allgemeine Abhandlungen als besonderer Anhang getreten.

Wir lassen über die überall gebrauchten Original-Ephemeriden hier noch einiges Specielle folgen.

Das Berliner Jahrbuch.

Der Plan zu diesem Jahrbuch ging von Lambert aus, dem die bisherigen Zanotti'schen und andere meist nur temporäre Ephemeriden nicht mehr genügend erschienen. Zur Ausführung dieser Idee ward J. E. Bode aus Hamburg berufen, der auch, sobald er nach Berlin kam, Hand ans Werk legte und im Jahre 1773 den ersten Band veröffentlichte. Er enthielt die Ephemeride für 1776, und es ist seitdem daran festgehalten worden, das Jahrbuch stets drei Jahre im Voraus erscheinen zu lassen. In den ersten Jahren wird ein Hr. Schulze als Mitarbeiter aufgeführt; später hat Tönnies, der jedoch sehr bald starb, Einiges mitgerechnet. Bei Weitem das Meiste rührt von Bode selbst her. Für Sonne und Mond wurden die Tafeln von Mayer, später die von Bürg benutzt und die Örter für jeden Tag angegeben; viel dürftiger dagegen waren die Planeten behandelt, deren Ort nur von 10 zu 10 Tagen beiläufig bestimmt war. Sternbedeckungen und Finsternisse wurden kurz aufgeführt, aber durch gute graphische Darstellungen erläutert und ihr Gebrauch bequem gemacht. Einen beträchtlichen Theil des Raumes füllten Nachrichten verschiedener Art, und ausserdem fanden auch die der alten Berliner Sternwarte hier ihren Platz. Bode hatte sich bei seiner Emeritur die Berechnung des Jahrbuchs vorbehalten und er setzte sie bis für 1829 fort. Nun trat Encke für die Fortsetzung ein, der mit dem 55. Bande (für 1830) dem Jahrbuch eine ganz neue Gestalt gab, wie es der fortgeschrittenen Wissenschaft angemessen war. Die „Nachrichten und Beobachtungen" fielen gänzlich weg, dagegen ward der wesentliche Theil beträchtlich erweitert, wie bequemer und zweckmässiger eingerichtet. Alle Rechnungen wurden nach den neuesten und besten Tafeln, und

27*

wo diese nicht reichten, nach den vorliegenden Formeln genau
ausgeführt. Für die Sonne wurden Carlini's Tafeln, für den Mond
die Burckhardt'schen (jetzt die Hansen'schen), für die ältern
Planeten Lindenau und Bouvard zum Grunde gelegt. Die damals bekannten vier Planetoiden wurden mit eingereiht und ihre
Störungen direct berechnet. Wir glauben, das Weitere über die
innere Einrichtung hier übergehen zu können, da das Jahrbuch
in den Händen aller Astronomen ist. Wolfers war lange als
Mitarbeiter thätig und hat eine lange Zeit die ganze grosse Arbeit der Berechnung allein ausgeführt.

Den Beschluss jedes Bandes machten werthvolle Abhandlungen, unter denen wir nur die über Bahnberechnung der
Doppelsterne und die über Methode der kleinsten Quadrate her-
vorheben. — Ein später hinzugefügter Abschnitt, der Abstand
des Mondes von helleren Sternen, der hauptsächlich nur dem
Seefahrer wichtig war, ist wieder weggefallen und wird unter
einer anderen Redaction gesondert fortgesetzt.

Encke hatte sich gleich anfangs mit mehreren Mitarbeitern
verbunden, deren Zahl beträchtlich vermehrt werden musste, als
die Ephemeriden der neuen Planeten hinzukamen. Unter ihnen
fungirte Wolfers als Special-Redacteur. Encke wurde durch
seinen Gesundheitszustand und der sehr thätige Wolfers durch
Augenschwäche zum Rücktritt genöthigt. Herausgeber ist Förster,
Encke's Nachfolger im Directorat, der schon früher an den Berechnungen bedeutenden Antheil nahm.

Nautical Almanac.

Wie schon der Name andeutet, ist er hauptsächlich für
Seefahrer bestimmt. Maskelyne gründete ihn 1766 und der
Royal Astronomer für England ist der jedesmalige Chef-Redacteur.
Die Angaben beziehen sich auf den Meridian von Greenwich.
Rücksichtlich der Ephemeriden für Sonne und Planeten liefert er
im Wesentlichen dasselbe wie das Berliner Jahrbuch, aber die
Mondephemeride ist für jede Stunde des Jahres angegeben, so
dass man beim Interpoliren fast immer mit der ersten Differenz
reicht. Mit grosser Ausführlichkeit sind die besonderen Erscheinungen behandelt, ohne Unterschied, ob sie in Greenwich sichtbar
sind oder nicht; auch fehlt es nicht an graphischen Darstellungen,
die (so mancher) im jetzigen Berliner Jahrbuch ungern vermisst,
obgleich sie für den Rechner entbehrlich sind.

Es ist dies die einzige Ephemeride, die im britischen Reiche und seinen Colonien officielle Geltung hat und kein Oceanführer wird aus britischen Häfen absegeln ohne den *Nautical Almanac*. Aber auch für die Sternwarten des Continents ist er von grosser Wichtigkeit und sein Verbreitungsbezirk die gesammte Erdkugel.

Connaissance des temps.

Dieses Journal ward 1679 von Picard gegründet und ist seit jener Zeit ununterbrochen jährlich erschienen. Von Picard selbst besitzen wir 6 Jahrgänge, von Lefèvre 17, von Lieutaud 28, von Godin 5, von Maraldi jun. 25 Jahrgänge. Bis dahin war die innere Einrichtung unverändert geblieben; Lalande, der 1760 als Redacteur eintrat, führte eine zweckmässigere Form ein und fügte die Monddistanzen hinzu, die anfangs dem *Nautical Almanac* entnommen, später aber für Paris besonders berechnet wurden. Wir besitzen von ihm 16 Jahrgänge, sodann 12 von Jeaurat und 7 von Méchain. 1795 ward das *Bureau des longitudes* gegründet, und von da ab sind die Directoren desselben zugleich die Chef-Redacteurs der *Connaissance des temps*; Lalande bis an seinen Tod 1807, hierauf Dolambre 12 Jahr, Arago 34 Jahr, darauf Leverrier und gegenwärtig Delaunay. Dass es in seiner jetzigen Gestalt den Forderungen der Wissenschaft nicht mehr genüge, hat Leverrier selbst offen ausgesprochen, und so ist eine baldige Abhülfe dieser Mängel in Aussicht gestellt. Ein bedeutender Vorzug ist das sehr vollständige Verzeichniss geographischer Breiten und Längen aller Länder mit genauer Angabe der Quelle, so wie die seit Lalande's zweiter Redaction hinzugefügten werthvollen Abhandlungen französischer Astronomen.

Unabhängig von diesem Journal erschienen seit der Mitte des vorigen Jahrhunderts von Zeit zu Zeit noch besondere Ephemeriden, unter deren Berechnern sich auch eine Dame, die mehrfach erwähnte Nicole Lepaute, befindet. Hier findet man die Örter der Himmelskörper, entweder aller, oder nur einer besonderen Kategorie derselben, specieller. Die ersten dieser besonderen Ephemeriden gab D. Cassini für die Verfinsterungen der Jupiterstrabanten, wobei er die Tafeln, nach denen er rechnete, lange Zeit geheim hielt. Weitere besitzen wir von Desplaces, Lacaille, Lalande und Anderen.

Novissimae ephemerides motuum coelestium a Cassinianis ta-

bulis ad meridiem Bononiae supputatae, auctoribus E. Manfredi Bononiensi, scientiarum instituti Astronomo, et sociis ad usum instituti. Dies ist der vollständige Titel der Ephemeriden von Bologna. Wir erfahren, dass zu diesen Sociis auch zwei Schwestern Manfredi's, Teresa und Maddalena, gehören und dass er seine Berechnungen der Finsternisse der Jupiterstrabanten nach den von Cassini ihm mitgetheilten Tafeln ausgeführt habe. Sie vollständig zu geben, wagte man damals noch nicht; Manfredi giebt sie nur für den ersten Trabanten. — Nach 18jähriger Unterbrechung liess Zanotti die Ephemeriden wieder erscheinen; sie sind von seinen Nachfolgern fortgesetzt worden und sind im Laufe der Zeit manche wesentliche Verbesserungen hinzugekommen.

§ 213.

SONNENFINSTERNISSE.

Da die Beobachtungen der grossen Sonnenfinsternisse im letzten Halbjahrhundert Ergebnisse geliefert haben, die früher fast ganz unbeachtet und unbekannt geblieben, so haben wir im Folgenden ein Verzeichniss der Beobachter für 1820, 1842, 1851 und 1860 gegeben, so weit darüber Nachrichten veröffentlicht worden sind:

Ringförmige Finsterniss am 7. September 1820.

Albert	r Frankfurt a. M.*
Baily	Kentish Town
Beurtas	Gröningen
Bourjé	Middelburg
Brioschi	r Capodimonte bei Neapel
Dollond	Greenwich
Ekama	Leyden
Greve	r Amsterdam
Groombridge	Blackheath
Heinrich	r München
Kanter	Middelburg
Keyser	r Amsterdam
Nahuys	Burgt bei Breda

* Mit r sind diejenigen Orte bezeichnet, wo man die Bildung des vollständigen Ringes beobachtet hat.

Nicolai	r Mannheim
Pearson	East-Sheen
van Rees	Utrecht
Schröder	Utrecht
Schwerd	r Speier
de Serres	Embrun	sieht Lichtpartikeln von der Sonne aus-gehen.
Sloane	Belfast
Starck	r Augsburg
van Swinden	r Amsterdam	der dunkle Mondrand projicirt sich auf einem Bogen zarten Lichtes.
Taylor	Greenwich
Wilkens	Gröningen
Wisemann	Norwich

Der Lichtbogen, welcher die Sonnenhörner kurz vor Bildung des Ringes verbindet, und von dem Bessel 1836 eine so genaue und instructive Schilderung gegeben hat, ist von Mehreren 1820 beobachtet worden, eben so wie die später als Baily-beads bezeichneten schwarzen Streifen zwischen Mond- und Sonnenrand. Dagegen findet sich keine Erwähnung der seit 1842 so viel besprochenen Protuberanzen, auch nicht November 1816 bei der totalen Finsterniss, obwohl der Corona gedacht wird. Die Beobachtung von Vassenius 1733 war ganz in Vergessenheit gerathen und die von Ulloa hatte man falsch gedeutet. — Die meisten Beobachter beschränken sich ganz auf Bestimmung der Momente. — Arago hat übrigens gezeigt, dass mehr oder minder deutliche Erwähnungen der Protuberanzen bei sieben Finsternissen vor 1842 nachweisbar sind.

§ 214.

Verzeichniss der Beobachter bei der Totalfinsterniss der Sonne am 7. Juli 1842.

Airy	Paris	die oberen Theile der Protuberanzen gleichen den Zähnen einer Kreissäge.
Arago	bei Turin	bemerkt eine aus zwei Zonen bestehende Corona; sie zeigt polarisirte Strahlen.
Baily	Paris	bemerkt in der Corona keine Theilung; sie hat 16' Breite.
Heynes	Novara	
Bouginard	Narbonne	die gekrümmten Strahlen im südlichen Theile der Corona schliessen einen dunkeln Raum ein.

E. Bouvard	Dijon	sieht den Mondrand ausserhalb der Sonne noch 38 Minuten nach der Totalfinsterniss.
Cesaris	Vicenza	
Dunkin		vermisst keine Farbe im Prismenbilde der Corona.
Eklund	Warmoe	die Polarisations-Ebene der Corona steht ringsherum senkrecht auf dem schwarzen Kreise.
Fedorow	Tschernigow	die Corona 8′ breit.
Fusinieri	Vicenza	polarisirt das Licht der Corona.
l'Hombre Firmas	Alais	
Kurowitzky	Semipolatinsk	die Corona 5′ breit.
Laugier	Perpignan	die Corona 10′ breit.
Littrow	Wien	
Majocchi	Mailand	zwei einander entgegengesetzte Strahlen der Corona.
Mauvais	Perpignan	die Strahlenbüschel haben parabolische Begrenzung.
Parés	Prades	
Petit	Montpellier	Breite der Corona 8′ 45″.
Pilizeako	Shitomir	die Corona concentrisch der Sonne.
Pinaud	Narbonne	am südlichen Rande eine Garbe krummliniger Strahlen.
Schidloffsky	Liprak	die Corona nicht getheilt.
Schumacher	Wien	
Silva	Perpignan	die Strahlenbüschel der Corona parabolisch begrenzt.
Stozoff	Bajan Aul	Corona 16′ breit
O. v. Struve	Liprak	prachtvoll strahlende Krone, 25′ breit. Keine Theilung bemerkt. — Eine Spur der Protuberanzen noch vor der Totalfinsterniss gesehen.
Stubendorff	Kurskof (Sibirien)	die Corona 10′ breit.

§ 215.

Verzeichniss der Beobachter bei der Totalfinsterniss der Sonne
am 28. Juli 1851.

d'Abbadie	Frederiksvärn	farbiger Ring umgiebt die Corona; findet diesen breiter in O. W. als in N. S.
Adams	Frederiksvärn	3ʰ 44′ 52,3″ bis 3ʰ 48′ 17,8″.
Adie	Gothenburg	
Agardh	Lund	beobachtet sensitive Pflanzen.
Airy	Gothenburg	3ʰ 55′ 56,5″ bis 3ʰ 59′ 14,5″.
Andrews	Frederiksvärn	

d'Arrest		
Biddulph	Droback	
Billerbeck	Rastenburg	findet die Corona 7' — 8' breit.
Blackwood	Helsingborg	
Bond	Lilla-Edet	
Bonstadt	Lilla-Edet	
Carrington	Lilla-Edet	
Chevallier	Gothenburg	$3^h 55' 54,9''$ —
Dawes	Ravelsberg	die Corona ist concentrisch zur Sonne, nicht zum Monde.
Dunkin	Christiania	$3^h 46' 47,7''$ — $3^h 49' 27,3''$.
Eklund	Warmoo	
Fearnley	Rixhöft	gewahrt Auflösung der Protuberanzen in kleine Wolken.
Federow	Tschernigow	findet die Corona 5' breit.
Feldt	Frauenburg	
Gallo	Frauenburg	die Farbe der Protuberanzen ein schönes Rosenroth, nach oben hin etwas blasser.
Glanbitz	Zoppot	besonders das Verhalten der Thiere beobachtet.
Grool	Kropp	erblickt die Corona in beträchtlicher Breite.
Goodenough	Helsingborg	
Gonjon	Danzig	
Gray	Tusa, bei Sarpsborg	man konnte nur wenig von der Finsterniss sehen.
Gomew	Berdjansk	Breite der Corona 3' — 5'.
Hagerup	Berdjansk	Breite der ganzen Corona $6\frac{1}{2}'$ nach Sextanten-Messung.
Hansteen	Christiania	die Corona nur 1' breit in ihrem hellern Theile.
B. Hind	Ravelsberg	beschreibt die grosse hakenförmige Protuberanz.
Humphrey	Christianstadt	$3^h 12' 4''$ — $3^h 14' 50''$.
Jackson	Fyklpaa	
King	Fyklpaa	
Kowalsky	Berdjansk	Breite der Corona 7'.
Krug	Ringerigot	erblickt einen farbigen Ring, der die Corona umgiebt.
Lane	Gothenburg	
Lassell	Trollhätta Fall	$3^h 13' 6,3''$ — $3^h 16' 96,0''$.
Lehmann	Zoppot	Verhalten der Thiere und Anblick der Landschaft.
Littrow	Rixhöft	findet die Farbe der Protuberanzen ungleich, nach dem Hervorbrechen der Sonne grau.
Livering	Frederiksvärn	die Corona ist von einem farbigen Ringe umgeben.

Marxeloff	Kiew	An der Nordgrenze der Totalität. — Die Corona ist concentrisch der Sonne, nicht dem Monde. — Dauer nur 12 Secunden.
Mauvais	Danzig	bemerkt einen röthlichen Saum.
Miland	Christianstadt	
Mechnew	Warschau	bemerkt eine violette Färbung des südlichen Saumes.
Mygind	Lilla Edet	
v. Nottenburg	Zoppot	
Oelschläger	Zoppot	
v. Parpart	Storlus	
Petterson	Gothenburg	3ʰ 55' 52,2″ — 3ʰ 59' 8,2″.
Pilizenko	Shitomir	
Powell		sammelt und vergleicht die Beobachtungen über die Baily-beads.
Pogson	London	beobachtet Sonnenflecken zur Zeit der Finsterniss.
Hagong Scina	Rixhöft	die Corona ist ungleich breit, in N. S. 13', in O. W. 20' — 23'.
Hiis	Frederiksvärn	die Corona 1¼' breit in ihrem hellen Theile. Sie ist polarisirt.
Robinson	Insel Boe	
Schmidt	Rastenborg	die Corona 15' breit.
Schöler	Zoppot	
Schröter	Königsberg	
Silverstolpe	Christianstadt	Dauer der Totalität 2′ 41,7″.
Piazzi Smyth	Insel Boe	
Snow	Christiania	3ʰ 46' 53″ — 3ʰ 49' 23″.
Stanistreet	Trollhätta Fall	
Steffany	Rixhöft	erblickt die Corona von einem farbigen Ringe umgehen.
Stephenson	Frederiksvärn	2ʰ 54' 17″ — 2ʰ 57' 47″. Farbiger Ring um die Corona.
Stiemer	Zoppot	
O. v. Struve	Lomza	
Swan	Gothenburg	3ʰ 55' 52,6″ — 3ʰ 59' 8,1″.
Swangren	Lilla Edet	
Talbot	Marienburg	
Thiel	bei Königsberg	
Thomson	Rastenborg	die Corona einen Mondradius breit.
Wichmann	Königsberg	vergleicht die Protuberanzen mit Flammen.
Williams	Trollhätta Fall	
Wolfers	Frauenburg	
Young	bei Christiania	

§ 216.

Verzeichniss der Beobachter bei der Totalfinsterniss der Sonne am 18. Juli 1860.

d'Abbadie	Briviesca	
A. Aguilar	Desierto de las Palmas	hat auch die Sonnendecke beobachtet. Beschreibung der Corona.
Ahmed	Dongola	
G. B. Airy	Pobes	
Wilfried Airy	Pobes	
Mrs. Airy	Pobes	
Alexander	Aulezavik (Labrador)	
Aradi	Castellon de la Plana	beobachtet eine eigenthümliche Erscheinung bei der Sonne.
d'Arrest	Vitoria	
Ashe	Aulezavik	
Auerbach	Tarragona	
Barnard	Aulezavik	
Barreda	Desierto de las Palmas	hat besonders die Veränderungen des Prismenbildes beobachtet.
Barthe	Vitoria	Polarisations-Beobachtungen.
Berk	Rivabellosa	
Beckley	Rivabellosa	
Bellon	Oropesa	
Bianchi	Vitoria	beobachtet die Baily-beads, so wie die Protuberanzen.
Botella	Desierto de las Palmas	
Boar	Batna bei Algier	
Bouvir	Mola de Andrada	gewahrt eine eigenthümliche Erscheinung bei der Sonne.
Brelleville	Batna bei Algier	
Brito Capello	Oropesa	
Bruhns	Moncayo	hat eine grosse Protuberanz 14' lang beobachtet und ihre physische Natur festgestellt.
Bulard	Lambessa	
Borat	Castellon de la Plana	
Cepeda	Desierto de las Palmas	
Chacornac	Moncayo	beobachtet die Fortrückung der Protuberanzen.
Clark	Rivabellosa	
Collantes	Briviesca	

Coria	Oropesa	
Cuillier	Vitoria	Form und Schärfe der Schatten.
Downes	Rivabellosa	
Foilizsch	Castellon de la Plana	versucht die Hobe der Protuberanzen zu messen; beobachtet die Lichtkrone.
Foucault	Tarrazona	Photographien des Phänomens genommen.
Garaganza	Vitoria	beobachtet das Thermometer, so wie das Verhalten der Thiere.
Garrido	Oropesa	
Girard	Itana	
Goldschmidt	Vitoria	beobachtet genau die Entwicklung der Protuberanzen. — Genaue Zeichnung.
Gordon	Oropesa	
Haase	Valencia	
Hussein	Dongola	
Ibach	Valencia	
Klinkerfues	Cullera	
Lauserdat	Bugia	
Lespiault	Castellon de la Plana	
Leverrier	Tarragona	die Protuberanzen genau beobachtet.
v. Mädler	Vitoria	die Protuberanzen beobachtet und gezeichnet.
Minna v. Mädler, geb. Witte	Vitoria	Beobachtungen der Landschaft, der Wolken und einer besonderen Lichterscheinung.
Mahmud	Dongola	
Manheim	Batna	
Mantaver	Oropesa	
Marques	Oropesa	
Mayo	Desierto de las Palmas	Beobachtungen der Magnetnadel während der Finsterniss.
Miranda	Oropesa	
Monserrat	Desierto de las Palmas	photographirt das Phänomen.
Montojo	Oropesa	
Herzog v. Montpensier	Oropesa	
Oom	Poba	
Otago	Briviesca	Thermometer-Ablesungen.
Pake	Monzayo	
Perry	Logrono	
Petit	Oropesa	insbesondere Beobachtung der Corona, die er zweitheilig findet.
Pinto	Oropesa	
Pitaroste	Oropesa	
Plantamour	Castellon de la Plana	

Pole	Logroño	
Prazmowsky	Briviesca	Polarisations-Versuche. Findet die Corona polarisirt, die Protuberanzen nicht.
Reynolds	Rivabellosa	
Rouro	Vitoria	
Hauscker	Castellon de la Plana	giebt eine Zeichnung der sechs von ihm gesehenen Protuberanzen.
Saar	Vitoria	sieht zwölf Sterne mit freiem Auge während der Totalität.
de Salicis	Itana	
C. Schulz	Vitoria	thermometrische Beobachtung.
G. Schulz	Vitoria	die Corona beobachtet.
Secchi	Desierto de las Palmas	Beobachtungen sehr ausführlich; auch Photographien genommen.
Smith	Aulezavik	
Sous	Oropesa	
Stenglein	Lodio	
O. v. Struve	Pobes	giebt eine sehr ausführliche Zeichnung.
Thiele	Vitoria	
Trujillo	Oropesa	
Venable	Aulezavik	
Vignoles	Bilbao	
Villarceau	Monzayo	achtet besonders auf die Fortrückung der Protuberanzen.
Wallenberg	Valencia	
Warren de la Rue	Rivabellosa	sehr ausführliche Photographien.
Weiler	Pobes	
Weyer	Vitoria	Corona genau beobachtet. Thermometrische Ablesung.
Winnecke	Pobes	
Zabala	Vitoria	beobachtet das Verhalten der Thiere und Pflanzen.

Die sehr kurze Totalfinsterniss vom 31. December 1861 ward nur von nachstehenden Personen mit Erfolg beobachtet. (Beide ersten Orte liegen auf der Insel Trinidad bei Südamerika.)

Hermann Crüger	Guapo	liefert eine Zeichnung.
Devenish	Guapo	Dauer 55 Secunden.
Hamilton Warner	S. Fernando	einige Sterne mit freiem Auge sichtbar. Dauer 35 Secunden.
M. Poulain	Garéo	Zeichnung der Protuberanzen.
Bulard	Ouargla	etwas ausserhalb der Totalitätszone.
Vallon	S. Louis	
Ribel	S. Louis	Grosse Protuberanz. Venus gesehen.
Marteville	S. Louis	
Dutailłis	Garéo	Starker Fall des Thermometers.

Die ringförmige Sonnenfinsterniss vom 5/6. März 1867 scheint fast überall durch ungünstige Witterung vereitelt worden zu sein; namentlich war dies der Fall im Gouvernement Nowgorod. Nur in Dalmatien sind die Beobachtungen gelungen, und die von Riha in Ragusa ist schon § 168 angeführt.

§ 217.

SATURN UND MARS.

Die regere Betheiligung an den Arbeiten der Astronomie bekundet sich auch darin, dass, während so viele neue Aufgaben, von denen das 18. Jahrhundert noch nichts ahnte, zur Lösung vorliegen, die anderen schon aus früherer Zeit datirenden keineswegs vernachlässigt werden. Die einzelnen Planeten, die eine specielle Untersuchung ihrer Oberflächen wie ihrer Umgebung gestatten, sind aufmerksam untersucht worden mit Hülfsmitteln, die den früheren Zeiten nicht zu Gebote standen, und zwar ist Saturn derjenige Planet, der vorzugsweise die Aufmerksamkeit erregt hat. Dass nach William Herschel, der hier schon so Vieles geleistet, noch neue Entdeckungen gemacht werden könnten, hätte man kaum erwartet, und gleichwohl ist ein achter Trabant und ein dritter Ring in den letzteren Jahrzehnten hinzugefügt worden. Wir mögen die astronomischen Nachrichten, die *Monthly Notices*, die *Memoirs* der *Royal Society*, die Petersburger Bulletins oder die amerikanischen Journale vergleichen, überall werden wir diese Bevorzugung des Saturn antreffen. Die beiden Bond[*] in Amerika, Encke in Deutschland, Secchi in

---

[*] *George Philipp BOND*, geb. 1825 am 20. *Mai*, gest. 1865 am 17. *Februar*. Er war der dritte Sohn des 1859 verstorbenen Directors der Sternwarte des Harvard College zu Cambridge und seit 1845 Gehülfe seines Vaters, dem er im Directorat folgte, das er jedoch kaum sechs Jahre hindurch führte, da ein schweres Lungenleiden seinem Leben noch vor erreichtem 40. Jahre ein Ende machte. Erschienen sind von ihm:

Memoir of the calculation of special perturbations.
Account of the Great Comet of 1858.

Das letztere Werk ist wohl das vollständigste, was wir über

Italien, W. und O. Struve in Russland, Kaiser in Holland schliessen sich den zahlreichen britischen Beobachtern an, von denen wir Dawes, Hind, Lassell, de la Rue, Hippisley, J. Herschel, Main, Lardner hier namhaft machen wollen. In der That ist dieses reichste und mannigfaltigste aller Partialsysteme für kräftige Instrumente ein lohnendes Object, und so viel wir auch bereits davon kennen gelernt haben, es scheint bei Weitem noch nicht alles Erkennbare erschöpft zu sein.

Der innere dunkle Ring ist ganz besonders ins Auge gefasst worden. Wer ihn eigentlich zuerst entdeckt, dürfte schwer zu entscheiden sein. Wollen wir alles, was mit Wahrscheinlichkeit auf ihn zu beziehen ist, zusammenfassen, so müssen wir bis zu Cassini und Maraldi zurückgehen. Beide erwähnen einer Schattenzone, die dem Ringe parallel über die Kugel des Planeten hinzog; Andere sprechen von einer Schattirung an der innern Kante des innern breiten Ringes, auch begegnet man der Bemerkung, dass der Raum zwischen Ring und Planetenkugel nicht ganz die Schwärze des übrigen Himmelsgrundes zeige. Wenn dieses und manches Andere jetzt seine Deutung sehr einfach findet, so ist es andrerseits gewiss, dass vor Dawes, Lassell und Bond[*] nirgend von einem dunklen Ringe die Rede ist, und dass erst seit 1850 Jeder, der mit einem hinreichend kräftigen Instrument den Saturn beobachtet, ihn auch sofort erblickt. Wir sehen hier etwas Ähnliches wie bei der Entdeckung des Ringes selbst, und man muss einen Unterschied machen zwischen dem Sehen und dem richtigen Erkennen. Der Ring ist von Cysatus, Hevel und

---

diesen Kometen besitzen, indem es alle guten Beobachtungen dieses Weltkörpers nebst einer grossen Anzahl gut ausgeführter Zeichnungen enthält.

Noch sind, nach Safford's Bericht, viele ungedruckte Manuscripte von ihm vorhanden, darunter eine Abhandlung über die Chronometer-Expeditionen zwischen Harvard College und Liverpool, so wie eine Untersuchung des grossen Nebelflecks im Orion mit dem Refractor der Sternwarte, dessen Dimensionen denen des Pulkowaer gleich sind.

---

[*] Bond zuerst im November 1850, Dawes am 29. November, Lassell am 3. December.

vielen Andern schon in der ersten Hälfte des 17. Jahrhunderts gesehen, aber erst von Huyghens als das erkannt worden, was er in der That ist. Bis dahin hatte man die Ansen des Ringes bald für Saturnstrabanten, bald für eine Art Henkel u. s. w. gehalten. „Altissimum planetam trigeminum vidi" schrieb Kepler an Galiläi; Hevel erklärte vorsichtiger, seine Meinung noch zurückhalten zu wollen. Wir haben in beiden Fällen eine nach und nach gemachte Entdeckung, und es schadet der Wissenschaft nichts, wenn die richtige Deutung erst einige Menschenalter nach dem ersten Erblicken ans Tageslicht kommt.

Den dunklen Ring für neu entstanden zu halten, liegt gar keine Veranlassung vor. Wir haben überhaupt bei Weltkörpern, etwa mit Ausnahme der Kometen, an reelle Veränderungen der Masse und Gestaltung nicht in erster Linie zu denken, so lange andere Erklärungen noch ausreichen. Deshalb müssen wir auch Anstand nehmen, die zuerst von O. Struve aufgestellte Annahme, dass der Ring sich in den zwei Jahrhunderten, die seit Huyghens Entdeckung verflossen sind, dem Saturn allmählich genähert habe, sofort als astronomische Thatsache zu registriren. Aus den Zeiten, wo wir genaue Messungen besitzen, liegen keine derartige Andeutungen vor, und wenn selbst in den scharfen Messungen der letzten 40—50 Jahre noch Differenzen vorkommen, die eine ganze Secunde übersteigen (man vergleiche Bessel's Bestimmung der grossen Axe des Ringes, 39,311", mit denen von Encke, Lamont, Secchi und Andern), wie will man bei Schätzungen, die gewöhnlich die Secunde nur in runden Fünfen angeben, eine Genauigkeit erwarten, wie sie in so subtilen Fragen erforderlich wäre? Ich hatte 1858 Gelegenheit, in Leyden durch die Gefälligkeit des Directors Kaiser die Originaltagebücher von Huyghens einzusehen. Es fand sich hier nichts von wirklichen Messungen, dagegen mehrere Zeichnungen Saturns und seines Ringes, nach dem Augenschein entworfen. Die Maassverhältnisse in diesen Darstellungen waren merklich verschieden, namentlich der Raum zwischen Ring und Planeten bald grösser bald kleiner, ohne dass im Texte darüber etwas bemerkt war. An solche Angaben noch eine möglicherweise stattgehabte Irradiation anbringen und sie damit corrigiren zu wollen, erscheint wohl als ein vergebliches Bemühen. Wir wollen jedoch nicht unbemerkt lassen, dass Russel Hind die Ansicht O. Struve's wahrscheinlich findet, und unter andern sich auf zwei Zeichnungen in Lubienitz-

ky's *Theatrum cometicum* und bei Picard beruft. Man könnte
ihnen noch Hevel's Zeichnungen hinzufügen. Aber was sollte aus
der Himmelskunde werden, wenn man alle Monstruositäten des
17. Jahrhunderts gelten lassen wollte; eines Jahrhunderts, das
noch so tief in der Thaumaturgie steckte?

Der dunkle Ring, dessen Anblick von Einigen mit dem eines
schwarzen Gazeschleiers verglichen wird, zeigte sich bald als
diaphan, da man durch ihn hin den Rand des Planeten erblickte,
und aus der Form und Lage des Schattens, den er auf die Planetenkugel wirft, hat man auf eine Neigung seiner Ebene gegen
die der übrigen Ringe, so wie auf eine grössere Dicke geschlossen.

Noch bleiben manche Fragen, über welche die Beobachter
differiren, näher zu untersuchen. Existirt ein Zwischenraum, der
ihn von der nächstliegenden Kante des hellen Ringes trennt? Erscheint er nach seiner gesammten Breite homogen oder finden
Nüancen statt? Welches ist eigentlich seine Farbe? Dies und so
manches Andere wird uns erst die Zukunft mit Sicherheit beantworten.

Bedauern müssen wir, dass ein überaus seltenes Phänomen
verfehlt scheint. Am 30. Januar 1856 bemerkten Brodie in
Eastburne und Dawes in Wateringburg, dass ein Stern von
$8^1/_2$ Grösse im Begriff stand, vom Saturn bedeckt zu werden.
Leider ging für beide Orte Saturn unter, bevor die Bedeckung er-
folgte, nur Dawes konnte noch die Berührung des Sterns mit
dem Ringe blickweise wahrnehmen. In Amerika oder auf einer
Südsee-Insel hätte die Frage entschieden werden können, ob ein
Stern in dem Raume zwischen Saturn und Ring sichtbar bleibe
oder nicht.

Schon Laplace hatte aus theoretischen Gründen geschlossen,
dass die Querdurchschnitte der einzelnen Ringe Ellipsen sein
müssten; er nannte sie *courbe génératrice*. Die Beobachtungen
des Schattens, den der Planet auf die Ringe wirft, scheinen dies
zu bestätigen, allerdings nur in den Zeichnungen von Hippisley
und Dawes, während Andere erklären, eine solche Schattenform
nicht, oder wenigstens nicht deutlich, wahrgenommen zu haben.
Unzweifelhaft aber scheint, dass die Ebenen der einzelnen Ringe
nicht zusammenfallen, möglicherweise auch windschiefe Verbie-
gungen in ihnen vorkommen; das eine wie das andere allerdings
nur von sehr geringem Belange. Die Punkte, in welche die Ansen
sich kurz vor dem Verschwinden theilen, die Incongruenz der

Zeit, wo sie verschwanden, mit der, wo sie der Rechnung nach
hätten verschwinden müssen und manches Andere deuten darauf,
wie Bessel dies am entschiedensten in einer besonderen Abhandlung nachgewiesen hat.

In diesen Ungleichheiten hatte bereits Laplace das Mittel
erblickt, wodurch die Ringe im Gleichgewicht erhalten und verhindert werden sollten, auf Saturn herabzustürzen. Längst schon
hatte diese Erklärung verschiedene Zweifel veranlasst und Peirce
hält dafür, dass die erwähnten Ungleichheiten wohl momentan
und in einer genau bestimmten Lage, nicht jedoch allgemein und
dauernd einen Gleichgewichtszustand herstellen könnten. Er sucht
die Lösung des Problems darin, dass er die Ringe als flüssig betrachtet, wenn auch nur etwa so wie glühende Lava. Alsdann
würde die Masse an der Stelle, wo der Ring dem Saturn näher
gekommen wäre, auch schneller fliessen, sich also auf der entgegengesetzten Seite anhäufen und so das Gleichgewicht erhalten bleiben.
Da noch keineswegs feststeht, dass irgendwo zwischen Ring und
Kugel ein völlig leerer Raum gegeben sei, so scheint es wohl am
gerathensten, die Frage zu vertagen.

Schon bevor W. Herschel die bekannte grosse Theilung in
zwei Ringe entdeckt hatte, waren Andeutungen ähnlicher Theilungen von den französischen Astronomen wahrgenommen worden.
Möglicherweise hatte die Schattirung an einigen Ringkanten dazu
Veranlassung gegeben.

Denn die neuern Beobachtungen stimmen darin überein, dass
auf dem breiteren der hellen Ringe nicht die mindeste Spur einer
Theilung gefunden wird, und auf dem äussern nur ein schwer zu
erkennender schwarzer Strich, der möglicherweise einer Theilung
angehört, worüber bis jetzt noch nichts entschieden ist.

Für gewöhnliche Fernröhre verschwand der Ring, wenn keine
der beiden Flächen von der Sonne beschienen war, so wie wenn
nur die unerleuchtete Fläche der Erde gegenüberstand. Nur
Herschel hatte 1789 in seinem 20füssigen Refractor die Spur des
Ringes fortwährend gesehen. Es fragte sich, ob die neueren Werkzeuge von ähnlicher optischer Kraft gleichfalls im Stande seien,
diese Spur erkennen zu lassen. Bond in Cambridge gewahrte 1848
bestimmte Spuren, aber unterbrochen durch leere Zwischenräume,
eine Reihe von Lichtpunkten und kurzen Lichtfäden. Verschieden davon war, was 1862 im Mai von den Beobachtern in
Pulkowa, O. Struve und Winnecke, gesehen worden ist. Es

waren auf der vorangehenden Seite eine längere, auf der nachfolgenden eine kürzere Lichtlinie bemerkt, aber bleich, etwas verwaschen und nicht genau an der Stelle, wo die Ringkante stehen
musste. Die Umstände waren ungünstig, Saturn konnte nicht in
voller Nacht, sondern nur eine kurze Zeit in der hellen Dämmerung vor dem Untergange beobachtet werden. — Auch dieser
Umstand fordert zu fortgesetzten Untersuchungen auf.

Ebenso erwähnen alle neuern Beobachter nur eines grauen
Streifens auf der Kugel, und nur W. Herschel spricht von meh-
reren unter einander parallelen, aber viel schwächer als der
Hauptstreifen.

Was die Abplattung des Saturn betrifft, so hatte Bessel
aus seinen Messungen 1832, als der Planet ohne Ring gesehen
ward, diese $\frac{1}{10,1}$ gefunden, und gleichzeitig die Form als rein
elliptisch, ohne die von Herschel gefolgerte Äquatorial-Abplat-
tung. Noch stärker finden sie Main $(\frac{1}{9,27})$ und Johnson $(\frac{1}{10,96})$,
wogegen Thompson, Dawes, de la Rue und Lassell sie ge-
ringer ansetzen. O. Struve findet aus vier Bestimmungen im
Mittel $\frac{1}{10,26}$.

Verhältnissmässig weniger sind die Monde Saturns beachtet
worden. Der Huyghens'sche Trabant, von John Herschel mit
Titan bezeichnet, ist schon in den dreissiger Jahren von Bessel
genau bestimmt worden; allein später ist nichts weiter für seine
Bahn geschehen, was doch namentlich für eine genauere Kenntniss der Veränderungen seiner Bahnelemente sehr zu wünschen
wäre. Für die übrigen sind Beobachtungen schwer zu erhalten,
da die schwächsten eine directe Vergleichung mit Saturn selten
gestatten und die Bahnbestimmung aller acht Trabanten ein sehr
zeitraubendes Geschäft ist. Bessel hatte die Störungen, die der
Ring veranlasst, in Betracht gezogen und aus ihnen die
Masse des Ringes zu $\frac{1}{118}$ der Saturnsmasse bestimmt, ebenso die
hier sehr geringen Störungen durch die Sonne, glaubte jedoch
die durch die übrigen Monde bewirkten vernachlässigen zu können
oder vielmehr zu müssen. Ihre Unscheinbarkeit deutet allerdings
auf eine sehr geringe Masse, wenn wir jedoch die Änderungen
der Neigung, des Knotens und des Aprosaturniums in Betracht
ziehen wollen, werden sie nicht ganz hintangesetzt werden dürfen,
namentlich nicht Iapetus, der entfernteste Trabant. — Ich habe
versucht, den Durchmesser Titans zu bestimmen und finde beiläufig 300 geogr. Meilen. Seine Masse würde hiernach (die

Dichtigkeit der des Saturn gleichgesetzt) noch nicht $\frac{1}{100000}$ der Saturnsmasse sein, und die der übrigen Monde gewiss noch geringer.

Bessel war der Meinung, dass es für künftige Untersuchungen am besten sein werde, die Messungen der übrigen Trabanten nicht auf Saturn, sondern auf Titan zu beziehen, da man aus diesen Örtern die saturnicentrischen durch Rechnung ableiten könne. Der Vorschlag verdient gewiss alle Beachtung, aber um so dringender stellt sich dann eine neue Untersuchung der Bahnelemente Titans und die Verbindung derselben mit den Bessel'schen heraus. Denn nur so können zuverlässige Titanstafeln erhalten werden, aus denen man die Örter dieses Haupttrabanten mit hinreichender Sicherheit ableiten kann. Bis dahin werden alle für die übrigen Monde abgeleiteten Daten nur als rohe Näherungen betrachtet werden können.

Die Jupiterstrabanten fanden schon im 17. Jahrhundert zahlreiche Bearbeiter und wichtige Relationen sind durch sie bekannt geworden. Allerdings war hier das praktische Bedürfnis massgebend, da der Seefahrer genauer Vorausberechnungen der Trabantenverfinsterungen bedurfte. Bei den Saturnstrabanten liegt eine solche praktische Nöthigung nicht vor; sie können in der specifisch-nautischen Astronomie keine Bedeutung ansprechen, und es handelt sich hier um ein ausschliesslich wissenschaftliches Interesse. Sollte aber das reichste und mannigfaltigste aller Partialsysteme nicht diesen in hohem Grade beanspruchen? Auch wenn der von Lassell 1851 entdeckte achte Saturnsmond (Hyperion) der letzte bliebe,[*] was durchaus nicht wahrscheinlich ist, so würde dieses Partialsystem schon jetzt mehr Trabanten zählen, als das Sonnensystem bis zum Schlusse des 18. Jahrhunderts Planeten zählte. Und selbst die noch keineswegs scharf bestimmten Umlaufszeiten dieser Monde haben uns schon erkennen lassen, dass der dritte Trabant (vom Saturn aus gezählt) die doppelte Umlaufszeit des ersten, und ebenso der vierte die doppelte des zweiten so nahe darstellt, dass die kleinen Differenzen die Ungewissheit nicht übersteigen, welche rücksichtlich dieser Perioden noch be-

---

[*] Die von John Herschel für die Saturnsmonde eingeführten Benennungen sind, von Saturn an gezählt: Mimas, Enceladus, Thetis, Dione, Rhea, Titan, Hyperion, Iapetus. — Für die vier Uranusmonde wählte Lassell: Ariel, Umbriel, Titania, Oberon; auch den Jupitersmonden hatte man anfangs Namen gegeben: Io, Europa &c., die jedoch nicht in Gebrauch geblieben sind.

steht. Dies ist wohl ebenso wenig Zufall als das schon früher bekannte und theoretisch bearbeitete Verhältniss der drei innern Jupitersmonde, und wir hoffen von den künftigen Euler und Lagrange, dass sie uns ähnliche Arbeiten über diese vier Saturnsmonde liefern werden, sobald nur erst Beobachtungen vorliegen, die solchen Untersuchungen sicher zum Grunde gelegt werden können.

Diese Beobachtungen werden wir allerdings nur erhalten können von Instrumenten, wie sie erst in unsern Tagen die Künstler geliefert und die Sternwarten aufgestellt haben, und zwar muss hier mehr von den grossen Refractoren, als den Spiegelteleskopen erwartet werden. Die letzteren arbeiten erheblich langsamer, sind weniger für genaue Messungen geeignet und stehen auch, sobald sie eine gewisse Brennweite überschreiten, den Refractoren an Schärfe merklich nach, was sich sowohl bei Herschel's 40füssigem als bei Rosse's 53füssigem Teleskop gezeigt hat. Grosse Refractoren und Heliometer, aufgestellt in günstigen Klimaten, werden uns die Saturnswelt ebenso erschliessen, wie es die des Jupiter bereits ist, und möglicherweise auch die Uranus- und Neptunswelt werden wird.

Allein wir haben nicht blos neue Entdeckungen zu registriren, wir haben auch früher gemachte wieder zu streichen und manche unhaltbare Ansicht zu berichtigen. Dass Bessel der abnormen Saturnsfigur ein Ende gemacht, haben wir schon erwähnt; aber auch die beiden Ringe, die den Uranus etwa so umgeben sollten, wie auf einem Globusgestell Meridian- und Äquatorbogen die Kugel umgeben, sind wieder verschwunden. Noch vor einem Jahrhundert hielten Viele daran fest, der Ring diene dem Saturn zur bessern Erleuchtung, zur Aus- und Nachhülfe für den dort zu schwachen Sonnenschein. Allein schon Bode zeigte, dass gerade das Gegentheil stattfinde, und dass Saturn ohne seinen Ring einer bessern, jedenfalls weniger unterbrochenen Erleuchtung geniessen würde, als mit demselben, und alles, was wir seit Bode entdeckt haben, bestätigt diese Thatsache. Aus ähnlichen philanthropischen Gründen sollte Mars durchaus einen Mond haben, den er ja doch gar nicht entbehren könne (Nürnberger), kurz, man war nahe daran, auf Grund solcher Ansichten ein Planetensystem zu construiren, dem dann das wirklich bestehende sich wohl oder übel hätte fügen müssen. Freuen wir uns, dass solch' wohlfeile Phantasie-Entdeckungen aus der astronomischen Lit-

ratur verschwunden sind oder höchstens nur noch in einigen ob-
scuren Winkelschriften angetroffen werden, wo sie ziemlich unbemerkt bleiben und den Forscher nicht mehr nöthigen, mit ihrer
Bekämpfung seine kostbare Zeit zu verschwenden, wie sie einst
verschwendet werden musste zur Bekämpfung der Sterndeuterei.

Mehr als ein Drittel des Jahrhunderts war abgelaufen, seit
der Verfasser seine in Gemeinschaft mit Herrn W. Beer auf dessen
Privatsternwarte bei Berlin gemachten Beobachtungen der Oberfläche des Planeten Mars veröffentlichte, und mit den früheren
von Herschel und Kunowsky verglichen hatte; die damals erhaltene Rotationsperiode (aus 1830 und 1832 bestimmt) war
24ʰ 37′ 23,7″. In der Zwischenzeit waren auf der Königsberger
Sternwarte die übrigen Rotationselemente ermittelt worden; die
nähern Untersuchungen seiner Oberfläche sind erst in der neuesten
Zeit von britischen Astronomen wieder aufgenommen. Dawes,
Joynson, Lockyer, Frankland, Browning, Philipps,
Williams und Talmage haben die günstigen Oppositionen von
1862 und 1864, wo Mars der Erde möglichst nahe kam, benutzt,
um mit kraftvollen Instrumenten die Untersuchungen zu wiederholen, welche 1830 in ähnlicher Nähe, aber mit geringeren Hülfsmitteln, erhalten worden. Joynson hat die Rotationsperiode aus
W. Herschel's Beobachtungen bestimmt und findet 24ʰ 37′ 27″,
und aus einer anderen Combination 24ʰ 37′ 39″. Entscheidender
jedoch ist die Auffindung einer Zeichnung Hooke's, 1666 am
12. März 12ʰ 20′ genommen. Hier konnten von Hooke bis
Browning 201 Jahr, 71508 Marsrotationen umfassend, verglichen
werden, und Proctor berechnet daraus die Periode 24ʰ 37′
22,735″; ein Resultat, das höchstens um einige Tausendtheile der
Zeitsecunde noch schwanken kann, zumal Proctor auch die
Phase des Mars, so gering sie auch in der Zeit um die Opposition ist, mit in Berechnung gezogen hat. Von keinem fremden
Weltkörper, selbst nicht vom Jupiter, besitzen wir eine so scharf
bestimmte Rotationsperiode.

Die von den Beobachtern der Royal Society mitgetheilten
und theilweis von dieser Gesellschaft veröffentlichten Zeichnungen
enthalten mehr und schärfer bestimmtes Detail, als 1830 erhalten werden konnte, denn die britischen Beobachter konnten
die Vergrösserung auf 1100 treiben, während wir nur eine 300 ma-
lige möglich fanden; und die Instrumente wurden durch ein Uhrwerk bewegt. Die Schärfe und Bestimmtheit der Beobachtungen

zeigte sich nicht blos abhängig von der Erdatmosphäre, sondern eben so sehr von der des Mars. Übereinstimmend mit 1830 findet sich jetzt, dass die rothe Farbe des Planeten stärker wahrgenommen wird bei der Beobachtung mit blossem Auge, als im Fernrohr, wo man auch Weiss, Grünlichweiss und Orange wahrnimmt (1830 auch einen bläulichen Schimmer). Übrigens haben die britischen Beobachter nicht nur alle Flecke von 1830 wieder wahrgenommen, sondern auch alle in derselben verhältnissmässigen Intensität. Da auch die früheren von Herschel und Kunowsky herrührenden Zeichnungen im Ganzen eine Übereinstimmung mit den gegenwärtigen zeigen, und auch die Hooke'sche von 1666 damit vereinbar ist, so dürfte feststehen, dass die Flecke, namentlich die dem Äquator des Mars näher als den Polen liegenden, constante Oberflächentheile darstellen, wogegen die verwaschenen Flecke, welche die Pole umgeben, veränderlich sind und vielleicht auf abschmelzenden Schnee bezogen werden können.

Talmage findet, dass die weissen Polarflecke des Planeten sich über den Rand zu erheben scheinen, und dass auch Herschel 1777 Ähnliches bemerkt hat. In beiden Fällen scheint Irradiation die Ursache zu sein; denn Herschel's Teleskope zeigten diese unzweifelhaft, und Talmage hatte nur eine 108malige Vergrösserung benutzt. Ich selbst habe ein solches Übergreifen nie bemerkt, wohl aber 1833 bei einer plötzlich eintretenden Bewölkung wahrgenommen, dass der weisse Südpolarfleck sichtbar blieb, während alles Übrige durch Wolken verdeckt war.

Dawes findet bei Vergleichung seiner Beobachtungen von 1852 mit denen von 1864 die Flecke nicht ganz unveränderlich, will jedoch noch keine sichere Entscheidung treffen, da die bemerkten Änderungen sehr gering sind. Bei einer versuchten Messung fand er den Polardurchmesser um 0,2″ grösser als den äquatorialen, und eine noch stärkere Differenz gaben die Oxforder Beobachtungen (XI, 391): Polardurchmesser 6,503″; äquatorialer 5,901″. Ein Unterschied von 0,6″, der sich wohl durch das scheinbare Übergreifen der Schneezonen erklärt.

Warren de la Rue hält dafür, dass die Dawes'schen Zeichnungen genügen dürften, einen Marsglobus zusammenzusetzen.

Alle Beobachter stimmen darin überein, dass das Auge einige Zeit bedarf, sich an den Überblick der Marsoberfläche zu gewöhnen. Immer erst nach Verlauf von 3—5 Minuten tritt alles in klaren, bestimmten Umrissen auf.

§ 218.

DIE GRUPPE DER PLANETOIDEN ZWISCHEN MARS UND JUPITER

hatte bisher fast nur die Bahnberechner beschäftigt; denn dass die Versuche, ihre Durchmesser zu bestimmen, die Herschel und Schröter anstellten, nichts Sicheres liefern konnten, hatte man längst allgemein erkannt. In physischer Beziehung besass man nur die scheinbaren Grössen, wie sie sich in verschiedenen Entfernungen von Sonne und Erde darstellten. Unterscheidbare Farben waren nicht wahrzunehmen; Andeutungen, die auf eine bestimmte Rotationsperiode führen konnten, zeigten sich eben so wenig, und so schien hier keine Gelegenheit geboten, sie auch individuell kennen zu lernen. Littrow gab Formeln, um die bedeutenderen Annäherungen zwischen Planetoiden zu berechnen, und so möglicherweise Daten zur Bestimmung ihrer Massen zu gewinnen; bis jetzt ohne positiven Erfolg.

Die so sehr vervollkommneten mikrometrischen Vorrichtungen schienen geeignet zu erneuerten Versuchen über die scheinbaren Durchmesser, aus denen die wahren leicht gefolgert werden konnten. Lamont in München fand für Pallas 146 geographische Meilen; ich selbst für Vesta, bei einer grossen Annäherung zur Erde, 66 Meilen. Daraus nun folgten, wenn die Dichtigkeit nicht sehr [viel grösser als die unserer Erde ist, so geringe Massen, dass allerdings wenig Hoffnung blieb, sie zu bestimmen. Denn wenn gleich die Veränderlichkeit der Bahnen es als möglich erscheinen lässt, sie in jede noch so grosse Annäherung zu bringen, so wird doch eine solche nur sehr kurze Zeit dauern können.

Deshalb schlug Argelander einen anderen Weg ein. Die alten Planeten zeigen, wenn der ganz abweichende Mars ausgeschlossen wird, eine fast ganz gleiche Albedo (Capacität für Aufnahme der Sonnenstrahlen), dass man mit grosser Wahrscheinlichkeit dieselbe Albedo auch für die Planetoiden annehmen kann. Unter dieser Voraussetzung aber lassen sich aus den Helligkeiten, die sie bei einer bestimmten Entfernung zeigen, die scheinbaren Durchmesser finden und aus diesen die wahren berechnen. Argelander entwickelte nun Formeln für diese Berechnungen und wandte sie auf die bis 1854 bekannten Planetoiden an.

Für Vesta ergab sich der grösste Durchmesser, 58,5 geographische Meilen, was mit den von mir direct gemessenen 66 Meilen nahe genug übereinstimmt, wogegen die 25 Meilen für Pallas mit der Lamont'schen Zahl unvereinbar sind.

Vesta, nach allen Andeutungen der bei weitem grösste der Planetoiden, macht schon die directe Messung überaus schwierig, und ich kann nicht annehmen, dass eine solche bei irgend einem der übrigen, sämmtlich viel kleineren, ein positives Resultat geben könne. Grössen von 0,8″ und darunter kann kein noch so vollkommenes Mikrometer mit irgend einer Sicherheit bestimmen. Es wird also auch der Zukunft wohl nichts anderes übrig bleiben, als die Anwendung der Argelander'schen Formeln.

Auf diesem Wege haben nun Bruhns in seiner Abhandlung *De planetis minoribus* 39, und Stone 71 Planetoiden berechnet, in welcher letzteren Zahl die von Bruhns und Argelander berechneten mitbegriffen sind.

Die geringsten in Stone's Tafeln gegebenen Durchmesser finden sich

geogr. Meilen

bei Hestia und Virginia	3,3
bei Maja und Atalante	3,9
bei Echo	3,8.

Die grössten Durchmesser kommen ausschliesslich bei den vier zuerst entdeckten Planetoiden vor; ihnen zunächst steht Hygea mit 22,1 geogr. Meilen. Nimmt man für Vesta, den grössten Planetoiden, Argelander's Bestimmung von 58,5 geogr. Meilen für den Durchmesser an, so folgt bei einer Dichtigkeit, gleich der der Erde eine Masse $= \frac{1}{15\,000}$ (die Erdmasse $= 1$ gesetzt), wonach man leicht zu dem Schlusse gelangt, dass eine Ermittelung dieser Massen auf dem gewöhnlichen Wege hoffnungslos ist. Dächte man sich einen Mond um Vesta laufend, auf den dieser Planet eine Anziehung ausübte gleich der, welche die Erde auf ihren Mond ausübt, so könnte dessen Entfernung von Vesta nur 260 Meilen betragen.

Ob eine weitere Erforschung der speciellen Verhältnisse dieser Minima unserer Planetenwelt jemals möglich sein wird, ist jetzt nicht zu entscheiden; gewiss ist nur, dass die Mittel, welche wir bei den alten Planeten zu diesem Behuf eingeschlagen haben, hier unwirksam sind.

Dringend zu wünschen ist, dass Jeder, der Beobachtungen der kleinen Planeten veröffentlicht, so weit dies möglich ist, die Grössenclasse angebe, welche der Planetoid während der Beob-

achtung zeigte. Auf diesem Wege könnte ermittelt werden, ob
ausser der von den Entfernungen abhängenden Veränderung des
Glanzes noch andere Lichtwechsel (von denen man bei Juno schon
früher Andeutungen wahrgenommen) sich unterscheiden lassen.
Dies ist der einzige Weg, auf dem wir möglicherweise die Rotationsperiode eines solchen Planetoiden ermitteln könnten. Für
die innere Gruppe besteht eine nahezu gemeinschaftliche (24stün-
dige) Periode; für die obere Gruppe scheint 10 Stunden in ähnlicher Weise zu gelten. Es ist somit Grund zu der Annahme
gegeben, dass eine solche Gemeinschaftlichkeit auch für die Planetoiden bestehe und dass mit einer dieser Rotationsperioden uns
ein Näherungswerth für alle übrigen gegeben sei. Zwar haben
Kirkwood und Andere durch rein theoretische Combinationen
eine Regel zu ermitteln gesucht, aus der die Rotationsperioden
gefolgert werden sollten; allein die vielen willkürlichen Hypothesen
dienen diesen Versuchen nicht zur Empfehlung, und es wird in
allen Fällen gerathener sein, dieses Element nur durch Beobachtungen zu ermitteln, und dann erst zu untersuchen, ob sie in ähnlicher Weise, wie die Umlaufszeiten mit den Abständen, auch
ihrerseits mit einem anderen bekannten Verhältnisse im Causal-
zusammenhange stehen. Gegenwärtig müsste man solche Versuche
als verfrüht bezeichnen.

Die Wiener Astronomen haben angefangen, die nahen Zusammenkünfte der Planetoiden zu berechnen; wir können nur
wünschen, dass diese verdienstlichen Arbeiten beharrlich fortgesetzt
werden; denn abgesehen davon, dass möglicherweise doch eine
gegenseitige Wirkung wahrgenommen werden könnte, sind von einer
genauen Beobachtung derselben auch andere Resultate zu erwarten.

Für das unbewaffnete Auge sind sie unsichtbar, nur Vesta
kann in seltenen Fällen nahezu die sechste Grösse erreichen und
dann scharfen Augen erkennbar werden. Es wäre zu wünschen,
dass wenigstens die grösseren von ihnen auch bei Vorausberechnung der Sternbedeckungen mit berücksichtigt würden; denn
wenn Sterne bis zur achten Grösse mitgenommen werden, so
könnten manche dieser kleinen Körper, besonders die vier im Anfang des Jahrhunderts entdeckten, gar wohl Gegenstand der Beobachtung bei Sternbedeckungen sein, um so mehr, als hier auch
auf die Dauer der Verschwindung, resp. Wiedererscheinung, geachtet werden könnte, die muthmaasslich nicht so ganz unmessbar
wie bei Fixsternen gefunden werden dürfte.

Über eine zweite Planetoidengruppe zwischen Sonne und Merkur ist noch nichts positiv Sicheres bekannt. Haase und Radau haben die zerstreuten und nicht wohl mit einander zu verbindenden Wahrnehmungen von Starck bis Lescarbault zusammengestellt; Leverrier eine Errechnung versucht, Norman Pogson und Andere sich auf der Sonnenscheibe umgesehen — bis jetzt ohne Erfolg. Ist wirklich hier noch etwas Neues zu entdecken, so dürften tropische Gegenden die einzige Gelegenheit darbieten, da hier die Dämmerungen von kürzester Dauer sind und schwache Objecte bei grösseren Zenithdistanzen als in Europa oder den Sternwarten der amerikanischen Union wahrzunehmen möglich ist.

§ 219.

DIE MASSE DES JUPITER UND ANDERES DIESEN PLANETEN BETREFFENDE.

Sobald die Gravitationstheorie in der Wissenschaft einen festen Boden gewonnen hatte, musste sich Jedem die Überzeugung aufdrängen, dass eine genaue Bestimmung der Jupitersmasse ein für alle Berechnungen unentbehrliches Element sei. Nicht um Stunden und Minuten, sondern um ganze Jahre kann die Umlaufszeit eines Kometen durch Jupiterstörung geändert werden; der Halley'sche Komet wäre nicht im März 1759, sondern schon Ende 1757 zurückgekehrt, wenn die Jupiterstörung nicht stattgefunden hätte.

Es handelt sich bei dieser Frage nicht sowohl um das absolute Gewicht des Planeten, sondern um das Verhältniss seiner Masse zur Sonnenmasse, und aus diesem Grunde wird eine Änderung der Sonnenparallaxe, wie die neuere Winnecke'sche, ohne Einfluss auf diese Verhältnisszahl bleiben. denn nur das Verhältniss der Erdmasse verändert sich dadurch und sie ist deshalb auch nur da von Einfluss, wo es sich um eine Wirkung unseres Erdplaneten auf andere Weltkörper handelt.

Zwei Wege bieten sich dar: entweder man untersucht die directe Wirkung des Jupiter auf die Bahnen seiner Monde, oder die störende, welche er auf andere Weltkörper äussert.

Auf den ersten Anblick bietet sich der zuerst bezeichnete Weg als der theoretisch wie praktisch leichtere und genauere

dar. Hier sind ausser der sehr unbedeutenden Störung der
Sonne keine andere zu berücksichtigen; beim zweiten wirken alle
andern Planeten, auch die noch unbekannten, in gleicher Weise
mit, und man muss, streng genommen, die Massen aller übrigen,
resp. deren Verbesserung, als unbekannte Werthe in die Rechnung einführen.

Auch ist das, was man auf diesen beiden Wegen erhält,
nicht genau dasselbe. Die erste Methode giebt uns die Masse
des Planeten Jupiter; die zweite die Masse des gesammten Jupitersystems; und so unbedeutend auch der Unterschied beider
in diesem speciellen Falle sein mag, er muss gleichwohl festgehalten werden, denn er wird sich geltend machen in dem Maasse,
wie die Genauigkeit der hier in Rede stehenden Bestimmung
zunimmt.

Noch eine andere Frage kann zur Besprechung. Darf man
ohne weitere Untersuchung annehmen, dass die Art der Wirkung
auf die zu ihm gehörenden Körper (seine Monde) und auf die
nicht zu ihm gehörenden dieselbe sei? Wäre es nicht denkbar,
dass neben der allgemeinen Gravitation noch andere Kräfte —
etwa chemische oder magnetische — ihre Wirksamkeit äusserten
bei Jupiters Trabanten, und nur bei diesen? Bessel hat bereits
im Anfange dieses Jahrhunderts den Gegenstand näher erörtert;
er findet keine solche Nebenwirkung, aber damals war die Zeit
noch nicht gekommen, wo in so subtilen Fragen eine Entscheidung möglich war.

Dass man beide Wege einschlug, rechtfertigt sich also vollkommen; nur würde man an dem Resultate des zweiten gewiss
nicht so lange festgehalten haben, wenn genaue Bestimmungen
der mittlern Entfernung der Trabanten vorgelegen hätten. Aber
man hatte nur die Messungen Pound's, die mit höchst unvollkommenen Mitteln erhalten waren, und Laplace, der sie be-
nutzte, fand die Jupitersmasse $= \frac{1}{1067,69}$; wie es auch nicht anders
möglich war, da Pound's Angabe der Entfernung des vierten
Trabanten um reichlich $2''$ zu klein ist. Nun wird aber ein Fehler
von $0,15''$ in der gemessenen Entfernung des vierten Trabanten
den Nenner des Bruchs für die Jupitersmasse um eine Einheit
ändern. Man kann jetzt allerdings, wie dies Bessel gethan, alle
vier Trabanten messen, und durch die sehr genau bestimmten
Umlaufszeiten die Fehler ausgleichen und vertheilen; immer aber
wird es zu solchen Messungen sehr vervollkommneter mikro-

metrischer Vorrichtungen bedürfen und diese besitzen wir erst
seit Fraunhofer.

So benutzte man denn die kleinen Planeten, die dem Jupiter
näher als irgend ein anderer planetarischer Körper kommen, um
Jupiters Masse möglichst scharf zu erhalten. Ausser der Laplace'schen Masse hatte man nur noch die von Bouvard aus
den Störungen, die Saturn vom Jupiter erleidet, abgeleitete, die
von jener nur unbedeutend abwich. Gleich der erste Versuch,
den Nicolai in Mannheim mit Juno machte, ergab $\frac{1}{1044,771}$, also $\frac{1}{m}$
mehr, als bei Laplace. Dennoch bemerkt Nicolai, dass die Juno-
bahn bei Anwendung derselben noch immer nicht so gut dargestellt werde, als er gehofft. Da aber Gauss aus der Pallasbahn
fast ganz denselben Werth erhielt, so blieb man fürs Erste
dabei.

Encke ward durch die Nothwendigkeit, die Bahn des nach
ihm genannten Kometen möglichst scharf darzustellen, zu einer
neuen Untersuchung veranlasst. Er wählte Vesta und fand $\frac{1}{1050,55}$,
also gegen Nicolai eine abermalige Vermehrung von $\frac{1}{55}$. Damit
wurden auch die Beobachtungen des Kometen genügend dargestellt.

Nun wandte man sich auch an die Elongationen, durch die,
wie oben bemerkt, die Masse des Planeten, nicht die des gesammten Systems, erhalten wird. Airy hatte, theils in Cambridge, theils in Greenwich, Abstände des vierten Trabanten gemessen und anfangs $\frac{1}{1046,10}$, später bei weiterer Fortsetzung der
Arbeit, $\frac{1}{1046,77}$ gefunden; das letztere Resultat theilte er im Januar
1837 der Society mit. Bessel hatte nahe gleichzeitig die Entfernungen sämmtlicher Trabanten heliometrisch gemessen und erhielt nach sorgfältiger Discussion für die Jupitersmasse $\frac{1}{1047,87}$;
also sehr nahe das Airy'sche Resultat, und in seiner Mittheilung
an die Pariser Akademie (Comptes rendus 1841) sagt er: „Je
suis enfin parvenu à la connaissance d'un élément d'observation
bien important, et j'ose me flatter qu'une erreur plus grande que
$\frac{1}{1000}$ est impossible." Bei einem Bessel hat ein solcher Ausspruch
Gewicht, und so glauben wir, das spätere Resultat Santini's aus
Messungen des vierten Trabanten ($\frac{1}{1050,8}$) auf sich beruhen lassen
zu können. Allerdings hält Schubert (Astr. Nachr. 1562) Bessel's Masse für zu gross, und auch Brünnow bei seiner Berechnung der Irisbahn findet, dass eine geringe Verkleinerung
derselben die Bahn besser darstellt.

Eine neue Untersuchung erschien demnach nichts weniger
als überflüssig, und diese hat Krüger in Helsingfors unternommen. Er wählte die Bahn der Themis, und leitete, theils aus
seinen eigenen, theils aus anderen zuverlässigen Beobachtungen,
die Jupitermasse aus den Störungen ab. In den Acten der
Finnländischen Societät der Wissenschaften bestimmt er diese
Masse zu $\frac{1}{1047.85}$, also um $\frac{1}{1047.85}$ grösser, als Bessel's Masse.

So gering dieser Unterschied auch ist, so erscheint er doch
in dieser Vergleichung noch etwas zu gross. Die Massen der Jupiterstrabanten müssen, um beide Resultate richtig vergleichen zu
können, erst in Abzug gebracht werden. Sie betragen nach Laplace in seiner Theorie resp. 0,000017357; 0,000023235;
0,000088497; 0,000042659; zusammen also $=$ 0,000171719.
Wird damit die Masse des Krüger'schen Jupitersystems auf die
des Jupiterplaneten reducirt, so erhält man $\frac{1}{1047.85}$ und der Unterschied gegen Bessel ist folglich nicht $\frac{68}{100000}$, sondern nur $\frac{81}{100000}$.

Das fortwährende Näherrücken der durch beide Methoden
erhaltenen Resultate erscheint der Annahme einer Verschieden-
artigkeit der Wirkung nicht günstig, zumal sich auch bei andern
Untersuchungen verwandter Natur, wie Westphalen's des
Halley'schen Kometen und Bessel's der verschiedenen Pendel-
körper (bei denen speciell auf eine Erforschung solcher möglichen
Nebenwirkungen Bedacht genommen wurde) sich nichts der Art
ergeben hat, und nur allein die Beschleunigung des Encke'schen
Kometen übrig bleibt, die jedoch wahrscheinlich, wie Encke annahm, durch den Widerstand des Äthers zu erklären ist.

Die Jupitersatelliten sind in neuester Zeit gleichfalls genauer
untersucht worden. Secchi ist es gelungen, Flecke auf dem
dritten wahrzunehmen, und er schliesst, dass bei ihm die Rotationsperiode mit der des Umlaufs nicht identisch sei; Dawes
giebt uns gleichfalls Zeichnungen der Oberflächen für den dritten
und vierten Trabanten; und Barneby hat einen Moment wahrgenommen, wo kein Satellit neben Jupiter stand (21. August 1867),
sondern der zweite hinter der Scheibe verfinstert, und die drei
andern nebst ihren Schatten auf der Scheibe sichtbar. Alle drei
Schatten erschienen (im neunzölligen Objectiv) ohne Penumbra;
der erste Trabant am hellsten, der vierte fast so schwarz als sein
Schatten. Auf dem dritten die Spur eines Fleckens.

Bei keiner das Sonnensystem betreffenden Untersuchung, ja
selbst nicht bei der Bahn unseres eigenen Mondes, kann die

Masse Jupiters vernachlässigt werden, und er bildet, wie Littrow dies ausdrückt, gleichsam einen zweiten Hauptkörper des Sonnensystems. Aber ist Jupiter der zweite, so ist Saturn der dritte Hauptkörper, und wir werden keinen Fall finden, bei dem die Berechnung seiner Störungen ausgeschlossen werden kann, sobald sich die Berücksichtigung der Jupiterstörungen als nothwendig zeigt. Deutlich stellte sich dies beim Encke'schen Kometen heraus, obgleich er stets sehr weit von Saturn entfernt bleibt.

Indess giebt es Fälle, wo die Störungsrechnungen eine Abkürzung gestatten. Wenn beispielsweise der Halley'sche Komet eine Entfernung erreicht hat, aus welcher betrachtet, die unteren Planeten mit Einschluss des Mars sich nicht weit von der Sonne entfernen, so kann man ihre Massen mit der Sonnenmasse vereinigt denken, und statt ihre Störungen einzeln zu berechnen, sie als Sonnentrabanten betrachten und die Masse der Sonne um etwas vergrössern. Wenn endlich dieser Komet in Fernen gelangt, von wo aus auch die obern Planeten nahe bei der Sonne erscheinen, so kann man alle Planetenmassen zur Sonnenmasse hinzufügen und hat dann gar keine Störung besonders zu untersuchen. So verfuhr Lehmann bei seiner Vorausberechnung der Wiederkehr des Halley'schen Kometen 1835. Immer aber wird es hierbei einer besonderen Umsicht bedürfen und nur ein in Störungsrechnungen sehr geübter Berechner kann so verfahren; auch ist die Zahl der Fälle, auf welche diese Methode anwendbar ist, bis jetzt eine ziemlich beschränkte.

§ 220.

DER SIRIUSBEGLEITER UND DIE BAHNBEWEGUNG DES SIRIUS.

Die Untersuchungen, welche Bessel's grosse Entdeckung erregte, konnten nicht wohl erschöpfend durchgeführt werden, wenn es nicht gelang, auch in der Declination ähnliche Unterschiede zu finden, wie sie die Rectascensionen gezeigt hatten. Schon Bouris in Athen hatte dahin zielende Beobachtungen angestellt, die jedoch sein Abgang und bald darauf erfolgter Tod unterbrach, und Bradford stellte 1862 übersichtlich zusammen, was von Bradley bis Airy innerhalb eines Jahrhunderts von Siriusdeclinationen beobachtet worden war. Von den 21 Resultaten weichen einige 2,4" bis 2,6" ab; nach Anbringung der aus Peters' Bahn folgenden

Correction war die grösste Abweichung = 1,1". Safford gab auch eine Formel zu ihrer Darstellung. Er kam später noch einmal auf diesen Gegenstand zurück, indem er eine andere Nutationsconstante und andere Vergleichssterne anwandte, auch die Maskelyne'schen und Pond'schen Beobachtungen als zu unsicher ausschloss. Das allgemeine Resultat war gleichwohl dasselbe geblieben. Nach Alvan Clark's, bei Prüfung seines Objectives, gemachter Entdeckung trat das Problem in eine neue Phase. Goldschmidt in Paris hatte ausser dem von Alvan Clark beim Sirius gefundenen Lichtpunkte, der deutlich genug erschien, noch mehrere in Sirius' Nähe gesehen, äusserte aber selbst schon Zweifel an ihrer wahren Existenz, da es gar wohl optische Täuschungen sein könnten. Dass letzteres wirklich so sei, bestätigte Tempel in Marseille dadurch, dass er ganz dieselben Figuren und in derselben Stellung auch bei anderen helleren Sternen fand, so dass über ihren Ursprung kein Zweifel sein konnte.

Somit blieb nur ein reeller Siriusbegleiter übrig, und dieser ist seitdem fleissig beobachtet worden. Dass er so lange Zeit ganz verborgen blieb und jetzt ohne grosse Schwierigkeit gesehen und gemessen wird, betrachten Einige nicht unwahrscheinlich als einen Beweis seiner Veränderlichkeit.

Dawes gab für den 24. März 1864 die Position + 84,86° und Distanz 10". Lassell veröffentlichte eine Reihe von Beobachtungen vom 20. Februar bis 14. März 1864, wo die Positionen von 78,53° bis 80,29°, die Distanzen von 9,53" bis 10,50" schwanken. O. Struve weicht noch mehr ab, seine zwei Positionen vom März 1863 geben 80,5° und 10,14", wogegen er 1864 aus acht Beobachtungen 74,8° und 10,92" erhält. Bond hatte für März 1862 84,6° und 10,07". Winnecke (in Pulkowa) 1864 am 28. März 79,7°. Weitere Beobachtungen geben Knott 1866, 064: 77,21° und 10,483". Otto Struve giebt (XXVI, 269) seine zehn Beobachtungen von 1863 bis 1866, die folgende Mittel geben:

$$
\begin{array}{llll}
1863, & 21 & 10,15" & 80,50° \\
1864, & 22 & 10,92 & 76,50 \\
1865, & 20 & 10,60 & 77,15 \\
1866, & 21 & 10,93 & 75,15.
\end{array}
$$

Noch andere Beobachtungen von Rutherfurd, Chacornac, Marth und Dawes finden sich XXV, 39 in der Zusammenstellung von Auwers, worauf er seine Berechnung gründet. Wird 0,23" als Parallaxe des Sirius angenommen, so findet sich, dass die Masse des Sirius gleich sei = 12 Sonnenmassen, und der Begleiter beiläufig die Hälfte der Siriusmasse habe. Die für eine Distanz von 10″ beträchtlich starken Abweichungen, auch bei demselben Beobachter, sprechen für die bedeutende Schwierigkeit der Messung in Folge der grossen Helligkeit des Hauptsterns.

Die Übereinstimmung des gemessenen Richtungswinkels mit dem, welcher vor Entdeckung des Begleiters aus den Sirius-Abweichungen allein gefolgert wurde, hat übrigens auch die letzten Zweifel verscheuchen müssen, welche früher von Mehreren geäussert wurden, und das grosse Verdienst, das unser Königsberger Hipparch auch in dieser wichtigen Frage sich erworben, bleibt fortan unbestritten.

Die neuesten den Siriusbegleiter betreffenden Beobachtungen erhalten wir aus Washington, Leipzig, Lund und Hamburg; wir stellen hier Folgendes zusammen:

Washington, Prof. Eastman.

1867 Apr. 7. 75,3°; der Begleiter anfangs sehr deutlich, verschwindet aber, bevor die Distanz gemessen werden kann. Gew. 7.

Apr. 13. 74,5 9,80″. Gute Beobachtung. Gew. 6.

Apr. 18. 74,0 8,16. Sirius sehr unruhig. Begleiter zuweilen unsichtbar. Gew. 2.

Leipzig, Beobachter Vogel (Astr. Nachr. Bd. 74).

	Pos.-W.	Distanz	Stunden der Beob.
1869 Jan. 11.	74,72°	10,97″	6ʰ 40′
März 17.	72,61	11,52	7 35
März 21.	73,55	11,21	7 50
1869 15.	73,63° ± 0,431°	11,233″ ± 0,107″.	

	Pos.-W.	Distanz	Stunden der Beob.	
1870 März 13.	66,00°	12,10″	7ʰ 40′.	Bilder sehr gut.
März 15.	65,28	12,57	7 10.	Bilder gut.
April 5.	63,73	11,99	8 5.	Bilder vortrefflich.
April 6.	65,81	11,70	8 15.	Bilder gut.
April 8.	64,68	11,78	8 40.	Bilder leidlich. (Beob. Gew. ½).
Mittel 1870 24.	65,11°	12,06″.		

Lund, Beobachter Dunér (Astr. Nachr. 77).

	Distanz	Pos.-W.	Luft			
1869 April 20.	11,16″	63,7°	3.	A = 1.	Sehr weiss.	BgL = 10.
1871 April 22.	11,51	64,7	3.	A = 1.	Sehr weiss.	Bgl. = 5,5.
1871 April 23.	10,92	63,4	3.	A = 1.	Sehr weiss.	Bgl = 9.

Hamburg, Beobachter Peehüle (Astr. Nachr. 78).

	Distanz	Pos.-W.	
1871 März 20.	11,0″	61,1°	
April 5.		59,9	Bilder schlecht.
April 6.	13,0	59,3	Bilder leidlich.
April 7.	12,3	59,9	Bilder recht gut.

§ 221.

HISTORISCHES ÜBER DIE STERNBILDER.

Griechenland und Ägypten waren die Länder, wo man zuerst die Sterne in Bilder zusammenfasste und ihnen Namen gab; ohne dass wir angeben können, welchem Zeitalter sie entstammen. Seneca äussert beiläufig, es seien kaum 1500 Jahre her, dass Griechenland den Gestirnen Namen gegeben; und der Umstand, dass wir bei Moses noch kein Sternbild erwähnt finden, wohl aber bei Hiob und Homer, ist auch damit vereinbar. Weder bei Indern noch Chinesen finden sich eigentliche Sternbilder; wenn gleich einzelne benannte Gruppen und die bekannten indischen Mondshäuser. Unverkennbar ist der mythologische Ursprung, da fast jedes der alten Sternbilder mit einer Mythe in Verbindung gebracht wird und an einer Stelle sich ein ganzer Mythencyclus (Cepheus, Cassiopeja, Perseus, Andromeda, der Medusenkopf und den das See-Ungeheuer vorstellenden Walfisch) zusammenfindet. Die zwölf Zodiakalbilder sind wohl nicht, wie Einige angenommen, früher als die übrigen entstanden, und ihre Verknüpfung mit dem jährlichen Lauf der Sonne erst später, als die Sternbilder schon feststanden, eingeführt worden. Dafür spricht schon ihre sehr ungleiche Ausdehnung (der Krebs 18, die Jungfrau 44 Grad) und ihre keineswegs zur Ekliptik symmetrische Lage. Der Widder z. B. steht fast ganz im Norden, der Scorpion im Süden der Ekliptik.

Der Almagest des Ptolemäus führt 48 Sternbilder auf, nämlich:

1) 21 nördlich der Ekliptik: Kleiner Bär, grosser Bär, Drache, Cepheus, Bootes, Krone, Hercules, Leyer, Schwan, Cassiopeja, Perseus, Fuhrmann, Ophiuchus, Schlange, Pfeil, Adler, Delphin, kleines Pferd, Pegasus, Andromeda, Dreieck.

2) 12 Thierkreisbilder: Widder, Stier, Zwillinge, Krebs, Löwe, Jungfrau, Wage, Scorpion, Schütze, Steinbock, Wassermann, Fische.

3) 15 südliche: Walfisch, Orion, Eridanus, Hase, Hund, kleiner Hund, Argo, Wasserschlange, Rabe, Becher, Centaur, Wolf, Adler, südliche Krone, südlicher Fisch.

Hier finden wir weder das von Konon eingeführte Haar der Berenice noch den Antinous, was sich dadurch erklärt, dass wir im Almagest eigentlich das Hipparchische, von Ptolemäus nur auf seine Zeit reducirte Verzeichniss besitzen. — Die Wage ist jüngeren Ursprungs, denn in den ältesten Zeiten findet man an ihrer Stelle nur die Scheeren des Skorpions.

Ganz dieselben Bilder, nur bei einigen mit veränderten Namen, finden sich im Katalog Ulugh Beigh's von 1437. So ist Cassiopeja die Thronende, Andromeda die Gefesselte, Hercules der Kniende u. s. w.

Bei Tycho dagegen finden sich Antinous und die Coma, und wenn Altar, Wolf, südliche Krone und südlicher Fisch bei ihm fehlen, so erklärt sich dies durch die nördliche Lage Uraniaburgs.

An das Einführen neuer Sternbilder wurde erst gedacht, als nach Überschreitung des Äquators Sterne bekannt wurden, die man in Alexandrien nicht sehen konnte. So haben Petrus Theodori, Augustin Royer und Andere die jetzt zum ersten Male von Europäern erblickten Himmelsgegenden mit neuen Sternbildern besetzt, und finden wir bei Halley, der auf S. Helena nur südliche Regionen beobachtete, die Taube (des Noah), die Eiche (Karl's II.),[*] den Kranich, Phönix, Pfau, Biene, Fliege, Chamäleon, südlicher Triangel, fliegender Fisch, Dorade, Toucan, männliche Wasserschlange. Nur die Karlseiche rührt von Halley selbst her, die übrigen fand er bereits vor, und das südliche Kreuz kennt er zwar (er fand es bei A. Royer), führt aber dessen Sterne beim Centauren mit auf, ohne ein eigenes Sternbild daraus zu machen.

Man hätte nun mit den 77 bis 79 Sternbildern, in denen sich alle Sterne des Himmels unterbringen liessen, sich begnügen können, aber das Vergnügen, neue einzuführen, war zu verlockend. Hevel führte auch am nördlichen Himmel, wo keine Nothwendigkeit vorlag, den Camelopard, die Jagdhunde, den Cerberus, die Eidechse, den kleinen Löwen, den Luchs, das Einhorn, den Sobiesky'schen Schild, den Sextanten, den kleinen

---

[*] In perpetuam sub illius latebris servati Caroli II., Magnae Britanniae &c. Regis memoriam in coelum merito translatum, setzt Halley hinzu.

Triangel und den Fuchs mit der Gans ein, er setzte auch Nebenbilder bei allen Sternbildern hinzu und engte dadurch schon manches alte Sternbild beträchtlich ein. Andere, die vielleicht keines einzigen Sternes Position bestimmt hatten, führten dennoch Sternbilder ein und im 18. Jahrhundert sah man auf den Sternkarten Luftpumpe und Elektrisirmaschine, Kompass und Zirkel, einen chemischen Ofen und eine Buchdruckerwerkstatt abgebildet, als ob es sich darum handle, hier alle Erfindungen der Neuzeit zu verewigen. Wäre es so fortgegangen, so hätten wir den Himmel mit einem Telegraphennetz umspannt, die Milchstrasse mit Eisenschienen belegt und eine Locomotive als neuestes Sternbild darauf erblickt.

Glücklicherweise hat man das Verkehrte eines solchen Beginnens zeitig genug eingesehen. Lalande's Katze und das Napoleonsgestirn sind eben so wie der brandenburgische Scepter und die Friedrichsehre wieder verschwunden und Niemand wünscht sie zurück. Die von Flamsteed in seiner *Historia coelestis britannica* aufgenommenen und anerkannten Sternbilder nebst den oben angeführten südlichen genügen, kein Raum am Sternenhimmel ist noch disponibel und eine Abschaffung des ganzen Sternbilderwesens, die auch schon in Vorschlag gebracht worden, würde die wenigen Vortheile durch ganz unverhältnissmässige Nachtheile aufwiegen, so dass wir nicht erwarten können, dass irgend ein praktischer und mit den Bedürfnissen der Himmelskunde vertrauter Astronom einem solchen Vorschlag beipflichten werde. — Wurm war es, der einer derartigen Abschaffung das Wort redete und statt ihrer nur die Sternstunde, so wie eine Bezeichnung der Position innerhalb derselben vorschlug. Bestände die gesammte praktische Astronomie nur einzig aus dem Beobachten und Berechnen der Sternbedeckungen (und Wurm hatte diesen Zweig ausschliesslich bearbeitet), so möchte dies genügen, keineswegs jedoch für die Bedürfnisse der gesammten Himmelskunde, namentlich wie sie sich unter den Augen der Jetztwelt gestaltet hat. Ein anderer Vorschlag von John Herschel will zwar die Sternbilder nicht durchaus abschaffen, sie vielmehr grösstentheils dem Namen nach beibehalten, aber sie durch Parallelen und Stundenlinien begrenzen, so dass auf diese Weise der Himmel in lauter sphärische Vierecke getheilt erschiene. Diese Vierecke sollten dann als Regionen aufgeführt werden, und wir erhielten eine Regio Centauri, eine Regio Virginis u. s. w. — Ganz gut, wenn

nur die Präcession und eben so die Eigenbewegungen nicht fortwährend Sterne aus einer Regio in die andere rückten; sind doch
im gegenwärtigen Jahrhundert zwei Hauptsterne, *g* Pegasi und
u Andromedae, aus der hora XXIII, wo sie in Maskelyne's
und Piazzi's Zeit standen, in die hora 0 gerückt. So bliebe
nichts übrig, als einen *annus normalis* festzusetzen, etwa 1800 oder
1850, und dann würden voraussichtlich die kommenden Jahrhunderte, je später desto mehr, zu der Überzeugung gelangen,
dass sie damit nicht allein nichts gewonnen, sondern im Gegentheil sich Schwierigkeiten in steigender Progression geschaffen
hätten.

Wir haben die Vorschläge zweier bewährten und kundigen
Forscher anzuführen uns für verpflichtet gehalten; eine solche
Verpflichtung besteht aber nicht gegenüber den Expectorationen
Unkundiger und Unberufener, an denen es zu keiner Zeit gefehlt
hat und auch der unsrigen nicht fehlt.

Die einzige sich empfehlende Reform, die auch zum Theile
bereits vollzogen ist, bestände in einer Ausgleichung und Ab-
rundung der oft sehr verwickelten Grenzen, selbst auf die Gefahr
hin, dass ein und der andere der bekannteren Sterne dadurch in
ein anderes Sternbild versetzt würde. Auch müssten nicht einzelne Sterne selbst zu Grenzen gemacht werden, wie z. B. *β* Tauri,
der eben so gut zu Auriga gehört.

§ 222.

Unverkennbar stehen die von den Alten uns überkommenen
Sternbilder im genauesten Zusammenhange mit ihren mytholo-
gischen Dichtungen, wie oben gesagt, und wir gewahren, dass
keine der obern Gottheiten selbst, sondern nur etwa ihre Attribute,
an den Fixsternhimmel versetzt worden sind. Sie selbst blieben
den Planeten, zu denen bekanntlich auch Sonne und Mond gehörten, vorbehalten. Bei vielen Bildern liegt die Deutung schon
einfach in der Benennung und bedarf keiner Auseinandersetzung.
Wo dies nicht der Fall ist, sollen hier (nach Ideler) einige Bemerkungen folgen.

Der kleine Bär ist Arkas, Sohn der Kallisto und Enkel
des Königs Lykaon von Arkadien.

Der Drache ist das Monstrum, welches von den Göttern beauftragt war, die Gärten der Hesperiden zu bewachen.

Das Dreieck ist ein Symbol der Insel Sicilien.

Der Fuhrmann ist Erichthonius, fabelhafter König von Athen, dem die Erfindung des Wagens zugeschrieben wird; und das Nebenbild Ziege (Capella) repräsentirt die Ziege Amalthea, welche an ihren Brüsten Jupiter säugte.

Der grosse Bär (eigentlich Bärin) ist Kallisto, Tochter des grausamen Lykaon, den Juno dadurch bestrafte, dass er seine Tochter in eine Bärin verwandelte.

Bootes ist Ikarus, Vater der Erigone, und das Nebenbild Berg Mänalus, ein Berg in Arkadien, wo Menelaus eine Stadt gegründet hatte.

Die Krone ist die der Ariadne, Tochter des Minos und der Pasiphaë.

Die Leyer ist die, mit welcher Orpheus die wilden Thiere zähmte.

Ophiuchus repräsentirt den Äskolap, und das Nebenbild Schlange ein Symbol der Klugheit und Wachsamkeit.

Der Adler ist der, der den Ganymedes vom Berge Ida entführte und ihn zum Sitze der Götter emporhob.

Der Pfeil ist der, mit welchem Hercules den Geier des Prometheus tödtete und diesen dadurch von seiner Marter befreite.

Der Delphin ist der, welcher den von seinen Reisegefährten aus Neid ins Meer geworfenen Sänger Arion auf seinem Rücken ans Ufer trug.

Der Schwan. Orpheus war von den Priesterinnen des Bacchus getödtet worden; die Götter verwandelten ihn in einen Schwan und versetzten ihn an den Himmel.

Pegasus wird von Einigen nicht als das Musenpferd, sondern als dasjenige betrachtet, welches die Götter dem Bellerophon, dem Besieger der lycischen Chimära, zum Geschenk machten.

Das kleine Pferd ist das Pferd Cellaris, welches Merkur dem Kastor schenkte.

Der Widder ist der, dessen Fell den Argonautenzug veranlasste.

Der Stier ist die Metamorphose Jupiters, in welcher er die Europa, Tochter des phönizischen Königs Agenor, entführte.

Die Zwillinge heissen bei Einigen auch Apollo und Hercules.

Die Deutung des Krebses ist ungewiss. Vielleicht der Scarabaeus Sacer der Ägypter.

Der Löwe ist der Nemeische, den Hercules erlegte.

Die Jungfrau wird als Ceres, Isis, Asträa oder Erigone gedeutet; vielleicht ist sie mit ihrer Kornähre ganz einfach ein Symbol der Ernte.

Die Wage soll den Mochos, Erfinder der Wagen und Gewichte, verewigen.

Der Skorpion ist der, welcher auf Geheiss der Juno den Orion durch einen Fersenstich tödtete.

Der Schütze soll Chiron, Erfinder des Reitens, darstellen.

Der Steinbock, von sehr ungewisser Deutung.

Der Wassermann ist Deukalion, der nach der grossen thessalischen Fluth mit seiner Gattin Pyrrha auf Erden allein zurückblieb.

Die Fische sind Venus und Cupido, die durch den Riesen Typhon erschreckt, sich in den Euphrat stürzten.

Der Walfisch ist der, welcher die Andromeda verschlingen sollte und von Perseus getödtet wurde.

Orion ist der gewaltige Jäger, welcher die Göttinnen Diana und Latona auf der Jagd begleitete; neben ihm als seine Attribute der kleine Hund und der Hahn.

Eridanus. Nach Einigen der Po, nach Anderen der Nil.

Der grosse Hund. Am wahrscheinlichsten Anubis, die hundsköpfige ägyptische Gottheit.

Hydra, Becher und Rabe gehören mythologisch zusammen. Apollo hatte den Raben ausgesandt, um in einem Becher Wasser zu schöpfen; er vergass seinen Auftrag und gab vor, eine Schlange habe ihn am Schöpfen gehindert.

Der Centaur. Die Deutung schwankend und ungewiss.

Der Wolf ist Lykaon, König von Arkadien.

Südlicher Fisch, Altar, Südkrone, von ungewisser Deutung.

§ 223.

NEUERE UNTERSUCHUNGEN ÜBER PARALLAXEN DER HIMMELSKÖRPER.

1) Parallaxe des Mondes.

Stone in Greenwich hat seine Untersuchungen in mehreren Abhandlungen, welche die *Memoirs* und *Monthly Notices* mittheilen, ausführlich dargelegt. Er findet aus den Beobachtungen von Greenwich und dem Cap 57' 2", 707.

Breen's Arbeiten, denselben Gegenstand betreffend, geben sehr nahe dasselbe.

2) Parallaxe der Sonne.

Schon glaubte man, sich an Encke's gründlicher Untersuchung des letzten Venusdurchganges genügen lassen zu können, und Henderson's aus Marsbeobachtungen erhaltenes Resultat (9,028)" fand deshalb wenig Beachtung, weil es zu stark von dem Encke'-schen abwich. Allmälig jedoch häuften sich die Anzeichen, dass der Venusdurchgang eine zu kleine Parallaxe gegeben habe, und wir stellen sie hier zusammen.

Fizeau hatte Mittel gefunden, die Geschwindigkeit des Lichts terrestrisch zu messen, und aus seinen Beobachtungen folgte, dass sie etwa um $\frac{1}{m}$ geringer sei, als man sie bisher angenommen. Dies deutete auf eine Vergrösserung der Sonnenparallaxe.

Airy hatte die gegenseitigen Wirkungen der Erde und Venus untersucht und gefunden, dass die Erdmasse im Verhältniss zur Venusmasse vergrössert werden müsse, was gleichfalls eine Vergrösserung der Sonnenparallaxe erforderlich machte.

Hansen's Mondtafeln hatten für die sogenannte parallaktische Mondgleichung einen Werth ergeben, der von dem früheren nicht unbeträchtlich abwich und sich mit Encke's Parallaxe gleichfalls unvereinbar zeigte.

Diesen Andeutungen gegenüber fand man es unthunlich, auf das Ergebniss der nächsten Venusdurchgänge (1874 und 1882) zu warten, zumal sie im Ganzen nur wenig versprachen, falls es nicht gelingen sollte, auf dem südpolaren Continent brauchbare Stationen zu errichten, was erst einer näheren Untersuchung bedarf, zu welcher Airy dringend anräth. Schon Gerling hatte deshalb die Beobachtung einer Marsopposition im Perihel dieses Planeten vorgeschlagen und es war deshalb eine Expedition unter Gillis nach S. Jago do Chili abgegangen. Aber der Erfolg war nicht befriedigend. In Nordamerika waren zu wenig Beobachtungen erhalten worden, und so hatten andere unter weit entlegenen Meridianen angestellte zur Vergleichung hinzugezogen werden müssen. Der Versuch musste als ein verlorener betrachtet werden.

Dies veranlasste Winnecke, bei der 1862 zu erwartenden

Wiederkehr einer solchen perihelischen Marsopposition, den Gegenstand aufs neue anzuregen und ein Verzeichniss der mit Mars zu vergleichenden Sterne zu veröffentlichen, und diesmal hatte die Unternehmung besseren Erfolg. Auch war der Bogen der Erdkugel zwischen Pulkowa und den Sternwarten der Südhalbkugel erheblich grösser, als dies bei Greenwich oder Washington der Fall war. Wir stellen die Resultate hier übersichtlich zusammen:

Stone fand aus einzelnen Combinationen der Marsbeobachtungen:

aus Greenwich und dem Cap . . . . 8,918 ± 0,042
aus Greenwich und Williamstown . . . . 8,930 ± 0,035
aus den drei Orten insgesammt . . . . 8,943 ± 0,051
Winnecke aus Pulkowa und dem Cap 8,965
Stone aus sämmtlichen Beobachtungen 8,932
Leverrier aus der Theorie von Venus und Mars 8,59
oder nach Stone's Berechnung 8,91
Pogson aus den Marsbeobachtungen . . . . 9,156 (die Beob. zu wenig zahlreich)
Hansen aus der parallaktischen Gleichung 8,9159
Stone aus Greenwicher Mondbeobachtungen . . . 8,850

wobei noch manche weniger gewichtvolle Bestimmungen übergangen sind. — Ein allgemeines Mittel hier zu ziehen, scheint nicht angemessen, und ist das Ergebniss der Venusdurchgänge abzuwarten. Doch dürfte 8,95" nur um einige Hunderttheile der Secunde abweichen, was einer Entfernung von 23046 Halbmessern des Erdäquators 'entspricht; alle übrigen Distanzen im Sonnensystem (die Mondentfernung natürlich ausgenommen) sind also im Verhältniss $\frac{8,9118}{8,95}$ oder um $\frac{1}{37,3}$ zu vermindern; die Oberfläche der Sonne und Planeten mit 0,9265 und die Volumina und Massen mit 0,8925 zu multipliciren.

3) Jährliche Fixsternparallaxen.

Aus dem bereits oben Erwähnten ist bekannt, dass ihre wirkliche Auffindung erst seit 1836 datirt, wenngleich die Versuche von viel älterem Datum sind. Indess haben die zuerst erhaltenen Werthe nicht unerhebliche Änderungen erfahren. Wir müssen übrigens absolute Parallaxen (die wir nur von einem Sterne, α Centauri, mit einiger Wahrscheinlichkeit besitzen) von relativen (Parallaxendifferenzen gegen schwächere Sterne) unterscheiden; letztere auf erstere zu reduciren, erscheint gegenwärtig noch zu misslich.

α Centauri ist bis jetzt nur am Meridiankreise der Capsternwarte von Henderson und Maclear untersucht; seine absolute Parallaxe ward anfangs 0,913″, später 0,9181″ gefunden.

Für β Centauri ergab sich auf dieselbe Weise 0,496″ und für α Canis minoris 0,23″; beides macht weitere Untersuchungen sehr wünschenswerth.

Für α Bootis suchte Rümker aus den von ihm verglichenen Meridianbeobachtungen die Parallaxe und fand 0,33″; während Peters am Pulkowaer Verticalkreis nur 0,12″ findet.

Relative Parallaxen. Zu den § 150 erwähnten Resultaten sind noch einige hinzugekommen:

61 Cygni. Nachdem Peters am Verticalkreise genau denselben Werth (0,348″) erhalten hatte, den Bessel aus 402 Beobachtungen gefolgert, glaubte man den Gegenstand für erledigt halten zu können. Aber O. Struve erhielt später am Pulkowaer Refractor 0,506″ und Auwers, den die unerwartet grosse Parallaxe zu einer neuen Untersuchung veranlasste, erhielt am Gothaer Refractor sogar noch mehr (0,552″). Johnson's Parallaxe von 0,41″ beruht, wie Auwers nachgewiesen hat, auf zu unsichern Daten.

Diese Fixsternparallaxen, auch die absoluten, können streng genommen nur für eine bestimmte Zeit gelten; denn in Folge der Eigenbewegung der Sterne wie unserer Sonne selbst ändert sich ihr Abstand, was allerdings erst im Laufe von Jahrtausenden einigermaassen merklich werden kann. Hätte Hipparch die heutigen Mittel wie unsere Theorien besessen, so würde er die Parallaxe von 61 Cygni um weniges kleiner gefunden haben als wir, so wie die von α Centauri etwas grösser. Für die Gegenwart kann dies jedoch nicht in Betracht kommen und alles seit 1830 Erforschte ist als gleichzeitig zu betrachten. Dass jedoch eine Differenz von 0,21″, wo es sich um Parallaxen handelt, weder Bessel noch Auwers zur Last geschrieben werden könne, erscheint uns unzweifelhaft, und es wird eine genaue Untersuchung aller hierher gehörenden Fragen (zu denen wir auch die zählen, ob das, was beide Astronomen suchten und fanden, wirklich ganz dasselbe sei) unumgänglich nöthig werden.

Für α Lyrae haben neuere Untersuchungen nicht stattgefunden, dagegen ist η Ophiuchi von Krüger untersucht worden, der 0,166″ findet. Danach würde dieser Doppelstern unsere Sonne fast drei Mal an Masse übertreffen.

Cassiopejae hat nach Clausen's nur vorläufigen Untersuchungen eine Parallaxe von 0,390". Lalande 21258 hat nach Krüger eine Parallaxe von 0,260", nach Auwers 0,262", und Oeltzen 17415,0, gleichfalls nach Krüger, 0,247".

Wir sind also gegenwärtig im Stande festzustellen:

1) Noch ist keine Parallaxe gefunden worden, welche 1" erreichte.

2) Gleichwohl stehen nicht alle Parallaxen der Null so nahe, dass die jetzigen vervollkommneten Hülfsmittel ausser Stande wären, sie zu finden.

3) Es sind nicht vorherrschend die helleren Sterne, für welche sich Parallaxen finden lassen, vielmehr kommen sogar teleskopische unter ihnen vor; und wenn gleich auch die Eigenbewegungen uns hierbei nicht sicher leiten können, so haben sie uns doch weit weniger irre geführt als der Glanz, der hier gar nichts entscheidet.

Wir bemerken noch, dass, wenn gleich Lindenau's Parallaxe des Polaris (0,076") nur geringes Gewicht ansprechen dürfte, doch eine genaue Untersuchung aller vorhandenen Beobachtungen dieses Sterns ein höchst verdienstliches Unternehmen sein würde.

§ 224.

DIE GROSSEN KOMETEN VON 1858 UND 1861.

Obgleich der Abschnitt über Kometen alles enthielt, was im Allgemeinen Interesse erregen kann, so lassen wir hier gleichwohl einen Anhang über die beiden grossen Kometen, die nach Abfassung jenes Artikels erschienen, nachfolgen, da sie die allgemeine Aufmerksamkeit in hohem Grade beanspruchten, und zwar so ausführlich, als es die veröffentlichten Berichte gestatten. Denn Erscheinungen, wie sie diese beiden Kometen darboten, sind überaus selten; Jahrhunderte können vergehen, ohne dass Ähnliches sich zeigt, und so glaubten wir, namentlich im Hinblick auf die, welche sie nicht gesehen, möglichst ausführlich sein zu müssen. Denn auf das 21. Jahrhundert zu verweisen, wo der Donati'sche wiederkehrt, würde Niemand geholfen haben, und ein Stillschweigen über sie nur dem Aberglauben Vorschub leisten, den zu bekämpfen wir für unsere Pflicht halten.

Wir geben die Beobachtungen dieser Kometen ausführlicher,

da sich hier ein reiches Detail darstellen lässt; und gleichzeitig, um den Unterschied hervorzuheben, der gegen frühere Zeiten ersichtlich ist.

Am 2. Juni 1858 gewahrte Dr. Donati, Assistent (später Director) der Sternwarte Florenz, nahe bei λ Leonis, einen schwachen, nebligen Fleck, den seine wiewohl sehr langsame Bewegung sofort als einen Kometen erkennen liess, der aber in den ersten 80 Tagen seiner Sichtbarkeit nichts besonders Merkwürdiges darbot und dem blossen Auge unsichtbar war. Indess verfolgte man den Lauf aufmerksam und anfangs August versandte Donati an die Sternwarten bereits eine genäherte Ephemeride.

Am 20. August bemerkte man in günstigen Klimaten die ersten Spuren eines Schweifes, der eben so wie die Helligkeit des Kometen überhaupt jetzt rasch zunahm, so dass er bereits am 29. August fast überall mit blossen Augen gesehen werden konnte. Am 6. September, wo sich die Erde in der Ebene der Kometenbahn befand, gewahrte man zuerst eine Krümmung des Schweifes, die jedoch anfangs nur schwach war. Am 12. September hatte der Schweif eine Länge von sechs Graden erreicht und nahm von da ab rascher zu. Am 17. September war der Kern des Kometen völlig einem Stern zweiter Grösse gleich und am 20. zeigte sich eine Bifurcation des Schweifes.

Am 30. September ging der Komet durch sein Perihel; die grösste Erdnähe trat am 10. October ein. Am 5. ging er so nahe bei Arctur vorbei, dass dieser Fixstern einige Stunden hindurch vom dichtesten Theile des Schweifes umhüllt erschien. Am 10. konnte der stark gekrümmte Schweif in seinen letzten Ausläufern bis auf 55 Grad Entfernung vom Kopfe verfolgt werden, von nun aber nahm der Glanz ab. Am 14. October ward er in Dorpat zuletzt beobachtet; zwischen dem 16. und 20. dagegen verschwand er auch den Sternwarten Südeuropa's und Nordamerika's dadurch, dass er sich nicht mehr über ihren Horizont erhob. Dagegen begann jetzt seine Sichtbarkeit auf der Südhalbkugel. Maclear am Cap. fand ihn zuerst am 10. October und beobachtete ihn bis zum 4. März 1859. Moësta in S. Jago de Chili beobachtete ihn vom 30. October bis 1. März 1859; im Ganzen 63 Mal.

Die zahlreichen und genauen Beobachtungen und seine lange Sichtbarkeit hatten, noch bevor der Komet verschwunden war, den Berechnern die Gewissheit verschafft, dass hier ein periodischer Komet von beiläufig 2000 Jahren Umlaufszeit vorliege. Watson

in Ann-Arbor berechnete aus drei Normalörtern für den 11. Juni,
13. August und 25. September die folgenden Elemente:

Perihelium 1858 September 29,730355 Washingtoner Zeit.

Länge des Perihels . . . . . 36° 13′ 6,2″ ⎫
Aufsteigender Knoten . . . . 165 19 11,8 ⎬ für das Äquinoctium 1858,0
Neigung . . . . 63 1 27,9 ⎭
Excentricität 0,996757
log. des kleinsten Abstandes 9,762303
Bewegung rückläufig, und Umlaufszeit 2415 Jahre.

Andere aber sehr ähnliche Elemente erhielt Scarle und mehre-
rere Berechner. — Die Beobachtungen der südlichsten Sternwarten
sahen den Kometen fortwährend abnehmen, und da er sich immer
mehr in Rectascension der Sonne näherte, also nur kurze Zeit
vor Aufgang oder nach Untergang der Sonne beobachtet werden
konnte, so waren mikrometrische Messungen sehr schwierig und
schliesslich unmöglich. Zuletzt war der Komet nur noch einem
Sterne zwölfter Grösse gleich und seine Declination — 65°.

Auch bei diesem Kometen zeigte sich, wie wenig die Helligkeit, mit der er in voller Nacht erscheint, auf eine Sichtbarkeit
am Tage zu schliessen gestattet. In den ersten Octobertagen
musste man dem Kerne die erste Grösse zuschreiben, und am
5. October, wo Arctur dicht neben ihm stand, war der Glanz
beider Gestirne gleich. Dennoch konnte ich mit dem Dorpater
Refractor, der Sterne bis zur sechsten Grösse am Tage zeigt, den
Kometen nur ein einziges Mal (22. September) zwei Minuten vor
Sonnenuntergang erblicken als matten Nebelfleck. Andere haben
dies ganz vergebens versucht.

Der Glanz des Arctur wurde nicht geschwächt, und Ähnliches
gewahrte ich 1811 am 1. December, wo α Aquilae in der Nebelhülle jenes Kometen und dem Kern so nahe stund, dass das blosse
Auge beide nicht getrennt erblickte.

Fast alle der Himmelswissenschaft gewidmete Organe haben
sich mit diesem Kometen beschäftigt. Die astronomischen Nachrichten enthalten zahlreiche Beobachtungen und insbesondere einen
Aufsatz des früh verstorbenen Pape, der Bessel's auf Veranlassung des Halley'schen Kometen gegebene Theorie auf den
Donati'schen anwendet. — Die Beobachtungen von Roche in
Montpellier finden sich in den Annalen der dortigen Akademie;
sie sind vorherrschend physischer Natur. Auch Pierce (in Gould's
American Journal V & VI) giebt neben seinen Beobachtungen eine

Theorie der Schweifbildung, angewandt auf diesen Kometen. Die
bis zum 16. October reichenden Beobachtungen von Bond zu
Cambridge in Massachusets sind in den *Mathematical Monthly Notices for Nov.* 1858 enthalten; auch die Publicationen der *Smith-
sonian Institution* geben werthvolle Mittheilungen. Maclear's
Capbeobachtungen finden sich in den *Memoirs of the Astronomical
Society* Vol. XXIX, und die Beobachtungen von Lassell, Dawes,
Webb, Challis, Airy, Main, Christy, Warren de la Rue
sind, nebst 38 Abbildungen, zusammengestellt in Vol. XXX derselben Zeitschrift. Wir haben hier aus der sehr reichen Literatur
über diesen Kometen nur die hauptsächlichsten Erscheinungen
namhaft gemacht.

　Die Beobachtungen, welche sich auf den Ort des Kometen
beziehen, haben nichts Aussergewöhnliches gezeigt. Ein etwaiger
Widerstand des Äthers ist nur wahrnehmbar bei solchen Kometen,
wo mehrere Perihelien (mindestens drei) verglichen werden können,
und bei Berücksichtigung der Störungen, welche die Planeten bewirken, ist eine genügende Harmonie zwischen Bahnberechnung
und Beobachtung erreicht worden. Wir beschäftigen uns also im
Folgenden ausschliesslich mit den physischen Beobachtungen, und
ich beginne mit meinen eigenen, am Dorpater Refractor angestellten.

　So oft es möglich war, wurde der Durchmesser des Kerns
gemessen, der zwar nicht völlig scharf, doch aber so wenig verwaschen erschien, dass eine Mikrometermessung Erfolg versprach.
Vom 16. September, wo die Beobachtung einen Durchmesser von
380 Meilen ergab, verkleinerte er sich fortwährend und hatte sich
bis zum 8. October auf 78 Meilen vermindert. Die Unsicherheit
dieser Bestimmungen übersteigt nicht $\pm$ 10 Meilen, sie kann also
nur einen geringen Theil dieses Unterschiedes erklären.

　Zunächst um den Kern zeigte sich, jedoch nur auf der der
Sonne zugewandten Seite, eine kreisförmig begrenzte Lichtregion,
deren Durchmesser im Zunehmen begriffen war. Bei dieser Zunahme ward das Licht allmälig schwächer und die Begrenzung
unvollkommener, aber um den Kern herum hatte sich inzwischen
ein neuer Lichtkreis gebildet, der ganz eben so sich vergrösserte.
(Im südlichen Frankreich, wo die Witterung viel weniger störte,
hat Chacornac acht solche Lichtkreise sich nach einander bilden
sehen.) Auf der Schweifseite erschien der Lichtkreis unterbrochen,
indem hier eine dunkle Spalte, unmittelbar vom Kern ausgehend,

sich durch den Schweif fortsetzte und hier die oben erwähnte
Bifurcation bewirkte.

Die mittlere Axe dieses Lichtschattens zeigte eine unverkennbare Pendelschwankung, die jedoch nicht lange regelmässig blieb,
sondern in ungleiche Bewegungen überging, in denen kein bestimmtes Gesetz erkennbar war. Mit dem Anwachsen dieser
Sectoren traten auch Ungleichheiten der einzelnen Theile hervor.
Man gewährte scharf begrenzte Strahlen, die in Radialrichtung
hindurchgingen, und die Ungleichheiten der Lichtstärke steigerten
sich bis zu dunklen Lücken von verschiedener Form und Ausdehnung.

Die äusserste der Lichthüllen krümmte sich zu beiden Seiten
herum und schien so den Anfang des Schweifes zu bilden, der im
Maximo eine Länge von 9 — 10 Millionen Meilen erreichte. Einen
Nebenschweif konnte ich nur um die Zeit der Erdnähe erkennen.
Leider wurden die Beobachtungen durch Witterungsstörungen sehr
beeinträchtigt. Am 14. October Abends gelang die letzte Beobachtung.

Lassell beobachtete den Kometen zu Bradstone bei Liverpool
vom 12. September bis 17. October mit einem 20füssigen Äquatorial und 155maliger Vergrösserung. Am 3. und 4. October gelangen Messungen:

	3. Oct.	4. Oct.
Durchmesser des Kerns	6,74"	6,63"
Durchmesser der ersten Lichthülle .	30,11'	36,07"
Durchmesser der zweiten Lichthülle	102,3	81,87.

Nach dem 8. October konnte keine günstige Beobachtung mehr
erhalten werden, und am 17., nur 4° — 5° über dem Horizont,
gewährte der Komet ein sehr verschwommenes Ansehen.

Lassell giebt acht Abzeichnungen des Kometen: der Anblick
im freien Auge am 30. September, 4., 5. und 8. October, und
teleskopische Darstellungen vom 3., 4., 5. und 8. October. An
den ersteren kann man die allmälig zunehmende Krümmung des
Schweifes wahrnehmen, so wie die Stellung Arcturs nahe dem
Kerne. In den teleskopischen Zeichnungen gewahrt man das
Anwachsen der Lichthülle, die am 4. und 5. eine schwarze Lücke
zeigt.

Ausführlicher, auch wohl mehr von der Witterung begünstigt,
sind die Wahrnehmungen von Dawes auf seiner Privatsternwarte
Haddenham. Er machte die Beobachtungen mit einem Münchener

Äquatorial, wozu Alvan Clark ein 7½zölliges Objectiv besorgt hatte. Am 12. September, bei herrlicher Luftklarheit, sah er ihn zuerst, der Kern ganz wie ein Planetenkörper. Der Schweif konnte bis zu 3° 30' verfolgt werden und war noch lange sichtbar, nachdem der Kopf des Kometen schon untergegangen war. Auch in den folgenden Nächten, obgleich der Mondschein störte, zeigte sich der Komet deutlich; nur sein Schweif erschien am 16. auf 2° verkürzt.

Am 24., in mondfreier Abendstunde, war die innere Lichthülle deutlich sichtbar, ungeachtet einiger Bewölkung; sie erstreckte sich über 220° des Umkreises und stand nicht genau dem Schweife gegenüber, sondern etwas mehr nach Osten gerichtet. — Ein zweiter grösserer Lichtkreis umgab den ersteren, und nach aussen scharf begrenzt. Noch eine dritte, aber sehr schwache Nebelhülle war sichtbar, und Dawes bemerkt, dass sie *„certainly"* nicht mit dem Schweife zusammenhing. So zeigt es auch die Zeichnung, in welcher diese Grenzlinie gegen den Schweif mit aller Bestimmtheit dargestellt ist. Mit der Schweifspalte machte die Axe dieser Lichthülle einen Winkel von 156°.

Am 27. September dieselbe Ansicht, nur dass der Kern kleiner erschien und besser als früher von den Lichthüllen zu unterscheiden war. — Ein Versuch am 30., ihn bei Tageslicht zu sehen, während 12 Canum Venat. deutlich sichtbar war, blieb erfolglos. Der Abend sehr heiter; der Kern scheint etwas länglich zu sein gegen die Sonnenseite hin. Die dunkle Spalte ist am dunkelsten und gleichzeitig am schmalsten in der Nähe des Kerns; weiterhin im Schweife wird sie breiter und das Schwarz weniger intensiv. Der Schweif geht über 12 Canum hinweg bis in die Nähe von η Ursae maj., ist 25° lang und auf der convexen Seite scharf begrenzt; auf der westlichen verschwommen und gleichsam in Fäden aufgelöst.

Am 2. October erschien der Kern nicht im Centrum der Lichthülle, sondern 41,35" vom östlichen und 37,51" vom westlichen Rande derselben. Auch erscheint der Kern in starken Vergrösserungen abermals verkleinert.

Am 5. fand sich Arctur 20' nördlich vom Kerne, und zwar stand er

7ʰ 11' in der Mitte des Schweifes,
7ʰ 15' in der dunklen Spalte,
7ʰ 56' austretend an der westlichen Schweifseite.

Am 8. October gelang es, den Kometen am 5^h 20', noch bei Tageslicht, zu sehen, und zwar auf den ersten Blick. Am Abend erschien der Kern, als habe er an der Seite der dunklen Spalte eine Art Phase und wende die convexe Seite der Sonne zu. Zur Linken des Kerns ein verwaschener Lichtfleck; nach Südwesten erstreckt sich durch den Sector eine Reihe lichter Linien.

Am 9. blieb der Kopf im leichten Gewölk, nicht so der Schweif, der 40° weit verfolgt wurde.

Am 11. am Tage vergebens nach dem Kometen gesucht; der Abend sehr schön. Das Licht des Sectors ungleich, mit einzelnen dunkeln Flecken. Der Schweif bis ζ und zuweilen bis η Herculis zu verfolgen.

Am 17., wo er sich nur wenig über dem Horizont erhob, war der Kern und seine Nebelhülle sehr stark von der Mittellinie des Schweifs nach Osten abgekehrt.

Wir erhalten von Dawes fünf sehr instructive Abzeichnungen, für den 24. September 8^h, 5. October 7^h, 8. October 7^h 30^m, 11. October 7^h, 17. October 6^h 20^m.

Webb wandte ein Fernrohr von $5\frac{1}{2}$ Zoll Objectivöffnung an, von geringerer optischer Kraft als die der bisher erwähnten Beobachter. — Ihm erschien der Kern stets rund und in gleichförmigem hellgelben Lichte. Wie Dawes bemerkt auch er, dass die Lichthülle nicht in den Schweif überging (wie 1811), sondern bestimmt gegen ihn begrenzt erschien. — Da seine Bemerkungen über den Kopf im Ganzen mit denen von Dawes übereinstimmen, so beschränken wir uns hier auf die den Schweif betreffenden Angaben. Am 30. September schien die dunkle Mittelspalte ein Achtel der Breite des gesammten Schweifes einzunehmen; diese Breite nahm fortwährend zu, gleichzeitig aber erhielt sich nicht die volle Schwärze, sondern eine sehr dünne Nebelmasse erfüllte den Raum. Am 4. October erstreckte sich die Spalte auf 2 bis $2\frac{1}{2}$ Grad; weiterhin war keine Ungleichheit der Lichtstärke zwischen den Theilen des Schweifes in gleichem Abstande vom Kern wahrzunehmen. Später zeigte der vorangehende Schweiftheil eine grössere Lichtstärke als der nachfolgende. Stets war der vorangehende (convexe) Schweiftheil besser begrenzt als der zerfaserte concave. Um den Kopf herum hingen beide Schweifseiten durch eine dünne Lichtmasse zusammen. Am 5. zeigte sich Arctur im Schweife in ungeschwächtem Lichte; aber auch der Schweif blieb sichtbar, selbst in nächster Umgebung des Fixsterns.

An diesem Tage konnte der Schweif in aller Bestimmtheit und regelrechter Krümmung bis σ und ϱ Bootis verfolgt werden; jenseit dieser Sterne nach γ zu zeigte er sich von grösserer Breite, aber matterem, zerfliessendem Lichte. Am 8. reichte der bestimmtere Schweiftheil bis α Coronae, jenseit nach δ und ζ Draconis hin, wie in Federn sich auflösend. Die Länge war an diesem Tage 45°, die Breite bei α Coronae 7°. Am 10. ging der Schweif zwischen α Coronae und ζ Herculis durch, der schwächere Theil noch viel weiter; doch konnte er noch bestimmt wahrgenommen werden. Am 11. war der schwächere Theil nicht mehr sichtbar; der Schweif ging in aller Bestimmtheit über ζ Herculis hinaus.

Die vier Zeichnungen Webb's beziehen sich auf den 30. September, 4., 5. und 11. October.

Breen, älterer Assistent zu Cambridge unter Challis' Direction, begann seine Beobachtungen schon am 19. August und setzte sie bis 16. October fort.

19. August. Im Felde des Suchers (115' Durchm.) gut sichtbar bei bezogenem Himmel.

23. August. Heller, aber noch keine Spur eines Schweifes.

27. August. Der Kern besser condensirt.

30. August. Ein nach Norden gerichteter Schweif.

7. September. Im freien Auge einem Stern zweiter Grösse gleich. Der Schweif nach Norden.

13. September. Scharfer, sternähnlicher Kern. Der Schweif schwach gekrümmt und nahezu Nord.

15. September. Der Schweif 3° lang. Der Kern rund, mit zwei Sectoren um ihn herum und gegen die Axe geneigt. Eben so am 16.

17. September. Sehr scharfer Kern. Der Schweif etwas nach Ost gekrümmt, mit grösserer Helligkeit auf der convexen Seite.

21. September. Kern wie ein Stern erster Grösse. Schweif gegen 5° lang.

24. September. Prachtvoller Anblick. Kern sehr bestimmt. Die umgebenden Sectoren erscheinen an ihren Rändern am schärfsten.

25. September. Deutlicher Kern, durch keinen Zwischenraum von den Lichthüllen getrennt.

27. September. Der Lichtsector hell und sehr bestimmt, nach der rechten Seite gewendet. Der Kern sehr klein und fixstern-

1 — spiende il cielo coperto.

ähnlich. Der Schweif $7\frac{1}{2}$° lang. Ein Zwischenraum trennt diesen
Sector von einer ihn umgebenden Coma.

30. September. Kern scharf, wie ein Stern. Auch die dunkle
Spalte wie die vorangehende Seite des Schweifes scharf. Vom
grössten Kreise weicht die Axe des Schweifes 13° ab.

5. October. Eine dunkle Öffnung im Sector gesehen. Am 6.
eben so, nur weniger bestimmt.

Von hier bis zum Schlusse der Beobachtungen trat eine wo-
sentliche Veränderung nicht ein, nur ward das Ganze bleicher
und die Einzelheiten sind schwieriger zu erkennen.

Die Beobachtungen von Challis sind durch sechs Figuren
erläutert, die sich auf den 27. und 30. September, 2., 5., 9. und
15. October beziehen. In allen sieht man den dunkeln Spalt, der
nicht nur bis an den Kern reicht, sondern auch die nördliche
Hälfte desselben noch umgiebt, so dass für die Lichthüllen ein
Halbkreis bleibt, dessen Spitzen sich gegen den Schweif krümmen.
Challis bemerkt, dass er nie bei einem Kometen Ähnliches, namentlich nicht in dieser Bestimmtheit, wahrgenommen habe. Am
27. stand ein Stern achter Grösse nur wenige Minuten vom Kern,
ohne geschwächt zu werden. Die Axe des Schweifes weicht 8°
vom Stundenkreise ab. Der lichte Halbkreis besteht aus zwei Ab-
schnitten, einem stärkern äusseren und einem lichten inneren;
beide concentrisch.

30. September. Der Schweif ist schon gegen 20° lang und
seine convexe Seite schärfer als die entgegengesetzte.

2. October. Jenseit des Lichtkreises gegen Süden zeigt sich
ein lichter Bogen, schmal und in den Schweif sich verlierend.
Der Spalt erscheint sehr schwarz. Arctur steht in der Nähe; der
Schweif, gegen 33° lang, reicht bis zum grossen Bären.

5. October. Man gewahrte in der äusseren Lichthülle einige
Öffnungen und zur Linken des Kerns einen rundlichen Lichtfleck
von matterem und ungleichem Glanze. Mit einem Nichol'schen
Prisma betrachtet, zeigte sich unweit des Kerns etwas Polarisation. Am 6. und 8. wenig Veränderung, nur alles mehr
verwaschen.

9. October. Die Axe der lichten Halbkreise nicht mit der
des Schweifes zusammenfallend; dieser selbst schwächer und das
Licht zerflossener; auch der Kern kleiner.

Die folgenden Abende bis zum 16. zeigten nichts wesentlich
Neues, nur nahm alles allmälig an Helle und Deutlichkeit ab.

Die letzte Zeichnung lässt eine bedeutende Abweichung der Axen (des Schweifes und der Lichthülle) wahrnehmen.

Der Beobachter bemerkt, dass der dunkle Zwischenraum dann am schwärzesten erschien, wenn der Schweif am besten begrenzt war. Im entgegengesetzten Falle füllte er sich mit mattem Lichtschimmer.

Auf der Sternwarte Greenwich beobachteten den Kometen G. B. Airy (A.), R. Main (M.) und Christy (C.).

27. September. Ein *double refracting* Prisma ward angewandt, und man gewahrte, dass von den beiden Schweifbildern eines fast ganz verschwand, wenn sie nebeneinander standen, und das andere, wenn sie hintereinander (*end by end*) standen. In Sheepshanks Polariskop wurden schwache Spuren einer Polarisation bemerkt. (A.)

30. September. Gekrümmter Schweif, länger als am 27. (A.)

2. October. Sehr heitere Nacht. Der Schweif reicht bis zu einer von γ Ursae maj. nach α Draconis gezogenen Linie; erhebliche Krümmung. — Um den Kern zunächst ein kleiner heller Lichtring, im Norden unterbrochen durch die Schweifspalte; eine zweite Lichtscheibe, gut begrenzt, zeigt sich der ersten concentrisch. (A.)

Damit stimmen die Beobachtungen von Main, der dem Kern 5″ — 6″ Durchmesser giebt. Der verschiedene Glanz der Lichthüllen sehr deutlich.

Am 3. October haben die Lichtkreise an Ausdehnung zugenommen. Etwas links vom Kern ein dunkler Fleck. (C.) — Mittelpunkt der Krümmung des Schweifes 3° südlich von 12 Canum Venaticorum. (A.)

Am 4. October. Der innere Lichtkreis hat an Breite zugenommen, der äussere an Glanz verloren. (C.)

5. October. Der Kern scheint heller zu sein als der nördlich neben ihm stehende Arcturus. (A.) — Der innere Lichtkreis hat fortwährend zugenommen, der äussere ist verschwunden. Der ganze Komet bleicher. (C.)

9. October. Die dunkle Spalte am dunkelsten in der Nähe des Kerns, weiterhin mehr verwaschen. (M.)

11. October. Der Kern hat ein planetarisches Ansehen, und zwischen beiden Lichtkreisen zeigt sich ein dunkler Zwischenraum. Vom Kern aus zieht sich ein schwacher Lichtstrahl unter einem Winkel von 45° mit der Axe des Schweifes durch die Lichtkreise. (M.)

15. October. Der äussere Lichtkreis wie früher, der innere ganz bestimmt links gewendet, so dass der Kern an der rechten Seite desselben erscheint. Die Spalte weniger dunkel als früher. (M.)

16. October. Die Lichtschwäche des ganzen Kometen macht die Beobachtungen schwierig. Der Kern nicht concentrisch mit der inneren Lichthülle. (C.)

Messungen.

	Oct. 9.	11.	15.	16.
Abstand des hellen Kerns vom äussern Rande der inneren Scheibe	16"	26"	34"	16"
Abstand des hellen Kerns vom äusseren Rande der äusseren Scheibe	39	42	—	—
Neigung der Axe der Lichthüllen gegen den Meridian	64° O.	71° O.	90° O.	92° O.
Beobachter	M.	M. & C.	M.	C.

Alle angegebenen Richtungen sind teleskopisch zu verstehen. Zur Erläuterung fügt Christy drei Figuren für den 9., 11. und 15. October bei.

Die sehr ausführlichen Beobachtungen Warren de la Rue's, begleitet von sechs graphischen Darstellungen, beginnen am 14. September. Wir schicken die Bemerkung voraus, dass die Versuche, den Kometen zu photographiren, erfolglos blieben. Während die noch schmale Mondsichel in der Morgendämmerung des 2. October innerhalb 30 Secunden ein gutes photographisches Bild gab, konnte vom Kometen in 5 Minuten nichts erhalten werden. So hell auch der Komet erschien, so muss seine chemische Lichtwirkung doch nur sehr gering sein.

Nicht alle Beobachtungen sind auf Warren de la Rue's eigener Sternwarte Cranford angestellt, sondern zwei in Brüssel und eine in Berlin. Für alle übrigen diente das 10füssige Newton'sche Äquatorial von 13 Zoll Objectivöffnung.

Am 14. September schätzte er den Durchmesser des Kerns 2". Ein lichter Kreis von geringer Breite umgab den Kern; weiterhin zeigte sich ein schwächeres Licht, was durch Zurückbiegung in den Schweif überging.

Erst am 22. gestattete die Witterung wieder eine Beobachtung. Kern gemessen 4,791", und mit einer stärkeren Vergrösserung 5,229"; Mittel 5,01". Bis zum äusseren Rande des Lichtkreises 19,5", und in 447" Entfernung zeigte der Schweif eine Breite von 488". Mit blossem Auge gesehen erschien der Schweif violett und der Kopf grünlich gelb. Längs des Schweifes

3° 22'; östliche Abweichung vom Stundenkreise 15°. Noch 11 Minuten nach Sonnenaufgang könnte der Komet erblickt werden.

Am 1. October zeigte er eine merkliche Veränderung; zwei concentrische, aber auf der Schweifseite durch die Spalte unterbrochene und durch dunkle Zwischenräume unter sich und vom Kern getrennte Lichtkreise, und ausserhalb derselben noch ein schwächeres Licht in zwei Abstufungen. Der Schweif jetzt 27° lang. Der östliche Theil des Schweifes konnte bis ζ Ursae maj. verfolgt werden; der westliche etwas kürzer.

Am 2. October ähnlich; aber die dunkeln Zwischenräume haben an Augenfälligkeit und Schwärze gewonnen. Man konnte drei Lichtsectoren unterscheiden. Es wurden die folgenden Messungen erhalten:

Durchmesser des Kerns . . . .   3,25"
Breite des ersten Sectors   21,6
Höhe vom Mittelpunkte des Kerns an   14,9
Dritter Sector, Höhe   40,0
Spalte im Schweif, Breite . . . .   10,6 in einem Abstande von 334"
Breite des Schweifes   722,0

Am 5. Oct. um 7ʰ 12' (Greenwicher mittl. Zeit) stand Arctur in der dunkeln Spalte in 21' 21" Abstand vom Kern.

Am 8. October erschien der Schweif in violetter Farbe.

Am ausführlichsten hat Julius Schmidt, Director der Sternwarte Athen, seine Beobachtungen veröffentlicht in einer eigenen Schrift (Astronomische Beobachtungen über Kometen, Athen 1863, gr. 4.), wo man auf Seite 1—66 alles zusammengestellt findet, was den Donati'schen betrifft. Diese Beobachtungen sind indess noch in Wien gemacht, während der Beobachter sich zur Übersiedelung nach Athen rüstete. Das Instrument war nur klein: ein Plössl'sches Fernrohr von 2½ Fuss Brennweite und 3 Zoll Objectivdurchmesser, welches jedoch ausgezeichnet scharfe Bilder gab. Die Beobachtungen sind in folgender Weise rubricirt: 1) Sichtbarkeit mit freiem Auge. 2) Sichtbarkeit am Tage. 3) Helligkeit des Kerns. 4) Länge des Schweifes. 5) Richtung und Krümmung des Schweifes. 6) Licht-Ausströmungen. 7) Polarisationsversuche.

Ad 1. Zur Zeit der grössten Helligkeit, 5.—8. October, konnte der Komet 20 Minuten nach Sonnenuntergang mit freiem Auge erblickt werden, eben so auch am 27. September. An anderen

Abenden vergiugen durchschnittlich 30 Minuten, am letzten (18. Oct.) 44 Minuten; er stand damals schon sehr tief am Horizont.

Ad 2. Nur am 4., 5. und 7. October ward der Komet wirklich am Tage, resp. 13 und 12 Minuten vor Sonnenuntergang, gesehen; doch erschien er an mehreren anderen bald nach Sonnenuntergang so hell, dass auf eine Sichtbarkeit vor Sonnenuntergang geschlossen werden muss.

Ad 3. Nach dem eigenen Urtheil des Beobachters haben nur die Vergleichungen mit Arctur einen Werth. In voller Nacht erschien der Komet am 4., 7. und 8. October ein wenig heller als Arctur, sonst immer schwächer. Die Berechnung, welche den Abstand von Sonne und Erde zum Grunde legt, giebt den 9. October als Maximum des Glanzes, und an diesem Tage, so wie am 5. und 6., schätzte Schmidt den Kern gleich Arctur.

Ad 4. Vom 5. September an, wo der Schweif 2° lang war, nahm er beständig zu, nur der Mondschein vom 20. bis 22. September bewirkte eine scheinbare Verkürzung. Am 26. September 8°, am 30. 20°, am 6. bis 8. October 40° und am 11. das Maximum 50°, oder nach den Sternen, wo die letzten Spuren sich verloren, 60°. Nun aber eine sehr rasche Abnahme; am 14. schon nur 30°, am 15. 15° und am 16. 6°, so wie am 18., dem Tage der letzten Beobachtung, 1°. Zwei andere Wiener Beobachter, Tschermak und Oeltzen, schätzten den Schweif nahezu eben so lang.

Die Breite des Schweifes war am 5. September 1/2 Grad; auch sie nahm rasch zu und erreichte am 8. October ihr erstes Maximum mit 15° und am 11. ein zweites mit 18°. Aber schon am 16. nur noch 2° und am 18. October nur 18°.

Am 11. October bedeckte der Schweif, incl. allem Anhängsel, 470—480 Quadratgrade. — Die Farbe war nicht weiss, sondern gelb oder gelbröthlich, was am Kopfe noch deutlicher zu erkennen war. Den dunklen Raum im Schweife bemerkte Schmidt zuerst am 29. September; das Maximum der Dunkelheit war stets unmittelbar am Kerne.

Ad 5. Noch finden sich viele andere, insbesondere die Krümmung betreffende Angaben, die man im Werke selbst nachsehen muss.

Ad 6. Viele Beobachtungen und Messungen sind hier mitgetheilt; der Beobachter erklärt indess, dass die geringere Kraft seines Fernrohrs es unthunlich mache, aus seinen Beobachtungen, ohne Zusammenstellung mit anderen, irgend welche Schlüsse zu

ziehen. — Deutlich zeigt sich in seinen Reihen die Zunahme der
Lichthüllen schon in kurzer Zeit. So am 4. October, wo sie innerhalb 2³/₄ Stunden von 5,38″ auf 19,80″ (Radius) stieg; und am
5., wo der Radius der Lichthülle von 5ʰ 36′ bis 7ʰ 11′ eine Zunahme von 10″ (von 11,26″ auf 21,26″) zeigte. Alle Reihen des
Verfassers zeigen ohne Ausnahme dieses Wachsen, ganz analog
dem, welches ich selbst am Dorpater Refractor wahrgenommen
habe. Die wirkliche Geschwindigkeit berechnet Schmidt aus
seinen Beobachtungen vom 4. October im Minimo zu 232 Toisen,
im Maximo zu 309 Toisen in der Secunde; grösser als die Geschwindigkeit des Schalles. Die später folgenden Tage gaben noch
viel grössere Zahlen: bis zu 876 Toisen. Die grösste Ausdehnung
des Lichtsectors zeigte sich am 7. October mit 3046 Meilen, die
kleinste am 3. October 356 Meilen.

Ad 7. Nach Ansicht des Beobachters, so wie des bei denselben berathenden Professors Grailich können die erhaltenen
Beobachtungen nur Folgendes ergeben.

Der Komet zeigte im merklichen Grade polarisirtes Licht.

Die grösste Lebhaftigkeit im Wechsel der Intensitäten zeigte
sich um die Zeit des grössten Glanzes in der ersten Woche des
October.

Gegen das Ende der Erscheinung wurden die Beobachtungen
mehr und mehr unsicher, wegen niedrigen Standes des Kometen
und wegen Mondlicht.

Da elektrisches Licht nicht polarisirt erscheint, so ist es unwahrscheinlich, dass bei der Lichtentwickelung des Kometen elektrische Vorgänge wirksam sind.

Der Schweif allein zeigte die Anwesenheit des polarisirten
Lichtes nur unsicher und in sehr geringem Grade.'

Noch könnten manche und darunter sehr wichtige Beobachtungen dieses Kometen angeführt werden, allein die hier erwähnten zeigen schon zur Genüge, wieviel Übereinstimmung und
wieviel Verschiedenheit bei solchen physischen Beobachtungen zu
erwarten ist. Der Donati'sche Komet steht rücksichtlich der
erwähnten Erscheinungen allerdings nicht isolirt da, denn der von
1744, der Halley'sche und noch einige andere haben analoge
Entwickelungen dargeboten; aber noch nie sind sie so aufmerksam
verfolgt worden, noch haben sie jemals eine solche Augenfälligkeit
erreicht, als bei diesem Kometen.

Der Komet 1861, II.

Dieser, den Sternwarten unserer Nordhalbkugel plötzlich erscheinende Komet zeigte ganz enorme Dimensionen, besonders in den Breiten, die sich dunkler Sommernächte erfreuen. Denn die Orte jenseit 55°, wie Dorpat, Pulkowa, Helsingfors, sahen wenig von ihm. Wir halten uns deshalb besonders an die Beobachtungen von Schmidt in Athen und Webb in Hardwick, welche durch sehr instructive Zeichnungen illustrirt sind.

An ersterm Orte sah man ihn am 30. Juni Abends am nordwestlichen Horizont. Am 29. war noch keine Spur von ihm bemerkt worden; jetzt stand ein Komet mit einem wenigstens 120° langen Schweife da, und der starke Glanz des Gestirnes erregte die allgemeinste Aufmerksamkeit. Man glaubte eine Feuersbrunst zu sehen.

Bäume und Häuser, vom Kometenlicht getroffen, warfen einen zwar schwachen aber deutlichen Schatten. Diese Grösse und Helligkeit nahm rasch ab und in der zweiten Julihälfte war es schon schwierig, ihn mit blossen Augen zu sehen.

Der Schweif hatte am 2. Juli noch 107°, am 3. 93° Länge, am 7. nur noch 70°. Die dem Kopfe benachbarten Theile stets viel heller als die entfernten; der Schweif stark nach links gekrümmt. Am 5. schien er sich in zwei Schweife zu theilen, so dass man einen Haupt- und einen Nebenschweif unterscheiden konnte. Die linke Seite erschien stark verwaschen. — Am 7. noch 70°, am 12. nur 33° und am 16. 11° Schweiflänge; als nach dem Mondschein am 23. die Länge wieder bestimmt werden konnte, war sie nur noch 5° und obgleich die Abnahme einige Mal durch partielle Zunahme unterbrochen ward, war doch am 13. August nur noch 1° und am 14. 1½° übrig. Am 25. Aug. wieder 1½°, aber am 22. September nur ½°, und am letzten Beobachtungstage, 2. October, nur ⅓°.

Die grossen Längen zu Anfang wurden durch Hülfe von Sternörtern auf dem Globus, später auf Argelander's Sternkarten bestimmt. Zuletzt reichte der Sucher und nach dem 7. September das Fernrohr zur Bestimmung der Länge aus.

Auch die Breite, die stets am Kopfe ihr Maximum hatte, ist bestimmt worden. Am ersten Tage unter 9°, im Mittel 5°, von da an schnelle Abnahme bis zu ½°.

Die Helligkeit des Kopfes, mit freiem Auge gesehen, hielt am ersten und zweiten Tage die Mitte zwischen Capella und Jupiter, am 2. Juli — Arctur, später, immer schwächer. — Der sternartige Kern, im Fernrohr gesehen, hatte anfangs die fünfte und sechste, gegen den Schluss der Beobachtung nur die dreizehnte Grösse. Am 29. hatte das Ganze nur 6° Helligkeit und ward zum letzten Male mit freiem Auge gesehen.

Die Coma, worunter die Gesammtheit des den Kern umgebenden nebligen Körpers zu verstehen ist, zeigte sich bei Weitem weniger symmetrisch als beim Donati'schen Kometen. Schmidt maas in der Richtung r, die vom Kern gegen die Sonne gewandt ist, und fand am 30. Juli 35, was im August auf 2½ und am 6. Februar 1862 auf ½ Minute herabsank. Reducirt man jedoch diese Messungen auf die Entfernung 1, so findet sich anfangs sogar eine Zunahme, denn von 20 Erdhalbmessern am 1. Juli ging diese Grösse allmälig unter manchen Rücksprüngen bis 58 (am 1. und 5. Aug.) hinauf. Von da ab geringe Änderung: am 22. September noch 53 und am 5. Dec. 43 Erdhalbmesser, aber am 22. Dec. nur 11 und am 6. Febr. nur 6. — Der halbe Parameter, der in der auf r normalen Richtung genommen wurde, war dem r nahezu gleich; ist übrigens nach dem 29. Juli nicht weiter gemessen worden.

Aus der Zu- und Abnahme der wirklichen Erstreckung von r leitet Schmidt eine Wellencurve ab, deren Periode 25,7 Tage beträgt, und deren Maxima auf den 7. Juli, 3. und 29. August, 22. September, 15. October, 14. November und 8. December fallen.

Dem eigentlichen Kern, der stets sehr klein erschien, giebt der Beobachter 13½ Meilen Durchmesser.

Für die Beobachtung der Ausströmungen (Lichthüllen) war das Klima von Athen sehr günstig, da keine Unterbrechung durch Trübung stattfand. Die verschiedenen Curven gingen vom Kerne aus, aber fast nur einseitig. Man sah sie in wenigen Stunden um das Doppelte wachsen, aber auch gleichzeitig undeutlicher werden bis zum Verschwinden. Auch ihre Zahl wechselte, und man sah bis fünf gegen die Sonne gerichtete Lichtbüschel.

Den imposanten Anblick am ersten Tage der Erscheinung (30. Juni) hat Schmidt in einem grossen Bilde dargestellt. Die Coma in ihrer Gesammtheit bildet eine Parabel, und der Kern steht in ihrer Axe, nahe dem Brennpunkte. Drei grosse Lichtbogen, durch dunkle Bogen gesondert, ziehen vom Kern aus nach links, und ein vierter schmaler und kurzer Bogen zeigt sich noch

jenseits. Auf der rechten Seite ziehen nur unbestimmte Licht-
massen durch den Nebel hin. Vom Kern aus nach der Schweifseite
zu ein dunkler Raum von 5' Breite, der sich jedoch bald verliert.
Die für die folgenden Nächte vom 1. bis 6. Juli gegebenen
Figuren zeigen trotz aller Verschiedenheit im Detail, doch eine
unverkennbare Ähnlichkeit in der Richtung der Ausströmungen,
die stets nach der linken Seite gerichtet sind. Sehr charakteristisch sind vier dunkle Ellipsen, welche die Ausströmungen unter-
brechen, so wie ein Lichtbüschel, der vom Kern ausgeht. Alles
dieses scheint periodischen Veränderungen unterworfen zu sein
und die Bestimmung dieser Periodicitäten ist eine der schönsten
Früchte der zahlreichen Beobachtungen unseres rüstigen athenischen Astronomen. Früher schon hatte Bessel am Halley'schen
und ich selbst am Donati'schen Kometen eine Periodicität erkannt, die übrigens in allen diesen Fällen nicht in voller Strenge
aufzufassen ist, sondern selbst wieder Wechseln unterliegt, analog
denen, welche man bei den veränderlichen Sternen und den Sonnenflecken wahrgenommen hat.

Nach dem 7. Juli giebt Schmidt keine weitere Zeichnung,
sondern begnügt sich mit Beschreibungen. Das Ganze ward
schwächer und undeutlicher und ging über in eine einzige ver-
schwommene Lichtmasse.

Wir haben noch der Beobachtungen Webb's zu gedenken
(*Monthly Notices* XXII. Nr. 9), die gleichfalls nur eine kurze Zeit
umfassen, auch weniger als die athenischen vom Wetter begünstigt
wurden, dennoch aber eine schöne Bestätigung dieser letzteren
liefern. Man muss sich erinnern, dass die Nächte des Hoch-
sommers in England schon nicht mehr eine volle Dunkelheit darbieten, was sich namentlich in der geringen Länge des wahrgenommenen Schweifes ausspricht, den Webb am ersten Abend 90°,
und noch später immer geringer als Schmidt angiebt. (Weiter
nördlich, z. D. in Dorpat, war vom Schweife noch viel weniger
zu sehen.) — Auch in Hardwick erschien der Komet plötzlich und
in vollem Glanze am 30. Juni, und sein Glanz nahm anfangs langsam, hernach rascher ab.

Der Kern war am ersten Abend hellglänzend, goldfarbig und
heller als Jupiter, der Durchmesser wenigstens 2". Aber schon
am dritten erschien er schlecht begrenzt, matt und verwaschen; am
vierten schätzte Webb ihn 0,5" und weiterhin ward es immer
schwerer, ihn zu unterscheiden.

Die Lichthüllen (*Enveloppes*). Den innersten Theil bildete eine gegen den Schweif gerichtete geradlinige Ausströmung; eine grössere ging vom Kern aus nach links, die anderen umgaben den Kern, ohne deutlich mit ihm zusammenzuhängen.

2. Juli zeigten die inneren, vom Kerne ausgehenden Lichtströme keine wesentliche Veränderung; die anderen Bogen waren mit der Masse zusammengeflossen und nicht sicher mehr unterscheidbar. Das Ganze zeigte sich schon bleicher und weniger scharf als am 30. Juni.

4. Juli. Der innere Lichtbüschel erschien von der übrigen Coma getrennt durch einen dunklen Halbkreis, dessen Seitenarme sich in den Schweif hinein fortsetzten. — Am 8. Juli konnte von der Umhüllung nichts mehr bemerkt werden, nur der Lichtstrahl erschien noch bis zum 16. Juli.

Den Schweif sah Webb zu demselben Sterne sich erstrecken, wie Schmidt, nur nicht ganz so weit; er war gekrümmt und zeigte eine dunkle Spalte, und der so zweigetheilte Schweif zeigte rechts und links sehr ungleiche Längen. Man sah keine Andeutung einer Rotation, und eben so wenig Spuren einer Phase im Kerne.

Wir fügen noch hinzu, dass Schmidt ausserdem über drei andere Kometen, welche in den Jahren 1860 und 1862 erschienen, ähnliche Beobachtungen angestellt hat, die nur deshalb nicht so umfassend sind, weil diese letzteren weniger Gelegenheit zu physischen Wahrnehmungen darboten. In Pulkowa konnte man ihn, sobald die zu grosse Helle der dortigen Sommernächte gute Beobachtungen gestattete, den ganzen Winter hindurch bis gegen das Äquinoctium 1862 beobachten und seine Örter bestimmen. .

Wir wünschen und hoffen, dass es auch bei künftigen Kometen-Erscheinungen nicht an so sorgfältigen und unermüdeten Beobachtern fehlen möge. Ganz besonders verdient die Periodicität, die sich in den einzelnen Phänomenen ausspricht, scharf beachtet zu werden, namentlich in Klimaten, die sich einer wenig oder gar nicht unterbrochenen Heiterkeit erfreuen. Wir zählen jetzt eine nicht unbeträchtliche Zahl gut ausgerüsteter Sternwarten, um mit Sicherheit darauf rechnen zu können, dass die Ortsbestimmungen nicht darunter leiden werden, wenn einige Observatorien sich ausschliesslich den früher so sehr vernachlässigten physischen Beobachtungen widmen.

Je mehr wahrhafte und zuverlässige Beobachtungen erhalten

und gründlich discutirt werden, desto früher darf man hoffen, den
alten Fabeleien ein Ende zu machen und die letzten Reste des
alten Kometenwahns auch im grossen Publicum schwinden zu sehen.
Neben einem Schmidt, Bond und Winnecke wird sicher kein
Schönbein aufkommen! Des Verfassers Erinnerungen umfassen
noch die Kometen von 1807 und 1811, und wenn er die Stimmung
und die Urtheile des Publicums damals und jetzt vergleicht, so
kann er einen erfreulichen Fortschritt nicht verkennen. Nur selten
und sehr vereinzelt lässt sich die alte Kometomantie noch blicken,
während sie im Anfange des Jahrhunderts noch so gut als allgemein im Volke lebte und sogar mit einiger Schonung behandelt
werden musste, die gegenwärtig nicht mehr erfordert wird, trotz
der bekannten Hartnäckigkeit, mit der abergläubische Meinungen
vom Volke festgehalten werden.

§ 225.

DOPPELSTERNE.

Die neueste Zeit hat keine so umfassende Untersuchungen,
wie die von den beiden Herschel und W. Struve herrührenden,
aufzuweisen; auch dürfte es angemessen sein, zuerst die nahezu
6000 bekannt gewordenen näher zu bestimmen, als fortwährend
nur die Zahl zu vermehren. Geruht aber hat der Gegenstand
keineswegs. In den schönen mittel- und süditalienischen Klimaten
haben Secchi in Rom und Dembowsky in Neapel werthvolle
Arbeiten geliefert. Engelmann in Leipzig eine Zahl von 90 derselben genau untersucht, und Cincinnati, so lange Mitchell dort
wirkte, gleichfalls diese Richtung eingeschlagen. — Breen unternahm eine neue Bestimmung der schon mehrfach (von Savary
und dem Verfasser) untersuchten Bahnelemente von ξ Ursae majoris.
Indess hat er nicht nur die alten Herschel'schen Beobachtungen,
sondern auch zahlreiche neuere ausgeschlossen; wir sehen nicht
ein, weshalb? Die Umlaufszeit, 63,14 Jahr, kann nur angenommen
werden, wenn man bei W. Herschel Positionsfehler von mehr
als 6° voraussetzt, was wir nicht für gerechtfertigt halten können.
Gerade bei diesem Stern ist eine Benutzung aller Beobachtungen
dringend geboten, da er bis jetzt der einzige ist, durch welchen
das Stattfinden des Kepler'schen Gesetzes nachgewiesen werden
kann (vergl. mein „Fixstern-System", Theil I). Wenn aber Breen,

trotz der Beschränkung auf zehn Daten, dennoch Fehler von
3° 11' in Position und 0,991" in Distanz erhält, so ist nichts
bewiesen, und wir können solchen Bahn-Elementen, während bessere schon mehrfach vorliegen, keinen selbständigen wissenschaftlichen Werth zugestehen. — Romberg hat auf Barclay's Sternwarte den für sich allein doppelten Begleiter von γ Andromedae
gemessen (für 1863, 20); ein schwieriger Gegenstand. — Dawes
untersucht sehr eingehend mehrere Doppelsterne in Beziehung auf
ihre vermuthete Identität, und Fletcher bemerkt (5. Juni 1865),
dass ζ Herculis jetzt einfach erscheine und dass Dawes es schon
„last year" (also 1864) so gefunden. In letzterer Beziehung muss
der Verfasser bemerken, dass er 1864 den Stern zwar als einen
sehr schwierigen, aber doch entschieden doppelten gefunden habe.
Allerdings nur bei vollem Tageslicht, allein Sterne wie ζ Herculis
habe ich nie anders beobachtet. — Dawes findet auch, übereinstimmend mit O. Struve, dass Positionswinkel, wenn sie weder
horizontal noch vertical, sondern in schräger Richtung gemessen
werden, mit systematischen Fehlern behaftet sind. Seiner Äusserung,
dass dies jeder Beobachter für sich untersuchen müsse, stimmen
wir bei und fügen noch hinzu, dass hier nur eine beträchtliche
Anzahl von Beobachtungen, gesondert nach Höhen wie nach den
verschiedenen Klassen, entscheiden kann. Für den neuerdings
aufgefundenen, schwer sichtbaren Begleiter des Procyon findet sich
die Distanz 46", was eine physische Zusammengehörigkeit, namentlich. wenn durch sie die Bahn des Procyon erklärt werden
soll, sehr unwahrscheinlich macht. In XXVII, 90 (M. N.) erhalten wir wieder von Dawes Messungen für ζ Herculis, die mit
1866 beginnen, und gleichzeitig macht er Vorschläge, ein pris-
matisches Ocular anzuwenden, um durch dasselbe alle Richtungs-
winkel vertical stellen zu können, und den eben erwähnten Fehler
des Positionswinkels zu vermeiden. Noch ausführlicher verbreitet
sich über diesen und einige andere Gegenstände ein Aufsatz
p. 217—238 desselben Bandes. Die Erfahrungen eines so geübten
und genauen Beobachters sind gewiss aller Beachtung werth, und
eine Zusammenstellung seiner theoretischen wie praktischen Arbeiten jetzt, wo er von uns geschieden ist, sehr erwünscht. —
Powell giebt uns Messungen von α Centauri und einigen anderen
Doppelsternen; wir hoffen, dass die für jene Regionen noch sehr
sparsamen Bestimmungen bald mit den europäischen wetteifern
werden. — Freemann macht Bemerkungen über den Begleiter

des Antares und einen von ihm entdeckten kleinen Begleiter neben ε Canis majoris, und Stone findet, dass dieser Stern veränderlich ist. Knott bemerkt einen neuen Begleiter neben γ Equulei und Herschel II. giebt Zusätze und Berichtigungen zum Doppelstern-Katalog seines Vaters. Die meist sehr schwierige Entscheidung, ob ein Doppelsternpaar dieses in bloss optischem, oder gleichzeitig auch in physischem Sinne sei, ist nur in Pulkowa versucht worden. Wie zu erwarten war, haben sich nur wenige Sterne gefunden, die es in bloss optischer Beziehung sind, nämlich unter 2500 Paaren nur 12. Diese Fälle gehören sämmtlich zu derselben Kategorie: — der Hauptstern hat eine nach Quantität und Richtung erkennbare Eigenbewegung, während der Begleitstern eine solche nicht verräth. Allerdings kann es noch andere, schwerer zu bestimmende Fälle geben, wo beide Sterne (aber jeder selbständig für sich) eine Eigenbewegung zeigen, die eine gewisse Zeit hindurch dahin gedeutet werden könnten, als bewege sich ein Stern um den andern. Doch wenn auch die, seit der ersten Messung abgelaufene Zeit jetzt für die meisten noch zu kurz ist, so kann bei dem jetzigen Eifer ein Zweifel dieser Art sich nicht lange mehr erhalten und wir glauben und hoffen, dass ein Katalog entschieden physischer Doppelsterne noch im gegenwärtigen Jahrhundert zusammengestellt werden kann. Im abgewichenen gab es nur eine Warte, einen Beobachter und ein Instrument, dem solches möglich war; — was William Herschel nicht sah, sah Niemand; es war natürlich, dass er auch bei der rüstigsten Thätigkeit die zahlreichen und umfassenden Aufgaben nicht lösen, sondern nur ihre Lösung anbahnen konnte. Später konnten nicht nur seine Nachkommen, sondern auch die Rosse, Dawes, Lassell, Wirth und Struve fortsetzen, was er begonnen, neue Aufgaben sich stellen, an die früher Niemand denken konnte, und der Gegenwart liegen erhebende Erfahrungen in zu reicher Fülle vor, um jetzt noch verzweifeln zu müssen an der endlichen Lösung der meisten Probleme.

§ 226.

DIE PERIODISCHEN METEORE DES AUGUST UND NOVEMBER.

Mit einem früher ganz ungekannten Eifer sind diese Meteore beobachtet worden, und gewiss muss es jeden Wissenschaftsfreund erfreuen, diese irrlichternden Nachtgespenster dem Reiche des

Aberglaubens entrissen und für unsere Kenntniss gewonnen zu
sehen. Und dieses Feld ist es, was Alexander Herschel III.
für sich erwählt hat. Aber wie Viele sind hier zu nennen, auch
wenn wir nur die neueste Zeit betrachten! Adams, Airy, Birmingham, Browning, Brünnow, Challis, Chimma, Dawes,
Duone, Fasel, Grant, Heis, Hind, Hippisley, Hodgson,[*]
Hoek, Maclear, Main, Masters, Plummer, Pritchard,
de la Rue, Schimper, Piazzi Smyth, Stuart und viele
Andere.

Was A. Herschel in XXIV, 133 mittheilt, betrifft eine allgemeine Frage: die Häufigkeit der Meteore in den verschiedenen
Monaten. Vom Aphel bis zum Perihel der Erde sah Schmidt,
nach einem 8jährigen Durchschnitt, jährlich 400 Meteore (darunter

---

[*] *John Anthony HODGSON, geb.* 1777 *am* 2. *Juli, gest.* 1848
am 21. *März.* Von seinen Eltern für die juristische Laufbahn
bestimmt, wandte er sich zur militärischen und segelte im 22. Jahre
nach Indien, wo er Lieutenant des 10. Regiments wurde. Hier
verwandte er seine freie Zeit auf wissenschaftliche, insbesondere
astronomische Studien. Seine erste Beobachtung (Eintritt eines
Jupiterstrabanten) datirt 23. October 1812. Im Jahre 1817 ward
ihm der Auftrag, mit Herbert eine Expedition zur Erforschung
der Quellen des Ganges und Jumnah, so wie der Höhen und geographischen Positionen der wichtigsten Himalaya-Gipfel zu unternehmen. Unter grossen Beschwerden, durch Klima wie durch
Unwegsamkeit herbeigeführt (auch ein starkes Erdbeben hatten
sie zu bestehen) vollführten sie den Auftrag. Sie fanden die
Gangesquellen in einem Schneefelde unter 30° 56' 6" N. in einer
Gegend, die augenscheinlich nie zuvor von Menschen betreten
worden war. Hodgson's astronomische Beobachtungen, sämmtlich
in den *Memoirs of the Astronomical Society* mitgetheilt, sind Verfinsterungen der Jupiterstrabanten zu Chouringhy, Futty Ghon
und im birmanischen Gebiet; ein Merkursdurchgang am 4. November 1822, eine Reihe von Sternbedeckungen, Culminationen
des Mondes und der Sterne, die letzteren meistens in Calcutta
beobachtet; sie waren sämmtlich durch seine geographischen Arbeiten veranlasst. Seine Beobachtungen gehören zu den frühesten,
die wir aus den Gangesländern besitzen. Er starb als Gouverneur
des Districtes Rohilcund.

188 im August und 54 im November), im andern Halbjahr nur 70. Am ärmsten erscheint der Februar mit nur 5 Meteoren, das Gegenstück zum August. — Er hofft, und wir mit ihm, dass künftig Nachrichten der Art nicht fast ausschliesslich aus Europa erhalten werden möchten. In XXIV, 189 untersucht er, unter Zuziehung der Beobachtungen von Brandes und Benzenberg, die Richtung, von welcher aus sie vorherrschend auf die Erdkugel treffen. Auch Quetelet's Beobachtungen werden hinzugezogen und nachgewiesen, dass die Feuerkugeln und grössere Meteore gleichfalls häufiger in der zweiten Jahreshälfte als in der ersten sind, wenn auch nicht in so auffallendem Verhältniss wie die Sternschnuppen. In einem Briefe an Pritchard untersucht er die sogenannten Radiant Points, als welche er δ Virginis und α Lyrae findet und zu allgemeinen Schlüssen über die Meteorschwärme fortschreitet. Die zum Grunde liegenden Beobachtungen sind von Hois in München und Herrik in Nordamerika.

In XXV, 33 giebt er die Fortsetzung seiner Untersuchngen über die Radiant Points. Drei instructive Zeichnungen (weiss auf schwarz) dienen zur Erläuterung. Am 27. September 1864 beobachtete er 22 Meteore. 14 von ihnen, deren mittlere Dauer = 0,71 Secunden, zeigten auf 85° A. R. und 50° N. Decl. als Radiant Point, 8 andere, von 2,13" Dauer, wiesen auf den Punkt A. R. := 12°, N. D. — 2°. Dagegen gaben die in Hawkhurst beobachteten 14 Meteore A. R. 90° und N. D. + 16°, eine mittlere Dauer von 1,15" und eine von 6° bis 40° variirende Länge ihrer Bahn, durchschnittlich 20°.

Die Untersuchung von 17 in Hawkhurst am 12. und 13. December 1863 beobachteten Meteoren: R. A. 105°, N. D. 30°, bei nur 0,64 Secunden Dauer und 11,0° Bahnlänge.

Ein grosses glänzendes Meteor war am 29. April 1865 in Manchester von Baxendell und in Weston super Mare von Wood beobachtet worden: ein glücklicher Zufall, da das Plötzliche und Unvermuthete gewöhnlich nur einen Beobachter das Phänomen gewahren lässt. Herschel giebt die Berechnungen, die noch bestätigt werden durch eine weniger ausführliche Beobachtung in Castle Thorpe bei Stoney Stratford, wo auch eine starke Detonation wahrgenommen worden ist. — In ähnlicher Weise werden die Meteore vom 20. October 1865, 19 an der Zahl, untersucht und ihr Radiant Point im Orion, 90° A. R. und + 15 Decl. N. gefunden; und am 21. Nov. 1865 wird ein Meteor, viel heller als

Venus, von mehreren Personen gesehen und beschrieben, so dass auch hier eine Untersuchung des Laufes möglich war.

Spätere Beobachtungen desselben Verfassers erwähnen wir nur kurz, da sie uns nur den Anfang einer wichtigen Untersuchung kennen lehren. Sie betreffen die physische Natur dieser Erscheinungen.

Der grosse Meteorschwarm vom 13. November 1866 führt uns wieder A. Herschel und seine Untersuchung der Radiant Points, daneben aber auch andere Beobachter vor. Airy untersucht die Geschwindigkeit der Bewegung und zeigt, dass die Mehrzahl der Meteore der Erde auf ihrer Bahn begegnen. P. Smyth in Edinburgh hat 1492 dieser Meteore am 13. November notirt und beschreibt sie möglichst ausführlich. Zwischen $0^h 59^i$ und $1^h 8^i$ sind 412 bemerkt worden; von da an nahm die Anzahl stetig ab, so dass in den letzten 10 Minuten der Beobachtungsstunde nur 97 gezählt werden. — Ähnliches bemerkte Grant in Glasgow, der im grossen Bären ein helles streifenförmiges Meteor sah, das schnell verschwand. Der Assistent Plummer in Glasgow beschreibt die einzelnen Meteore genauer nach Glanz, Farbe, Gestalt, Dauer und Lauf. Mehrere waren dem Sirius an Glanz gleich, einige übertrafen ihn noch. Die meisten zeigten ein reines Weiss. Ähnliche Bestimmungen erhalten wir von de la Rue und seinem Gehülfen Reynolds in Cranford. Sie fanden die Farbe vorherrschend blau, auch Orange und Grün ward wahrgenommen. Von Minute zu Minute wird die Zahl bemerkt; die höchste Zahl ist 66, von beiden Beobachtern, die nach entgegengesetzten Richtungen observirten, zusammengezählt. — Main in Oxford, der mit seinen Mitbeobachtern Lucas und Quirling schon am 12. November nach Meteoren ausschaute, geben gleichfalls die Einzelheiten, und bei ihnen kommt vorherrschend die rothe Farbe vor. Das Maximum erschien am 13. November um $13^h 10^i 40^{ii}$, wo 123 in der Minute gezählt wurden. Dawes erhielt von $12^h 18^i 20^{ii}$ bis $14^h 13^i 10^{ii}$ zusammen 2800 Meteore. Er notirte die Zeit, wenn er ein volles Hundert Meteore gezählt hatte; die kürzeste dieser Zwischenzeiten währt von $12^h 59^i 90^{ii}$ bis $13^h 1^i 4^{ii}$, also 100 Meteore in 74 Secunden. Nicht alle Mitbeobachter hatten die Mittel zu einer solchen Zählung, auch gingen mehrere derselben aus verschiedenen Ursachen ganz verloren; er schätzt die Zahl auf mehr als 3500 im Laufe zweier Stunden.

Hind hat auf Bishop's Observatorium Twickenham beob-

achtet. Von 12^h bis 13^h zusammen 1120 Meteore; von 13^h 0'
bis 13^h 7' 5" dagegen 514, und von da ab eine so plötzlich ein-
tretende grössere Frequenz, dass das Zählen aufgegeben werden
musste. 13^h 11' schien das Maximum stattzufinden. In der letzten
Viertelstunde (17^h 45' bis 18^h 0') erschienen nur 5 Meteore.

Bei aller localen Verschiedenheit der Angaben herrscht gleichwohl grosse Übereinstimmung rücksichtlich des Ausstrahlungs-
punktes, der etwas nördlich von einer Linie lag, die γ mit ε Leonis
verbindet. Auch bemerkt Dawes, der Punkt habe sich sehr
scharf bestimmen lassen, und so scheint A. Herschel's Wahrnehmung, dass an dem gleichen Orte und Abend zwei solche
Punkte bemerkt werden, dahin zu deuten, dass an diesem Abend
zwei ganz verschiedene Meteorschwärme sich in der Gegend unserer Erde kreuzten.

Fasel in Clapham fand auf dem Observatorium des Dr. Wringley
am 12. November 28, am 13. dagegen 1680 Meteore; also gerade
die 60fache Zahl, davon 724 auf die Halbstunde 1^h bis $1^1/_2^h$ (die
vorhergehende hatte 263, die nachfolgende 394). Der Ausstrah-
lungspunkt war deutlich im Löwen, doch wurden auch ganz abweichende Richtungen wahrgenommen. Die Farbe gelb, orange,
zuweilen roth, wogegen die leuchtenden Streifen meist blau oder
grünlich erschienen. Birmingham in Milbrook sah nahezu dieselben Farben. Die Meteore liessen beim Verschwinden oft Streifen
zurück. Ein solcher Streifen änderte seine Richtung um 90°, ein
anderer ging sogar eine kurze Zeit zurück. — Decy in Alton,
bei seinen Beobachtungen von einem Freunde unterstützt, fand
von 1^h bis 1^h 5' 356 Meteore und von 1^h 10' bis 1^h 15' 485. —
Howlett, der so genau als möglich zählte, fand gegen 5600, und
in der frequentesten Zeit (1^h 2' bis 1^h 10') in der Minute 200. —
Hunter mit drei Freunden geben eine ähnliche Schilderung, und
Mrs. Hannah Jakson in Brompton fand in $2^1/_4$ Stunde 776.

Ommaney in Paddington giebt ebenfalls eine solche Schilderung; ausserdem aber bemerkte er einen hellen, goldfarbigen
Streifen in Zickzackform, eine Secunde lang. — Taunton in Ashley
hat in $2^1/_2$ Stunde 1420, Venables in Broadwater Rectory in
10 Minuten 610 gezählt.

In Greenwich wurde die Frequenz der Meteore durch eine
Curve dargestellt, die zwei Maxima zeigt; das eine um 1^h 5' mit
110 pro Minute, das andere 1^h 22' mit 123. Zwischen beiden,
um 1^h 10' findet sich 86. Eine andere Darstellung versinnlicht

31*

die Richtungen, und Glasgow giebt eine ganz ähnliche von denselben. Hier sah man ein Meteor im Radiant Point selbst, das fast gar keine Bewegung zeigte.

Am Cap fand Maclear am 12. November 76; am 13. wurde fortgezählt, so lange dies möglich war. Nachdem jedoch in steigender Frequenz in 10 Minuten 469 erschienen, ward das Zählen aufgegeben und zu den vollen Hunderten die Zeiten bemerkt. Die Gesammtzahl am 13. gegen 2800. Am 14. noch 24, das letzte Meteor um 14ᵁ im Eridanus.

Wir finden es unthunlich, selbst nur alle britischen Beobachter dieser Nacht einzeln aufzuführen, und bemerken nur noch, dass Rodgson ein Meteor mit deutlichem hellen Kerne zerplatzen sah und dass Browning auf Darne's Observatorium in Upper Holloway ein Experiment ausgeführt hat, das Manchem unglaublich erscheinen wird: er hat in der That Spectra dieser Körper erhalten. Wir setzen die interessanten Resultate her. Er erhielt

1) Spectra, dem der Sonne ganz gleich, nur dass das Violett darin fehlte.

2) Spectra, ähnlich dem der Sonne, aber mit stark vorherrschendem Gelb.

3) Spectra, die fast nur Gelb deutlich zeigten, mit schwachen Spuren von Roth auf einer Seite und Grün auf der anderen; endlich

4) (in nur zwei Fällen) Spectra mit nur einfarbig grünem Licht.

Auch die Lichtstreifen hat er spectral-analysirt. Er findet nebst einfarbigem Blau auch Grün oder Stahlgrau.

Die grosse Schwierigkeit, die in dem raschen Vorüberziehen liegt, verkennt Browning keineswegs und will deshalb auch noch nicht wagen, weitere Schlüsse zu ziehen. Aber schon hat man daran gedacht, durch eine optische Vorrichtung diese Geschwindigkeit für den Experimentator zu vermindern; und Dawson hat eine solche angegeben (XXVII, 182).

West-Australien (Duone in Freemantle), Irland, (Brunnow in Dublin), Bengalen (Masters in Kishnagur) und andere Orte liefern wichtige Beiträge, und Birmingham in Millbrook hat die December-Meteore (am 12. und 13.) ins Auge gefasst. Sie sind an Frequenz nicht entfernt den November-Phänomenen zu vergleichen; doch wurden am 13. überhaupt 260 gezählt. Unähnlich den glänzenden November-Meteoren zeigten sie diesmal ein mehr nachfarbiges Aussehen, doch mit Ausnahmen. Mehrere erschienen bläu-

lich weiss. Rothe wurden 20 gezählt, und bei allen diesen zeigte
sich gar keine Beziehung auf den gemeinschaftlichen Radiant Point.
Über neun besonders interessante Meteore giebt er Detail; unter
ihnen war eins heller als Sirius, und zog ganz dicht an diesem
Sterne vorüber,

Hippisley stellt (XXVII, 208) Betrachtungen über die retro-
grade Bewegung an, welche mehrere Meteorschwärme nach
A. Erman's und A. Herschel's Untersuchungen zeigen. Er
findet diesen Lauf keineswegs mit der Nebulartheorie Laplace's
unverträglich, denn nicht auf den Lauf im Weltenraume komme
es an, sondern darauf, welche Seite der Sonne in ihrem eigenen
Laufe von dem Meteorschwarme getroffen werde. Wir halten
solche Äusserungen, wenn gleich nicht unwahrscheinlich, doch für
verfrüht. Alle specielle Kenntniss dieser Meteore datirt vom
19. Jahrhundert, oder eigentlich nur von dessen zweitem Drittel,
und wie Vieles wissen wir noch gar nicht!

Erfreulich aber ist der grosse Eifer, mit dem jetzt dieser
Gegenstand, namentlich von britischen Forschern, ins Auge gefasst wird; erfreulich nicht minder die Gründlichkeit und Umsicht,
die sich bei diesem Eifer findet und die schönsten Früchte ver-
spricht. So muss geforscht, so muss das Erforschte und Wahrgenommene mitgetheilt und verdeutlicht werden. Mit den Über-
resten der alten Thaumaturgie, mit den Monstruositäten früherer
Zeit kann ein Jahrhundert, wie das 19., nichts mehr anfangen;
die Wissenschaft muss andere Wege einschlagen, andere Ziele verfolgen, sonst ist sie nicht Wissenschaft.

Die Periodicität der Meteore, die sich in den Nächten des
August und November manifestirt, wird von den grösseren, einzeln
erscheinenden Feuerbällen nicht getheilt; nur kleinere Feuerkugeln,
ohne erheblichen Durchmesser, erscheinen zuweilen in diesen
Schwärmen. Aber die neueren Mittheilungen A. Herschel's
machen es wahrscheinlich, dass auch die grösseren detonirenden
Kugeln mit gewissen Jahreszeiten coincidiren. So findet sich ein
Meteor am 21. November 1863, welches auf seinem von Warren
de la Rue beobachteten Zuge dem Lauf der Themse folgte. In
6½ Secunde durchlief es 17 deutsche Meilen, und der Punkt des
Himmels, wo es zuerst erschien, lag zwischen dem Stier und dem
Kopfe des Wallfisches. Henley on Thames ist der Punkt, über
dem es am Anfange der Beobachtung in 11 Meilen Höhe stand,
und in der Nähe von Wimbleton zerplatzte es, ohne Spuren

zurückzulassen. 2 Minuten 20 Secunden später hörte Pinrose einen lauten Knall, ähnlich einem Kanonenschusse, was nahe genug mit der berechneten Höhe stimmt.

Mit diesem Meteor vergleicht A. Herschel die folgenden Erscheinungen:

1623 am 17. November beobachtet von Kepler: Grosse Feuerkugel, donnerähnliches Geräusch beim Verschwinden.

1861 am 19. November ein grosses Meteor über Ipswich und Norwich; donnerähnliches Getöse.

1864 am 20. November ein grosses Meteor über Hallaton in Rutlandshire. Das Geräusch wie ein entferntes Artilleriefeuer.

Rücksichtlich der Daten ist zu bemerken, dass der 17. November 1623, siderisch genommen, dem 20. November 1861 entspricht. Wir haben also in den drei Nächten des 19., 20. und 21. November vier grosse Meteore, was allerdings auf eine bestimmte Region deutet, jedoch das Erscheinen in anderen Jahreszeiten nicht ausschliesst, wie folgende drei Beispiele darthun:

1762 am 25. Juni ein Meteor, welches nach Silberschlag's Berechnung 19 Meilen über Zeitz zuerst erschien und in 4½ Meilen über Falkenrehe bei Potsdam mit grossem Geräusch zerplatzte. Berechneter Durchmesser ⅟₇ Meile.

1817 am 24. December, Abends, gesehen in Berlin. Der Durchmesser noch beträchtlicher als bei dem vorigen.

1837 am 3. Januar, früh 6 Uhr, von mir selbst bei Berlin im Moment des Zerplatzens gesehen. Ein Geräusch habe ich nicht wahrgenommen.

Eben so deuten die von Petit in Toulouse gesammelten und berechneten ähnlichen Erscheinungen nicht auf eine bestimmte Jahreszeit, und der Gegenstand ist also einer von den vielen, welche dringend zu weiterer Beachtung auffordern. — A. Herschel führt noch folgende Meteore auf:

Brydone, 1772 am 10. Februar,

Airy, 1850 am 11. Februar,

in Bangalore 1865 am 9. Februar,

wodurch also eine zweite Region für grosse Meteore bezeichnet ist.

Über Meteorsteine insbesondere gab eine Zusammenstellung:

Gronau, Prediger in Berlin: Über die vom Himmel gefallenen Steine, Berlin und Leipzig 1808. — Er beginnt mit dem Steine, der zur Zeit des Crassus gefallen sein soll.

§ 227.

NEUERES ÜBER NEBELFLECKE.

Die grossartigen Arbeiten W. Herschel's und seines Sohnes auf diesem Gebiete sind bereits in den vorigen Theilen erwähnt worden, und fast schien es, als solle das, was wir diesen beiden berühmten Astronomen verdanken, das Letzte bleiben; denn die bei weitem grösste Masse dieser Gebilde erfordert, um näher untersucht zu werden, kolossale Fernröhre, wie sie nur Wenigen, und selbst diesen nur in neuerer Zeit, zu Gebote stehen.

Indess war ein Punkt, der auch von den beiden Herschel noch zu wenig beachtet werden konnte: eine genaue Ortsbestimmung der Nebelflecke. So ist die wichtige Frage, ob bei Nebelflecken eine Eigenbewegung annehmbar sei, noch heute so gut als unerörtert, denn auch John Herschel's Coordinatenbestimmungen lassen viel zu wünschen übrig und eine sichere Vergleichung mit den neuern gewähren sie nicht.

Auch stehen solchen Bestimmungen bei der Mehrzahl der Nebelflecke unbesiegbare Schwierigkeiten entgegen. Abweichungen, wie sie schon seit 100 Jahren bei guten Fixsternörtern nicht mehr vorkommen, muss man sich noch heut bei Nebelflecken gefallen lassen. Während gewichtige Gründe dafür sprechen, dass diesen Gebilden nur eine äusserst langsame Eigenbewegung zukommen könne, ist andrerseits die Schärfe der Bestimmung, die gerade hier so dringend zu wünschen wäre, ganz unerreichbar.

Von grossem Werthe sind deshalb die Arbeiten d'Arrest's, der für eine beträchtliche Anzahl von Nebelflecken in Leipzig und Kopenhagen uns möglichst scharfe Ortsbestimmungen gegeben hat. An sie schliessen sich die von Bruhns, Schjellerup und Anderen, die der Zukunft die Möglichkeit bieten werden, viele jetzt noch ganz unbeantwortliche Fragen entscheiden zu können.

Der ungemeine Reichthum dieses Zweiges der Himmelskunde und die geringe Zahl Derer, die hier mit Erfolg zu arbeiten im Stande sind, lässt voraussehen, dass hier im Grossen und Ganzen rasche Fortschritte nicht zu hoffen sind. Selbst eine auf innern Gründen beruhende Classification der Nebelflecke giebt es noch nicht, denn W. Herschel konnte nur graduell verschiedene Classen festsetzen und seine planetarischen, so wie Lord Rosse's spiralförmigen Nebel bilden nur den Anfang zu einer in Zukunft

vielleicht möglichen, logisch-consequenten Eintheilung der Nebelflecke. Dieser hielt sich für überzeugt, dass alle Nebelflecke
Sternhaufen sind und bei Anwendung noch mächtigerer Werkzeuge
sich in solche auflösen würden, und schon William Herschel
unterschied *resolved* und *resolvable nebulae;* unter letzteren die
verstehend, die eine Andeutung der Auflösbarkeit verriethen,
jedoch in seinem Teleskop noch keine wirkliche Auflösung in einzelne Sternpunkte gestatteten. Die Untersuchungen einiger besonders wichtiger Nebelflecke, die wir den mit Riesenfernröhren
arbeitenden Astronomen verdanken, sind im höchsten Grade verdienstlich. Künftige Jahrhunderte werden die Arbeiten des neunzehnten zu verwerthen wissen und in Gesetze das formuliren, was
wir jetzt höchstens nur ahnen.

§ 228.

Unter allen Nebelflecken hat der in allen bewohnten Gegenden der Erde bequem sichtbare des Orion die Aufmerksamkeit
der Beobachter am meisten erregt, um so mehr, als hier fast alle
Fragen, zu denen die Nebelflecke Veranlassung geben, noch ungelöst sind. Besteht er aus gasförmigen Theilen oder ist er in
Sternpunkte auflöslich? Sind Veränderungen in ihm wahrnehmbar, und welche? Zeigt er als Ganzes eine Eigenbewegung?
Bleiben seine einzelnen Theile stets in demselben relativen Verhältniss der Helligkeit wie des Ortes? Sind die zahlreichen Sterne
auf seinem Grunde bloss optisch auf ihm projicirt, oder gehören
sie physisch zu ihm und sind von ihm umgeben? Diese und noch
manche andere Fragen müssen wir der Zukunft überlassen, so
vielfach das Object auch schon gemessen, gezeichnet, beschrieben ist.

Wer irgend es versucht hat, kosmische Körper graphisch darzustellen, wird die eigenthümlichen Schwierigkeiten kennen gelernt
haben, die damit verbunden sind. Wo uns bestimmte Messungen
leiten können, treten sie weniger hervor, aber um einen Kometen
oder einen Nebelfleck treu abzubilden, genügt es bei weitem
nicht, guter Beobachter zu sein und scharfe numerische Bestimmungen zu liefern. Wenn vollends, wie beispielsweise bei
Hevel's Kometenzeichnungen, noch subjective Ansichten sich
einmischen, kann nichts Brauchbares herauskommen. Beim Orion-
Nebelfleck bieten die zahlreichen auf seinem Grunde projicirten

Sterne, die gleichwohl noch nicht zu gedrängt stehen und also einzeln gemessen werden können, dem Zeichner eine willkommene Hülfe; gleichwohl sind die Darstellungen, welche wir besitzen, überaus verschieden. Wenn es sich um eine Vergleichung Messier'scher Darstellung mit einer um ein Jahrhundert später angefertigten handelt, so könnte man geneigt sein, eine wirkliche Veränderung anzunehmen, deren Möglichkeit sich nicht in Abrede stellen lässt, wie gering auch ihre Wahrscheinlichkeit sei. Aber die Unterschiede sind kaum geringer bei gleichzeitigen Darstellungen. Somit können wir nur wünschen, dass die Photographie, die in der kurzen Zeit ihres Bestehens schon so unerwartet grosse Fortschritte gemacht hat, deren noch grössere mache, und uns nicht bloss Sonnenflecke und Mondoberfläche, sondern auch jene so räthselhaften Gebilde in zuverlässigen Darstellungen liefere.

Wir haben zunächst eines wichtigen Werkes zu gedenken: *„Observations de la grande nébuleuse d'Orion faites à Cazan et à Poulkowa. I. Partie: Mémoire de Mr. Liapounow sur les observations de Cazan; II. Partie: Additions au Mémoire de Mr. Liapounow et Observations de Poulkowa. Avec 4 planches. Petersbourg* 1862.

Herr Liapunow hat vorzugsweise die auf dem Nebelflecksgrunde sich projicirenden Sterne ins Auge gefasst und diese genau bestimmt, um eine Grundlage für weitere Untersuchungen zu geben. Für den Nebelfleck selbst zeichnet er nur einzelne Partien, besonders hellere, die sich in diesem schon etwas zu nördlichen Klima und in seinem 13füssigen Refractor am besten wahrnehmen liessen. Die Beobachtungen reichen von 1847 bis 1851 und umfassen etwa ⅛ Grad in der Nähe von Θ Orionis, während J. Herschel seine Untersuchungen auf eine doppelt so grosse Fläche ausgedehnt hat. Die Zahl der beobachteten Sterne ist 76, wozu noch 5 etwas ausserhalb der oben bezeichneten Grenze kommen. Die Vergleichungen mit Herschel, Bond und Lamont sind hinzugefügt. Der Lithograph fand grosse Schwierigkeit, die einzelnen Nebelpartien im richtigen Verhältniss ihrer Lichtintensität darzustellen.

Der zweite Theil ist zunächst eine Ergänzung des ersten; die Vergleichungen werden vervollständigt, indem auch Lassell's maltesische Beobachtungen und einige andere ältere hinzugezogen werden, und giebt die in Pulkowa erhaltenen Resultate: die Örter von 155 Sternen, bezogen auf Θ Orionis, und eine Karte des Nebelflecks oder vielmehr der sämmtlichen beobachteten Sterne.

Unter diesen hat namentlich das bekannte Trapezium, dessen Hauptstern θ ist, die Aufmerksamkeit auf sich gezogen. J. Herschel giebt die vier Distanzen; W. Struve hat die Messungen wiederholt und durch Hinzufügung der Winkel und der beiden Diagonalen ergänzt; auch der Verfasser hat am Dorpater Refractor diese Messungen ausgeführt. Noch hat sich keine Stellungsveränderung der vier Sterne mit einiger Bestimmtheit ergeben. Inzwischen sind zwei schwächere Sterne hinzugekommen, und Rosse versichert, dass in seinem Teleskop der ganze innere Raum des Trapezes mit einer grossen Zahl äusserst feiner teleskopischer Sternpunkte angefüllt sei, worüber von keiner anderen Seite Beobachtungen bekannt geworden sind.

Winnecke findet (1863) in der Nähe des Trapeziums fünf Sterne, die bei O. Struve nicht vorkommen, und die er am Pulkowaer Refractor zu messen im Stande gewesen ist, und vermuthet, dass diese Sterne veränderlich sein müssen und von O. Struve nicht sowohl übersehen worden, als wirklich nicht sichtbar gewesen seien.

Stone und Carpenter haben am 11. Januar 1864 den Orion-Nebel beobachtet und mit J. Herschel's und Bond's Zeichnungen verglichen. Sie glauben einen Fehler bei Bond zu finden, worüber dieser Erläuterungen giebt. Man muss die sehr ausführliche Darlegung (M. Not. XXIV, 177—181) selbst vergleichen.

Secchi hat den Orion-Nebel der Spectral-Analyse unterworfen. Er hält das Object für ein im Zwischenzustand zwischen Nebelmasse und geformten Sternen stehendes. Huggins, der ähnliche Versuche angestellt hat, ist nicht dieser Meinung und giebt (M. N. XXV, 154) seine Gegengründe an. Er findet vielmehr, dass der Orion-Nebel ein ähnliches Spectrum wie andere, der Gasform angehörende Nebel darstelle, während mehrere, wie der grosse Andromeda-Nebel, einen schon mehr condensirten Zustand verrathen.

Webb findet, dass Veränderungen in der Form oder der Lichtintensität dieses Nebelflecks allerdings möglich, durch die bisherigen Darstellungen jedoch keineswegs erweislich sind. Er selbst giebt eine Zeichnung, spricht sich jedoch sehr offen über ihre Mängel und Unvollkommenheiten aus, und macht nur auf einige Einzelheiten aufmerksam, deren weitere Untersuchung mit kräftigen Hülfsmitteln er empfiehlt. Knott hat mit einem $7^1/_2$ zölligen Objectiv diese Details geprüft und nahezu so gefunden, wie Webb sie gegeben.

Gill's Bemerkungen beziehen sich nur auf das Trapezium. Er hat zwei schwache Sterne innerhalb desselben gefunden und später erfahren, dass auch Huggins sie gesehen. Einer derselben war so lichtschwach, dass er nur blickweise wahrgenommen werden konnte.

Secchi in seiner neuesten Mittheilung (vom 27. März 1868) findet, dass das Detail des Nebelflecks besser gesehen wird bei Mondschein als in mondfreien Nächten. Er findet seine Zeichnungen mit denen des Lord Rosse übereinstimmend und wird mit den Beobachtungen fortfahren.

Für die genaue Untersuchung dieses interessanten Objects ist der Umstand nachtheilig, dass seine Sichtbarkeit für Mitteleuropa in diejenigen Monate fällt, welche die ungünstigste Witterung zu zeigen pflegen, während das Gegentheil in Südeuropa und den tropischen Zonen der Fall ist.

Wir lassen noch einige Beobachtungen anderer Nebelflecke folgen:

Ein von Hind im Stier entdeckter Nebelfleck hatte von d'Arrest in Kopenhagen nicht gefunden werden können. Dies veranlasste O. Struve und Winnecke am 29. December 1861, die Sache zu untersuchen. Mit vieler Mühe und erst nachdem das Auge sich an die Dunkelheit ganz gewöhnt hatte, ward er im grossen Refractor wahrgenommen und seine Lage gegen benachbarte Sterne durch Schätzung bestimmt. Am 22. März 1862 erschien er auf den ersten Blick und unverkennbar heller als im December, so dass er sogar eine schwache Beleuchtung der Fäden ertrug und gemessen werden konnte. Die Veränderlichkeit scheint sich also zu bestätigen, obgleich die Beobachter bemerken, dass in der letzten Wahrnehmung die Durchsichtigkeit der Luft eine ausgezeichnete und entschieden grösser als im December 1861 war.

John Herschel bemerkt, dass zwei von d'Arrest beobachtete und für neu entdeckt gehaltene Nebelflecke nicht neu sind, sondern schon bei W. Herschel vorkommen, und dass ein dritter, mit jenen in demselben Felde sichtbar, von d'Arrest nicht erwähnt wird. Er empfiehlt eine weitere Untersuchung.

Knott beobachtet auf Webb's Ansuchen den Nebelstern

45 H. II. Geminorum, dessen Position gegen einen benachbarten
Stern stark veränderlich scheint.

$$\text{John Herschel} \ldots 253^\circ$$
$$\text{in Smyths Cycle} \ldots 253^\circ\ 95'$$
$$\text{Webb und Knott} \ldots 2^\circ\ 44'.\ 10,50'',$$

so dass entweder der Stern oder der Nebelfleck seinen Ort verändert haben muss. — Weitere Mittheilungen und Vergleichungen
dieses Sterns gaben Schulz in Upsala und Knott selbst (M. N.
XXV, 190, 191). Schönfeld (in Bonn) findet für den Stern

$$7^h\ 21'\ 11,70'' + 21^\circ\ 12'\ 45,0''$$

fast ganz übereinstimmend mit Lalande, dass es in der That
den Anschein gewinnt, als habe nicht der Stern, sondern der Nebelfleck seinen Ort geändert.

Abbott bemerkt, dass die Sterne in der Nähe von η Argus
ausgezeichnet schöne und mannigfaltige Farben — blau, grün und
roth zeigen, und dass der umgebende Nebel veränderlich sei, was
auch Powell in Madras bestätigt. Er hält dafür, dass der Nebel
bei η Argus von ganz anderer Beschaffenheit sei, als Nebelflecke
im Allgemeinen. Andere glauben dagegen, dass η Argus jetzt
einen nebelfreien Zwischenraum einnehme, während J. Herschel's
Zeichnung ihn im Nebel selbst darstellt. Da hier jedenfalls nur
ein höchst dünner Nebel existirt, so dürfte die Entscheidung und
die weitere Fortsetzung der von Abbott, Powell, Maclear u. A.
begonnenen Arbeiten abgewartet werden müssen.

Krüger in Helsingfors hat 43 der helleren Sterne im Sternhaufen bei λ Persei in derselben Weise bestimmt, wie Bessel die
53 Plejadensterne, indem er den Doppelstern δ als Ausgangspunkt
nimmt. Wenn man die Krüger'schen Messungen des Frühlings
mit denen des Herbstes vergleicht, so scheint eine relative Parallaxe von ⁸/₅ Secunden zu folgen, die er jedoch Anstand nimmt,
gelten zu lassen, da erst genau untersucht werden muss, ob nicht
instrumentale Abweichungen hier vorliegen. Wäre die gefundene
Parallaxe reell, so müsste angenommen werden, dass der Doppelstern δ nicht physisch zum Sternhaufen gehöre, sondern nur
optisch, und in Wirklichkeit weit hinter dem Sternhaufen stehe.

Wir stimmen Carrington bei, wenn er wünscht, dass auch
andere Sternhaufen namentlich von Solchen untersucht werden
möchten, denen es nicht an Hülfsmitteln, wohl aber zu umfassen-

deren Arbeiten an Zeit und Musse fehle, und die deshalb einen einzelnen Gegenstand zu wählen veranlasst sind. Zu den besten Darstellungen von Nebelflecken, deren wir noch wenige besitzen, ist gewiss die im XXXIII. Bd. der *Memoirs of the Astronomical Society* mitgetheilte von Lassell zu zählen, der den Nebelfleck Messier 20 (17ᵇ 54′ 2″; — 28° 2′) sorgfältig für 1864 abgezeichnet hat.

d'Arrest in Kopenhagen hat seine hauptsächlichste Thätigkeit den Nebelflecken gewidmet, für die er ein besonders ausgezeichnetes Auge zu haben scheint, da er schon früher in Leipzig mit weit geringeren Hülfsmitteln gegen 800 Herschel'sche Nebel und selbst einige neue, aufzufinden im Stande war (Messier, mit ähnlichen Instrumenten, fand deren nur 102, wobei freilich zu bemerken ist, dass d'Arrest den Herschel'schen Katalog besass — Messier nicht).

Eine der bedeutendsten wissenschaftlichen Veröffentlichungen ist dieser 1864 erschienene allgemeine Nebelflecke-Katalog John Herschel's. In der That war er der einzige, der ein Werk dieser Art herstellen konnte. Selbst Entdecker einer so grossen Anzahl von Nebelflecken, und im Besitz der vollständigen Manuscripte seines Vaters, hat er uns einen Katalog gegeben, der beide Halbkugeln umfasst, und die Ortsbestimmungen auf 1860 reducirt. Von seinen Söhnen und einem sehr geübten Berechner Kerschner unterstützt, verdankt er gleichfalls manche Vorarbeiten der 1848 in Hannover verstorbenen Schwester seines Vaters, Caroline. Das Ganze war der Vollendung nahe, als eine ähnliche Arbeit von Auwers über die W. Herschel'schen Nebelflecke erschien, die Veranlassung zu einer genauen Vergleichung und zur Ausmerzung einiger dabei entdeckten Irrthümer gab.

Warren de la Rue bemerkt, dass er in mehreren Sternhaufen Andeutungen einer Veränderlichkeit wahrgenommen, dass er sie insbesondere nach den Beobachtungen von Huggins, Noble und Brodie beim Orion-Nebel für erwiesen annehme, und er solche Untersuchungen kundigen Liebhabern nicht genug empfehlen könne. Auch hat man nicht ganz ohne Erfolg diesen Nebelfleck, so wie das ganze Sternbild, zu photographiren versucht.

Tebbutt zu Windsor (New-South-Wales) giebt eine vom 5. Juli 1854 bis 14. März 1865 reichende Reihe von 19 Vergleichungen der Helligkeit von η Argus, der stark im Abnehmen

ist, und bei Mondschein nur noch so eben von unbewaffnetem
Augen erkannt werden kann.

Cleveland Abbe giebt (Jan. 1867) eine sehr instructive
Übersicht der Vertheilung der Nebel im Raume, wobei er 5076
Objecte vergleicht, deren Zahl er noch beträchtlich vermehrt zu
sehen hofft, wenn erst die Beobachtungen Grubb's in Melbourne, Cooke's in Funchal, Clarke's in Chicago und Lassell's
in Malta vollständig vorliegen werden. Schon J. Herschel hat
ähnliche übersichtliche Zusammenstellungen in seinen *Cape Observations* gegeben, und jetzt kann dessen *General Catalogue* zu Grunde
gelegt werden. Unverkennbar findet eine grosse Ungleichheit der
Vertheilung statt; eine weit grössere als die, welche wir an den
Fixsternen wahrnehmen. Bei diesen finden wir eine Hauptzone
für das Maximum (die Milchstrasse); bei den Nebelflecken scheint
die grösste Frequenz mehr an einzelne Regionen (nördlicher Theil
der Jungfrau, grosse und kleine Nubecula) geknüpft zu sein.
Abbe's hinzugefügte Bemerkungen wie seine Formeln verdienen
die höchste Beachtung, aber — sagen wir mit dem Verfasser —
„abwarten."

Kew in Hereford giebt eine Abbildung des planetarischen Ne-
bels 45 II. IV. Geminorum und weist nach, dass er gegenwärtig ein ganz anderes Ansehen darbietet, als zu W. Herschel's
Zeit. Damals zeigte er eine gleichförmige Fläche, in deren Mitte
der neblige Stern stand; jetzt sieht man zwei concentrische Nebel-
ringe, deutlich gesondert durch dunkle Zwischenräume, den Cen-
tralstern umgeben. Dass übrigens die angewandte Vergrösserung
gerade bei diesen Objecten von sehr entscheidendem Einfluss sei
auf das, was gesehen wird, geht aus den eigenen Anführungen
des Beobachters hervor.

Es scheint, dass man von den ersten umfassenden Arbeiten
über die Nebelflecke aus, die wir W. Herschel verdanken, etwas
zu rasch auf ihre innere Natur, ihre Entfernung u. dergl. geschlossen habe. Sie gehören gewiss zu den entferntesten Objecten
des Universums, aber ob wir bei allen berechtigt sind, ihre Lichtzeit nach Millionen von Jahren zu bemessen, dies erscheint nach
den neueren Untersuchungen sehr zweifelhaft. Eine Veränderlichkeit, schon wahrnehmbar im Laufe eines oder weniger Menschenalter, scheint damit nicht zu harmoniren, und eben so wenig darf
man ohne Weiteres annehmen, dass sie sämmtlich, einzeln genommen, Welten von Millionen Fixsternen sind, da uns die

Spectral-Analyse mehrere derselben als Gasmassen kennen gelehrt hat.

Wenn einst die Vorschläge von Asbe und P. Smyth in Ausführung gebracht, wenn die Andes und der Pic von Teneriffa mit
Riesen-Instrumenten besetzt sind, und kundige Forscher diesen
ihre Kräfte widmen — dann wird man erwarten dürfen, wenigstens theilweise Aufschlüsse über die Räthsel zu erhalten, welche
die neuesten Forschungen in weit grösserer Zahl aufgestellt als
gelöst haben. Bei keinem Gegenstande zeigt sich der Einfluss
atmosphärischer Veränderungen so nachtheilig als bei den Nebelflecken, und in unserer nördlichen Atmosphäre ist leider Veränderlichkeit das einzige Beständige.

§ 229.

NEUESTE UNTERSUCHUNGEN ÜBER DIE SONNEN-OBERFLÄCHE.

Kaum dürfte es einen Gegenstand geben, über den die einzelnen Meinungen weiter auseinandergehen, als der in der Über-
schrift genannte. Sehen wir gänzlich ab von den Zeiten, wo es
für Ketzerei galt, von Sonnenflecken zu sprechen,* so wie von
den späteren, wo Viele darauf ausgingen, die Sonne und alle
Weltkörper der Erde so ähnlich als möglich darzustellen, um sie
mit Menschen bevölkern zu können — denn in den Zeiten der
freigewordenen Wissenschaft hat alles Andere nur noch geschicht-
lichem Werth — so finden wir noch immer, selbst bei bewährten
Beobachtern, die widersprechendsten Ansichten über das, was auf
der Oberfläche der Sonne wahrgenommen wird.

Früh schon kam man auf den Gedanken, das Auge bei
Sonnenbeobachtungen durch farbige Gläser zu schützen, die einen
so bedeutenden Sättigungsgrad haben, dass sie für alles Andere
so gut als undurchsichtig sind; vorher hatte man die Sonne nur
beim Auf- und Untergang, oder auch durch Wolken und Nebel
betrachtet und gleichwohl unter Gefahr des Erblindens. Da in-

---

* Als Scheiner seine Entdeckung der Sonnenflecken seinem Pater Pro-
vinzial, Th. Busaeus, berichtete, äusserte dieser: „Ich habe Aristoteles'
Schriften vielfach von einem Ende bis zum andern durchgelesen und kann dir
versichern, dass ich darin nichts von dem, was du erzählst, gefunden habe.
Geh, mein Sohn, beruhige dich, und glaube mir, dass, was du für Flecken auf
der Sonne hältst, nur Fehler deines Glases oder deiner Augen sind."

dem farbige Gläser auch manche Nachtheile herbeiführten, so hat
W. Herschel einem Newton'schen Glasspiegel-Teleskop eine
Einrichtung gegeben, wodurch die Intensität des Sonnenlichtes
sehr bedeutend vermindert wird, und J. Herschel hat diese Einrichtung noch so verbessert, dass er das Sonnenlicht auf seinen
900. Theil reduciren kann. Porro in Paris ist noch weiter gegangen, indem er auch die Polarisation des Lichtes zu Hülfe
nimmt. Doch ist noch von keiner Seite über die praktische Anwendung dieser Ideen etwas bekannt geworden.

Die Flecken zur Bestimmung der Rotations-Elemente zu benutzen, ist schon früh versucht worden, aber sowohl die Um-
drehungszeit als die Lage der Rotationsaxe kommt sehr verschieden heraus, und wir sind über diesen Punkt bei Venus, Mars
und Jupiter besser unterrichtet als über die Sonne, so sehr man
auch das Gegentheil vermuthen sollte bei ihrer beträchtlichen
scheinbaren Grösse.

Wir geben hier eine kleine Zusammenstellung:

		Ω (für das Äq. 1850).		Neigung.	
Scheiner	1626	67°	0′	7°	15′
Lahire	1703	81	36	6	56
Lalande	1771	77	56	7	15
Fixlmillner	1779	73	20	7	15
Böhm	1834	77	1	6	57
Laugier	1840	75	16	7	9,

und doch sind hier nur solche aufgeführt, welche mehrjährige und
häufige Beobachtungen angewendet haben. Fast noch stärker
weichen die Rotationsperioden ab, die bei Laugier zwischen
24,28 und 26,23 Tagen schwanken. Augenscheinlich sind hier
nicht Beobachtungsfehler, sondern eigene Ortsveränderungen der
Flecke auf der Oberfläche die Ursache der Abweichungen. Wollte
ein Beobachter auf Mars oder Venus aus den Wolkenmassen unseres Planeten, die er zu verschiedenen Zeiten beobachtet hätte,
die Rotations-Elemente der Erde bestimmen, so würden ähnliche
Differenzen herauskommen. Es kam also darauf an, das Gesetz
zu finden, nach welchem die Änderungen der Flecke vor sich
gehen.

Wenn aber schon die Meteorologie unserer Erde, trotz ihres
hohen Alters, noch so viele ungelöste Probleme aufzeigt, und nur
geringe Aussicht vorhanden ist, dass sie es je zu einer sichern
Prognose bringen werde, so wird man sich nicht wundern, dass

die um so vieles jüngere Kenntniss der Sonnen-Oberfläche dies noch weit weniger vermag. Wir wissen bis jetzt nur, 1) dass die Flecke sehr bedeutend sind, und führen Beobachtungen von Bianchi in Modena an, der einen solchen in fünf Erscheinungen wahrnahm und maass; es ergab sich Folgendes:

heliographische nördl. Breite

Erste Erscheinung	6° 26'
Zweite Erscheinung . . .	8 22
Dritte Erscheinung	8 18
Vierte Erscheinung	10 55
Fünfte Erscheinung . . .	14 57

Der Fleck hatte also in 102 Tagen 8° 31', oder, da ein Breiten-grad auf der Sonnen-Oberfläche 1600 geographische Meilen be-trägt, in der Stunde 4²/₃ Meilen zurückgelegt, was nur mit der Schnelligkeit eines Eisenbahnzuges verglichen werden kann.

2) die stärksten Bewegungen erfolgen in einer dem Sonnen-Äquator parallelen Richtung (Petersen, Carrington), und zwar so, dass aus den Flecken, die nördlich oder südlich weiter vom Äquator entfernt liegen, eine grössere Rotationsdauer erhalten wird (Spörer). Aus Flecken in der Nähe des Äquators erhielt man 25,11 Tage, aus anderen der mittleren Breiten 25,90, wobei sich nicht entscheiden lässt, welche Rotationsdauer die richtige sei.

3) Mit diesen Eigenbewegungen sind Änderungen der Grösse und Gestalt verbunden, die zuweilen äusserst rasch vor sich gehen. Winnecke führt ein Beispiel vom 10. März 1861 an, wo er am Pulkowaer Heliometer in ³/₄ Stunden an einem Fleck zwölf ver-schiedene Veränderungen, oft ganz plötzliche, beobachtete; und Carrington sah am 1. September 1859 plötzlich in einem Flecken einen hellen Punkt hervorbrechen, der schon nach fünf Minuten wieder bis auf die letzte Spur verschwunden war. Er hatte vorher eine Zeichnung des Fleckes entworfen und fand nach dem Ver-schwinden, dass alles wie früher geblieben war. Dieselbe Er-scheinung wurde um eben diese Zeit von Hodgson wahrgenom-men, der hinzufügt, dass trotz des Blendglases sein Auge von derselben stark angegriffen wurde.

So rasche Veränderungen mögen nun selten sein; Böhm in Prag hat bei dreizehn in den Jahren 1833 bis 1835 beobachteten Flecken keine deutlichen Spuren einer Eigenbewegung wahr-nehmen können.

Noch ist es viel zu früh, Alles erklären zu wollen; man kann

sich für jetzt nur an das Allgemeine halten, und die Wilson-
Herschel'sche Erklärung, die wir schon § 169 angeführt haben,
entspricht wenigstens der grossen Mehrzahl der Erscheinungen.

In neuester Zeit hat Chacornac, der früher auf den Sternwarten Marseille und Paris thätig war und jetzt auf seiner Privatsternwarte arbeitet, sich sehr eingehend mit Sonnenbeobachtungen
beschäftigt. Er gelangt zu dem Schlusse, dass sich Vulcanreihen
auf der Sonnenoberfläche befinden und dass sich durch ihre
Eruption sowohl Fackeln als Flecke bilden; eine schon von Derham
geäusserte Meinung.

Die eigentlich sogenannten Flecken bilden sich vorherrschend
innerhalb zweier Zonen, die zwischen 20° und 30° der Breite zu
beiden Seiten des Äquators liegen. Die Äquatorialzone selbst
zeigt die Flecke viel seltener; noch seltener jedoch die jenseit des
30.° oder 35.° der Breite gelegenen Gegenden.

Die Sonnenflecken, wenigstens ihre Kerne, scheinen schwarz
zu sein. Wenn man aber bei Sonnenfinsternissen oder Planeten-
durchgängen Gelegenheit hat, mit diesen entschieden schwarz-
dunklen Körpern Sonnenflecke im Fernrohr unmittelbar zu vergleichen, so erscheinen sie nur bräunlich, und oft ziemlich licht-
braun, und der Contrast mit dem schwarzen Körper ist sehr
auffallend. Auch hat sich bei neueren Beobachtungen mit sehr
starken Vergrösserungen gezeigt, dass die Intensität der Dunkelheit, namentlich in grösseren Kernflecken, sich merklich verschieden darstellt, und häufig die Mitte des Kernfleckens dunkler
ist als das Übrige.

Schwabe und Schmidt haben auch Flecke gesehen, die
roth oder rothbraun gefärbt erschienen, merklich verschieden von
dem gewöhnlichen Braungrau. Sie sind klein und von grösserer
Beständigkeit als die übrigen Flecken. Nur muss man, um über
Farbe der Sonnenflecke zu urtheilen, völlig farbenfreie Fernröhre
anwenden. Gerade bei der Sonne zeigen sich, sobald die Achromasie mangelhaft ist, Schwefelgelb, Violett und dergleichen, oft
in sehr schönen Nüancirungen, aber alle nur optisch. Wie manche
wunderliche Erklärung hat ihren Ursprung in solchen vermeintlichen Wahrnehmungen.

Stellt man alles bisher Gewonnene zusammen, so ist es wahrscheinlich, dass die Sonne von einer zusammengesetzten Umhüllung umgeben sei. Wir finden, von aussen nach innen fortschrei-
tend, nach Winnecke's Darstellung:

1) Eine Hülle röthlicher Wolkenschichten, die wir bei totalen Sonnenfinsternissen als rothe Säume bemerken und über welche die Protuberanzen beträchtlich hervorragen, in einzelnen Fällen auch frei über ihr schweben. Sie ist sehr durchsichtig.

2) Hülle der leuchtenden Wolken: die eigentliche Photosphäre. Sie ist netzförmig verbreitet, und durch ihre kleinen Zwischenräume erblickt man die Poren, welche der gesammten Sonnen-Oberfläche ein gleichsam marmorirtes Ansehen geben. Durch grössere Öffnungen derselben sieht man die Halbschatten ohne Kern.

3) Diese Halbschatten gehören einer Schicht lichtgrauer Wolken. Sind diese und gleichzeitig die darüberliegende Hülle (2) zerrissen. so erblickt man die darunterliegenden dunkeln bräunlichen Wolken als Kern.

4) Diese bräunlichen Wolken sind noch nicht der eigentliche Sonnenkern, der sich nur da zeigt, wo auch diese letzte Hülle zerrissen ist.

Die Grösse der Öffnungen nimmt von oben nach unten ab; nicht immer geht die Öffnung durch alle Schichten hindurch, und noch weniger sind sie genau concentrisch.

Allerdings hat diese Zusammenstellung vorläufig nur den Werth der Hypothese, aber mit einem hohen Grade von Wahrscheinlichkeit. Es hat nicht den Anschein, als sollten wir in dieser Angelegenheit über Wahrscheinlichkeiten so bald hinauskommen.

Eins wissen wir mit voller Bestimmtheit und Sicherheit: die Schwerkraft auf der Sonnenoberfläche ist 27 Mal grösser als an der Erdoberfläche.

Auch die Frage ist untersucht worden: ob alle Punkte, namentlich alle Meridiane der Sonne in Beziehung auf die Emission von Licht und Wärme einander gleich seien?

In Beziehung auf das Licht würde zunächst fraglich sein: ob die Mittelgegend der Sonne heller sei als die Randgegenden? Alle, die dies näher untersucht haben, bejahen diese Frage. Bouguer giebt die Helligkeit eines Punktes, der um drei Viertel des Halbmessers vom Centro entfernt liegt, zu 35 an, wenn die Helligkeit der Mitte 48 ist. Arago findet das Verhältniss des Randes zur Mitte 40:41, was zu wenig sein dürfte. Chacornac findet für den mittleren Theil, bis zu drei Zehntel des Halbmessers hin, die gleiche Helligkeit, für den Rand aber nur die Hälfte.

Der Halbschatten eines Fleckens auf der Mitte hat mehr Helligkeit als die Flecken- und fackelfreien Theile am Rande, und
Secchi findet, dass eine Fackel am Rande nicht heller leuchte
als ein freier Theil der Sonnenmitte.

Auch die photographischen Untersuchungen Warren de la
Rue's zeigen, dass die Platte den Sonnenrand bestimmter erscheinen lässt als die Mitte. Dieser Beweis würde aber doch zunächst nur für die chemische Wirkung der Sonne gelten, die
nicht ohne Weiteres mit der Lichtwirkung als identisch gesetzt
werden kann.

Secchi hing ein Thermometer in die Mitte des durch ein
Fernrohr auf eine Wand projicirten Sonnenbildes, und gleichzeitig
ein anderes an den Rand. Gewöhnliche Thermometer zeigten
keinen deutlichen Unterschied, durch einen thermo-elektrischen
Apparat jedoch wurde erhalten:

	Wärme-Intensität.
Centrum der Sonne	1,00
⁷/₁₀ des Halbmessers von der Mitte	0,89
¹⁴/₁₅ „ „ „	0,80
⁹⁷/₉₇ „ „ „	0,52.

Allein hier ist nur die Rede von Mitte und Rand, wie sie
gerade der Erde gegenüberstehen, nicht von bestimmten Meridianen
der Sonnenkugel. Wird die Frage so gefasst, so können nur
längere Reihen genauer Thermometerbeobachtungen eine Antwort
geben. Nervander in Helsingfors untersuchte die Pariser und
Insbrucker Beobachtungen und fand eine Temperatur-Ungleichheit
von nahezu ¼° R, welche beiläufig die Periode der Sonnenrotation
hat. Leider starb Nervander vor gänzlicher Beendigung seiner
Arbeiten. Carlini fand nahezu dasselbe aus Mailänder Beobachtungen, so wie d'Arrest aus den Königsberger; Airy dagegen
konnte bei Untersuchung der Greenwicher Beobachtungen eine
solche Entscheidung nicht mit Sicherheit gewinnen, und Buys-
Ballot in Utrecht findet zwar aus den Utrechter Beobachtungen
eine Differenz, aber für eine Periode, die von Carrington's Rotationsperiode nicht unerheblich abweicht. Der Gegenstand fordert
also zu noch weiter fortgesetzten Untersuchungen auf, welche hauptsächlich an solchen tropischen und subtropischen Gegenden anzustellen wären, die sich einer wenig unterbrochenen gleich-
mässigen Heiterkeit erfreuen.

Viele haben den leuchtenden Ring, der sich um die total

verfinsterte Sonne zeigt, einer Inflexion am Mondrande, oder auch einer Mondatmosphäre zugeschrieben. Für beide Annahmen ist er jedoch zu breit und zu mannigfaltig gegliedert. Man hat künstliche Sonnenfinsternisse veranstaltet durch einen im Brennpunkte des Fernrohrs angebrachten Metallschirm, der die Sonne etwas mehr als verdeckte, wie der Mond bei Totalfinsternissen. So hat man einen leuchtenden Ring von grosser Regelmässigkeit und Gleichförmigkeit erhalten, wie dies vorherzusehen war. Bewiesen war aber damit nichts, denn die Umstände sind zu verschieden. Hier ein lufterfüllter von der Sonne noch erleuchteter Raum; bei totalen Sonnenfinsternissen dagegen ein luftleerer.

Fast alle Beobachter solcher Phänomene sprechen sich entschieden dahin aus, dass wir sowohl die Corona als die Protuberanzen als reelle Objecte aufzufassen haben.

Andere haben versucht, die Corona mit dem Zodiakallicht zu identificiren, so dass letzteres nur eine erweiterte Sonnen-Atmosphäre darstelle. Dagegen streitet indess der schon von Laplace erwähnte Umstand, dass eine mit der Sonne rotirende Atmosphäre sich nur bis dahin erstrecken kann, wo die Schwungkraft der Gravitation zur Sonne gleichkommt, was nahezu 4 Millionen Meilen ist. Da nun aber das Zodiakallicht bis über 100 Grade, vom Orte der Sonne aus gezählt, verfolgt werden kann, was nur erklärlich ist, wenn es sich bis über die Erd-, ja zur Marsbahn erstreckt, so muss diese Identität aufgegeben werden. Es bleibt nur übrig, das Zodiakallicht aufzufassen als einen Ring, zwischen welchem und dem Sonnenkörper ein grosser freier Zwischenraum besteht.

Lamont zuerst, und nach ihm, wie oben erwähnt, auch Wolf und später Gautier haben gefunden, dass die Frequenz der Sonnenflecke mit den Schwankungen der Magnetnadel in Verbindung steht. Sabine untersuchte den Gegenstand, gleichzeitig auch die Inclination und Intensität der Magnetnadel, und machte darüber im März 1852 der Royal Society eine Mittheilung. Endlich hat Wolf aus den Schwabe'schen Beobachtungen, unter Zuziehung noch anderer, sich eine Reihe von Verhältnisszahlen der Häufigkeit der Sonnenflecke gebildet (sie mögen hier mit V bezeichnet werden) und gefunden, dass die mittlere Variation der Magnetnadel für München, wo die Lamont'schen Beobachtungen eine lange und ununterbrochene Reihe bilden, dargestellt wird durch $\left(6{,}27 + \dfrac{V}{20}\right)$ Bogenminuten.

Wir stellen hier 16 Jahrgänge zusammen:

	Verhältnisszahl = F.	$\left(6{,}77 + \frac{F}{20}\right)'$.	Wirklich beobachtete mittlere Variation.
1835	45,1	8,52'	8,61'
1836	97,4	11,14	11,11
1837	111,0	11,62	11,04
1838	82,6	10,40	11,47
1839	68,5	9,70	9,93
1840	51,8	8,86	8,92
1841	29,5	7,75	7,82
1842	19,2	7,23	7,08
1843	8,4	6,80	7,15
1844	12,2	6,88	6,61
1845	32,4	7,89	8,13
1846	17,0	6,62	8,81
1847	79,3	10,23	9,55
1848	100,4	11,29	11,15
1849	95,6	11,05	10,64
1850	63,0	9,42	10,41

Die mittlere Abweichung der beiden letzten Columnen findet sich 0,42 und die stärkste (für 1850) 1,02', während die Hälfte der Abweichungen 0,19' nicht überschreiten. Wolf hat danach versucht, die mittlere Variation für München vorauszuberechnen, und der Erfolg hat diese Berechnung annähernd bestätigt.

Man ist noch weiter gegangen und hat untersucht, ob ausser der grossen Periode (nach Wolf 11,85 Jahre) sich noch andere nachweisen und mit terrestrischen, speciell magnetischen Erscheinungen in Zusammenhang bringen lassen. Doch bleiben wir vorerst bei dem, wie es scheint, sicher ermittelten Verhältniss stehen, und warten die weiteren Untersuchungen ab. Möglicherweise gelangen wir auf diesem Wege zur Ermittelung noch anderer Relationen, welche die Wirkung der Sonne auf die Erde betreffen. Neuerdings hat Wolf gefunden, dass seit 1609 die einzelnen Perioden von sehr ungleicher Länge (8½ bis 15 Jahre) gewesen, dass jedoch, möge sie kurz oder lang sich zeigen, die Summe der Flecken in jeder einzelnen Periode, also der Fleckenthätigkeit der Sonne, dieselbe gewesen zu sein scheint. — Auch eine Periode von 56 Jahren glaubt er nachweisen zu können.

Die Sonne als Fixstern ist gleichfalls in neuerer Zeit Gegenstand der Untersuchung gewesen. Wir können über die Masse der Fixsterne nur dann einen Schluss machen, wenn für einen Doppelstern von bekannter Umlaufszeit die Parallaxe er-

mittelt wird. Durch die Arbeiten Henderson's, Maclear's und
Jacob's kennen wir beides bei α Centauri, der eine Masse von
0,81 zeigt, und durch Krüger erhalten wir die Parallaxe von
ρ Ophiuchi, dessen Bahnelemente schon früher bekannt waren;
sie giebt 2,72 für seine Masse (immer die Masse unserer Sonne
= 1 gesetzt). Bei 61 Cygni lässt sich auf die Bahnelemente noch
kein sicherer Schluss machen, die Masse scheint nicht 0,3 zu erreichen. Unsere Sonne hat demnach eine gewisse mittlere Grösse.
Da wir aber kein Mittel besitzen, die Dichtigkeit irgend eines
Fixsterns zu bestimmen, so lässt sich auch über ihr Volumen
nichts ermitteln, und folgerichtig auch nichts über die specifische
Leuchtkraft.

Das Selbstleuchten an sich hat die Sonne mit allen Fixsternen
gemein, womit indess weiter nichts gesagt ist, als dass wir nur
das Fixstern nennen, was selbst leuchtet. Um so weniger sind
die Schlüsse gerechtfertigt, durch die man ein Planeten-, Kometen-
und Mondgefolge für alle Fixsterne glaubte annehmen zu können.
Schon die Entdeckung der Doppelsterne zeigt uns, wie wenig hier
auf blosse Analogie zu bauen ist; und da allgemein zugegeben
wird, dass bloss erleuchtete Körper in Fixsternfernen nie von
uns gesehen werden können, so werden wir in diesem Punkte
über ein bloss subjectives Meinen und Vermuthen nie hinauskommen.

Mehrfach ist die Ansicht ausgesprochen, die Sonne möge zu
den veränderlichen Sternen gehören. Allein die Flecken nehmen
selbst um die Zeit ihrer grössten Frequenz und Ausdehnung gewiss noch nicht ein Hundertheil der Sonnen-Oberfläche ein; sie
sind überdies von Fackeln begleitet, welche den unbedeutenden
Ausfall noch einigermaassen compensiren. Und die ungleiche
Lichtentwickelung verschiedener Sonnen-Meridiane ist noch sehr
wenig constatirt, überdies auch höchst unbedeutend. Sonach ist
es nicht wahrscheinlich, dass man, aus Fixsternfernen gesehen,
die Sonne als einen veränderlichen Stern erblicken werde. Was
wir aus solcher Nähe nicht sicher ermitteln, wird aus millionenfach grösserer Entfernung gewiss nicht wahrgenommen werden
können.

Seidel hat übrigens ein neues Mittel angegeben, die Frage
zu entscheiden: Man vergleiche photometrisch das Licht eines
Planeten mit dem eines unveränderlichen Fixsternes, z. B. Jupiter
mit Sirius. Wenn der Helligkeitscoëfficient m für Jupiter stets

proportional der Grösse $\frac{1}{r^2\,\triangle^2}$ bleibt (r der Radius Vector Jupiters, $\triangle$ die Entfernung von der Erde), so ist die Sonne ein unveränderlicher Stern; findet das Gegentheil statt, so ist eine Basis gegeben, die Veränderlichkeit der Sonne als Fixstern näher zu untersuchen. Seidel hat die von Olbers 1801 gemachten Vergleichungen des Mars und Saturn mit Fixsternen seinen eigenen Beobachtungen gegenübergestellt, und findet keine Veranlassung, die Sonne für veränderlich zu halten. So wenig Wahrscheinlichkeit auch, allgemein betrachtet, eine von den Örtern der Planeten abhängende Periodicität der Sonnenflecke beanspruchen kann, so verdient gleichwohl der Gegenstand eine möglichst umfassende Untersuchung, und eine solche haben, von einem neuen Gesichtspunkte aus, die Herren de la Rue, Stewart und Loewy begonnen.

Venus und Jupiter, die beiden Planeten, denen nach Masse und Distanz noch der grösste (obwohl sehr geringe) Einfluss auf die Sonne zugeschrieben werden kann, haben nur geringe Excentricitäten, so dass die Verschiedenheit ihres Abstandes von der Sonne, die Wolff allein berücksichtigt, wohl wenig in Betracht kommen kann. Dagegen erscheint es wichtig, die Zeitpunkte, wo diese Planeten dem Sonnenäquator gerade gegenüberstehen, näher ins Auge zu fassen. Denn besteht irgend ein Einfluss, so wird er sich am deutlichsten zeigen an den Parallelkreisen der Sonnenoberfläche, welche diese Planeten in ihrem Zenith erblicken. Die Zeitpunkte, wo Venus dem Sonnen-Äquator theils am nächsten kommt, theils ihn durchschneidet, liegen durchschnittlich 112 Tage auseinander, bei Jupiter mehrere Jahre; es entstehen also Perioden, die hinreichend verschieden von der bekannten 11½ jährigen sind, um in genauen Zusammenstellungen von ihr unterschieden werden zu können; nur wird es allerdings eine längere Reihe von Jahren bedürfen, um hier entscheiden zu können. Carrington's Beobachtungen zeigen bereits, dass die Ausdehnung der Fleckenregion nach N. oder S. des Sonnenäquators zu verschiedenen Zeiten eine merklich verschiedene sei, und so wird, möge nun die angenommene Ursache sich bestätigen oder nicht, jedenfalls einer näheren Kenntniss des Gegenstandes mit Sicherheit entgegengesehen werden können.

Zum Schluss noch eine neuerdings mehrfach besprochene Frage. Unsere Sonne hat eine Eigenbewegung im Weltraume, an

welcher alles, was sich um sie bewegt, Antheil nimmt. Ein nicht
unwahrscheinlicher Werth für die Quantität dieser Bewegung ist
6 geogr. Meilen in der Secunde, im Jahre also gegen 200 Millionen
Meilen, in 5000 Jahren also eine Billion. Dadurch müssen nothwendig die Parallaxen der Sterne, namentlich der uns zunächst
stehenden, sich ändern, und einer spätern Folgezeit wird sich ein
neues Mittel bieten, Richtung und Quantität der Bewegung nicht
nur unserer Sonne, sondern auch anderer Fixsterne im absoluten
Maasse zu bestimmen, was die Gegenwart noch nicht in Anwendung bringen kann. Die Parallaxe von 61 Cygni wird wachsen,
die von α Centauri abnehmen, vorbehaltlich der Änderungen,
welche die eigene Bewegung dieser Sterne herbeiführt. — Ferner:
wenn die zahllosen Sterne im Laufe der Jahrmillionen sich an
einander vorüber bewegen in den allerverschiedensten Richtungen,
müssen nicht oft Sterne einander sehr nahe kommen, und sind
vielleicht die Doppelsterne dadurch zu solchen geworden, dass ein
Stern einen andern an ihm nahe vorübergehenden gleichsam
festhielt?

Wir kommen durch die Bewegung unserer Sonne in andere
Regionen des Weltraumes. Wir können daher die Frage auf-
werfen, ob es wahrscheinlich ist, dass die Temperatur der verschiedenen Gegenden des Raumes dieselbe sei; und wenn sie es
nicht ist, werden nicht dadurch die Temperaturverhältnisse auch
unserer Erde geändert werden?

Gewiss, wo man mit Jahrmillionen rechnen kann, wie in geologischen Fragen, ist alles dies möglich, resp. wahrscheinlich. Nur
wähne Niemand, Veränderungen innerhalb der historischen Zeit
in dieser Weise erklären zu können. Mit der Geschwindigkeit
des Lichts ist keine kosmische Bewegung vergleichbar, und doch
bedarf, nach Herschel's Schätzung, der Lichtstrahl zwei Millionen Jahre, um von dem entferntesten der noch sichtbaren Nebelflecke in unser Fernrohr zu gelangen.

Die neuesten Veröffentlichungen de la Rue's, unter Zuziehung der Carrington'schen Zeichnungen der Sonnenoberfläche,
enthalten folgende Hauptsätze:

1) Die Sonnenflecke sind Vertiefungen, wie es schon Wilson
und W. Herschel gefunden haben.

2) Die Fackeln schweben über der Oberfläche der eigentlichen Photosphäre, sie erscheinen deshalb heller, weil ihr Licht
in geringerem Grade von den atmosphärischen Umhüllungen der

Sonne geschwächt wird, was insbesondere am Rande der Sonne der Fall ist.

3) Die leuchtenden Bestandtheile der Sonne sind wolkiger Natur.

§ 230.

Namentlich im letzten Jahrzehend ist die Zahl Derer, welche die Sonne zum Gegenstand physischer Untersuchungen machen, in einem solchen Maasse angewachsen, dass der Ueberblick schwer fällt. Ausser den oben bereits Genannten sind hier noch Ashe, Biot, Brodie, Karl Dawes, Dunkin, Fletcher, Hodgson, Hoek, Howlett, Huggins, Jeanjaquet, Jenzer, Lang, Lummis, Nasmyth, Noble, Selwyn und noch manche Andere anzuführen. Photographisch, spectroskopisch und thermometrisch ist unser Fixstern untersucht worden, und da alles dafür spricht, dass diese Arbeiten auch in Zukunft fortgesetzt werden, so wird die Ausbeute davon für kommende Zeiten keine geringe sein.

Howlett, dessen Privatobservatorium S. Augustin's Parsonage in Sussex ist, legte im November 1861 der Astr. Society 73 Zeichnungen der Sonnenoberfläche vor, die im Laufe eines Jahres erhalten worden. Er erklärt, die Sonne nie ganz fleckenlos gesehen zu haben, wenn gleich einzelne Tage, wie der 1. Februar und 9. October, nur wenige Spuren zeigten. Er findet ferner, dass ein Uebergewicht der Fleckenbildung für die Nordhalbkugel der Sonne bestehe; unter 99 Tagen, die seine Beobachtungen umfassen, war dies 47 Mal entschieden; 28 Mal fand das Gegentheil statt und 24 Mal schienen die Flecke auf beide Halbkugeln gleichmässig vertheilt zu sein. — Rasche Änderungen zeigten sich mehrere; am 29. Juli war ein Fleck um 6^h 20' Morgens ganz deutlich, und schon um 2^h 15' Nachmittags jede Spur verschwunden. — Die Penumbra zeigte sich oft sehr wenig und schwach, wenn sie nicht gar ganz fehlte.

Im December 1862 theilte er die Fortsetzung seiner Beobachtungen mit. Am 25. Juli zeigt seine Zeichnung einen grossen Fleck mit zwei sehr unregelmässig geformten dunklen Kernen, und zwischen beiden eine ansehnliche Fackel, die sich fortwährend verkleinerte, am 28. und 29. nur mit Mühe noch wahrgenommen werden konnte, und am 31. ganz verschwunden war; die Kerne waren zusammengeflossen und die Gestalt des Ganzen änderte sich bis zur Unkenntlichkeit. Die *Monthly Notices* theilen sechs diesen und einige andere Flecke darstellenden Zeichnungen Howlett's mit. Am 8. April 1864 macht er auf die bedeutenden Unterschiede aufmerksam, welche gleichzeitig erhaltene Sonnenphotographien in Ely und Kew zeigen, und in Übereinstimmung mit Prof. Selwyn dringt er auf genaue Beachtung der Expositionszeit, nebst genauer Angabe derselben. Wohl könne man in kleinen Bruchtheilen der Secunde schon Bilder der Flecke erhalten, allein dies gilt nicht von allen Flecken, namentlich nicht von den kleineren und weniger intensiven. — Im 25. Bande der *Monthly Notices* erklärt er sich gegen die Annahme einer Überlagerung eines Flecks durch den andern, und führt eine eigenthümliche Beobachtung von Weisse an, zu deren Fortsetzung er auffordert.

Macuider hat im Sommer in den polaren Gewässern die Sonne anhaltend verfolgen können, da sie dort auch um Mitternacht nicht untergeht, und theilt seine Beobachtungen in Bd. XXIII der *Monthly Notices* mit.

Noble zeichnet eine auffallend grosse und mannigfaltig zusammengesetzte Gruppe von Flecken, die er am 24. Mai um 3^h Nachmittags beobachtete. Wir erblicken darin Kernflecken, Penumbren und Fackeln von grotesken Formen, welche dem Sonnenrande nahe stehen.

Biot hat von 1860 bis 1862 die Sonne fleissig beobachtet, und zeigt, dass die fleckenbildende Kraft an ein gewisses (aber keineswegs constantes) Centrum gebunden sei, und dass die Flecke desto seltener sind, je entfernter sich der betreffende Sonnenmeridian von diesem Centro befindet.

Lummis in Manchester bemerkt am 20. März 1862 einen auffallend kreisförmigen, scharf begrenzten schwarzen Fleck, der sich innerhalb 22 Minuten (von $8^h\ 37'$ bis $8^h\ 59'$ Morgens) um 6 Bogenminuten auf der Sonne fortbewegte. Sein Durchmesser beiläufig $7''$. War dies ein Planet?

Eugène Jeanjaquet in Neufchatel spricht sich, aber wie es uns scheinen will, nicht mit genügenden Gründen, gegen die Meinung aus, dass die Sonnenflecke Vertiefungen seien. (*Monthly Notices* XXII, 234).

Carrington (in Durham) untersucht auf Grund zahlreicher eigener Beobachtungen die Neigung und den aufsteigenden Knoten des Sonnenäquators und findet $i = 7^\circ 15'$ und $\Omega = 73^\circ 40'$ (Aeq. 1850). Ich selbst hatte im Jahre 1836 diese Neigung $7^\circ 7'$ gefunden. Andere Resultate sind im Vorstehenden gegeben.

Hodgson zeichnet (*Monthly Notices* XXII, p. 300) einen merkwürdigen Sonnenfleck mit drei grossen Kernen und einem Bogen, zusammengesetzt von kleineren Kernen, nebst seiner Umgebung.

Nasmyth trat (in einem Briefe an Hodgson vom 3. Januar 1864) mit der Behauptung auf, dass die ganze leuchtende Oberfläche aus einzelnen Partikeln bestehe, deren Gestalt er mit Weidenblättern verglich. Diese sollten Verbindungen zwischen den einzelnen Flecken darstellen und in der Nähe der Penumbra am besten gesehen werden. Stone in Greenwich nahm hiervon Veranlassung, die Sonne mit dem grossen Äquatorial der Greenwicher Sternwarte zu beobachten. Er fand ähnliche Partikeln, die er jedoch besser mit Reiskörnern glaubte vergleichen zu müssen. Dunkin, Ellis und Carpenter, die er als Mitbeobachter zu Rathe zog, sprachen sich in gleicher Weise aus. Dunkin fand in einem Raume von $56''$ in horizontaler und $48''$ in vertikaler Dimension gegen 300 solcher „Reiskörner", deren jedes also $9''$ (Quadratsecunden) einnehmen würde. Einige Tage später ward die Anzahl nur 200 geschätzt; sie waren augenscheinlich gröber zerstreut.

Werthvolle Beiträge verdanken wir insbesondere dem unlängst verstorbenen Dawes. Er bemerkt zuvörderst, dass der von Nasmyth angeführte neue Name keineswegs eine neue Entdeckung involvire. Es sei längst bekannt, dass die Sonnenoberfläche ein gleichsam marmorirtes Ansehen zeige, wie man in Herschel's *Outlines of Astronomy* sehen könne. In der Nähe der Penumbra eines Fleckes nehmen diese Partikeln eine längliche Form an, die man mit vielen andern Gegenständen ebenso gut als mit Weidenblättern vergleichen kann.

Noch finden wir uns veranlasst, hinsichtlich des Sonnenabstandes vom Zenith und dem daraus gefolgerten Erdumfange einen Fehler zu berichtigen, der in dem ersten Bande vorkommt; pag. 56, Zeile 8 und 9 ist zu lesen: $\sin \beta \sin \beta' + \cos \beta \cos \beta'$ $\cos (\lambda - \lambda') = \cos q$, folglich $q \quad 7^\circ 37' 22''$ (auf der Kugel), mithin nicht $\frac{1}{50}$, sondern $\frac{1}{47,77\ldots}$ vom Erdumfange.

§ 231.

DIE SÄCULAR-UNGLEICHHEIT DES MONDES.

Bekanntlich ist Laplace der erste, der eine säculare Accele-
ration der Mondbewegung sowohl theoretisch festgestellt, als auch
in den alten Mondbeobachtungen nachgewiesen hat, und die Mondtafeln, welche zunächst folgten, namentlich die von Burckhardt
und Damoiseau, führten diese Werthe, wie Laplace sie gegeben, auf.

Als Hansen seine neue Mondtheorie bearbeitete, bildete die
Säcular-Ungleichheit einen Hauptgegenstand seiner Untersuchungen,
bei denen übrigens, wie er selbst erklärt, blos empirische Resultate keineswegs ganz ausgeschlossen wurden. Der von ihm gefundene Ausdruck gab Mondsörter, aus denen die alten Finsternisse
(des Thales, die von Larissa und die des Agathokles) sich ganz
so ergaben, wie sie nach den uns überkommenen Berichten der
Alten wirklich erfolgt waren, wodurch also Hansen's Entwickelungen sich bestätigten, vgl. Bd. II, p. 276 und 277.

Bezüglich der Controverse, welche sich über obigen Gegenstand zwischen ihm und Delaunay entsponnen hatte, und der
auch Adams insofern beitrat, als seine Resultate gleichfalls einen
von dem Hansen'schen verschiedenen, und zwar geringeren
Werth für diese Säcular-Ungleichheit ergaben, tritt Delaunay
in den *Comptes rendus* von 1865 mit einer Erklärung auf, von
welcher wir nachfolgend das Nähere mittheilen, da sie geeignet ist,
die erwähnten Differenzen auf eine physische Ursache (die oben bemerkte Verlangsamerung der Erdrotation) zurückzuführen. Die
Meeresfluth, bewirkt durch die Anziehung des Mondes und der
Sonne, ist in ihrer Bewegungsrichtung der Erdrotation fortwährend
entgegengesetzt. Diese Bemerkung ist nicht durchaus neu,
aber man hatte angenommen, die Wirkung auf die Rotationsperiode
der Erde sei durchaus unmerklich. Delaunay zeigt nun, dass
sie sich wenigstens annähernd berechnen lasse und dass sie, wenn
auch in jeder andern Beziehung unmerklich, doch hinreichend
sei, die Differenz zwischen dem theoretischen (Delaunay's und
Adams') Resultat und den Beobachtungen zu erklären. Denn
verlangsamert sich die Rotation der Erde, ohne dass wir im
Stande sind, dies direct wahrzunehmen, so muss die Mondbewegung, gemessen nach Erdentagen, sich scheinbar beschleunigen,

und es genügt an einer Verlangsamerung der Erdrotation, die
in 2000 Jahren 0,01197" beträgt; — eine so geringe Grösse, dass
es ausser der Mondbewegung kein Mittel giebt, ihre Existenz
wahrzunehmen. Da übrigens die unregelmässige Form der Land-
massen und die zu wenig bekannte mittlere Tiefe des Meeres
einer genauen Berechnung im Wege stehen, so schlägt Delaunay
vor, die Differenz zwischen Theorie und Praxis als von dieser
Ursach herrührend zu betrachten und die Retardation aus dieser
rückwärts zu berechnen. *

Stone, der die Berechnungen Delaunay's recapitulirt hat
und sie bestätigt findet, giebt (*Monthly Notices* XXVI, 90) eine
abgekürzte und vereinfachte Übersicht des Ganzen, das übrigens
ganz geeignet ist, darzuthun, wie die Hülfsmittel der heutigen
Analysis im Stande sind, Thatsachen ans Licht zu ziehen, die
ausserdem uns für immer verborgen geblieben wären.

Airy hat (*M. C.* XXVI, 221 ff.) den Gegenstand gründlich
untersucht. Seine Ausführungen stimmen mit denen Delaunay's
in der Hauptsache überein; er findet, dass die verschiedenen
Frictionen sich aufheben und ihre Gesammtwirkung auf die Erdrotation gleich Null sind. Gould bringt in Erinnerung, dass Ferrot
(*American. Astron. Journ.* III, 138—141) bereits 1853 in seiner
Abhandlung: „*On the effects of the Sun and Moon on the rotatory
motion of the Earth*“ zu demselben Schlusse wie Delaunay gelangt ist. Nur dass er nicht einen Unterschied zwischen Theorie
und Beobachtung dadurch aufzuheben sucht, sondern eine Con-
traction des Erdradius um 1¹⁄₂ Fuss im Jahrhundert annimmt,
und diese Zusammenziehung hinreichend hält, die Verlangsamerung zu compensiren und die Erdrotation unverändert zu erhalten.

Stone's Untersuchungen (*Month. Notices* XXVII, 192) ergeben
das Resultat, „dass auch die Lage der Erdaxe durch die hier erwähnte Fluthwirkung, nur allerdings in ungemein langen Zeiträumen, eine Änderung erfahren müsse.“

---

* Allerdings kann daraus gefolgert werden, dass die Erdrotation sich fortwährend verlangsamern müsse, bis sie schliesslich der Umlaufszeit des Mondes
(tropisch) gleich ist. Die Rechnung, die sich gleichfalls nur beiläufig führen
lässt, führt auf 800000 Millionen Jahre. Unsere Uhrmacher können also sich
darüber ganz beruhigen. — Eine andere Ursache der Veränderung könnte in
der allmaligen Abkühlung der Erde gesucht werden: diese aber würde, falls
sie sich in solcher Weise merklich machen könnte, die Rotation beschleunigen,
nicht sie verzögern.

Endlich macht Wackerbarth (*Monthl. Not.* XXVII, 199) darauf aufmerksam, dass bereits Emanuel Kant sich mit dieser Frage beschäftigt hat. In seinen Schriften zur physischen Geographie befindet sich eine Untersuchung der Frage: „Ob die Erde in ihrer Umdrehung um die Axe, wodurch sie die Abwechslung des Tages mit der Nacht hervorbringt, einige Veränderung seit den ersten Zeiten ihres Ursprungs erlitten habe, welches die Ursach davon sei und woraus man sich ihrer versichern könne? 1754." —

In dieser Schrift findet er die Ursache in der Ebbe und Fluth, und er bemerkt, dass, wie klein die Wirkung auch immer sein möge, doch vom allgemein philosophischen Standpunkt aus darin kein Grund der Nichtbeachtung gefunden werden könne. Wir werden allerdings in dieser Frage vom Jahre 1754 ein numerisch richtiges Resultat nicht erwarten; Kant findet ein viel zu grosses; allein leugnen lässt sich nicht, dass mehr als ein Jahrhundert vor Delaunay der Königsberger Philosoph auf dieselbe Ursache der Retardation gerieth, während damals noch nichts vorlag, wodurch eine Lösung der Frage zur praktischen Nothwendigkeit geworden wäre.

Ist die von Delaunay bezeichnete Ursache die wahre, so wird eine Zeit kommen, wo auch im Laufe anderer Weltkörper ähnliche Wahrnehmungen, wie jetzt in dem des Mondes, gemacht werden. Nimmt man die obige Zahl an, so wird nach 2000 Jahren der Tag sich abermals um 0,01197 verlängert haben, und eine mit den gegenwärtigen 24 Stunden fortgeführte Zählung würde um 6⅓ Minuten vor der dann wirklich stattfindenden Rotation voraus sein, was im Orte der untern Planeten bei sehr genauen Beobachtungen nicht verborgen bleiben könnte; vorausgesetzt, dass solche den ganzen Zeitraum hindurch anhaltend fortgesetzt würden.

§ 232.

DIE MOND-OBERFLÄCHE.

Es kann den Verfasser nur mit Freude erfüllen, dass durch das grosse Interesse, welches für Selenographie, namentlich in England, erwacht ist, seine 1830—1837 ausgeführte Arbeit: „Die Karte des Mondes," mit kritischem Blicke beleuchtet und in dieser Weise die Kenntniss der Oberfläche unseres Trabanten wahrhaft gefördert wird. Eine nur flüchtige Betrachtung meiner Mond-

karte konnte vielleicht anfangs die Meinung erwecken, als sei auf
diesem Gebiete alles nun so weit beendet, als Beobachtungen von
der Erde aus es gestatteten. Ich selbst habe diese Ansicht nie
getheilt, sondern nur geglaubt, eine brauchbare Grundlage zum
weitern Fortbau aufzustellen, wohl erkennend, dass ein solcher zu
seiner Durchführung weit mehr bedürfe als das Leben und die
Kraft eines Menschen. Aber ein Feld, welches Herschel liegen
liess und Schröter mit grossem Eifer, aber voreilig und ohne
die gehörige Umsicht, zu bearbeiten versuchte, was Lohrmann
erfolgreich begann, aber leider nicht beendet hatte, zu fernerer
Bestellung so gründlich, als es mir irgend möglich war, vorzubereiten, — das lag, wie gesagt, in meiner Absicht, — und, wie ich
später berichten werde, erfüllt sich mir die Hoffnung, diese zu
erreichen. Ungemein wünschenswerth muss ich es bezeichnen,
wenn Herr Julius Schmidt in Athen, der im Besitz der noch un-
edirten Zeichnungen ist, welche Lohrmann für seine beabsichtigte Mondkarte entworfen, aber bei seinem Ableben 1840 fast
alle unvollendet zurückgelassen hat, diese, selbst in obigem Zustande herausgeben, oder mit eigenen partiellen Ergänzungen versehen möchte, da er gewiss in jeder Beziehung geeignet ist, dieses
auszuführen.

Von den Versuchen, Mondgloben darzustellen, sind mir folgende bekannt:

Bald nach dem Erscheinen meiner Mondkarte arbeitete die
Hofräthin Wilhelmine Witte geb. Böttcher in Hannover, im
Besitz eines schönen Fraunhofer'schen Teleskops und wohlgeübt
in dessen Gebrauch, mit Hülfe beider einen Mondglobus von
13 Zoll Durchmesser aus, aber von einer solchen Feinheit der
Plastik und einer Genauigkeit, dass kein Gegenstand der Karte
darauf vermisst wird. Auch alle Mondfarben, so wie die zeitweilig
nur sichtbaren Lichtstreifen, sind darauf angebracht. Eine Vervielfältigung dieser Arbeit ist, so sehr dies auch gewünscht wurde,
nicht möglich; die von ihrer Hand gearbeiteten Kugeln sind
Unica geblieben, und nur mit einzelnen Landschaften ist es gelungen, sie in gleicher Weise darzustellen. Sir John Herschel,
dem dieser Globus zur Ansicht nach England überschickt wurde,
hat ihm, so wie alle Sachkundigen dort, die höchste Anerkennung
gezollt, und ein zweites Exemplar ist auf den dringenden Wunsch
und die Vermittelung Alex. v. Humboldt's in den Besitz Königs Friedrich Wilhelm III. gelangt.

Riedl v. Leuenstern in Wien trat kurz darauf mit einer kleinen Mondkugel auf, ganz nach Art der künstlichen Erdgloben mit Papiersegmenten überzogen, auf denen die Gebilde des Mondes in Kupferstich erschienen. Ähnliches hatte schon T. Mayer versucht und nach eigenen Beobachtungen ein Sechstel der Mondoberfläche dargestellt, als der Tod ihn überraschte; auch sind später noch einige Mondgloben in grösserer Dimension, namentlich von Dickert in Bonn, versucht worden.

Daguerre's Entdeckung wurde sehr bald mit Erfolg auf den Mond angewandt. Zwar liessen die ersten, in Paris gemachten Versuche noch wenig Detail erkennen, aber eine schon 1852 in Amerika zu Stande gekommene Mondphotographie zeigte recht charakteristisch die Formen der grösseren Gebilde. Die vorzüglichsten Arbeiten dieser Art haben uns Warren de la Rue und Rutherfurd in Amerika geliefert. Auch Zeichnungen der Mondoberfläche sind photographirt, so das Ringgebirge Copernicus im grossen Maassstabe von Secchi.

Wir haben nun noch einiger Arbeiten zu erwähnen, die uns in neuerer Zeit aus England zugekommen sind; jedoch ist eine Vorbemerkung hier nothwendig:

Mehrere Gegenstände zeigen bei Vergleichung mit meiner Mondkarte Differenzen mancher Art. Kleinere Objecte, welche die Karte von 1836 nicht enthält, werden wahrgenommen, andere zeigen sich verändert; endlich findet man die einzelnen Punkte nicht ganz in derselben gegenseitigen Lage, folglich auch in einer etwas verschiedenen Länge und Breite.

Wir setzen voraus, dass alle Beobachter vor der Vergleichung die Librations-Änderungen genau beachtet und in Rechnung gezogen haben, und dass folglich Alles für mittlere Libration gelte, wie sie für die Karte gewählt ward; denn jedem Beobachter ist bekannt, dass namentlich die dem Rande nahen Gebilde durch die Libration eine ganz andere Gestalt und gegenseitige Lage erhalten.

Was die auf meiner Mondkarte fehlenden Gegenstände betrifft, so erwäge man, dass das dazu angewandte Fraunhofer'sche Fernrohr 4¼ Fuss Brennweite und 3½ Zoll Objectiv-Öffnung hatte, dass es höchstens, und nur bei besonders günstiger Luft, eine 300malige Vergrösserung gestattete und bei Weitem das Detail nicht zeigen konnte, welches die jetzt an nicht wenigen Orten, und namentlich in England aufgestellten Refractoren und Teleskope

darstellen. Ferner war durch langjährigen Gebrauch der Stein,
auf dem meine Karte gezeichnet war, zuletzt so abgenutzt, dass
die davon abgezogenen Exemplare manche Linien und Gebilde sehr
matt, andere gar nicht enthielten, weshalb eine Erneuerung der
Zeichnung dringend gewünscht wurde. Endlich aber konnte, da
ein Gesammtbild des Mondes, und zwar ein ganz auf meinen
eigenen Arbeiten basirtes, beabsichtigt war, den einzelnen Objecten
nicht die ganze Sorgfalt gewidmet werden, die nur möglich ist,
wenn man sich mit einem oder wenigen speciell beschäftigt, und
man wird schon bei Vergleichung der nahezu gleichzeitig erschienenen Lohrmann'schen vier Blätter hier und da Differenzen
finden.   Sonach wird der Schluss auf eine seit 30 Jahren dort
stattgefundene Veränderung nur ausnahmsweise den Grad von
Sicherheit gewähren können, den die Wissenschaft fordern muss.
Dass übrigens solche Veränderungen vorkommen, davon liegt gegenwärtig in denen des Krater Linné ein unzweifelhaftes Beispiel vor.
Es bedarf jeder Einzelfall einer besonderen Untersuchung, wenn
wir nicht in den Fehler Schröter's verfallen wollen, der, ohne
auf dem Monde gehörig orientirt zu sein (was er auch gar nicht
nöthig findet), gleichwohl ohne Weiteres das, was er früher nicht
beachtet und später bemerkt, als stattgehabte Veränderung bezeichnete.

Birt hat schon eine Reihe von Jahren hindurch Mondlandschaften in den verschiedensten Beleuchtungs- und Librations-
Verhältnissen beobachtet; so im Jahre 1859 Geminus, Geminus C
und Bernouilli und er macht auf eine dunkle Stelle aufmerksam,
die sich durch alle Phasen fast unverändert erhält. Er bemerkt,
wie nöthig es sei, für jede Landschaft die Libration zu bezeichnen,
in der sie am günstigsten zu sehen ist. Wir stimmen dem gern
bei, können aber nicht umhin, zu bemerken, dass dieses, selbst
für den geübtesten und kundigsten Selenographen, eine sehr
schwierige und zeitraubende Aufgabe bildet. Im Januar 1860
ward Fracastor untersucht, später Hippalus, über den schon
Nasmyth Mittheilungen gemacht; im April ein Theil des Mare
Imbrium, dem Schröter den Namen Newton gegeben, und der,
als zu wenig augenfällig, auf meiner *Mappa Selenographica* un-
benannt geblieben ist. Auch Birt konnte nur durch einige lichte
Punkte, bei sehr schräger Beleuchtung, die Form eines Ring-
gebirges einigermaassen erkennen. Im Mai wird der Hügelrücken
zwischen Burckhardt und Geminus näher untersucht. Insbeson-

dere beobachtet Birt die Form der Schatten; gewiss das geeignetste Mittel, die hypsometrischen Verhältnisse der Mondgegenden gründlich kennen zu lernen. 1861 kommt die Randgegend des Mare Humorum, insbesondere dessen meerbusenartige Theile zur Besprechung; er zeigt, dass es Beleuchtungsverhältnisse gebe, bei denen man diese *disrupted craters* als vollständige Ringe erblickt, und er bezeichnet einige Partien, deren Darstellung ihm auf der *Mappa Selenographica* mangelhaft erscheint. Für den Mondkrater Plato giebt er uns eine vollständige Ephemeride, wonach man in jeder Beleuchtung im Voraus wissen kann, was man und wie man es sehen werde. Im April 1862 bespricht er den Mondfleck Alhazen, der von Schröter gesehen, aber sehr fehlerhaft bestimmt worden ist, und den Rumowsky und Köhler nicht finden, respective nicht sicher identificiren konnten. Er erwähnt der Beobachtungen Webb's und findet eine gute Übereinstimmung seiner Beobachtungen mit meiner Darstellung.

Im Januarheft 1863 der *Monthly Notices* giebt Warren de la Rue eine Darstellung seines Verfahrens beim Photographiren des Mondes, wie es sich nach und nach gebildet hat, schildert die Schwierigkeiten, welche ein nicht ganz vollkommener Zustand der Atmosphäre wie der Reagentien des Instruments herbeiführen (unter 400 negativen Bildern haben sich nur etwa 20 als brauchbar erwiesen), und die Vorzüge, die ein photographisches Mondbild vor einer gewöhnlichen Karte hat. Er hat Secchi's Photographie mit der seinigen verglichen, die Ähnlichkeit befriedigend gefunden, nur dass zwei lichte Punkte sich bei der ersteren zeigen, die bei ihm fehlen.

Bei der Totalfinsterniss am 18. Juli 1860 hatte Warren de la Rue in Rivabellosa gleichfalls schöne Profile des Mondrandes erhalten.

Lassell hat den südlichen Mondrand durch sein grosses Teleskop betrachtet und ihn sehr uneben gefunden. Er glaubt nicht, dass Irradiation dieses hervorbringen könne, und wir halten uns überzeugt, dass hier bergartige Ungleichheiten die einzige Ursache sind.

Dagegen gestehen wir, nicht zu wissen, wie wir uns die so auffallend polygonale Figur erklären sollen, welche H. C. Key in den *Monthly Notices* XXIV, p. 21, für den westlichen Mondrand giebt. Wir können nur versichern, nie auch nur annähernd Ähnliches wahrgenommen zu haben.

33 *

Dawes untersucht in den ersten Monaten 1863, auf Birt's Ansuchen, den Mondkrater Plato sorgfältig und wiederholt, unter genauer Beobachtung des Beleuchtungsverhältnisses, und findet das Innere von Kratern und kraterähnlichen Flecken mehrfach unterbrochen, auch Streifen ohne alle Erhebung, die wie alle übrigen des Mondes am besten bei höchster Beleuchtung, wenn keine Schatten fallen, gesehen werden.

Webb giebt uns eine *Index chart* der Mondoberfläche, die den Beobachtern zu statten kommt; die Bezeichnungen sind ausschliesslich Ziffern, die in einer besondern Erläuterung mit anderen Karten zusammengestellt worden. Er geht jedoch nur auf Einzelnes näher ein und bezeichnet (XXIV, 201 der *Monthly Notices*) eine Folge von Objecten, in denen er Veränderungen vermuthet, ihrer jedoch nicht ganz gewiss werden kann, da er, und allerdings mit Recht, zweifelt, ob das minutiöse Detail, von dem hier die Rede ist, auf den früheren Darstellungen hinreichend genau sei. Bei zweien, mit Messier bezeichneten Kratern, die meine Darstellung ganz gleich angiebt, findet er eine merkliche Verschiedenheit, und hier dürfte die Vermuthung einer Veränderung richtig sein. Vereinzelte Bemerkungen aber, wie werthvoll auch in sich, werden zu leicht übersehen, und gerade hier ist ein Zusammenwirken Vieler nothwendig, welches auch schon seit längerer Zeit in England erkannt und auf eine erfreuliche Weise in Ausführung gebracht ist.

Nachdem ich schon 1856 von der Royal Society nebst einer photographirten Mondlandschaft die Nachricht erhalten hatte, dass 1852 in Belfast von Seiten der British Association for the Advancement of Science ein Comité constituirt sei, um Material zur Vergleichung des physischen Charakters der Mondoberfläche mit dem unserer Erde zu sammeln, theilte mir Birt bei meinem Aufenthalte in Norwich 1868 mit, dass 1864 durch das General-Comité der British Association abermals ein Comité ernannt sei, um Formen zur Registrirung der verschiedenen Krater und sichtbaren Gegenstände der Mondoberfläche vorzubereiten; ferner, um nach den vierfach vergrösserten Umrissen meiner Mondkarte eine Umrisskarte als Grundlage zur Vergleichung und Eintragung weiterer Beobachtungen darzustellen; endlich, um eine ausgebreitete Correspondenz mit den verschiedenen Himmelsforschern, diesen Gegenstand betreffend, zu führen. 35 Herren haben sich erboten, die einzelnen Partien des Quadranten, in welche auch diese ver-

grössorte Karte, gleich der meinigen, eingetheilt ist, zu über-
nohmen und sie nach oben erwähntom Plan sorgfältig zu bearbeiten, während Dirt, als beständiger Secretair des Ausschusses,
in einem jährlichen Report Nachrichten und Belege giebt von der
fortschreitenden Thätigkeit hinsichtlich dieses verdienstvollen Unternehmens, welches die glücklichsten Resultate erzielen und die
Selenographie zu einem Umfange erweitern wird, wie ein solcher
nur durch das Zusammenwirken so vieler Kräfte möglich ist.
Der Hauptzweck, den man dabei im Auge hatte, ist die Erforschung der physischen Processe, welche entweder früher waren,
oder noch in fortwährender oder gelegentlicher Wirkung innerhalb der Grenzen unseres Satelliten sind, so wie die Anwendung
ihrer operirenden Gesetze zur Erklärung der Erscheinungen, die
man auf der Oberfläche des Mondes entdeckte, um aus diesem
Material Schlüsse, seine gegenwärtige und vergangene Geschichte
betreffend, zu bilden. Birt hat 1864 in der Section A der
British Association einen Vortrag über die Methoden, Veränderungen in dem Monde zu entdecken, gehalten und gleichzeitig
berichtet, dass er einen Katalog begonnen und darin schon 586
Objecte verzeichnet habe (gegenwärtig enthält derselbe schon
über 2000).

Ein Monogramm des Hipparchus, eine Kraterologia, so wie
eine Zeichnung des Mare Serenitatis sind schon erschienen. Letzteres, mit ungemeiner Sorgfalt ausgeführt, ist eben durch die Veränderung des Kraters Linné von grossem Interesse. Reichhaltiges
Material über das Mare Nectaris und über die Gruppe Theophilus,
Cyrillus und Catharina ist vorhanden, und bald wird ein Monogramm eines Theils des Mare Imbrium vollendet sein, dargestellt
nach sehr sorgfältigen Untersuchungen der Wall-Ebene Plato's,
auf deren Grunde man mehr als 24 Flecken entdeckt hat.
Obgleich Andeutungen von verschiedenen Veränderungen vorhanden sind, so hat sich doch bis jetzt, mit Ausnahme des Linné,
nirgend eine solche bestimmt herausgestellt.

Vielfach war der Wunsch ausgesprochen worden, dass dem
schon oben erwähnten Übelstand der Abnutzung des Steins, auf
welchem meine grosse Mondkarte gezeichnet ist, durch eine genaue Revision und durch Verschärfung der matt gewordenen
Linien abgeholfen würde. Diese Arbeit ist nun 1869 mit Hülfe
meiner Originalzeichnungen und mit Hinzufügung meiner späteren
Dorpater Beobachtungen, unter meiner Controle ausgeführt und

so eine neue verbesserte Auflage der *Mappa Selenographica* durch
Schropp in Berlin veranstaltet. Sie enthält ausserdem zwei
Zeichnungen von grösserer Dimension, die ich durch den grossen
Refractor in Dorpat erhalten habe: eine Landschaft, welche die
Ringgebirge Godin, Agrippa, Triesnecker, nebst den Rillen, west-
lich von Triesnecker, einschliesst, die wohlbekannte Spalte vom
Ilyginus und eine detaillirte Zeichnung des Pitatus mit seinem
merkwürdigen Innern.

Ich hatte früher gehofft, nochmals in Dorpat eine vollständige Karte in gleichem grossen Verhältnisse auszuführen, von der
auch verschiedene Anfänge vorhanden sind; aber das dortige
Klima, welches fortlaufende Beobachtungen selten gestattet, so
wie meine nach und nach sich entwickelnde Erblindung vereitelten
meinen mit grosser Vorliebe gefassten Plan, nach welchem ich
nur diese wenigen Zeichnungen vollenden konnte.

So ist denn die Selenographie, womit ich meine beobachtende
astronomische Thätigkeit begonnen, auch ihr Schluss geblieben.
Möge er der Anfang günstiger Erfolge auf diesem Gebiete für
jüngere frische Kräfte sein!

SECHSTER ABSCHNITT.

BIOGRAPHISCHE UND LITERARISCHE NOTIZEN.

Wenn gleich die geschichtliche Darstellung vielfach Gelegenheit bot, der Männer zu gedenken, welche sich um die Astronomie und die ihr verwandten Wissenschaften verdient gemacht, so blieben doch noch manche übrig, die nicht Erwähnung fanden, obwohl auch sie gerechten Anspruch auf dankbare Anerkennung ihrer Leistungen haben. Nur die nothwendige Beschränkung, welche der Plan dieses Werkes bedingt, veranlasste mich, aus den sorgfältig gesammelten biographischen Notizen, so wie aus dem von mir zusammengestellten Katalog astronomischer Schriftsteller, ihrer Arbeiten und Sternwarten, wofür ich die besten Quellen benutzte, und den ich später vielleicht einmal vollständig erscheinen lassen werde, hier nur eine geringe Anzahl, unter Ausschluss der noch lebenden Autoren, mitzutheilen. Die nachfolgenden Nekrologe sind meist nach dem Todesjahr geordnet.

Alexander Piccolomini (13. Juni 1508 — 12. März 1578), Erzbischof von Patrasso, schrieb:

1539. Libri IV de la sfera del mondo e delle stelle. Venedig. Wiederholte
     Auflage bis 1610, auch Übersetzungen ins Französische und Lateinische.
1558. Della grandezza della terra, delle stelle &c. Venedig.
     Teoriche de i pianeti.
1568. Opuscula collecta. Joanne Nicolao Stephano interprete. Basel.

ι

Riccioli hat ein Ringgebirge des Mondes mit seinem Namen bezeichnet.

Georg Ursinus:

1576—1600. Berechnung und Beschreibung der Finsternisse, so wie der Aspecten der Planeten. Magdeburg.

Benjamin Ursinus (5. Juli 1587 — 27. Sept. 1663):

Cursus mathematicus.
1618. De cometa.
1624. Magnus canon triangulorum logarithmicus.
1629. (Zum Antritt seiner Professur in Frankfurt a O.) De motu primo (diurna) & de motu secunda (annua).

Georg Fredorik Ursinus (22. Juni 1797 — 4. Dec. 1849):

Über die grosse Sonnenfinsterniss 7. Sept. 1820.
Logarithmi sex decimalium. Kopenhagen 1824.

Eduard Wright (geb. 1599):

Certaines erreurs dans la navigation, découvertes & corrigér. London. 1610 zweite Auflage.

R. Wright:

1728. An humble adress to the Rev. the Lords and Commons. London. (Er zeigt darin, dass die Ermittelung der Seelänge nur möglich sei durch die Mondstheorie.)
1732. New and correct tables of the lunar motion. Manchester.

Thomas Wright:

1740. The use of the globes, or the general doctrine of the sphere. London.
1748. Clavis coelestis.
1750. Theory of the universe. London.

Matthias Menius (1544 — 1601), anfangs Professor am Danziger Gymnasium, dann Professor der Mathematik in Königsberg und fürstlicher Bibliothekar. Ein Zeitgenosse Tycho's, den er jedoch nirgend erwähnt.

1581. Calendarium & Ephemeris ad annum 1581 directum ad regiones Borussiae. Leipzig.
1591. De Cometa 1590. (Hier finden sich noch Kometen-Prophezeihungen.)
1596. Exemplum calculi plenilunii ecliptici. Zweite Auflage 1598.

Joh. Adelar Prätorius (1537 — 1616):

1577. Avertissement sur le danger du comète. Erfurt.
1578. Narratio de cometis qui antea visi sunt, et de eo qui 1577 apparuit.
1580. Ermahnung in Veranlassung des Kometen 1580.
1581. Von Kometen.

Michael Prätorius, Sohn des Vorigen (1595 — 1651):

Theatrum instrumentorum, sive Sciographia.

Johannes Prätorius:

Judicialum cometae 1661.

Meridionalis nuncius, sive cometa 1664 illustratus.

Cometa 1665 descriptus.

1675. Tractatus de suspecta poli declinatione et excentricitate firmamenti.

Über den Kometen 1677.

Tabulae astroscopiae. (Die Werke selbst sind deutsch, obgleich die Titel lateinisch.)

Francesco Generini, Mechaniker und Kupferstecher, hat zuerst das Fernrohr mit dem Mess-Instrument verbunden. v. Zach hat diesen ganz übersehenen Umstand entdeckt, indem er in der Bibliotheca Magliabechiana zu Florenz ein Manuscript unter dem Titel fand:

Cod. XVIII di Fr. Generini, Scultore ed Ingegnoro del Sereniss. Gran Duca di Toscana, brevissimo discorso del telescoparo gli stromenti geometrici da sperer con la vista ovvero del applicaro a detti stromenti in luogo del lor strugnardo il telescopio a quelli, che di cio si dilettano.

Eine Jahreszahl ist nicht angegeben, allein ein Manuscript des Dr. Cinelli, seines Arztes, sagt, dass Generini 1663, 70 Jahr alt, gestorben sei. Auzout und Picard kamen aber erst 1667, wie wir nicht zweifeln *bona fide*, auf diese Einrichtung. Auch erhellt nicht, dass Generini davon eine astronomische Anwendung gemacht habe. Noch besitzen wir von ihm:

1615. Disegno del Globo anlante, formato da lui per mostraro il moto diurno lunare ed annuo. Florenz.

Johann Jacob Zimmermann (1644—1693), schon mit 17 Jahren Schriftsteller. Wir besitzen von ihm:

1661. De loco, magnitudine et materia novi cometae.

1669. Amphitheatrum orbis stellarum. Tübingen.
    Kurze und gründliche Anweisung, die Längen durch Mond und Sterne zu finden. Tübingen.

1679. Prodromus biceps cono-ellipticae et a priore demonstratae planetarum theoriae. Stuttgart.

1681. Cometoscopia des Kometenjahres 1680—81. Stuttgart.

1682. Cometalogia oder Betrachtungen über die Kometen 1680, 81, 82. Stuttgart.

1686. Jovis per umbram Dianae nemoris venantes deliciae Würtembergicae. Nürnberg.

1689. Philalethae exercitatio theoricam Copernici. Hamburg.

1690. Scriptura sacra Copernicana. Frankfurt a. M. (Dieses Werk rief zahlreiche Controversen hervor. Gegenwärtig besteht wohl kein Zweifel, dass die Bibel weder Ptolemaisch, noch Copernicanisch, noch Tychonisch ist.)

1696. Logistica astronomica-logarithmica, & problemata calculi eclipsium solis & lunae. Hamburg.

1704. Coniglobium nocturnale stelligerum, sive Conus astroscopium genuinum.
·Deutsche Ausgaben 1706, 1729, 1770.

François Comte de Pagan (3. März 1604 — 18. Nov. 1665):

1657. Tractatus de theoria planetarum. Paris.
Tables astronomiques, pour la juste supputation des planètes, des éclipses et des figures celestes.

1659. Astrologie naturelle,

wovon wegen Erblindung des Verfassers nichts weiter erschienen ist. Posthum erschien:

1669. Divers ouvrages du Comte de Pagan, trouvés dans ses écrits. Paris.

Er entdeckte und beobachtete einen teleskopischen Kometen.

Joh. Andreas Bose:

1654. Meteora heliaca, sive de maculis in sole deprehensis. Leipzig. Nach 100 Jahren eine zweite Ausgabe.
1695. De significatu cometarum, & judicia doctorum hominum, cometomantiae nostri temporis opposita.

Georg Matthias Bose (1710—1761):

Commentatio de eclipsi terrae 13. Mai 1733. Leipzig.
Observatio transitus Mercurii 5. Nov. 1743.
De Osymandiae circulo aureo.

Adolph Julius Bose:

Oratio secularis in laudem Purbachii & Regiomontani.
Über die Mondfinsterniss vom 3. Sept. 1452, von der Phranza sagt, dass während derselben ein Komet erschien. — Noch mehrere.

Erhard Weigel (16. Dec. 1625 — 21. März 1699). Ein sehr bekannter Jenaischer Professor, dessen Haus seiner auffallenden Eigenthümlichkeit wegen unter die sieben Jenaischen Wunder gerechnet wurde. Von ihm:

1650. De ascensu et descensu astronomiae.
1653. Commentarium de cometa 1652.
1654. Geoscopia selenitarum, i. e. de figura, magnitudine, luce, maculis, phasibus & eclipsibus terrae a luna spectata, & de eclipsi 2. Aug. 1654.
1657. Sphaerica.
1661. Speculum Uranicum, aquilae Romanae Sacrum, et de cometa 1661. Eine Fortsetzung erschien 1665.
1666. Disputatio de luce cometarum.
1671. Panorganum, sive machina nova, totius mundi superi phaenomena velat ad vivam experimens. Accedit Cosmologia.
1680. Nucleus astronomicus & geographicus. Erschien in 3. Auflage 1695.
1681. Himmelzeiger, und Beobachtung des Kometen 1680.
1688. Sphaerica, Euclideo methodo conscripta.

Johann Wallis (13. Nov. 1616 — 28. Oct. 1703), Theolog und Mathematiker; als Analytiker Newton's Vorläufer:

1655. Eclipsis solaris Oxoniae visa, 2. Aug. 1654.
1657. Opera mathematica. Pars I.
1658. Commercium epistolicum, nebst Fortsetzung 1699.
1659. De cycloide et cissoide. (Darin schon eine Art Infinitesimalrechnung.)
1684. Treatise of angular sections. — De fluxu & refluxu maris.
1685. Treatise of Algebra.
1688. Aristarchum de magnitudine et distantia solis & lunae illustravit J. Wallis.

Eine Gesammt-Ausgabe erschien 1699. Um Newton und seine Zeit ganz zu verstehen, ist das Studium von Wallis unentbehrlich.

Jacques Ozanam (1640—1711), Lehrer der Mathematik in Lyon, später in Paris. Seine erste Schrift 1773 handelt von Sonnenuhren. 1782 folgte der Gebrauch des Universal-Instruments. Er edirte Boulanger's *Sphère céleste*, die er vermehrte und berichtigte. Sein letztes Werk:

1711. La géographie et la cosmographie.

Domenico Guglielmini (1655—1710), Professor der Mathematik in Padua und Bologna:

1680. De cometarum natura & ortu. Bologna.
1654. Observatio eclipsis solis 12. Juli.
1695. Über den Meridian der Petroniuskirche in Bologna.
1729. Opera omnia. Genf.

Jean Baptista Guglielmini, bekannt durch die Fallversuche im Thurme Asinelli zu Bologna, wo sich bei 247 Fuss Höhe eine Ost-Abweichung von 8,5''' ergab. An den Ephemeriden Matteucci's hat er erheblichen Antheil als Rechner.

Johann Christoph Sturm (1635—1703). Er schrieb:

1667. Habercht's Planisphaerium coeleste, erweitert und verbessert.
1670. Scientia astronomica, tabulis comprehensa. In mehreren Auflagen.
1677. Cometarum natura, motus & origo secundam Heveli & Petiti hypotheseos & historia cometarum usque ad 1677.
1681. An et quae mala terris cometa superos, aut illaturus fluxu physico, aut aliunde Dei judiciis inferenda portendere sallem aut praesignificare credendus sit? (Im 17. Jahrhundert mochten solche Schriften denkenswerth sein.)
1682. Vernünftige Gedanken über die grosse Conjunction beider obersten Planeten Jupiter und Saturn.
1695. Eimmart's Sphaera armillaris, edita cum praefatione.

Leonhard Christoph Sturm (5. Nov. 1669 — 6. Juni 1719), Professor in Frankfurt a. O. Gegen den Astrologen Hennemann schrieb er:

1699. Bileam's Abfertigung oder gründliche Widerlegung der Astrologie..
1707. Institutio astronomica.
1720. (nach seinem Tode) Projet de la résolution du fameux problème de
la mer.

Louis Feuillée (1660 — 1732), trat 1680 in den Minoriten-
Orden und verwandte alle seine freie Zeit auf Astronomie. In
Marseille arbeitete er gemeinschaftlich mit Chazelles. Im Auf-
trage der Regierung machte er mehrere wissenschaftliche Reisen.
Rückkehrend von der ersten, verlor er in der Nähe von Tunis
durch eine Räuberbande Alles. Besser ging es auf der zweiten in
Südamerika 1703 — 1706, wo er am 16. November 1706 eine to-
tale Sonnenfinsterniss beobachtete. Er bestimmte die Lage vieler
Orte; die Spanier brachten seine Uhren absichtlich in Unordnung,
um seine Beobachtungen zu vereiteln. Er ist der erste, der die
Länge durch Monddistanzen bestimmte. 21 Jahr hindurch führte
er das Directorat der Marseiller Sternwarte. Von ihm:

1714. Journal des Observations physiques, mathématiques et botaniques faites
sur les côtes orientales de l'Amérique méridionale, und 1725 eine
weitere Fortsetzung.

Nicaise Grammatici (gest. 1736), Jesuit und Lehrer der
Astronomie in verschiedenen Ordenshäusern. Obgleich er New-
ton's Gravitationstheorie annimmt, tritt er doch auf Cassini's
Seite gegen Newton's Erdgestalt. Viel beschäftigte er sich mit
Untersuchung des Alters der Erde, und ein kurz vor seinem Tode
erschienenes Werk führt den Titel:

De vera epocha conditi et per Christum reparati Solis. Ingolstadt 1734.

Er gab die Tafeln von Lahire neu heraus, edirte ein neues
Planetolabium und schrieb über die Kometen von 1723 und 1729;
und 1726 erschien:

Uranophili tabulae lunares ex theoria & mensuris I. Newton,

so wie 1734:

De ratione corrigendi typos et calculos eclipsium solis & lunae.

Augustin Grischow (11. Decbr. 1683 — 10. Novbr. 1749).
Von ihm:

1717. Astrognosia novissima, seu phaenomenorum atque hypothesium circa
stellam novam explicatio. Jena.

Augustin Nathanael Grischow (29. Sept. 1726 — 4. Juni
1760). Zuerst in Berlin auf Baron v. Krosigk's Sternwarte
thätig, ward er nach Petersburg berufen und entwarf einen Plan

zu einer neuen und zweckmässiger eingerichteten Sternwarte, der jedoch damals keine Beachtung fand. Sein *Calendarium novum ad annum* 1749, *cum tabulis*, ist der erste Keim des Berliner astronomischen Jahrbuchs. Von seiner Schrift über Finsternissberechnungen sagt Lalande: „Il a fait une révolution pour le calcul des éclipses." 1751 und 1752 stellte er auf der Insel Oesel die Beobachtungen an, die mit den Capbeobachtungen Lacaille's verbunden die Parallaxe des Mondes ergaben. Auch meteorologische Beobachtungen hat er angestellt, und eine im Besitze des Verfassers befindliche handschriftliche Tafel zeigt, dass er bereits eine graphische Darstellung durch Curven in Ausführung brachte; sie enthält die Monate Januar bis März 1729.

Johann Kögler (1680—1746) nimmt unter den in China wirkenden jesuitischen Astronomen eine ausgezeichnete Stelle ein. Er durchforscht mit Gaubil, Jacques und Slavisek die chinesischen Annalen; man findet die Ergebnisse in der zu Lucca gedruckten *Scientia eclipsium ex imperio et commercio Sinarum illustrata*, wovon mehrere Auflagen erschienen. Hallerstein gab unter dem Titel: *Observationes astronomicae* 1717—1752 *Sinarum factae* die sämmtlichen Beobachtungen Kögler's heraus. Unter dem christenfeindlichen Kaiser Yong-tsching (seit 1722) ward seine Stellung sehr schwierig.

Gabrielle Emilie le Tonnelier de Breteuil, Marquise du Chatelet (1706—1749). Über ihre Lebensumstände finden wir nur Voltaire's mehr poetischen als historischen Bericht. Ihr Hauptwerk, woran sie lange und eifrig arbeitete, ist eine höchst gelungene Übersetzung von Newton's *Principia*. Die Herausgabe wurde von Clairaut und Lalande besorgt. Mit allen gleichzeitigen französischen Astronomen stand sie in lebhaftem Briefwechsel und war stets bereit, wissenschaftliche Untersuchungen zu unterstützen. Ihre übrigen Schriften sind physikalischen Inhalts.

Johann Jacob v. Marinoni (1676—1755), geb. zu Udine, österreichischer Ingenieur. Zu Wien erbaute er sich eine schöne Sternwarte, die er mit eigenthümlich construirten Instrumenten versah. Die Sonne beobachtete er, indem er ihr Bild durch eine runde Öffnung auf ein ausgespanntes Papier fallen liess. Sein Passagen-Instrument bestand aus zwei parallelen Fernröhren in entgegengesetzter Richtung, um gegenüberstehende Sterne nahe gleichzeitig beobachten zu können. Er schrieb:

Astronomiae specula domestica, et organico apparatu astronomico libri duo,
    Reginae dicati a Joanne Jacobo Marinonio, patricio Ulirrnsi,
    Caesareo antehac, nunc Regio mathematico consiliario.   Viennae
    1746.   Fol.

Giovanni Marquis de Poleni (23. Aug. 1683 — 14. Nov. 1761),
Professor in Padua und Wasserbaumeister der Republik Venedig.
Seine astronomischen Werke sind:

1712. Dialogus de vorticibus coelestibus.   Padua.
1724. Zwei Briefe über die Gestalt der Erde.
    Beobachtung einer Mondfinsterniss 1723.
1725. Brief an Marinoni über die Sonnenfinsterniss 1724.
1728. Epistolarum mathematicarum fasciculus.

Wiedeburg. Sechs Träger dieses Namens sind hier aufzuführen:

Heinrich Wiedeburg:

1615. Disputationes astronomicae. Giessen.

Johann Bernhard Wiedeburg (22. Jan. 1687 — 29. April
1766), Professor in Helmstedt:

1709. Dissertatio de maculis solis, praecipue iis qui 1708 & 1709 apparuerunt.
1714. Eclipsis solis totalis 3. Majo 1715 in boreali terrae hemisphaera ob-
    servanda.
1726. Institutiones astronomicae.
    Tabulae astronomicae selectae, meridiano Urraiburgi accommodatae.
1731. Bemerkungen zur Schrift eines Anonymus: ob der Stillstand der Sonne
    gegen die Bibel sei.
1739. De stellis mutabilibus, et in specie quae in collo Ceti haeret. 1749
    zweite Auflage.
    Indicium cometae 1743.
1749. De stellis mutabilibus et de propagatione luminis.

Ernst Wiedeburg, Professor in Jena:

1772. Von den Sternbildern und den Mitteln, sie kennen zu lernen.
1776. Muthmassungen über Sonnenflecke, Kometen, Urgeschichte der Erde
    und Ähnliches.

Basilius Bernhard Wiedeburg, in Jena lehrend:

1747. Commentatio de parallaxi orbis annui.
1748. Betrachtungen über die Sonnenfinsterniss 25. Juli 1748.

Basilius Christian Wiedeburg:

1751. Programma de novissimis D. de la Caille conatibus in investigatione
    parallaxi novarl.

Johann Ernst Basilius Wiedeburg:

1755. Description d'un nouveau micromètre pour les observations du soleil.
1760. Transitus Veneris per solem, astrophilorum industriae commendatae.

Gilles Robert de Vaugondy (1688 — 1766), Verfertiger von Erd- und Himmelsgloben in Paris, aber auch in astronomischen Berechnungen nicht unerfahren. So untersuchte er die Fehler, welche durch Vernachlässigung der Erdabplattung für Kartenbilder entstehen. Ludwig XV. hatte zu wissen gewünscht, ob für Paris totale Sonnenfinsternisse zu erwarten seien. Vaugondy berechnete deshalb alle Sonnenfinsternisse bis 1900 und fand, dass keine von ihnen in Paris total und nur die vom 9. October 1847 ringförmig sein werde. Von ihm:

1761. Description et usage de la sphère armillaire.
1764. Description du ciel en deux hémisphères.

Gottfried Heinsius (April 1709 — 21. Mai 1768), gebürtig aus Leipzig. Seine *Principalia phaenomena coelestia anno 1736 eruta* bewirkte seine Berufung nach Petersburg als Professor. In dieser Stellung blieb er bis 1745. Besonders hat er sich um den grossen Kometen 1744 verdient gemacht. Mit einem vom Kaufmann Wolf entliehenen Teleskop machte er über ihn treffliche physische Beobachtungen, die Bessel bei seinem Bericht über den Halley'schen Kometen sehr zu Statten kamen. Nach Leipzig zurückgekehrt schrieb er noch:

1745. De apparentiis annuli Saturni.
1746. De longitudine Lipsiae ex eclipsi Lunae definita.
1749. De computo refractionum astronomicarum.
1762. De phasi rotunda Saturni quae 1760 rediit.
1765. De eclipsi Solis 1. Apr. 1764.

Michel Ferdinand d'Albert d'Ailly, Duc de Chaulnes (31. Decbr. 1714 — 23. Septbr. 1769), Pair von Frankreich. Seine Schriften betreffen die Ausführung und Theilung astronomischer Instrumente und datiren mit einer Ausnahme aus seinen letzten Lebensjahren. Newton's Optik beschäftigte ihn sehr eingehend.

Pierre Antoine Veron (1736—1770). Anfangs für die Gärtnerei bestimmt, dann Jurist, konnte alles dieses seinen Geist nicht befriedigen. Als 23jähriger Jüngling kam er zu Lalande, übte sich in astronomischen Berechnungen und machte verschiedene Seereisen. Auf einer derselben starb er auf der Insel Timor am tropischen Fieber, nachdem er auf Isle de France den Venusdurchgang 1769 beobachtet hatte. Sein Hauptverdienst ist die Einführung der Längenbestimmung durch Monddistanzen bei der französischen Marine.

Johann Friedrich Polack (1700 — 1771), lehrte in Frankfurt a/O. die Rechte, die Mathematik und Astronomie, welche eigenthümliche Combination er glücklich verband. 1737 gab er eine Dissertation *De veterum Sinarum studio*, so wie eine andere *De telescopiorum inventione et usu in Astronomia*; 1739 *De novissima telluris dimensione, quae circa circulum polarem instituerunt Galli*; 1744 *De cometa*, in welcher Schrift er noch für nöthig findet, sich kräftig gegen die Kometomantie zu erklären; endlich 1748 Über die zu erwartende grosse Sonnenfinsterniss.

Israel Lyons (1739—1775). Seine erste Schrift 1767 ist eine *Méthode pour les longitudes*; die wichtigste seine mit Williams und Parkinson gegebenen *Tables for correcting the apparent distances of the moon and a star from the effects of refraction and parallax*. Dies Werk (1200 Folioseiten) rühmt Lalande sehr: „jeder gewöhnliche Rechner könne in zehn Minuten mit einer Reduction fertig werden." 1773 führte er die Berechnung der Pendelbeobachtungen für die Polarreise von John Phipps. Lyons war Jude, und der frühe Tod eines so gewandten Rechners erregte allgemeines Bedauern.

Esprit Pezenas (1692—1776), Jesuit, hatte in Avignon eine Sternwarte errichtet; erst in späteren Jahren trat er als Schriftsteller auf.

1755. Traité des instrumens propres à observer en mer, et de l'héliométre appliqué au télescope.
1756. Réflexions sur divers manières d'observer les passages du Soleil par les points équinoxiales et solstitiales.
1766. Astronomie des marins (ein sehr gutes Elementarwerk).
1768. Nouveaux essais pour déterminer les longitudes en mer par les mouvements de la lune et une seule observation.
1772. Mémoire de réduire en tables la solution de tous les triangles sphériques. (Ein Vorschlag, dessen Ausführung grosse Schwierigkeiten entgegenstehen. Die sehr voluminösen Tafeln würden 18000 Francs an Druckkosten erfordern, nach Pezenas' eigener Schätzung.)
1773. Examen de la méthode du feu de la Caille, pour trouver en mer les longitudes.

Laurent Beraud (1702—1777). Jesuit in Lyon. Im Collège lehrte er Astronomie, Physik und Mathematik. Lalande ist sein Schüler, und dieser spricht stets mit hoher Achtung von Beraud. Von seinen Schriften betreffen Himmelskunde:

1760. Dissertation sur les influences de la Lune.
1764. Mémoire sur les éclipses annulaires du Soleil et sur celle du 1. Avril 1764. Lettre sur le passage de Vénus, observé à Lyon 1761.

„Ce fut à ses leçons que je pris le gout de l'astronomie," sagt Lalande p. 576 seiner Biographie. — Auch Montucla, Bossut und Fleurieu zählen zu seinen Schülern.

Benjamin Martin (1704—1782), Mechaniker und Optiker in London, aber auch kundiger Astronom. Er gab:

1743. A course of lectures in natural and experimental philosophy.
1747. Philosophia britannica, or a new and comprehensive system of the Newtonian philosophy. Zweite Auflage 1759.
1757. Theory of Comets illustrated.
1758. Einrichtung und Gebrauch der Globen.
1761. Venus in Sole.
1768. Institutions of astronomical calculation.
1768. The Mariners mirror.
1771. Beschreibung einer Orrery.

Die Titel seiner Schriften sind weit länger, als sie hier gegeben sind.

Franz Weiss (16. März 1717—10. Jan. 1785), Professor in Tyrnau, seit 1756 Beobachter:

1759. Observationes astronomicae, in obs. Collegii Academici Societatis Jesu habita. Tyrnau. Weitere Fortsetzungen erschienen bis 1768 (nicht, wie Lalande sagt, bis 1770).

Joao Hyacinthe Magelhaens (1722—1790), ein Abkömmling des ersten Weltumseglers. In London und Paris erschienen von ihm:

Description des octans et sextans anglais, ou quart de cercle en reflexion.
Collection des différens traités sur les instrumens d'astronomie et de physique.
Description et usage des nouveaux baromètres pour mesurer les hauteurs.

Jose Joaquim Soares de Barros & Vasconcellas (19. März 1721—2. Nov. 1793), in Setubal geboren, ward er 1750 Mitglied der Lissaboner Akademie. Er edirte:

1758. Observations et explications de quelques phénomènes, vus dans le passage de Mercure au devant le disque du soleil.
1755. In den Berliner Memoiren: Nouvelles équations pour la perfection de la théorie des satellites de Jupiter.

Das Meiste liegt noch ungedruckt in Lissabon.

Achille Pierre Dionys du Sejour (1734—1794). Schon früh hatte er einen ungemeinen Scharfsinn gezeigt, und seine Staatsämter hielten ihn nicht ab, sich mit Himmelskunde zu beschäftigen. Er gab:

1761. Recherches sur la gnomonique, les retrogradations des planètes et les éclipses de soleil.

1776. Essai sur les comètes en général et particulièrement sur celles qui peuvent approcher de l'orbite de la terre,

und später noch Mehreres. Namentlich sucht er die Formeln zu vereinfachen, was ihm allerdings nicht sonderlich gelang.

Charles Walmesley (1721—1797), Benedictiner, Bischof und apostolischer Vikar für die westlichen Grafschaften Englands. Er bewirkte im Verein mit dem Grafen Macclesfield die Einführung des Gregorianischen Kalenders 1752 in England. Von seinen zahlreichen Schriften gehören hierher:

1749. Théorie du mouvement des apsides en général, et en particulier des apsides de l'orbite de la lune. Paris.

1758. De inaequalitatibus motuum lunarium. Florenz.

1756. De praecessione aequinoctiorum et axis terrae nutatione. Phil. Transact.

1758. On the irregularities in the motion of a satellite arising from the spheroidical figure of its primary planet. Phil. Transact.

1761. Of the irregularities in the planetary motion, caused by the mutual attraction of the planets. Phil. Transact.

Seine Biographie findet sich in Ch. Knight's *English Cyclopaedia*. London 1856—1858.

Johann Heinrich Lindquist (1743—1798). Unter die zahlreichen um die Wissenschaft verdienten Männer, die das entlegene Abo aufzuweisen hat, gehört auch Lindquist, Professor der Mathematik, der aber zahlreiche *Astronomica* veröffentlicht hat:

1773. Neue Art, die wahre Anomalie aus der mittleren zu finden. Stockholm.

1786. De parallaxi annua cometarum & planetarum. Stockholm.

1787. Methodus inveniendi tempus verum ex observationibus aequalibus diversarum stellarum altitudinis. Abo.

1789. De inveniendo apparentem lunae diametrum ex data ejus parallaxeos. Abo.

1792. De computo effectu aberrationis luminis in eclipsibus. Abo.

1796. De corrigendis erroribus instrumenti culminatorii.

1797. De inveniendo parallax. altitudinis ex datis parallaxi horizontalis et vera altitudine. Abo.

1799. Methodus ex observationibus stellas a Luna occultationibus inveniendi differentia meridianarum et loca vera Lunae. Upsala.

In den Stockholmer Memoiren findet sich seine Biographie.

C. Bossut. Er trat zuerst 1763 mit einem *Traité élémentaire de mécanique et de dynamique* auf, das in wiederholten Auflagen erschien und von Langsdorf ins Deutsche übersetzt wurde. In Verbindung mit d'Alembert und Condorcet erschien *Expériences sur la résistance des fluides*. Paris 1777. Auch nahm er Theil an dem grossen Unternehmen der Encyclopädie, deren mathematischastronomische Theile von ihm, Lalande, d'Alembert, Condorcet und noch Einigen bearbeitet sind.

Jean Charles Borda (1733 — 1799), ausgezeichnet als Beobachter und noch mehr als Mechaniker, einer der ersten, der den Engländern die bis dahin behauptete Superiorität in Verfertigung astronomischer Mess-Instrumente streitig machte. Die Bird'schen Mauerquadranten hatten geleistet, was sie leisten konnten. Borda verbesserte den von T. Mayer angegebenen Reflexionskreis, und die Ausführung eines anderen Mayer'schen Vorschlages, die Repetition der Winkel, hat Borda's Namen allgemein bekannt gemacht. 1771 — 72 machte er mit Pingré auf der Fregatte Flora eine Seereise, um die Uhren der französischen Marine zu prüfen. So wurden Mayer und Borda die praktischen Begründer einer neuen Beobachtungsmethode. — 1772 erschien: *Voyage faite en 1771 — 72 par Verdun, Borda & Pingré*, worin viele Beobachtungen vorkommen.

Leadbetter, einer der ersten Commentatoren Newton's. Der Inhalt seiner Schriften ist theilweis nicht sein Eigenthum, da er mehrere bereits publicirte Tafeln aufs Neue wieder abdrucken lässt. Man findet z. B. eine Tafel der sogenannten logistischen Logarithmen, wo $log\ 60 = 0$. In seiner *Astronomy, or the true system of the Planets demonstrated*, giebt er graphische Methoden zur Lösung oder Abkürzung astronomischer Aufgaben. Noch andere jetzt antiquirte Schriften hat er gegeben und dadurch auf seine Zeit sehr fördernd gewirkt.

Petronius Matteucci (1720 — 1800). Als Gehülfe und Nachfolger Zanotti's nahm er Theil an der Berechnung der *Effemeridi di Bologna*, die er später allein berechnete. Die letzten 1799 publicirten reichen bis 1810. Über die von ihm bewirkte Erneuerung der Cassini'schen Mittagslinie im Petroniusthurm gab er einen Bericht: *La meridiana del tempio di S. Petronio, renovata l'anno 1776*. 1791 veröffentlichte er ein *Mémoire sur le passage de Mercure en 1786*. — Seine literarische Thätigkeit umfasst volle 60 Jahre, denn seine erste Schrift: *Osservazione sopra la Cometa fatte a Zanotti & Matteucci*, datirt von 1739.

Graf v. Hahn (1741 — 1805) hatte sich auf seinem Landsitze Remplin eine Privatsternwarte eingerichtet, auf der er sich ausschliesslich mit physischer Astronomie beschäftigte. Wir besitzen von ihm:

34*

1794. Über die Sonne und ihr Licht.
1794. Über die Streifen der Jupiterscheibe.
1796. Über die Sonnenflecke.
1798. Der Lichtwechsel veränderlicher Sterne,

und noch manches Andere, z. B. seine Bemerkungen über die
Mond-Oberfläche, was sich meistens in Bode's astronomischem
Jahrbuch findet. — Nach seinem Tode hörte die Warte auf und
die Instrumente wurden verkauft.

Joseph Perny de Villeneuve (geb. 1765) war einer der
vier Directoren, die nach Cassini's IV. Abgange bis 1795 das
Grand Observatoire leiteten. Darauf maass er Dreiecke an der
belgischen Grenze, wünschte dies auch in Holland fortzusetzen,
was jedoch nicht zu Stande kam. Seine Schriften:

1786. Le guide céleste, éverene astronomique pour 1787; und 1787 ein ähnlicher für 1788.
1791. Nouveau guide astronomique, ou Calendrier à l'usage des astronomes et
des amateurs. In einem besondern Anhange giebt er eine geschichtliche Übersicht der Arbeiten, welche die Fixstern-Astronomie betreffen.

Christian Friedrich Rüdiger (1760 — 1809), Professor in
Leipzig und Director der Sternwarte auf dem Pleissenthurm, die
zu genauen Beobachtungen ungeeignet war und jetzt aufgehoben
ist. Besonders auf literarischem Felde war Rüdiger thätig.
Seine Anleitung zur Kenntniss des gestirnten Himmels 1788 fand
die wohlverdiente Anerkennung; 1805 gab er eine neue Auflage
mit 75 Karten. Auch Adolph Meissner, sein Gehülfe, hat Antheil an der Ausarbeitung dieses Werks. 1796 — 99 erschien sein
Handbuch der rechnenden Astronomie. Er übersetzte C. F. de Bi-
quilley's Wahrscheinlichkeitsrechnung ins Deutsche.

Augustin Darquier de Pellepoix (1718 — 1802), ein vermögender Particulier, der sich in Toulouse auf eigene Kosten eine
Sternwarte baute, mit Instrumenten versah und Gehülfen besoldete.
Er selbst hat mit grossem Eifer bis kurz vor seinem Tode beobachtet. Von ihm:

1771. Uranographie, ou Contemplation du Ciel à la portée de tout le monde.
Paris.
1779. Observations astronomiques faites à Toulouse. Avignon. 20 Jahrgänge
umfassend, 1784 weitere Fortsetzung.
1780. Übersetzung von Ulloa's Bericht über die Sonnenfinsterniss.
1782. Fortsetzung seiner Observations. Darin ein Sternkatalog und Entdeckung
des ersten planetarischen Nebelflecks.

1786. Lettres sur l'astronomie pratique. Paris. Deutsch von Scheibel übersetzt. Breslau 1791.

1788. Astronomische Beiträge für die Memoiren der Akademie zu Toulouse.

Auch übersetzte er Lambert's kosmologische Ideen ins Französische. Utrecht.

Weitere Mittheilungen wurden durch die Unruhen der ersten
französischen Revolution verhindert, die Beobachtungen selbst jedoch nicht unterbrochen.

Georg Friedrich Kordenbusch (1731—1802). Ein Nürnberger Astronom, der 1769 eine „Bestimmung der denkwürdigen
Durchgänge der Venus" erscheinen liess. In demselben Jahre fand
er noch nöthig, die Frage zu untersuchen: ob die Erscheinung
der Kometen etwas Besonderes zu bedeuten habe. Er besorgte
die neue Ausgabe von Rost's astronomischem Handbuch, und
1777 einen Commentar zur Himmelskarte von Leclerc.

Jacques Joseph Claude Thulis (1748—1810). Bis 1772
in der Handlung seines Vaters beschäftigt, widmete er sich den
Wissenschaften, insbesondere der Astronomie. Mit dem Herzog
Ernst II. bereiste er Italien und ward nach seiner Rückkehr
zweiter Gehülfe der Sternwarte Marseille. Bernard war durch
die Revolution genöthigt worden, auszuwandern, und 1804. nach
Silvabelle's Tode, ward Thulis Director.

Seinem energischen und muthigen Auftreten verdankt die
Sternwarte ihre Erhaltung; auch sorgte er für bessere Ausrüstung
und beobachtete insbesondere Kometen. Aber schon nach vier-
jähriger Wirksamkeit traf ihn ein Schlagfluss, von dem er nicht
wieder genas.

Jean Trembley (1749—1811). Durch Mallet und Bonnet
für Astronomie gewonnen, versuchte er sich an schwierigen Problemen. 1782 gab er einen Beweis der Lexell'schen Parallaxenformeln und eine genäherte Lösung des Kepler'schen Problems.
1786 folgte eine Collection de 37 Mémoires. 1798 behandelte er
L'attraction et l'équilibre des sphéroides. So fuhr er bis 1804 fort,
und sein letztes Werk behandelte Quelques points de la chronologie grecque.

Christian Friedrich Goldbach (1763—1811) hatte sich
durch einen neuen Himmelsatlas, der 7651 neue Sterne den Flamsteed'schen hinzufügte, so wie durch zahlreiche Ortsbestimmungen
bekannt gemacht, als Murawiew, Curator von Moskau, ihn 1804
nach Russland berief. In Moskau fand er zwar verschiedene In-

strumente, aber die Sternwarte sollte erst gebaut werden; dies verschob sich von Jahr zu Jahr, und unter Rasumowsky's Curatorat war davon gar keine Rede. Er beobachtete, so gut es ging, aus seinem Zimmer, führte verschiedene geodätische Arbeiten aus und starb, missmuthig über die fehlgeschlagene Hoffnung, 48 Jahr alt in Moskau.

Pierre Lévêque (1746—1814) ward durch Lalande für Himmelskunde gewonnen, trat 1776 mit *Tables générales de la hauteur et de la longueur du nonagésime, calculées pour toutes les latitudes* auf, und 1778 mit einem *Guide de navigation, ou traité de la pratique des observations et de calculs nécessaires au navigateur*, welches Lalande als das beste, vollständigste und bequemste Werk über diesen Gegenstand bezeichnet. Eine zweite Ausgabe erschien 1801. Seit 1777 war er Professor an der Marineschule zu Nantes.

Vincenzo Chiminello (1741—1815), ein Neffe Toaldo's und dessen Nachfolger im Directorat der Sternwarte Padua, bis ins hohe Alter hinein thätig. 1791 veröffentlichte er eine Abhandlung: *De differentia inter aestivam atque hiemalem eclipticae obliquitatem*, worin er allerdings einen Irrthum seiner Zeit theilt. Lalande's Astronomie übersetzte er ins Italienische. Für α Aurigae glaubte er aus seinen Beobachtungen eine Parallaxe von über 1″ zu finden. 1799 beobachtete er einen Merkursdurchgang.

Seine meteorologischen Arbeiten hatten hauptsächlich die Untersuchung des vermeintlichen Monds-Einflusses auf das Wetter zum Ziel, der im hohen Grade problematisch ist und jedenfalls viel eingehendere Untersuchungen erfordert.

Bertirossi-Busata hat uns 1816 ein *Vita del Abbate Chiminello* gegeben.

Jose de Espinosa y Tello (1763—1815) trat schon 1778 in die spanische Marine, in der er bis zum Admiral emporstieg. Seit Gründung des Deposito hidrografico in Madrid war er dessen Director. Er begleitete 1789—1794 Malespina auf seiner Weltumsegelung und hielt sich zu nautischen Zwecken 1807—1814 in England auf. Viele Seekarten verdanken wir ihm. Sein Hauptwerk ist:

Memoria sobre las observaciones astronomicas hechas por los navegantes españoles en distintos lugares del globo. Madrid 1819.

In diesem Werke finden sich Versuche, in Gemeinschaft mit Bauss die Geschwindigkeit des Schalles zu bestimmen.

Julius August Koch (1752 — 1817). Er hatte in Göttingen Medicin studirt und sich als praktischer Arzt in seiner Vaterstadt Osnabrück niedergelassen, aber auch früh die Astronomie lieb gewonnen, wodurch er mit Euler und Lichtenberg bekannt ward. Diese empfahlen ihn der Danziger naturforschenden Gesellschaft, an Stelle des verstorbenen Wolf. Im November 1792 kam er dort an, beobachtete sehr fleissig, namentlich die veränderlichen Sterne, über die er eine allgemeine Tafel veröffentlichte.

Johann Baptist v. Pacassi (1758 — 1818), Wasserbau-Director in Wien. 1781 gab er eine deutsche Übersetzung von L. Euler's Theorie der Planeten und Kometen. 1783 folgte eine Theorie des Mondlaufs, denen Tafeln beigefügt sind, die jedoch nicht in Gebrauch kamen. 1788 eine *Solution du problème de Kepler*, und in demselben Jahre *Méthode très commode de déterminer, par des essais, l'orbite d'un comète*. Sie hat einige Ähnlichkeit mit Olbers' Methode, steht dieser jedoch erheblich nach. Auch gab er eine Methode, aus vier Oppositionen die Bahn eines Planeten zu bestimmen.

Jacques Vidal (1747 — 1819), Ingenieur-Geograph, der sich zu Mirepoise, in einem herrlichen Klima, eine schöne Sternwarte erbaute. Seine Beobachtungen finden sich in der *Connaissance des temps* 1795 — 1801. Namentlich machte er zahlreiche Merkurs-beobachtungen. „Notre véritable Hormophile,“ sagt Lalande, „a fait une nouvelle suite des observations de Mercure. Il voit le Mercure quand il veut, et il a fait pour cette planète plus que les autres astronomes ensemble.“ Man wünschte, die Sternwarte zu einer öffentlichen, unter Vidal's Direction, zu erheben; er lehnte dies ab.

Der treffliche Himmelsforscher ist nicht zu verwechseln mit einem der frechsten Astrologen, die je geschrieben, dem padre Geronimo Vidal in Barcelona. „El non plus ultra de lunario,“ sagt sein Beurtheiler.

Nicolaus v. Fuss (1755 — 1826). Als gewandter astronomischer Rechner ward er schon im 18. Jahre von Basel nach Petersburg berufen als Gehülfe L. Euler's, und 1784 ordentliches Mitglied der Akademie. Längere Zeit versah er das Amt eines beständigen Secretärs der Akademie. Fuss und Schubert sind unter den Petersburger Gelehrten die, welche Euler rücksichtlich der Zahl seiner Abhandlungen am nächsten kommen; aber auch an Gründlichkeit wie an wissenschaftlicher Strenge

gleichen wie ihm. Mit Chr. Mayer gerieth er über dessen „Fix-
sternbegleiter" in Fehde, in der eigentlich beide Theile Unrecht
hatten. Andere Arbeiten von Fuss betreffen Vervollkommnung
der Fernröhre, Ungleichheiten der Erdbahn, Bestimmung der
Kometenbahnen und Ähnliches. Er starb 23 Tage vor seinem
50jährigen Amtsjubiläum. Noch besitzen wir von ihm:

1782. De motu cometae ex 3 observationibus determinando.
1784. Formel zur Reduction der Mondsdistanzen.
1735. Recherches sur les dérangements d'un comète qui passe près d'un comète.
1787. Über die kürzeste Dämmerung.
1788. Remarque sur une nouvelle méthode de trouver l'anomalie excentrique
       par l'anomalie moyenne.
1788. Nouvelles recherches sur les inégalités de la terre due à l'action de Venus.
1789. Reflexions sur les principales méthodes de corriger la distance de la
       Lune à une étoile.
1794. Instruction pour porter les lunettes au plus haut degré de perfection.
       (Von Klügel deutsch übersetzt.)

Die *Reflexions sur les satellites des étoiles* (1780) hat Bode
1785 ins Deutsche übertragen.

Im Secretariat folgte ihm sein Sohn Paul Heinrich v. Fuss,
von dem nur drei kleine Memoiren als eigene ‘Arbeit herausgegeben sind. Dagegen hat er sich durch Herausgabe Euler'scher
und anderer Schriften verdient gemacht. Sein Sohn Georg hat
die ersten Orientirungs-Messungen auf dem Terrain der Pulkowaer
Sternwarte angestellt und ward zum Director in Wilna ernannt,
wo er jedoch bald erkrankte und starb.

Johann Pasquich (1753—1829), Director der Sternwarte
Ofen und Professor der Pester Universität. Er empfahl 1800
den Gebrauch der französischen Decimaltheilung und namentlich
der Grade, hat sich auch viel mit mathematisch-geographischen
Problemen beschäftigt. Andere Arbeiten betreffen den Pendel,
die Strahlenbrechung, Gebrauch des Polarsterns u. dergl., und ein
grösseres Werk ist:

Epitome elementorum astronomiae sphaericae calculatoriae, 1820.

Im Jahre 1823 hatte der Gehülfe Kmeth ihn öffentlich be-
schuldigt, Beobachtungen an unberichtigten Instrumenten angestellt
und nachlässig reducirt zu haben. Schumacher untersuchte die
Sache, fand die Anklage unbegründet und gab in einem: Ehren-
rettung Pasquich's betitelten Artikel der Astronomischen Nachrichten darüber Bericht.

Johann Gottlieb Friedrich Bohnenberger (1765—1831),

Professor der Mathematik und Astronomie in Tübingen und seit 1795 auch Director der Sternwarte. In demselben Jahre gab er eine Anleitung zur Ortsbestimmung vermittelst des Spiegelsextanten, und begründete mit v. Lindenau eine Zeitschrift für Astronomie und verwandte Wissenschaften, in welcher, so wie in v. Zach's Monatlicher Correspondenz, seine meisten Arbeiten enthalten sind. Selbständig erschien seine sehr gründliche „Astronomie." 1810, 11. Tübingen. Er gab eine Maschine zur Erläuterung des Gesetzes der Erdrotation, über den (damals angenommenen) Unterschied der Schiefe der Ekliptik aus Beobachtungen der Circumpolarsterne und denen der Sonne und hat sich überhaupt sehr eingehend mit astronomischen Problemen beschäftigt, auch später die trigonometrische Vermessung Schwedens geleitet.

Jabbo Oltmanns (1783—1833), Professor der Berliner Universität. Er berechnete sehr sorgfältig die von A. v. Humboldt in Amerika gemachten Beobachtungen, gab 1808 Supplemento zu Piazzi's Katalog und mehrere Hülfstafeln. Die Höhen- und Verwandlungstafeln, so wie noch einiges Andere, erschienen erst nach seinem Tode 1837.

David Thomson (gest. 1834), ein Mann, der alles sich selbst verdankt. Zuerst gemeiner Soldat, dann auf einem Schiffe dienend, wo seine Umsicht und Geschicklichkeit bald bemerkt wurden. Er erhielt das Commando einer Brigg, später eines Indienfahrers mit Kapitänsrang. Nach mehreren Seereisen liess er sich auf Mauritius nieder als Chef eines Handelshauses. Aber ein entzündliches Fieber setzte seinem Leben ein rasches Ziel. — Er ist Erfinder einer Maschine zur mechanischen Ausführung der Parallaxenbestimmung bei Monddistanzen, und noch grösseres Verdienst erwarb er sich durch seine 1824 erschienenen Tafeln zur nautischen Astronomie, von denen er noch die elfte Auflage erlebte.

Mary Somerville (geb. um 1790), eine Schottin, Gattin des Dr. med. William Somerville zu London. Ihre auch in stylistischer Beziehung ausgezeichneten Schriften enthalten eine Fülle der geistreichsten Combinationen, welche die Lesung derselben höchst genussreich machen. Am meisten gilt das von dem 1834 zuerst, 1849 in achter Auflage erschienenen *On the connexion of physical sciences*, von dem Klöden eine deutsche Übersetzung gegeben hat. Schon 1832 war von ihr *Mechanism of the heavens* erschienen, und die *Philosophical Transactions* enthalten von ihr *On the magnetizing power of the more refrangible solar rays*.

Stephen Peter Rigaud (1774—1839), längere Zeit Director des prachtvollen Ratcliffe Observatory in Oxford, hat sich besonders durch Herausgabe mehrerer noch nicht edirter Werke Bradley's und Harriot's bekannt gemacht und eben so ältere Instrumente untersucht. Als selbständiges Werk erschien 1837:

On the relative quantities of land and water on the surface of the terraqueous globe.

Nicolo Cacciatore (1770—1841. Nachdem er Theologie, Philologie und Belletristik studirt, ward er mit Piazzi bekannt, der ihn ganz für Astronomie gewann. 1800 ward er Assistent in Palermo, und seit 1807, wo Piazzi eines Augenleidens wegen nur wenig thätig sein konnte, besorgte er die Vollendung der Beobachtungen des zweiten Kataloge. 1807 ward er Piazzi's Nachfolger. Im vorgerückten Alter hemmten Krankheitsanfälle keine Thätigkeit. Seine Veröffentlichungen sind:

Über den Kometen 1807. — „Beobachtungen des Kometen 1811. — Über den Kometen 1819.

1824. Der neue Simonoff'sche Reflexionskreis.
1825. Brief an v. Zach über terrestrische Refraction.
1826. Über den Ursprung des Sonnensystems.
1827. Brief an Visconti über einige Fehler in Piazzi's Katalog.
1834. Längenunterschied zwischen Neapel und Palermo.
1835. Über die erwartete Wiederkehr des Halley'schen Kometen.
Über Sonnenflecke. — Über Silberfäden in Fernrohren.

Im Jahre 1836 glaubte er einen neuen Planeten gefunden zu haben (Comptes rendus 1836), doch hat sich die Entdeckung nicht bestätigt.

Wilcox (gest. 1849). Der König von Oude in Nord-Indien errichtete in seiner Hauptstadt Luknow eine Sternwarte, welche der Bericht der London Atronomical Society als die bestausgerüstete in Indien bezeichnet. Sie besass ein Durchgangs-Instrument von 8 Fuss Brennweite, ein grosses Äquatorial von Troughton und Simms, und Wilcox, als deren Director, begann seine Thätigkeit 1841.

Die mannigfachen innern wie äussern Schwierigkeiten seiner Stellung schildern seine Briefe vom 6. Januar 1846 und 22. Januar 1847. Airy hatte Tagbeobachtungen der helleren Planeten vorgeschlagen, Wilcox schreibt: „Die grosse Tageshitze veranlasst Zitterungen der Bilder, die alles genaue Beobachten vereiteln." Ferner: „Der König will wohl eine Summe ein- für allemal bewilligen, aber zu einer jährlich sich wiederholenden Ausgabe ist er nicht geneigt." Er verhandelte über den Druck der Beobachtungen in London, da Luknow keine Druckerei besitzt: da überraschte ihn der Tod.'

Die Warte ist nun aufgehoben, die Original-Manuscripte sind in Indien, aber ungeachtet der bewilligten 600 Pfd. Sterl. verlautet noch nichts über ihren Druck.

Johann Conrad Schaubach (1764—1849), langjähriger Director des Gymnasiums zu Meiningen:

1795. Eratosthenis Catasterismi cum interpretatione et commentario.
1796. Über die Sphäre der Alten.
1797. Die Meinungen der Alten über unser Sonnensystem.
1802. Geschichte der griechischen Astronomie bis Eratosthenes.
1803. De studio astronomico apud Indos origine et antiquitate.
1812—13. Über Chronologie der Inder.
1813. De Indorum modo, loca et modus planetarum definiendi.
1825. Über Ptolemäus.

Jose Sanchez Cerquero (1784—1850) ward 1825 zum Director des Observatoriums S. Fernando bei Cadiz ernannt und sein Aufsatz über dasselbe in v. Zach's monatlicher Correspondenz machte diese Warte zuerst in Deutschland bekannt. 1828 folgten Tafeln über Planeten-Aberration in Länge und Breite. Die *Observaciones hechas en el Observatorio Real de S. Fernando* erschienen in drei starken Bänden, das letzte Werk von ihm ist: *Explication de las tablas de Mendoza*; denn seine *Elementa de Cronologia analitica* erschien posthum zu Madrid 1858.

In einer bewegten und den Wissenschaften abholden Zeit hat er treu und unverdrossen gethan, was er vermochte. Sein Nachfolger ist Saturnino y Montojo.

William Galbraith (1786—1850), Prediger in Edinburg und Privatdocent der Astronomie daselbst. Unter den zahlreichen Schriften Galbraith's gehören der Astronomie:

1826. On the figure of the earth.
1827—1834. Mathematical and astronomical tables.
1830. On the obliquity of the ecliptic.
1834. General tables for astronomical purpose.

Iwan Michailowitsch Simonoff (1785—1855). Nachdem er die Billingshausen'sche Erdumseglung 1819—1822 mitgemacht, ward er zum Director der Sternwarte und Professor der Astronomie in Kasan ernannt. Als beim grossen Brande 1843 auch die Sternwarte in Asche sank, gelang es seiner Energie, die Hauptinstrumente zu retten. Neben den astronomischen Beobachtungen hat er sich auch anhaltend mit magnetischen beschäftigt. Von ihm:

1823. Sur un nouvel instrument à réflexion.
1824. Sur la vision distincte.
1836. Beschreibung der Sternwarte (russisch).
1842. (Mit Liopunoff) erster Band der Kasaner Beobachtungen.
1845. Recherches sur l'action magnétique de la terre (sein letztes Werk).

Adolf Erman hat in seinem Archiv zur Kunde Russlands seinen Nekrolog veröffentlicht.

Vincent Wisniewsky (1781—1855). Er war Director der Petersburger Sternwarte und hat mit den uuvollkommenen Mitteln und ihrer noch unvollkommeneren Aufstellung das Möglichste geleistet. Er veröffentlichte 1804: *Observationes Urani* und bald darauf *Observationes Cereris, Palladis, Junonis, Veneris, Saturni*. Als der grosse Komet 1811 erschien und bis in den Januar 1812 sichtbar blieb, äusserte Dessel die Hoffnung, ihn vielleicht in der nächsten Opposition wiederzusehen. Wisniewsky war es, der diese Hoffnung realisirte; er fand ihn im August 1812 zu New-Tscherkask am schwarzen Meere auf und konute ihn, obgleich über 80 Millionen Meilen entfernt, noch sechs Mal beobachten. Er gab:

1817. Diamètre de la lune, déduit des occultations d'Aldebaran.
1817. Longitude d'Astrachan, réduite des occultations d'étoiles par la lune.
1819. Passage de la Comète de 1819 au Méridien (mit Schubert).
1824. Longitude de Catharinebourg.

Eine gänzliche Taubheit trübte die letzten Lebensjahre des hochverdienten Mannes. — Nekrolog von Middendorff.

Antoine Colla (1806—1857). Als Director der Sternwarte Parma hat er dieses Institut in Ruf gebracht. Seinen astronomischen Arbeiten gingen regelmässige meteorologische zur Seite; er entdeckte auch einen Kometen. Von ihm:

1845. Cenni sopra 5 quattro Comete telescopiche apparse nel principio dell' anno 1845.
1847. Cenni sopra le otto Comete apparse nel anno 1846.
1853. Sulle scoperte di tre nuovi pianeti.

John Bishop (1785—1861). Obwohl nicht selbst Beobachter, hat dieser vermögende Draner in Regents Park zu London 1836 eine schöne Sternwarte erbaut und ausgerüstet. Auf ihr hat Russel Hind gearbeitet und seine zahlreichen Planeten-Entdeckungen sämmtlich hier gemacht; und Pogson, Vogel, Talmage und Andere haben hier ihre ersten Arbeiten ausgeführt.

George Bishop, sein Sohn, hat die Instrumente nach Twikenham, seinem Wohnorte, versetzt.

William Henry Smyth (1788 — 1865). Er verlor durch den amerikanischen Krieg seine bedeutenden Besitzungen, wofür er nur eine sehr ungenügende Entschädigung erhielt. Auf der britischen Flotte gegen Napoleon I. dienend, stieg er bis zum Admiral. In Bedford errichtete er eine Sternwarte, wo er sehr fleissig beobachtete und seinen *Cycle of Celestial Objects* schrieb. In vorgerückten Jahren hob er das Institut wieder auf und verkaufte die Instrumente. Der Astronomical Society gehörte er seit 1821 an; sein Sohn ist Director in Edinburg.

August Ferdinand Möbius (1790 — 1868), Director der alten Sternwarte Leipzig. Er hat als Beobachter wenig thun können und sich vorherrschend auf theoretischem Felde verdient gemacht. Er gab:

1815. De computatione occultationum fixarum per planetas.
1816. De minima variatione azimuthi stellarum.
1823. Beobachtungen zu Leipzig.
1835. Wahre und scheinbare Bahn des Halley'schen Kometen.
1836. Die Hauptsätze der Astronomie.
1843. Die Elemente der Mechanik des Himmels (eine treffliche Darstellung).
1844. Variationum, quas elementa motus perturbati planetae subeunt, nova et facilis evolutio.
1846. Elementare Herleitung des Newton'schen Gesetzes aus den Kepler'schen Regeln.

Ohne je krank gewesen zu sein, feierte er sein 50jähriges Doctor-Jubiläum 1864.

J. Zahn (Odontius), gehörte dem Jesuiten-Orden an und hat sich in den letzten Jahrzehenden des 17. Jahrhunderts durch mehrere (in Lalande's Biographie erwähnte) Schriften bekannt gemacht:

1685—86. Oculus artificialis, sive telescopium a triplici fundamento. Würzburg.
1686. Theses mathematicae. (Sie behandeln optische Fragen, und das Buch ward in den Jesuiten-Collegien als Lehrbuch eingeführt.)
1696. Compendium astronomiae. — Compendium geographiae. — Kometentafel, enthaltend alle seit der Noach'schen Fluth bis 1682 erschienenen Kometen. — Specula physico-mathematica (sehr mannigfachen Inhalts).

Fontana. Wir haben vier Gelehrte dieses Namens anzuführen:

Francesco Fontana (1602 — 1656), Dr. juris in Neapel:

1646. Novae coelestium et terrestrium rerum observationes, specillis a se inventis. Neapel. (Ein Werk aus der frühesten Zeit des Fernrohrgebrauches.)

Cajetano Fontana (1645—1719), Lehrer im Ordenshause der Theatiner:

1695. Institutio physico-astronomica. Modena.

Gregorio Fontana (1735—1803):

1771. Della altezza barometriche.
1774. Action du soleil et de la lune sur l'atmosphère. (Er findet, dass die Wirkung der Himmelskörper auf das Luftmeer höchstens 1/44 Linie beträgt.)

Felice Fontana, Bruder von Gregorio:

1775. Soggio del real gabinetto di fisica e di storia naturale di Firenze. Rom.

David Gregory (1661—1708). Er war Neffe des um die Optik hochverdienten Jacob Gregory. Er bekleidete die Professur der Mathematik in Edinburg, später in Oxford. Seine *Elémens d'Astronomie* (1702) sind jetzt wohl veraltet und ein Beweis, dass er nicht selbst beobachtete, auch ist es unfertig geblieben; wahrscheinlich hat ein plötzlicher Tod es unterbrochen. In seiner Zeit trug es wesentlich bei, die Lehren des Copernicus, Kepler und Newton weiter zu verbreiten. — Schon 1695 sprach er sich (in seinen *Elementis catoptricae & dioptricae*) für die Möglichkeit einer Achromasie aus.

Ausser dem schon geschilderten Tobias Mayer sind noch vier dieses Namens aufzuführen:

Cornelius Jacob Mayer, von dem schon 1696 ein Werk: *L'arte di rendere i fiumi navigabile*, in dessen drittem Theile *Varie osservazioni di pianeti e de' lore satellite, comete che hanno de seguire &c.* vorkommt.

Johann Tobias Mayer (1752—1830), Sohn von Tobias. Er fungirte als Professor in Altorf, später in Erlangen. Von ihm:

1781. De refractionibus astronomicis.
1787. Commentatio de aberrationibus fixarum.
1805. Lehrbuch der physischen Astronomie. — Beitrage zur Dynamik des Himmels.

Ausserdem die bereits erwähnten Chr. Mayer in Mannheim und G. Mayer in Greifswalde.

Johann Carl Schulze (1749—1790), Astronom in Berlin, der 1777 zu beobachten begann, auch Theil am Berliner Jahrbuch nahm. Von ihm:

1777. Observations faites en 1777. Zweiter Theil 1782.

Sur les moyens de déterminer ou de vérifier la position d'un observatoire.

1778. Sur les moyens de trouver directement l'équation du temps.

1780. Sur les horloges de pendule. — Neue Methode, die gerade Aufsteigung zu bestimmen.

1781. Über Zeitgleichung. — Directe Methode, aus der mittleren Mondlänge die wahre zu finden. — Tafeln für die geometrische Länge der Jupitersmonde. — Beschreibung eines neuen Mikrometers.

1782. Moyen simple et facile pour déterminer l'orbite d'une comète, appliqué à la comète de 1779.

Louis Robert Joseph Cornelier Lemery (1728—1802). Lalande urtheilt über ihn: „Il y a des personnes, qui ont un goût pour le calcul, pour qui calculer est un besoin. Lemery en est un exemple." Er war Lalande's Assistent. — 1765 verglich er die Clairaut'schen Mondtafeln mit einer grossen Anzahl von Beobachtungen, arbeitete mit an Lalande's *Ephémérides des mouvemens célestes* und setzte 1777 die Vergleichung der Mondsbeobachtungen, insbesondere Bradley's, fort. Seine Unermüdlichkeit kam Lalande sehr zu Statten.

Rost. Zwei Himmelsforscher dieses Namens sind aufzuführen:

Johann Leonhard Rost (1688—1727), ein Mitarbeiter Wurzelbau's. Er gab:

1716. Observationes astronomicae (in Gaupe's Novum calendarium).

1718. Astronomisches Handbuch. (Ein mit Recht weitverbreitetes Werk. Neue vermehrte Ausgabe 1771 von Kordenbusch.)

1723. Atlas portabilis coelestis.

1724. Die Sonnenfinsterniss vom 22. Mai und die Mondfinsterniss 1. Nov. 1724 zu Nürnberg.

1727. Der aufrichtige Astronomus.

Georg Heinrich Rost, Professor in Königsberg. Von ihm:

1716. Dissertatio de parallaxi.

1720. Beobachtung der Sonnenfinsterniss vom 4. August 1720,

und andere in Königsberg angestellte Beobachtungen.

Charles François Dupuis (1742—1809), ein sehr eigenthümlicher Schriftsteller. 1779 erschien im *Journal des Savans* ein Aufsatz über den altägyptischen Kalender, und bald darauf seine *Lettres sur l'origine astronomique de l'idolatrie et de la fable*, in denen er z. B. die zwölf Zeichen des Thierkreises mit den zwölf Arbeiten des Hercules in Verbindung bringt. In ähnlichem Geiste ist alles Folgende verfasst, so z. B. seine 1784 erschienenen *Lettres sur les domiciles des planètes* und sein 1795 edirtes *Origine de tous les cultes ou Religion universelle*. Ein wahres Verdienst hat er sich erworben durch Erfindung des optischen Telegraphen, den Lachapelle nur verbessert hat.

Simeon Denis Poisson zählt zu den Mathematikern, die ihre analytischen Forschungen mit Erfolg auf astronomische Probleme anwandten. Zögling der polytechnischen Schule, ward er bald Mitglied der Pariser Akademie. 1827 führte er den Beweis, dass die Rotationsperiode unserer Erde und ihr siderischer Umlauf absolut constant seien. Weniger glücklich war er beim Monde. Seine Worte 1833: „aucune inégalité à longue période ne doit être admise dans les tables du mouvement de la lune,“ sind nicht misszuverstehen, gleichwohl haben Hansen, Delaunay und Lubbock solche nicht blos empirisch dargethan, sondern auch theoretisch entwickelt. Der wichtigen Frage, ob das Sonnensystem constant sei, mit welcher Newton, Leibnitz, Laplace und Lagrange sich schon beschäftigt, hat Poisson durch den Nachweis, dass auch die höheren Potenzen der Massen keine bleibende Änderung bewirken könnten, einen Abschluss gegeben. Der strengen Consequenz in seinen Folgerungen entsprach die Gewissenhaftigkeit seines äusseren Lebens. So blieb er stets ein Gegner des Napoleoni'schen Kaiserthums und machte kein Hehl daraus; aber Niemand hätte vermocht, ihm die geringste Ungesetzlichkeit nachzuweisen.

William Samuel Stratford (1789—1853) besuchte die Hanwell Academy und unterrichtete später in einer Londoner Lehranstalt. Von 1806—1815 diente er in der Marine und widmete sich dann der Astronomie, in der er sich als kundiger und unermüdlicher Rechner grosse Verdienste erwarb. 1825 fungirte er als Secretär der Astronomical Society, und seit 1830 sass er in dem Comité, welches über den *Nautical Almanac* niedergesetzt war. Die Berechnungen leitete er als Superintendent bis zu seinem Tode. Dem *Nautical Almanac* fügte er mehrere Zusätze bei, so 1837—39 den über die Bahn des Halley'schen Kometen. Ein freimüthiger, edler Charakter, hat er zwar oft Widerspruch erfahren, aber nie Feinde gehabt. Mit Baily war er genau befreundet und hat Vieles mit ihm gemeinschaftlich gearbeitet.

Henry Jones (1787—1857) hat sein geistliches Amt in Manchester bis zu seinem Tode fortgeführt, aber dabei eifrig seinen astronomischen Studien obgelegen. Als Astronom der Manchester Company besorgte er den Kalender und errichtete in seiner Wohnung eine kleine Sternwarte mit einer ausgezeichneten

Pendeluhr, die als Normaluhr für Manchester dient. Von seinen literarischen Arbeiten gehört hierher:

Remarks on the occultation of Jupiter and his satellites by the moon 1857 Jan. 2.

Biographical Notice of Peter Clare; and posthum

On the determination of fixed stars from the Sun.

On the truth of the Nebular Hypothesis.

Paul Auguste Ernest Laugier (geb. 1812), ein guter Beobachter und fleissiger Schriftsteller. Von ihm:

1841. Mémoire sur les taches du soleil.
1843. Sur le premier comète de 1301.
1844. Elémens elliptiques de la comète de 1585 (mit Mauvais).
1845. Influence du ressort de suspension sur la durée des oscillations d'une pendule.
1845. Sur les anciens apparitions de la comète de Halley.
1846. Sur quelques comètes anciennes.
1853. Comparaison des horloges.
1856. Rapport sur un mémoire de Lieussou sur les montres marines.
1858. Sur le mouvement propre de Sirius en distance polaire.
1860. Sur la détermination des distances polaires des étoiles fondamentales.

Augustin Louis Cauchy (1789—1857) fungirte als Lehrer im Ordenshause der Jesuiten zu Paris und war Mitglied der Akademie. Seine Hauptwerke, rein mathematisch, aber mit sehr glücklichen Anwendungen auf Astronomie:

1835. Sulla meccanica celeste e calcolo dei limiti, Milano.
1836. Mémoire sur la dispersion de la lumière. (Ins Deutsche übersetzt von Moth unter dem Titel: Theorie des Lichts.)
1841. Nouvelle méthode pour le calcul des inégalités, en particulier des inégalités à longue période.
1842. Théorie nouvelle du mouvement des planètes, ou application du calcul des résidus à l'astronomie.
1844. Sur un genre de développement des fonctions dans le calcul astronomique.
1846—1848. Mémoires sur la détermination des orbites des comètes et des planètes.
1854. Sur le service que la spirale logarithmique peut rendre à l'astronomie.

Seine Biographie gab Biot 1858.

Charles May (1800—1860), praktischer Chemiker, aber gleichwohl kundiger Astronom. Er hatte bereits mehrere Reflectoren verfertigt, als er mit Ransome in Ipswich in Verbindung trat. Seine Instrumente für Greenwich werden als Meisterstücke betrachtet. In Ipswich besass er ein schönes Privatobservatorium; auch an Lord Rosse's Warte war er thätig.

William Simms (1793 — 1860), in Birmingham geboren und ein Lehrling Bennet's. Mit mehreren Astronomen bekannt, erwarb er sich eine grosse Geschicklichkeit im Verfertigen astronomischer Instrumente. Anfangs in Verbindung mit Troughton, später allein arbeitend, ist er besonders durch seine Theilmaschine bekannt, die in einigen Stunden das leistet, wozu die früheren eben so viele Wochen bedurften. Die neueren Instrumente in Greenwich und Cambridge sind fast sämmtlich sein Werk. — Noch ein anderer Astronom, Bruder William's, Frederik Walter Simms, ist zu erwähnen.

Jean Baptiste Biot (1774 — 1862) hatte anfangs die militärische Laufbahn erwählt; Liebe zu den Wissenschaften liess ihn diese aufgeben. Er ward Professor der Physik zu Beauvois und bald darauf Mitglied der Akademie. Über ein halbes Jahrhundert hindurch bekleidete er seine verschiedenen Ämter, und die grosse Zahl seiner Schriften stellt ihn neben Euler. Er war es, der den Meteorsteinfall zu l'Aigle 1802 als real erkannte, und der Umschwung der Wissenschaften, der sich während seines langen Lebens vollzog, ist zum grossen Theile sein Werk. Der Astronomie gehören die folgenden Schriften an:

1805. Traité élémentaire d'astronomie physique. Dritte Auflage 1844.
1821. Expériences sur la longueur du pendule à secondes, faites en différents points de Formentera jusqu'à Unst.
1823. Recherches sur plusieurs points de l'astronomie égyptienne.
1840. Recherches sur astronomie chinoise.
1843. Catalogue sur les comètes observées en Chine depuis 1230 — 1640.
1845. Sur un exposé de la théorie de la lune par un auteur arabe du 10. siècle.
1846. Sur divers points d'astronomie ancienne et en particulier sur la période Sothiaque.
1847. Précis de l'histoire de l'astronomie planétaire.
1848. Sur trois observations d'Hipparque.
1849. Recherches sur la chronologie astronomique.
1854. Sur les réfractions astronomiques.
1851. Sur un calendrier astronomique et astrologique trouvé à Thèbes en Egypte.
1858. Sur la Comète de Donati.

John Wrottesley (1798 — 1867), aus einer angesehenen Familie, studirte Mathematik in Oxford. Später (1829) erbaute er sich eine Sternwarte zu Blackheath, und eine grössere auf der von seinem Vater ererbten Baronie Wrottesley-Hall, wo Philpot und F. Morton seine Gehülfen waren. Hier hat er sehr fleissig beobachtet, zuerst Sterne im Mondparallel, dann den

Halley'schen Kometen und zuletzt 1373 Sterne, so wie später (1854) noch 1009 Sterne, die er in reducirten Katalogen veröffentlichte. 1859 übergab er der Astronomical Society eine Abhandlung: *On the application of the calculus of Probabilities to the result of measures of the position and distance of double stars*, eine Methode, die er sofort bei seinen eigenen Messungen in Anwendung brachte. Dieser Doppelstern-Katalog ist die letzte seiner Arbeiten. Er hinterliess eine zahlreiche Familie.

Thomas Cooke (1807 — 1868). Aus dürftiger Lage hat er sich durch seine Energie zu einem der ersten Optiker emporgeschwungen. Durch Cook's Reisen begeistert, wollte er Seemann werden; seine Mutter bewog ihn, davon abzustehen. Er ward 1824 Schullehrer in Allerthorpe und seit 1829 in York. Hier gewann er einige freie Zeit und machte optische Versuche. Ein von ihm verfertigtes Instrument kam in die Hände des Professors Phillips, der ihn bewog, sich ganz der Optik zu widmen. Er errichtete 1855 die Bukingham Works und hatte zahlreichen Bestellungen zu genügen. Unter diesen war eine des Dr. Newall, der ein Riesen-Instrument von 25 Zoll Objectiv-Öffnung wünschte. Die Vollendung desselben hat er nicht mehr erlebt, seine Söhne Thomas und Frederick setzen aber das Geschäft fort.

Peter Barlow (1776 — 1862), Professor an der Royal Military Academy zu Woolwich. Seine wesentlichen Verbesserungen der Nautik übergehen wir hier. Er erdachte eine neue Form für das reflectirende Teleskop, und das Board of Longitude billigte seine Verbesserung. Er verfertigte Objective, bestehend aus zwei hohlen Glasschalen mit einer von ihnen eingeschlossenen Flüssigkeit. Die Schwierigkeit, solche Linsen für die Dauer zu erhalten, steht der Einführung entgegen. — Barlow berechnete auch Potenzentafeln für die Zahlen 1 bis 10000.

Virgilio Trettenero (1822 — 1863), widmete sich den Naturwissenschaften in Vicenza und Padua. Nachdem er drei Jahre hindurch den Lehrstuhl der Physik in Padua eingenommen, ward er als Adjunct der Sternwarte angestellt. Er bearbeitete die Theorie der Planetoiden Eunomia, Irene und Melpomene; auch der Katalog der südlichen Sterne von — 10° bis — 15° Declination ist von ihm, sowohl was die Beobachtungen als die Rechnungen betrifft. Professor Ludovico Menin hielt die Leichenrede am Grabe des thätigen Mannes.

Wilhelm v. Biela (1782 — 1856), ein österreichischer Mi-

35*

litär, der sich, so viel seine Dienstreisen und anderweitigen militärischen Functionen dies gestatteten, mit Himmelskunde beschäftigte. Am 27. Februar 1826 entdeckte er den Kometen, der seinen Namen trägt und dessen Identität mit dem von 1772, 1779 und 1805 er überzeugend nachwies, wie sehr dies auch anfangs von Gauss und Bessel bezweifelt wurde. Später gab er eine Schrift heraus: Die zweite grosse Weltenkraft, in der er den Astronomen den ungerechten Vorwurf macht, sie vernachlässigt zu haben.

Charles Duvaucel (1734 — 1820). Durch Lalande für die Astronomie gewonnen, arbeitete er als dessen Gehülfe und zeigte eine grosse Fertigkeit im Rechnen. Wir besitzen von ihm:

Mémoire contenant toutes les éclipses du soleil visibles à Paris de 1769 jusqu'à 1900.

Er zeigt, dass keine von ihnen für Paris total und nur die vom 9. October 1847 ringförmig sein werde. Später setzte er die Arbeit bis 2000 fort in seinem *Art de vérifier les temps*. — Die *Connaissance des temps* enthält mehrere von ihm gezeichnete Finsternisskarten.

Hoffmann. Wir haben fünf dieses Namens anzuführen:

Johann Heinrich Hoffmann (gest. 1716), Observator in Berlin unter Kirch, dem er 1710 im Directorat folgte. Von 1700 an gab er *Ephemerides motuum coelestium* heraus. Auch colirte er Zeichnungen der Sonnenfinsternisse von 1708, 1709 und 1715.

Andreas Hoffmann. Von ihm:

Disputatio astronomica de eclipsibus terrestris, in specie de illa, quae mense Septembri 1699 futura est. Leipzig.

Christian Hoffmann. An ihn, den Professor der Mathematik in Dresden, wandte sich Palitzsch, als er 1758 den Halley'schen Kometen gefunden hatte, und er bestätigte die Entdeckung.

Karl Friedrich Vollrad Hoffmann (1796 — 1841):

Vollständiger Himmels-Atlas. Stuttgart.

F. Hoffmann in Bayreuth:

1854. Sphärische Trigonometrie mit Anwendung auf Astronomie.
1857. Gegenseitige Verwandlung der Zeitbestimmung.

Müller. Unter den Trägern dieses Namens haben wir sieben zu bemerken:

Nicolaus Müller (1564 — 1630). Er gab:

1611. Tabulae lunisolares (und zwar vierfach) nach Ptolemäus, Alphons, Copernicus und Tycho.
1616. Institutiones astronomicae, 2 Bände. (Neue Ausgabe 1649.)
1617. Copernici astronomicae instauratae libri II. (Neue Ausgabe 1640.) Über den Kalender der Juden, Türken und Araber.

Johann Müller, Professor in Hamburg.

1655. De luna et ejusdem maculis. Leyden. (Neue Ausgabe 1666.)

Friedrich Müller (1630 — 1667), Professor in Giessen:

1662. Cometologia, in 3 Büchern.

Ulrich Müller. Von ihm:

1696. Neu ausgeschmückte Mathematik, worinnen auch die Stern-Lehre. Ulm.
1702. Der unbetrügliche Stundenweiser.
1709. Astronomia compendiaria. Ulm.

Johann Heinrich Müller, Professor in Altorf, Gemahl der Marie Eimmart (1671 — 1731). Von ihm:

1706. Descriptio eclipsis solis.
1708. Eine ähnliche.
1722. Über Kometen. (Eine Schrift, die wir als sehr verspätet bezeichnen müssen, denn der hier behandelte Streit, ob sie dem Weltraum oder unserm Luftkreise angehören, war längst entschieden.)
1723. Observationes selectae.
1729. Über die ungleiche Helligkeit der Planeten.

J. Müller:

Die Äquatorial-Zone des gestirnten Himmels. Freiburg.

Gerhard Andreas Müller (1718 - 1762):

1743. Untersuchung der wahren Ursache von Newton's allgemeiner Schwere. Wismar.

Eustachio Manfredi (1674 — 1739), Director zu Bologna und Gründer der *Ephemerides Bononiae*, die über ein halbes Jahrhundert hindurch in Gebrauch geblieben sind. Bei den schwierigen Berechnungen half ihm seine kundige Schwester Agnes. In seinen *Institutioni astronomiche* zeigt er sich als echt populärer Schriftsteller, an denen es damals noch gar sehr fehlte. — Andere hatten in den Bewegungen des Polarsterns eine Parallaxe zu finden geglaubt. Manfredi, obgleich er die wahre Ursache noch nicht kannte, zeigte gleichwohl, dass eine Parallaxe daraus nicht folge. Seine Ephemeriden wurden von Zanotti und Matteucci bis gegen den Schluss des Jahrhunderts fortgeführt. Er beobachtete den Merkursdurchgang 9. November 1623 und schrieb *Elementa di cronologia*. Seine *Opera omnia* erschienen 1750.

Michael Manfredi schrieb 1666 eine Vertheidigung des Gregorianischen Kalenders gegen T. Levera's Angriffe.

Man verwechsle diese verdienten Männer nicht mit dem gleichnamigen Astrologen im 15. Jahrhundert.

Taylor. Wir führen unter diesem Namen auf:

Brook Taylor (1685 — 1731), Urheber des berühmten Taylor'schen Lehrsatzes, den er zuerst in seinem 1715 edirten: *Methodus incrementum directa et inversa*, bekannt machte. (Neue Auflage 1757.)

Michael Taylor (1756 — 1789), bekannt durch die 1780 edirten Sexagesimaltafeln. Nach seinem Tode erschienen noch: 1792. Logarithms of all numbres from 1 to 100,000.

Noch andere Arbeiten, namentlich Sinustafeln für jede Secunde, wurden durch seinen frühen Tod unterbrochen.

Thomas Glainville (1804 — 1818). Sein Vater war Assistent der Greenwicher Warte, und da der Sohn Neigung und Anlage zur Himmelskunde zeigte, ward er auf Pond's Anrathen dazu bestimmt. Schon 1820 nahm er Theil an den Arbeiten, ward 1822 Assistent und seine Arbeiten machten ihn vortheilhaft bekannt, und so ward er der ostindischen Compagnie für Madras Sternwarte 'empfohlen. Durch Ausbildung talentvoller Hindus, durch Bestimmung zahlreicher Sternörter machte er sich sehr verdient. Bei einem Besuche der Sternwarte Trevandrum verletzte er sich durch einen schweren Fall; er kehrte nach England zurück, wo er bald starb. Die Compagnie hat seine Kataloge herausgegeben.

Angelo Capelli, dessen astronomische Thätigkeit von 1730 bis 1748 reicht. Den Anfang machten Ephemeriden, dann folgten *Novissimae tabulae* für Saturn, Jupiter, Mars, Venus und Mercur. Sein Hauptwerk aber ist *Astrosophia numerica* in 5 Bänden, eine theorische Astronomie, Venedig 1733 — 1748.

John Drew (1809 — 1856). Schon mit einem Jahr vaterlos, musste er früh für seine Subsistenzmittel sorgen. Mit 15 Jahren schon finden wir ihn als Gehülfen der Schule zu Nelksham, später ging er nach Southampton, wo er schliesslich selbst eine Lehranstalt gründete. Sobald seine Mittel es erlaubten, erbaute er sich eine kleine Privatsternwarte, wo er mit eigenen und entlehnten Instrumenten arbeitete, namentlich auch genaue Zeitbestimmungen lieferte und sie bereitwillig den Seeschiffen mittheilte. Von seinen Werken führen wir die folgenden an:

1835. Two lectures on Comets.

1846. Introductory Manual of Astronomy.

1851. The climate of Southampton (in den Memoirs der British Association). Treatise of practical meteorology, the result of 7 years experience as an observer and student.

1856. A set of astronomical diagrams. (Erst einige Wochen vor seinem Tode beendet.)

Carlo Brioschi (gest. 1833). Früh schon hatte er sich mit mathematischen und physikalischen Studien befreundet. 1806 unternahm er mit Andriani eine Luftfahrt zur Erforschung der Temperatur in grossen Höhen, aber der Ball platzte und der Sturz führte eine schwere Verletzung herbei. Seine ersten astronomischen Beobachtungen machte er 1810 in Neapel bei Zuccari. 1819 vermaass er die Gegend zwischen Parma, Florenz und Pisa zum Anschluss an die Inghirami'schen Dreiecke. Die Sternwarte San Gaudioso bei Neapel zeigte sich schon unter Murat unbrauchbar; Piazzi leitete den Bau einer neuen auf Capodimonte, der 1820 beendet war. Brioschi ward Director und blieb das so lange, als sein leidender Zustand es erlaubte. Von ihm:

1821—1836. Commentarj astronomici della spetola reale di Napoli.

William Keyth Murray (1801—1861), ein britischer Offizier, der mehrere Feldzüge mitgemacht und erst im 50. Lebensjahre sich der Astronomie zuwandte. Er errichtete sich zuerst in Stonehaven ein kleines Observatorium, später ein grösseres auf seinem Familiensitz Ochtertyre, mit einem Cooke'schen Refractor von 9 Zoll Objectivöffnung. Der überaus thätige Mann, dem vier Stunden Schlaf genügten, starb im 60. Jahre aus Kummer über den Tod seiner Frau.

Muth. Wir haben zwei dieses Namens anzuführen:

Vincenz Muth, thätig als Beobachter seit 1642, hat auf Majorca besonders Finsternisse, Kometen, Conjunctionen und Ähnliches sehr gut beobachtet; über seine literarischen Arbeiten urtheilt Lalande weniger günstig.

Gerhard Muth, der 1675 die Beschreibung einer Orrery gab unter dem Titel:

Brevis descriptio astronomico-geographica artificiosi motus. Nürnberg.

Johann Kies (1713—1781). Obgleich er den Ruf nach Berlin 1749 angenommen hatte, verliess er es doch nach wenigen Jahren wieder. Lalande's Besuch in Berlin fiel in diese Zeit, und er sagt: „Nous observâmes ensemble à Berlin, et il fit plusieurs thèses qui formaient des dissertations entières, et qui auraient méritées d'être connues." Er starb als Professor in Tübingen, wo er schrieb:

1769. De influxu lunae in partes terrae mobiles.
1773. De motu satellitum circa suos planetas primarios et circa solem in orbe unico sed epicyclo.

Huber (1768—1829), Professor der Mathematik in Basel. Seine erste Schrift ,ist ein *Tentamen observationum in Manilii Astronomicon*, der er eine Biographie Lambert's folgen liess. Besonders wichtig sind seine Bemerkungen über β Persei: „Circa phaenomenon quod in stella Algol observatur." Noch folgten eine Schrift über den Kometen von 1639 und eine über Mondsdistanzen.

Ottavio Fabriciano Mosotti (1793—1861), Schüler des Collegiums in Monza, über den Drunacei urtheilt: „Zwei Jahre war er unser Schüler, jetzt ist er unser Lehrer." Aber seine Stellung in Mailand als Observator endete mit einer Verbannung, welche die österreichische Regierung über ihn verhängte. Durch Vermittlung der London Association erhielt er die Professur zu Buenos Ayres, wo er acht Jahre lang mit Dwerhagen wirkte. 1835 ward er durch Cardinal Oppizzoni zurückberufen, um ihn für Bologna zu gewinnen. Allein die alten politischen Verdächtigungen erwachten wieder; man fand ihn mit Geld ab und er nahm eine Professur in Corfu an, wo er lange blieb. Endlich ward er zum Senator in Turin ernannt. Eine 1811 veröffentlichte gekrönte Preisschrift gründete seinen Ruf.

Hastings Fitz Edward Murphy (gest. 1836), trat 1815 in das von Mudje befehligte Ingenieur-Corps und arbeitete mit an der Vermessung Irlands. Später verfertigte er die neue Standard Scala für die Astronomical Society. Die Euphrat-Expedition Chesney's begleitete er als Astronom; das Schiff scheiterte, und obwohl Murphy sich rettete, so hatte doch der Unfall seine Gesundheit schwer erschüttert und er starb in Bassora, nachdem er noch seine Arbeiten beenden konnte.

John Neper (1550—1617) muss als Erfinder der Logarithmen betrachtet werden, denn er hat sie zuerst bekannt gemacht. Seine Schriften, fast sämmtlich posthum:

1617. Rabdologiae seu numerationis per virgulas lib. II, quibus accessit et arithmeticae localis liber unus. Edinburg. Neue Aufl. Leyden 1626.
1620. Mirifici logarithmorum canonis constructio. Una cum annotationibus aliquot H. Briggii. Leyden.

1620. Logarithmorum canonis descriptio. Sequitur tabula canonis logarithmorum. Leyden.
1624. Arithmetica logarithmica sive logarithmorum chiliades 30. London.

Neper gewahrte jedoch bald, dass der von ihm gewählte
Modul für die Benutzer der Logarithmen sehr unbequem sei, und
auf seinen Rath berechnete Briggs andere auf den Modul 10.
Doch gelangte er selbst nur zur Berechnung der log. von 10000
bis 20000 und ven 90000 bis 100000. Die beträchtliche Lücke
füllte der Helländer Adrian Vlacq aus, auch fügte er später
die Logarithmen der trigonometrischen Linien hinzu.

Das Ganze erschien zu Gouda 1663 unter dem Titel:

Trigonometria artificialis, sive magnus canon triangulorum logarithmicus, ab
   Adriano Vlacq constructus, cui accedunt H. Briggii chiliades logarithmorum 20.

Allen späteren Ausgaben liegt diese ven 1633 zum Grunde.

Peter Nieuwland (1764—1794) hatte sich unter v. Zach
gebildet und ward dann zum Professer der Astronomie (und nech
fünf anderer Wissenschaften) zu Leyden ernannt. In seinem kurzen
Leben leistete er — nicht *multa*, aber *multum*. Es erschien:

1788. Almanach ten dienste der zeelieden voor het jaar 1788.
1788. (mit van Swinden) Verhandeling over de inrichting en het gebruik
   der octanten en sextanten.
1793. Zeevard kunde (deren Fortsetzung sein Tod vereitelte).
1795. Lijkrede op P. Nieuwland op den 24. Dec. 1794, uitgesprokuen te
   Amsterdam in de maatschappij Felix meritis door van Swinden.
1800. Mémoire de Nieuwland in Douwes Zeemans Tafelen.

Samuel Klingenstjerna (1698—1765), als theoretischer
Astronem ausgezeichnet, Mitglied der Stockholmer Akademie.
Seine Schriften:

1734. De cometis.
1742. Dissertatio de aberratione stellarum fixarum, orta ex motu luminis suc-
   cessivo.
1744. Trouver la figure de la terre par la comparaison de 2 degrés, und mehrere andere Abhandlungen.
1748. Méthode pour calculer les éclipses.
1749. Methodus geometrica determinandi orbitas planetarum.
1760. Sur l'aberration des lentilles sphériques.
1762. Tentamen de definiendis et corrigendis aberrationibus.

Diese beiden letzteren sind seine Hauptschriften, denn er geht
weiter als Newton und Euler und hat wesentlich zur Ausführung
des achromatischen Fernrehrs beigetragen. Über sein Leben vergleiche

551 GESCHICHTE DER HIMMELSKUNDE.

1762. (Ein Ungenannter): Vita Kliugenstjernae.
1768. Strömer, Erinnerungsrede.
1817, Condorcet, sur Klingenstjerna.

Philippe Desplaces (1659—1736), rechnender Astronom und Fortsetzer von Beaulieu's Ephemeriden. Zuerst gab er 1700—1708 Ephemeriden auf zehn Jahre und nach deren Ablauf eine weitere Fortsetzung auf neue zehn Jahre bis 1725. Von 1720 ab veröffentlichte er kleine Ephemeriden für das Publicum, sechzehn Jahr hindurch. 1731 berechnete er eine grosse Tafel, für jede Minute der Sonnenlänge die zugehörige Rectascension enthaltend. Auch ist er der erste, der das Verzeichniss geographischer Positionen, welches die *Connaissance des temps* jährlich veröffentlicht, zusammengestellt hat.

Nicollet (1786—1843), Gehülfe der Pariser Sternwarte, stellte mit Bouvard zahlreiche Messungen des Mondflecks Manilius an, deren Discussion jedoch zeigte, dass sie zur Bestimmung der physischen Libration noch nicht genügten. — Den Kometen von 1821 entdeckte Nicollet gleichzeitig mit Pons. Beträchtliche Vermögensverluste bewogen ihn zur Auswanderung nach Amerika, und man beschuldigte ihn, die unter Herschel's Namen veröffentlichten angeblichen Mondbeobachtungen geschrieben zu haben, ein nun längst vergessenes Buch. Möchten seine wirklichen Verdienste dieses Schicksal nicht theilen!

Daniel Rombrandt van Nierop. In einer Zeit, wo die Feinde des Copernicanischen Systems noch mächtig waren, musste er seine Kraft in Kämpfen zersplittern, und er hat rüstig gekämpft. Hier seine Werke:

1661. Antwort op den Brief van J. Coccaeus over de t'Samenstellingen der Werelds.
1667. By-voeghsel op de Nederduytsche Astronomia en Sonne stilstant.
1679—80). Nedderduytsche Astronomia op de Wiskonstige Bekening.
1681. Tijdt Beschrijvinge der Wereldt.
1683. Der Aertrijcks Beweging en de Sonne Stilstant.
1683. Onderwys der Zee-vaert. Met en By-voeghsel.
1683. Generale Beschrijvinge der Son en Maen Eclipsen van 1685 to 1700.
1683. Almanach na den nieuwen Styl 1684 to 1690. Bygevoeght een Eeuwigh duurende Almanach.

NAMEN-REGISTER

SACH-REGISTER

T.

U.

V.

W.